锦绣嫡女

第一部

上

醉疯魔

ZUI FENG MO WORKS /著

重庆出版集团 重庆出版社

图书在版编目（CIP）数据

锦绣嫡女.第1部/醉疯魔著.–重庆：重庆出版社，2014.8

ISBN 978-7-229-07826-3

Ⅰ.①锦… Ⅱ.①醉… Ⅲ.①长篇小说–中国–当代 Ⅳ.①I247.5

中国版本图书馆CIP数据核字(2014)第076721号

锦绣嫡女（第1部）

JINXIU DINÜ （DI YI BU）

醉疯魔 著

出 版 人：罗小卫
责任编辑：刘 嘉 李 梅
责任校对：杨 婧
装帧设计：九一设计
封面插图：竹铃叮当

重庆出版集团
重 庆 出 版 社
出版

重庆长江二路205号 邮政编码：400016 http://www.cqph.com
重庆国丰印务有限公司印刷
重庆出版集团图书发行有限公司发行
E-MAIL:fxchu@cqphcom 邮购电话：023-68809452

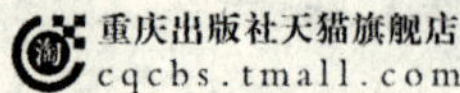

全国新华书店经销

开本：700mm×1000mm 1/16 印张：39.75 字数：872千

2014年8月第1版 2014年8月第1版第1次印刷

ISBN 978-7-229-07826-3

定价：56.80元

如有印装质量问题，请向本集团图书发行有限公司调换：023-68706683

目　录
CONTENTS

CHAPTER 1

第一章　家破人亡幸重生

沈云卿提着裙摆一路小跑，不管身后婆子仆妇的阻拦，冲进院内。

这是侯府的主母院子，是侯府夫人居住的地方，也是她曾经居住了半年的地方，那时这院子里的人看见她只会叫“夫人”，不会像现在横眉竖眼，死死地拦住她，在她身上拉扯掐捏。

从两个月前起，她不再是侯府的夫人，只是一个卑贱的姨娘，就算是府里体面的大丫鬟，都比她有身份多了。

“沈姨娘，你不要让我们难做，夫人吩咐过，没有她的允许，姨娘不许进她的院子！”一个婆子狠狠地抱住沈云卿的腰，手指暗暗地在她腰间狠掐。

一阵阵暗痛从腰间传来，沈云卿咬了咬牙根，对着里面大喊道：“夫人，夫人，求您见见我，我有要紧事找您。”

“怎么了，这么冷的天，还有人不得安生？”在里面听够了戏的韦凝紫终于慢慢地走了出来，一身大红绣芙蓉妆花缎长裙，披着大[illegible]，手中抱着暖炉，仪态万方，贵气得很。

看着台阶上的女人，沈云卿脑海里记[illegible]科问题进了牢狱，她四处求情无法，只有去求韦凝紫，她的胞兄步步高[illegible]的近臣。

那时候还是侯府侧室的表姐笑着对她说，[illegible]主母父母不太合适，若是主母帮助姨娘，那便顺理成章了。

一句话，沈云卿犹豫了几天，终于敌不过那每日传来父亲受苦的消息，自愿由妻贬为妾，而原来的侧室韦凝紫，升为侯府夫人。

为此，侯爷耿佑臣还不高兴，终究被她对父母孝意决心给磨软了，又说他身份敏感，本来不欲插手这件事，在沈云卿苦苦哀求下，拿了打点的银子也去朝中疏通。

两个月下来，她在侯府被人欺辱，打骂，随意一个丫鬟都可以踩她到泥里，最后得到的消息却是连母亲都入狱了，顾不得脸上被打肿，她往前挣扎，婆子们放开手，她扑通跪在地上猛地磕头，一个个脆亮的磕头声在院子里十分清晰，一边磕头一边喊道：“夫人，求求你，救救奴婢爹娘吧，他们也是你的姨妈姨夫啊！是你娘的姐姐姐夫啊！”

韦凝紫静静欣赏着她求情的姿态，看着苍白依然美丽的容颜，因为用力磕着地面变得青紫破皮，心里一阵舒爽，叹了口气，假装为难道：“沈姨娘，不是我不肯出手救你父母，只是他们早在三天前就被斩首了，沈府也被抄了个干净，死了的人，就算我是侯府夫人，那也是没办法帮你找得回来的。”

三天前就被斩首了，沈府被抄了。

沈云卿一下软了下来，刚才磕头的那股狠力一下不见了，瘫坐在冰冷的地面。

爹娘死了，沈府被抄了，以后她没有亲人，再没有娘家了，孤零零地活在这个世上，像个孤魂野鬼一样。

可是……她一下抬起头来，看着韦凝紫，泪染了的双眸里透着幽光："那为什么三天前，我来求你的时候，你让我回去等着！"

那目光清透，冷冽，仿若一下能将人心看透。

"因为我就是要让你这个自小父母双全的千金大小姐，尝一尝父母双绝的滋味。"韦凝紫再不用伪装，看着沈云卿的目光恨不得将她生嚼。

沈云卿神色一窒，抬头望着韦凝紫，那张记忆里总是温柔和她说话的面容仿若一下变得陌生了起来，沉吟半晌后，开口道："是你陷害的爹娘？"

韦凝紫冷笑一声，微微地伏下身子，轻轻地在沈云卿的头顶上方，一字一句，清晰无比地说道：

"不然呢，染坊里怎么可能有人随便能进得去，将明令只有天子服可用的'乾坤黄'加在里面呢。"

"再说了，你们家巨富之名是名扬天下，陛下，早就想抄了你们家了，我不过是动了点手脚，让事情提早发生罢了。"

"你就不怕侯爷知道这些吗？"沈云卿尽力稳住自己的声音，双眸染上了死灰一样的色彩，紧紧地盯着面前打扮华丽的女人。

她知道，韦凝紫在乎侯爷，宁愿做妾，也要嫁给侯爷。

闻言，韦凝紫捂着嘴笑了起来，眼角都是笑意，看着沈云卿的眼神藏着深深的怜悯：

"你也不想想，若是侯爷真是那么在乎你，怎么会让你从正室变成小妾，一个商贾之女，一个被退婚了的商贾之女，一个被退婚了已经失贞了的商贾之女，侯爷他为什么会喜欢这样一个人，我的好表妹，你就真的没有好好想过侯爷当年为什么要娶你吗？

"你的那些打点银两有多少，你的整个嫁妆有多少，你到底知道不知道，换回来的银两就算是砸都可以将天牢的门砸开了。有了这笔银两，侯爷以后的官路肯定更加亨通，指不定有天还可以晋升为国公呢，这一切可都有妹妹的功劳呢！

"你知道这几日侯爷为什么不在府中吗？因为他带兵去抄沈府了，作为沈府的女婿，他清楚知道每一处藏金的地方，一个都不会错漏的。

"只可惜啊，陛下抄了你的家，不然的话，等到姨父姨母死了，那富甲一方的家业是落在侯爷手中的……"

每一句话，就如同一把刀子捅在她的心口，拔出来，又捅进去，再拔出来，将心脏搅得血肉模糊，喉咙如堵塞了一般，沈云卿一个字都说不出来，脸色由白到黑，由黑到青，终究又成了一片死白。

终究是她太天真，以为遇见了良人，到头不过是引狼入室罢了。

难怪，自从侯爷答应她打通关节后，每隔两三天就要从她这里拿钱去，满心思都在能将爹娘救出来的她，未曾想过，那么多的金银都不能打通的路，一开始便是死路。

心内暗暗冷笑，沈云卿全身透着一种说不出的苍凉，那种黄昏落寞的色彩仿若在她身上镀了一个圈，让瘦弱到可怜的身躯抖动了起来。

好一个情深如海的姐妹，贴身耳语，亲密交谈，不过是一场戏。

好一个非卿不娶的相公，温柔体贴，跪门求亲，不过是为了利。

一个两个都是披着人皮的恶鬼，将沈家啃得干干净净。

好一个识人不清的沈云卿，是你，是你将沈府推到如今的境地，你愧为沈家女，不配做沈家女！

眉宇带上了深深的戾气，沈云卿缓缓地开口问道："为什么恨我？"

"你不是发誓绝不为妾么，现在跪在这里，还不是自甘为妾，叫我一声主母！"韦凝紫低头像看着一只蝼蚁一般，眼底光芒闪烁，"只可惜，侯爷让我在他回来之前将你处理了，否则的话，我还想再多看看你跪在我面前，像狗一样祈求我的样子！"

宁为寒门妻，不做高门妾。

沈云卿垂下眼，睫毛控制不住地轻颤，仅仅因为这么一句话，让一个人能如此疯狂，将自己的亲姨父姨母陷害入牢。府门被抄，全家皆斩，从此以后，沈府一门等于绝户，再无后人，再无后人！

仅仅一瞬间，她面沉如水，只余一汪死寂，一双水眸深邃如同暗夜，墨一样的漆黑。

"想必你们也不会放过我吧？"沈云卿苦笑道，一声长叹，面沉如水，只剩一片死寂，"罢了！只是，表姐，我有一件事想求你，能不能为我父母买两口棺材下葬，云卿必有重谢。"

韦凝紫疑惑地看着沈云卿，她的嫁妆都没了，还有东西可以重谢的？

"表姐还记得我娘有一套翡翠首饰么，那是我外婆家传至宝，我没放在嫁妆中，藏到了一个地方。"沈云卿轻轻地说着，眼中带着期待。

那套首饰，韦凝紫是记得，她只看沈云卿在一次宴会上戴过，当得上称为价值倾国，那样好的水色就是皇家也难得见到，不禁动了心。

"表姐，你只要答应将我父母埋了，这首饰的藏身地方我就告诉你。"

一口棺材而已，让个下人去买了收尸就好了。

韦凝紫笑了起来："即便是表妹不说，姨母姨父的后事我也会办了的，何苦说这样的客气话，那套首饰是传家宝，若是消失了也太可惜了，表妹将地方告诉我，我好好收藏起来，一定珍惜。"一番话，说得倒是漂亮，可惜藏不住底下那肮脏的心思。

沈云卿左右顾盼了一下，压低了声音道："表姐，你靠拢点，别让其他人听了去。"

院子里还有些丫鬟和下人，韦凝紫也不愿意她们听到，小心地凑过去一点。

低下头，凑拢了过去，沈云卿轻声道："表姐，你可记住了，那地方就是……"

"到底在哪？"韦凝紫根本就没听清楚后面的话，皱眉问道。

"你靠近点，太大声会给其他人听到，我不想这传家宝落到其他人手中，到底表姐你还是外公的外孙，也不算外落。”

一句话，说得相当有理，韦凝紫也觉得是这样，自己到底是沾了血亲的，再加上一句老话，人之将死，其言也善，于是她又靠近了一点。

“这个地点就是……”

声音还是很小，韦凝紫不自觉地往沈云卿的地方靠了过去，纤细的脖子暴露在了一双深含愤怒目光的眼睛之中。

只听院子里发出一声惨叫，韦凝紫猛地往后一栽，瞳仁豁然放大，手指捂住脖子，那里插了一根黑色簪子，鲜血不断地从手指缝中涌出。

满院的婆子被这突然的一幕吓得一跳，没有人能想到，这个素日里温婉秀丽的夫人能做出这样激烈的行为。

院中沈云卿长发披散在背后，头上的簪子已然不见，看着韦凝紫的眼内都是癫狂，仰头狂笑，笑声中透着无尽的凄凉和酸楚。

“给我打，打死这个贱人！”随着血液的流失，脸色变得苍白，韦凝紫用最后一口力气大声喝道。

乱棍如雨，噼里啪啦地对着沈云卿打了下来，如同对着一头死猪在拍，背上皮开肉绽，烂成肉浆，鲜血不停地流在地上，汇成一条条的红色小河。

嘴角有血丝流下，她愤恨地转头，望着主院的方向，这一切的罪魁祸首，都是那个男人，只可恨她没有机会手刃此人，为父母报仇！

若有来世，她绝不会让一切再次重演！

云卿只觉得四周一团黑暗，迷迷茫茫中身子轻飘飘地飞了起来。

当再次睁开眼的时候，入目的是一片藕荷色的轻纱帐，正随着窗口吹来的风轻轻地摆动，宛若一泓碧水在摆动。

这是哪里？是谁将她从侯府救了出来吗？她还以为自己死定了，动了动肩膀，背部没有如预料中传来痛楚，身子格外地轻盈。

这不可能，她昏迷了多长时间，连背上那样重的伤都好了，慢慢地坐了起来，云卿一手撑在床上，入手一片滑凉细腻，低头一看，床上铺着淡红色的床单，是江南特有的轻丝做成，滑腻如水，隐约觉得有几分眼熟。

再一抬头，看到的就是挂在梨木雕花床上一个菱形牡丹绣的缎面香包，空气中弥漫的淡淡栀子花香便是从这个香包里传出来的。

心内一惊，这个香包她记得，是她十二岁时，嫌屋子里的熏香没有花香来得自然清透，流翠就想了个法子，将栀子花瓣烘干了装在香包里，她很是喜欢，吩咐流翠将香包挂在自己的床头。

环顾一周，她终于想起来了，为何刚才会那样眼熟，这明明就是扬州沈府她的闺房归燕阁。

她一时激动得站了起来，入眼是一双白皙修长的手指，纤纤十指如葱，仿若玉雕成，没有一点红肿开裂的痕迹，是养尊处优的大家闺秀才能保养出的手，眼眸紧缩，云卿顾不得穿上鞋子，下地往梳妆台奔去。

明亮的水银镜里，映出一张少女的脸，半散的墨发披在背后，肌肤如雪，沁出一层淡淡的樱粉，粉腮红润，秀眸惺忪，透出一股娇憨，身形纤弱，胸前微微凸起，正是在发育的时候。

她呆怔地望着镜中娇嫩如花骨朵的少女，手指慢慢地抚上脸颊，这是她的脸，她十三岁时候的脸。

一个穿着浅绿色比甲的丫鬟掀开了湘竹帘走了进来，望见云卿后面色一喜："小姐，你可醒过来了。"说罢，打了帘子对外面吩咐了一句，又走了进来。

云卿抬眼望去，面上的神色一怔，入眼是圆眼小嘴，一脸惊喜的流翠。

流翠是她的陪嫁丫鬟之一，当初她为救父母，自贬为妾时，身边的人被韦凝紫弄得死的死，卖的卖，走的走，最后只剩下流翠死活都要留在云卿身边陪着她，只怕她被打死后，流翠的下场也好不到哪里去。

看着云卿泪眼蒙眬地望着自己，流翠皱了皱眉头，眼光扫到她的赤脚："小姐，你赶紧将鞋子穿上，免得又受了寒。"

顺着她的意思走到床头坐下，云卿紧盯着流翠的脸，她半蹲在床前，熟练地帮自己穿好鞋子，做事时微抿着嘴角的习惯和记忆里没有半分的偏差。

"小姐，你盯着奴婢看，难道奴婢的脸上有东西？"流翠站起来，疑惑地看着云卿，用手背在脸上擦了几下。

轻轻摇了摇头，云卿笑道："没有，就是觉得你今天很特别。"

"哪里，奴婢每天都是这样子的。"流翠奇怪地打量了一下云卿，小姐今天看起来和昨天也没什么不同，只是感觉就是和以前不大一样了。

一阵急促的脚步声从外面的院子传来，打起的帘子后露出一张柔美白皙的脸，那妇人匆匆走到床头坐下，拉着云卿的手问道："云卿，告诉娘，头还疼吗？"

眼前的妇人眼底透出几分焦急，殷切地望着她，正是她的母亲谢氏，现今三十一岁，保养得当的肌肤看起来不过二十七八，透着一股江南女子特有的灵秀和俊俏。

她的样貌有四分像母亲，特别是皮肤，细嫩滑腻。

岁月匆匆，前世如梦，没想到还能再见到娘在自己的眼前，泪水一下就涌上了云卿的眼眶。

"云卿，别哭啊，是不是哪里还疼？"谢氏一看她哭了起来，连忙伸手抚上她的额头，确定手中的温度没有异常，才放下心来。

闻着母亲身上熟悉的味道，手心传来绵软的温度，云卿再也忍不住，一下扑到了谢氏的怀中，搂着她的脖子，埋头哭了出来。

她真的重生了，上一世的事情烟消云散，她不再是那个侯府妾室沈姨娘，而是沈府的嫡长女沈云卿。

被女儿这么一扑，谢氏也有些发愣，十三岁的女儿已经有很久没有这样和她亲密了，抱着怀中微微颤抖，隐隐抽泣的小身子，谢氏心尖都软了，一手在她背上拍着，轻轻道："云卿，这几日可将娘吓坏了，别担心，齐家的亲事，哪里是他们说退就能退的。"

谢氏这么一说，云卿愣了一愣，吸了吸鼻头，这才想起，大约是在十三岁的时候，正是齐家上门退亲的那年。

齐家退亲。云卿的眼眸一瞬间冷了下去，眼底藏着无尽的阴霾。

这件事是云卿整个生命的转折点，齐家屡次上门要求退亲，没有任何正当的理由父亲和母亲自然不肯，退亲对女子的名誉损坏十分之大，威胁恐吓不得后，齐家开始改变方法，想尽办法损坏她的名誉，将沈家云卿变成人人唾弃的失贞女子，再名正言顺地退婚，自这一年后，云卿的性格也起了变化，从一个天真活泼的少女变得自卑内向，再也不愿意跟着母亲出门，害怕面对外面那些人的嗤笑、侮辱、嘲笑、怒骂和各种各样的眼神。

也正是因为如此，疼爱她的父亲，怕她在府中闷坏，将府中一处花园改造，花费巨银从海外引来新奇的东西供她解闷。在四皇子巡视江南的时候，便安排入住在了沈府，得知沈家供奉的祠堂乃银砖砌成，当看到了园子中的十八游龙吐水池时，四皇子笑着说他在皇宫都没见过这样的东西。

那时候父亲还十分骄傲地介绍是为她解闷而造，如今想来，早在这个时候四皇子就起了心思，皇家都没有的东西，你一个商户竟然能拥有。直至后来"南平事变"之后，太子被废，四皇子登基做了新皇，顺水推舟地抄了沈家。

回想后来的一切，沈家所有的一切都是从退婚这件事开始引发的。

她这次得病，正是因为听到齐家退婚的消息，一时受不了去园子里散心，夜黑地滑，掉进了池塘里，受了寒气。

云卿抬起头来，望着脸色有些苍白的谢氏，也是因为齐家的退婚，导致娘亲气得留下了病根，后来身子一直都不大好，一直都是靠药养着。

这一生能再活一次，她绝不会再让沈府和自己重蹈覆辙，不管是谁，只要来破坏她沈云卿的幸福，即便是逆天而行，她也毫不畏惧。

她微微笑着，拉着谢氏的手，开口道："娘，齐家退婚不退婚女儿不在乎，只要可以和爹娘在一起，哪怕一辈子不嫁都没关系。"

"胡说，真是小孩子家家的，说这样的话，哪有女儿一辈子不嫁出去的，那不是变老姑娘了。"谢氏嘴上嗔骂，心里其实挺高兴的，她就这么一个女儿，多少都舍不得的。

只是那齐家太不知好歹，自己家的闺女样貌才情样样都是顶尖的，他家老太爷不过一个寒门白身，上京赶考时遇上了沈家老太爷出手相助，两位老人家相谈甚欢，视为知己，结下了孙辈的婚事，后来老太爷考上了举人，做了官，下面的子辈就存了其他心思，看不上沈家这样的商户了。

虽说自太祖乾坤双帝统一天下后，对于商人的定位已经不是那么低下，可是根深蒂固的"士农工商"思想还是存在人们的心中。

云卿笑了笑，望着谢氏没有再说，有了上辈子的事，她对婚姻之事已经没有什么想法，最重要的就是爹娘和沈府能够一直好好的。

竹帘掀起，外头一个丫鬟走进来，是谢氏院子里的大丫鬟翡翠，进来后对着谢氏和云卿行了礼，这才站起来，瞧了谢氏一眼，开口道：“夫人，院子里两个丫头闹了起来。”

两个丫头闹起来也用得着请她回去？

谢氏先是一愣，转头看了一眼坐在床头的云卿，眼眸中闪过一道暗光，拿着帕子擦了擦眼角：“云卿，你好好歇息，娘明日再来看你。”站起来后，望着流翠道：“好生看着小姐，再这么偷懒跑神，小姐出半点意外，将你们一并发卖了！”

流翠赶忙应了，谢氏这才转过身往外匆匆走去，隐约可以听见外头传来“欺人太甚……过分”等词语。

云卿垂下眼，长长的睫毛掩下眼里的利光，心内冷笑，两个小丫头闹起来犯得着这么急巴巴地请谢氏这位当家主母去处理么，不过是当着她的面不好说，齐家又派人来要挟退婚了。

流翠站在一旁，见云卿的脸色有点怪，禁不住轻声喊了句：“小姐？”

云卿这才抬起头来，眉眼平和，微笑道：“流翠，你去厨房里给我拿两碟子点心过来，要张大娘做的点心。”

“好的，奴婢方才还想问小姐要不要吃点东西呢。”流翠性格活泼，说话干干脆脆，做事也快，转身就往厨房走去。

那边谢氏的院子里，翡翠带着一个妇人走了进来，中等姿色，微福身材，大红色的滚边长裙将身子包得紧紧的，手里拿着一把圆形的美人绢扇，一步一摇地走了进来。

“这春日里的人儿就是格外的水，沈夫人皮肤都嫩得似桃花。”妇人一走进来，就热络地对着谢氏开口，她是齐家的远房亲戚，是一个小吏的夫人，今天来就是为齐家做说客的。

谢氏淡淡地应了，吩咐身边的琥珀捧了香茗过来，才开口道：“马夫人来也不早点投帖子，若不是刚巧府中有事我没出去，今日夫人不白辛苦一趟了。”

这话说的，马夫人脸上一白，这是暗讽她没规矩呢，心内不满地哼了一声，想起今日来的目的，又看了谢氏一眼，堆着笑道：“这可是赶着巧了，夫人今日也在，那就说明是老天有意让这事成呗。”

“噢，看来马夫人是有事要和我说，究竟有什么好事，老天都要成全！”谢氏垂着眼，拨了一下茶盖，语气不冷不热，看都懒得看马夫人一眼。

眼见气氛是热络不起来，马夫人本想将气氛弄得热乎一点，再将齐家的事提出来，现在也懒得绕弯子了。

横竖之前就有人来说过了，她今天就是来做这丑脸的，巴望着齐家到时候能对自家照顾点，她轻轻地抿了口茶，才悠悠地说道：“齐家的事上回已经有人和沈夫人提过了吧，这回呢，是我大嫂子表示诚意，特意让我来的，以前两家老太爷的情谊呢，她也记得，只是那时候老人家在一起说个玩笑话罢了，我们这些做儿孙的多少也得注意点，如今眼看着孩子大了，

都要嫁娶，不能为了几句玩笑话耽搁彼此。”

就知道这些个不要脸的，上门没什么好事。

谢氏对着马夫人眉头一竖，冷冷笑道：“马夫人真是好口舌，当初两府的老太爷那是交换了信物和证书，白底黑字写明了婚约，上面还有官家的印章，到了你嘴里，那就是两位老太爷的玩笑话了，敢情在马夫人的眼里，这官府的印章也就是个玩笑？！”

本以为沈家是个商贾，怎么也不会和官家顶，没想到会有这么一番说法，马夫人脸上的笑就有点挂不住了，这订婚之事她当然知道，不过是为了退婚说得好听点罢了。

不过她今日既然来做这个说客，也猜想到会有这么一番情景，圆脸一笑，把进来时拎着的方盒拿起放在桌上。

谢氏眉间略微皱起，看了一眼那方盒，问道：“这是什么？”

“我嫂子说了，当年齐老太爷确实是承沈老太爷的恩，不好意思拒绝沈家的提议，这事大嫂子他们一直都惦记着，如今也是还恩的时候，希望两家亲虽退了，情谊还在。”

打开盒子，露出里面两排整整齐齐的金条，将盒子往谢氏那边推了推，马夫人一笑：

“齐老太爷当年不是欠了沈家二十两银子么，大嫂子说这么多年了，加上利息，他们也应该还给你们的。”

二十两银子变成一百两金子，只怕做生意都没这么赚的，这些个商贾之人，哪能不接受呢。马夫人带着鄙夷，暗地里想着，谁知道屋中砰的一响，将她吓了一跳。

谢氏将手中的茶杯砸在桌面，脸上带着沉怒，恨不得将手中的杯子摔到马夫人那张碍眼的胖脸上去，可是退婚毕竟是对自家女儿的声名不好，不是撕破脸面的时候，只得强忍着口气道：“还是望马夫人不要开这样的玩笑，老太爷当初出手帮助也不是为了今日这点金子。”

眼见这谢氏显然是不打算拿着金子乖乖地退婚，马夫人也不客气了，摇着绢扇，瞟着谢氏的脸。

“当然了，老太爷当初确实不是为了今日这点金子，他图的齐家老太爷是上京赶考的考生，这二十两银子对于沈家老太爷说，就是杯水车薪，不值一提，可是这齐老太爷中了进士，当了官，又是个实诚人，必定对沈家老太爷感激不尽啊，这时恩人要求订亲，即便是不愿意，那也得答应是不。”

一番话，将谢氏气得手指尖都颤抖了起来，好个齐家，齐老太爷一死，他们就撕破脸皮要退婚了，脸色一阵发青，谢氏抖着唇斥道：“一张婚约一百两金子，齐家莫非是当我沈家穷得要卖女了么！”

“啧，沈夫人，瞧你这话说的，谁不知道沈家是江南有名的富商，一百两金子你们当然是不放在眼里的。以前人家跟我说商人最会算计，我还不觉得，现在看来，到底是没错的，二十两银子换个官家的姻亲，那可真正是个好买卖，不愧是能做到这样大生意的沈家啊。”

马夫人瞟着谢氏的脸色，眼底的笑意是越发的浓，不顾谢氏气得脸色开始发白，摇着扇子继续道：“不过啦，这人不能太贪心，沈家也是一方名商了，得懂点道理，不能一味地只看着利。”

“有句话叫做施恩不图报，拿着以前那点恩惠，要挟人家非娶个低贱的媳妇那是不对的，门当户对这东西，那可是千百年来流传下来的，不能贪着不属于自个儿的东西，早些放手，还能得个好，人还记得这点情分，到时候别弄得自家脸上不好看，还损了闺女的名声，弄得个自甘下贱，人人指责！”

眼见屋里的话是越说越难听，谢氏胸中气闷，额头一阵阵发疼，话都说不出来，一个小丫头将门口的竹帘挑起，云卿笑着走了进来：“我说是哪里来的贵客啊，原来是马夫人呢！”

马夫人闻言一愣，沈云卿什么时候来的，刚才的对话她听去了多少，正疑惑着要如何开口。

云卿身后的流翠提着食盒跟了进来，开始谢氏让出去守着的翡翠也赶紧进来，给谢氏倒了杯茶水顺气。

云卿走上前去，十指纤纤，在桌上放金条的方盒上一过，一双凤眸如月灿烂，笑道：“百两黄金的确是不少了，一般人只怕是金子都没见过呢。”

本来心里还有着点忐忑的马夫人，顿时松了口气，半掩着绢扇，暗道，瞧着这沈府大小姐长得跟仙女似的，到底还是个商贾之女，沾着满身的铜臭味，看到钱物就丢了魂，面上笑道：“是啊，就算是我啊，也少看到这么多金子呢。”

“是吗？”云卿浓密卷长的睫毛轻轻动了动，唇角漾开一丝讽刺的笑容，抬起头的时候，脸上的笑容温婉和气：

“原来马夫人是这个意思啊，在齐大人的眼底，一纸订婚书不过值个百两黄金，是一份可以随意买卖的契书而已，今儿个云卿算是长了见识了，想必以后这天下的婚约只要出得起价钱，那就可以随意取消。什么媒妁之言，金口之约，那都没有意义，简单地以金银论之好了。相信到了九月的政绩考评里，提刑按察司一定会给齐大人记上一份大功的。”

这话绵里带针，听得马夫人心肝儿一颤一颤的，大雍自开国以来，双帝制定了一条官员考核之法，每年三月、九月提刑按察司都会将省、府、州、县各级官员政绩和名望做一个统计考察，呈上御台，这上面记录的一切关系官员升迁。

大雍的官员不仅仅需要能力出众，还需要品德好，若品德不好，也难以得到重用。

“沈小姐真是开什么玩笑呢，提刑按察司哪有空管这些家事呢！”马夫人脸上笑容一僵，勉强地吐出一句话来。

“提刑按察司有空没空我当然不知道，不过他们从不开玩笑就是。我娘下午还有事情要处理，就不陪马夫人在这里嗑牙了。”云卿明媚地一笑，转身坐在了紫缎榻上，端起茶杯来。

“翡翠，送客。”

手指紧紧地攥住扇柄，马夫人看着云卿幽黑深邃的凤眸，里面闪现的光芒点点如碎金，透着几分慑人的犀利，莫名地就有点心惊，一时也不知如何是好，使劲地摇了几下扇子，转头望着谢氏：“沈夫人，今日这事……”

“我也乏了，不招待你了，翡翠，送马夫人出去吧。”谢氏早就想送客了，此时更是一会儿都不想看到马夫人这张脸，硬生生地对着翡翠摆手。

“那好，等下次再说。”马夫人欢快地应了，瞟了一眼桌面，就要走出门，谢氏开口叫住她：“慢着，这个还请马夫人你拿回去，我沈家虽不是什么高门深府，但是廉义寡耻还是知道的，沈家不曾做错什么，齐家也不要做得太过分了！”

说罢，将方盒一推，翡翠立即拿了往马夫人手中一放。

“哼！”眼见这游说之事失败，马夫人的胖脸也拉了下来，两颊的肉一抖，捧着方盒冷笑，“真是给脸不要脸，现在还给你们几分面子，到时候闹出什么来，莫说不顾老一辈的情意！”

待马夫人的身影消失在竹帘后，谢氏才松了口气一般，琥珀连忙拿了个靠垫放在她身后，这才舒服了一点，转头看着云卿坐在一旁，皱眉道：“你怎么不好好待在屋中休息，跑到这来干什么！”

这退婚的事她知道便好了，让女儿也听到了，做娘的心里实在是不好受。

“娘，云卿已经好了，总闷在屋子里也不是回事，刚才吃了碟点心，觉得味道不错，特意拿来给娘试试的。”流翠走上前来，将提着的填漆描金食盒放在桌子上，打开盒子，将里面的几碟点心一一摆在桌面上。

谢氏望了一眼，实在是提不起兴致，叹了口气道：“方才你蹦出来做什么，娘不是说过这亲事无论如何也不会让齐家退了的么，你这么一说，指不定那个马夫人到齐家怎么添油加醋地说上一通，到时候你进了齐家的门，他们还不得怀恨在心。”

“娘，你莫说女儿了，刚才她怎么损贱咱们沈家的，就算女儿今日不出来，嫁过去难道就有好果子吃吗！”云卿绕过去，坐到谢氏的旁边，握着她的手道，“他们是下了决心要退咱们的亲。”

谢氏何尝不知道齐家的心思，若不是为了自家女儿，她何必忍气吞声的，这女儿家被退婚了，就算是两家自愿退婚的，在别人眼里，肯定是女方做了什么丑事，否则，怎么会同意退婚。

她叹了口气，悠悠道：“偏偏你爹又出门做生意去了，一时半会也回不来，不然可以让你爹去和齐大人说说，看到底是怎么回事。”

就算爹回来了也一样，齐家是巴上另外的高门，无论如何也要退了这个婚的。云卿在心内道，伸手拿了一个绿豆糕给谢氏：“娘，你吃一个试试，这个可是厨房赵大娘新做出来的，加了桂花蜜在里头，吃起来特别的香呢。”

瞧见女儿眼里的期盼，又想起刚才马夫人说的那些话，女儿心里肯定是不好受的，谢氏接了过来，咬了一口，入口即化，甜香软糯，味道的确不错，云卿见她吃了，又端了茶给她。

“齐家仗着自己是官宦人家，以势欺人。”谢氏接过茶，眉尖微蹙，思索对策，看着桌上的绿豆糕，忽然间神情舒展开来，“对了，娘差点忘了，你姑姥姥家在扬州也是名门望族。明儿个娘带你去，让她给你主持公道，看齐家还如何说。”

若不是女儿拿了这个绿豆糕过来，她还想不起来，这赵大娘就是她嫁过来后，姑母知道她爱吃点心，特意送过来的。

谢氏口中的姑母，是谢氏父亲的嫡亲妹妹，嫁给了原扬州长乐伯柳老太爷，这长乐伯的爵位原本是柳老太爷兄长的，因兄长早逝，膝下无子，乞嗣后陛下将长乐伯位给了柳老太爷，但是五年前柳老太爷死后，此爵位就被收回，没有再世袭下去。

现在柳太老爷的大儿子在府衙任同知，二儿子乃下属州县的知县，在扬州一方影响力还是颇大的。

云卿低头，目光落下，像是在看着锦榻上的花纹，嘴角勾起一抹嘲讽的笑意。

娘不知道，齐家为了以后的前途，要赶紧甩了沈家的亲事，好抱上柳家的腿，若不是前世的她后来得知了齐家娶的是柳家的长孙女，她也没想到，在后面捅刀子的人，还有自己的亲姑姥姥一家子人。

一大早，云卿就起床梳洗，穿着一件月华色的撒花长裙，梳了个双垂发髻，翠色蝴蝶振翅簪子插在两边，到了谢氏的院子，一起出了垂花门，坐上马车往柳府去了。

到了柳府，谢氏和云卿一下马车，门上就有候着的奴仆在前头带路，过了垂花门，到了铺陈绮席花厅。

云卿一进门，就看见柳老夫人一身枣红色的妆花暗福字纹褙子，配着宝蓝色马面裙，脖上挂着一串碧玉珠子，坐在鸭蛋青色的软榻上，一见谢氏和云卿，笑着站起身，喊道："文娘啊，好些日子没见你了，可叫姑母想念啊。"

一听这话，谢氏眼眶就湿润了，父母双亡后，在扬州也就剩下姑母这一个亲人了，当即往前几步，迎上去扶着柳老夫人坐下，行礼道："劳姑母顾念，文娘早就想过来看看姑母，今儿个得空赶紧来了。"

"表妹你可不知道啊，听说你要过来，老太太念叨了许久，今儿个一早就在这等着了，盼星星盼月亮一般呢。"坐在一旁的大太太连忙往上一步，瞧着站在谢氏身后的云卿，来回地打量了几眼，才开口道："这是云卿吧，一眨眼，都这么大了。"

柳老夫人的目光也落在了云卿身上，看着她抬着头，静静地站在原地，脸上挂着略微羞涩的笑容，转头对着谢氏嗔怪道："你看你，你忙你的，也不知道让云卿多来我这玩玩，如今看到我，她都觉得有些眼生了。"

"哪里，是看到姑母太高兴了。"谢氏看云卿的表情有一丝异样，以为她还在想着退婚的事，连忙喊道："云卿，来，给姑姥姥请安。"

云卿这才抬起眼来，笑意盈盈地行礼道："云卿给姑姥姥请安。"

柳老夫人看她行礼的姿势标准得体，脸上的笑容大方自然，嘴角的笑不禁柔和了些许，点头道："来，来，给姑姥姥看看，生得真俊。"

云卿低着头，一副羞涩害羞的模样，只有她自己知道，是怕一不小心眼里的恨意流露出来，让人察觉了。

上一世，爹入狱了之后，她给已经恢复了永乐伯位的姑姥姥一家写信求助，一连写了七

封，满怀希望得到的回应是：柳府和沈府彻底断绝关系，再不往来。

这一切的原因她知道，她被齐家损坏了名声之后，柳家大太太曾经上门跟母亲说，看在亲戚的分上，愿意纳她做大表哥的贵妾。

也是那一次，云卿说下那句惹来韦凝紫嫉恨的话语——宁为寒门妻，不为高门妾，当时就被大太太骂了商贾贱女，不知好歹，接二连三地打压沈家的生意。

直到后来遇上了永毅侯求娶云卿，柳家才收了手。

眼前的人个个都笑得一脸慈祥和蔼，殊不知底下藏着什么样的黑心肠。

一番寒暄后，谢氏便开口道："云卿，你不是一直说想见见几位表妹的么？"

知道这是娘要和姑姥姥说齐家的事，把自己打发走，云卿起身应了，随着柳老夫人身边的大丫鬟银杏走了出去，屋子里只剩下大太太和柳老夫人，谢氏这才开口道："姑母，你可得帮帮文娘啊。"

云卿出了花厅，银杏带着她往后院去，到了一处花园，云卿驻足道："辛苦银杏姐姐了，这处茶花开得不错，我想在这里看一看。"

园子里的确种了不少茶花，开得正是百媚千娇，银杏见此处是后院，也不担心，笑着道："那表小姐就在此处看看，奴婢还有点事情，等会儿再到此处找表小姐。"

此时正值春季，南方茶花春秋两季最为艳丽，叶浓绿而有光泽，花形艳丽缤纷，是许多富贵人家都喜欢种植的品种，云卿边走边看，看那花色绽放层层叠叠，似百褶裙边妖娆，宛若女子最美的年华。

上一世她才二十一岁，正似春来茶花刚刚绽放，已经夭折，这一世再重生到十三岁，心里感受截然不同，哪里有心思和那些表姐表妹寒暄客套。

就在这时，前头似乎听到一阵脚步声，她也不知怎么，只觉得不好让来人看见她，不由自主地拐到一处足人高的假山后头站住，透过一处鸡蛋大的石洞往前方看去。

当云卿透过石洞看到前方一个隐隐约约的人影，不由得暗暗吃惊，这个人怎么可能进柳家后院？

她看到的正是齐家长子，云卿现在的未婚夫齐守信，对于这个人，她印象不深，只记得前世他娶了柳家长孙女柳易青，其他的也没有心思再去关注。此时他一个男子，没有人带领，就这么大喇喇地闯进后院，是要做什么。

云卿不禁警觉了起来，接着，又一个身影闯入了她的视线，如果说开始云卿还不知道，在看到大表姐柳易青的时候，她也就明白了。

"这个时候你怎么还敢闯进来？"柳易青手中捏着帕子，不安地看着周围，生怕有人会接近这里。

齐守信轻轻笑了一声，一把抓住柳易青的小手："你怕什么，若不是你母亲允许，我怎么可能进得了后院。"

听到是大太太允许的，柳易青松了口气，半挑着水眸看着齐守信，娇嗔道："人家到底还是未出阁的姑娘家，和你这么见面，给人看到总归是不好的。”

“什么姑娘家，你都是我的人了，难道还念想着别的男人吗？”齐守信抓住柳易青的手放在嘴边一亲，手臂一捞，将柳易青搂在怀里，手掌开始不规矩地游动，“心肝宝贝，你可不知道，这些日子我可想死你了……”

靠着男人发烫的胸膛，柳易青全身发软，半真半假地推着：“沈家的亲你什么时候退啊，我等得，肚子里的孩子可等不得……”

假山后，云卿只觉得满脑子都是嗡嗡的响声，只听到柳易青最后的那一句：“肚子里的孩子可等不得……”

原来，上一世齐家不择手段毁了她的名声，也要立即退婚的原因不单单是巴结上了柳家，还因为柳易青早就和齐守信有了苟且之事，珠胎暗结，而无辜的她变成了牺牲品，用来保全他们两家的面子。

手指紧紧地握成拳，连指甲掐在了肉里也没有察觉，云卿全身一阵冷，一阵热，恨不得现在就冲出去，将这对狗男女的事情揭发出来，将这对毁了她一辈子幸福的狗男女活活掐死。

CHAPTER2 第二章 道是欺人人自欺

在谢氏去过柳府后的第二天，齐家又派了人过来，说上次马夫人过来是误会了齐夫人的意思，传错了话，她表示歉意，并且派了马车过来，接云卿和齐夫人一起去庙里，以表示自己道歉的诚意。

诚意？云卿冷笑，上辈子自己也以为齐夫人是真的带自己去寺庙拜佛上香的，可惜，真相是被柳家施压，要尽快解决自己。

那表面慈善的姑姥姥可没有因为母亲去求她有半点的怜悯……

不过这些都是预料中的事情，去柳家的目的是为了先在母亲的心中留下引线，谢氏都上门求过了，柳家再说不知道齐家是她的未婚夫也说不过去，再怎么狡辩，娘也会有别的想法，不能再让娘对柳家如同上一世一样毫无保留地信任。

流翠手中拿着一件湖绿织金牡丹比甲给云卿穿上，略有些不平道：“也不知道齐家人是怎么回事，派个话都说不清楚的人来传话。”

配合地将手撑起，云卿垂眸看着衣襟，轻声道：“既然人家都上门道歉了，我们也不能太小气，走吧。”此一时彼一时，这一世，是她在暗处。这婚，她一定会退，这仇，她也一定会报，她必定会让齐家和柳家好好地在扬州出一出名。

早有齐家的马车候在二门处，因为是去寺庙这种清静之地，除了流翠，两个小丫鬟外，并没有再多带人，上了马车，云卿端坐在其中，小半个时辰，便到了齐府门前。

齐夫人是长辈，云卿作为晚辈要行礼，便掀开了帘子扶着流翠的手下了马车。

齐夫人站在大门内，穿着一身贵气织金绫罗裳，身后站着一个模样白净圆脸的男子，正是云卿的未婚夫齐守信，甫一看到云卿走来，一双纵欲过多造成眼袋浮肿的眼露出惊艳的光芒。

和煦的日光之下，女子的皮肤白若霜雪，瓜子脸上凤眸微眯，端庄秀丽中透出一股不自知的妩媚，其色娇若冬梅，艳胜春花。

这几年出入风月场所，看过的艳色柔粉也不少，总认为看见什么样的美人也不过如此了，如今才知道，真是天外有天，人外有人，以往那些个头牌红伶，瞬间变成了庸脂俗粉。

没想到三年前见过几面的未婚妻如今竟然变成如此惊艳的美人，想到眼前这娇娇小美人本来是他的，却要因为退婚推开，心里不禁觉得可惜，低声对着齐夫人道："娘，你怎么没告诉我，沈云卿竟然是如此的美人！"

儿子一开口，做娘的就清楚他在想什么："怎么，看上她了，你给我小心点，不要为了一个下贱女人，坏了齐家的好事！"

"哪里，娘，就这么一个商贾之女，儿子不过瞧她样貌生得好，想纳回来暖床罢了，做正妻，凭她也配！"齐守信赶紧解释道。

"好了，娘知道了，你急什么，过不了几天，她就会变成人人唾骂的淫贱女，到时候咱们家上门纳她做妾，她还不得高兴死！"

齐夫人微眯着下垂的眼角，看着云卿走近，的确是个美人胚子，想起马夫人退婚时云卿的那些话，心里窝火，儿子的主意也好，到时候纳了她做妾，看自己不折磨死这个小贱人，竟然敢拿老爷的官途来做威胁！

眼见云卿走过来了，齐夫人满脸带笑，热情上前，握着她的手道："云卿啊，人人都说沈家女如仙子下凡，看看你就知道，这话真真不假。"

一路上，齐夫人都和云卿不停地说话，笑容可亲的样子，落在不知道的人眼中，还以为是一对母女，到了寺庙门口，两人下了马车。

齐夫人眼睛不停地朝周围扫去，一面拉着云卿往宝殿里面走去，随着齐夫人往前，迈过门槛的时候，云卿不小心身子歪了一下，倒靠在齐夫人的身上。

只是一下，云卿赶紧站了起来，垂下脸不安地道歉："不好意思，齐夫人，都怪我走路不小心，绊到裙角了。"

"没事。"齐夫人心思根本没在这里，丝毫不在意地拉着云卿进了宝殿，看到一个人影后，安心地笑了笑，"云卿，我要去跟大师求个签，这寺庙周围风景不错，你随便逛逛，到时再让人找你。"

果然，还是和前世一样。云卿乖巧地点头，齐夫人才离开。

在佛前跪下，云卿心中暗念，苍天在上，佛祖有眼，否则也不会给她再重活一次的机会，她别无心愿，希望父母都能双全，她也会尽一切努力保住沈家，虔诚地磕头上香后，云卿出了宝殿。

如齐夫人所说，寺庙外山清水秀，有一种佛门之地才有的庄重和纯净，清风扑面，心旷神怡，周围前来上香的人也不少，各自带着家属在祈福。

忽然前面一个男子匆忙朝着这边奔来，一下撞在了云卿的身上，一句话不说，又跑远了。

在另外一边看东西的流翠，瞟到云卿这边的状况，连忙跑来，见她无事，才对着男子跑远的方向骂道："这是什么人，走路也不注意点，撞到人后一句道歉都没有。"

伸手抚了抚裙子，凤眸朝着男子跑去的一方意味深长地望了一眼，云卿开口道："罢了，人都跑远了，你还说那么多做什么。"

山上一处小路上。

一个尖嘴猴腮的男子站在那里，手中捏着一个荷包，放在鼻子下闻闻，真香啊，不愧是豪门千金的东西，刚转身要走，走来一个丫鬟喊住他。

转过身来，王二狗斜眼道："你是谁啊？"

那丫鬟穿着一身水绿色的裙子，脸色倨傲地看着他："你是王二狗吧，夫人让我来找你的。"

"是，是，夫人让我偷的东西我已经得手了。"王二狗猥琐的面容上带着谄笑，刚才不是已经来了个丫鬟，怎么又派个来。

丫鬟皱着眉道："嗯，你跟人吹嘘的时候，拿出荷包来别人还不一定相信，夫人让我告诉你，沈小姐左边屁股上有一块麻子，这样说出来更加逼真，明白吗？"

那样一个美人儿，屁股上竟然有麻子，王二狗惋惜了一句，嘿嘿奸笑道："当然当然，我一定会按照夫人的吩咐，好好说说我和沈家小姐的风流故事。"

"嗯，到时候事成了，夫人肯定大大有赏，快去吧。"

"小的一定将这事办好，你让夫人放心吧！"三角眼眯成一条缝，王二狗弯着腰不停地点头，边走边退，模样那叫一个狗腿。

直到王二狗的身影消失在小路尽头，丫鬟才对着那边狠狠地呸了一口，满脸不屑地转身往寺庙方向走了。

云卿一早给谢氏请安，就听见里面传来了愠怒的声音，她含笑走进去，行礼道："娘怎么一大早就这么大火气？"

谢氏想起今早听到的流言，神色凝重地看着云卿，自己的女儿乖巧听话，怎么可能会和别的男子私订终身，于是问道："你前天和齐夫人出去，有没有丢过东西？"这是她想得到的最大可能。

"女儿不曾发现丢失了东西。"云卿摇了摇头，一脸的无辜，为表谨慎，抬头望着站在身旁的流翠，"你有见我丢了什么东西吗？"

"小姐带了什么东西出去，就带了什么回来，没有多也没有少。"流翠恭敬地回答道。

流翠做事一向小心，谢氏暗暗思忖起来，没有丢东西，那还有什么？

看到她一脸疑虑，云卿坐到她身边，蹙着眉头问道：“娘，难道有人说捡到女儿的东西吗？”

谢氏忧心忡忡没有开口，倒是翡翠心直口快，说了出来：“小姐，今儿个夫人一起床，就听到外头的小丫头在嚼舌根，提来一问才知道，现在外面都在传你和一个男子私订终身，就在前天寺庙里，你还亲手将自己贴身的一个荷包给他做了定情信物。”还有更难听的，她实在是说不出口。

“不可能！奴婢一直陪在小姐身边，没有见过男人，而且小姐的随身物品绝对没有少！”流翠立即站了出来，斩钉截铁地说道。

谢氏看了流翠一眼：“那流言是怎么回事，让你好生陪着小姐，这才出去一趟就发生如此大的事情，我看你是越来越不顶事了！”

不怪谢氏如此生气，这个时代，女子最怕的就是丢了贞节和名声，没了贞节和名声，一辈子就毁了。

见娘对流翠发难，云卿赶紧开口道：“娘，流言这东西，若是有心故意陷害那是防不胜防，做不得真！”

这么一说，谢氏也觉得是，流言这东西，张口就有，也不知道是哪个黑心肝的这样损云卿名誉，瞧着眉目清丽的女儿，她张口道：

“明日就是我们府上的花宴了，到时候扬州有名望的人都会来，那些长舌的妇人她们肯定会给你难堪的，你干脆就称病不要出来见客了。”

一想到要面对那些人言语的摧残，她觉得还是不让云卿出来见客的好。

“身正不怕影子斜，这个时候我越躲，他们就越会认为女儿心里有鬼。”这可不行，明日她有安排的，荔园的花宴一定要参加。谢氏抬头，正对上云卿带着坚持的黑眸，明亮如星子一般，一下照亮谢氏的心，她暗思，是啊，若是云卿躲着，本来不相信的人都会相信了，没有做亏心事，何必躲着人呢，微微叹了口气道：“娘就怕齐家借着宴会发难，又提退婚的事。”她总觉得齐家退婚的事不是这么简单，一府主母做了十余年，这点脑子还是有的。

见她神色动摇，云卿接着道：“齐夫人不是那种人，前日在寺庙中，她跟女儿聊得可好了，相信她不是那种没有脑子的人。”

虽然心底觉得还是有点不妥，谢氏这时也没有更好的办法，只好打起精神来安排花宴事宜，另外让人到外面去将散播流言的人找出来，希望能证明女儿的清白。

夜晚，淡月笼纱，娉娉婷婷，云卿靠在床头，有风从窗口拂进，掠起长发，双眸幽黑宛若暗夜，看进前方无尽的黑暗之中。明日，是她重生后迈出的第一步，也是最重要的一步。

日出红光万丈，流金溢彩映得江花红胜火。

一大早，沈府就开始忙碌起来，不断地有马车在门前停下，门口丫鬟引着客人往荔园行去，那里早已经摆好了筵席，桌上放着精致的点心和时令水果。

荔园是沈府内最大的花园，里面种满各色奇花异草，在扬州城赫赫有名，从沈老太爷那一辈开始，沈府每年阳春，都会给扬州的高官贵族，大商巨贾发上帖子，邀请前来赏花游园，同时也可以趁机交攀官员。

今年沈茂因生意外出，没在府中，男客那边就由大管家招待，女客和往年一样，由谢氏接待安排。

柳府也收到了请帖，柳老夫人、柳大太太，还有柳家的两个孙女柳易青、柳易月也一起来了，是贵客又是长辈亲戚，谢氏自然是要亲自出来迎接。

“姑母。”谢氏对着柳老夫人迎了上去，满脸的笑意，云卿跟在她的后面，敛衽行礼：“给姑姥姥请安。”

云卿今日穿着浅紫绣折枝梅花百褶裙，系着白底绿萼梅披风，衬得肌肤更加晶莹剔透，头上挽着双罗髻，中间簪着粉色碎花琉璃带细小碎钻流苏钗，走路的时候，流苏细细洒动，好似将所有的阳光都汇聚在了上面，夺目耀眼。

柳易青虽然是柳府的嫡女，但是家境不如沈家富有，加上沈茂和谢氏只云卿一个独女，宠爱非常，好东西都恨不得都给云卿。

这种镶了百多颗碎钻的发钗在扬州也是难以看见的，她心中嫉妒，暗暗咒骂，商贾之女，一股的铜臭味，就知道镶金带银的往身上戴，等下看你丑事爆出来的时候，还得意什么。

其实这纯粹是嫉妒之言，云卿除了头上的钗子外，身上简单大方，没有其他的累赘，反而是她，耳上，手上，都挂满首饰。

云卿站在一旁，没有错过柳易青眼底的恨色，嘴角弧度丝毫不变，对于这些人来说，抢夺了她的未婚夫，只会觉得错的是她，好在齐守信那么一个不入流的男人，她从没放在眼里：“易青表姐，易月表妹很久没见了呢。”

柳易青立即亲热地勾住云卿的手臂，甜甜地笑道：“表妹，你怎么不来柳府玩呢，我可是想死你了。”

想死她了，是想她死了还差不多。

云卿拿着帕子嗔了她一眼：“表姐说的什么话，前几天才去了，没有遇见你罢了，本来还有礼物要送给你的。”

一听有礼物要送，柳易青笑得更加甜了：“什么东西，现在送也不迟嘛！”云卿每次去柳府都会给她们送礼物，出手大方，送的都是好东西。

只见云卿从袖中拿出一支鹤嘴绿宝石流银簪子，才一拿出来，柳易青就迫不及待地抢到手上，眼里都是惊讶的光彩，一直跟在后边的柳易月忍不住探过头，不爽地喊道：“表姐，你怎么就送易青姐姐，不送我啊！”

“有，你的也有。”拿出另外一支蜻蜓点翠镂空钗递给她，柳易月连喊谢谢。

听到妹妹道谢，柳易青这才将目光从簪子上移开：“这上面镶嵌的绿宝石太漂亮了，谢谢表妹。”

“我觉得这种绿宝石最衬姐姐大方甜美的气质，不如姐姐现在就戴上，很衬你的衣服。”柳易青今天穿的翠绿色的比甲,她最是爱美,闻言连忙点头将簪子递给云卿,让她帮自己簪上。

轻轻地将簪子插在柳易青发髻上，云卿嘴角含笑看着鹤嘴上那一抹微微的暗绿，眼底一道暗芒闪过。

柳易青，不是我心狠，是你们太无情，希望等下，你可不要哭得太难看才是。

那边大太太看着柳易青和云卿亲热地说着话，和谢氏也显得更加亲热，两人一左一右地扶着柳老夫人往里走去。

走过用文石铺成菱形勾缠不断图案的行道，穿过深远曲折的廊庑，最后停在了荷花池畔，此时荷花未开，望去只有一片碧色的圆叶，远看好似一整块椭圆形的翠玉一般。

筵席便在这里举行，以池为界，另外一边坐着的是男客，柳易青自走进来之后，心思就飞到另外的地方去了，眼神有意无意地往着男客席上瞟着。

云卿轻侧头，眼眸微转，只见柳易青脸带红云，眼似春花，水润润地四处乱瞟，只怕是在找齐守信那个奸夫。

拉着柳易青到一处席面上坐下来，云卿盛了一碗汤放在她的面前：“这是我家厨子花了一早上工夫熬出来的汤，美容养颜，女孩子喝了肌肤雪白通透。”

柳易青这才收了眼，魂儿依旧有点没收回来，讪笑道：“难怪表妹的皮肤这样好，都是喝了这美容汤的效果啊。”端起汤碗，小口小口地喝着，依旧心不在焉。

“女子总是要靠保养的嘛，表姐的皮肤也粉嫩得很呢。”云卿说罢，看着门前又进来了三个夫人，带着歉意站起来道：“表姐，齐夫人来了，我得去见见礼。”

一听齐夫人三个字，柳易青心里扑通一跳，看着云卿那笑容格外不顺眼。

她拿起帕子擦了下嘴角，瞧着一抹葡萄青色的熟悉人影走进园子里，心头一股莫名的荡漾浮上，立即站了起来，眼含春水。

“筵席还要一会儿才开始，我先去园子里逛逛。”

“好的。”云卿应了，微笑看着柳易青急忙迈着步子穿过藤缠花门，垂眼掠过桌上余了一点剩汤的官窑金纹荷花盏，这才转身朝着荔园南门走去。

齐夫人同着另外两名夫人走进来，后面跟着丫鬟，其中一个夫人问道：“诶，齐夫人，你还有一个丫鬟呢？”下马车的时候她明明瞧着齐夫人带了两个丫鬟进来的，怎么这会儿就一个了。

眼皮一跳，齐夫人暗骂多管闲事，皱着眉头不耐烦道：“刚才我发现有个东西忘记带，差她回去给我拿了。”

转过头来，正迎上一双笑意盈盈的眸子。

云卿敛衽行礼：“见过各位夫人。”

“来，”齐夫人拉着云卿对着身后的两个夫人道：“你们看看，这就是我未来的儿媳妇沈家云卿。”

其中一个夫人上下打量着云卿，眼神中带着轻蔑道："这个，就是外头传言在寺庙里与人苟且偷情的那个沈云卿？"

哪有到了主人家做客，对着主人家未出阁的女儿说这种话的。

云卿冷笑，这就是与齐夫人交好的人，不懂规矩，嘴巴尖刻。上一世她被人陷害时，这位夫人可没少说这种难听的话，她微微一笑，敛下眼中的光彩。

"夫人这话不知从哪听来的，那日是齐夫人邀的云卿，事出突然，去的哪座寺庙我事先一无所知，你这意思可是齐夫人帮云卿事先就约了人在那吗？"

那位夫人一下就噎住了，她爱嚼舌根子是不错，但是齐老爷是她相公的上峰，她要是继续说下去，那就等于说齐夫人是帮着云卿做这种事情的人，齐夫人名声也会一起丢个干净。

齐夫人本来是想看热闹的，在口上损损云卿，眼看势头一下变了，再不开口，这脏水就要泼到自己身上，连忙道："就是，外面那些个流言怎么能听信呢，肯定是有人故意放出来的，嫉妒我有个这样标致的媳妇。"

她的手在云卿的玉手上拍着，以示亲昵，云卿却想起上一世，齐夫人不听她辩解，当着众人扇她一耳光，骂她不知廉耻，勾引男人的事情，更好笑的是柳易青还站出来作证说早发现云卿品行不端，这些记忆，如同黑夜中的暗潮，慢慢侵袭她的双眸。

"你们先去和其他人打招呼，我和云卿聊聊。"齐夫人将另外两位夫人支开，拉着云卿坐到一处较不起眼的席前，"看你口唇都有点白了，今儿个我们都来叨扰，你定是帮着沈夫人接待累着了，来，喝口茶水解解渴。"

端起桌上的茶盅，齐夫人手指一动，一枚药丸掉进了碧色的茶汤中，一瞬间融在了里头。

"各位能来荔园是给沈府添光，云卿帮母亲乃应该的，不过夫人这么一说，我还真有点渴了。"云卿一笑，接过齐夫人递过来的茶盅，看了一眼，里面和上一世一样，泡的都是碧螺春，她端起茶盅放到嘴边，喝了一口，拿起手中的帕子点了点嘴角，把含着的茶水悄悄地吐在了帕子上。

因为动作太快，又是侧身坐着，齐夫人没有看到云卿的动作，只瞧着她喝下了茶水后，便拉着她起来。

"既然来了荔园，那就得到处走走，都说荔园有十大奇花，我一直没看完，今日你定要带我都饱览一番。"

两人同行，齐夫人带着云卿往荔园深处走，不时地往后面瞟，赏了几处花景后，云卿抬手点在额头上，一直观察她表情的齐夫人眼里露出惊喜，脸色担忧地问道："云卿，你怎么了？"这时候，药效也该发作了。

"有一点头晕。"眼眸半眯，脸颊泛着白色，云卿撑着额头，脚步一个踉跄，差点没站稳。

齐夫人连忙扶着她坐到一处树阴下的椅子上，语气担忧殷切地说道："你先待在这里休息一下，我去找大夫来看看。"

无力地靠在椅上，云卿点点头，表示同意，齐夫人对着花荫后晃动的人影丢了个眼神，喜冲冲地朝着筵席接待的地方疾走而去。

她的脚步声刚消失，花荫后窸窣作响，一个身材异常高大的丫鬟走了出来，双手不停地搓动，猥琐的脸上一对小眼泛着淫光，朝着云卿走了过去。

荷花池畔，珠翠围绕的夫人三三两两地在一起说话，只见花园深处走齐夫人脸色慌乱地跑了出来，大喊道："不好了，不好了！"

那些个夫人齐齐皱眉，在别人家里做客，弄得这匆忙的样子，没有半点仪态可言，真是丢尽官太太的脸。

谢氏正陪着柳老夫人、知府夫人几人在说话，听到这样的呼喊，作为主人，虽不喜也不能置之不理，赶紧迎上去，问道："齐夫人，如此大呼，可是有什么大事？"

齐夫人是故意做出这样的举动，将所有人的注意力都吸引过来，到时候抓到云卿偷人的时候，才能闹个尽人皆知。

她眉心皱紧，夸张大喊道："沈夫人，云卿刚才说头晕站不起来，你赶紧请个大夫过去看看。"

一听是沈家小姐头晕了，其他夫人也纷纷开口让谢氏赶紧派人请个大夫来，谢氏也急了起来，不过她没有慌，眉目带着几许锐利："云卿身边有人服侍么？"

"没有，当时我们两人想静静地赏花，没有让丫鬟跟上。"齐夫人肯定不会让丫鬟来打乱她的计划，早就支开了她们。

留一个要晕的女子单独在花园里，今日宴请的还有男客，这要撞上了可是浑身说不清的。

眼看谢氏的脸色难看了起来，柳老夫人浑浊的目光闪了闪，站出来道："文娘，现在还是赶紧去请大夫来，我同你一起去看看。"

"是啊，看那样子，云卿晕得很厉害，差点倒在地上了。"齐夫人添油加醋地说道。

谢氏也没有法子，派了琥珀拿了帖子去请大夫，齐夫人带着她们往花园深处走去，心里暗暗自得，算一算身后跟来看的夫人，除了柳老夫人、柳大太太，还有知府夫人也在，这么一大堆人看到云卿的丑事，不到一个时辰，保管全州府都知晓了。

"可到了吗？"谢氏作为母亲，心内焦急，一路问了好几次。

"前面那块花荫就是了。"眼看目的地就要到了，齐夫人步伐越来越快，恨不得插着翅膀瞬间移动。

谁知，到了那块花荫下，众人四处一看，根本没有见到人影。

"齐夫人，你有没有记错，是不是这块地方？"柳大太太微蹙着眉头，不悦地盯着齐夫人，这怎么做事的，一切不都早商量好了吗？这样还能出纰漏。

齐夫人拿着帕子擦擦额头的汗，也有些奇怪，她肯定没有记错地方，荔园虽然很大，但是她每次拐弯都是选右边小径，想了想，这才道："也许是太阳照过来，云卿觉得晒人，移了个位置。"

此时日已升空，由东往西移动，倒也有几分可能，于是众人又浩浩荡荡地往前头寻去，转过一个花棚，到了一处玲珑吊藤花棚前，齐夫人耳尖，听到里面几声不寻常的窸窣响动，偶尔夹着模糊细微的男子粗喘声。

原来是弄到了这里，也好，这样更显得小贱人是故意支开人要和奸夫偷情的。

齐夫人心中大喜，故作疑虑地探头看了看，轻声对着众夫人道："这后面好似有什么声音，我去揭开看看。"说完，上前几步，满心踊跃地将那吊藤用力往两边一拨。

只见密密垂落的宽叶花藤后，两个年轻男女搂抱在一起，就连外面多了观众都没有注意到，倒把一些个已经嫁人的夫人都惹得脸红了起来。

齐夫人拉开藤蔓后，柳大太太就开始说道："这也不知道是哪家的姑娘，光天化日之下，就这么不要脸地和男人抱在一起，也不知道是不是祖上缺德，养出这么个东西来，要是我生出这样的姑娘来，还不如撞死在这里，免得对不起祖宗啊！"

齐夫人也装模作样地道："哎呀，这离云卿休息的地方很近，不会是云卿吧？"她一面说，一面慢慢地转身，孰料一转身，看到那男人的背影，眼神凝了凝。

葡萄青四合云纹丝绸直裰，正是儿子今日的穿着，王二狗一个市井无赖，决计用不起这样的好料子做衣裳，不由得开口唤道："守信？"

男子闻声这才惊得抬起头，侧开身子唤了声"娘"，一直被掩盖在他身形后的女子容颜终于在这个时候显现出来了。

面皮透粉，眼内含着春水一汪，身上穿着翠绿裳子的女子，哪里是云卿，却是柳家小姐柳易青。

一直紧张地握着帕子的谢氏终于松了一口气，众多夫人都在，她刚才真怕这人是云卿，被发现这种事情，那可真的是没脸面活下去了。

那边柳大太太面皮都快要被血冲破了，顾不得礼仪仪态，冲上前一把将那女子拉了出来，一巴掌就扇在她的脸上："你怎么到这里来了！"

柳易青方才还沉浸在欢愉之中，被一巴掌打醒后，一手捂着刺痛的脸，看着周围围着的夫人们，这才意识到刚才做了什么，脸上终于露出了绯红的羞涩，小声呼唤："娘……"

柳大太太现在是又羞又恼，刚才自己说的那一番话，本来是要损云卿和谢氏的，如今自己打自己嘴巴，若不是现在不能做，她恨不得将柳易青掐死，提高声音道："你刚才在那后头做什么？"她必须要将刚才那一幕说开，否则的话，被人看到柳易青和男子在这拥吻，那柳家女儿的名声就全毁了。

接收到柳大太太的暗示，柳易青脑中飞快地转动，这找个什么借口才好，突然，灵机一动，立即抬头道："是这样的，女儿刚才在这赏花，不小心风吹了花尘入眼，刚巧齐公子路过，就帮着女儿吹一吹。"

齐守信从看到这么多人后，头脑就有些蒙了，连忙点头应道："是啊，是啊，我刚好也在这附近赏花，看到柳小姐眼睛红了，才帮忙吹去了尘灰。"

"这灰倒吹得奇怪，还吹到了花棚后去了。"一个夫人拿帕子捂着嘴，讥讽道，莫不是当大家都是瞎子，刚才那样，再抱紧点，只怕拉都拉不开了。

虽说知道这借口牵强，柳易青也只有强撑着辩解，她不知道刚才怎么就跟鬼上身一样，非要在这个时候亲热："那当然，这花园中人来人往的，齐公子一时好心帮人吹下灰，要是被人错看了传出什么，那不是毁了我的名誉么，所以才提议避到吊藤后的。"她说着，突然脸色一阵发白，腹中传来绞痛，不自觉地弯下了腰。

"怎么了？"柳大太太虽厌烦她在刚才给自己丢了脸面，见她脸色苍白，还是伸手扶着。

"肚子……痛……"如刀在小腹割裂，柳易青双手抱着腹部，额头细汗阵阵。

一个夫人突然掩着口叫了起来，指着柳易青的小腿道："她……她流血了……"

顺着她的手指，众夫人发现，一缕鲜血正顺着柳易青的裙角流下来，滴在了鹅卵石铺就的小路上。

当即柳老夫人、柳大太太、齐夫人、齐守信的脸色就变了，柳大太太和齐夫人连忙扶着柳易青就往外面走去。

谢氏直到此刻才反应过来，顿时怒气填膺。这个齐守信，明明与云卿有婚约，如今居然与别的女子有私情？而且不是齐府的丫鬟，是他们沈府的亲戚柳家小姐！这不是当众打她女儿的脸吗？

这样不着调的家庭，把女儿嫁过去，就等于送到了狼窟里面，她就这么一个女儿，不说要嫁得声名显赫，也得是门当户对，守礼知耻的。

平生第一次，谢氏有了退婚的心思。

她阴着脸看了一眼齐守信，齐守信连忙避开她的目光，不敢和她对视，就连齐夫人都不敢将眼眸转到谢氏那边，在沈府做客被抓到偷情，她们脸皮再厚，对上谢氏也说不出什么理来。

愤恨地收回目光，谢氏也不好在这么多人面前嚷嚷，提醒各位夫人这个男人是她的未来女婿，毕竟女儿的未婚夫做出这样的事情，女儿脸上也没有面子，缓了缓面色，才开口道："这是怎么回事？"

柳大太太这时已经压下了心中的火，只想着怎么掩饰这丑事，眼睛一转，垂头看着裙上的血迹，眸光闪了闪，嗔怪道："这姑娘，粗心大意的，连自己小日子何时来都不知道，弄得在众位夫人面前丢脸，回去一定好好教育她。"

失礼的事和怀孕的事来比，简直是小得不能再小，所以柳老太太心头不爽，也没说什么。

谢氏虽然对柳易青的印象一下是差到了极点，表面功夫也要做到："既然是小日子来了，赶紧到客房里去，翡翠，你让人去拿一套换洗的衣物和女子要用的东西，再让厨房熬点生姜红糖水。"

心里却有其他的计较，她记得以前曾和柳大太太说过云卿来小日子会疼，柳大太太很欣慰地说柳易青、柳易月两人身子好，每个月的小日子来得规律，又不会像别的女子疼痛，怎么今日突然疼成这样，好似小产一般。想到这里，心内一惊，再次瞧着柳易青的脸色，越发地疑虑。

“好，好。”柳大太太连连点头，巴不得快点离开这里。

正在此时，琥珀从后头穿了过来，身后跟着一个两鬓发白，精神矍铄，着青色长袍的老者，虽上了年岁，两眼明亮，望之有神，不像普通的大夫。

走到谢氏身边，琥珀行礼道：“太太，大夫已经请来了。”

本来请大夫是要给云卿看头晕症的，现在倒也派得上用场，谢氏有了疑虑，刚好可以让大夫验证，连忙有礼地开口道：“大夫，这是我外甥女，她腹痛难忍，您给看看。”

那老大夫也不说话，瞧了谢氏一眼，点点头，撩起袍子蹲下来准备给柳易青把脉，柳大太太一见大夫脸就白得更加厉害，连连叫苦，一把将老大夫的手打开，皱着眉头道：“你哪里来的野大夫，怎么从未见过你，我女儿是谢家的嫡长孙女，岂容得一个路边的野医随便把脉。”现在怎么都不能让大夫把脉，只要一诊，便会知道易青怀孕的事情了。

“老夫一生行医，倒是第一次听到有人骂我野大夫。”老大夫冷哼了一声，语气里充满了桀骜，就是一般名医馆的坐堂大夫都没有这种气势。

知府夫人便觉这声音似曾听过，这才将目光移到老大夫面上细细一看，这不看不知道，一看心里就跳了几跳，脸上堆笑道：“刚才瞧着就眼熟，原来是汶老医正。”她父亲是京城官员，还是姑娘时曾见过一次这位御医，当时父亲给她介绍了几句，印象比较深刻。

此言一出，柳大太太的脸色都变得发青了，百年大雍朝，除去御家天子，沐家贵女世代有名，还有一个齐名的便是神医汶家，汶家医术驰名天下，自第一代祖先神医汶无颜为开国乾帝所用之后，每代皆任皇宫御医局医正，世代为御家天子效劳。

这汶老医正年已六旬，今年正是告老还乡，琥珀拿了帖子出去请大夫之时，回春馆的大夫都已出诊，恰逢汶老太爷到回春馆看望老友，就顺便替友出诊一回。

“不敢当，算不了什么医正，就是个行脚大夫罢了！”汶老太爷手一拨，两根手指搭上了柳易青的脉搏，不给他把脉，他还偏偏要把了。

这一次，柳大太太没敢阻拦，刚才那打的一下都够她心惊肉跳的了。

老眼里闪现着精芒，汶老太爷哼了一声，将柳大太太几人的心脏都要哼出来了，若是其他大夫，她们还可以明里暗里暗示威胁一番，可对这汶老太爷，她们真是一点办法都没有，急得和热锅上的蚂蚁一般，也无能为力。

手指下的脉搏有轻珠滑动，时轻时弱，汶老太爷眉头微皱，扫了一眼柳易青，看她一身装扮应该还是未出阁的姑娘，竟然做出这样的事情，真是门风败坏。

“怀孕一个多月了，也不注意，还喝那些个寒凉汤物，也不怕损了身子。”一甩袖子，汶老太爷站了起来，不冷不热地甩出一句话来，从药箱中翻出一颗药丸，让柳易青咽了下去。

他说得轻飘飘的，其他人却感觉一道惊雷炸了下来，将人劈得半天动弹不得。

此时也没人去想柳家在扬州这一方的世族之名了，鄙夷之色难以掩饰地跳到了面上，方才柳易青和齐守信两人在藤后搂抱，硬生生被她说成吹灰，已经是暗里鄙笑了，这下子再听到汶老太爷的诊断，只觉得柳易青那厚脸皮几乎可以去筑造边境的城墙，未出阁的姑娘在客人家勾搭汉子也就罢了，竟然肚子里还结了孽种，伤风败俗啊！

柳老太太老脸老皮也顶不住这些夫人的目光，戳得她骨头里面都是恼怒，斥道："看看你教出来的好女儿，做的什么事情，简直是丢尽了柳家的颜面，还不快点将她拉回去，放在这里丢人现眼么！"

柳大太太比起柳老太太来，只觉更加没脸见人，斜眼觑着齐夫人，眼底的利光阴冷到极点，扶着柳易青赶紧离开这里。

站在一团修剪出来的月季花墙之后，静静欣赏这出好戏的云卿冷冷一笑，想走？这会让你们走了，那可不是亏大了，戏还只是刚刚开始呢，拉了拉衣襟，她迈着碎步从后面缓缓地走了出来："娘，这处可有什么好景，惹得夫人们都留足此地？"

这一声，将众人的吸引力转了过去，才忆起一开始进来的目的是要找沈家大小姐的，谢氏则前去问道："刚才娘听齐夫人说你头发晕要跌倒，怎么进来寻，倒没看见你人了？"

点点的金光透过头上由花匠精心培育而成的天然遮阳花叶掠过云卿白皙如雪的面容，她面带清雅大方的笑意，裙摆摇曳如左右盛开的花瓣，行至齐夫人旁边才笑着开口道："开始是有一点，大概是日头大了，晒得头晕，休憩了一会儿也无事，正巧听到荔园的巡逻婆子抓了一个小贼，女儿便过去看看，以免他冲突了客人。"

一番话下来，齐夫人倒生出几分疑虑，她明明下了蒙汗药的，为何云卿一点事都没有，那个王二狗呢，死到哪里去了。她被柳大太太几眼剐得好似刀子一般，只盼着云卿也出一回丑事，好把柳易青这事给揭了过去。

"你真是不小心，万一他还有同伙，你一个姑娘家，冲撞了怎么办？"谢氏看到云卿站在这里，知道是没事，才接着道："那贼呢，在哪？"

"婆子们抓了等会儿会押过来的，倒是表姐怎么了？"云卿好奇地扫了柳易青一眼，她就这样被柳大夫人的丫鬟百合架着，隐约见醒。

谢氏不想说这样的肮脏事给女儿听，旁边一个夫人接话道："能怎么，刚才和齐公子偷情被我们看见了，结果又被诊出未婚怀孕，真够晦气的！"

"啊！"云卿立即小声地惊了一惊，捂着嘴低声道，"表姐都怀了孩子了，那齐公子得赶紧娶了她才对啊。"她眉眼微微下垂，眼角带着一股淡淡的悲伤，语气里含着几分若有若无、若隐若现的惆怅。

这时，众夫人才想起来，她们一直都把目光停在柳易青身上，可这孩子的父亲是谁，还没来得及想就被柳老太太打断了。齐公子不正是云卿的未婚夫吗？这表姐和表妹的未婚夫在人家家里偷情，可真是做得出来。

"齐公子，怎么说，你也是沈小姐的未婚夫，和她表姐偷情还暗结珠胎，齐家的门风就是如此的么？"知府夫人看了许久，一直没有多话，此时也觉得这齐家有些太不入眼。

知府夫人如此说，齐夫人有些慌乱了，柳家在扬州是一方世族没错，可是丈夫的顶头上司是知府大人，若让知府大人知道齐守信做出这样的事情，齐老爷下半年的考核是差还是不及格，她简直不敢想象，立即摇头道："不，小子之前只是帮柳小姐吹吹眼睛里的灰而已，柳小姐肚子里的孩子绝不是他的，这种事情他做不出来。"她说着，用手肘推了推齐守信，齐守信也附和道："是的，小生不会做出如此荒唐的事情，还请夫人明察。"

吃了汶老太爷喂的一枚药丸，柳易青腹部的痛楚减少了许多，意识慢慢恢复，睫毛扇动欲睁开眼睛，云卿察觉，连忙对着知府夫人福了福身子："夫人，云卿虽说是齐家的未过门的媳妇，对齐家的门风还是有所了解的，齐公子不是这种人，只是表姐如今晕厥过去，她肚子里孩子的父亲也不知道是谁，做了这样的事情不承认，自古有语，偷者为妾，这男人连个妾位都不肯许给表姐，只怕想当个外室养罢了，请您帮表姐查查，她是柳府的嫡长孙女，岂能让人如此作践。"

她声音婉转，暗含恳切，举止优雅，容颜明媚，举手投足之间气质出众，绝美的容颜反而不是那么突出，叫人瞧着生出几分亲近来。

刚才大家都看到齐家公子和她表姐偷情，她却不记恨在心，反而为两人说话，这等气度和胸襟非一般女子可有。

知府夫人不禁在心中感叹，这般的女子，若不是生在商贾之家，前程一定锦绣无限，偏偏配了齐守信这样的人。

她掩下感叹，开口道："倒也难为你，我会尽力将孩子的父亲找出来的，怎么也得让他许你表姐一个妾位。"

柳老太太和柳大太太听了这话，牙根紧咬，云卿的话已经定位了柳易青的身份，不是外室就是做妾，有理有据，无法反驳。

她们说不出话来，也不能说，一开口反而大家都会注意到她们身上来，丢不起这个人。

半昏迷中，柳易青咬着牙听完这一段对话，全身一股怒气冲上，生出一股力睁开眼睛，甩开百合的手，冲到齐守信面前："你不会做这样的荒唐事？那我肚子里的孩子是谁的？你还真的准备将我当一个外室养着吗！？"

突如其来的变故让所有人都措手不及，除了云卿，她早就等着这一幕了，柳家的嫡长孙女怎么可能愿意为妾，柳易青要是不着急，那才奇怪了。

齐守信被她一股猛力推得往后退了一步，脸色慌张，往众位夫人面上扫了一圈，连忙否认道："柳小姐，你别这样，刚才不过是个误会，你不能把这个其父不明的野种赖在我身上啊。"

他还准备明年考举人的，绝对不能在这个时候落下奸淫女子的名声，眼睛眨了眨，给柳易青打着眼色，让她暂时不要慌。

"吹灰？谁跟你吹灰，你刚才还搂着我说一生一世只爱我一个人，只要我一人为妻，现在竟然骂自己的孩子是个野种，你想赖账没那么容易！"柳易青气得浑身发抖，眉眼倒竖，哪里有心思看齐守信的眼色，齐夫人见状，怕她还说出什么来，连忙上前去拉她，"柳小姐，你不要这样……"

震怒之下的人哪是她能拉得住的，柳易青一把推开她，想起她刚才也说自己怀的不是齐家的孩子，冷笑着从袖中拿出一块玉佩，摊在众人面前，“这是你们齐家的传家宝玉吧，还想赖账吗？我告诉你齐守信，你敢做就要敢当！想我给你做妾，休想！你说的那些话我一句都没忘记，等你和沈家退婚之后就娶我为妻的，如今看你怎么否认！”

她扑通一声跪在知府夫人的面前，不顾周遭人变换的脸色：“求夫人明鉴，此玉乃齐家世代传给长媳的玉佩，民女肚子里的孩子就是齐家的！”

看到那块玉佩，知府夫人的脸色已经是相当不虞了，谁都知道柳易青肚子里面的那个肯定是齐家的种了，她不好插手涉及下属的家事，也不想插手这样的肮脏事，退了一步，避开她的跪拜，冷淡道：“各家的家事，我不便插手。”

一旁的谢氏已经气得浑身颤抖，眼前这一个闹剧她看得是清楚明白，齐守信和柳易青早就就勾搭在一起，齐家攀上了柳家的高枝，所以才会突然提出退婚的要求来，她厉声一喝，双眼中含着一股凛冽的锐气：“齐夫人，小女无能，配不上你家风流浪荡，四处留情的公子，今日起，我们两家的婚事就此算了，以后你攀你的高门大院，沈、齐两家再无瓜葛！”

按照大雍律例，立下婚约的双方，当一方做出有损名誉的事情，造成不良影响的，另外一方可以提出退婚要求，不必得到另一方的允许，立即生效。

一听到这样的话，柳老太太便知道退婚的事算全部完蛋了，不仅齐守信的前途堪忧，柳易青以后的名声只会臭不可闻，面对左右投来的刺目眼光，柳老太太面皮颤抖，脸色红一阵白一阵，两眼微翻，身子一偏，做出一副大受打击，要晕倒的阵势来……

柳大太太正愁找不着借口走，立即迎上去，甩开银杏的手，扶着她大声喊道：“老太太，老太太，你怎么了……”柳老太太虚弱地靠着她，摇了摇头，柳大太太立即会意，对着众人道：“各位真不好意思，老太太本就身体虚弱，出来这么久，只怕身子撑不住了，我就先走一步，送老太太回去了。”

众夫人谁不知道她们这点伎俩，面上不过做了样子地说没关系，谢氏也不想看到她们，于是柳大太太扶着柳老太太，银杏和百合扯着不甘不愿又不得不走的柳易青灰溜溜地走了。

看着她们的背影，众夫人暗地摇头，有些本来动了心思和柳家结亲的，也暂时不打算再考虑了。

原本齐柳两家的目的就是要退婚，如今达到了目的，本就该算了，可是齐夫人咽不下这口气来，儿子被退婚，还是为这么一件丑事被沈家退的婚，齐家变成理亏的那个，她怎么想怎么不舒服，沈家一个臭商户有什么资格退她一个知县家的婚，心内毒液翻滚，飞快地算计，想要靠什么办法把云卿的名声也搞臭，这样她就不算吃亏，女儿家的名声臭了比男人可严重多了。

抬头一眼瞧见那边婆子押着一个浑身狼狈，脸面红肿的丫鬟走了过来，眼睛顿时一亮，真真是老天爷都帮着她。

两个婆子押着人走到谢氏面前，低声道：“夫人，这是刚才在花园中抓到的小贼，要怎么处理？”

谢氏面含怒意，只觉今日这筵席办的是一个晦气，一件坏事接着一件坏事地来，不耐烦地瞟了小贼一眼，摆手道：“送去官府。”

“诶，这小贼怎么看起来像个男的啊？”齐夫人甩着帕子，好奇般地凑过去，丢了个眼色示意齐守信过去看。

齐守信正站在一旁恼怒，得了母亲的暗示，知道这人是毁云卿名誉的关键，立即往前几步，将那丫鬟扯起来，抬起“她”的脸来。

一张被打得青一块，紫一块的脸上鼻涕眼泪混杂在一起，众夫人皱了皱眉，都往后退了一步。

此人身材高大，脸上线条生硬，颈部还有一块突出的喉咙，再看平平的胸部，明显是个男人。怎么会有男人扮成丫鬟的样子进来，一时人人脸上都带着惊疑。

齐夫人皱着眉：“啧，这小贼的样子，怎么有点像城中流传和沈小姐私订终身的那个男人啊！”

她说着瞟了一眼云卿，但见她落落大方地站在谢氏的旁边，不慌不忙，满脸镇定，看不出一点害怕的样子。

装，你就装吧，看你能装多久！

王二狗被打得浑身肿痛，听到齐夫人的话，知道她的意思，要是被送官府去，他不死也得脱层皮，不如说是来偷情的，说不定还能做了沈家的姑爷。当即抬起两只被打青的小眼睛，连连点头：“跟你们说了，我是你们大小姐的情郎，你们还不相信，抓了我干什么！小心等下我让她打死你们！”

“混账！你是什么东西，就你这样，沈大小姐也看得上？”齐夫人假意训斥，其实是想引得王二狗的话更往深里说。

“别看我王二狗身份低贱了一点，穷了一点，可是床上功夫好啊，沈大小姐就是喜欢我这点，她还送了个荷包给我做定情信物！”王二狗在下层社会混得久了，脸皮之厚，说脏话粗话是信手拈来。

众夫人看看他，又看看云卿，实在是没办法想象云泥之别的两人会有什么见不得人的奸情。

但是这两日也的确听到了流言风声，现在这王二狗还说有证物，又有些怀疑了起来。

“你说有定情信物，拿出来看看。”知府夫人对云卿方才一系列的表现满意，留下的印象很好，不相信她会做出这样的事情，便开口让他拿出东西来证明。

婆子听言，便望着谢氏，见她点头，松开了手，王二狗耸了几下肩膀，嘿嘿奸笑几声，“这荷包我宝贝得很，都藏在贴身的地方呢。”将手伸到裤裆里掏了几下，拿出一个扣合如意堆绣荷包举起来。

谢氏忍着满脸恶心过去看了一眼，立即否认道：“这不是云卿的荷包。”女儿的荷包她

都知道，每个荷包的下面都有一朵使用沈家特有的手法绣成的“云卿”两个字，且字形如兰花一般，这个荷包虽然看起来也质地不错，绣工上差远了。沈家是做织纺绣染起家，这些东西，一看就能分明。

齐夫人离王二狗隔了三四个人，一下没看清楚，只觉得那荷包眼熟得很，想起几天前自己曾丢过一个荷包，心里隐约有了不好的预感，刚想阻止，和齐夫人一起进来的那两个夫人脸色齐齐一变，看了眼荷包，又看着齐夫人，不敢置信地喊了出来：“这荷包不是齐夫人的吗？”

她们和齐夫人关系甚好，这些贴身的荷包物品只要戴过就有印象，更何况这个荷包齐夫人素来喜欢佩戴，所以马上能认出来。

齐夫人此时也看清楚了，脸色发白，眼里满是惊异，怎么拿出来的是她的荷包，颤颤地开口道：“这个荷包怎么到你手中的？”

王二狗以为她是暗示自己再多说一点，立即添油加醋道：“这荷包是我小情人送的，当然在我手中啊。”

“可这荷包明明是齐夫人的啊，你说说，和你小情人是怎么认识的？”一个素来和齐夫人不对盘的夫人，此时来了兴致。

见有人来问话，王二狗更来劲，平常可没什么机会瞧见这些个富贵夫人的，想着赖上沈家后，金山银山任他用，不由多出几分得意，摇头晃脑地说道：“不，不，不，这荷包肯定是沈大小姐的，就在寺庙里面，她对我一见钟情，然后送了个荷包给我，还说非我不嫁呢。”

眼前无赖死咬着荷包是云卿的，这其中必定有什么隐情，谢氏侧头皱眉望着云卿，见她好似有话要说，开口问道：“云卿，你说说到底怎么回事。”

云卿低垂着头，还是站在她的旁边，睫毛细密地在面容上透出一片浅淡的阴影，面容白玉芙蓉一般，一双贵气的凤眸浅带着笑容，内里却如同蕴了黑夜的深沉，透出不一样的静，感受到她的目光后，抬起眼来看了谢氏一眼，淡淡地笑了一下，盈盈对着众夫人道：

“齐夫人为了提出退婚一事道歉，特意派了马车接我去的寺庙，当时她与我进了宝殿，说要去求签，让我出去走走。再等到回来之后，就在城中传出了流言风语，实在是不知道怎么回事，我的荷包一直都贴身收藏，从未给过别人。”

“云卿虽不是官家出身，但是母亲从小都有教导，贴身物品不可私相授与他人，至于齐夫人的荷包怎么会到小贼手中，我就不清楚了。”

众夫人此时一听哪有不明白的，齐夫人派的马车去接云卿，时间是突然的，地点自然也是早已经选好了，云卿作为晚辈，不过是随着她去而已，到了寺庙里，再找了个理由将云卿支开，自个儿安排的事情不就成了，那个荷包就是最好的证明了。

王二狗听这声音悦耳动人，再顺着瞧那说话的人儿，姣美面容微露在外，那日他没细看容貌，如今一瞧，魂都要丢了一半，要是娶了这样的美人儿，就算没有沈家的金银财宝那也赚发了，立即觍着脸道：“美人儿，那一日我们在寺庙里爽快得不行，我还记得你屁股上有几粒麻子呢，怎么到了今日你就赖账了？！”

“你确定和你偷情的那人臀上有麻子？”谢氏眸光一动，立即接口问道。

“当然啊，这个难道我还不知道吗，你们还问什么问啊，荷包她也送了，人也早就是我的了，怎么都不明白呢，若是识趣的，我还可以娶她做个正室妻子！”王二狗此时色急得很，失去了耐心，只想赶紧把云卿弄回家里才好，伸出舌头舔了舔嘴唇，两只小眼睛闪着淫邪的光芒。

“这可就奇怪了，荷包是齐夫人的，麻子也是长在齐夫人臀上的，怎么这无赖就非得说是云卿！”一位夫人尖声地笑道，语气里毫不留情。

齐夫人因为小的时候摔到了一个刺坑里，屁股上有几个香疤一样的肉疤，摸起来就和麻子一样，这虽说是私密，在扬州这块的贵妇圈里很多人都知道的。

从王二狗一拿出荷包开始，齐夫人的脸色就阴晴不定，一阵冷一阵热，一阵白一阵黑，此时终于忍不住尖叫道：“来人啊，还不给这个诬陷人的无赖给我拖下去！打，活活打死，竟然敢造谣诬赖本夫人，真是狗胆包天！”

齐夫人眼珠子狠狠地鼓起，一脸的戾气，她不知道这荷包怎么会变成了她的，明明王二狗偷的是云卿的啊，还有这屁股上的麻子又是何人与他说的？！

跟在她身后的两个齐家婆子赶紧上去拖着王二狗就往外走，一听要将自己打死，王二狗才醒过神来，一边挣扎一边大叫：“齐夫人，你这是什么意思，明明就是你说要我去偷荷包嫁祸给沈小姐的……”

“还不把他的嘴给我堵上！”齐夫人生怕他将实话说出来，冲上去，一手叉腰，怒声道。

“给我住手！”谢氏一声喝下，将齐夫人吓得一呆，沈家的婆子全部围了过来，将齐家婆子围在里面，“齐夫人，你当这里是齐府，还是你家老爷的审案堂了，说拖下去打死就打死，未免太肆意妄为了！”

说主人，这是沈府，说官位，还有知府夫人，齐夫人这才意识到自己是在别人的地盘上。

谢氏说完，转身对着婆子道：“把王二狗给我带过来！”沈家婆子一把从齐家的手中将吓得浑身瘫软如泥的王二狗拖了过来，钳在手中，谢氏站在他面前冷冷一笑：“刚才你说是谁要你去偷荷包的，诬陷的罪名可大可小，若是说实话，知府夫人可在这里，坦白从宽，抗拒从严的大雍律法你知道的吧……”

像王二狗这种地痞流氓，最怕的就是进府衙，此时连忙倒豆子一般，将事情的前后发生的原因结果一起说了，随着他的交代，谢氏眼里迸出了两道刀子一样的冷光，恨不得将齐夫人千刀万剐，惊得齐夫人连连后退，嗫嚅道：“我让人好言跟你说退婚你不退，齐家如今是官家了，你沈家配不上……”

闻言，谢氏怒火直冒，连连冷笑道：“我就说齐夫人怎么接二连三地让人来退婚，怎么又突然说是误会，原来是设了圈套想毁了云卿的名声。莫说知恩图报，这世上谁不说滴水之恩涌泉相报，再说，当初这订婚的要求是你们齐老太爷自己提出来的，我们沈家可曾主动攀附过你们？！来人，将齐夫人、齐公子请出去，我沈府家小，容不得这般有地位的高官权贵逗留！”

男宾席那边，齐老爷听到小厮传来的消息，气得倒仰，急匆匆地往府里去了。

不到半日，整个扬州城就传出话来了，齐夫人在寺庙里与地痞无赖偷情被齐老爷知晓，被狠狠地揍了一顿，关到了家庙里面反省，齐守信和柳易青暗结珠胎的事也传得沸沸扬扬，被人戳着脸骂不要脸的奸夫淫妇。

倒是因为这件事，让诸多夫人对云卿留下了大方温婉的印象，一时口碑颇好。

CHAPTER 3 第三章 家中暗涌针锋对

归燕阁里，云卿正靠在黄梨木圆花椅上，窗头送进来的日光打在她手中的书页上，透过了轻纱的光线变得柔和，人和物静谧得好似一幅上好的彩画，流翠端着一盅燕窝粥走进来，看得怔了怔，都说江南女子美貌，若是没看过小姐，那都是枉然。

慢步悄声地走到她面前，探头问道：“小姐，你在看什么书呢？”自昨天筵席后，云卿就拿着这本书在看，饭不离手，夜晚还看到三更。

轻轻地将书合上，云卿接过燕窝粥：“医书。”

“是汶老太爷给你的吗？”想起昨天云卿的举动，流翠开口问道。

“嗯，让我在半个月之内，将这本书上的东西背出来，才考虑收我做徒弟呢。”云卿喝了一口粥，想起昨日筵席之后，她去求汶老太爷教她医术的那幕——

汶老太爷早就知道她在送柳易青的簪子上抹了催情的精油，当听到她要学医的时候，问她为何要学，她答为了保命保家人而学，她不想说什么悬壶救世的虚话，所以也没报太大的信心，谁知道脾气古怪的汶老太爷什么也不说，丢给她一本医书，说如果能在半月内背出来，就将她收为关门弟子。

瞧了一眼案上厚厚的医书，流翠有点忧愁：“这么厚，这么点时间能背得出来吗？”

将喝完燕窝粥的碗递给流翠，云卿擦了擦嘴角，站起来走动几步：“背不背得出是一回事，若是没有努力过就认输，那就永远背不出。”就如同她这一世，不知道会不会重蹈覆辙，可是不管怎样，她都要尽自己最大的努力，将沈家的命运改变，也将自己的命运改变。

而齐家退婚的事，已经将她人生的第一步错路扭转了过来，上一世那个失贞退婚的名声没了，以后她要一步步地将所有错路都扭转过来。

“嗯，奴婢也会努力的。”流翠笃定地点头，她终于知道小姐和以前不一样了，那双眼睛黑得发亮，充满了睿智的光芒，能将坏人的心思都看透，那王二狗齐夫人自以为奸计可以得逞，岂会知道小姐早就挖好了陷阱，等着他们往下跳呢。

云卿知道流翠在想什么，她淡淡地笑笑，没有开口，谁会知道，她曾经是一抹冤魂，也曾愚钝过，幸而上天垂怜，得到重生的机会。

"小姐，李嬷嬷来了。"小丫鬟进来禀报，李嬷嬷是谢氏身边的得力嬷嬷，她来定是谢氏有事，云卿转身走了出来，迎面一个穿着酱色裙子，四十岁的妇人走来，笑着行礼道："小姐，老爷回来了，夫人让你一起过去呢。"

听闻沈茂回来了，云卿一喜，自重生过来，她还未见过父亲，连忙让流翠拿了一套簇新散花水雾绿草百褶裙，挽了时下少女都喜欢的圆锥髻，点缀了根金色仿蝶翅翠玉簪子。

本来云卿就生得极为出挑，再这么打扮一番，看得李嬷嬷忍不住地赞道："若是老爷回来看到小姐，肯定都要认不出了。"

"瞧嬷嬷说的，爹出去半年都未到，就认不出自个儿的女儿啊。"云卿笑嗔着出了院子，谢氏早就从头到脚让人收拾漂亮，瞧见云卿后，牵着她的手往垂花门走去。

望着谢氏一脸的喜气洋洋，虽然嘴角只是淡淡的，眼眸却好似点了灯在里面一般，一看就知道对于沈茂的回来她有多期待。

谢氏今日的确是很开心，昨儿个宴会上虽说发生了那些事情，到底露出了齐家的真面目，免得云卿嫁过去之后才发现是头中山狼。

退婚是沈家提出的，又占了理，对云卿以后的婚事没有影响，又听到沈茂归来了，谢氏高兴地踩着碎步在垂花门前探头等候着。

过了半炷香的时间，就看见一个穿着藏蓝色丝绸长衫的男子带着小厮往这边来。

沈茂大步走过来，对着谢氏寒暄了几句持家辛苦，贤惠大方之类的话，接着就直奔主题道："夫人，这段时间在外奔波，与几个布政司的人打交道，见我身边没个人照顾，就做主给我纳了一个妾室。"

他的话一说完，谢氏脸上的笑意就有点放不住了，若不是有点胭脂的红粉在上头，估计脸色已经是刷白，眼里开始的那些喜悦和期盼，顿时被冲得一干二净。

云卿知道这种感受，当初她多韦凝紫一个侧室都受不了，何况如今家里已经有三个姨娘和不知道多少个通房丫鬟，再来一个人抢自己的男人，没有哪个女人不在意的。

沈茂却显得喜滋滋的，说罢转头对着后面跟着的女子道："苏眉，来拜见夫人。"

一女子就从沈茂背后走出，眉眼如月，弯弯若钩，带着说不出的风流韵味。

那叫苏眉的女子慢慢地走出，对着谢氏行了一个跪礼，脸上神色不卑不怯，礼数周全，不似普通人家出身。

"好了，起来吧。"谢氏虽然心里很不痛快，表面上不露声色地说道。

"谢夫人。"苏眉垂头要站起来，突然哎哟一声，沈茂连忙过去扶着她，着急道："怎样，有没有伤着？"

一家之主这样着紧的态度让谢氏心中有了不好的预感，果然接下来，她就知道了原因。

"婢妾无妨，只是刚才走过来，脚有点累了。"苏眉低垂着头，细语轻声道，秀美的眼里精光一闪而过。

沈茂立即扶着她站起来："我说了不用行这样大的礼，你非要，苏眉肚子里的孩子已经有两个多月了，以后她的礼数能免则免吧！"后面一句话是对着谢氏说的。

一进门就给个这么大的下马威，看来这苏姨娘，也不是个好相处的。

谢氏的脸色顿时从白到青，两眼冒着怒火，这还只是刚刚进门，就让老爷免了行礼，以后还不得爬到她的头上来，绝对不行。

眼看谢氏脸色难看，云卿往前一步，微笑着开口道："爹爹，女儿站在这里好一会儿了，你都没瞧我一眼。"

"来，给爹看看，这是爹的宝贝云卿，小半年没见，爹差点都认不出来了。"一见云卿走上来行礼，沈茂立即松开扶着苏眉的手，往前两步扶起云卿，他多年无子，就这么一个女儿，从小抱在手里哄着宠着，将做爹的一腔热情都寄托在了这个女儿身上。

不过云卿也明白，自己被爹放在手心里的原因，是沈家没有其他孩子，若是苏眉肚子里蹦出个弟弟来，情况就很难说了。

"来，云卿，这个是苏姨娘。"一手牵着云卿到苏眉的面前，沈茂十分高兴地说道。

他生得一表风流，三十多岁拥有巨大家财，妻贤妾美，唯一遗憾的就是一直没有儿子，眼下苏眉肚子里怀的很有希望是个儿子，他如何不欢喜。

苏眉一动不动地靠在旁边的张妈妈身上，样子柔弱得风都可以吹走，除了对着云卿微不可见地点点了下巴，半晌也没有其他的动作。

云卿眼底闪过一道锐利的暗光，缓缓地一笑，柔声道："刚才进门时看苏姨的举止大方，定是有规矩的人家出来的呢。"

"蒙小姐看得起，苏眉父亲的确是个官员，从小礼仪还是学得齐全的。"见云卿这样捧自己，苏眉矜持地回答了一句，样子矫情，看得周围婆子丫鬟齐齐皱眉。

是官也只会是个小官，哪个大官的女儿上赶着来给商户做妾的，说不定还是个庶女。

云卿依旧笑着，很是乖巧的模样："做官家的到底规矩和咱们家不一样。"

这一下，苏眉才知道自己钻到了圈套里面，她刚进门，是个妾室，最多算半个主子，而云卿是沈家的小姐，正经主子，见到云卿的时候，她是要行礼的。

苏眉眉尖蹙起，她连谢氏都不想行礼，更何况云卿，想起沈茂对这个女儿刚才那番宠爱的表现，强忍着心头的不满，行了个礼。

云卿赶紧侧开了身子，避开这个礼，她只不过是要挫挫苏眉的嚣张气焰，真受了这个礼，沈茂心中肯定觉得她是故意为难她的。

果然，沈茂见她避开了这个礼，脸色才好了起来，女儿说的也没错，不过是按照规矩来，接着就听到云卿一脸欢快道："爹爹，既然是新来的姨娘，那就要按照规矩给主母敬茶，否则名不正言不顺，以后肚子里的弟弟出来了，不知道的还说是外室养的呢，我可不想让小弟弟背上这样的名声。"

听到云卿说苏眉肚子里的是个弟弟，沈茂心情就高兴了起来，也觉得她说的甚为有理，一行人接着就往谢氏的主院里走去。

一路上，苏眉左顾右盼，拼命压抑住自己眼睛四处逡巡的欲望，早听人说过沈家富贵，此时走到府中，看着这些园子路边奇花异草，藤萝掩映，佳木葱茏，飞楼绣栏，雕梁画栋，竟可称得上是一步一景，比起她自家起码贵气了十倍不止，一时觉得自己豁出来给沈茂做妾是正确的举动。

进了谢氏的主院，翡翠早就安排人将茶准备好，端了过来。

苏眉本来想在大门那行礼后就能将跪拜敬茶的礼节免了，没想到还是要跪着给谢氏行礼，心里不服得很，故意一步一摇，好似那腰随时会断掉一样。

这夸张的动作终于让沈茂注意到了，他微微皱眉，刚要开口，云卿就对着谢氏道："娘，看苏姨这样，才两个月大，腰就好似重得要断掉了，不免让我想起娘怀我的时候，肯定更加辛苦。"

本来还准备免了苏眉跪拜这一环节的沈茂一下顿住了，当年谢氏怀孕的时候他是守在旁边寸步不离的，两个月大小的身子连腹部都未鼓起，哪里会有那样辛苦，心中不免有些不痛快。

他现在是对苏眉的肚子寄予厚望，可不代表苏眉可以用肚子来给谢氏拿乔，结发妻子不可欺这个道理，他还是懂的。

一看沈茂装起了木头人，苏眉知道跪拜是拜定了，狠狠地瞪了云卿一眼，神气什么，一个女儿，迟早要嫁出去的，等她生了儿子，就让她早点滚出沈家。绷着脸撩起裙摆跪在谢氏的面前，对着翡翠道："递茶来。"

翡翠眉目不动，将茶端起来，并不直接给她，而是递给了她身边的张妈妈。

这一个举动又将苏眉气得半死，她本来想借翡翠递茶的时候，将茶水洒在身上，再借口说谢氏故意让身边人下的手，让老爷嫌弃谢氏这个恶妇，谁知道翡翠是个聪明的，早就避开了她这招。

愤愤地接过茶，苏眉狠狠地盯着谢氏，想要喝她敬的茶，一个商户妻也配得起，刚才没有洒茶更好，现在她借着献茶的机会直接嫁祸谢氏，比一个丫鬟可来得好多了。面上柔柔一笑，举起茶杯来："夫人请受妾室苏眉一拜，以后苏眉愿同夫人一起好好伺候老爷。"

云卿站在谢氏的旁边，将苏眉的举动看得清清楚楚，绝不可以让茶在娘的手中洒了，否则爹会以为娘善妒，那这么多年娘在爹和别人眼里树立的贤惠形象就会被毁，从此以后在家里也会失了威信。

谢氏虽然心里不痛快，面上丝毫不表露，看着苏眉柔弱的眉眼，将手伸了出来。

眼看谢氏的手就要接过茶杯，云卿低低地呻吟了一声，身形略略一偏，谢氏立即回过头，扶住她，担忧地问道："怎么了，是不是风寒还没有好？"

与此同时，苏眉本来想趁着谢氏一接到茶杯就松开的手已经收不回来，"砰"的一声，茶杯掉落到了地上，炸开满地的白瓷碎片和青绿的茶水。

明眼人都瞧出这是怎么回事，就连垂眸喝茶的沈茂都微微皱起了眉头，不悦地看着苏眉："你连杯茶都端不好吗？"

这个时候万万不能得罪沈茂，她还要依靠他呢，苏眉脑中飞快地转动，张妈妈看出气氛不对，连忙弯腰扶着问她道："小姐，你是不是肚子又疼了？"

看着张妈妈期盼的眼神，苏眉马上会过意来，脸色露出一丝痛苦来，抱着肚子坐在地上，"是啊，刚才不知道怎么，好似里面有筋扯着痛一样。"双眸还欲说还休地看了沈茂一眼。

"地上凉，还不赶紧扶她起来。"沈茂说道，只要牵扯到肚子里的孩子，他就非常谨慎。

谢氏见女儿没事，转头看着那杯掉在地上的茶，眼里闪着恨恨的光芒，这小贱人倒好，进门给她摆了一道，如今敬茶还给她来一道，若不是女儿刚才头晕，指不定会将泼茶栽到自己的身上。

苏眉抱着肚子示威一般慢慢地靠着张妈妈站起来，在沈茂看不到的角度对谢氏不屑地一笑。

如此挑衅的态度，落在云卿的眼里，她不过是淡淡的一笑，眼里划过一抹嘲讽，将几上另外一杯茶端起来："这茶太烫了，女儿吹一吹，现在刚好。"

弯下腰将茶递到她手中，轻声附在耳边道："娘，她不敬茶不是更好吗？"

谢氏顿了一顿，立即明白过来，瞟了一眼地上的茶杯，也笑了起来，转头对着沈茂道："老爷，既然苏眉身子重，就先回去休息吧，西边的兰心院我都一直安排人收拾的，就想着有天添新人能进府就住上，如今就让她住那里吧。"

兰心院是沈府现在空下的院子里最好的，沈茂见她如此大度，心里的不安一下子就消散，自己果然娶了个好夫人，道：

"是，夫人考虑得极为周到，就按你说的安排吧，苏眉，你就住在兰心院吧，若有什么缺少的，尽管来告诉夫人就是。"

苏眉连忙对着沈茂福了福身子："谢谢老爷的关心。"

"对了，妾身看苏眉身边也就一个嬷嬷和丫鬟，不如再让春巧去伺候她，老爷你看如何？"

想到春巧平日里的温柔体贴，沈茂满意地点头："还是夫人想得周到，春巧的确不错。"将茶杯往琥珀手中一放，站起身来，扶着弱不禁风的苏眉往兰心院走，临走还加上一句，"苏眉这一路跟着我东奔西走，路上劳累辛苦，今晚的家宴她就不参加了。"说完，一边小声地和苏眉说话，一边走出房间。

待沈茂的背影远了，谢氏才坐了下来，一把绞紧手中的帕子，强忍一口怒气，随即又神色黯然地看着自己的肚子，眼底隐隐带着苦楚。若她能生个儿子出来，也不用担心这个担心那个，沈家主母的位置绝对没有人动摇得了。

"娘，别担心，你还有我呢。"拉着谢氏的手，云卿安慰道。

就这么简单的一句话，让谢氏心里舒坦了许多，拍着女儿的手道："刚才幸亏你提醒娘，还说是官家出身的小姐，连敬茶这点规矩都不懂。"

在大户人家家中，新进门的小妾只有给主母敬茶，得了红包才被人承认是姨娘，否则顶多只能算个通房丫鬟。

苏眉自以为聪明，殊不知这一时的意气，将自己的身份贬到了最低。

李嬷嬷鄙夷地瞟了一眼帘外："夫人，不是奴婢说，从她进门起，两只眼睛不断地冒着金光，像是没见过好东西一样，连奴婢都不如，说她是官家的小姐，奴婢还真不相信！"

这话说得谢氏倒添了笑意，嗔道："官家小姐也不是不可能的，只不过看她行事作为，十有八九都是上不得台面的庶女罢了。去通知其他几个姨娘，老爷回来了，按照惯例，到大厅吃饭。"

李嬷嬷立即会意："奴婢马上让人去通知，今晚可有好戏看了。"

晚膳时分。

云卿到了饭堂的时候，里面已经站满了伺候用饭的丫鬟婆子，除了谢氏，其他的三个姨娘也全部都到了。

沈茂看着打扮得光鲜亮丽的妻妾们，心情很好地坐下来，吩咐开饭了。

"刚听你娘说了，齐家那样的，退了就退了，爹给你找一户更好的。"沈茂从回来一直忙，刚才才听到谢氏将齐家的事说了，当即就表示这婚退了就退了，沈家还看不起齐家那样的小门小户，他沈茂的女儿要貌有貌，要才有才，还怕没人抢么，"来，这个松鼠鳜鱼，爹记得你喜欢吃的，多吃点。"

"原来爹爹还记得云卿喜欢吃这个啊。"夹起一块鱼肉吃下去，云卿笑得极为明媚，这样一家人一起吃饭的日子仿若隔了千百年那么远，让她心窝子里泛着一股酸楚。

"爹当然记得了……"

这边的饭还只吃到一半，外头忽然传来一阵呼喊声，苏眉从门口跑了过来，一下跪到了地上："老爷啊，你要替眉儿做主啊……"

"什么事情这样大呼小叫的，地上湿气重，带给胎儿怎么办？"谢氏皱着眉头怪责道。

沈茂看了谢氏一眼，没有开口。

苏眉一脸凄楚地站起来，她跪也是做个样子，拿着帕子擦着眼角抽泣道："老爷，眉儿就想问问，夫人今儿个给指的那个丫鬟怎么架子那么大，她出言不逊，眉儿想要教训一下她尊卑有别，她竟然还敢还手！"

"究竟是怎么回事？春巧你说说。"沈茂放下筷子，手在膝盖上拍了两下，转头问道。她的话明里暗里都是在说谢氏安排的这个丫鬟不行，可她也没想想，安排春巧服侍的时候，沈茂也是点头了的，不会因为她两句话自打嘴巴。

春巧也跟着她后面进来，站在一旁，垂着头，脸上还有一个红肿的巴掌印，眼泪挂在眼角要掉不掉，十分可怜："眉姑娘进门后就在房间里摸着每一样物什翻看，奴婢见她有了身子，去碰触那些个东西怕她动了胎气，就劝解了几句，她就说奴婢下贱坯子，要给奴婢掌嘴，奴婢自然是不肯。"

“不是这样的，她何止是劝解，她讽刺眉儿眼皮子浅，没看过好东西，这样的话怎么让人受得了？”苏眉辩解道。

若不是眼皮子浅，为何进了房就每一件东西不停地摸，不停地感叹多少多少银两，春巧不耻地翻了个白眼。

看得也差不多了，云卿接过丫鬟递来的帕子擦了擦嘴，笑了笑问道：“原就是为了这事，我还以为怎么了，春巧，既然是你说错了话，为何不肯给掌嘴？”

春巧往前走了一步，对云卿福了福身子，眼神却媚媚地往着沈茂这里飘了一眼：“回大小姐的话，这府中都是有规矩的，奴婢虽然只是一个通房丫鬟，也知道这级别之间的区别，眉姑娘现如今有了身子，老爷和太太抬举她，给她越矩安排了院子和丫鬟，可她和奴婢一样都是个通房丫鬟，不能随意地想骂就骂，想打就打，就连太太这样的当家主母，处罚下人都得有个缘由的。”

谢氏在一旁看得冷笑，春巧是沈茂出门前才收的通房丫鬟，本就是个不安分的，苏眉在她手中怎么可能吃得到好。

“你说什么，谁和你一样是通房丫鬟！我明明是老爷新抬进来的姨娘！”苏眉两眼冒着寒光，盯住春巧恨不得吃了她。

沈茂的目光也变得有些异样，怒斥道：“春巧，谁跟你说苏眉是通房丫鬟的？”

见沈茂发火，春巧心里也有些害怕，跪下来哭泣道：“老爷说过，沈府一直是按规矩治家的人家，谁不知道妾室是需要给主母敬茶，得了红包才算承认的，眉姑娘今儿个打翻了茶，又说肚子疼，不肯敬茶了，她在府中的身份那就是通房啊！”

春巧一边说一边抬起一张梨花带雨的面容，看得沈茂心中又有几分不舍，目光掠过苏眉的脸，又想起她今天敬茶那番举动来，暗暗生气，好好敬杯茶就是，非要耍那些个小心眼。

不过就是个名分罢了，让夫人给她确认下就好了。

他刚转过头来，云卿站起来走到沈茂的旁边，轻声道：“爹，虽说眉姑娘不懂这些个规矩，如今只能是个通房了，这也没关系，等她生了孩子，再按规矩抬来做姨娘就是，要是爹怕委屈了肚子里的小弟弟，娘就按照姨娘的月例先供养着眉姑娘就是了。”

“老爷……”苏眉立即走了过去，也站在沈茂的旁边，紧张地喊了一声，云卿这话基本是定了她的身份了。

要知道，据说大雍开国的坤帝十分不喜欢三妻四妾的制度，想要改为一夫一妻制，最终受阻不得实行，就将妾室的提升制度改了，除非有大功，否则进府时是什么身份，以后就是什么身份，想要提升非常难，也就是说，苏眉若是生了孩子，就算是男孩，也只算一功，往上提也只是姨娘，做不了侧夫人。

侧夫人虽然算不得妻，但是是正经的主子，若是正室死了，她是可以扶正的，而姨娘绝对不行。

沈茂目光闪了闪，正要开口，站在谢氏身后的秋姨娘徐徐开口道：“小姐说得是，咱们府里还没添男丁呢，若是添了男丁，那可是大喜事呀，到时候眉姑娘可是大功臣啊，老爷，你说秋儿说得对不对？”

秋姨娘原是沈府一个掌柜的妻子，掌柜身子不好早夭，将她托付给自家主子。

她耐不住寂寞，夫君去世后五七一过，就和沈茂好上了，谢氏做主纳来做了姨娘，素来会看眼色行事，嘴巴又会说话，很得沈茂的心。

今日她穿了一袭嫩绿的对襟长裙，头上簪着一对花心钗子，整个人透着一股杨柳初春的妩媚动人，看得沈茂心动了起来，忍不住道：“秋儿说的的确有道理。”

谢氏一听，眉眼带了欢喜的笑，连忙道：“瞧你这张嘴，把老爷哄得开开心心的，那么就按规矩来吧，兰心院苏眉你先住进去好生养着，其他的都按照姨娘的份例来。老爷，你说如何？”

沈茂点了点头，心里有点内疚，本来开始说好了生了孩子之后就抬苏眉做侧夫人，现在看来，基本是没有机会了。

看着眼前坐着的妻子，女儿，还有其他的姨娘，他也开不了口，规矩这种东西，一旦立下了，就不能随意地破坏，否则这一大家子几百号人还不乱做一团去了。心里叹了口气，今晚就歇在苏眉那儿，好好地安慰安慰一番算了。

兰心院里。

苏眉扑在沈茂的怀中，哭哭啼啼道：“老爷，你让眉儿怎么活啊，我不顾一切地跟着你，这一辈子就指望着老爷你了，如今竟然比个丫鬟还不如，如今这府上上上下下都看着我的笑话啊……”

她一抽一噎的哭得是好不凄凉，沈茂拍着她的背，安慰道：“别哭了，小心伤了身子，等会又说肚子疼。”

听到这句话，苏眉才收小了声音，和张妈妈两人交换了一下眼神，才坐直了身子靠在他怀里，悠悠说道：“老爷，今儿个眉儿也见过其他三个姐姐了，一个个都是水灵灵的人儿，和眉儿看起来都差不多，老爷还说只眉儿一个，她们只怕也刚纳不久吧！”

这带酸含醋的话听得沈茂挑眉一笑，在她脸上轻拍了一下，眯着眼道：“胡说八道，不说别的，就是秋姨娘都进府一年了。”

“那就奇怪了，眉儿才跟着你半年就有孩子了，她们这么久都没有，难道是夫人不愿意有人和她争宠？”

“胡说！”沈茂呵斥一声，眉宇间的神色却微微有些变了。

苏眉瞟了一眼他阴沉的眉目，暗暗一笑，温言软语地趴在沈茂的身上，心道：谢氏，老爷最在乎的就是子嗣问题，如今种下怀疑的种子，日后有的是苦头给你吃。

随着夜幕的拉开，沈家大院也渐渐安静了下来。

归燕阁内，月光如流水一般，静静地泄下，斑驳的树影投在轻薄窗纱上，随风摇曳。

云卿坐在花鸟方灯下看着书，流翠在一旁用剪子挑了挑灯芯，将光弄得亮一些，将灯罩罩上，劝道："小姐，你歇息一会儿，都看了一个时辰的书了。"

"有这么快么？"云卿放下书来，她也不能为了看书把眼睛熬坏了，转头透过半开的窗棂看着新月挂在夜空上，莫名有些失落，往日里父亲回来的第一日，总是和母亲，还有她一起说说话，可今日，除了吃饭的时候说了两句，其他的竟然什么都没做。

她叹了口气："流翠，若我是个儿子就好了。"

"大小姐，奴婢的娘曾经这样说过，女子不比男子差，若没有女子，哪来的男子，若没有女子在后宅打理好一切，男子哪能任意闯荡，没有后顾之忧呢。"流翠宽慰道。

云卿笑了，也甚觉有理："你母亲这话没错。"女子不比男子差，只是如今的世道对女子苛刻了一些。

"小姐，外头有人来找您。"一个丫鬟掀起帘子来报，流翠连忙过去看了眼再回来报道："是兰心阁那边的问儿。"

"让她进来。"云卿吩咐道，走出书房，坐到了偏厅。

那丫鬟立即走出去带着一个十一岁样子的小丫鬟走了进来："奴婢问儿见过小姐。"

"起来吧，那边发生了什么重要的事？"这个问儿是流翠挑出来帮云卿安排到兰心院做探子的，她来必定是兰心院发生了什么事。

问儿站起来，将晚上她听到的对话全部给云卿说了。听到苏眉挑拨父亲母亲之间的关系，一刹那，云卿的双眸中透出一股凌厉的锐气，脸色沉静如水，手指在桌上有节奏地敲着，咚咚的声音吓得问儿一动不动地站在一旁，低着头生怕自己说错了什么话。

思忖了一会儿，云卿抬起头来，看到全身僵硬的问儿，想必刚才自己的脸色太冷了吓到她了，这样也好，问儿以后还要为她办事，在她心中留下威严的形象让她心里畏惧，才让她更能小心办事，便开口道："好了，你做得不错，回那边去吧，免得给他们发现了。"

等问儿退出去之后，流翠才靠上来满脸不平道："这眉姑娘也太会挑事了，仗着肚子里面有孩子，就想夺夫人的权，谁不知道夫人最想的就是子嗣，绝不可能故意害老爷的孩子。"

这事别人知道是别人知道，爹怎么想又是另外一回事了，这个苏眉看起来不识大体，小聪明还真是有几分，知道从这里下手挑拨离间。

绝不能让她成功！

云卿立即站起来道："流翠，我们现在去夫人那边。"

此时谢氏一脸不高兴地坐在紫色莲纹的靠背长榻上，李嬷嬷正在劝慰她："夫人，您也别急，兰心院那个肚子里面是男是女还不知道，若是生个男孩也就罢了，若是个女儿也没什么，现在老爷宠着她不就图她肚子里有货，她闹得越大，到时候老爷就越觉得讨厌，再说了，若是个男孩，难不成老爷还会把他弄个庶子的名吗？到底是要放在夫人身边养着的。"

谢氏轻呼了一口气，点点头："说的也是这个理，今儿个要不是云卿跟我提了那句话，若真让她侥幸生了个男孩出来，还不得骑到我头上去。"

"那是，如今她再怎么上蹦下跳也就是个姨娘了，倒是大小姐今儿个表现得真是让奴婢都惊叹，那份机智和反应真不一般。”李嬷嬷笑着回道，以前大小姐虽然是聪慧，但都是在闺阁里风花雪月，弄那些诗词歌赋。现在也懂得适时地为夫人说话，有些话夫人说出来老爷不喜欢，可是大小姐说出来，就顺耳多了。

这边才说着，云卿掀开帘子迈进门来。

“云卿，这个时候怎么还没歇息？”看到女儿，谢氏的脸色变好了些，只是眉眼间细看还是能发现端倪。

云卿笑了笑，当做没有看见：“不是睡不着吗，来娘这儿说说话。”

这么晚有什么话非得这个时辰说，李嬷嬷立即领会意思，使了个眼色，翡翠和琥珀立即出去站在门口，防着其他人来偷听，云卿这才开口将问儿听到的消息转述了一遍。

闻言，谢氏气得将桌上的水杯往地上一掷，怒骂道：“这个贱人，也太猖狂了一点，竟然拿着这种事来做由头，当我跟她一样是那小心眼子的人吗！”

看着震怒的谢氏，云卿沉吟片刻，才开口道：“母亲息怒，不过有件事女儿心里有些疑惑，这么多年府内没有子嗣，苏眉外面来的就怀上了，这中间会不会有什么蹊跷？”

自她重生来后，有些问题来不及细想，直到看到苏眉，她才恍然想通。

上一世家中除了她一个孩子，姨娘们没有一个人怀孕的，按理来说，不可能只有她一个孩子，这其中肯定有什么古怪。

而这一世，苏眉由父亲从外面带回来，肚子里就有了孩子，难道有什么人一直在阻止沈家的子嗣出世吗？

想到这里，云卿觉得后背透上一股凉气，如果说她的猜想是真的，那么是从什么时候开始，就有人暗地里下这个黑手了呢？

不说谢氏，就连李嬷嬷听得眼皮都跳了几跳，大小姐这话可是饱含玄机，若真是背后有人偷偷地在搞鬼，那可就有千丝万缕的关系在里面了。

烛光跳动，照得室内三个人的脸色都是一脸昏黄，透出沉重的色彩。

“娘，明儿个请大夫来府中给你和姨娘的身子都检查一下，再把府里面常吃的东西和药材也拿出来看看，若是真有人下手，那定是从长期吃用的东西里面下手。”略一想，云卿就定下了这些，谢氏也点头，这倒是个好法子。

“可是你爹那边呢，若是明日他来问起又怎么办？”谢氏最忧虑的是这个，今日都这么晚了，有些东西也查不了，等到明天若是老爷过来了先查又怎么办。

“这个你放心好了，爹还不至于那么急，听她挑拨两句就直接去府中清查，明儿个早晨我就来这里，到时候就将一切交给女儿好了。”云卿劝慰了几句，这才和流翠一起回去了。

日起月落，白日里的太阳光芒大盛，天空湛蓝没有一丝云彩。

一大早起来，云卿整装后，就往谢氏的院子去了，谢氏也起得十分早，和下面的管事媳妇对牌子，就去了两个时辰，等到吃完早膳的时候，已经是大白天了。

方一坐下休息一会儿，外面就传来了小丫鬟的话，老爷和眉姑娘来了。

“云卿见过爹爹。”行了礼，沈茂点了点头。

“老爷可用了早膳了？”谢氏迎上去，对着沈茂笑道。

“用过了。”沈茂不冷不热地应了一声，径直走到主座上坐了下来，苏眉跟在他的身后，低垂着头对着谢氏行礼道：“给夫人请安。”

“老爷不是说免了你的礼吗？何必过来请安。”谢氏心情也不怎么好，说完就坐到了旁边，苏眉一脸委屈地看了沈茂一眼，见他没有表示，才乖乖地站在了旁边。

“站着干什么，坐下来！如今就只能靠着你的肚子给老爷我生个儿子了！”这一开口，云卿就知道，爹到底还是听进去了，上门找娘发作来了。

苏眉得意地一笑，眼底闪过一抹小人得志的光芒，娇声道：“老爷这话婢妾可当不得，夫人和几位姨娘那都还年轻着，也能给老爷生儿子的！眉儿就是觉得有些奇怪，怎么除了夫人生了大小姐以外，其他姨娘们肚子里可是一点动静都没有，是平时没注意滋补吗？”

李嬷嬷是谢氏的人，此时不好开口，只转头看着云卿，见她满身镇定，一派沉稳，显然是胸有成竹，顿时让她紧张的心放松了下来。

云卿心中冷哼一声，当即一步上前，站在苏眉的面前，露出几分惊讶的神色道：“苏姨，你不说我还不觉得，娘和姨娘们都是足不出户的，跟着父亲多年也没有见到有子嗣，结果从外头四处应酬带回来的你，肚子里一下就有了，不知道是外面的风水好，还是景色更迷人，苏姨你一下子就怀上了呢！”

语毕，沈茂的脸色一下就变了，府中的姨娘们规规矩矩不出门，所以没怀上，苏眉是自己从外面带来的女人，一下就有了，这肚子里的孩子究竟是谁的还很难说。

没有哪个男人能够容忍这种事情，进来之前准备质问谢氏的心思全部转到了苏眉肚子上去了。

李嬷嬷听了满心佩服，大小姐不过是几句话就将局面完全扭转过来，现在老爷怀疑的对象不再是夫人，而是苏眉肚中孩子的来历了，原本悬着的心完全放了下来。

苏眉暗叫不好，怎么会变成这样，抬头见沈茂的目光中带着几分深沉，面上一惊，哪里还坐得下来，撑着扶手站起来，瞪着云卿急道：“你胡说什么呢，我是堂堂的官家千金，怎么会做那苟且之事，府中的姨娘怀不上那是因为谢氏她是个妒妇，不想让其他人生下孩子，抢了她的地位——”

啪的一声脆响打断她的话语，云卿收回手用锦帕擦了擦手心，这一辈子她绝对不会再让人嚣张得爬到头上来，她的娘亲也同样容不得其他人欺辱！

所有人都目瞪口呆，带着几分不敢置信，一贯温婉清高的大小姐怎么会出手打人，还是对着老爷新纳的通房。

苏眉捂着脸美眸圆睁，紧盯着云卿，恨不得能射出两团火来烧死云卿，可偏偏不能，只好拿着帕子捂着脸对着沈茂冲了过去：“老爷，我不活了，她凭什么打我，婢妾究竟做错了什么，让她当着你的面这样欺辱，嘤嘤……”

沈茂也有几分恼火，呵斥道："云卿，你这是干什么，好好的怎么动手打人！"

云卿轻轻一笑，带着几丝冷厉开口道："一个通房丫鬟，竟然敢在老爷和夫人面前自称作'我'，没有尊卑，不知轻重，加上诬陷主母，就凭着这几点，扇一耳光还是轻的，若不是看在她有着身子，完全可以拖出去杖毙！"

虽然是回答沈茂的问话，云卿的目光却是居高临下地俯瞰着扑在沈茂腿上哭泣的苏眉，冰冷的视线如一柄柄利刃，让她心中一惊，顿时忘记了哭泣……

"爹，刚才女儿那一巴掌是否打错了，家中的规矩是否能因为一个人就被破坏？"站在沈茂的面前，云卿目光坚定又自信地望着他，没有一点儿内疚和害怕。

"当然没错。"云卿句句话都是从规矩上面做文章，沈茂作不得声，只有点头，这次回来女儿和以前完全不同，带着几分倔犟和勇敢，倒让他有些刮目相看。

苏眉哪能轻易地放过这次机会，打击云卿那也等于打击了谢氏，伏在沈茂腿上嘤嘤地继续哭道："老爷，我一个清清白白的官家千金嫁给你，可不是为了受这些委屈的。"

眼见她左一句右一句地自提身份，李嬷嬷都看不下去，眼底带着讥诮道："眉姑娘这话奴婢就不太明白了，进门两天，奴婢就听你说起无数次自己是官家千金，你已经是老爷的通房，那就是商人妾了，莫非还有别的心思，或者说你从来都看不起沈家是个商户？"

这话直说到苏眉的心里去了，她就是这么个想法，可是她也没笨到那个地步，真的说自己看不起商户，她还想着沈家的荣华富贵呢，立即抬起脸对着沈茂道："老爷，眉儿绝对没这个意思，当初对老爷一见倾心，希望老爷能多疼爱一点，毕竟眉儿曾经也是官家千金啊！"

"好了！"沈茂一下站起来，苏眉本来伏在他膝盖上，一下子往后栽去——

幸好张妈妈扶得快，没有摔在地上，苏眉擦了擦脸上的泪水，满脸疑惑地回想着刚才她说错了什么话了，怎的老爷脸色突然一下就变了。

看着苏眉呆懵的样子，李嬷嬷心内一阵痛快，瞧着老爷站在一边没开口，心知他是反感了，要压一压苏眉的骄气，便继续道："眉姑娘可能不知道，这府中不止你一人是官家千金。"

不止她一人是官家千金？瞧着屋子里的人，苏眉扫看了一圈，她父亲是布政司的从七品都事，这沈家的商户难道还能娶个比她家世还好的，若是家世好的，会嫁到商户人家来吗？心中笃定了想法，语气里就带了轻蔑："是吗？就算是，那还会比我父亲的品级高吗？"

话音一落，周围就传来低低的笑声。

一个人目光短浅也就罢了，还要蠢得不知收敛，恨不得全世界都知道，那就不能怪别人了。

李嬷嬷憋笑地向前一步，两只手放在身前，对着北边福了下身子："眉姑娘这话听了真是贻笑大方了，既然你是官家出身的，那当年连中三元后拒做帝师的谢状元你可知道？"

苏眉心里有些警惕，当今陛下年幼之时曾有一名书生名为谢书盛，乡试、会试、殿试的皆为头名，文采风流得了先皇青眼，邀他做太子师父，可惜他无心向官，几次辞了朝廷的邀请，一时名震天下，无人不知。

她弱弱地抬头看了谢氏一眼，自进门之后，她对谢氏的感觉虽有主母之风，想来也不过是一个商人的女儿，这时心中有了不安，谢氏也是姓谢，难道她和谢书盛有什么关系……难道……

看出她所想，李嬷嬷抬着下巴，两眼放出相当骄傲的光彩，音调提高道："如眉姑娘所想，我们夫人就是谢大名儒的嫡长女，正经的名门之女！"

李嬷嬷说得抑扬顿挫，特别强调名门之女四个字！

谢氏竟然是谢书盛的女儿，不可能！

苏眉摇了摇头，满眼不可置信，她若不是怕嫡母要将她随便许了人，才借着机会勾搭上沈茂，她才不屑嫁到商户家，怎么有人这么蠢？

"不可能的，你既然是谢大名儒的女儿，为何会嫁给一个商户做妻子！"

张妈妈一听不好，连忙掐了一下苏眉的手臂，她才惊醒地抬头，沈茂的脸色已经黑得和锅底一般。

他没有阻止李嬷嬷开口，也就是觉得苏眉回来这两天确实有些拿着自己的身份做乔了，存心要压一压她，莫以为沈家是小家子，谁知竟然让她说出了这样诛心的话来。

一路来苏眉都是软语说着自己如何仰慕他，才舍了身份跟着他，他多少也是有点感动的，此时看来完全不是这么回事！

苏眉一见不好，她现在在府中位置根本就不稳，若是没有沈茂罩着她，府中的人根本就不会把她当回事。

想到这里，她暗咬牙根，连忙依偎了过去，带着满脸惊讶和崇拜道："老爷，你怎么不告诉眉儿夫人原来是谢大名儒的嫡女，弄得眉儿出了笑话，原来老爷如此有魅力，竟然能娶得谢大名儒的嫡女做了夫人！"

本来怒气冲冲的沈茂听了此番话，脸色也好了许多。

男人就是爱吹捧，苏眉又靠近了点，如同小鸟依人般偎着沈茂的手臂道："老爷，当初眉儿就仰慕你，觉得你和其他人不同，如今又看了夫人都嫁给你，才知道自己是做了一生中最正确的事。"

她温言细语，带着一点娇憨和娇俏，说得沈茂十分舒心。

他这一辈子骄傲的事情里有一件就是求娶到了谢氏，当初父亲上门去谢家提亲，想着家中没有出过举子，娶个状元的女儿回来给子孙带来书卷气，他看到谢氏第一眼的时候就动了心，因两家门第相差，本是求娶不能的，后来因为发生了一些意外，才娶来了谢氏。

想到这里，沈茂回头看见谢氏站在厅中，正侧头看着云卿，今日她穿着一袭月华色的百褶裙，将白皙的肌肤衬得更加红润，心中微微一动。

昨日他为了安慰苏眉，没有和往日一样回来宿在谢氏那，心里更是觉得对不起这个十几年的妻子，不由放柔了声音道："那是，能娶这样贤惠的夫人是我的福气。"

谢氏也没想到沈茂能当着这么多人说出这样话来，就算这么多年夫妻依旧有些不好意思，故意瞪着眼道："老爷说什么呢，贤惠是每个正室都应该要有的品德。"

只是心里对这个贤惠还是有些酸楚，为了这个名，把自己的男人推给其他人，还要欢欢喜喜地表示出贤惠大方。

苏眉怎么都没想到自己一句话竟然引到沈茂对谢氏的旧情上去了，看着两人情意相传，气得将手里的帕子差点都揉烂了，忍着一肚子嫉恨，满脸柔和道："那是，老爷昨儿个晚上还说要多陪婢妾几天，若不是夫人大方，就是肚子里有孩子，婢妾也不敢答应呢，老爷，您说是不是？"

本来沈茂今晚还想宿在谢氏这的，可是昨晚又答应了苏眉，总不能言而无信，只好尴尬地点点头，恨苏眉太过娇纵不知收敛，找了个由头走了出去，路过苏眉身边的时候，苏眉连忙堆笑唤道："老爷……"

平日里只要她这么楚楚可怜地呼唤一声，沈茂定会与她说话，如今不过扫了她一眼，哼了一声后并不理会她便径直走了出去。

张妈妈在一旁看得暗道不好，刚才看起来是眉姑娘占了上风，实质上老爷对她这种做法有些反感了，也不知道姑娘自己有没有感受到。

听得沈茂今晚又在苏眉那歇息，方才一瞬间的柔情蜜意一下子化为乌有，谢氏往椅背上重重地一靠，只觉得太阳穴都隐隐发疼。

李嬷嬷眼里都有些惋惜，就在这时，外头又来人递来了帖子，云卿见谢氏脸色不好，代拿了翻看。

"是哪家来的帖子？"

"柳府那边递来的帖子，说是姑姥姥她得了风寒，大舅母希望您过去看看她。"将折子递给谢氏，云卿眼底浸满了冰霜，透着慑人的寒气，心中冷笑，终于知道递了帖子过来了，她还以为柳府的人会一直厚颜无耻装作不知道，一语不发呢。

从谢氏院子走了出来，回到兰心院，苏眉就开始发脾气，拿起桌上的东西砸得噼里啪啦满地都是，对着旁边的丫鬟大声喊道："给我滚……"

房内的两个丫鬟连忙小步跑了出去，春巧斜睨了她一眼，才慢悠悠地走出去，这般姿态看得苏眉又是火冒三丈，顺手抄起手边的一个瓷器准备砸下去！

张妈妈一看，连忙跑过去按着她的手，这可是名瓷，入了府中账册的，不能随便砸，小心地将瓷器放在原位，拉着气怒的苏眉坐到榻上，苦心劝道："姑娘啊，你平日那样聪明的人，怎么没看出老爷不高兴了，何必还要争着他今晚又来兰心院歇息呢。"

现在苏眉有着身子，又不能伺候沈茂，老爷待两晚也就罢了，长期霸着总会生出反效果来的。

"他不高兴？我还不高兴呢！"苏眉一屁股坐下来，冷哼道，"当初他怎么说的，说孩子生下来后，就让我做侧夫人，和谢氏一起掌家，现在呢，不要说侧夫人了，我连个姨娘都不是，连春巧那个贱丫头都可以和我平起平坐，你看她那样子，有将我放在眼里没！"

想起苏眉进门的那些个举动，也怪不得别人，张妈妈叹气道："当初奴婢就劝过你不要这么心急，先将孩子生下来再说，若是生了男孩，再发作也不迟，现在老爷对肚子里的孩子心里有了刺，要想拔干净只怕要费很大的工夫！”

她们进府仰仗的就是肚子里的孩子，若是孩子没了，又得罪了主母，以后在这府中日子必定艰难。

“哼！”轻哼了一声，苏眉摸着肚子道，“谢氏的本事也不过如此，妈妈这两日可看出来了？这府中真正厉害的是那个看起来天真实则软中带刺的大小姐！”

说起云卿来，张妈妈也拧了拧眉，姑娘说得没错，这几天姑娘和夫人的几场交锋里，每次都是被大小姐四两拨千斤地拨了回来，反而让自己吃了亏，一个十三岁的女孩子家，若说是无意的，不可能字字珠玑，句句关键，可见心机非常深沉，也十分聪慧。

手掌在腹部轻轻地抚摸着，苏眉低语道：“我绝不把我的孩子给别人养，也不会让别的人抢走我孩子的地位！”

若是没有了女儿在身边，谢氏必然不是她的对手，一个想法在她的心内形成，苏眉眼里射出恶毒的光芒。

谢氏这边接了柳府来的帖子，柳老太太病重想要见见她，她这几日为了苏眉的事烦躁心忧，看到帖子又想起退婚那日的事情，心里更是不痛快。可是自己的父母都去世，出嫁后，一直都是姑妈照顾着她，当初都私下说过要将谢氏认了做她的女儿，加之在老爷的心中她地位一直很稳固，也有部分原因因为这个柳府的亲戚，不管出于哪一面，她都应该要去一趟，只好拾掇了心情，留下翡翠在家中照看，让琥珀整理好东西后，次日便带着云卿去了柳府。

到了柳府，谢氏和云卿一下马车，就看到柳老夫人被人搀扶着站在垂花门前，看起来十分殷勤地期盼着她们过来。

想起上次回来，柳老夫人不过是在花厅内躺着，这次病倒了还在门口等候，真是做了亏心事，态度都不一样了。

一看到谢氏下了马车，柳老夫人就由银杏搀着喊道：“文娘，可把你盼来了。”

谢氏心中对柳易青的事还有芥蒂，也没有像上次那样眼眶湿润，疾步上前给柳老夫人行礼，只是淡淡地应了句：“姑母，你身子不好，还站在外头干什么？”

柳老夫人听出她语气里的疏离，连忙拉着她的手道：“姑母没想到会发生这样的事情啊，竟然会出现那样不知羞耻的事情，这一把年纪活到现在等于白活了啊！”她紧紧地握住谢氏的手，老眼里湿润了起来，声音也有些发抖。

见长辈对着自个儿这样说话道歉，谢氏倒有几分不忍了，看着柳老夫人病了还出来站在垂花门前迎接自己，便安慰道：“姑母不要难过，家大业大有些事情你也顾不到的。”

闻言，柳老夫人眼里露出一点惊喜，早就知道这个谢氏是个重情的，这番话的意思大概就是不再责怪她了，只要将她撇清，谢氏和柳府的情义就断不了。老脸上绽出欣喜又感动的笑容，看着云卿站在远处盯着自己，连忙唤道：“来来，云卿，让姑姥姥看看，前几日让你受委屈了！”

云卿站在一旁，眼里射出冷冷的光芒，娘是被这虚假的亲情蒙蔽了眼，柳老夫人若是真有心道歉，何必等到现在，筵席当日就可以说了，今日故意选在这人来人往的地方就是要做番姿态给其他人看，就算谢氏怪她，也不会在这么多人的地方给她难堪。

想到这里，她盈盈一笑，带着柔顺乖巧地上前对着柳老夫人行礼道："云卿给姑姥姥请安。"

"好，好，看到云卿姑姥姥的病就去了一大半了，我们云卿这样好的孩子，值得配更好的人儿啊。"

"姑姥姥夸奖了，只是此地虽说是柳府，门前人来人往的，表姐那些个事情还是进去再说，耳目众多，就算有什么话也顾忌着不能说的。"云卿走到谢氏身边，嫣然笑道，清雅绝俗的气质让其他丫鬟婆子看得连声称赞，被表姐抢了未婚夫，还能如此大度的大家小姐难得一见。

柳老夫人听着这关心的话，她也不想让柳易青的事情再传得沸沸扬扬，连声唤道："还是云卿懂事啊。"其他人纷纷跟着夸了几句。

只谢氏听了云卿的话，心里却有了些想法，姑母对她虽好，这么多年也从未出来迎接过，今次借口得病唤她回来，又选在这大门口来说这些事，到底是真心有些愧疚，还是想让她在众人面前不好驳了长辈的话呢？

云卿观察谢氏的神色，知道她心里肯定对柳老夫人的做法有了其他的想法，柳府和谢氏这么多年的感情并不会因为自己的话一下子破坏掉，她只有一点一点地在娘心中种下种子，让娘多一份疑心罢了。

进了屋内，柳老夫人拉着云卿坐下来后，田氏也就是大表舅母就开始接着表演了，她一脸懊悔道："表妹啊，上次那事真是对你不住，本来去赴宴的，谁承想易青那个不懂事的，喝了凉的东西也不知道，竟然闹出这样的事情来，丢了柳府的颜面，我是没脸再见你了。"

这话看起来是道歉，实则就是说柳易青还小，还不懂事，又是参加沈府的筵席才出了这样的事情，沈府也逃不过干系。

谢氏一听那一丝的笑意就有点挂不住了，一甩帕子，冷言道："听表嫂这意思，以后沈府开筵席，那还得每家每户去问一问有没有未婚先孕的闺女，然后再针对她煲个汤做些滋补的菜肴才是对的了，免得到时候在府中出了事，还是沈府人的不是！"

平日里谢氏极少这么说话，实在是因为柳府这个事情做得太不地道了，田氏真心道歉她也许就当作过去了，竟然道歉还要把责任往别人身上推，这可怪不得她说不好听的话。

柳老夫人一听也有些急了，使劲地瞪了田氏一眼，这个大儿媳妇实在是太没气度了，道歉就道歉，还说些撇清的话做什么，这事是撇得清的么！

田氏被柳老夫人这么一瞪，移开目光，当做没看见，她不甘心自己一个官太太还和谢氏低眉道歉，捏紧帕子，勉强继续道："瞧表妹说的，我不是这个意思，只是这样的事情闹出来毕竟两家都不好看！"

“既然知道不好看，当初就看好易青，她堂堂一个大家闺秀不知羞耻地婚前与人苟且，竟然还是抢的自家表妹的未婚夫，这事情做的时候怎么没看她觉得不好看了！如今事情暴露了，是我们沈家的人在闹吗？花园里她和齐家的那个做了那等的事情，是我们沈府的人逼的吗？”越听这话是越不对头，谢氏一口气将憋着的话说完，脸色冷淡，看都不看田氏一眼。

气氛一下子就僵了下来，柳老夫人本来是和田氏说好了，让她在谢氏面前低个头，道歉一下，这事也就算了，没想到田氏竟然怎么说都要把事情往沈府推，她不得不开口道：“文娘，你表嫂不是这个意思，她这些时日伤心得饭也吃不下，觉也睡不好，易青现在听说要去齐家做妾，寻死觅活地闹，你也是做娘亲的，懂这份心思吧！”

她苦口婆心地这么一说，田氏也知道今儿个若不让谢氏原谅自个儿，以后再到谢氏那拿银子肯定难了，怪自己刚才为那一时之气说那气话，连忙顺着台阶下道：“是啊，表妹，这些时日我是愁得茶饭不思，易青这一辈子算是毁了啊，她堂堂柳家嫡女，怎么能做个妾呢。”

说罢，眼泪哗哗地流下来，拿着帕子擦起了眼角，这也不算做戏，本来出丑失贞的应该是云卿，结果功亏一篑，丢脸的是自家女儿，这些天被柳大爷柳老夫人骂，她觉得不甘又委屈。

谢氏眉头松了松，同是做娘的，设身处地地想了一下，若是云卿这样，她肯定会病得更厉害，这天下哪个做母亲的不是为了儿女发愁，再看田氏的确憔悴了不少，心头就有些软了。

云卿眼见谢氏的神态，知道她心里又软了下来，眼中划过一道冷光，抿了抿唇角，娘什么都好，就是对亲人太看中，总认为身边的亲人都是好的，被蒙骗了也不知。

既然如此，那就由她来揭穿这些人的面孔吧。

云卿眉间微蹙，带着点无心似的开口问道：“姑姥姥和大表舅母说得是，易青表姐怎么肯给人做妾呢，可是若非在沈府花园里发生了这桩意外，云卿还是齐家未来的正妻，表姐怀着齐家的骨肉，难道还是要嫁给别人为妻吗？”

此话一出，谢氏的目光就带着疑虑看着田氏。

柳易青和人有了苟且之事，若没沈府突发的事情揭穿，也只有待云卿嫁过去之后她再嫁过去为妾，不可能再嫁给其他人了。难道说一开始田氏的目的就是要将云卿毁了，然后把易青嫁给齐守信么。

想起当初齐夫人突然莫名其妙地要求退婚，到后面王二狗偷荷包的事情，谢氏不得不怀疑，这一切，完全有田氏在后面推波助澜。

不知道怎的，谢氏突然觉得脚底冒起了一股寒气，这股寒气令她身子不由自主地一抖，看着面前的两个亲人有着几分陌生的感觉。

柳老夫人和田氏面色都凝顿了一瞬，完全没想到自己刚才的那一番说辞里面暴露了自己的心思，也不知道这个看起来乖巧好摆弄的云卿，怎么一下子就戳中了重点。

她们转头看着云卿，见她正笑着从几上拈起一个糕点吃，样子天真娇俏，一派少女纯真的姿态。

心里略放下心来，估计是一时搭话问的，不是故意针对柳家来的，这个表外孙她还有别的打算呢，不能让她对柳家有什么成见。

柳老夫人毕竟看的事情多，不过一瞬脸色就收回来，转头对着旁边的银杏呵斥道：“你怎么也不提醒我一下，还有表小姐在这里，刚才那些话是未出嫁的闺女能听的话么？”

表面上她在骂银杏，其实暗指云卿不懂规矩，这种婚嫁的话题也不知道回避。

这种指桑骂槐的方式，可是柳老夫人的强项，若是前世云卿肯定会脸皮一红，连忙道歉。

可今生不一样了，她知道这是柳老夫人她们没有底气，心虚了。于是落落大方，不慌不忙地站起来，福了福身子道：“自刚才姑姥姥牵着云卿进来后，大表舅母就与母亲说话，云卿一直不敢开口，现下想去看看易青表姐，不知可否？”

一通话下来，将柳老夫人的话都堵了回去，你牵着我进来的，怎么又说没看见，很明显是听了刚才的话不高兴，找了由头来指责她。

田氏也听出意思来，看着谢氏面色冷寒，只怕云卿再问出什么来，连忙道：“去吧，去看看你表姐也好。”

云卿刚走出花厅，到了一处小花园里，就听到前头传来一阵喧哗声，接着一股大力袭来，将她拉着往一旁的竹林里面拖去，一只冰冷的手卡在了她的脖子上，带着沙哑的男声附在耳边道：“不许叫，否则掐死你！”

CHAPTER 4

第四章 御天九凤檀香散

那人一手挟持着云卿，背退着往竹林里面而去。

云卿吓得凤眸圆睁，却也没有叫出来，将那声惊吓声卡在喉咙里，生生吞了下去。身后这个人手指如铁钳一样卡在脆弱的喉咙，只要稍许用劲，随时可以掐断她的小脖子。

她尽力让自己冷静下来，脑中飞快地运转，这块竹林葱郁青翠，平日里来的人并不多，她刚刚出来，母亲和姑姥姥她们暂时不会让人来寻她，虽然对她不利，但同时也表明现在的情况对身后的人威胁很小，若他能顺利逃脱，那自己就有机会不遭毒手。

至于这个人为什么要来柳府，她完全不在乎，柳府的人也好，财产也好，丢了没了她一点儿也不会难过。

将形势分析了一番，云卿立即做出选择，顺从身后人的举动，她拼命地吞咽了一口口水，放松全身，哑着嗓子道：“你放……松……点，我可以带……你……出去。”

那人闻言果然将手松了些，云卿这才得以呼吸顺畅，深呼吸一口空气，却闻到满鼻竹子清香中夹杂着一股血腥味。

难怪这人开始能顺利进来，此时却要挟制自己做人质，应该是受了很重的伤。

正想着，那人手忽然一紧，在云卿的后背上一拍，趁她张口之际，丢了一颗东西进去，低哑着嗓子道："你老实点，不要玩什么花样，刚才喂你的那颗是毒药，若是三天内没有解药，就会全身溃烂而死。"

云卿不禁干呕了一下，想将药丸吐出来，却听见从林中传来一个女子的声音："你说娘到底怎么想的，她竟然要我去做妾！难道就不可以给齐家施压吗？"

"小姐，夫人的意思是这样，如今扬州府太多人知道这件事了，知府夫人也开了口，柳府不好太明目张胆地违例，让你先嫁过去，等生了孩子，这事风头过去后，再抬做了夫人就是。"

这两人，云卿听出来一个是柳易青，一个是她身边的大丫鬟芍药，听着她们的声音越来越近，云卿禁不住急了起来。

上次柳易青她们就是想设计失了她的清白，若是让她看见自己在林中和个男子在一起，不说这人是个偷盗的贼，就是和男人在林子中待了这么长时间，加上有心人的抹黑，她的名声也没有了。

如此一来，那她重生以来所做的努力不是都白费了，一切又要回到那个不可改变的起点吗？

她顾不得吞下的毒药，眼前事才最重要，连忙转身道："你快点找个地方躲起来，若是让表姐看到我和你在一起，我这一辈子又要毁了！"

那人不由得一愣，什么叫这一辈子又要毁了！刚才喂了毒药没见她这么焦急，怎么因为这两个人过来，反而显得惊惶了。来不得细想，他也听得那两人走得近了，想到这次来竟然一无所获，不能打草惊蛇暴露身份，便赶紧往一处茂密的矮竹后窜去："在下此举实属无奈，小姐请将她们弄走，等下我就拿解药给你！"

见他飞速地蹲在了不远处矮竹之后，身形被茂密的竹叶掩盖得瞧不出半点端倪，云卿才松了口气，赶紧将身上皱乱的衣襟和发髻整理一番。

只见柳易青刚好走到了面前，身后跟着她的丫鬟芍药。时间刚刚好，云卿松了口气，脸上却不露分毫，浅然微笑，开口道："表姐也在此处啊。"

"沈云卿你个贱人，竟然还有脸面出现在柳府！"柳易青一看到云卿，怒火就升了上来，冲上前来骂道。

还骂她是贱人，真是人不要脸天下无敌！

云卿也来了一分火气，冷笑道："表姐这话说得奇怪，我又没做什么见不得人的事情，为何没有脸面来自己的姑姥姥家呢？倒是表姐，以后怕是没什么脸面去沈府了。"

现在身边没其他人，她不需要忍，既然人家送上来给人羞辱，言辞激烈一点，能将柳易青气走最好。

云卿的话让柳易青想起这些天她连门都不敢出，不说扬州，就是整个柳府里的下人，虽然不敢当面嘲笑她，看她的眼神也是那样不屑和鄙视。

她从没有受过如此侮辱，而这一切的来源都是眼前这个笑得天真的表妹，若是那日被抓到私通的人是沈云卿，而不是她，那么现在她就不要受这样的眼光，还要嫁给人做妾室了！

柳易青眼里怒意燃烧，咬牙切齿地对着云卿道：“你不要以为我是傻子，那天你给我喝的汤是不是动了手脚的？”回来后她回想了那天的吃食，到沈府之后只喝了一碗汤，问题就出在那汤上面了！

其实薏仁汤的确是云卿安排厨房里准备的，只是春日里准备薏仁汤也是很正常的事情，没有人会怀疑到她头上，最关键的那环是在簪子上涂了迷情药，才能使两个狗男女忍不住地勾搭起来，让后面的一切都顺利发展。

不过这一切，她不会说出来的。

“怎么会呢，那个薏仁汤是排毒去湿的，很常见的汤水而已，我如何知道表姐你这样不知廉耻，在婚前就与人私通！”云卿嘴角微微勾起，从柳易青的腹部掠过，优雅的凤眸中带着讥诮。

“你……”柳易青又气又恼，一个箭步冲上去，对着云卿就要扇下巴掌来，谁知手腕莫名一痛，一颗小石子咕噜噜地掉在地上，滚在了泥土中，柳易青摸着疼痛的手腕，四处查看：“谁打我？”

竹林中静悄悄的，一根根挺拔的翠竹笔直竖立，除了细长青叶的摩挲声，安静得没有半点声音，可是鼻尖却闻到一股淡淡的异味，这气味有点像……有点像血腥味……

柳易青脑中一转，刚才她过来的时候听到府中门人说进了贼，如今看来这贼可能就躲在这片林子里，再看云卿的衣襟有一点乱，上面好似还有一点淡淡的血迹，她心生一计，眼珠一转，连忙装作气怒道：“好，你给我等着，我去和母亲告状去，让她评评理！”

说罢，带着芍药往外急匆匆地走去，沈云卿，我的名声坏了，再过一会儿，只怕你的名声也好不到哪里去！

待柳易青的脚步声走远了，男子从矮竹跳了出来，往柳易青走出的方向睨了一眼，依旧沙哑着嗓子道：“你那表姐真够不要脸的。”

“你还有闲心理会这些？”云卿冷笑，伸出纤纤玉手，“把解药给我！表姐刚才神色不对，恐怕闻到了血腥味，很快就会再带人过来，不想被抓住送官就快走！”

柳易青不笨，就是情绪太过外露，自以为聪明，实则稍许精明些的人，一眼可以看穿她的想法。

惊讶于她的敏锐，男子眉梢微挑，眸光凝定：“你似乎比我还紧张？”

当然，以柳易青的卑劣，肯定会把这个男人跟她牵扯在一起，污蔑她的清誉，她已经不再在乎这些虚名，但是娘在乎。

云卿强自忍耐着心中的焦虑，沉声道：“我有我紧张的理由，但是，到时候你的结果会更惨，我最多名誉受损，而你，必死无疑！”

男子仿若看穿她内心的想法，神态悠然自得，若不是那微细的血腥味充斥在竹林中，倒一点都不像受了重伤的人，淡淡道：“你吃了我的毒药，我若死，你也别想活！”黑眸瞥了她一眼，接着道，“你自己说要带我出府，待我出去后，就给你解药。”

他不慌不忙，话语中带着一股天然的贵傲之气，这男人不像是一般的小贼……

云卿蹙眉深思，打量着对面的黑衣人。

方才情况紧急，云卿也没来得及看这个突然出现的人，此时才看到这个人一身黑衣，脸上戴着一个银色的云纹面具，透过面具，可以看到一双深邃见不到底的眼睛，好似一汪冰泉镶嵌在银华中央，明明纯澈无比，偏偏又让人感觉到一丝纯粹的邪恶糅在其中，亦正亦邪，却比哪一种都要更为诱惑。

“看够了吗？”男子眼底带着一丝讥诮，修长的手指抱着手臂轻拍了两下，一股无形的压力迎面而来，“那边你表姐可带了人过来了。”

云卿知道有一种人武功高强内力深厚，能听百米内所有动静，警醒道：“你跟我来，快点！”

她小时候曾来过柳府，有一日为了追一条小白狗跑到竹林里，让她发现后面有一个狗洞，不知道现在还在不在。

提着裙摆一直往里面跑，直到了竹林深处的高墙前，云卿才停了下来。

“这里是墙，如何过去？”男子淡淡一瞥，微带不满道。

“你急什么！”云卿不耐烦地回了一句，目光不断地在墙角处逡巡，直到看见一簇茂密的草丛上一道浅浅的白痕后，眼内冒出欣喜的光芒，连忙跑过去将草丛拨开，露出后面两尺见方的圆洞来，转头喊道，“找到了，就是这里！”

“你要我爬狗洞？”那人面上一呆，望着那黑乎乎的洞口，眼里透出几分寒冽的冷意。

云卿哪里知道他想什么，就算知道了，此时也管不了，她知道的逃生路线就是这一条了，站起来将他往这边推：“你当它是狗洞它就是个狗洞，你当它是逃生的洞那它就是救命的路，有什么比活着更好！”

闻言那人浑身突然一紧，转过头来深深地看了一眼面前的少女，眼底的光芒闪烁，双眸如同平静的水面下有着翻滚的暗流。

此时，竹林外头隐约传来家丁的声音：“来人啊，这边还没有搜过的！”

云卿一听，急了，也不得男女大防，礼仪规矩，一把将男子拉在洞旁边，使劲地往下面压：“你快点爬过去，不然你和我都要死在这里了！”

似乎被她这么一推，男子终于顺从地低下了头，从洞里爬过去，云卿一边留意竹林那边的动静，一边催促他：“你快一点，等会儿我还需要时间掩盖痕迹。”

直到男子的身影消失在洞口，将洞口重新掩盖好，云卿将他递来的解药吞下，匆忙地往刚才和柳易青撞见的地方走去，一回到原地，整理好一切后，便见柳易青带着一帮家丁走来。

柳易青见云卿还站在原处，眼底浮起了幸灾乐祸的神情，大步走到云卿的面前，讥讽地开口道：“刚才我在这里遇见了云卿表妹，慌慌张张的也不知道一个人在这里干什么，空气里却有一股血腥味，你们快点仔细地找一找。”

云卿却是看着她夸张的笑容，镇定地移开了位置，嘴角含笑地看着柳易青将话全部说完，她想诬陷自己在这里私会男人，如此便让她好好找一找。

那些家丁听了她的吩咐，开始在竹林里面查找了起来。一炷香的时间过后，一个管事跑过来，对着柳易青报告道："大小姐，没有看到有人。"

"没有人，怎么可能，刚才我明明就闻到了血腥味，你们到底有没有好好地办事，一群饭桶，找个人都找不到！"柳易青睁大了眼睛，她很确定自己刚才没有闻错，而且手腕上还留有一道被小石子偷打的红肿痕迹。

若不是和沈云卿有什么关系，那个贼为何要出手帮她！

本来柳易青平时被田氏惯得骄纵，下人颇有微词，此时她不论缘故地骂人，管事的脸也微微冷了下来。

他在府中也是有头有脸的人，僵硬地开口道："家丁们搜索过，的确没有，若是大小姐不相信，可以自己再去搜索一遍！"

听到这般敷衍的话语，柳易青气怒不已，狠狠地瞪了一眼管事，冲到云卿面前拉着她的衣襟道："你到底把人藏到哪里去了，沈云卿，你不要在这里装无辜，你和贼私通的事情一定瞒不住的！"

"表姐，俗话说抓人抓赃，你若是硬要诬陷，云卿也没有办法。"云卿一把扯开她的手，拍了拍自己的衣襟，目光如同一柄锋利的寒剑，直直地射向柳易青。

"你胡说什么，刚才我和芍药明明看见你在这里和盗贼一起的，你休要否认！"柳易青不管那么多，胡乱开口，她只想将云卿也拖下水，这样才能解了她的心头之恨。

眼睛往竹林外一瞟，云卿突然声音一颤，眼里盈满了泪珠，带着害怕的音色开口道：

"表姐，虽然你抢了我的未婚夫，可是云卿从来没有在心里恨你，今日本来想来府中陪陪你，寻到林中时，谁知你一见到我，就说我与人私通，不知道表姐可对云卿有什么误会，说出来我们一起化解了可好。"

说完，拿着帕子轻轻点了点眼角，泪珠欲落不落，十分惹人怜惜。

旁边站着众多的家丁和管事看着表小姐柔柔弱弱的被大小姐逼得哭了起来，不禁个个心底不平：这个大小姐实在是让人失望，婚前失贞，与人私通，抢了表小姐的相公也就罢了，如今还想诬陷表小姐，实在丢煞人也！

听到云卿带着轻轻呜咽的话语，带着害怕的眼神，和着周围下人投来的轻视目光，柳易青忽然满脸涨红，怒意难忍，满目狠意地瞪向云卿，不可抑制地吼道："沈云卿，你个商户家的贱货，若不是看你家有几个钱……"

话音未落，只听"啪"的一声，一记响亮的耳光便甩在了柳易青的脸上……

柳易青被扇得半边脸痛麻了，怒气冲天地开口道："哪个敢打我！"回头一看，却见田氏一脸焦急，谢氏一脸怒火地站在竹林里。

云卿一看来人，连忙跑了过去，带着哭音呼道："娘……"

她早就看到两人的身影，这才故意装出来的，如此一来，谢氏不可能再轻易相信田氏了。

柳易青为了加大事情的影响力，特意让芍药去通知田氏，谢氏在一旁听到云卿的名字，也随了她们过来，谁知才一踏入竹林，见到的就是柳易青在骂人的场景！

一把搂住可怜兮兮的云卿，谢氏本就窝着一肚子火来的柳府，又见女儿被骂，云卿是她的宝贝，从小莫说是骂，就是说重了她都舍不得，气怒道：

“倒是不知道柳大小姐好大的气派，看来府中是无人能制得了你，所以你才如此蛮横，不知体统，我沈家是一介商户，但我也是你的表姨母，莫太不知长幼。”

闻言，田氏心急了起来，刚才和柳老夫人两人好一顿说词才将谢氏心底的疑虑打消了些，听到柳易青的话就知道算是白忙活了，连忙上去拉着柳易青走过来道：“小孩子家家的闹就闹，怎么说话的，让表妹受这么大委屈，快点去道歉！”

虽然心底不服，柳易青还是知道给表姨母听见这话十分不妥，忍着被扇的不忿，开口道：“表姨母，表妹，刚才是我一时冲动，对不起。”

可谢氏这次是一点都不为所动，看着柳易青，眼底带着一丝冷怒，她嫁到商户家，知道别人会有轻蔑的看法，可怎么也没想到自家人都如此看不起她，搂着云卿道：

“这种事情发生在家中也就罢了，易青是就要出嫁的女儿家，若是夫家的人听到，不仅是她本人，还有柳府都要受到连累。”

抽出锦帕在云卿的脸上轻轻拭掉泪水，谢氏牵着她的小手转身对着田氏道：“既然姑母的病也好得差不多了，我也过去辞行了。”

说罢，带着云卿就往花厅走去，柳老夫人这边早有人报来事情始末，听到谢氏说的话，心底猛地一惊，骂道：“那作死的畜生，是要将我气死么。”

过了半炷香时间，谢氏牵了云卿走进来，柳老夫人忙让银杏扶着走过去，边说边上前去拉云卿的手，满脸慈爱道：“云卿，快点告诉姑姥姥，到底是谁欺负了你？”

云卿不开口，一味地挨着谢氏，粉嫩的嘴唇抿了抿，似是不敢说。

柳老夫人瞟了一眼谢氏的面色，看田氏跟着进来，抡起手中的拐杖使劲地往柳易青身上揍了一棍，痛得她大叫了一声，连忙躲到了田氏的身后。

柳老夫人看着气急道：“瞧你教的那败家风的女儿，嫌丢脸还不够吗？我不是让她在屋中思过么，怎么又出来惹是生非！”

田氏也是一脸的恨铁不成钢，她花了那么多心思讨好谢氏，就是为了等下好开口拿钱，如今这样怎么开得了口，满脸歉意地开口道：“表妹……”

话还没说完，谢氏却抢在前头截了话：“今日这事罢了，不必再说，本是说姑母身体不好，前来探望，如今姑母身子也康健了，文娘就回去了，沈府虽不是官家，宅子的事务也的确有很多。”

这是打定主意要回去了，柳老夫人明白虽然谢氏表面上没有再追究这事，可是今日这祸算是惹下了，但谢氏也不是她亲生女儿，总不能自己儿子儿媳都在，让个侄女来侍疾，只好说了几句关心的话，送走了她们。

马车上，谢氏和云卿坐在里面，一路上谢氏都很少开口，看得出她最近心事重重，又加上刚才在柳府发生的事情，心情变得更加忧虑。

云卿低头把玩着腰间的如意结，并没有出声安慰，她知道谢氏的担忧。

若是不能生下儿子，女子的地位就不得稳健。父亲年纪也渐渐大了，这些年对儿子的期盼也越来越重，到时候苏眉生下儿子，就算是个姨娘，也会母凭子贵，家中的一切都会改变。

好在这次来柳府不虚此行，娘在心底已经隐隐地反感柳家人了，只是对姑姥姥还是一如以前，她也知道万事不可操之过急，一步步来便好。

回府之后，谢氏进屋后便想起前日里本来要让大夫将自己与各位姨娘的身体好好诊看一番的，后来发生事情拖延了，便吩咐琥珀去回春馆请大夫过来。

另外，让翡翠吩咐其他的三位姨娘到这里来，等大夫来了之后好一齐查看一番，究竟问题出在哪里。

过了一炷香的时间，白姨娘首先到了，她打扮得比较素朴，身上一件粉色交领曳地裙，头上只插了一支赤金镶红宝石的簪子，将她那股小家碧玉的气息衬托得很出色，徐徐上前，脸色恭敬地对着谢氏和云卿分别行礼道："婢妾见过主母，见过大小姐。"

"坐吧。"谢氏神色柔和地挥挥手，白姨娘是她的陪嫁丫鬟，素来少言寡语，一心伺候着谢氏，从不争夺什么。

上一世里，云卿对她印象是最浅的，光从外表，几乎看不出这个素来低调的她是父亲身边最得宠的姨娘。

"唉，夫人，怎么想着今日给我们过脉啊！"随着脆响的声音，秋姨娘满脸带笑地走了进来，身后跟着另外一位水姨娘。

沈茂的三个姨娘都是各有风姿，也都算得上出色的美女，可是即便如此，云卿的视线还是马上就被水姨娘吸引了去，她是三个姨娘中最年轻，最漂亮的一个，穿着一身嫣红曲裾，紫底粉带的腰封将纤腰束得不盈一握，粉面含春，娇不可言。

看到水姨娘，谢氏的眉尖微蹙，淡淡地说道："你们先坐下吧。"

一个时辰之后，琥珀带着一个穿着深色衣，背着药箱的大夫走了进来："夫人，回春馆的大夫已经请到了。"

"那就请大夫替我们把把平安脉。"谢氏十分客气地开口，翡翠立即搬来圆凳让大夫坐下。

一炷香的时间过后，见大夫已经诊脉完毕，谢氏殷切地问道："大夫，府上女眷可有不妥？"

大夫回道："府上女眷身体都没有问题，康健得很。"

谢氏闻言心头一紧，面色却不露分毫，笑着让琥珀送大夫去拿出诊费。

秋姨娘媚眼瞧着大夫出去，又看谢氏的脸上带着笑容，没其他的异样，便开口道："说来也奇怪，我们在府中这么多年都没怀上过，那个苏眉可不到半年就怀了个回来，真让人羡慕，白姨娘，你说是不？”

白姨娘是府中最老资格的姨娘了，长得并不算很出色，却常年得沈茂宠爱，秋姨娘心内不服，经常寻着由头给白姨娘找刺，不过大多数时候白姨娘都是淡淡地应对。

她坐在一旁帮谢氏捶着腿，侧头对秋姨娘答道：“眉姑娘福气好，能怀上老爷的骨血。”

这话软绵绵的没劲，秋姨娘也懒得接口了，倒是水姨娘嗤笑了一声，拿起帕子掩口道：“怎么，瞧白姨娘的意思，是我福气不好了。”

“不是这个意思，福气乃天定。”白姨娘低着头，专心地捶着腿，表情也没有变化。

“天定？要是福气是天定的话，那最薄的那个就是跟着老爷最久的你了！”水姨娘是老太太提拔上来的姨娘，当初听说是想做侧夫人，没有做成，尖酸得很。

谢氏本来就烦，这三人在这里你一句我一句，不离怀孕的事，听了这话只觉得闹心，撑着额头皱眉骂道：“你们在这里浑说什么，有本事自个儿怀上一个看看！没事了都下去吧。”

一听谢氏的话，白姨娘停下手，站了起来，水姨娘斜着瞥了一眼谢氏，甩着帕子走了出去，秋姨娘抿着唇行礼之后也跟着出去了。

屋内总算是清静了下来，谢氏心里更是疑虑，若是自个儿和三位姨娘都没有问题，那问题究竟出在哪里。

云卿坐在一旁，更为思虑，大夫说娘和三个姨娘都没有问题，而爹应该也是没有问题的，否则不会生下自己，可是在自己之后就再也没有音讯。

她手指轻轻地在桌面上轻划，心中推敲，苏眉是爹从外面带回来的，若她肚子里面的是爹的孩子，那么有可能问题就出在爹的身上。

忽然院外传来一阵喧闹声，翡翠走到门前，撩开帘子骂道：“一个个吵吵嚷嚷的像什么话，夫人和小姐还在里头呢！”

谢氏院子里的二等丫鬟珍珠见机上前道：“翡翠姐姐，门口有个小丫鬟说是要见夫人，闹得很厉害，她一个粗使丫鬟也想随便见夫人，不看看自己的分量。”

翡翠听了这话心头对珍珠就有些不喜，虽然说粗使丫鬟是丫鬟中最低贱的一等，可珍珠自己也就是个从粗使丫鬟爬上来的，有些忘本了，做下人的应该相互扶持，而不是互踩，微蹙着眉头道：“知道她是有什么事吗？”

珍珠一听这语气，知道翡翠有点不悦，眼珠一转，连忙转风怀着关心道：“是这样的，那粗使丫鬟说她妹妹喝了老爷的汤后肚子疼得满地打滚，求夫人给她请个人看看。”

喝了老爷的汤？肚子疼？

云卿掀开帘子走出来刚好听到这句话，扫了一眼那被拦在外头的粗使丫鬟，开口吩咐道：“让她进来。”

婆子们这才松了手，那个丫鬟跟在翡翠的后头进了屋，扑通一下跪在了谢氏的面前，满脸泪痕哭泣道：“夫人，小姐，求求你救救奴婢的妹妹，求求你救救她。”

“你慢慢说，究竟是什么事？”云卿淡淡地开口，语气里没有半分的压迫和轻蔑，如同轻风一样的音色让那个丫鬟的心安定了许多。

她抽噎了一下，擦了擦脸上的泪水道：

“事情是这样的，奴婢叫做小莲，有个妹妹新进沈府做事，名叫小花，今儿个去厨房找吃的，因为饿得狠了，看到灶上有一碗汤，便偷偷喝了一半，再加了些水兑进去，也没有人发觉，结果到了下午的时候，肚子就开始疼了起来，开始奴婢以为是一般的肚子疼，也没在意，后来越来越厉害，竟然……竟然会有血流了出来……”

“会不会是来了小日子？”翡翠接着问了一句。

“不会，奴婢的妹妹才十岁。后来奴婢特意去打听了，那碗汤是给老爷补身子的汤。”小莲有条理地说道。

云卿却淡淡地瞟了她一眼，眼里有着赞赏，这话听起来简单，其实小莲这个丫头是怀疑汤里有其他的东西，一来是真心要为妹妹找大夫，二来也算是给谢氏报个信，开始那番说话也尽量将妹妹年幼和新进府强调出来，让人产生怜悯，倒是个聪明的丫头。

谢氏听完也觉得不对，沈茂每日都会喝一碗补身子的汤，这汤药性温，于男于女都合适，怎么会喝了肚子疼。

李嬷嬷看她脸色，立即到外头使了丫鬟去拦住琥珀，让那大夫回来，给小花诊断了之后，脸色却是沉了沉，谢氏连忙问道：“是怎么回事？”

“她喝了极为凉的东西，还好量少，开服药给她喝了，影响不大，只是这里面有一味东西男人喝了……”大夫说到这里停了一下，这里头牵扯到了宅子里一些阴私，他顿了顿，才继续道，“影响子嗣的，还是莫要再喝的好。”

谢氏脸色一下变得惨白，身子摇摇欲坠，竟然有人给老爷下这种东西，这可是要绝了沈家的后啊！

李嬷嬷连忙扶着她，脸色焦急地问道：“这汤喝久了是否不会再有子嗣了？”

“这东西剂量下得不大，得看喝的时间长短。”大夫也不敢肯定，只能这样说。

谢氏听了更是心急，连忙唤人把沈茂给请了回来，这样的大事，她不敢瞒着，也不能瞒着，沈家无后这个责任，可不是她一个妇人可以担得起的。

半个时辰之后，沈茂从外头铺子赶了回来，谢氏先是说让他把个平安脉，待把脉之后，大夫收起袖子，脸色严肃，半躬身子行礼道：“对不起，夫人，这药物使用已久，在下无能为力了。”

沈茂满脸疑惑，谢氏已经接近昏厥，只有李嬷嬷战战兢兢地将事情的始末说出。

闻言，沈茂气得满脸发青，顺手就将旁边的六幅春日百花争艳屏风一脚踢翻在地，狠狠地盯着一处黄木雕花摆设，眼神阴沉不定。

此时，外头春巧来传话，说是苏眉肚子疼得厉害，请老爷过去看看。

屋子里的气氛压抑得紧，没有人开口说话，也不敢说，沈茂虽然不常发脾气，可毕竟是一家之主，刚才大夫的诊断对于男人来说最是无法忍受的，偏偏春巧这个时候还不学乖，翡翠打发了她先回去，她还不肯，以为是谢氏吩咐了阻拦，连声在外头喊道：“老爷，眉姑娘肚子疼得紧，想要您过去看看……”

她如此作为，不是为了苏眉，而是想着苏眉反正都不能伺候老爷了，能把老爷拉过去，指不定晚上她能找到机会伺候，到时候得了孩子，也能升上去做个姨娘。

可是她不知道这个时候说苏眉比任何时候都更让沈茂生气，他刚被大夫诊断出来，喝了那汤药多年，以后不能有子嗣，所以这么多年府中无妻妾怀孕，这个苏眉肚子里的孩子那是谁的？

再想起那日女儿在厅中说的话，别人都没有怀孕，单单就苏眉有了，自己被人戴了绿帽子，牙根咬得死紧，背着手风一样地走了出来。

春巧一看见他，立即用自认为最柔媚的嗓音迎了上来：“老爷……”

沈茂看都不看她，就是一脚踢过去，怒道：“给我滚开！”

不知缘故的春巧被踢得在地上打了个滚，被踹到的大腿一侧疼得她脸都白了，硬撑着站起来，完全不明白平时看起来儒雅风流的老爷怎么今儿个火气这样旺盛。

云卿看着沈茂气怒的背影，暗地冷笑，苏眉肚子里的孩子以前是个宝，以后只怕会比草还不如了。她收回目光，微笑着对大夫说道：“辛苦你今日来府上给女眷看诊了。”

翡翠知机地掏出一个荷包塞到大夫的手中，那大夫也是个精明人，接过荷包，知道这是封口费，大户人家这种事情是很忌讳别人知道的，他也不愿意将这种事情到处宣扬。

暗里捏了捏荷包厚度，沈府出手倒也大方，脸上表情更和悦了几分，开口道：“夫人平日里少操劳，多注重休息便可，其余女眷无碍。”双方都明了这是达成了协议，给沈茂看病一事当作没有发生过。

待大夫一走，谢氏也强撑着站了起来，带着几分忧思道：“扶我去兰心阁看看，老爷正在气头上，万一下手没个轻重……”

虽说苏眉这人她不喜欢，可到底还是官家的小姐，若是出了什么事，苏眉家人找上门来便会产生很多的麻烦。

看着她面目苍白，神色憔悴还要担忧家事，云卿心里不忍，连忙扶着她劝道：“娘，你还是在这歇着，我到兰心阁那去看看吧。”

听到女儿这般懂事关怀的话语，谢氏嘴角勉强扯出一点笑容，点了点头。

兰心阁那厢。

苏眉靠在曲竹式墨床上抱着肚子大声喊疼，朝外头看了一眼，拉着张妈妈的手小声问道：“你一切都准备好了吧？”

“都按照姑娘的吩咐准备好了。”张妈妈连忙说道，“姑娘别停，估计老爷就快来了……”

苏眉这才放心地躺在床上，又继续哼哼唧唧：“哎哟，疼死我了，疼死我了……”

外面一阵急促的脚步声透进来，苏眉连忙转头装病弱，娇声唤道：“老爷，你来了……”

但见沈茂两眼微眯，射出的目光带满了戾气，吓得她连要说的话都卡在喉咙中了，只呆呆地望着他，不敢开口。

望着苏眉那张平日勾人魂魄的面容，沈茂突然觉得矫揉做作得很，来兰心阁的路上他的怒火已经慢慢平息下去，这么多年做生意的历练让他能控制自己的脾气，刚才一时听到那个消息太过冲击才会激动过头，单凭一个大夫的话，不能百分之百确诊，也不愿意就这样确诊，还要多看两个大夫才能真正接受这个诊断。

但是在他心里对苏眉的肚子怎么都有了一根刺，难以消除。待再找两个大夫看过后再说，那时候若还是如此，那就怪不得他……沈茂那双与云卿一模一样的凤眸里掠过一道深沉的光，透出平日里难以见到的杀气。

云卿这时也到了兰心阁，流翠随着她走来，见沈茂并没有冲动地立即伤了苏眉，也不觉得奇怪，沈茂并不是个十分冲动的人，再说就一个大夫看过，他也不会全然相信。上前对着沈茂福了福礼，道："听说苏姨肚子疼，娘让我过来看看究竟如何，千万莫伤了肚子里的弟弟。"

苏眉没想到云卿会过来，怕她坏事，暗暗咬了下牙，转念一想，她在这里也好，今日这局可就是为了她准备的，人在这里岂不是更好，于是抱着肚子皱着眉心道："不知怎么，从早晨起，肚子就疼得很。"

"好端端的肚子又疼什么，没请大夫吗？"深呼吸一口气，沈茂决定先不说出来，表面上淡淡的，看不出什么端倪，只是声音少了平日里那种殷切的期盼。

苏眉沉浸在自己的大事之中，没察觉到沈茂的不正常，和张妈妈打了个眼色，按计划行事。

张妈妈抱着苏眉，抬起的脸上一片苦色，道："已经请大夫看过了，大夫说看不出到底是什么毛病，姑娘这都疼了一天了，奴婢怀疑这是中邪了，让人请了道士来看看，为了避嫌，特意请老爷过来的！"

沈茂斜睨着苏眉，见她披头散发，脸色发白，比起昨天所见，完全是两个样子。

想起以前曾听生意上的朋友说过这种事，半信半疑地问道："人请来了，在哪里？"

"在偏厅那等着呢！"张妈妈见沈茂首肯，立即挥手让旁边的小丫鬟去偏厅那将人请了过来。

过了一会儿，一个穿着灰色道衣，皮肤棕黑的中年男子走了进来，他一手持着拂尘，一手拿着八卦盘，貌似仙风道骨一般对着沈茂行礼道："贫道见过施主。"

"嗯，你算一算，她是否是因邪物冲撞才会无故肚子疼的。"沈茂走到主位上，撩袍坐下，淡淡地开口道。

那道士得话后，与苏眉的视线飞快地在半空中交接一下，张妈妈装模作样地拿出一个八字递给他，道士接过后拿着八卦盘左旋右转，口中念念叨叨地在房中走起了八卦步，手指不停地捏算，眼睛半眯半睁，一副神游天外的模样。

忽然，他脚步一顿，手臂抓着八卦盘不断地抖动，好似有人在抢他的东西，坚持半盅茶的时间后，然后他猛地一下往后退了一步，睁开眼睛满脸惊愕地喊道："施主，请问府中可有酉年出生，现住在府中南边之人？”

“啊，大小姐不就住在那里么，你胡说什么，大小姐怎么会是那冲撞之人！”张妈妈义愤填膺地站出来说道。

表面上是维护了云卿，其实是直接把这个冲撞之人定在了云卿身上！

话说到这里，云卿哪里还不明白苏眉今日要演的是哪一出了，竟然是针对她来下手的，可惜，苏眉这个人，太短见了，进门之后根基未稳，就三番两次地要出手，每一次都没讨得好，还不识趣。她是酉年出生没错，也是居住在朝南方向的院子，可是这府中，还有一个人，也是如此！

流翠闻言满脸愤怒地看着张妈妈，面带不耻道：“张妈妈这话可说得真快，道士刚说了方位和生辰，你马上就怀疑到了小姐，进府才几日，你就将小姐的生辰八字全部弄得很清楚嘛。”

要知道人的生辰八字都是保密的东西，除非特别亲近之人，其他人都不会告诉，以免有人拿了去做法下降头。

张妈妈没想到被一个小丫头一下抢了话去，一时语结，转头看着沈茂，只见他眉头微皱，眸中并没有相信的神色，连忙开口否认道：“进了沈府的门，那便是沈府的奴婢，作为一个忠心的下人，对于府中主子的一切自然是要了解的，再说奴婢也只知道生肖，并不知道具体的，说到底，还是怕伤了眉姑娘肚子里的小少爷。”

这话圆得倒是不错，表达了忠心，又强调了眉姑娘肚子里的孩子，沈茂即便是不相信这个相克之说，为了没出生的孩子也得好好思忖一下。

云卿瞥了那道士一眼，他眼观鼻，鼻观心，两耳不闻窗外事的模样，倒装得有那么几分像，只是那眼中偶尔透出来对四周摆设的贪婪之光，将他心底的欲望泄露了出来。

她收起打量的眼光，微带疑虑地问道：“请问道长，你确定只要是府中人，酉年出生，住在朝南方向的院落，就会与苏姨肚中孩子相克是吗？”

那道士本来该做的都做完了，等着完事收钱就是，听到耳边一阵如同初雪般轻柔的嗓音，不由自主地睁开眼睛，看着站在沈茂身边的云卿。

十三岁的纤柔少女，柔顺的乌发挽成流云髻，蓝色的对襟齐胸裙，长长的裙摆起伏如同站在海上波涛之中的仙子，端庄高贵，文静优雅，竟让他瞬间觉得高不可攀，又心生起旖念，忙不迭地点头道：“当然，贫道所言句句为理，万万不敢欺骗，这相克之人若与胎儿一起，迟早要生出祸端。”

沈茂见他眼露淫光盯着自己的宝贝女儿，已经不喜，微冷着脸道：“道长，那要如何化解呢？”

道长一听有戏，连忙将八卦盘一放，收回了目光，咳了咳开口道：“只有将相克之人其中一方送进远离府内的庄子中，才能避免一切。”

只要到了庄子里，那里人少守卫疏松，到时候他半夜翻进院子里，这貌美如花的小姐还不是手到擒来的。

苏眉一见机会来了，立即“虚弱”地从床头爬起来，眼含泪水，开口道：“老爷，大小姐千金之躯，怎可去那里，眉儿愿意去庄子上，以免冲撞了大小姐，这样的罪眉儿承受不起。”

“姑娘，奴婢知道你懂事，可是庄子里那是什么地方啊，人少物荒的，你受累没关系，可你肚子里的孩子受不得这罪啊……”张妈妈也是满脸泪水，忠心耿耿地劝慰。

两人配合得十分不错，苏眉扮贤惠，张妈妈演忠奴，无非就是要提醒沈茂，苏眉是愿意去庄子上的，可是她肚子里还有个孩子呢。

大人去得，孩子可不能去。

云卿冷眼看着她们两人一唱一和地表演得差不多，这才出来道：“爹爹，苏姨如今怀了孩子，是不适宜去庄子上的，为了弟弟，云卿就是去住个大半年的也没甚关系，只是道长方才强调了，但凡酉年出生的，住在南方的都是相克的，云卿只怕……”

沈茂盯紧苏眉，皱紧眉头，问道：“只怕什么……”

“只怕祖母回来了，也要一同住到庄子上去，实在是有损爹爹的名声。”云卿十分困难地将这句话说了出来。

沈茂这才记起来，自己的母亲也是酉年出生，住的府中的荣松院，和云卿是在一个方向，只不过母亲这两个月去京城看亲去了，前两天还接了母亲的信，说是要准备动身回扬州了，他被那诊断弄得心神俱乱，一时没想起来。

苏眉没有料到老太太也是酉年出生的，她的目的本来是针对云卿，这下如果扯上了老太太，沈茂绝对不会把自己的娘赶到庄子上去的，心急之下连忙对着道士喊道：“道长，只有现在住在府里的人才是对不对？没有在府里的不算是不是？”

那边道士也没料到突然发生这种情况，看着金主这样喊，连忙点头：“是……”

一旁的流翠眼底露出了讥诮，这个眉姑娘为了撇清老太太这样喊，那就是只愿意让大小姐去庄子上了，老爷又不蠢，加上发生了刚才大夫诊断的事，谁去庄子上还很难说！

沈茂啪的一下拍着桌子站起来，对着那道士怒道：“你说，到底是开始你算的是实话，还是她让你改口的是实话！若是乱说一句，我就拉你去见官！”

道士被这声惊得发抖，看着沈茂脸色发黑，牙根紧咬，就知道事情不好，他本来就是苏眉请来的游野道士，为了钱才进来的，不想去吃牢饭，连忙摆出一副正直的模样：“贫道所言字字真实，确实是府中所有人都包含在内！”

没有预料道士会阵前倒戈，苏眉一听，一口银牙几乎要咬碎，气得双眼冒火，又不敢再开口指责，强忍了怒气，抬手狠狠地在脸上擦了一把。

一直盯着她举动的云卿黑眸微动，掠过一道暗光，假作惊慌地开口道：“哎呀，苏姨，你的脸上怎么破了一个口子啊？”

沈茂闻声转头一看，只见苏眉那苍白可怜的小脸上一块粉掉落了下来，露出里面粉色的肌肤，他眼眸一眯，三步并作两步走过来粗鲁地拿起袖子往她脸上猛地擦去。

“老爷，别……”苏眉挣扎地后退，沈茂抿唇两指掐住她的下颌，不让她避开。随着一下又一下的擦拭，她脸上本就是涂的白色脂粉，故意装出病容的，被这么猛力一擦，自然露出下面白里透红的肌肤。

“好，好，相克是吧，为了保住你肚子里的孩子，来人啊，将苏眉给我送到郊区的庄子里好好养胎！直到她不会再与大小姐相克了为止！”看着眼前脸色红润的苏眉，沈茂嘴角绽开轻蔑的笑意，眼里透出凶狠的气息，语如寒冰地吩咐道。

恍如雷劈在身，苏眉没料到自己设局得来的是这种苦果，也顾不得那么多，从床上爬下来赤脚跪在地上抱着沈茂的腿哭泣道：“老爷，眉儿知错了，庄子上又冷又苦的，眉儿在那里你舍得吗……老爷……”

她不说还好，一说沈茂更是火气直蹿，看着站在一旁，眉宇间带着一点淡淡忧愁的女儿，那遗传自自个儿的凤眸含着委屈微垂着，一把将苏眉掀开道：“你现在知道庄子里又冷又苦了，可你设计我的云卿时，有没有想到她去了岂不是更苦！”

那是他唯一的女儿，从小是锦衣玉食供养着，苏眉竟然想让自己把女儿赶到庄子里去，简直过分到了极点！

苏眉从来没被沈茂这样对待过，自从跟了他之后，他都是软语哄着，即便有时候她耍性子，他都不会摆脸色，一时适应不了这种落差，抬起梨花带雨的小脸望着他，抽噎道：“老爷，我肚子里还有你的孩子，你就算不看眉儿，也要看在腹中胎儿的分上啊……”

岂料这样百试百灵的法子，在今日也失了效果，沈茂抿紧唇角扫了她一眼，当作没有听到一般，冷声道：“张妈妈，赶紧收拾东西，等会儿就安排人将你们主仆二人送到庄子上去。”

说罢，一点插话的机会都不给苏眉，转身对着云卿，语气变得轻柔：“和爹一起出去吧。”

这样的地方，女儿还是少待着点好，别学着这些上不了台面的手段，变得小家子气了。

“是，爹。”微笑着对沈茂点了点头，云卿从容地随着沈茂出去。

苏眉抽抽噎噎的声音从后面传来：“老爷……老爷……我不想去庄子里啊……”可是沈茂始终没有回头。

走出了兰心阁，云卿依旧能感受到背后那恶毒的视线，像是恨不得化成两把刀砍在她的背上，但她的背脊挺得越发的直，整个人好似一朵带刺的玫瑰，迎风更是亭亭玉立。

她知道爹这次对苏眉是真正的厌烦了，对于沈茂来说，一个确定是自己骨肉的女儿，和一个可能是野种的胎儿，他肯定在乎的是这个十数年看着长大的女儿。

日头渐渐偏西，霞光将天际慢慢地染上了一抹似黄似红的艳丽色彩。

与沈茂分开后，云卿并没有回自己的归燕阁，而是先去了谢氏的院子。

先问候了躺在斜榻上休息的谢氏，又亲自喂她喝了药汤，云卿这才遣了流翠站在屋外头看风，望着屋中的翡翠、琥珀以及李嬷嬷三人，全身散发出一种淡淡的威严，坐在青鸾牡丹团刻紫檀椅上，缓缓开口道：“三位都是母亲身边的得力助手，这么多年伺候母亲，云卿也是看得到的，今日也在这里说句贴心的话，方才大夫的诊断希望你们能保守住秘密，一切都未成定数，若是传出来给有心的人听到，沈府家大业大难保没有人会起那腌臜的心思，到时候沈府出事，你们也不会有好日子过！”

一番话是连收买带棒打，既说明了她们三人在谢氏身边的地位，表扬了她们的忠心，又表明若是敢泄露了出去，沈府出了什么事，她也必然不会放过她们。

李嬷嬷、翡翠、琥珀三人看着眼前的大小姐，虽然还是一张没有完全长开的面容，白皙细嫩的脸上已经有了端庄肃正的神色，一双凤眸幽黑如墨，带着一股悠然的凌厉之气，仿若能将人心看透，让人觉得她说的话都充满了气势，比起谢氏来不差分毫。

心底隐约生出一股臣服，低头道：“大小姐，你放心，奴婢三人必定不会把今日的事说出去的，若有违背，天打雷劈，不得好死！”

云卿放下心来，满意地点头。谢氏在一旁斜椅上靠着，看着女儿的举动，心里叹道女儿自从掉下水潭后，长大了许多，感觉欣慰不少，这才开口道：“她们三人都是跟着我多年的，实在忠心不过了。”

听闻母亲开口，云卿转头微笑道：“女儿知道，只不过谨慎一点，给她们提醒罢了。”

这样的做法，李嬷嬷并没有反感，小姐是沈府的嫡长女，以后嫁出去也是做当家主母的，若是没点威严和手段，那难保不给下面的人生吞活剥了。

她是看着云卿长大的，比起常人多了一分感情，笑着低头对谢氏说：“夫人，那个姓苏的，如今被老爷赶到庄子里去了，以后要想回来可就难了！就这么半个月不到的工夫，她可蹦跶得欢，闹了不少事出来，这回总算是安静了。”

谢氏孱弱地点点头，心里又是高兴，又是难过，长叹了口气道：“说实话，我倒愿意那大夫诊断是误诊的。”那个回春馆大夫是扬州有名的，十有八九不会是误诊，她也只能希望老爷出去多去几家医馆，能有别的结果出来。

“夫人，你先不必担心，大夫也说了他无能为力是医术有限，若是逢上比他医术好的，也许还有希望。”琥珀端了一碟子点心过来，巧言安慰道。

李嬷嬷眼里一亮，转头对着琥珀道：“上次你半路请的那个汶老太爷，不是说到扬州养老来了吗？”

琥珀轻轻地将碟子摆在桌上，回过头道：“是的，据说在城东偏外城的地方置了宅子，是打算在扬州定居了。”

云卿听她们你一言我一语，谢氏的眼中有着点点希望的光亮，笑意浮上了唇角，本来她也是如此打算，明日就是半个月的时间了，她也要去接受汶老太爷考试，看能不能做他的弟子，顺便也想求汶老大夫看看那汤药是否能有方法解开。

陪谢氏用膳后，云卿才回到归燕阁，坐在梳妆镜前拔下头上的一支簪子，水银镜里照出女子娇嫩的容颜，长眉弯月，丝丝若梦，流翠过来，慢慢地将她发髻解开，轻言道：“小姐，老爷熬药的药渣我已经收好了。”

“好的，明日带上，你跟我一起去城东汶府。”

春风轻吹，又是一夜悄然而过，桃花在枝头三两成簇，绿叶红花，娇粉多情。

车轮一周又一周，滚过了一个时辰之后，只听车夫一声长吁，终于到达了目的地，流翠先撩开帘子下了马车，云卿再扶着她的手，踩着脚凳走下来。

明媚的阳光照下来，刚从马车里出来的云卿微觉刺眼，凤眸轻眯，却发现新开不久的汶府前，已经停了不少的马车，看车驾，其中不少都是扬州城的名门望族府中的。

她微颦了眉心，似乎没有听说扬州最近得疑难杂症的人很多，为何都集中到了汶府门前呢？

递了帖子，一个小厮出来引了云卿进去。

汶府内的一切都非常简单，青瓦白墙，小径通幽，没有太多的雕琢，反而有一种古朴的大气，府中的下人也不多，路上仅仅见到三两个。

也许汶老太爷喜欢这种类似于隐居的生活，云卿暗暗地想着，一面从府中布置安排的风格揣摩着汶老太爷的喜好。

刚入了庭院，便听得里面一阵阵欢呼声："世子箭法真好！"

只听一个颇为动听，青年男子轻快的声音响起："什么箭法好，射中一个死物而已。"

小厮转头看着云卿，见她目不斜视，没有因为听到里边的声音以及那人的身份而分散注意力，心内便真正存了好感，声音更是客气："沈小姐，这边请。"

到了一处装饰清简的院落之中，一袭浅棕色大袍的汶老太爷正坐在小池塘旁边闭目垂钓，仿若已经进入酣睡状态，小厮转身对云卿道："我们老太爷睡觉最不喜有人打搅，若是被人喊醒后脾气又大又臭，还请姑娘先在此等待。"

面对如此的忠告，云卿当然要听，看着池塘前那睡得正酣的汶老太爷，点头道："那我就在此处等着。"

小厮说完之后便离开了此地，偌大的院中只剩下汶老太爷，云卿还有流翠三人，寂静的上空不时传来一两声鹂鸟飞鸣，接下来就是空荡荡的声音。

足足半个时辰过后，汶老太爷依旧歪着头睡得正好，流翠四下里都欣赏够了，也觉得无聊起来，看着依旧站在那不动如松的云卿，低声道：

"小姐，这汶老太爷睡得倒挺香的，看来一时半会儿不会醒来。"

"嗯，春日好眠嘛。"眼眸扫过汶老太爷滚动的眼皮，她淡淡地笑了笑，"估计还有得时间睡，你把那医书拿出来，我趁这会儿再多看几页。"

人睡着了眼珠子是不会动的，显然汶老太爷是装睡，她也假装不知好了。

看了看周围的太阳并没有直接射过来，被树荫照得点点金光斑驳，流翠从布包里将那本医书拿出来递给云卿，扯着袖子挡住那照在书面上的阳光，以免伤了她的眼睛。

又是一个时辰过去，南方的阳光春日里依旧不饶人，渐渐变得明亮起来，气温也渐渐高了，待在一个地方不动总是无趣的，流翠的嘴有点撅起来了，云卿依旧是开始那个姿势，徐徐地看着书，一页一页翻过，缓慢又认真。

“小姐，汶老太爷估计这一会儿不会醒，咱们要不换个时间再来？”

瞧着流翠郁郁的脸色，云卿笑道：“汶老太爷要醒的时候总会醒的，若是不醒，咱们就算下次来，他还是在睡觉。”说话间，目光扫过汶老太爷那抓着渔竿细微晃动的手指。

就在此时，酣睡的老人打了一个夸张的哈欠，张开微眯的眼，看到她们两人后，才懒洋洋道：“你们来了啊。”

没有问来了多久，很显然，如同云卿开始所预料的一样，汶老太爷这是故意将她晾在这里考验的，若她耐不住马上走了，学医这回事再也别想提了。

将医书合好，云卿碎步走到池塘边，离汶老太爷五步之处：“今日乃半月相约之期，云卿特来接受汶老太爷考核。”

“嗯？”浑浊的声音从鼻中哼出，汶老太爷伸手指着在她手中的医书，“这一册能背下来了吗？”

“背得三分之一了。”云卿据实回答，按照这府中的布置，汶老太爷并不喜欢浮夸奢丽风格，更偏爱真心实诚。

“嗯，”汶老太爷也不说满意不满意，打量她身上的穿着和那双纤柔无骨的素手，“你家虽不是官家，但在江南算得上鼎鼎有名的富户，你这丫头从小娇生惯养，能吃得了苦吗？”

闻言，云卿眼眸一亮，那双凤眸盈满了激动的色彩，双腿立即跪在地上：“师父，徒儿定当认真学习医术，不怕苦不怕累，绝不辱没您的名声。”对于她来说，苦算不了什么，再苦再累她都能忍下来。

倒是个会顺竿子往上爬的丫头，也是个聪慧的，一进来就看出自己是故意晾她在一边的，也没有戳穿和抱怨，静静地等待着，学医术的人耐性要好，观察力要佳，才能沉稳细致地为病人诊断。

从这几点看，云卿令他十分满意，汶老太爷故意憋着笑，板着脸道：“别乱叫，我可没说认你做徒弟了。”

云卿一愣，难道自己会错意了，再抬头看他的眼神分明是欢喜的，忙转头四看，起身从院中石桌上倒了一杯茶，又跪了下来：“师父，徒儿给您敬茶了。”

拜师喝茶，那就是板上钉钉的事，再不能否认的。

此时，汶老太爷的脸色也严肃了起来：“丫头，学医不是过家家，若是拜入我的门下，便要遵照我的规矩，那日我听你说学医是为了防止被害，可我汶家传医是为了救人。”

“悬壶济世，理应是医者所为。”云卿对大夫是有着尊敬的。

外看浑浊实则精明的双眼扫过云卿的表情，汶老太爷伸手将茶水接过来，一手揭开茶盖，声沉如石：“其中一条，你必须记住，但凡御家后人，汶家医者不论何因何地何时，必须施救。”

这是汶家先祖传下来的规矩，世世代代必须遵守。

云卿应诺，看着汶老太爷喝下这杯拜师茶，心里满是喜悦，从此她能学得精湛医术，保全父母的道路上又多了一种优势。

拜师即成，汶老太爷便开始考云卿医书上的东西，他发现，但凡她背过的东西，必定是记得分毫不差，并且还能在他提问的时候，对类似的药材药性上如何区分和使用向他提出反问，举一反三的能力非常强，即便是他精研医术多年，遇见这样的小辈也来了兴致，两人你来我往，不知不觉时间又过去了一个时辰。

“还不错，丫头。”汶老太爷难得地开口称赞。

经过这小段时间的相处，云卿发现，汶老太爷性格其实挺开朗的，想起今日来还有一个目的，便开口道：“师父，能不能帮我看下这包药渣里面的药。”

流翠掏出一个药包，汶老太爷接过去打开，先放在鼻下闻闻，然后用木棍翻搅看了看以后，皱眉道：“这是谁喝的药？”

“我父亲每日喝的补药。”

闻言，汶老太爷将手中木棍扔到了布包中，眉头紧蹙，他听说过沈家只有一个女儿，也就是眼前自己新收的小徒弟，这每日喝的药包中掺杂了那样的药，代表着什么，他不会不明白。“喝了多久了？”

云卿手指摆出一个数字，眼珠子一动不动地盯着汶老太爷的表情，生怕错漏过一点：“还可以治好吗？”

汶老太爷靠在竹椅上，目光停留在药渣上，片刻之后站起来往屋内走去，云卿连忙跟上，流翠将药渣拾起来重新包好。

走到书桌前面，汶老太爷提笔写下一个药方，递给云卿：“按照这个药方抓好，两碗水煎成一碗，早晚饭后各喝一次，坚持两个月。”

欣喜地接过药方，云卿扫过上面的中药，再折好放在荷包里：“谢谢师父，还是师父厉害。”

要知道，若是沈家一直无后，就算这一世她能扭转四皇子抄家的事，在父亲去世后，沈家也就算绝后了。

按照族里的规矩，沈家的家产就要并入族中管理的，而她们孤儿寡母只能靠族里的接济过日子，若是族里人心好还能过得勉强，若是不好，到时候饿死街头也是有的。

“果然，神医就是不一样。”流翠见拿到方子，也附和地称赞了一句。

看着面前两个花一样的小姑娘，汶老太爷笑眯眯道：“别拍我老头子的马屁了，你们出来的时间也很长了，还不回去啊。”

时间的确也不早了，云卿咬了咬唇，思忖着另外一件事，想了想开口道：“师父，若是半年没有喝这种药，有没有可能生下子嗣？”

汶老太爷正洗笔挂架，闻言顿了顿：“若半年停药，也许会有，毕竟剂量微小，这下药之人也是害怕药性太大，被人发现，所以才下到长年累月喝的补药中。”

听到自家小姐的问题，走出屋子后，流翠压低了声音道：“小姐，你是想问那个苏眉肚子里的孩子吗？”

云卿淡淡地点头：“嗯。”

“那按照汶老太爷的说法，她肚子里的是老爷的孩子，小姐你要告诉老爷么？”流翠语气里颇有些担忧，这些日子看到苏眉凭着肚子趾高气扬的，她也不喜欢，若是小姐心软又将苏眉接回来，这府里还不知道会闹成什么样子。

闻言，云卿嫣然一笑，侧头看着流翠，嗔道：“你小姐我没那么笨。”

她只是觉得苏眉肚子里到底是一条小生命，若真是父亲的孩子，到时候抱回来抚养长大还是可以考虑的。

见云卿这么说，流翠总算是松了口气，只要老爷好了，到时候夫人怀上孩子，小姐就有兄弟帮衬，也不用再担忧这些个姨娘通房有一天爬到头上来了。

云卿的话音刚落，那边杏花树下一个男子漫步而出，轻言冷笑道：“你当然不笨，我明明吩咐过，任何人都不许放进汶府，你依然进来了。”

午后的阳光照在皮肤上微微有着灼热感，纯白的杏花在枝头开得各自妖娆，男子斜靠在树旁，半侧着脸，斜挑着眉就这么看过来。

一头墨锦似的黑发垂在肩头，仅在发顶束了一支紫色檀木钗，露出宽阔光洁的额头，下面是一双斜飞的剑眉，宛若天际翱翔的鹰，自由而尊贵，细长的眼眸顺着眉上挑，透出一泓清透的眸光，宽大的白色滚边长袍，在他的身上，卓然飘逸，敞开的斜开领口露出里面紫色的衣襟，紫白交映。

如同那杏花中飞出来的花妖，又如那天界犯错下凡的邪仙。即便用遍所有美好的词语，都无法说出那容颜的美，难描难绘。

他好似打量一件玩物一般，上下扫视了一圈，带着一种古怪的笑意：“其他的都一般，这双眼倒是特别。”说罢，伸手似要来摸云卿的脸颊。

若是以他自己的容貌为参照物，世间女子大都只是一般姿容了。

云卿暗自腹诽，连忙往后退了两步，避开他的手指，正色道：“世子，请自重。”

听到她的称呼，男子细长的眼底闪过一道异彩，慢慢地收回手，嗤笑道：“若要自重，那便不要到本世子面前来晃，现在本世子看上你了，你又抗拒什么？”

“我想世子可能误会什么了，此次进府，我的目的是寻汶老太爷询问医药问题。”面对这个男人，云卿不自觉地产生一种危险的感觉，好似他虽然在笑，双眸也未曾看过来，却时时刻刻都在审视你的内心。

“噢，是吗？那你如何一见到本世子，便知道我的身份？”男子像是来了兴致逗她，又像是真正地追究原因，狭长的眸透出潋滟的光彩，落在了云卿的身上。

云卿半垂着头，她方才进来的时候，就听过这个声音，一点点清冷，夹杂着微微沙哑的音色，诱惑又淡漠，这样的独特，只怕很少有人能忘记。

开始她还疑惑汶府外为何会有那么多马车在外候着，进来之后，看到这名男子也就明白了。

能被称为“世子”的，至少是侯爵府的子嗣。

眼前这个，看气质，起码在侯爵之上，也许是国公府的也说不定。

如此尊贵的身份，自然会引来人求见。

只是面前的男子，甚觉眼生。前生她嫁给耿佑臣，贵为侯府夫人的那半年，她也见过不少权贵子弟，眼前这位，却是从未见过。

不过，京城权贵太多，她没有见过也属正常，前生的事已经过去了，如今她只是一介商人之女。

两人之间身份相差太多，不会有什么交集，她不会有心思想其他，也不想让人误会。

如此思虑后，云卿垂眸，淡淡地开口道：“方才小厮引路之时，云卿曾听到有人大呼世子箭法精绝，汶老太爷回扬州养老，家中儿女并未跟随，所以我斗胆根据世子的穿着年龄猜测出身份，幸而无错。”

“是么？”男子嘴角微微一勾，眼眸中波光潋滟，好似一抹烟雾在其中流转，遮住真正的情绪，似笑非笑道，“那你的意思是，本世子没有一点吸引力引你前来？”

一阵无力感在心头晃荡，云卿深深呼吸了一口气，敢情这位世子是别人为了他而来也不行，不为他来也不行，如此喜怒莫测，实在难为。她低垂着头，想着如何应付这突如其来的男子。

耳边一阵热气扑来，男子的声音一下近到咫尺：“怎么，这次，想不出借口了吗？”

突如其来的变化惹得云卿反射性地转头，对上眼前那让满树杏花失色的美男子放大的容颜。

如此暧昧的距离，呼吸的温度几乎可闻，即便是再世为人，云卿也没受到过如此的挑逗，心头疾速跳动，一下面色绯红，脚步不受控制地往后连退三步，一下踩到了裙裾边缘，直直地往后栽倒……

一只大手捞过她的腰，牢牢地将她扣紧在怀中，嘲笑中带着点怒意的声音从上方传来，“站都站不稳的笨女人。”

流翠见状要冲过来帮忙，云卿低着头对她使了眼色，她才站住了脚步，这个世子不知道是什么脾性，若是流翠惹怒他就难办了。

两人的距离离得很近，他说话时吐出的热气，似暖风在耳边上轻轻撩拨着，云卿用力地挣扎几下，脸庞忽然似愤怒而变得通红，眼底全是恼意：“世子，请松手，我虽年幼却也知男女七岁不同席，你岂能如此无礼？”

不知是挣扎起了作用，还是怎的，男子见她一脸的愤怒，下意识松开了手，黑眸微眯，挑眉望着云卿，戏语道：“你这么大声地喊，就不怕其他人过来看到你对我投怀送抱吗？”

谁投怀送抱了，明明是他自己伸手过来接住的，面对这样的人还真是没有道理可讲，云卿连忙离他远一点，冷声道：“若世子不伸手过来，就算是摔死，我也不会跌到世子的怀中。”

男子唇角微微勾起，狭眸中波光潋滟，一瞬不动地望着她，戏谑道：“生气了？”

这话说得好像亲密情人之间的呢喃软语，云卿抬头看了一眼，漆黑的凤眸闪出几分光亮，“世子觉得我无缘无故被人冤枉，不应该生气吗？还是说，你认为所有的女人都应该臣服在你的魅力之下，不管如何，也不会生气？”

男子眼角一动，神色微不可见地变冷，微眯了眼打量面前这个还未及笄的少女，她的思维和平常人似乎不大一样，不管是带着怒意，还是焦急，一双凤眸总是笼着淡淡的雾气，分不清楚那些情绪到底是假装的，还是真实的。

“那你今日来汶府的目的究竟是为何？”

他这次终于好似确定了一般，问起了真正的原因。

难道开始都只是试探，云卿望着眼前这个人，他究竟在试探什么，自己身上又有何可以给他试探的？

云卿淡淡地瞥了他一眼，却明显是一个嘲讽的眼神：“一开始就跟世子说过，我是来汶老太爷府上寻医问药的。”语毕，她才想起，外面那些女子哪一个不是打着来找汶老太爷寻医的旗帜，想到这里，她目光微有些变化。

此时，开始给云卿带路的那个小厮急忙奔了过来，站定之后，先恭敬地给世子行礼，才对着云卿道：“沈小姐，方才老太爷说给你开的药方中有一味药可能不大好找，他这正好有，便让送来给你。”

说着，递过来一个黄色的药包，云卿连忙接过来，打开一看，里面果真是鹿角胶，鹿角胶是雄鹿已骨化的鹿角经水煮熬，浓缩制成固体胶，在药店也不多见，属于可遇不可求的药材。

云卿感激道：“替我向汶老太爷道谢了。”

“不用，老太爷说了，你是她徒儿，这是应该的。”小厮性子活泼，笑起来十分可爱。

“她是汶太医的徒儿？”一直沉眸观察两人的世子似乎有些不敢相信地望着小厮，狭长的眸中透出几分异样的光彩。

“是的，是汶老太爷新收的弟子，今日沈小姐前来府中，便是半个月前与老太爷约好的。”小厮知道他早吩咐不许让外头那些小姐进来，以为他是责怪怎么让人进来，连忙将一切都说了出来。

“那开始是我弄错了。”世子眸光高深莫测地看了云卿一眼，撩着袍子标准地拱手行礼，嘴角的笑容也少了几分讥诮。

就在这一瞬间，云卿觉得那位世子一直带着凌厉审视的目光才收敛了下去，身上那种被人不停打量窥视的感觉也没有了。

她的感觉一定没错，这个容色绝美，行事怪异的世子方才对她是充满了戒备的，他似乎在防着她，像是防备一个间谍或奸细一般。

莫非她今日前来让他有这种戒备，或者自己曾经窥视到他什么秘密？

不过她不想再站在此处细想，光是刚才的几个来回，她已经觉得累了，对着世子淡淡地点头："天色已晚，我得回府了，世子，告辞。"

刚走出两步，世子开口叫住她："且慢。"

云卿站定脚步，头却未回，此时日渐偏落，光线中有一层霓彩染上裙摆。

她立在芳草之间，照得她背影好似一朵正欲盛开的百合，纯洁高雅，又远不可摸，看得男子心头莫名地一动，好似有一根弦突然被挑起，在心脏处狠狠地拉响。

他缓缓地开口，嗓音微微的沙哑："我叫御凤檀。"

闻言，云卿背脊一僵，绷得笔直，不过瞬间又恢复到原来的样子，没有回头，就这样一路走了出去。

外面的人已经散去，汶府门前已经安静了下来。直到坐在了马车里，她才完全松下一口气来，靠在铺缎垫锦的车厢里，眼神微带回忆。

御凤檀，原来他就是御凤檀。

她曾听说过这个名字，瑾王嫡出长子，威名远扬的镇西将军。

今日一见，如同传闻中一般的美貌年少。

此时的他应该才十八岁，还是很骄傲的年纪，再荒唐肆意，人人都只说年少轻狂，没有人会想到，这样一颗明星还在冉冉上升之际，最后会怎样地坠落……

当马车滚滚驶向沈府的时候，御凤檀收回了远望的目光，朝着汶老太爷的院落中走去。

"怎么，刚才听铭儿说你为难人家小姑娘了？"汶老太爷捋着花白的胡须，看着大摇大摆走进来，直接躺到院中竹席上的男子问道。

铭儿即是刚才引路的那名小厮，也是汶老太爷贴身伺候的小厮。

御凤檀淡淡地一眼瞥过去，明明寡淡，却吓得铭儿立即往老太爷的背后站了站，汶老太爷眯了眼："你别吓他，他是看到你为难我徒弟才说的。"

缓缓地收回目光，御凤檀一手搭在脑勺后方，墨发流淌在竹席上好似锦缎，狭长的眸子看着湛蓝的天空，嗓音散漫又慵懒：

"我以为她发现那一日遇见的黑衣人是我了，所以试一试。"

根据刚才的试探，她应该没有认出他来，更没有想到那个黑衣人就是他。

闻言，汶老太爷微垂的眼扫过竹席上半寐的男子，眼里闪过一抹促狭，笑道："噢，原来那日让你钻狗洞出来的小姑娘就是云卿啊。"

说完，等了好半晌，都没听到后面有回音，汶老太爷转头一看，竹席上已经空空如也，躺在上面的那个人不知道什么时候已经走了。

CHAPTER5

第五章　前世苦愁今世解

日已斜落，霞光洒在大门上，朱漆大门便映得格外闪亮，门口的石阶上凿雕出祥瑞花鸟图案，两边琉璃瓦一路围起重重高墙。

云卿下了马车站在门前，抬头看门楣上黑底金漆的“沈府”两个大字，这是曾祖父千金求的书法名家笔墨，意态风流，气势磅礴，单是匾牌就能看出主人家的富贵荣华。

曾经的沈府在扬州无人不知，谁又能想到在几年以后这里会变成荒芜的废屋，贴满了朝廷的封条，萧条冷落。

想到前世那些事情，云卿只觉眼眸微涩，收回目光，拿着药方和药包，往谢氏的院子里走去。

此时正是晚膳的点上，院子里的丫鬟正在忙碌着，看到云卿来纷纷行礼，小丫鬟上来打了帘子，喊道：“小姐来了。”

闻声，翡翠连忙走了出来，行礼道：“奴婢见过小姐。”

云卿闻到屋里有一股子淡淡的药味，知道谢氏肯定是昨天病了，熬了药喝，往里看了一眼，问道：“夫人怎样了？”

“没大问题，正在喝药呢。”翡翠轻轻地说了一句，又低声道，“老爷刚也来了，正在里面呢，听说在前院发了好大一通脾气。”

云卿抬眸蹙眉望过去，翡翠轻轻地点点头，代表沈茂去看过大夫了，结果不太好。

这个云卿如今是不担心，她手里有了汶老太爷给开的方子，既然汶老太爷说了可以，那必定是有信心的，只是心情不好的爹此时到娘这里来，只怕是对娘起了疑心，毕竟这么多年，就只有谢氏生了孩子，其他人都没有半点动静，这也由不得人不怀疑。

此时的沈茂就如云卿所担心的，正阴沉着脸坐在谢氏的面前，他今儿个一早便去连续看了两个扬州有名的大夫，诊断结果与回春馆的大夫所说几乎一样。

一想到他丧失了生育能力，堂堂一个男人，这种心情是复杂得很，恼怒也有，害怕也有，发了一大通火后，又想到下药的人。

府中子嗣孤零，只有谢氏生下的云卿，其他姨娘通房皆没有动静，谢氏当初生云卿的时候伤了身子，大夫说过很难再孕。

若是她为了自己主母的位置，给他下了那样的药，绝了其他人的生育可能，也不是不可能。

他越是这么想，就觉得有可能，若说其他人下手都说不过去，生下子女才是妾室最大的依靠。

几经思虑，他端起手边的茶喝了一口，正要开口，云卿却掀了帘子走进来，扫了一眼厢房里的情形。

谢氏靠着一个塞满了菊叶茉莉的蚕丝靠垫，琥珀正接过喝完的药碗，李嬷嬷倒了一杯茶给她清口。沈茂坐在黄木端椅上，眼里有几分冷硬，一脸心事沉沉。

她心中有数，脸上浮上了浅笑，对着两人行礼道："云卿见过爹，娘。"

谢氏点头："云卿来了啊。"

"是啊。"云卿笑着走到沈茂的身旁，娇道："听说娘病了，我便赶紧来了，原来爹也在这里，我和爹倒是想到一块，都想来瞧瞧娘亲。"

本来一直沉浸在自己思虑中的沈茂此时才回过神来，看着病榻上面容苍白的谢氏，想起昨天她是听到自己身体状况才病倒的。

瞧着他的脸色有变化，云卿对着李嬷嬷使了个眼神，她和琥珀便寻了借口退了下去，屋内就剩下了一家三口在内。

云卿便一步上前，站在沈茂的旁边，徐徐开口道："爹，昨日那事情出了之后，娘便倒了下来，差点昏了过去，这本是父母间的事情，云卿不便插嘴，可是这也是沈府的大事，作为沈家女儿的我也不能不管。"

沈茂开始觉得有些难堪，毕竟女儿还未及笄，在面前说这些实在不妥，可是看她神色之间带着坚定，话语灼灼，便不由自主地听了下去。

"这些年，娘总是盼望着自己和府中的姨娘能给爹生下弟弟传宗接代，拜佛行善，无所不做，可惜一直无果。幸而老天开眼，机缘巧合知道有人在补药里下了那样害人的东西，意图让我沈家绝后。此人用心之狠毒，不单单是要让沈家绝后，如此一来，更是要让沈家一无所有。说句不好听的，若是哪天爹不在了，云卿和娘就再无倚靠了。"

云卿说着说着，声音就哽咽了几分，眼里的泪水一滴滴地往外冒，带着哭腔的话语更是增添了几分心酸。

沈茂听了心头都软了，女儿的话的确有理，谢氏当家主母的位置他从未想过要换其他人，就算是姨娘通房生下儿子，他也是打算放在谢氏名下作为嫡子养着。

无论怎么说，谢氏都是嫡母，儿子长大后便是要孝顺她的。

倒是若是自己哪天去了，膝下无子，族里会把财产收去大半，谢氏这么做的确是只有害而无利。

想到这里，他刚才要责问谢氏的那些念头一下就消散了去，心疼地将女儿小脸上的泪水擦去，一面对着谢氏道："你也不要想那么多，都已经这样了，还有什么办法呢。"说罢，重重地叹了口气，有些自暴自弃，意志消沉了。

也难怪沈茂会消沉，沈家人几代辛苦地打拼，好不容易累积下这巨大的财富，最后都会变成别人的，谁会甘心。

云卿之前说那些话便是要沈茂打消对谢氏的疑虑，见效果达到，机会正好，便擦干眼泪，笑道："那倒未必。"

忽见女儿破涕而笑，沈茂有点疑惑，谢氏却是知道她今日去了汶老太爷那，急忙道："是汶老太爷说有法子可解吗？"

一听到汶老太爷几个字，沈茂眼底也放了光彩，他才回来不久，隐约听人提过，便带着期待地看着云卿。

父母的目光都是那么殷切，云卿心中透出一股自豪，这一世，她也能为父母解忧了。

从荷包中掏出药方递给沈茂道："这是汶老太爷开的药方，按照上面写的剂量和方法抓来熬了，两个月后应无碍。"

"真的？"谢氏一下喜得从床上坐直了身子，面上病气顿时去了三分。

沈茂也是大喜，方才屋内的愁云好似一下子消散，见谢氏看过来，他大步走过去，坐在床头，将药方拿给谢氏看。

"好，好。这下我总算是放心了。"谢氏拿着药方，泪水都溢了出来，"老爷，你赶紧让人按照方子去抓药，一定要派信得过的人。"

沈茂听懂她话中的意思，点头道："你好好休息，这药我现在亲自去抓。"说完，对着云卿道："这次爹还要谢谢女儿了。"

沈茂高兴地又夸了云卿几句，连忙出去抓药了。

待沈茂走了后，谢氏的脸色却是忽地一下沉了下来。

她掌管府中这么多年，竟然让人在眼皮子底下给老爷下药，作为当家主母怎么能忍得下来，先前隐瞒是因为暂时不想把事情闹开了，如今知道沈茂有治，便不再害怕，愤然道："这些腌臜的小人，竟然做出如此狠毒的事情，我便是翻过沈府，也要将他抓出来！"

云卿闻言，移步到床前，看着谢氏愤怒的双眸，握着她的手道："娘，切不可如此大的动作。"

"怎么，云卿有什么别的看法？"自从女儿落水以后，谢氏就发现她心思缜密，说话做事都自有分寸，就连刚才老爷本来是挟了火气来的，她三言两语就将老爷的疑虑消了下去。心里觉得女儿长大了，有些事情可以与她说说。

云卿瞟了一眼外头，面色露出一分凝重来："娘，你想想，若是咱们在府中大张旗鼓地抓人，那首先得有一个由头才行。"

"由头怎么没有，抓私自下药之人。"谢氏想着那小人混在府中作怪，说话也是夹着三分的怒气。

看来娘真是气狠了，这话可说得有些急。

她按了按谢氏的被角，微微叹了口气，眼神也带着几分怜惜："娘，爹这事情是可以拿出来说的吗？别说其他人听了会怎么说，就是爹知道了，心里不会感激娘抓了小人，反而觉得大丢脸面。"

谢氏恍然大悟，若是其他的东西，买来的周期短，经手的人少，很好查出有哪些人碰过。

可是沈茂的补药是每天都喝，所以都是买上许多存起来。

每日里按照所需的去取，府中碰过这药材的，从采买到管理，再到每日进出库房的人，少说都有十几人。

再说，哪个男人愿意让别人知道这种事情，府中人多嘴杂，其中还有些蠢蠢欲动的人在里面，指不定传出去就变成什么样了。

“那难道就不追究了吗？”谢氏踌躇地开口，始终是咽不下这口气。

见母亲已经冷静了下来，能够分析事情的利弊，云卿接着道：“岂能有那样好的事情，那人做下这样的恶事自然是要追究的。以前是他在暗，我们在明，一切都是由他掌控。如今这境况，调转了过来，我们在暗，他在明，每一步怎么走，就由不得他来盘算了。”

看着女儿颇有深意的笑容，谢氏只觉得面前这个十三岁的女孩全身散发出一种沉稳的气息，这种气息让她觉得太过怪异，好似经历了几辈子人才有的一种感觉。

除此之外，其他的还是自己所熟悉的女儿，作为母亲，她不会想其他，看到的都是儿女的好处。

“能这么多年悄无声息地下手，此人是个有手段的，得想个好法子才可以一举擒获。”

“娘，若是信得过，此事就交给女儿来办好了。”云卿意味深长地一笑，眸子乌黑晶亮，像是两颗宝石镶嵌在其中，整个人越发地明艳可人。

“你？”谢氏踌躇着，女儿一直都不管府中事务，将这样棘手的事情交与她，会不会不妥当。

云卿自是看出她的疑虑，莞尔一笑：“娘，你听我说啊。”然后靠上去，附在谢氏耳边嘀嘀咕咕地说了一阵子话。

谢氏眼眸越发地明亮，连嘴角的笑容都大了几分，捏了捏女儿娇嫩的小脸：“你这鬼丫头，好的，娘就听你的了。”

“还是娘最好了。”云卿顺势就钻进了谢氏的怀里，闻着她身上散发出来熟悉的母性味道，整个心都暖乎乎的。

在谢氏这里吃过晚膳，云卿出去前，将鹿角胶交给了翡翠，并嘱咐等沈茂回来，和其他药材一起熬，注意别让其他人接近或者知道这个药的事情。翡翠接过药一一应了。

待云卿背影远走，屋顶上反射出一道银色的光芒，一个白色的身影飞快地朝着库房方向掠了过去。

到了第二日，府中就传出谢氏的病越发重了，白姨娘，秋姨娘，水姨娘三人来请安都被拦了回去，接下来两日，人人都闻到院子里有一股子药味，老爷每天早晚都去谢氏的院子里看她，顺便在那喝了药。

沈府药库。

看守婆子正训斥着一个小丫鬟把药掉在了地上，戳着额头骂道：“你个小蹄子，连个药都拿不好，没一点用的东西，小心哪天夫人发卖了你！”

"哟，夫人发卖了谁，还是你说的算了。"旁边一阵嘲讽的声音传来，看守婆子抬起头正要开口大骂，一看眼前站着的人，立即改口，换上一副谄媚的表情，行礼道："不知大小姐来有何事啊？"

云卿皱了皱眉，流翠见那婆子前后剧变的样子，不悦地开口道："夫人生病了，小姐想挑两支参熬汤，你开门让我们进去。"

看守婆子一听是大小姐要找东西，哪有不肯，连忙开了库房给两人进去，跟在后头殷勤地说话。

云卿装模作样地找了一下，与流翠一对眼，流翠皱着眉道："你个婆子，总跟着做甚，还怕小姐偷了东西吗？"

"流翠姑娘，你说的什么话，这府里的东西都是小姐的，还有谁偷自个儿的东西吗！"看守婆子连忙讨好道。

"那你还不出去，你在这待着小姐怎么挑得出好参！"流翠横了一眼，开口赶人了，看守婆子见云卿没说话，连忙应诺了出去。

待婆子走了以后，流翠随后将库房门关好，转过头来道："小姐，好了。"

云卿点点头，流翠走到门后，将库房里取物的竹竿拿来对着云卿指定的地方捅去，谁知不捅还好，一捅却发现落了个空："咦，小姐，这上面的瓦好像已经松了呢。"

闻言，云卿也抬头看去，隐隐约约可以看到有光线从侧边漏出，还真是奇怪，府中每年都有派工匠定时检修库房的，怎么会这样呢？不过也好，省得她还费事一片片地捅过去了。

"肯定老天爷都在帮小姐呢。"流翠高兴地把竹竿放回原位。老天爷？老天爷也管人家库房瓦片的事情吗？

云卿又抬头看了几眼屋顶，挑了两根老山参便出了库门。

就这样过了大概五天的样子，天气渐渐变了，云彩朵朵压积在了一起，像是要下雨的样子。

到了夜晚的时候，下起了倾盆大雨，有管事媳妇来报，说是药房的药材好多都浸了水，谢氏便让人将那些药材全部换掉，又让身边得力的管家媳妇重新采买了一批药材入库。

黑色的星空一望无垠，透着几分深邃的神秘，云卿坐在藤编凉椅上，仰望着那看不到边际的天空。

她去药库里面查看过，其中一味党参经过特别的浸泡，也就是导致沈茂不能生育的原因了。这已经是换了新药材的第三天了，那人应该要沉不住气了吧。

果不其然，到了半夜的时候，库房那便传来一阵阵的喧哗声。

流翠睡在外间，听到声音忙起身披了件外裳点灯去看，不一会儿，归燕阁外就响起了推推搡搡的声音。

云卿本就未睡，此时闻得外面声音，便知道所盼的来了，立即穿了一件水蓝云纹披风，莲步轻移，走出来坐在厅内的椅上，流翠冲了一杯蜜茶放在手边替她暖手。

此时院中已经站了一大群的婆子丫鬟押着一个人，李嬷嬷首当其冲，守夜的小丫鬟将院子里的风灯点亮，整个院子陡然明亮了起来，照出被押之人的脸庞，却是那日云卿在药库门前见到的看守婆子。

那看守婆子本来还有些惧怕，一见没去谢氏的院子，却是来了归燕阁，便生了轻视之心，大声喊道："这大半夜的你们抓了老奴来做甚？"

流翠本就不喜欢这个婆子，闻言顿怒道："放肆，你见到小姐不行礼，还大吼大叫，成什么样子！"

看守婆子眼珠子一转，这才对着云卿跪下行礼，笑得皱纹满脸："小姐，怎么这么晚让人抓了老奴来这里，可是有何急事？"

她言语十分随便，没有任何尊敬，李嬷嬷见状，上前骂道："你半夜三更偷偷摸摸地到药库里去，被巡逻的婆子抓住，如何是小姐派人抓的你，休要在这里乱说乱语！"

那婆子脸皮也厚，笑道："老奴是守药库的，半夜想起今日新进的药材摆放的位置不对，便爬起来去看看。"经她这么一说，偷鸡摸狗反而变成了忠实可靠，真是老油条了。

"好一张钢口，若是没有抓到证据，你还真是不承认啊！"李嬷嬷厉喝一声，对着旁边的两个婆子道："上去，搜她的身，看她究竟是去药库做甚的！"

这话一出，看守婆子脸色就起了变化，高声道："李嬷嬷，你甭仗着是夫人面前的红人，就把自己当个主子了，你再了不起也就是个奴婢，凭什么让人搜我的身！"

闻言，云卿冷冷地一笑，玉白的面上闪过一丝冷怒，真是好猖狂的老奴才，她顺手拿起手边的茶杯，嘭的一声对着那叫嚷的老婆子砸了过去，茶杯精准地砸在她的额头，满头热茶激得她一阵狂叫。

"我这么大一个人坐在这里，没想到有人还看不到，看来沈府的规矩都忘记了。来人，告诉她，我到底有没有资格搜她的身！"云卿一双含威的丹凤眼望着跪在地上的婆子。

闻言，周围的丫鬟婆子皆是心中一震，这是她们第一次看到云卿处理事情，也是第一次发现这个生得貌美柔婉的小姐虽然年岁不大，全身散发的气息竟然如此凌厉强势，容不得人心有异想。

两个婆子立即上前，压住看守婆子，为防她挣扎，直接两巴掌将她扇得半晕，另外一个婆子撩起袖子，在她前胸后背，腰间裤带一阵搜索，不一会儿就搜出了不少药材。

看到手中的证物，李嬷嬷厉声一喝："现在证物都拿出来了，你还要怎么狡辩？！"

看守婆子一看事情败露了，狡辩也没有用，立即大声哭了起来："大小姐啊，老奴也是没有办法啊，老奴那口子病了，没钱开药，想着府中药材众多，就取几味回去用用，老奴是一时糊涂啊……"

那边李嬷嬷将药材递到云卿的面前："小姐，你看……"她本是将证物给云卿，却见她一眼扫过药材，脸色微微一变，接过药材在手中翻看了一下，眼中寒意更甚，面无表情地紧盯着看守婆子问道："你只拿了这几味药材？"

"是啊，小姐，老奴不是逼得狠了，也不会动这等腌臜心思的，实在是药材太贵了，买不起啊！”那看守婆子哭得很是伤心，整个院子都闹将了起来，没人注意到云卿脸色那一瞬间的变化。

另外一个婆子此时疑道：“不对吧，下午我还看见你家那口子到街上打酒，怎么就病得要吃人参了呢？”

看守婆子哭声一顿，她本来是想靠生病装可怜得来云卿的同情心，怎料有人戳穿谎言，转身对着那个婆子大吼道：“你休要血口喷人，我家那口子明明病得要死了，你肯定看错人了！”

“不可能，不止我看到了，她们也都看到了。”这个婆子一听说她血口喷人，那是更加要证明自己说的是真话，一下又拉出三个证人。

这一下云卿岂有不明白的，她扫了眼匍匐在地上大嚎，却没有半点眼泪的婆子，淡淡地开口道：“李嬷嬷，按照府中的规矩，私自偷盗该怎么罚？”

“私自偷盗府中财物者，杖打八十大板，再连同府中所有家中奴婢，一并发卖了出去。”李嬷嬷一口说出规矩。

看守婆子一听，杖打八十也就罢了，自己的儿子儿媳都在沈家为奴，沈家的待遇在扬州富贵人家里都是一等好的，发卖出去还不知道会被卖到哪里，如何能肯，再也不假嚎，磕头哀求道：“求小姐饶恕啊，求小姐开恩啊！”

云卿淡淡地扫了一眼，眉头蹙起，李嬷嬷立即会意，让婆子给她口中塞块烂布，拖了出去。

流翠看了一眼那婆子，眼里带着几分疑惑，待四周人都散去了后，才开口问道：“小姐，那婆子不是下药之人么？”

“嗯。”云卿轻轻地叹了口气，将那几味药材顺手丢在了桌上，幽深的凤眸紧盯着门帘处，“这几味药材，老爷的补药里面全都没有。”刚才搜出来的那几味药材里，根本就没有沈茂补药中所需的任何一种。这个婆子只是个贪财的，趁着药材新来，就想偷点药材出去换点钱花，谁知道刚好撞到了自己安排埋伏巡夜的婆子手上，眼下吵吵嚷嚷的，只怕很多人都知道这事了。

“那这场布局不是……”流翠心里对那婆子恨得牙痒痒，小姐想的这样精心的好法子，竟然被她就这样破坏了。

“也不一定，再看几天吧。”云卿再次抬头向库房的方向望了几眼，拢了拢衣襟，转身进了屋内。

而此时的药库旁边的隐秘角落里，一个黑色的影子静静地站立了许久，直到所有人都散去了，才慢慢地转身离去。

就这样又等了三天，夜晚再也没见到异常，云卿知道抓到看守婆子的那一日，肯定是打草惊蛇，真正下药的人已经心生警惕，一时半会儿不会再出手了，好在也暴露出药库的看守问题，借着这个机会，将药库那些常年浑水摸鱼的看守婆子都换掉了。

目前最重要的则是，治好沈茂的病，调理好谢氏的身子，让谢氏生下儿子，才能从根本上解决下药人所存的心思，他想要断沈家的后，云卿偏偏不让他有机会得逞。

她特意去汶府求了汶老太爷来府中为谢氏诊脉，汶老太爷也没有推辞，当日下午就带着药箱过来了。

谢氏看到汶老太爷真被女儿请来了，忙出门迎接道："汶老太爷，还要麻烦您过来府中看诊，实在是过意不去。"

汶老太爷上次在筵席上也看到过她，对谢氏的印象还不错，外表温婉，又能主持那样大的筵席，是个贤惠大方的，他捋了捋胡子道："无事，老夫的徒弟相邀，岂有不来的道理！"

徒弟？谢氏眼中带着惊讶，越过汶老太爷看向身后的云卿，只见女儿点点头，就知道这其中肯定有自己不知道的地方，她蹙了蹙眉头，却没有说出来，笑着邀请汶老太爷坐下道："翡翠，上茶。"

谢氏明白汶老太爷今日来是为了诊脉，也不多说其他虚话，把手伸出放在垫枕上，老太爷便拿出一张帕子铺在手腕上，一手捋着胡子，开始把脉了。

云卿在一旁紧张地看着，她知道谢氏的身体情况，这些年一直在调整着，可是起效并不明显。

汶老太爷收回手，又打量了谢氏，看她肤色虽白，却血色不足，眼下微青，加上刚才的脉象已经是心中有数："沈夫人是生产的时候亏损了吧。"

"老太爷所言正是。"谢氏收回手，拉下衣袖，脸上带着担忧，"自产下云卿后，身子一直不太好。"

准确来说，月事不好，身下也不太干净。汶老太爷虽是大夫，可究竟是男的，谢氏只能说得含含糊糊。

好在汶老太爷医术精湛，也猜得到她所说的："其实问题不大，你身子本来虚弱，平日喝的补药太凶，反而不利于药性，我开副方子给你，按照这个喝，慢慢会有起色的。"

谢氏明白自己这问题拖了太长时间，也不是一时半会儿可以好的，想了想，还是问了个问题："老太爷，恕我冒昧地问一句，我这身子，还能有孕吗？"

"你身子这方面没有什么问题，多注意下好好休息就好了。"汶老太爷此言一出，谢氏满脸都是惊喜，她这些年在扬州看诊，总是听大夫说伤了身子，机会不大，其实她不知道的是，大夫看诊，为了保全名声，总是先往坏里说，到时候就算怀不了，他们也不会落下什么话根。机会不大这句话模糊得很，也可以怀，但是不怀也有可能。而谢氏听了这样的话，心思加重，所谓心病难医，身体自然更难以调理。

汶老太爷在女眷室内也不方便待得太久，于是辞行出来，云卿一直送他到垂花门前，他才开口问道："你学医的事，还没和父母说？"

自出来，云卿便知道他会问这问题，一时面有羞赧，小声地开口道："一直都没寻到机会跟父母开口。"汶老太爷对她挺好的，她却一直没有开口跟父母说，她怕汶老太爷误会她看不起学医之人。

流翠连忙道：“老太爷，我家小姐天天捧着医书看，几乎是废寝忘食的。”

汶老太爷倒没有责怪她的意思，看着她小心翼翼的样子倒有些发笑：“早些说了，这样你也好上我那去学医，这东西可不是光看书就有用。那几本书要记得好好看，到时候要抽背的。”云卿的天分很不错，他不想浪费这么一个学医的好材料。

“嗯，等会儿我就跟母亲去说。”云卿眼眸一亮，认真答道，直到汶老太爷的背影消失在视线里，她才转身到谢氏院子里去。

掀开帘子进屋，谢氏依旧坐在那里，很明显一直在等云卿回来解释：“你什么时候拜师学医的，娘怎么不知道？”

“就是上回去汶府的时候。”云卿坐在她身边，眼睛亮晶晶地望着谢氏，“女儿是这么想的，自从发生了下药的事情后，难保再没有其他类似的事情发生。难道每次我们都要等到造成后果了才知道吗？不如女儿自己懂得医术，那么就能防患于未然。”

“听说想拜在汶老爷子门下的人不少，至今他也没收几人，怎么会收下你呢？”谢氏反问道。

“那是因为我聪明呗。”云卿搂着谢氏的胳膊撒娇道，其实她也有一些疑惑，为什么汶老太爷那么爽快地就收了她做关门弟子，也许真的是投缘吧。

其实对于女儿学医谢氏并不反对，她只是怪云卿没有早点与她说明。

此时看女儿是为了家人的安康学医，如此懂事，更是责怪不了，只嘱咐她要多多用心，不要一时兴起，到时候又不学了，浪费汶老太爷一片苦心。

日子就这样一天天过去，云卿偶尔也会去汶府向老爷子求教，她发现原本围在汶府外面的马车没有了，而御凤檀她也没有遇到过。

一个月之后，沈茂拿了一封信兴冲冲地进了谢氏的屋子，正巧看到云卿坐在旁边描花样子，喜道：“云卿也在啊，告诉你们个好消息，祖母已经到了东渡乡了。”

一听这个消息，正在一旁笑着看女儿描画的谢氏脸色微微一僵，白皙的面容变得更加苍白，眼底露出三分害怕和不喜来。

看到母亲如此神色，云卿心中也一凛，对于祖母这个人，她印象十分深刻，自母亲嫁过来后，便对她非常刻薄，天天要立规矩，处处要挑错，只要她在家中，母亲便没有一日好日子过。

她连忙将羊毫笔放下，抓住谢氏骤然变凉的手，抬头望着沈茂道：“不知道祖母什么时候到呢？”

沈茂沉浸在母亲要回来的喜悦中，没有注意到谢氏的表情，笑着对谢氏道：“母亲长途跋涉，身边没个人照顾，让家里人动身去接她，她会在禄步区沈家店铺等候着。”

云卿感觉握着谢氏的手微微一紧，能感受到谢氏手心里的濡湿。

这个祖母真是不省心，禄步区已经离扬州府不远，她身旁有王嬷嬷，还有碧莲，碧萍两个大丫鬟，这些都是常年跟在她身边用得习惯的人，哪会没有人照顾。

说是让家里人去接，父亲要管外面铺子的生意，自然是难以走开。

也不可能派姨娘去接，毕竟姨娘算不得家里人，只是半主半奴，这等于暗地点名要谢氏去。只怕是想着摆摆婆母的威风，趁机又磨谢氏。

只是这天下以孝治国，孝乃百善之首，既然婆母提出了要求，谢氏作为儿媳也只有答应。

云卿却站起来，拦住了谢氏的话，浅笑开口道："娘，我记得汶老太爷说过，你的身子就是平日里太过操累，要多休息，才好替沈家延续子嗣。"

这么一说，沈茂又记起了那日的话，他不是不知道自己母亲的要求有点刁难，可是哪家的儿媳不是如此呢，伺候公婆，照顾丈夫，在他看来，这都是正常的。

但是子嗣也非常重要。

将沈茂的表情收于眼底，云卿缓缓地福了福身子，开口道："爹，不如让女儿去接祖母吧，祖母这一去京城就去数月，我心中也十分想念。"

此言一出，沈茂和谢氏两人都十分吃惊，若说女儿对祖母余氏的感情，那是一直都不够亲热。

因为那年谢氏怀孕产下云卿，余氏一看是个女孩儿，二话不说就离开了产房外，一句安慰的话都没有，便是产后鸡汤都没有命人送过一回。

平日里对这个孙女也是不冷不热，余氏如此，云卿自然就更不会和她亲热，能不见祖母，那就不见，避如鬼魅。祖孙俩关系很是僵硬。

如今却听女儿如此说话，还应承下接祖母的事，怎能不讶异。

看着两人的表情，云卿知道现在的自己和上一世的自己有很大区别，然而上一世的她在这个时候早就因为失贞天天困在屋中，大门不出，二门不迈，哪还有精神去想那个不喜欢她的祖母。

很多时候，对人待物也会随着心情转变而转变，在现在的她看来，祖母必须要讨好，因为这是她将来对付那不要脸的母女二人组的必备武器。

一切就这么说好，因禄步区到扬州这一路都属是官道，人烟遍布，不算危险。沈茂便在车夫中挑了两个武功底子好的配给云卿，安排流翠一路上照看着她，路宿在沿途沈家的店铺中。

云卿一行顺利地到达了禄步区，马车穿过宽敞的街道，进入区内最繁华的商铺街道，车夫便看到了带有沈家标志的店铺，绕过此处，便有一个院子，是专供沈茂下来巡查店铺时休憩所用的。

而余氏这边也按照预计的时间，安排了王嬷嬷在门口等待着谢氏一行人到来。

待马车停好，云卿便扶着流翠的手下了马车，一抬头便看到一个梨形身材的老嬷嬷站在门口，她立即向前两步，双眸带笑地开口喊道："王嬷嬷。"

那王嬷嬷本是奉命守在门前，若是谢氏来迟了，就让她在门口好好等一等，谁知没等来谢氏，却是迎来了云卿，余氏可没有交代要如何对这个孙小姐。

微微一愣之后，又见云卿满脸笑容，不像以前那样见到她就一脸冷冰冰的，心里倒也舒坦了几分，心甘情愿地行礼道："老奴见过大小姐。"

云卿含笑受了这一礼，王嬷嬷便带着她往里边走去，早有小丫鬟进去通报，得了话后，王嬷嬷领着云卿进了屋内。

只见穿着棕金色马面裙的老夫人端坐在主位上，身后站着碧萍和碧莲两个大丫鬟。

碧莲一见来的是云卿，立即拿了一个软垫过来，放在地上，才笑着退下去。

云卿跪下来，磕头道："祖母万福。"

老夫人自云卿进来后，眉头就明显地皱了起来，待她跪拜了之后，也不让她起来，冷淡道："怎么来的是你，你娘呢？"

这话说得十分尖锐，在云卿面前没有给谢氏留半点面子，若是平日里云卿听见了，说不定站起来就走了。

可是祖母的刁难在她意料之中，面上半点不悦都没有，依旧是含笑道："一收到祖母的来信，母亲便开心得要马上动身，是云卿听说祖母要回来，心下欢喜，非得要也随着一起，父亲说既然云卿要来，便让母亲在家将祖母居住的荣松堂好好地整理一番，等祖母一到家中，便住得舒坦舒服。"

这一番话说得极为巧妙，不但将谢氏的态度和孝心表明了出来，还将自个儿对祖母归来的喜悦也说了出来，便是有心要为难的老夫人眉头都舒展了一些，微微点头道："还算是孝顺的，你起来吧。"

她今日倒有几分意外，没想到这个平日和她见面如路人的孙女会自告奋勇来接她，方才的样子还十分地谦恭有礼，对她这个祖母十分孝顺的模样。

她虽不喜谢氏生了个女孩，但目前府中也就这么一根孙苗，再加上云卿面容生得姣好，特别是一双凤眸和自个儿儿子一模一样，看着倒有几分真情出来了，摆摆手道："来，到祖母身边来。"

云卿听言走到她的身边，嘴角含着笑，老夫人拉着她的小手放在手心摸了摸，叹了口气。

若是谢氏能生个孙子的话，现在也有十来岁了，想到这里心又冷了几分。

正在这时，外面的小丫鬟喊道："老夫人，韦夫人带着小姐过来了。"

闻言，老夫人脸上带着几分笑意道："让她们进来吧。"

碧莲闻言连忙上前去打了帘子，只见门帘之后走来一个华服妇人，她梳着堕马髻，身穿烟色底湖绸蝴蝶戏春马面裙，面色白皙，未语先笑，一双眼宛若流波，扑着粉的面色带着几分淡淡的憔悴痕迹。

手中牵着一个穿着绣梅兰竹六幅罗裙的少女，看起来和云卿差不多年纪，容颜娟好，眉毛细长，眼神里带着一股水波婉转，显得楚楚可怜，让人忍不住想去疼惜。

云卿看着那个和自己年纪相仿的少女，浑身冰凉，神情一阵恍惚。

就是这个人，上辈子她当作是唯一的好姐妹，就连嫁人也是和她同一天进门，嫁给同一

个男人的少女，最后竟害得她全家被抄，命人活活杖毙了她。

她心里有一股冲动，她很想冲过去问一问她，究竟沈家哪一点对不住她们了，为何她要对沈家下那样的毒手？

可她也知道，有些人你根本问不出个所以然来，因为她就是嫉妒，她就是怨恨，只要看到别人比她幸福，她就难受。

云卿见她们两人进来，故作疑惑地望了过去，老夫人身边的王嬷嬷见状介绍道："大小姐，她们是老夫人的救命恩人，也是你娘的亲妹子啊。"

救命恩人这回事云卿倒是清楚，不知道是老天对恶人太好还是真的那么巧，老夫人去京城之后，一次在郊外游玩遇见一群劫匪，就是眼前这个韦夫人冲上前去，挡了一刀，否则的话，按照她们的话来说，老夫人就要命丧黄泉了。所以自从她们进了沈府后，老夫人是处处维护，说句难听的，比待她这个亲孙女还要好。

看来，这一生依旧没有改变，该来的，还是来了。

听完这段救人的故事，屋中众人又是一阵欷歔，老夫人带着几分感动道："素玲救了我之后，不求回报，待细聊之后，却发现原来她就是你母亲的妹妹，你的亲姨妈，真是让我吃了一惊，没想到这样都能逢上，真真是缘分啊。"

素玲是谢姨妈的名字，没想到这么点时间，就和老夫人关系如此亲密，手段真是不可小瞧。云卿低垂着眸子，是啊，真的是缘分，不过是孽缘而已。她微笑着抬头，对着这位亲姨妈行礼道："云卿见过姨妈。"

谢姨妈忙一把拦住她，拉着她的手，眼里带着一片情深义重，泛着点点水光，仔细地打量着云卿道："好孩子，不必了。今日一看到你，便想到我那嫡亲的姐姐，这么多年没见，我一直记挂着她，原听老夫人说她今日会来的，没想到……不过也好，再过几天总会见到的。"说罢，还拿着帕子点了点眼角。

好，很好，云卿嘴角淡淡地勾起，才刚见面就在这里给谢氏上眼药，话里话外听起来是姐妹情深，其实就是指责谢氏不给老夫人面子，吩咐了谢氏来接人的，却派了云卿来。她眼眸一瞟，果见老夫人脸一下就拉了下来。

忍着将手抽出来的冲动，云卿面上笑得十分的温柔："不止是姨妈想念呢，娘也时常在云卿耳边说，说她唯一的庶妹自从嫁到了京城之后，便再无音讯，她这个做姐姐的身子又不太方便，不能长途跋涉，便没有亲自登门去看了，心里总是觉得歉意得很。"

说是想念，十多年都没来往的，此时做样子给谁看呢？

听完这段话，谢姨妈就暗道不好。

她本来是想趁着这个机会给谢氏下马威的，谁知云卿三言两语就指出问题的关键点。她和谢氏的感情本就不好，一个嫡出一个庶出，从小就被谢氏压在头上，好不容易她嫁了个官家，离谢氏远远的，不再被嫡庶区别压住，哪里会再和这个姐姐联系，这次不是迫不得已，她也不会来投奔谢氏的。

屋中这几个，谁不是宅院争斗里出来的，老夫人她自然也听得出这个意思，眼神就往谢姨妈那瞟去。

谢姨妈顿时知道面前这个少女也许没有看起来那么简单，拉着身后的少女过来，对着云卿道："云卿，姨妈给你带了个姐姐来，以后你们就可以一起玩耍了，来，凝紫，认识下你的亲表妹。"

上一辈子初次见到韦凝紫印象已经模糊，她几乎要忘记了，脑中最鲜明的是韦凝紫最后穿着红色华服的样子。

再看眼前还只是十四岁的韦凝紫，尖尖的下巴，苍白的嘴唇，总是带着几分水光的眼睫，仿若随时可以掉下泪水，让她整个人看起来比杨柳还要单薄，让人一见便动了恻隐之心。

"表妹好。"韦凝紫轻轻地开口，声音都好似柔弱得风都能吹走。

前世的时候，韦凝紫就是这样扮柔弱，让善良的云卿心软，从此以后什么都拿出来与她分享，生怕她过得不好。

可是如今再看到这副模样，云卿心中再也没有感觉了，柔弱不柔弱，看的不是外表，而是一个人的心。

云卿上前牵着韦凝紫的手，嘴角挂着笑，亲热地唤道："表姐也好，未承想到我还有一个如此好看的表姐，这次你来扬州，可要好好地玩个痛快才准回京城啊。"

韦凝紫一听，脸色就变了，两眼一红抬头看着谢姨妈，谢姨妈脸色也带着几分难过，那模样落在老夫人眼里就觉得落了面子，开口骂道："你说的什么话，人家还没到府里，你就赶人家出去，莫说她本来就是你的亲姨妈，她还是你祖母我的救命恩人，如此忘恩负义的事，是你一个大家闺秀的行为吗？！"

这一顿没头没脑地骂下来，云卿眼睛也红了起来，完全不明所以地望着老夫人哽咽道："祖母，云卿说错什么话了，姨妈和表姐来扬州难道不是到沈府里玩的吗？"

看着孙女抽泣了起来，老夫人这才想到，云卿根本就不知道韦家的事情，自己骂她确实不应该，脸上便有些讪讪的。

站在身后的碧萍暗叹了口气，知道老夫人这是后悔了，又下不了面子承认自己骂错了，便开口道：

"大小姐不知道，韦家半年前出了事，谢姨妈的夫君不慎掉落水潭去了，如今那些个亲戚寻思着韦家无主可欺，便纷纷打主意，三天两日地上门打秋风，甚至要分了家产。谢姨妈无人可倚靠，便想到投奔姐姐家中。"

云卿带着深深的同情看了一眼谢姨妈和韦凝紫两人，带着歉意道："姨妈，表姐，没想到你们逢了丧事，姨父人已去，请你们节哀顺变，既是来投奔的，老夫人和爹娘一定会好好安置你们。"

谢姨妈脸色一瞬变了，她心里最不想投奔的就是谢氏这个姐姐，可是她又没有其他亲人，只有这么一个选择，能不说就不说，到时候让谢氏主动留她，她再顺势住在沈府。

没想到云卿还这么问出来，让人又重复一遍她是投奔谢氏而来的，心里怎会舒服。

老夫人赞许地看了碧萍一眼，见云卿说的一番话也识大体，便顺着台阶下了，板着脸道："看在你不知情的分上，这次也就罢了，下次说话可要多看看，多想想再开口，不要呆愣愣地张口就来。素玲你不要放在心上，她和她娘一个模样，不懂看脸色。"前一句是训云卿，后一句话却是对着谢姨妈说的。

谢姨妈心里得意，老夫人当着自己的面数落谢氏，可见姐姐在府中过得也不怎样，面上带着宽宏大量道："没关系的，姐姐就这么一个孩子，当然是当作掌上明珠了。"

表面上说是没关系，其实把云卿和谢氏连带着一起骂了，说谢氏带的女儿只骄纵，不识规矩。

云卿在心中嗤笑了一声，祖母还真是好笑，明明自己骂错了人，给了台阶还要教训她，说她就罢了，还要顺便带上她娘。

祖母说也就罢了，怎么说她也是家中的长辈，可谢姨妈那话是什么意思，凭什么她要为一个来投奔沈家的人忍气吞声，受这份原本就不该受的窝囊气。

她浅浅一笑，心底不屑，面上就越是柔和，一双凤眸闪亮得好似两颗黑珍珠，徐徐开口道："祖母教训得是，孙女遇事应多看多想才为妥当……"

老夫人听着她服软的话心里舒坦多了，谁知云卿还有下一句话。

她微微地侧头看着谢姨妈和韦凝紫，秀致的眉头轻轻蹙起，带着几分委屈和疑惑道："都是云卿不懂事，以前听娘说过，大雍例律家有新丧之人，三月之内着素色孝服，一年之内必须素颜淡服，以此来表达对故人的尊敬，如今听祖母教训，再看姨妈和表姐，定是娘说错了。"

老夫人一路上也未曾留意这个问题，总觉得谢姨妈是个命苦的，丈夫早丧，只剩下她们母女二人，心里存着怜意。

此时想来，这一路上她们两人可每天都是打扮得光鲜明亮在她面前，陪她说说笑笑的，难得见到有几分忧伤。

她一直都觉得谢姨妈是个重情重义的，否则也不会看到她危险的时候冲上去挡刀，可是一个对十多年共处的丈夫都没有情意的女人，对她一个认识才数月的人情又有多真，当即目光就带上了打量。

谢姨妈方才那抹得意顿时被一股恼意替代，云卿说的话没错，按照大雍的例律的确是家有新丧之人，必须素颜淡服。

可在她心中，那个姓韦的死了就死了，阴阳两隔，再无牵挂，她没有半分心思给他穿孝，让人知道她是个寡妇。

但她表面上不能真将心思说出来，连忙拉着韦凝紫跪了下来，带着哭腔道："姨侄女说得没错，按照规矩，的确是要如此。可是我也是不得不为之啊。"

看着眼泪水控制自如的谢姨妈，云卿眼底带着笑意，不甚明白地问道："姨妈如此说，难道有人逼着你一定穿红戴绿吗？"

这话明明是含针带刺，可云卿眼睛眨了眨，语气天真无比，让谢姨妈就是心中有气，也不能发出来，继续拿着帕子道："姨侄女你是不知道，我家相公死了之后，家中的亲戚看我们孤儿寡母的好欺负，每日上门来借东西，说是借，其实是拿，不可能还回来的，我不给，他们就抢，如此下来，我心中就存了惧意，来扬州的路途遥远，路上若是给人看到我们母子俩穿着丧服，定会知道无人可靠，指不定也和亲戚一般上来敲诈，为了避免这样的情况发生，我们才不得不违心地穿戴鲜亮，让人以为我们不好欺负，才能平平安安地到达扬州，寻得庇护。"

她虽哭泣不止，口齿却颇为清晰，一字一句带着哀哀之声，直将周围的人说得眼底都带上了同情。

云卿眼底似也带着怜惜，轻声道："姨妈难道一路上不是和祖母一起的吗？"

抽泣了几声后，谢姨妈看着云卿，眼底闪过一丝恶毒的光彩，随即掩饰下来，拉着韦凝紫跪在老夫人的面前，接着道："好在路上遇见了老夫人，让我们一路同行，有了老夫人的福泽，也不怕那盗贼了，但一路总不能穿着孝衣和老夫人同行，老人家身子弱，受不得哀戚感染，就算让人指责我们母女，我们也不能不顾老夫人的身子啊。"边说，母女两人紧紧地相拥在一起抱头哭泣。

老夫人看着，浑浊的眼里也湿润了，伸手扶起谢姨妈，感动道："你也是个傻的，怎的就只会为别人着想，不会考虑考虑自己呢。"

"老夫人待我恩重，我怎可忘记您的恩情。"谢姨妈脸上挂着泪珠，语气里真诚十足。

精彩，实在是精彩，云卿忍不住想要给谢姨妈鼓掌，明明是自己喜欢打扮，不守丧制，经过她这么一说，倒变成为了祖母的身子才不得不这么做。

到底是上世将父母祖母皆骗得团团转的谢姨妈，功力实在是不同凡响。

云卿看她的戏也唱得差不多了，也迎了上去，将跪在地上，脸上同样满是泪水的韦凝紫拉起来，亲切道："表姐快起来，若是娘知道姨妈和你为了祖母安康连守孝都放在一边，肯定很感动的。"

闻言老夫人眼中闪过一抹利光，本朝以孝治国，孝为百善先，谢姨妈为了她身子安康，虽也可以称孝，却是逾越了，她并不是谢姨妈的直系长辈。

再者她作为一个老人，当然希望儿女重孝，若是自己儿子媳妇像谢姨妈一样，还未出孝期就穿红戴绿，她肯定要气死，本来想说的话到了唇边就改了："素玲，你和凝紫虽是为了我身子好，可是规矩还是要守，若是让人听到了，还以为我沈府没有规矩，连孝道都教不好。"

说完，就放开了谢姨妈的手，脸色也变得淡淡的。

韦凝紫没有注意到老夫人的神色，她从一开始就在暗暗观察面前这个表妹，只见沈云卿梳着三环髻，乌黑的头发从肩上流淌下来，头上插着白玉梅花钗，身上穿着绣红梅月白色百褶裙，手上戴着两只刻玉镯子，全身透着一股富贵之气，每一件东西都不张扬却价值不菲。

她下意识地想起自己，头上不过是一支鎏金簪子，一朵玫红色的绢花，手腕上也是苏银镂空的镯子，就是妆奁里最好的镯子，也比不过表妹手上的那两只。

微垂了眼角，她在心里暗道：一定要讨得眼前表妹的欢心，她是谢氏和沈茂唯一的女儿，若是她接受了自己，谢氏和沈茂就很好接近了，而只要他们喜欢自己，这些名贵的物品她也会有的。

她抬起头，眼角挂着两颗泪珠，梨花带雨一般，柔弱地抓住云卿的手："谢谢，谢谢表妹肯关心我……"

云卿浅浅一笑，将韦凝紫的神态收于眼底，这就是她的绝招，简单的几个字就将她楚楚可怜的一面表现出来了。让人觉得心疼，觉得怜惜，心里忍不住地对她更好。

可上一世的经历告诉她，韦凝紫就像那被农夫救来的蛇，随时可能喷射毒液，反咬恩人，这样的蛇蝎美人，她沈云卿怜惜不起。

云卿抽出一只手在她手背上轻轻拍着，半真半假地嗔道："瞧表姐说的，这屋中的哪一个不关心你，你是说姨妈不关心你呢，还是说祖母不关心你？"

韦凝紫脸色微变，眼里带着惊恐看了一眼谢姨妈，再看面色冷淡的老夫人，连忙道："哪里，我不是这个意思，是没想到表妹和我初次见面，就能如此关心我。"

"刚才姨妈都说了，你是我的亲表姐，祖母从小就跟云卿说过，大家闺秀要懂得尊敬长辈，照顾弟妹，若是不关心你的话，就怕祖母都不依呢。"云卿娇娇地笑道，还对着老夫人问道："祖母，你评评理，看孙女说的对不对嘛？"

老夫人出身书香门第，家中几代都是秀才，对于这一点她颇为骄傲。听得云卿这样捧她，乐呵呵地笑了起来："那是当然，你这鬼丫头，没想到还记得祖母说的话啊。"

她其实也不太记得有没有和云卿说过这样的话，但此话显得她有学识教养，她乐得承认。

云卿知道这个祖母最好面子，也爱听好话，她拉着韦凝紫站在老夫人的前面，娇俏地开口道："娘一直都对云卿说祖母见识广，考虑问题比她深，让云卿多跟着祖母学习东西呢。"

一听谢氏平日在孙女面前是如此夸自己，她倒有些意外，想起这个儿媳妇，平日倒也恭顺，除了不能生孙子其他方面她还是比较满意的，心情一好，就把云卿搂在怀里，亲热道："瞧你这小嘴，哄得祖母开心得很……"

看着面前祖孙欢乐的模样，韦凝紫眼眸微微眯了起来，这个小动作云卿很清楚，她在心里嫉妒了。

待韦凝紫一放开自己的手，云卿喊道："表姐干吗甩开我的手，你喜欢祖母，也可以让祖母抱抱嘛。"她说完，就从老夫人怀中出来，有些怯怯地看着韦凝紫。

老夫人顿时就不开心了，她搂自己的亲孙女怎么了，韦凝紫还摆脸色给云卿看，想起她开始说没人关心她，这一路自己对她不是好吃好喝一路照顾，真是不记恩。

谢姨妈见状立即走上来，瞪了韦凝紫一眼，又用指甲在她腰间狠狠地一拧，韦凝紫吃痛泪水就流了出来，哽咽道："祖母……我没有……"

一看韦凝紫又要开始哭，老夫人不耐烦地摆摆手："好了，我知道了，时候不早了，王嬷嬷，安排用晚膳吧。”哭哭啼啼的真是晦气，再看云卿笑得软糯的模样，越发觉得还是自家孙女好，下榻牵着云卿往膳厅走去。

这是老夫人第一次在人前如此不给她们母女留面子，韦凝紫抬眸看着云卿，她嘴角挂着百合一般纯真的笑意，一双凤眸幽黑泛着润泽的光芒，看着十分恬美纯净，可是她却莫名地觉得一股凉气从背脊升了起来。

用膳后又在别院里休息了一夜，第二天，仆妇们将一干东西都准备妥当，准备启程往扬州府去。

谢姨妈和韦凝紫走出来的时候，正碰见老夫人牵着云卿的手出来，两人迎上来行礼道：“老夫人万福，祖母万福。”

见老夫人笑着应了，看来昨日的事她已经不计较了，谢姨妈立即站在另一边，扶着老夫人往马车上去，笑道：“老夫人，您看今日日头正好，坐在马车里肯定舒适。”

老夫人点头，踩着脚凳往马车上去，刚转过头来，见谢姨妈也要跟上来，立即皱眉斥道：“你上来干什么？”

见老夫人刚才还笑眯眯的，忽然一下变了脸色，谢姨妈一时未反应过来，就连韦凝紫也不明白发生了什么事让老夫人如此动怒。

王嬷嬷一路上收了她们两人不少好处，此时开口道：“老夫人许久没有见到大小姐了，想和大小姐聊聊。”这两母女大概是一路上老夫人对她们太好，一下忘记了大小姐才是老夫人嫡出的孙女。

谢姨妈和韦凝紫此时才反应过来，连忙讪讪道：“瞧我一时糊涂，来，云卿，路上要好好照顾着老夫人。”

她们一路上都与老夫人坐一辆马车，这本也是她们精心打算特意不买马车，一来省掉一笔银钱，二来可以和老夫人坐一辆马车，天天陪伴着，可以培养感情。可是如今云卿这个正牌的孙女来了，她们总不能再觍着脸皮将云卿赶下来。

于是回来的途中，便是老夫人和云卿一辆马车，谢姨妈和韦凝紫坐云卿来时的那辆马车。一路上只听云卿将老夫人哄得开怀大笑，欢声笑语传到另外一对母女的耳中，只觉得说不出的刺耳。

谢姨妈坐在车厢内，脸上柔婉的神色已经消失，两眼带着一股狠毒的色彩，看得韦凝紫不由自主地往旁边缩了一缩。

谢姨妈想起昨日的事情，一把扯过韦凝紫的手臂用力地一拧，咬牙骂道：“我跟你说了多少次，要你一路上讨好那个老妇，只有讨好了她，我们进了沈府才有立足之地。”

她骂一声拧一把，韦凝紫紧紧咬着嘴唇，一声不吭地忍受着。“你昨天甩那小贱人的手干什么，惹得那老妇对你不喜，今日连马车都不让我们和她坐在一起，你是甩脸子给我看吗？”

“娘，我没有甩她的手，是她故意松开，然后冤枉我的。”韦凝紫实在痛得忍不住，连忙开口求饶，手臂上的痛楚使得她眼眶里的泪水忍不住往外冒。

若韦凝紫是个男孩，谁敢来抢她的家产，那些人不就是欺负她家里没男人吗？真是个赔钱货！

谢姨妈想到族里人的嘴脸，又恨又气，抓着韦凝紫又拧了一下，才放开了手，鼻子里冷哼了两声，斜睨了一眼韦凝紫，见她尖尖的瓜子脸巴掌大小，一双杏眼含着眼泪水汪汪的，看起来又柔弱又可怜，嘴角又带了点笑意。

好歹这个女儿生得倒是不错，若是能嫁给侯门公卿，岂不是比生个儿子还好。

想到这里，谢姨妈脸色又好了起来，将韦凝紫拉过来抱在怀中，抚摸着她的手臂哄道："紫儿，莫怪娘，娘实在是没办法了，孤儿寡母的谁都看不起我们，若是你爹还在世，沈云卿那个小贱人还敢对我们母女耍手段吗？"

韦凝紫一脸泪水地靠在她怀中，眼底寒光闪闪，沈云卿，若不是你，我就不会被娘打，都是你害的。

"娘，你放心好了，她们如此待我们母女，女儿一定要将她们的一切都抢过来。"

CHAPTER 6 第六章　书香满园风波起

车轮滚滚，两日后进了扬州府又驶了两个时辰，外面车夫的声音传来："老夫人，大小姐，沈府已经到了。"

云卿闻言浅浅一笑，首先起身道："云卿服侍祖母下车。"

一路上老夫人都被云卿服侍得妥妥当当，对她的印象比起以前要好上一些，如今见她一副知孝懂礼的模样，眼底也露出一分满意的神色，点头扶着她的手下了马车。

大门口，沈茂和谢氏早就亲自领着一并奴才奴婢在等候着，一看见老夫人下了马车，立即走上前行礼道："儿子拜见母亲，儿媳拜见母亲。"

老夫人见他们两人都特意守候在门前等候着自己归来，颇觉得满意，点头道："难为你还出来候着。"

她说完，将目光转到谢氏身上，见她今日穿了一件霞红色绣牡丹裙，梳着随云髻，头上戴了两支翡翠红宝石点翠簪，整个人脸色也比走之前红润几分。

好似她不在府中这几个月，谢氏过得十分滋润，不由得冷哼道："你是见你妹妹来了，才出来迎接的吧。"

这话说的真是冤枉了，纵使谢氏心中知道妹妹要来，也不必在大门候着，她是长姐，最多在垂花门接她算是有礼了。

沈茂见母亲对谢氏又看不顺眼，连忙插话道："母亲，听说今日姨妹和姨侄女也来了，两人在哪呢？"

谢姨妈早在后头打量着沈茂，见他生得端庄斯文，身材保养得宜，没有一般商人的大肚子和满身的金光爆射。

若不是看见他站在谢氏的身旁，还以为他是一介地方官员，整个人风度翩翩，散发着中年男人的魅力，看得她心扑通地一跳，抓紧韦凝紫的手上前福身行礼，嗓音娇柔道："妹妹见过姐夫，姐姐。"

沈茂扫了她一眼，眸中闪过一道晦暗的光彩，随即面色素正地行礼道："姨妹节哀顺变，莫要太过伤心。"

云卿派人提前送了信回来，家中有客人来都要准备一番，特别是身上还戴着孝的，更不能随便，老夫人根本就没想到这点，幸好云卿去接她，谢氏才利用两日时间匆忙打理好一切。

谢氏看着妹妹年纪不大就守寡，心疼地上前握着她的手道："妹妹你真是不让人省心，之前我让人送了帖子请你来扬州，你总不来，如今一见面，竟是遭遇了那些个事情……"

虽然以前在家中的时候，这个妹妹总是喜欢和她比，喜欢争，可谢氏自觉是姐姐，也不太在乎。眼下父母双亡，世上唯一嫡亲的就是这个妹妹了，想来总是要比别人亲一些。

谢姨妈见谢氏这副模样，瞟了沈茂一眼，吸了吸鼻子，装作凄苦地哽咽道："妹妹何尝不想见姐姐，无奈家中不富足，又没个人管事，路途遥远，难以脱身。"

眼看一家子就要在这里叙旧了，沈茂连忙道："母亲一路辛苦，还是先进府中休息，文娘早将一切准备好了，就等娘回来直接住进去呢。"

老夫人本就有些不耐烦了，当然乐意进府内再说，连连点头，由云卿和沈茂一左一右搀扶着踏进府内。

谢姨妈和韦凝紫从下马车开始，便看见沈府大宅的朱红大门，青石筑成的台阶步步登云，门口的两头海青石镇财貔貅，雕刻得活灵活现，一眼望去，只觉得富贵不可方言，再进到府内，只觉目不暇接，比起京城的侯府也不会差上半点，心里暗暗咂舌。

"娘，沈府真大，比起京城里的宅院半点不见小。"韦凝紫眼眸微眯，倚靠着谢姨妈说道，"可惜祖母不喜欢我了，这两日她都不怎么和我说话，只跟表妹说笑。"

谢姨妈拍拍她的手，眼底射出一道利光，轻声道："紫儿不用担心，娘等会自有办法让老夫人更加讨厌她。"说完，她将手中的物品给韦凝紫一看，韦凝紫面色一怔，呼道："娘，你这是要做什么？"

"等会儿你就知道了。"谢姨妈嘴角泛着阴冷的笑意，拉着女儿跟了走去。

荣松堂是老夫人居住的地方，在沈府最南边的位置，与云卿的住处隔着两个园子，谢氏早就安排人将一切都整理好。

老夫人一进荣松堂正屋内，扑面便有一股清香的味道，闻之心旷神怡，这是她最喜欢的绿茶百花香片的味道，而且整个屋中的一切物品都是她走的时候的摆设，多宝槅上的物品整整齐齐，一丝灰尘也没有。

榻上的背靠已经换了夏日里所用蚕丝枕，门帘也撤了冬日里的厚锦缎，换了暗红珠帘，

总之都是按照她的爱好，于是她冷冰冰的脸上也展现了笑意。

沈茂见母亲脸色不错，对着碧莲吩咐道："快去冲杯金柚蜜茶来，让老夫人润润嗓子。"谢姨妈进来后，看着周围的摆设，左边雨过天晴青瓷是前朝名窑烧制出来的，身后的福字是千金名家字画。一件件，一幅幅都是价值不菲，她心里又嫉又妒，一面装作欣赏物件的样子，手指飞快地从袖中扔出一个东西丢在多宝槅下。

云卿目光掠过，将她的小动作看在眼底，凤眸闪过一道幽深的光芒，静静地站在老夫人的旁边。

谢姨妈的动作迅速，屋内除了一直关注她的云卿外，没有其他人看到。

她态度极为自然，开口赞叹道："一看这屋子中的摆设就看得出姐姐对老夫人关心之至，每一处都是用尽心思的。"

老夫人看着谢氏站在一旁，面色温和，点了点头："这次你做得倒算不错的。"

谢氏感动地看了谢姨妈一眼，这个妹妹还是好，一进门就帮着自己说话，她收回目光，谦虚道："母亲回来，儿媳必会用心。"

谁知话音还未落，那边碧莲端了一杯金柚蜜茶出来，突然吓得叫了一声，老夫人蹙眉看了她一眼，再顺着她的目光一眼瞄到多宝槅下一个黑乎乎的东西，怒得一拍桌子道："好你个谢文娘，这就是你的用心吗？！"

见老夫人忽然勃然大怒，沈茂几步迈到旁边一看，眉头皱紧道："这是怎么回事？"

谢氏也惊了一跳，连忙朝着多宝槅走去，待看到地上躺着的死雀后，面唇血色尽失，眼里带着不可置信。

她为了婆母回来不挑刺，几乎屋中每一样摆设都是亲自监督，就连刚才出去接老夫人之前，她还到院子里走了一圈，见没有任何异常才放下心来。如今怎么会在正房里发现死雀，要知道老人家极为忌讳这样的事情，刚回院子就见到死物，视为十分不吉。

望着老夫人怨恨的眼神，谢氏定了定神，抬头辩解道："母亲，屋中每一处儿媳都是认真布置的，雀鸟不知何时来的，绝不是儿媳有心为之，请婆母明察。"

老夫人此时大怒之中，哪里还有心思明察，她刚夸了谢氏，就出了现在这一幕，这不是打她的嘴巴子么，凌厉的目光扫过谢氏，冷声道："不是你有意为之还能有谁，荣松堂我不在的时候姨娘她们不能随意进出，里面的丫鬟婆子都是你一手安排，所有的事务都由你过手，难道还会是我自己把这个晦气东西丢进来的吗？你是不是不想我回来，今日特地安排这么一出，好活活气死我！"

老夫人说着就开始咳了起来，面色涨红，显然是真的气到了。

王嬷嬷立即上前给老夫人摸着背心，碧莲赶紧换了一杯清水端过来给老夫人喝下。

沈茂知道谢氏和母亲素来不合，可是谢氏十余年来一直都恭谨伺候，没有半点不敬，应该不会在这样的事情上故意如此作为。

再抬头看谢氏，满脸都是不解和害怕，心想有可能是哪个小丫鬟抓了雀鸟来玩，结果落在老夫人屋中，立即赔笑道：“母亲息怒，文娘一直尽心尽力地伺候母亲，怎会做出如此大逆不道的事情？”

闻言，老夫人更是大怒，手掌在榻上猛拍，对着沈茂道：“你就知道维护你媳妇，可有把我这个娘亲放在眼里，你说她尽心尽力地伺候我，可这死雀她怎么解释，生不出孙子也就罢了，就连这点儿小事都做不好……”

屋子里一片寂静，所有人都不敢插话，老夫人一直都不喜欢谢氏，每次一起争执，便会拿着谢氏没生孙子这一点作文章，谢氏便是有理也会变得没理。

沈茂更是出不得半点声，一边是母亲，一边是妻子，他说多了就是不孝，只能等会儿再安慰谢氏。

眼见谢氏被老夫人数落得脸色青白交错，脸面尽失，谢姨妈心里痛快了几分，这个嫡姐，在家中的时候就总是表现得宽厚大度，什么都让着她，其实最是居心叵测。如今总算是有人收拾得了谢氏了。

不过眼看老夫人把事情越扯越远了，谢姨妈便往前走了两步，对着老夫人福了福身子道：“老夫人切莫再要动气，虽说有死物实在不吉利，但姐姐在府中每日要处理的事情又多，偶有纰漏也是常事，让她给您谢个罪就好了，省得气坏了身子。”

一番话表面上是帮着谢氏，实际上全是责怪，一来说谢氏没有能力，作为当家主母宅中事务都管理不好，二来让谢氏谢罪，便是直接定下谢氏故意丢死雀的罪。若谢氏今日真谢罪了，以后宅院里老太太要安排其他人管事她也没办法反对。

看着谢氏脸色微微一变，望向谢姨妈的眼神带着几分探究，云卿暗暗笑了笑，她一直不开口的原因就是等着谢姨妈出来说这番话，让谢氏好好认识一下她这个表面亲善的妹妹的真面目。

她莲步轻移，走到老夫人的面前敛衽行礼，轻柔地开口道：“祖母请息怒，依云卿看，今日屋中出现此物可不一般。”

老夫人见她面色从容，眼神明亮，似是有不同的说法，不冷不热道：“你倒是说说，如何个不一般？”

看来这些时日花心思哄好祖母气力没白费，若是以前，只怕祖母早就迁怒于她了，哪还容得她开口说话。

她浅浅一笑，走到被沈茂用帕子包起来的死雀旁边，目若点漆，启唇道：“祖母和爹请看，这只雀鸟头，颈，背到尾都闪现紫色的光泽，两翅都是黑色而在翼肩有一白斑，你们可知是什么鸟儿？”

王嬷嬷听云卿形容，便开口道：“这是喜鹊呢。”

“王嬷嬷到底见识多，此鸟正是喜鹊。”云卿望着她淡淡一笑，又转头对着老夫人道：“祖母，自古以来喜鹊就是好运和福气的象征，它出现在哪，就代表哪家有喜事，今日喜鹊出现在家中，正是祖母归来的好兆头。”

听这么一说，老夫人面色稍霁。

谢姨妈干笑一声，装作惊讶道："姨侄女这话说的没错，可喜鹊死在屋中，也不是什么好兆头了吧？"

言罢，沈茂锁眉看了她一眼，面色有些奇怪，谢氏也蹙起眉尖，眸中疑虑更深，就连那些丫鬟都多看了她几眼，这姨妈进门是想家宅不宁么，眼见大小姐哄得老夫人开心点，她又张口乱说。

对于谢姨妈会说的话，云卿自是早就预料到了，她一点都不慌张，转过身来对着谢姨妈深深一笑，嘴角绽出花般的蜜意："谢姨妈说的正是，喜鹊飞来屋中是因祖母归来喜气盈胜，突如其来地就倒在地上，一定是因有什么与喜气冲撞了才会如此。"

听了云卿的话，老夫人暗道，她回来的时候有喜鹊进屋，却因为冲撞了何物喜鹊才死了，抬头正巧看着淡白色素服，素面朝天的谢姨妈和韦凝紫，眼色露出一丝了然来。

韦凝紫眼看云卿一步步地把矛头拉到自己和娘身上，站出来行礼道："祖母的院子时时都有人看着，这只喜鹊是飞来房中后死的，还是有人故意丢的，难道没人注意到吗？"要是下人说没有看见，就算云卿巧言善辩也没用，谢氏今日依旧是要倒大霉。这喜鹊是娘抓进来的，会有人看见才怪。

闻言，云卿嘴角含笑，深深地看了韦凝紫一眼，老夫人眼神阴鸷地环顾一圈周围的丫鬟婆子……

看守院子的管事陈妈妈上前道："回老夫人，方才奴婢出院子迎接您的时候，眼角瞥见一个紫黑色的影子呢，结果一转头，又没看见了，料想定是喜鹊进屋了。"

本来抱定了主意的韦凝紫看着眼前明显睁眼说瞎话的陈妈妈，面上略带着点试探道："妈妈，你余光一见就确定是这只喜鹊飞进来了，莫不是看花了眼？"

陈妈妈转过来，眼角带着鄙视，口中话语铿锵："表小姐，奴婢平日里管着老太太院中大小事务，在奴婢眼皮子底下几乎没犯过错，若是不相信，尽可以再拉其他人问问。"

她顺手点了一个二等丫鬟碧水，目光严厉地问道："现在表小姐不相信我的话，你是今日值班看着门口的，你看到喜鹊飞进来了吗？"

碧水垂着头道："回老夫人，奴婢在门口看着喜鹊飞进来的，和大小姐所说一般，喜鹊是个好兆头，奴婢想着今日老夫人回来，喜鹊飞进来定然是福禄双全的意思，便没有阻拦，请老夫人恕罪。"她说着就跪了下来。

眼看其他人的证词都偏向谢氏那一方，谢姨妈望着陈妈妈和碧水，两眼射出冷冰冰的光来，声色俱厉道："你们睁眼说瞎话，喜鹊真的是自己飞进来的吗？莫要违背自己的良心！"

云卿微垂着头，谢姨妈也好意思说良心两个字，她故意将死雀丢进祖母的房里，才是真正的良心被狗吃了。

谢姨妈的架势十足，脸色也异常的严肃，可是屋中没有一个人被她吓到，目光反而更为轻视。

要知道，老夫人的院子就是谢氏也不会轻易插手，里面的丫鬟婆子在府中都比其他同等的丫鬟婆子有脸面一些，最是会看衣做人，早就暗地观察谢姨妈母女穿着一般，又知道她是个投奔府中来的亲戚，心里便存了轻视，此时对她们还出言呵斥，当即心中就生了气。

陈妈妈更是一把就跪了下来，委屈道："老夫人，若是奴婢一个人看到也就罢了，可碧水也见到了，本来喜鹊飞进来就是好事，为什么有人硬要说成是故意丢进来的，莫非是想要施个下马威给奴婢们看，奴婢受点委屈也就罢了，可是老夫人的福气是真真的，不能让人辱没了去。"

她是老夫人的陪房，这么多年在院中的地位也就仅次于王嬷嬷。

对于两人的说法，老夫人当然选择相信自己人，望着谢姨妈和韦凝紫越发觉得她们不顺眼，戴着重孝冲撞了她也就罢了，还硬要栽赃说是谢氏丢的。

"究竟是怎么回事，我已经清楚了，陈妈妈，碧水你们两个起来吧。"她从鼻子里哼了一声，眼里冒着冷冷的光芒扫过谢姨妈和韦凝紫，若不是念着谢姨妈曾经救过她，她实在很想大骂两人一顿。

谢姨妈知道老夫人肯定认为是她冲撞的，她一百个清楚这死喜鹊绝对不是飞来的，而是中途马车停下来的时候，她偷偷派人去买来掐死后再丢进来的，原想着陷害谢氏，没想到偷鸡不成反蚀一把米，惹得老夫人是越发地不喜她们，这和她的初衷背道而驰，还想要张口辩论，韦凝紫一把拉住她，对着她轻轻地摇了摇头，她才咬着牙愤愤收了声。

事到如今，她还能怎样，这些下人向着谢氏，一口咬定早有喜鹊飞了进来，她百口莫辩，总不能说出喜鹊是她故意丢进来的，那不是自己打自己的耳光吗？

到底还是谢氏阴险，刚才在大门口做的那副姐妹情深的样子，其实背后早和下人串通好了做假证，还有那个沈云卿，一只死鸟她也能靠着一张嘴说成是福气，真是尖牙俐齿，无耻至极，不愧是谢氏的女儿。

想到这里，她强吞满腔的怒气，目光阴毒地望向云卿，正好遇见那一双幽深如雾的凤眸含着笑意看过来，明明是柔和的笑意，在谢姨妈看来总觉得异常的讽刺。

对于这种不痛不痒的怒视，云卿根本不在意，慢慢地收回视线，望着祖母眼底对谢姨妈和韦凝紫的一丝厌恶，嘴角笑意越发地深了。

其实韦凝紫的确是聪明的，她知道让院中的下人做证明，可惜到底没在几百号人的大宅门当过家，不懂做下人的心理。

若是今日真被确定喜鹊是谢氏丢的，不仅谢氏要受罚，就是她们都会安上一个失职之罪，起码要打上二十大板。

反过来，若本来是好兆头，因被某些人冲撞了才死的，她们最多被训斥一顿。两厢利益比较之下，不需事前串通，下人都会选择保护自己的那一种说法。

从谢姨妈丢出死雀那一步开始，她就在给自己挖坑，这种心里明明知道别人说了假话，却偏偏不能辩解的滋味，一定是不好受吧。云卿颇为同情地看了一眼愤怒的谢姨妈和一脸柔弱眼底却隐怒的韦凝紫，你们愤怒吗？不，现在还只是刚刚开始呢。

上一世她们母女倚仗的是祖母，又有谢氏的包容，还有她替她们说好话，才能入沈府居住，从而站稳脚步，若这一世这些依仗全部都没了，她们又会变成怎样呢？她真的很期待。

“好了，以后看门的时候注意些，这些东西就放它们在外头待着，别进屋子吓着人了。”沈茂见母亲对谢氏的怀疑都消失了，出来说几句缓和气氛的话。

陈妈妈和碧水一干下人连称是。谢氏也笑着道：“母亲一路劳累奔波，您先洗脸，儿媳让厨房做了一桌洗尘宴等着您呢。”

“嗯，你们先去，我等会儿过去。”老夫人这些天赶路确实累了，又加上刚才那么一通气怒，有些疲累地点头道。

“好的，那儿媳先去张罗着了。”谢氏福了福身子，往外走去。

谢姨妈和韦凝紫也行礼道：“那我们也先出去了。”等了半天，见周围的气氛都不太好，老太太闭着眼睛根本不打算搭腔的样子，只好悻悻地出了门。

走出荣松堂，外头日头渐升，云卿跟着谢氏一起走出来，谢姨妈和韦凝紫还以为她们走在前头，谁知道出来的时候云卿正满脸笑容地看着她们道：“姨妈，表姐，同我们一起去偏厅吧。”

谢氏虽刚才对谢姨妈的表现有些疑惑，可到底是自己的妹妹，也开口道：“妹妹便同我们一起吧。”

虽说谢姨妈和韦凝紫母女俩看到谢氏和云卿就不顺眼，可她们还是知道自己是客人，便点头应着，四人一边走一边聊，气氛很是和谐亲切，一点都看不出方才在老夫人屋中还发生过争斗的事情，慢慢地行至花园中，突然一个穿着淡绿镶领橘黄纱面比甲的小丫鬟抱着一只瘦黑小猫朝着云卿撞过来，流翠连忙往前面一挡，那小丫鬟便撞在流翠身上，险险往后退了几步才站住，手中的猫也落了下来。

流翠呵斥道：“什么人，走路怎么不看路呢？”

那小丫鬟抬头见到是谢氏和云卿，立即害怕地跪下来：“奴婢不是故意的……刚捡了只野猫想放出去，一时心急，请夫人和大小姐恕罪。”

谢氏刚要开口斥责，却听云卿说道：“你说捡了猫，猫呢？”

就在这时，旁边传来了厉声一叫，众人还没反应过来是怎么回事，瘦黑小猫不知何时已喵喵嘶叫朝着谢姨妈就扑了过去，它身形瘦小，速度极快，谢姨妈本能地用手对着小猫一挡，不料小猫竟然是不避不闪，直直张口对着她的右手手掌直接咬了下去。

谢姨妈手背上立马出现四个血洞，鲜血汩汩地往外冒，锋利的猫爪在她手腕上挠出深深的四条红痕。

谢姨妈口中惊声尖叫：“快，快把这个小畜生给我丢开！”她连连往后倒退，正巧踩到旁边一根树枝，整个人毫无意识地朝着身后重重倒下去，一把摔到了地上。

而韦凝紫则一脸嫌恶地冲过去抓着谢姨妈手中的小猫狠狠地往地上一摔，将瘦弱的小猫摔得趴在地上凄厉地叫了一声，动作干净利落，眼神狠毒不留情，众人看在眼里都暗暗惊心。

谢姨妈一屁股坐在地上，震得半边身子都是疼的，又加上手上被小猫抓得鲜血淋漓，面容都疼得扭曲了，韦凝紫转过身连忙去扶她，谢氏身后的翡翠也过去跟她一起将谢姨妈扶着站起来。

那个小丫鬟一见猫抓伤了人，小脸上泪眼汪汪的，对着谢姨妈磕头道："本来是大小姐让奴婢去打扫的花园,发现有一只野猫就要抓出去,没想到竟然咬伤了贵客,求您饶恕奴婢！"

谢氏听后顿觉气怒，妹妹第一天进府就被猫抓伤，不知道的还以为她刻薄，心中不满妹妹投奔故意所为，当即开口道："来人啊，将这个丫鬟拉去重打二十大板。"

谢姨妈一听又是云卿院子里的小丫鬟，更是来了脾气，若是按照以往的性子，马上就将小丫鬟拖下去打死，眼下在别人家，也知道收敛，看到自己的手，不禁开口道："姐姐倒是仁慈，一个小丫鬟抓烂了妹妹的手，也就是打个二十大板就罢了。"

她语气阴阳怪气，谁都听得出其中的嘲讽，其实谢氏处置得并不算轻，重打二十大板小丫鬟起码也去了一半的命了，可是谢姨妈心肠狠毒，她觉得远远不够。

却听云卿站出来，对着那个小丫鬟训斥道："问儿，你好大的胆子，在我院子里发现只猫，好心送出去也就罢了，府中的路不单单只有这么一条，你偏偏要往人来人往的花园这边走！到底居心何在，是不是有人指使你这么做的？"

经她这么一说，问题的高度就上来了，不仅仅是只野猫伤人，还变成了有心伤害，并且暗里指出问儿是云卿院子的人，要处置也应该她来处置才对。

谢姨妈巴不得问题扯得越大越好，好打死这个小丫鬟给她出气，冷笑道："姨侄女说得对，必须要好好地问一问，究竟是怎么回事，她不说就打，不相信打到死她还不吐出真话。"

云卿赞同地点点头，冷声道："问儿，你还不老实交代，这猫究竟是怎么回事，它明明离夫人最近，怎么偏偏对着姨妈扑过去，其中动了什么手脚还不从实招来？"

问儿抬起头，小脸上泪水涟涟，一副迷茫的样子："回大小姐的话，奴婢也不知道，若是说有什么异常,就是这猫几天没吃东西了,大概是因为饿得狠了所以才张口去咬谢姨妈的。"

其他人脸色没什么变化，野猫寻不到食的事情很正常。谢姨妈却是一惊，猫吃鸟雀是天然习性，她手中刚抓过喜鹊，留有鸟雀身上的味道。瘦黑小猫饿了几天，所以闻到喜爱的雀鸟味道就直接扑了过来咬住她。

却听云卿还在问道："事情哪里会这么简单，若是饿得狠了，它开始不是卧在你的怀中么，为何没咬你？"

谢氏也觉得事情没那么简单，经过沈茂补药一事后，她对府中的一切都很警惕，慎重道："这么说，是要好好查一查。"她转过身对着谢姨妈道："妹妹，你手破了别浸水，防止发炎，我已经安排人去请大夫了，等会大夫过来，让他看看你手中沾过什么，若是有那起了坏心眼子的小人，必将他处理了，不让妹妹受这等委屈。"

让大夫来那还得了，谢姨妈连忙僵笑道："瞧姐姐说得这么严重，可能是今早我用的鱼片粥味道还留在手中，让馋嘴小猫给闻见了，才扑过来的。”还好路上的早膳都是各自分开用的，云卿也不知道她吃的什么。

闻言，云卿恍然大悟一般：“原是如此，倒是我想多了，猫儿最喜欢抓鱼捕鸟了，野猫更是如此。”她回过身，沉着脸对问儿道：“你还不去谢谢姨妈，若是这猫伤了其他人，非得被打一顿不可，偏偏你运气好，遇上的是姨妈，她是个心慈的，刚才说是喝了鱼片粥，将猫抓人的原因都揽在了自己身上，你还不赶紧过去磕头谢恩。”

谢姨妈睁大了眼睛，不明白自己刚才说的话怎么就是将原因都揽在了自己身上，可是问儿比她反应快多了，立即转身对着她就磕了两个响头道：“谢谢贵客的宽宏大量，您是个好人。”

谢姨妈被两人一个好人，一个心慈的弄得一口怒气憋在胸腔里，差点没活活憋死。敢情她手被抓得稀烂，又倒在地上栽了个跟头，就得了这么句赞词，那个小丫鬟屁事都没有，一时血冲脑门，身子摇摇晃晃几乎是要倒下，韦凝紫紧紧地搀扶着她，杏眼在云卿身上幽幽地停驻。

谢氏听到女儿的话，眼眸却是闪了闪，眸子往荣松堂方向轻轻一瞟，又落在谢姨妈的手上，飞快地掠过一丝疑光，面上却是严厉对着下人呵斥道：“还不快扶着人进花厅，杵在这儿干什么！”

待谢氏和一行人都走远了，云卿回过头看着站在一旁的问儿便笑了起来：“快起来吧，还跪着做什么。”

问儿这才站了起来，看着面前笑得高贵雍容的小姐，心里越发地谨慎。

刚才进府之后，流翠就让人通知她去找一只饿了几天的小野猫出来，按照吩咐从花园中出来“不小心”撞上小姐，她刚才看到小野猫抓咬得客人满手血，以为自己最少都要挨几十板子，谁知道小姐一开口，她只不过磕两个头就没事了。想到之前的苏眉姑娘，眼前这个大小姐的心思之深超乎想象，心底对小姐的敬畏又多了一层。

云卿将她的想法看在眼底：“只要你不背叛我，我自会护着你的。”低头望着地上瘦黑小猫，两只眼睛亮晶晶圆圆的，眼底露出一丝怜悯，为了她的局，让它受了苦，它何其无辜。

她淡淡地一笑，对着问儿道：“带它去看大夫，把伤治好，以后就养在我院子里。”

花厅里，大夫来了之后在替谢姨妈消毒包扎。

谢氏嘱咐了几句，转身走出，一迈出花厅，她面色便淡了几分，微偏头对着身后李嬷嬷道：“让人去问下老夫人院子里的人，今早她是吃的什么。”

半个时辰后，李嬷嬷回来，压低了嗓音回道：“刚才过去打听了，那边一个老婆子说，今早看到她吃的是绿茶和板栗糕。”

闻言谢氏眼底不由闪过一丝怒气，好一个板栗糕，竟然骗她是鱼片粥，若不是女儿一句话让她起了疑心，多了心眼让李嬷嬷去查问，她还真被蒙在了鼓里。

这个妹妹真当她是好糊弄的了，当时那只死雀出现在房里她就觉得奇怪，云卿说是喜鹊飞进来与晦气相撞造成的，她是不信的。

若是这样，天下的喜鹊不都晕了么？直到猫扑了谢姨妈的右手，她才知道，原来都是这个好妹妹一手弄的，记得在荣松堂时，也是她的位置离多宝槅最近，当时进来之后就在多宝槅上摸摸弄弄，极为方便下手。

谢氏一片真心为妹妹，可怜她年纪轻轻便丧夫守寡，本想尽一切能力照顾她，谁料这个妹妹还是和以前一样，还是什么都喜欢和她这个姐姐抢。

一进门就要使坏，让婆婆更讨厌自己，这一路上，依照婆婆的性格，一定会诉说对儿媳的不满，妹妹既然知道还如此作为，显然别有用心。既然这样，她也不会再客气了。

谢姨妈包扎了伤口出来，此时已有些不耐烦，语气虽尽量控制，也流露出一丝不悦，问道："姐姐，可否安排妹妹去休息一会儿？"

谢氏回过身来，面上挂着笑容，双眼却没有任何笑意："既然知道妹妹要来，我自是准备好的一切，还怕没地方住吗？菊客院早就让人安排好了，就等着妹妹进去住了呢。"

"那便……"谢姨妈站起来正要出去，忽然脚步一顿，转过头来望着谢氏道，"你安排我住在哪里？"

"菊客院，我们府中最好的梅兰菊竹客院里的菊客院，坐北朝南，日光充裕，春夏之季最是凉爽，院中还有一个锦鲤池，很是宽敞舒适，妹妹住进去一定喜欢。"

谢氏哪会听不出她话语中的不满，可是进门就给她下绊子的妹妹，也令她软不下心来，眸子一闪，面上亲切地笑道："妹妹也别急着住出去，先在府中休息一段时间，你姐夫经常在外面走，到时候让他看看有合适的院子再买也不迟。"

谢姨妈暗暗咬了咬牙："我先回客院休息了。"说罢，便转身往着门外走去。

韦凝紫并没有马上随她出去，她经观察发现，谢氏在府门前接娘的时候，双眸是有着真心怜惜的，可是此时却带上了一丝淡淡的疏离，看来娘刚才在荣松堂的做法可能被发现了，才遭受了现在的变化。她们母女已经和韦家闹翻了脸，如今唯一的靠山就是沈府了，如今这种情况还不能将沈府得罪了。

分析出结论之后，韦凝紫便转过头恭敬地给谢氏行礼道："姨妈，母亲哀痛父亲过世，又数日操劳，脾性急躁了几分，凝紫在这替她向你赔罪。"

谢氏此时看韦凝紫一副懂事的模样，面色不变，点点头道："你也是个可怜孩子，去陪你娘吧。"

韦凝紫带着一丝恰到好处的忧虑的笑容点头，随即对着云卿道："表妹，我先去菊客院，明日可否来找你？"

她语气带里着怯怯的询问，好似非常惧怕云卿会开口拒绝，脸微微朝下，露出一丝谦卑和怯弱，看到她如此，云卿微微一笑，点头道："表姐既然暂居府中，那便随时可以来归燕阁找我。"

这句话极为客气，只是一句很平常的应答。

"那就如此说好了。"韦凝紫丝毫不觉得尴尬，亲热地笑道。随即福了礼才跟着外头的小丫鬟去了菊客院。

进了菊客院，院中摆放着五个木箱，是谢姨妈和韦凝紫的随身物品，谢氏早使了人搬了过来。

小丫鬟将她引到了此处，便退了下去，偌大的客院中，只有她们两人，韦凝紫听到里面传来的啪啪声，全身就有一股不好的预感，脚步放轻，往里面走去。

谢姨妈正站在屋中，右手包了一圈白色绷带，左手拿着一根鸡毛掸子在椅子上奋力地抽打，一边抽打一边怒骂："谢文娘你这个贱人，小心眼的吝啬鬼，府中这么大的地方，竟然安排我住在这里，是要将我赶出去是吧，以为你现在有钱了了不起，还不是个商妇……"

韦凝紫看她双眸中都是怒火，手臂不断挥动，将凳椅上抽出一道道白条，连忙收住脚步，站在一旁静静等她发泄完了再开口，免得鸡毛掸子转移到自己身上来。

直过了两盏茶的工夫，谢姨妈才累了，顺手将鸡毛掸子丢在一旁，坐上椅子长长地呼了一口气，目光扫到站在门口的韦凝紫，皱眉高声道："你什么时候来的，进门不知道出声，哑巴了吗？"

韦凝紫看到鸡毛掸子丢开了，才走了过来站在谢姨妈的身后替她捏着肩膀，小声道："娘，你莫气，气坏了身子不值得。"

谢姨妈横了她一眼，然后道："刚才看见了吧，你那个佛口蛇心的姨妈，最会做这些表面功夫，说什么菊客院是最好的客院，客院再好又如何，还不是暂居的！人家都说商贾重利，果真不假，她见我们没有靠山，便对我这个亲妹妹也嫌弃起来了！"

韦凝紫认同地点头，幽幽地叹了口气道："如今我们也没有办法，娘的亲人也就只有她了，虽说沈家是商贾，可是娘你也看到了，这哪里是一般的商贾之家，就是那些官员家中，也未必能过得如此阔气。"

这话说到谢姨妈心里去了，她早就看到谢氏打扮得珠光宝气，贵气逼人，丫鬟婆子排队跟在身后，每个都毕恭毕敬地随时等候呼唤，这才是当家主母应有的架势。想她嫁到韦家这么多年，自己院子里所有丫鬟婆子，合起来也就六个，当初若是知道韦家那个鬼样子，她就……

谢姨妈冷冷地哼了一声，眼眸里蕴着妒恨的光芒，语气深沉地开口道："紫儿，你知道吗？这沈府的一切当初本来是属于我们母女的……"

韦凝紫一听谢姨妈所言，心中一跳，手下的劲道加大了一点，捏得谢姨妈皱眉道："手轻点！"

韦凝紫此时的心情很激动，她和谢姨妈一起，也听过谢氏的事情，但是大多数时候都是谢姨妈在她面前说谢氏的坏话，说她假仁假义，佛口蛇心等等，却从未听她说起过婚配这么一回事。

她放缓了动作，低头看着谢姨妈的后脑勺，压抑住心情问道："娘，当初到底是怎么回事？难道当初要嫁到沈家的人是你吗？”

肩膀上传来不轻不重，恰当好处的捏揉让谢姨妈心情好了几分，她舒服地靠在椅背上，开口道：“那是当然，当初姐夫看中的人是我，来府中提亲也提的是我，谢文娘听到有人来提亲，就仗着自己是嫡女，偷偷摸摸地躲到了屏风后面来偷看，结果一看到姐夫，两眼发直，死活要嫁过去，爹自幼就对她偏心，看她在家是一哭二闹三上吊的，没有办法，只好了了她的心愿，让她嫁了过来。”

谢姨妈刚开始说的时候声音还有些小，后面越说越激昂，一下坐直了身子。韦凝紫听见事情的原委如此，面上便染了怒色：“娘，姨妈她也太不要脸了吧，明明是你的相公，她就凭着外祖父外祖母的宠爱，死皮赖脸地将人抢去，这种人最无耻了。”

韦凝紫痛快地将内心的愤怒发泄出来，谢姨妈脸上却闪过一丝不太自然的恼意，面色变冷，将肩膀一抬，皱眉道：“好了，别捏了，好好想想如今我们的状况吧，你还真想出去住吗？”

韦凝紫不知她怎么一下又不高兴了，不过捏了这么一会儿，她手掌也酸了，便顺从地收回手，坐到旁边另外一张椅子上，她当然不想住出去，沈府如此富足，何必要住出去。

她知道谢姨妈也和她一样，不想搬出去，便开口道：“娘，你可有发现，这一路上的事情表面上看是我们在动作，其实一直都被表妹在牵动着一步步走。”

想起一路来，从初见那个小姨侄女起，她便一直都不顺心，事事都弄得一肚子气，经韦凝紫这么一说，她再回忆一下，咬牙切齿道：“她个小丫头片子，哪会有这么深的心机，肯定都是谢氏教的。”

韦凝紫见如此，也不多说，她知道这个娘亲性子暴虐，又不是沉得住气的，便转开话题道：“娘说的也是，不过姨夫和姨妈都很宠她，若是女儿能和她搞好关系，她喜欢女儿，在姨父姨妈面前多说几句好话，肯定效果不错的。”

想起今日沈茂看着云卿的眼神，谢姨妈也觉得有道理，若是能让紫儿和云卿走得近了，也可以让云卿在沈茂面前说她的好话，一来二往地，这世上哪有不偷腥的男人，想着谢姨妈的脸色就好了许多，转头赞赏地对着韦凝紫道：“还是我女儿聪明，只是今日看云卿对你并不算热络，你要如何去做？”

眼见话题终于转到自己想要说的上面了，韦凝紫杏眼带笑，扬眉道：“娘可是忘了，马上就是学堂开学的日子了，表妹一定是要去的，若是女儿每日和她一起出入学堂，还怕没有机会吗？”

闻言，谢姨妈的眼睛都亮了起来，她差点忘了这一茬了。

归燕阁里。

云卿用膳后便先回了自己的院子里，她这两日也未曾休息得好，她有些认床，突然换床夜晚便睡不安稳，这两日为了防范谢姨妈母女，又讨祖母欢心，心神耗费巨大，等进了厢房之后，人也露出一丝疲惫之态。

流翠一路上是看到眼里，疼在心里，夜晚她睡在外面，总听到小姐翻来覆去的声音，又看着谢姨妈母女一直使坏，恨不得上去抽那母女俩耳光，她吩咐问儿去冲一杯安神蜂蜜茶送过来。

掀开厢房的帘子，云卿正半靠在床头，眼神直愣愣地看着刚换的天青色菱纱流云帐，整个人看起来透出一股淡淡的飘渺之感。

她愣了愣神，不知道自己为何会有一种这样的感觉，好似小姐不像这世上的人，摇了摇头再看时，云卿已经坐了起来。

“小姐，喝口蜜茶。”流翠收了刚才那奇怪的感觉，走上前将茶递给云卿，又拿了一盘云卿最爱的桂花糕过来，“小姐，你方才就没吃几口饭，要不吃点点心吧。”

云卿喝了小半杯茶，蜂蜜的甜味淡淡的，从舌头到喉间顺流而下，再看桂花糕又是甜的，便摇了摇头。

流翠见此便也道：“那也好，小姐等会儿睡醒再吃，免得积食。”想了想，才开口道，“小姐，在荣松堂的时候，你为何不直接在老夫人面前戳穿谢姨妈呢？”在她看来，费力去让问儿抓猫来花园遇上，不如直接在荣松堂就说出那只雀鸟是谢姨妈抓来的。

云卿自是知道这种办法省事又快捷，能让祖母看到谢姨妈的丑态，可是存在一个很大的弊端，流翠肯定是没有考虑到的，她抬起头，幽黑的眸子里散发出一种睿智的光芒，望进流翠带着疑虑的眼中，徐徐开口道：“你说，依老夫人的性格，若是知道雀鸟是谢姨妈抓来的，会如何处置？”

流翠觉得黑眸中的光芒似乎照到了自己的心中，想起老夫人平日里的脾气和做法：“老夫人必定会将这等栽赃嫁祸，意图不轨的人给轰打出府，一点脸面都不会留的。”

没想到流翠说得倒很贴切，祖母性子是如此，喜欢的人便喜欢得不得了，不喜欢的人便百般看不顺眼，就像看母亲，就算母亲做得再好，她也不喜欢。

“这一路上你觉得谢姨妈是怎样的人？”

“谢姨妈不知好丑，自私自利。”流翠道，接着她立即明白过来了，面上带着几分惊讶道，“小姐，我明白你的意思了。”

若是小姐直接在荣松堂揭穿了谢姨妈，谢姨妈和韦表姐自然会被老夫人命人给轰出去。依照谢姨妈的性格，她必定会为此事怀恨在心，借助她新丧夫君，来投奔姐姐的优势，将整个事情的黑白完全颠倒。

到时候人们知道的大概是沈府无情无义，仗势欺人，轰走可怜的寡妇妹妹，将沈府推向不仁不义的浪潮之中，而沈府即便是出来解释，也没有人会相信一个刚来的人，会故意害自己要投奔的姐姐。人都是同情弱者的，沈府便是惹了一身臊再也洗不干净了。

她望着靠在床头面色淡淡的小姐，未承想到当时就那么点时间，小姐便将这其中的弯弯道道分析了出来，目光中不由得带上了崇拜。

云卿感受到她的视线，浅浅一笑：“我先睡会儿，无事不要让人进来找我。”说罢，便躺了下来。

流翠将薄丝被给她盖好，将天青色软帐放了下来，才轻轻地往门外走去。

也许是谢姨妈母女俩在想着别的奸计或者真的是安静了下来，一连两日她们都安分地待在菊客院里，直至第三日。

一大早，云卿便从光线中醒了过来，一睁眼，便看见窗户里斜照进来的晨曦，将整个宁静的闺房染上了温暖的色泽。

她坐起披上一件外衣站了起来，轻唤了一声流翠，外头早就起来候着的流翠赶紧答应，接着一阵忙碌，里里外外收拾了干净，她又坐到偏厅里用了早膳，便起身往老夫人的院子里请安。

刚进了屋子便看到韦凝紫也站在了屋中，她今日穿着一件白底暗纹裙，头上簪着一根素银簪子，素而不淡，整个人如同一朵风中的小野菊，透出一丝俏丽和清爽。

难怪人都说“要想俏一身孝”，即便是不能穿得鲜艳，韦凝紫也知道突出自己的优势。

云卿移开目光，走向老夫人行礼道：“祖母万福。”

老夫人今日心情似乎颇好，她点点头，看着云卿问道：“今日你是不是要去白鹤书院报到？”

“是的。”祖母甚少关心云卿上学堂的事情，此时发话，肯定还有后续，云卿目光微闪，看着站在一旁的韦凝紫，心头猜到了原因。

果然，接下来老夫人便道：“你表姐今日也要去，她是头回来扬州，人生地不熟的，你作为主人，又早入学了两年，可要多多照顾她。”

所料无错，她早就知道谢姨妈和韦凝紫算盘拨得响亮，一举一动皆有算计，这次也没有变。

大雍统一天下之后，在各州府设置官方学府，分男女学堂，每年四月开学，十月结束。

初开之际，女子从学堂中毕业之后，还可参加科举，后来女子不再参加科举，但官方学府一直延续了下来，成为大户贵族子女的一种身份象征。

他们将子女送入官方学府中，一来确实可以学习到不少东西，官方学府中的夫子都是有真才实学，经过考核才能进府为师，二来也是让子女在官府中互相结识，形成自己的人际网络，为以后的仕途织好人脉关系，三来官方学府是对人能力和品德的一种认可，每年学府会进行两次考核，成绩优秀者贴榜赞赏，在上层社会是有才有能之士的标识，女子若获得赞赏，其名气和名声也会迅速提高，许多大户人家会参考这一成绩来挑选合适的家媳。

扬州为大雍二十六府中的第三大府，仅次于京城天越城和北方中州府，其开设的白鹤书院也是赫赫有名，前朝五名状元中就有两名曾在白鹤书院就读。

谢姨妈只此一女，当然要好好打算，韦凝紫参加书院能与她搞好关系，又能借机多认识上流贵女，早日进入扬州上层圈子。

她此时开口拒绝不但逆了祖母的意思，还会显得她小家子气，既然韦凝紫想去书院，那她便带她去，白鹤书院可不是个好待的地方，里面什么样的人都有，到时候韦凝紫能不能应付得来，那就不关她的事情了。

想到这里，云卿便一脸开心地点头道："表姐也要去白鹤书院读书啊，那便与我一起去，路上也好结个伴啊。"

见她如此懂事，老夫人暗暗地点点头，脸上微露出一丝笑意道："你们两姐妹都是懂事的，时候也差不多了，你们赶紧去吧。"

出了垂花门，早有府中的马车在门前等候着，云卿先踩着车夫递来的脚凳上去之后，韦凝紫也跟着上去。

一上了车厢，云卿便带着点酣睡未醒的口吻开口道："表姐，我还没有睡饱，先眯一会儿。"说完，也不管韦凝紫要开口说什么，直接靠在一旁的软枕上，闭上了眼睛。

本来韦凝紫是打算趁着在马车上的时间，问问云卿关于白鹤书院中的事情，岂料这个表妹竟是头猪，刚起来又要睡下，她只有无聊地坐在车厢中打发时间。

她不知道的是，云卿根本就没有睡意，假装要睡觉就是要避开她一路不停地询问，她不想和她说话，也不会提供任何有益的消息给韦凝紫，既然她这般有心计，那就自己慢慢地在书院摸索吧。

白鹤书院坐落在扬州城内的西面，与沈府相隔甚远，即便是坐着马车，也走了大概半个时辰的样子才到了。

由于云卿动身早，即便路途较远，此时书院门口的车马并不算多，一下马车，她便熟门熟路地往里头走去，韦凝紫急忙跟在她的身后，一面查看周围的情况。

书院一年四季都有花儿开放，春来桃花，夏日樱，秋高海棠，冬日梅，此时便是满目桃粉，云蒸霞蔚。在一片肃静的书院气韵之间，绽放出青春的姿态。

到了进门的院子里，里面已经摆了一个长形的案台，上面摆放着名册和学科，有两名夫子坐在案台前，正提笔在记录女学生报名所选的学科。

云卿早在昨晚想好了要报的课程，便走过去让夫子登记。岂料刚开口报出科目名，那边就传来一个尖利的女声："刚才你们听到有人报了个什么科目？"

听到这带着张扬骄傲的声音，云卿便侧头望去。

女子学院门前走过来一名少女，大概十四岁左右的模样，鹅蛋脸，丹凤眼，着了一件桃红色长裙，梳着圆髻，露出高宽的额头，让整个人看起来既高贵，又显得异常骄傲。

此人正是颍川侯嫡女章滢，她身份高贵，又有一手好才艺，在扬州小姐圈子里是出名的跋扈。

在她的身后跟着的一个少女，年岁与她相差不大，容色虽好，打扮上就偏素了一点，她叫章洛，是颍川侯侧夫人生下的女儿，平日里总跟在章滢的身后。

章滢看着云卿望来的视线，挑着眉走了过来，抬着下巴道："你看什么看，刚才我说的就是你！"

她身形发育得早，又比云卿大上一岁，此时站在前面，如同一棵茁壮的大树将斜射过来的阳光全部遮住了，云卿微微眯了眯眼睛，淡淡地开口道："我报的科目有何问题？"

见她如此云淡风轻，章滢面上闪过一丝怒意，冷笑道："你看看你报的科目，不是射箭就是骑马，这哪里是名门淑女会去学的东西？"

云卿抬起头，随即淡淡一笑，眼眉间带着一丝不解问道："章小姐此话差矣，射箭和骑马都是学院开设的科目，人人可报，人人可学，为何我报了就是粗鄙，还是说难道章小姐一直以来都觉得这两门项目不能在女子学堂开设，内心里对坤帝开设此两门项目不满吗？"

一顶大帽子压下来，章滢被呛得哑口无言，她只是想出来打击一下云卿，出出胸口的闷气，谁知眼前这个以前清高孤傲的沈云卿，何时嘴巴变得如此锋利，竟然一开口就把坤帝搬了出来，她如何敢说开国女帝的坏话。

可见周围站着许多其他女学生，她又无法下台，顿时柳眉一竖，对着云卿骂道："你一个商贾之女，见到我还不给我磕头下跪，竟然敢开口反驳！"

她说得如此理所当然，张扬的气息逼人而来。

韦凝紫冷眼旁观事态的发展，她看得出来和云卿对峙的少女身份肯定很高，否则的话不敢如此张扬地唾骂沈府，要知道，沈家在扬州是具有一方影响力的，除却没有官身，算得上是一方名府。

当然她最喜欢的还是看云卿受挫，在她看来，云卿她如今不能对付，有人替她出头更好，为了避免战火烧上身，她本与云卿一排，便悄悄地往后退了一步，站在了后方以示不熟。

瞟见她细小的动作，云卿不以为意地勾了勾唇，上辈子自己到底如何瞎眼，才认为这种人是她的好友，不过今生已经会识人，她也不需要韦凝紫的帮腔。

"我为何要给你下跪？"抬头迎上章滢的挑衅，云卿眉眼里都是坚毅和镇定。

"因为你身份低贱，还冲撞我这个侯府嫡女，还敢用你那张贱口提坤帝，那等高贵如天神之人，岂容你提起，也不看看自己的身份！"

章滢开口闭口身份，落在云卿耳中竟然觉得好笑起来，她眉眼微拢，眼神中带着些微的疑虑："章小姐你身份当然高贵，可若是说我给你要下跪，那却是怕你承受不起。"

"我有何承受不起的？"章滢眉头都竖了起来，放眼扬州城，有几个少女比她身份高贵的。

"根据大雍律例，除面君，刑案等特殊情况外，品级高一级者行礼，两级者行蹲礼，三级及以上者才行跪礼，你虽出身高贵，也不过是白身，并无官品诰命在身上，你我同为一级，我为何要对你行礼？"

这一番话铿锵有力，句句清晰，拿出大雍律例来一通砸在了章滢的头上，就是她有万般胆量，也不敢明目张胆地去挑衅律法。

更何况院中还有两名夫子和其他学生都在，章滢也不敢太过分。她们心内暗暗咂舌，未曾料到云卿能拿出此等理由漂亮地还击回去，在感叹她口齿伶俐之外，还赞她博学。

云卿前世在担负了失贞名声后，就甚少出府，每日里基本就是绣花，看书，她本就酷爱

看书，在看完那些风花雪月的故事后，也会看看江山史，大雍律例此类型的书。心内不由得苦笑，她总觉得上辈子的人生过得是个错误，如今看来，也有几处得益的，只是到底还是给那些风花雪月的东西迷了心，最后遇上耿佑臣，自以为是一段浪漫的情怀，其实不过是家破人亡的闹剧……

想到这个男人，她双眼中寒意更盛，整个人透出一种萧瑟的恨意，而章滢脸色已经涨红如猪肝，实乃从未见过云卿这等咄咄逼人的模样，再看她全身散发的气息，惊得差点要退一步，咬牙怒道："商贾本就精于算计，伶牙俐齿我自是比不过你，就算你懂得律法又如何，还不是掩饰不了你那满身粗鄙的金银铜臭味！"

闻言，云卿缓缓地一笑，凤眸中带出一丝冰冷的雾气，飘渺地浮现在她的面容上，章滢屡次出言对她进行侮辱，莫非以为她真是如同以前一样，不屑与人说话，还是以为自己出身高贵，就可以对她任意践踏。

她声音微敛，目光如同一柄利剑对上章滢的眸子，一字一句道："章小姐你屡次诋毁商贾，说商贾是下贱之人，是满身的金银铜臭，那么请看看你自己，你头上戴的是商人从金矿中挖来后放在熔炉中锻造而出的宝石金簪，你手腕上是商人从苏银匠人手中买来制成的累丝银镯，你身上穿的是商人从桑园里取丝织造出后运来的极品罗纱，你浑身上下不管是头上的还是身上的，甚至你脚下的绣花软鞋都是出自商人之手，这世上的每一样东西都避免不了染上了商人的铜臭气息，既然你如此高贵清华，那么从今以后，就请你不要再碰任何可能和商人接触过的东西，以免玷污了你高贵的身份！"

此话一出，众人浑身都是一震，在场的有官家小姐，也有商家小姐，那些官家小姐虽然不像今日这样与商家小姐针锋相对，但是心内不免有这种瞧不起的想法。

可是在听了云卿所言后，竟觉得她字字句句在理，她们吃的用的住的若真追溯起来哪一样没经过商人的手，若是真要避开，岂不是要光身裸奔于世，一时之间更是对那个站在章滢面前，身量娇小却毫不输其气势的女子刮目相看。

章洛见自家嫡姐落败，只在心里觉得丢脸，真是和她娘一样，横冲直撞不懂章法，眼中闪过一丝不屑后，又低声对着章滢道："长姐，何苦和那等身份的人争辩，我们去报名吧，昨夜你不是选好了今年要报的科目了吗？"

有了台阶下，章滢总算是收回了三分怒气，手指拉了拉衣摆，对着云卿冷哼一声道："还是妹妹说的是，我们绝不要和那粗鄙之人报一样的科目！"说罢，便过去将自己所报的科目给夫子登记起来。

"那就多谢章小姐留得一方清静之地给我了。"云卿语气中含着愉悦，真心地道谢，她绝不希望上课的时候对着此等鼻子朝天之人影响自己的心情。

"噢……原来我教的科目是如此不受欢迎啊！"一阵笑声传了过来，靡靡之中含着逍遥之意，又带着不羁的邪气和久在高位的淡漠与冷意，一瞬间将所有人的目光全部吸引而去。

CHAPTER 7
第七章 白衣翩翩风华茂

众人不由自主地被吸引了过去，院门前走来一名男子，首先映入眼帘的便是一身纯白的宽袖大袍，随着他大步而荡，上好的绸缎如同流水而淌，宛若行走于仙境之中，带上几分高华之气。

再看他剑眉斜飞，意态风流，漂亮的眉毛傲然地扬起，一双狭长凤眼斜斜往上挑起，瞳光碎碎流转，水光潋滟，漆黑的瞳孔和妖媚的眼形相得益彰，形成一种亦妖亦仙的风情。

一头乌黑的长发仅用一支棕色木簪簪起，简单朴质，然而云卿却发现，那是千年阴檀，便是如此一根，已经价值千金，抵过万千珠玉的堆砌而丝毫不张扬。

他仿若那天边来临的第一道晨光，破开重重黑暗，引来人们目光，却不得不半眯了眼，以防被那灼目的容光刺到双眸。

如此绝色，如此风华，一眼便可夺人魂魄。

即便是第二次再看到这般容颜，云卿依旧觉得呼吸为之一滞，让人顿时喘不过气来。想起上一世她所知道的御凤檀，她不禁在心内疑问道：一个男子长成如此祸水，若说是皇朝贵族，京城纨绔也不过分，可这个人日后竟是带领千军万马横扫北边诸国，令敌人闻风丧胆的镇西大将军，他所到之处，如同一阵龙卷风，将敌军击得溃败而逃。果真是人不可貌相也。

御凤檀悠然走进白鹤书院里，嘴角微微勾起，狭眸中的光芒流转着几分兴致盎然。

没想到路过白鹤书院也能听到那个熟悉的声音，使得他脚步一转，便走了进来，他扫了一眼院中人，目光最后停留在云卿的身上。

她伫立在院中，面上都是满满的勇气，眉宇里还有着方才铿锵反驳的豪气。

对上男子如同深渊一般的目光，云卿蹙了蹙眉尖，然后缓缓地转开目光，她和他上次是一次误会，两人之间还是如同以前一样，是芸芸众生里两个素不相识的陌生人。

看出她目光中的疏离和刻意的陌生，御凤檀心情有些不好，他们明明是见过的，她却装作不认识他！

啧啧，果然是与那些女人不一样啊，如此特别啊，他回想起那日在竹林里她的样子，嘴角动了动，还真是……大胆的。

“见过瑾王世子。”案台后两个夫子其中一人曾经见过他，连忙提起直袍，站起来行礼道。

瑾王世子不同于侯府嫡女，不说王爷本就高过侯爷几个等级，单说侯府的嫡女身份再高，终究是一个虚名，如无封号，便只有嫁出去后靠着夫君鼻息，能得个诰命夫人之类的，而世子是有份位的封号，一旦瑾王薨，世子就是下一代的王爷，所以夫子都上前来行礼。

御凤檀出现后，院中的千金小姐们纷纷注目，知道的不知道的，此时都知道面前这个容姿无双的男子是谁了。

一个个脸色绯红，心口怦怦跳个不停，就算不看瑾王的家世，单单世子的风姿，便能让她们芳心暗许，更何况身份还如此之高贵，简直是世上无双，人人都想拥有的夫君。所以她们之前在得知世子送汶老太爷回扬州之后，才会全部围在汶府门前，想寻机亲近他。

可惜的是汶府的门实在关得太紧，没有一人能得门而入，而瑾王世子没过几日，便又回了京城，让她们以为自己再也没有机会。没有想到在书院，竟然又看到了他。

刚才进来的时候，她们都听到了御凤檀的话，他说他教的课程，难道就是骑射吗？

白鹤书院每次开学之前，院门前两旁的朱色公告栏贴着本期每科上课夫子的名字以及资历，这一条也是开国坤帝开创的，为的是让学子可以对夫子的才能有所了解，从而更好地选择适合自己的课程。

而每个女学生根据自己的特长和所需每年报五门课程，年终会进行考查，评出综合成绩。女子学院开办的课程有乐器，书画，棋艺，舞蹈，礼仪，骑射，绣工，诗词，茶艺，医科一共十项。

她们明明在骑射项目看到的是朱夫子的名字，怎么突然变成了瑾王世子了，再说瑾王世子不是在京城的么，为何来了扬州？

一时心中都各有猜测，但是心内总之都是开心的，这样她们接近瑾王世子的机会更多了。满院子都是少女粉红色的心思在漫天飞舞。

云卿暗里叹了口气，若是他真的做了骑射的代课夫子，还有几个人是真心来学东西的。

韦凝紫自从御凤檀进来后，也如其他人一般看得杏眸生痴。

她在京城曾听说过瑾王世子御凤檀的名声，却从未见过其人，在她想象中，美男子再有风仪，也不过如此，哪有描述的那般颠倒众生。

如今看了御凤檀之后，才知道那话不假。

望着院中一干小姐们眼中都有着痴意，她知道动了心思的不止自己一人，暗中思忖道：在一干珠围玉绕的千金们中，她无论容貌，家世，还是其他，并不算顶顶出色的，若要让世子记得她，便要使出些手段才行。杏眼转了转，垂着头思量着办法。

云卿与其他人的心思不同，虽然刚才她凌厉地反击了章滢的话，可也清楚，自己虽然是千金小姐，终究家中只是商贾身份，比起面前的男子来，差得没有十万也有八千，两人本就不是一个世界的人。

更何况，面前人虽好，也在几年后如星陨落，她不必要与他有瓜葛，给自己多添麻烦。

她思忖了一会儿，本来报骑射一项，是为了强健体质，多学一门有用的东西，岂料这个高贵的世子也会来做代课夫子，这和她的初衷不同。

她抬眸，正迎上御凤檀嘴角的那抹笑意，长得祸水也就罢了，偏生一双眸子似能看穿一切，总让她有一种被看穿的感觉，真是妖孽。

云卿抿了抿粉唇，垂眸敛睫，遮住那抹让人无所遁形的眸光，暗里沉思：罢了，她将骑射课程取消，换成其他的科目，等明年再报骑射也不迟。

御凤檀似乎看出云卿心中所想，嘴角勾起的笑意加深，狭长的眸中潋滟碎光里含着浅浅的笑意，抢先道：“夫子，骑射课程不许学生随意更换吧？特别是已经报了的不能改吧？嗯？”

男子语调慵懒随意，后面的“嗯”字更是懒懒地从鼻音中哼出，尾调悠长却不难听出其中的威胁。

不能随意更改课程本来就是院里的规定，只是规定是死的，人是活的。

此时瑾王世子开口，那种压迫的气势迎面扑来，夫子只觉得背部冒汗，怎的今日报名也会惹出这么多纷乱来，连忙低头应道：“世子所言甚是，一旦确认，课程不可改变。”

听到夫子的话，章滢和一干方才还未选报科目的几名千金小姐喜上眉梢，真是天降好运，只觉得神清气爽，心内如绽开了花。

一时之间，院中气氛特别奇怪，报了的一片粉红，没有报的芳心碎裂，手中捏着帕子，暗里咬牙，恨透了自己嘴快，也不知道等一等再去报科目，如今已经没有反悔的余地了。

而院中唯有一人，脸色与其他人截然不同。

云卿转过头来，脸上挂上一层冷冷的冰意，凤眸如同两汪乌黑的泉水，对着御凤檀狠狠地瞪了一眼，这个人一出现就没什么好事情，刚才他一定是看穿她的想法，才故意出言让夫子开口的，好断了她取消课程的心思。她跟他并无仇，为何总针对她！

感受到少女带着怨意的目光，御凤檀缓缓转过头来，在她不满的视线中，狭长的眸子突然眯成弯弯的一条，唇边突然绽开一个微扬的弧度，惊艳得仿佛万千花朵竞相开放。

云卿看得一怔，却不是为那容颜，而是在这么一笑之下，眼前男子无双容颜中带上了一抹大男孩式的调皮和稚气，像是暗里使坏成功后向人得意炫耀成果一般，这样的表情出现在他的脸上，有点……虽然她不想承认，却不得不说，有点可爱。

脑中念头刚一冒出，她便吓了一跳，想起在汶府里的相遇他无端的调戏，再到今日他故意不许自己换科目的行为，自己竟然还会觉得他可爱，便是鬼附身了一般，果真是生得一张惑人的脸。

连忙敛了心神望着周围满脸痴意的少女们，这样一个男子，便是他不惹桃花，桃花也会自动粘上来。她可不想一不小心成为众多少女心中的假想敌，天天面对无数冷枪暗箭。

想到这里，她越发觉得一刻都不能停留，对着夫子告别。

就在这时，她们后方冲出一个素白的人影，以一种极快的速度跑了过来。

云卿余光一瞟，嘴角浮上了一抹讽笑，韦凝紫果然是迫不及待了，知道了御凤檀的身份便急着下手，还真是她的作风。

巨大的力道撞击在背后，使得她脚步踉跄，平衡顿失，直直地往前方扑了过去，眼看就要倒在地上，前方却出现了一双手臂对她张开而来。

这一瞬时变得格外的绵长，倒下时耳边的风呼呼地刮过，一切都被放慢再放慢。

她的听觉触觉似乎都在此刻停了下来，因为，她看到了那个男人的脸。

那是一张白润的脸庞，墨黑的眸中有着柔和的光亮，配合略有些丰厚的唇，整个人看起来温柔中透着一股忠实之气，让人一见便生出一种可以信赖的感觉。

这张脸是那样的熟悉，那样的可亲，曾经让她将一番少女的情思都寄托在这张脸这个人身上。

她为了他倾尽所有，让他在外行走不会没有足够的银钱，让他回到家中能有舒适的环境居住，他给她的回报是什么，是满目的鲜血，满心的疮痍。

上一世他便以救世主的状态出现在被众人嫌弃的她面前，这一世难道她又要被他伸出的双手接住，再让他做一个救助者的姿态吗？

她不要，绝对不要……

不知从哪来的力量，云卿的腰竟然突然生出一股巨力，将她倒下的方向生生地转了一圈，最后，还是栽在了一个怀抱中。

她眼前一黑，胸中气血翻腾。难道她注定和耿佑臣有牵扯吗？难道即使是重生，他还是要以这种救助她的身份出现在她的面前吗？

全身的血液在这一瞬间全部往脑海中冲去，她回忆他温和的笑脸却怎么都想不起，脑中反复是他要她将嫁妆交给他时假善的面容，是他每日回来抱怨银钱不够的虚伪叹气，她听到韦凝紫在耳边的尖叫，她听到父母惨死的真相，她仿佛又回到了那一天，地上的雪冰冷刺骨，木棍啪啪打在她的背上，痛得她想大吼，却被一种更深的仇恨所取代。

她听见脑中响起噼啪的声音，好似所有的血管都在爆裂，血液爆炸般地喷出，全部袭向她的胸口。

她以为自己不恨了，她以为自己可以淡然地看着韦凝紫，便是不再计较了。

原来那些恨意一直都深藏在血液中，并未遗忘，直到看到那张脸的时候便爆发出来。

她鬼使神差地张开牙齿，对着面前的胸膛张口咬了下去，那样的用力，那样的不顾一切，就算被人说疯子也好，就算被一掌打死也罢，若是能一口咬死他，那也值得了。

口中的肌肉在一瞬间绷紧，却不知怎么又放松了下来，任她咬着。

直到口齿间沁出了铁锈般的腥味，牙根被骤然生出的巨力咬得生疼，她还舍不得放开。

御凤檀看着怀中埋在他胸膛的人儿，她的身躯在不断地发抖，是一种僵硬的颤抖。

浑身绷紧，手指紧紧地握在一起，像是一个冰冷的娃娃落在他的怀中，只有胸口传来的剧烈疼痛在告诉他，她的确是在咬他，力道之大，让舍不得用内力绷紧肌肉的他，也开始觉得疼了。

狭眸中闪过一道晦暗的光彩，御凤檀感受到她的异常，一只白皙修长的手掌轻轻地伸过来扳住她的下巴，硬生生地扳开了她已经僵硬了的牙齿。

陷入一幕幕回忆中的云卿，在耳边听到了一个熟悉的声音："别咬了，卿卿乖，周围还有人呢。"

即便是含着戏谑，又带着调戏，云卿还是感觉到声音里的温柔和深藏着的一丝宠溺，卿卿？谁在叫她卿卿？

卿者，爱人也，如此甜蜜，如此亲密。

她缓缓地抬起迷蒙的，带着水雾的凤眸，当看清楚一双透出霞光潋滟的狭长双眸里，清晰映出她略为古怪的表情，一刹那，云卿眼神陡然变得清明，冷目道："怎么是你？"

闻言，御凤檀狭长的凤眸微微一冷，朱唇微启，语气冷漠道："难道你想掉的是别人的怀里？"方才若不是他用内力卷来，她倒在的就是耿佑臣的怀中，她在自己和耿佑臣之间，更喜欢耿佑臣的怀抱？

其实当云卿抬眸看到是御凤檀的时候，她心中便如释负重，就算掉在他的怀中，也好过碰触到那人一寸，她心中原本是存了庆幸的。

可是当听到御凤檀这般冷语时，她便赌气了一般，蹙眉道："我说过，就是摔在地上，也不会倒在世子你的怀中。"

她这句话说得很轻，只有他们两人才能听到。

御凤檀嘴角抿了一丝笑意，她还是在记恨自己上回在汶府中的行为，看来她对他的印象也很深刻嘛。

只是他没有错过刚才她抬头时候的表情，一双乌眸散发出森寒的凉意，仿若大雾中迷蒙的森林，带着鬼魅幽灵的气息，直直看着前面的不知何处。

这样的她，让他很陌生，胸口却生出一种凉意，仿若她是一缕随时会消散的魂魄。

他狭眸微眯，方才的她表现得很奇怪，难道是为了发泄上次他对她的试探才狠狠地咬他吗？那恨意……太过强烈了些。

云卿见御凤檀突然又笑了起来，不知他脑中在想什么，怎会一时怒一时喜，带着探究的目光望着他的面容，想要看看这个屡次出现在面前的男人，是怎样的人。

如果避而无避，她就要了解在身边出现的每一个人，包括面前这个危险的御凤檀。

不知哪里吹来一阵微风，桃花花瓣卷起，落在他长卷的睫毛之上，配上那双波光潋滟的狭眸，说不出的蛊惑。

有他的地方，一切都变成了陪衬，人是陪衬，花是陪衬，便连日光都变成陪衬。面对他，任何一刻都不能放松，否则随时要失神。

云卿移开目光，不去看那惑人的容颜，当撞上半空中一道道少女射来的，如同冷光利箭的目光，她知道方才不小心掉在御凤檀怀中的一幕，让自己目前的处境不善之极。

心中思忖，她连忙往后退上两步，拉开与他的距离，以周围人听得到的声音行礼道谢道："事发突然，多谢世子侠义心肠，顺手相助。"

"顺手"二字她咬得格外用力，发声也格外清亮，她不知道自己生出的力竟然可以转换跌倒的方向，又掉入了这个避而不及的男人怀中。

但她知道的一点是，必须将刚才发生的事情撇干净，否则日后一定会给自己惹来麻烦的，她不想在书院中处处树敌。

御凤檀那双如霞光光艳夺目的狭眸透出笑意，看着低头垂眸，态度平和的云卿，低低笑道："举手之劳而已，不必多谢。"

她既然要撇清，他就帮她，只不过日后，她便不要再想和他划得如此界限清晰了。

修长如玉石的右手食指和拇指微微相搓，似乎还留着捏在她下巴上的那种嫩滑细腻之感，方才抱着她的感觉还存在肌肤之上，让他流连回味。

未料到他此次会如此配合，云卿微微诧异，随即又想明白，他如此高贵身份的人，也不想被人误会与她有何关系，心中便释然，这样的结果和她的想法一样，便是最好。

而那个冲出来的素白人影，由于撞到了云卿身上，前力受阻反弹的她往后一跌，便倒在了地上。

韦凝紫本计划假装不小心摔在御凤檀身上，谁料时运不好撞到云卿，不慎跌倒，反倒将云卿撞入了他的怀中，眼底带着妒恨的光芒，暗骂云卿是她天生克星，抢走本来属于她和她娘的巨大财富也就罢了，今日还故意出来害她倒在地上。

幸好世子不过顺手一接，没有被她诱惑，证明云卿这个不要脸的投怀送抱并不成功。

看来瑾王世子不喜欢云卿那一类的女子，那她的希望就更大了，于是她马上改变方法，见瑾王世子一直都未曾注意到她，便哎哟一声娇呼，双手握着脚踝，好似受伤不能站立起来一般。

这饱含娇美，痛苦和求援的一声呼叫，终于将御凤檀的目光移到了她的身上。

韦凝紫见第一步成功，斗志更强，紧接着抬起柔白的脸蛋，泪眼汪汪地望着御凤檀，娇声道："我站不起来，小腿好像扭伤了。"

她眼中露出来如同小兔子受伤一般的可怜，配合那身素淡的衣裳，便是一朵迎风伫立的小白花。

更何况，这个表情，韦凝紫对着镜子练习过一千遍不止，她的每一个动作都是经过精心设计的，纤细的腰扭出动人的曲线，细细的眉好似柳枝蹙起，未着红脂的双唇稍显发白，却在此时将这一份柔弱发挥到了极致。

她的眼中散发着期待的气息，她在等待那强大的猎物上钩。

御凤檀看了她一眼，目光里渐渐凝起了光亮，嘴角的笑意也越来越盛，他的表情让韦凝紫的目光中也带上了期待，男人天生怜惜弱者。

她一定会成功的。

耿佑臣进门便看见一个少女向外倒来，本能地伸出双手要去接住，却不知为何少女的身形半路一转，往瑾王世子那边栽去。

而素来不喜女子近身的瑾王世子竟然还接住了她，他自幼习武，眼力比其他人好，自是看到瑾王世子对那少女的动作带着柔意，甚至眼神里有一瞬间的暖意。

什么样的少女能让瑾王世子区别对待？他不禁生了好奇。

只见那女孩一头乌黑的长发挽成了堆云髻，身上着了高腰齐胸粉底樱花襦裙，下方衬着玫瑰红的撒摆裙，风起时，吹开她的裙摆，一层层翻叠开来，站在一堆花样年华的少女之中，丝毫没有被那些艳光四射的千金遮掩住光芒，反而被衬托得越发突出。

桃粉纷飞之中，她一双雍容贵气的凤眸似云雾缭绕，更添一种高贵神秘之感，虽因为年岁还幼，眉眼尚有一分青涩，依然可以看出长成之后一定可以名扬天下。

京中名门贵女众多，从小便被教育得仪容有礼，气质高贵，他自幼便见识不少，从未想到，竟能在天越城以外的地方看到也有如此雍容的女子，让百花丛中穿梭无数的他，也不由得流连目光，难怪让瑾王世子另眼相看了。

除此之外，他还有一种感觉，他觉得眼前的少女似曾相识，似乎两人早就见过，在记忆中搜寻一番，却始终找不到可以对得上号的女子。

云卿望过来时，便与耿佑臣的目光在半空中撞上，她望着那个面貌温和的男子，缓缓地展开一朵笑意。

这样的笑容竟带着芙蓉遍地满江繁的绚丽，一时撞入了他的心间，让他眼神瞬间亮了起来。

只是，那抹笑意，虽然灿烂，却有一种让他说不出的味道。究竟是哪样呢？

他沉眸凝思，再一抬头，缓缓地发现，那双眸子没有笑意，一点也没有。

甚至带着一种凉薄和冷漠，好似被大雾遮住的悬崖，里面有着万丈深渊，等着他向前一步掉入万劫不复中。

而这边，御凤檀嘴角勾起一抹意味深长的笑容，转头对还在地上摆着诱人姿态的韦凝紫伸出了洁白修长的手。

韦凝紫大喜，她这一招果然是屡试不爽，连忙伸出自己的小手搭在御凤檀玉白的手中，心口扑通地跳个不停。

望着韦凝紫含着泪光的还有媚意的眼神，御凤檀唇角扬得越发的高，他手轻轻一拉，将韦凝紫从地上带了起来，然后用另一只扶着她的手臂。

从其他人的角度看去，是瑾王世子被韦凝紫吸引了目光，对她产生了怜意，一时惹来无数少女嫉妒的目光。

在这种被群芳广泛羡慕嫉妒恨的氛围里，韦凝紫享受着眼前男子的温柔，直到他俯在她耳边轻轻地说了一句："我，不喜欢你这种类型的女人。"

耳边的笑声带着明显的戏谑和不屑，还有从骨子中透出的凉薄笑意，如同飓风瞬间卷走韦凝紫所有的欢喜。

她的脸由于恼怒，刷的一下红了起来，惊讶地抬起脸看着眼前的男子。

他的表情是在笑着，可他的眼睛里没有一丝笑容，明明霞光灼目的狭眸仿若化作一汪冰潭，有的只是无限的冷意和冷漠。

韦凝紫吓到了，她不由得后退一步，却不知这种表情落在其他少女眼中是娇羞，是欢喜，引发她们不可遏制的嫉妒。

当密集的目光落在她的身上，宛若网一样让她不可忽略，她知道眼前男子的用意了。

他是故意的。

他为何要这样对她？他们明明是第一次见面，她什么都不想做，不过想引起他的注意罢了。

御凤檀收回了手，像韦凝紫这样的女人他看得太多了，多到他觉得厌烦，既然喜欢做万众瞩目之下被羡慕的人，他就让她做个够。

不知道卿卿知道自己为她报仇了没？

御凤檀抬头去寻找云卿的身影，刚好对上她带着一丝厌恶的目光。

如同其他人一样，云卿看到的是御凤檀对韦凝紫怜香惜玉后还说了亲密的话语，惹得韦凝紫娇羞连连的画面。世上的男人果然都一样，只要看到女人扑上去，就连忙拿出惜花的心，来爱护这朵小白花了。

她紧皱眉毛，撇开了眼，而御凤檀满脸无辜，他怎么反而被她嫌弃了？

韦凝紫此时无暇顾忌其他，她看到了章滢的目光。她没有勾引到瑾王世子，反而让其他人全部嫉恨上她了。

望着渐渐走过来的人，她心内一惊，看到云卿后猛然记起，对，还有云卿，刚才她也掉在了世子的怀中，比她可是要亲密多了，只要转移这些人的注意力，她们就不会来找自己麻烦了。

想到此处，韦凝紫连忙转身，面上带着很急切的表情朝着云卿走来，询问道：“表妹，刚才你没跌伤吧。”

云卿以一种欣赏怪物的眼神看着她，从她跌倒到现在，事情都过了这么久，韦凝紫不是反应如此之慢的人，为何到现在才来讨好。她的疑问在看到章滢怒气冲冲的脸时，都解开了。

原来是想要把章滢她们的仇恨转移到她的身上，既然自己要做出那样的举动，就要承担起怨气。

要装，谁不会装。今天就陪你玩玩。

云卿对着韦凝紫绽开笑容，凤眸深深地望进她的眼底，轻皱眉头笑道：“谢谢表姐关心，没有呢。”

看着云卿脸上真诚的笑意，韦凝紫一时分不清她是真的劝慰还是在讽刺她，也不在意，故意高声道：“没有啊，那就好，差点吓死我了，若是你跌倒了，还不得受伤，幸好世子将你接住了。”

眼看章滢几人的目光又终于转向了云卿，韦凝紫嘴角轻轻地闪过一抹得意，比起被扶起的她来云卿可是更加亲密地接触过世子呢。

御凤檀靠在树边，拉出一块锦帕，仔仔细细地将方才与韦凝紫接触过的手指，擦得干干净净，一边看着云卿那边的状况，看来她处境不太妙。

不过，他没有错过她眼中一闪而过的狡黠，那个韦凝紫只怕等会儿会死得更惨。

得意，只怕得意得太早了，云卿叹了口气道：“表姐，你突然跑出来就这么撞过去，若不是刚好撞到我，跌倒的就是你呢。”

说完，又面带关切低头去看韦凝紫的脚，连声高呼：“表姐，刚才你的脚可是扭伤了的，看起来问题似乎不大呢，真好！”

她的话音一落，韦凝紫就暗叫不好了。

谁都能听出云卿的言外之意，她不小心被撞到才跌入了瑾王世子怀中，并不是故意的，而这个撞击她的人正是韦凝紫，若是当时她不出来，韦凝紫的目标便是跌入瑾王世子的怀中。

岂料她一计不成，又故施二计，脚明明没事，却故意装作有事，使瑾王世子产生了怜香惜玉之情，伸手去拉她，两人还亲密无间地说着悄悄话。

章滢她们已经怒气冲冲地围了上来，她对着云卿皮笑肉不笑道：“这位是？”

韦凝紫双眸期待地看着云卿，毕竟祖母说过要云卿好好照顾她的不是吗？

对上她期待的双目，云卿半垂的长睫下带着一抹讥讽，眉间却是染了一缕哀愁，幽幽地开口道：“韦凝紫，她是我表姐，父亲新丧，从京城来扬州散散心的。”

散散心？鬼才相信，散心会到学堂报到吗？很明显是家中出了变故前来投奔亲戚的。章滢一笑，对着韦凝紫道：“既然是新来的学生，对此处肯定不熟，我带你去四处看看。”

章滢的演技并不怎样，韦凝紫自然知道她说的四处看看不是那么简单，杏眸中露出求助的光芒看着云卿，拒绝道：“不用，表妹会带我看的，是不是？”

望着那双杏眸中流露出来的熟悉的神色，她会心软吗？她不会。

被毒蛇咬过的农夫，再也不会相信毒蛇的话，即便它多么的可怜，因为太清醒它复苏后忘恩负义的利牙是多么的毒。

她抬起白皙的容颜，菱唇微启，带着惋惜道：“我还有些事要去找夫子，表姐不是说想去看看书院吗？章小姐对书院很熟，她会介绍给你的。”

对于云卿此次如此的配合，章滢眼中露出满意的神色，一把抓住韦凝紫的手往里面扯去。由于这群人遮住了所有举动，无人知道她是被挟持过去的，也没有关注这边，韦凝紫被她带着往内院走去，眼看挣脱不得，便想要高声呼唤夫子。

章洛眼疾手快，立即封上了她的嘴，她只能唔唔地叫，章滢听到叫声本来就烦，往夫子在的方向看一眼，见无人注意，对着韦凝紫的腰间狠狠地一掐。

春裳本来就薄，章滢养尊处优的手上留着长长的指甲，掐进肉里的时候，疼得韦凝紫几乎要叫出来，却被章洛狠狠地蒙住了嘴巴，只能任眼中泪水拼命地往外流。

“哭，在我面前你少装点吧，你这狐媚子招数不知道哪学的，假装脚伤了吸引瑾王世子，真是不要脸！”章滢冷笑着讽刺。

另外一个少女看着她身上的衣裳，眸中更是露出一丝不屑：“你们可听到了方才云卿说她父亲新丧，她身上还穿着素服，竟然光天白日就去勾引男人，真是做得出啊。”

“是啊，从没见过如此不要脸的人……”她们你一言我一语，不免有嫉妒的成分，可是也确实有着不屑。

韦凝紫顾不得那些冷嘲热讽，泪眼汪汪地朝着院中的人瞟去，希望能有一个人接收到她求救的视线，伸出援手。

耿佑臣此时也站在案台的另一面，正和其中的一个夫子在交谈，那名许夫子不仅是教书老师，也是书院的副院长之一。

从云卿进入他的视线范围后，目光就再也没有离开过，此时见她站在自己身边不远处，想起刚才那怪异的感觉，仔细地在她脸上逡巡，却只看得到得体的笑容，其他的都没有。那一瞬只怕是自己的错觉。

想着，他温和的脸上绽开了一丝笑容，极为有礼道：“刚才真的是好险，幸好小姐你没事。”

经过刚才一番剧变，翻滚的情绪已经掩埋，云卿已经能够坦然地面对他，她的目光平和，仿若只是第一次见到的陌生人一般：“多谢公子关心。”

不愿多将时间浪费在他身上，云卿转身对着许夫子敛衽行礼道：“学生有事想请问老师。”

刚才云卿在院中与章滢对峙的一幕许夫子都看到了，对于这个出身不算高贵，却有风骨的女学生生出几分偏爱，他抚了抚几根山羊须，点头问道：“何事，但问无妨。”

云卿道：“学生有一远方亲戚暂时因有事而不能来报名，想请问夫子能不能先将他名字写上，束脩也先交上，待他来了之后，再来学院上学？”

“若你远方亲戚是真的有事，交了束脩之后，可以将她名字告知于我，登记起来。”这等要求许夫子当然可以答应。

闻言，云卿先是行了一个大礼，然后再接着道：“谢谢夫子体谅，我那朋友是男子，书院男女分堂，学生无法去男院报名，还请夫子担待。”

听说是个男子，许夫子挑了挑眉，倒也没说什么，让云卿交了束脩后，提笔道：“他的名字你告诉我吧。”

云卿抬起头看了看耿佑臣，这个人如今十分的不起眼，甚至不闻一名，但是以后，将会影响耿佑臣的一生。

“他姓韦，叫韦沉渊。”

御凤檀斜倚在树旁，一边欣赏着那边少女的一举一动。

韦沉渊……这个人是谁？据他所知，前来投奔的韦氏寡妇只有一女，并没有子嗣，卿卿是在给谁报名呢？而且是个男的，必须要好好查一查。

“好了，沈云卿，名已经报好了，刚才你那个表姐似乎还未曾选择课程吧？”许夫子将名字登记好后，想起和云卿一起来的那个陌生少女，开口提醒道。

“表姐第一次来，说要四处看看，章滢带她去内院走走了。”云卿微笑地介绍道。

许夫子一听章滢的名字，眉头微皱，对于颍川侯这个嫡女，他也风闻其性格和行事泼辣，今日可是报道的日子，可别惹出什么来，便转身望向内院。

果然，正看着章滢，章洛那几个女学生拉着韦凝紫往里面走。

而韦凝紫频频回头，眼含泪花似在寻求救助，他眉头一皱，喝道：“光天化日之下就欺负新学生，真是成何体统。”

听到“沈云卿”这个名字时，耿佑臣眼底露出一份惊讶，眼前这个吸引他目光的少女竟然就是扬州巨富沈家的独女，也是谢书盛的嫡出孙女，他本次来扬州的主要目标之一，便是找出那样东西是不是落在柳家和沈家人手中，未承想这么快就遇见了沈云卿，而且她还竟然出落得如此绝色，倒让他有些意外了。

再听到表姐两字，他脑中立即浮现了谢书盛嫁入韦家的庶出女儿生的一女，真是天降好运与他啊，今日一来书院便可见到她们两人。

耿佑臣眼露喜色，顺着许夫子看去的方向，刚好迎上那一双委屈的、娇柔的、充满了可怜的泪眼，那样的需要他伸出援手，胸中顿时充满了豪情，立即转头对着云卿道：“沈小姐，我与你一起过去，定不能让你表姐受了委屈。”

与她一起过去？是想英雄救美给她看吧，她不是十三岁的少女了，岂能看不出耿佑臣眸底带着兴趣的光芒。

她在心底冷笑，面上却露出感激的笑容：“那公子便与我一起看看表姐吧。”

见她开口答应，耿佑臣欢喜地跟着她一起走过去，云卿故意稍许慢一点走，跟在他身后，样子看起来又恭谨又温和，耿佑臣更是喜欢，阔步向前追到了章滢她们的面前。

“你们在这里干什么？”

见有陌生男子过来，章洛把捂在韦凝紫嘴上的手收了回来，其他几名少女也稍微往后退开两步。

只有章滢不买账，看着面前陌生的男子出现在女院内，撇撇嘴道：“你是谁，怎么擅闯女院？”

耿佑臣面上闪过一丝恼怒，刚才御凤檀进来又未见她们有疑问，还将所有的目光都停驻到了他身上，丝毫没有注意到自己的存在，如今又被个小姑娘质问，便觉得有几分丢了面子。

还好跟上来的许夫子眉头一竖，对着章滢呵斥道：“如此说话，怎有女子的仪态，这位是今年琴科的新任夫子耿佑臣，也是永毅侯府的公子。”

听到这般身份的介绍，章滢这才收敛了气息，打量着眼前的人，看他脸庞俊朗，穿着不凡，也信了许夫子的介绍。

耿佑臣满意地从她们眼底看到了尊敬的神色，更是满脸笑容，自然地望向韦凝紫道：“小姐可有受伤？”

特意放柔的声音让韦凝紫如沐春风一般，她抬头看着眼前的男子，面庞如月，眸内带着温柔的笑意，双眼里都是斯文有礼，虽然没有御凤檀那般的夺目，也称得上是翩翩公子。而他出现之时又是在她迫切需要人救助的时候，心中便存了一份好感。

再听到夫子的介绍，永毅侯府的公子耿佑臣，眼神顿时明亮了起来。

永毅侯府在京中颇有盛名，此等盛名一来是因为侯府的地位，二来是因为府中的一段往事，一直都被京中人津津乐道。

老永毅侯嫡子早逝，膝下留下众多的庶子，爵位无人承继。

小户人家家中为了鸡毛蒜皮的利益还经常发生口角争斗，而高门大户里面就将这一切演绎得更加凶猛。一个爵位代表的是以后的荣华富贵和极其尊贵的身份，很多人为了它，费尽心思。

爵位只有一个，想要的人太多。

在老永毅侯死后，为了争夺爵位的继承权，各路庶子是大显神通，展现十八般手艺才华，暗地里使坏，明面上讨好嫡母，老侯爷夫人坐在当家主母位置上，笑观诸位庶子争来夺去，最后发现唯有庶长子是个老实的，人家争宠他读书，人家出招他躲避。

能每次躲开暗箭显然头脑不笨，不加害兄弟代表心慈，于是老侯爷夫人便出人意料地请旨，以本来最不起眼的那个庶长子暂继了爵位，其他庶子颇为不平，却也无话可说，至少他占了一个长字。

在嫡庶长幼分明的当下，是没有任何异议的。

这个庶长子倒也没有辜负老侯爷夫人的重看，他坐上侯爷一位后，依旧是勤恳老实，按照老侯爷夫人给他的安排娶了妻子，一年之后生下了一个女儿，算得上日子和睦。

但是天有不测风云，庶长子在一次外出赏雪时不小心掉在了潭里，身子一下受了寒，从此虚弱了下来，喝药坚持熬了一年后，终于一病就闭上了眼。

侯爷夫人在灵堂上哭得昏天暗地，而后发现有了身孕，人人都庆幸这个可怜的寡妇若是肚子里的遗孤是个男孩，以后还是有依靠的，谁知道两个月后，侯爷夫人也同样栽到了湖里，救上来的时候，人都冻成了冰棍，肚子里的孩子自然也没了。

于是爵位又空置了下来，而侯府里的下一轮争夺又开始了，耿佑臣在当时众多庶子打战时，还是一个小小婴儿，如今年纪也不过十七，刚好够上新一轮的争夺，众多庶子里有些已经成家，他还未曾娶妻，在京中风头不错，老侯爷夫人对他也颇有好感，也许下一个走运的庶子就是他了。

勾引不了御凤檀，那么好歹今日受了这么大的委屈，她也要有些收获，能巴结上这个永毅侯府的公子也不错。韦凝紫瞟了一眼章滢几人，心内惧怕地往旁边避开了几步，拉开和她们的距离，然后低下头，脸上微带一抹红晕，双眸半露半抬，敛衽行礼道："多谢耿公子。"

受了刚才的教训，她也知道在书院中一举一动都要小心。特别是刚才她被御凤檀迷得连自己还戴孝在身都忘记了，白白地给人掐了一顿，还无处申冤。

耿佑臣远远见到韦凝紫时，就被她一副娇滴滴的柔弱模样吸引住了。

如今再近处看她，只见她小脸瘦白，眸中还带着受了惊吓的余韵，再加上她此时的柔软声音，顿时浑身都酥了起来，连忙虚扶一下，朗声道："你无事就好。"

这一切云卿都看在了眼底，真是有着说不出的滋味，若不是这一幕，她还想不起呢，前生她“失贞”之后学堂未去，反而是韦凝紫到学堂来上课，而耿佑臣好似上一世也曾来白鹤书院做夫子，看如今他们两人眉来眼去的模样，只怕耿佑臣当时和韦凝紫两人就不清不楚了。

亏得自己那时候还以为是韦凝紫这个好姐妹因她嫁到京中无人陪伴，甘愿做侧室，也要和她一起嫁给耿佑臣。

那个时候的她一心都在耿佑臣身上，就算是心内有些不乐意，见表姐情深意切，也答应了下来。

想起死前韦凝紫对她所说的那番话，她可以想象，当初耿佑臣娶她的目的是需要钱财去铺一条登上爵位的道路，所以他选择了自己这个扬州巨富的女儿。

而在坐上了人人羡慕的爵爷之位时，便想往更高的地方去。

那个时候，韦凝紫过继来的兄长韦沉渊一路飞升，坐到了吏部尚书的位置，他便需要韦凝紫这个助力，于是牺牲了她，甚至还拿整个沈家人的血去做他们升位的阶梯。

亏得那时未嫁之前，她还事无巨细，都与韦凝紫分享，如今看来真是可笑啊。

好在老天爷给她重生一次的机会，这一生，韦凝紫，前生你母亲过继来的那个兄长，今生不会再出现了，而——

云卿转过头来，看着耿佑臣那张看起来无比温柔的脸，凤眸如同一汪黑潭，上一世她得知了一个秘密，而那个秘密会让耿佑臣，这一生绝没有奢想永毅侯爵位的机会。

耿佑臣转目过来，便看到云卿正望着他，自我感觉方才这幕英雄出手救美女做得十分的合适，眼下不仅是韦凝紫对他频频示意有好感，便连沈云卿也对他有了注意，便装得体贴道：“你表姐现已无事，你不必担忧了。”

担忧？她从没觉得韦凝紫需要她担忧，云卿淡淡地一笑，并不言语。

韦凝紫一心想要给耿佑臣留下好印象，虽然心内对云卿恨得要命，依旧笑道：“表妹，原来你担心我啊。”

“时候不早了，我们回去吧。”云卿缓缓地一笑，不紧不慢地回答道。

“好的，祖母肯定还在家等着我们呢。”韦凝紫眸光闪动，也满面带笑。

两人相互凝视而笑，落在耿佑臣眼底，顿时生出一种飘飘然的感觉。

眼前的两个女子姿色突出，却各有千秋，沈云卿举止大方，雍容端庄，适合做正房夫人，韦凝紫娇美柔弱，让人疼爱，正好做个柔妾，真是贤妻美妾，双双有福啊。

若是能完成了四皇子交代下来的任务，找到那个东西，自己的爵位肯定没有问题了，那时候还怕没人肯嫁过来吗？这一双丽姝还不是他的。

想到此处，他眼底闪过一道光芒，看着两人袅娜的背影，这段时间还是要多下功夫才行啊……

“砰”的一声，一个珍珠大小的石头从左侧方飞了过来，一下砸在了他的左边额头上，顿时疼得他龇牙咧嘴的，转身对着后方寻找罪魁祸首。

可是左侧方一片空荡荡的，哪里有人，他左顾右盼了一圈，只在后方看到瑾王世子御凤檀正在和许夫子说话，其余皆是来报名的女学生，没有可能下手。

究竟是谁暗算他，低头看着掉在地上的石子，能悄无声息地将石子砸向他，如此高的身手，不是一般人能有的。

不知怎么，他突然想起在柳家遇到的那个银面黑衣人，难道他一直都处在黑衣人的监视之下，这石子是个警告吗？

也许那人走了还没多远，他定要出去追追看，若是能擒了他来，必定能在四皇子面前立上一大功。思及此处，耿佑臣便走过来对着御凤檀行礼道：“世子，微臣还有事须先走一步。”

御凤檀明媚的眼眸里滑过一道奇异的光，笑眯眯地看着他：“耿公子有事便去吧。”

今日在书院竟然巧遇耿佑臣，他竟然也来了扬州，还进了白鹤书院做夫子。

大雍朝并不反对高门子弟去书院教书，反而有部分人认为，去书院教书是对才干的一种肯定，毕竟书院不是任何人都接收做夫子的。

再者，每一届科举的前三甲基本都是来自书院中的学子，若是能提前发现慧才，早些拉拢，比起在其得中之后再去拉拢，要真心实意得多，效果也好得多。

不过，这种情况还是很少的，一般的高门子弟没有这种才学，也没有耐心，而且，要去也应该是去男学院。

耿佑臣这两年一直潜心为四皇子办事，希望能坐上爵位，如此看来，他来书院教学恐怕又是四皇子的动作了，他们也是来找那个东西的吧。

想到耿佑臣竟是带着这种心思接近云卿，御凤檀面上浮起一股杀气，方才那一个石子选得太小了，要换个大些的丢过去才好，竟敢觊觎他的卿卿，好在他在书院，可以避免卿卿被耿佑臣骗走。

不过，男子的脸上闪过一丝阴森之气，耿佑臣似乎也有想到那晚的黑衣人，他还是要注意，不要事发之前就露出马脚的好。

书院门前。

韦凝紫和云卿出了院门后，脸上的笑容便褪了下来。马车一到垂花门前，韦凝紫便抢先下了车，一秒钟都不想和云卿待在一起。

云卿看着旁边一个稍许眼熟的小丫鬟，凤眸如墨望着韦凝紫的背影，嘴角勾起一抹笑容，道：“你去看看表小姐去哪了，等会我有事找她，怕万一找不到她呢。”

那小丫鬟一听，立即点头，便悄悄地跟在了韦凝紫的身后。

而此时韦凝紫并没有沿着回菊客院的路而走，而是穿过东苑的九曲长廊，径直地往左侧通往大厨房的路上去，等到了一处路口，她便悄悄地折到一处假山后等着。

不多一会儿，前面出现了一个穿着淡青色绣花镶领对襟比甲，肉粉色方立领中衣，淡蓝青色绣着小叶边的长裙，模样秀丽的大丫鬟。

韦凝紫这才从假山后走了出来，假装低头沉思的模样，从拐角处恰到好处地与走过来的大丫鬟撞到了一起。

碧莲端着一盘新鲜的水果，未曾料到她贴着最旁边走，还会在拐角撞到人，还好她身子灵活，踉跄地往后退了两步。也不知道是谁这么冒冒失失的，差点撞到她。

抬头一看，这不是表小姐吗？

只见韦凝紫一手扶着旁边的矮树，一手扶着腰，眉毛扭曲，双眼含泪，脸上的表情十分痛苦。碧莲心中一疑，她刚才那一撞有那么疼吗？而且手肘撞到的位置好似应该是肩膀，而不是腰啊。

虽然心里觉得诧异，可是她一个奴婢撞了人能说什么，表小姐再家道中落，也是半个主子，她只能赶紧道歉："表小姐，对不起，奴婢一时心急，没有看到您过来，实在不是故意的。"

韦凝紫扶着腰，牵强地一笑，摆摆手道："不怪你，这不关你的事。"

她这么说，碧莲看她痛苦的样子却越发的不踏实，若是表小姐因为她这一撞撞出什么毛病来，她的麻烦就大了，随即道："表小姐这样疼，也许是撞伤了，那边的小屋子，里边有瘀伤药，奴婢先看看，若是轻的涂药给你揉揉也许就好些了。"

闻言韦凝紫眼底闪过一道精光，抬起头道："那就麻烦碧莲姑娘了。"

见她如此客气，碧莲越发不好意思："哪里谈得上麻烦，倒是奴婢不小心了。"她看着手中的水果，便拉了一个过路的丫鬟，让她把水果先送到老夫人院子里，交给碧萍，自己则扶着韦凝紫往一旁的小屋子走去。

这里是一个专门放常用伤药的小隔间，平日里丫鬟干活受了小伤，中暑热气之类的，这里面便有止血药、六和汤等等可以使用，算得上是一个小药房。

进去之后，里面也窗明几净的，看得出沈府对下人还是颇为宽厚。

碧莲搀扶着韦凝紫坐在一张圈椅上，将门窗都关好后，又选了一支上好的红花油，便要给韦凝紫揉伤。

当掀开她的衣裳之时，碧莲眼睛睁大，小小地惊呼一句，只见那细细的纤腰上，有青紫色的掐痕，还有指甲掐出来的月牙形伤痕，上面还带着干涸的血迹，很显然是刚刚才被抓出来的。

"表小姐，你腰上的伤是怎么弄的？"碧莲倒吸着气，开口问道。

韦凝紫好似才发现腰上的伤痕，低头一看，也被那伤痕吓得脸色一白，三分真七分假地要拉着衣裳往下遮，一脸怯怯地道："碧莲姑娘，你千万别告诉别人，这个是我自己不小心撞到桌子角上……"

碧莲一把拉住她的手，指着那些青红交加的伤道："这个是撞的吗？不可能，你这个伤看起来还是刚刚弄的，究竟是怎么回事？"

"没事的，没事的。"韦凝紫似乎都急得要哭起来了，使劲将上衣下摆往下遮住，哽咽着声音小声道，"是我自己刚才在马车上不小心撞到的……你别告诉别人……"

刚才在马车上？碧莲此时才想起来，今天是大小姐和表小姐一起去报名的日子，两人是乘一辆马车去的，而这个伤痕看指甲的印记明明就是女子刚刚掐上去的，她抬眸看着韦凝紫怯怯的眼神，睫毛上欲坠不坠的泪滴，和满脸的委屈。

自从表小姐来了后，老夫人对表小姐不错，难道是大小姐在马车上下的手？难怪表小姐不敢说出是谁，还要说是自己在马车上撞到的。

她心里生出一股怜意，寄人篱下的滋味果然是不好的，表小姐这样柔弱的性子，更是被人欺负了也不会说，只能忍气吞声的。若不是今日让她看到了，她还不敢相信大小姐能做出这样的事情来。

她心中有了打算，将韦凝紫的上衣拉好，又拿着帕子给她擦干净泪水，细声道："表小姐你就是性子太柔弱了，才会任人欺辱，你这伤是不是大小姐弄出来的？"

韦凝紫眸中是又惊又喜，转瞬又化为了惧怕，欲言又止道："莫问了……碧莲姑娘莫问……莫问了……你……管不了的。"她低着头，一滴泪水恰到好处地滴落了下来。

碧莲开始还有些胆怯，毕竟大小姐是主子，说主子是非是要被打的，此时她也抛弃了这种想法，拍拍韦凝紫的手道："你放心吧，奴婢自有分寸，总会有人管得了的。"

总算等到了她要听的话，韦凝紫的心放了下来，吸了吸鼻子道："碧莲姑娘，你千万莫要告诉别人，给人知道后，对你不利的。"

表小姐真是个好人，这个时候还挂念她。碧莲拉着她的手，感觉就像看到了自己的妹妹，安慰道："放心吧，没事的。"

荣松院内。

碧萍给老夫人端了一盘水果进来，老夫人正看着几上的点心皱着眉头，与王嬷嬷说道："最近不知怎的，胃口不大好，看到这平日里爱吃的芙蓉饼都没胃口了。"

"老夫人，天气闷热，吃点爽口的好，这是老爷让端来的红仁果，说是海外毛子最爱吃的。"碧萍将水果放着，拿了一颗剥了，露出里面白嫩嫩的果肉。

红的皮配着白的肉，晶莹剔透的，老夫人也生出点食欲，接过来吃了一颗，香甜可口，点点头道："这个不错。"

碧萍便还要再剥，老夫人看了一眼，问道："这水果不是碧莲去端的么，怎地没见她人啊？"

老夫人刚说完，外头碧莲就走了进来，对着老夫人行礼道："老夫人，奴婢刚才路上不小心碰了表小姐一下，扶着她去擦药所以才来迟了。"

王嬷嬷伺候老夫人十多年，老夫人的喜爱摸得八九不离十，见她皱了皱眉，此时定然是听出有古怪来了，碧莲做事不是个莽撞的，怎会一撞就将表小姐撞得要去擦药了，便问道："怎的如此不小心，撞得要扶着去擦药了？"

只见碧莲眼圈儿就红了，轻声道："奴婢刚才撞了表小姐一下，她便捂着腰站不起来，奴婢当时就觉得奇怪，带着表小姐去小屋坐着，找了一瓶药想先揉揉，结果掀开衣裳一看，一片的青红色，腰上就没一块好皮。"

“怎的如此？”碧萍又剥了一个递给老夫人，老夫人没有接，沉声问道。

“奴婢也觉得奇怪，看那痕迹，是给指甲掐的。开口问表小姐，表小姐支支吾吾地只说是在马车上弄出来的，是撞到了马车角，其他的什么都不肯说，也不敢说。”碧莲低着头说道。

既然是指甲掐出的痕迹，和马车角撞上的痕迹完全不同，碧莲能想到的，老夫人也能想到，一张老脸便拉得老长，阴森森地看着面前一碟红灿灿的水果，竖眉道：“倒是大胆了，如今都敢欺负起表姐来了！早晨的时候我明明和她说过，让她照顾点表姐，她就是这么照顾的！还有没有将我放在眼里？！”

老夫人说起云卿就带上了谢氏，嘴里骂道：“她嫁进来十四年，没有生下孙子也就罢了，统共膝下也就这么一个女儿，每天花点心思教一下不行，偏生养出这样阴险的！背地里对着前来投奔的可怜表姐下这样的狠手？！”

老夫人越说越气，骂着就喘起气来，碧萍听老夫人的话，她是觉得这事情有些不对劲，看大小姐平日里对下人也没打骂，怎会对着表姐出手。

可她也不好接腔，只岔开着话题说：“老夫人，也不知道表小姐伤如何了呢？”

闻言，老夫人深喘了口气，手握着引枕的一角，气息平复了些，吩咐道：“嗯，碧莲，你从我那柜子里去取一盒去淤膏送到菊客院那边去，让表小姐不要伤心，祖母会替她主持公道的。”

碧莲得了这话，立即应了，这话就是老夫人知道事情的所有了，便去后房里取了去淤膏去了菊客院。

老夫人又吩咐碧萍道：“你去通知谢氏，下午牙婆带来的丫鬟到我院子里来选，让她们一路过来。”

归燕阁中。

云卿听着跪在下方的小丫鬟的叙述，嘴角的笑意越来越浓。

看韦凝紫一路上强自忍受，眼底闪烁着精光，肯定是在盘算着什么，所以她才会让小丫鬟跟着她查看。

这一跟，便跟出了答案。

碧莲是祖母身边的大丫鬟，人好心善，又有一种正义感，性格比起碧萍来要冲动一些，头脑也简单一些，最是好唆使。

她不禁笑了，好一个韦凝紫，手段真的高超，借刀杀人用得很灵活嘛。小小年纪便有如此深的心眼，再过几年，只怕是顶级的人精了。

她一手端着官窑描金茶杯，一手缓缓地拨开浮沫，凤眸半垂，望着浅碧色茶汤里面毛尖一根根垂直地水中起伏，如同一柄柄利剑垂在其中。

韦凝紫就宛若悬在她头上的数把利剑中的一把，指不定哪天就会落下来，将她一剑戳穿，她必须时时刻刻留意着，一刻也不能放松。她一定要将两只时刻捣乱的白眼狼赶出去。

收回思绪，望向下方那个跪着的小丫鬟，方才云卿的话其实说得比较隐晦，但是这个小丫鬟却一下就听出她的意思，并且手脚很利落，表达也很清晰。

云卿眯着眼眸打量着她，只见她一身素蓝的粗使丫鬟服，虽然有些旧，上面沾着些污脏，却是新沾染的，而不是陈年的旧迹，再看她的容貌稚嫩，却透着灵气。

流翠伺候云卿多年，一看她的表情，知意地开口问道：“你叫什么名字？”

“奴婢叫小莲。”小丫鬟回答道。

小莲？云卿只是隐约有些印象，流翠倒是记得，小声道：“就是上回她妹妹肚子疼来求夫人请大夫的那个。”

脑中晃过那一幕，云卿记起来了原来是她，难怪看着有几分眼熟，如今她身边就流翠一个大丫鬟、问儿一个二等丫鬟可以放心地用用，实在是太少了。

想了想，云卿抬手道：“你明日起，就来我院子里，先做个二等丫鬟吧。改名叫青莲吧。”

小丫鬟一听，喜上心头，她现在做粗使丫鬟一个月才三百文，而做大小姐房里的二等丫鬟，一下就有二两银子的月钱，一下翻了好几倍，连忙感激得在地上磕头道：“青莲谢谢大小姐看中。”

等云卿吩咐了青莲起身出去收拾东西，流翠才开口道：“小姐，表小姐此方法很阴毒，到时候你说什么都不太好，奴婢觉得要尽快处理了才是，以免老夫人迁怒。”

将茶杯放在一旁的小几上，云卿沉吟片刻后道：“我记得今日下午官牙行的人要带丫鬟过府中来吧？”

“是的，依旧还是伍牙婆带人过来。”流翠不知道两件事有什么关系，云卿菱唇微扬，开口道：“来，等会儿你让问儿出去……”

如此这般的一番交代，流翠听得连连点头，随即匆匆地往外走去。

CHAPTER 8 第八章 花亭美人嫣红醉

添买丫鬟一事便是上次老夫人用膳的时候提起的，主要是为了给谢姨妈和韦凝紫两人添上两个随身的丫鬟，再者府中一些丫鬟岁数大了，也要婚配出去，所以干脆一并换了。

老夫人既然下了通知，谢氏自然是让人都到荣松堂这里。云卿和她一起进了荣松堂，便看到谢姨妈两母女早早就来了，韦凝紫坐在老夫人的身旁，姿态宛如亲生孙女一般的亲近。

此时看到云卿，立即迎了过来，敛衽行礼道：“姨妈好。表妹怎么才来呢，我已经等了你许久了。”

望着祖母的表情和碧莲不冷不热的样子，云卿早有了心理准备，淡淡地一笑：“祖母每日中午都要休息，我掐着时间过来的，谁知道今日祖母这热闹着呢。”

她其实是在说韦凝紫和谢姨妈这么早就过来吵着老夫人了，她们是按照平日里的时间来的，如此一来，老夫人也无话可说了。

外面二等丫鬟碧水走进来通报道："老夫人，官牙行的伍牙婆在外面候着了。"

闻言，老夫人便先收了要训人的心思，沉眸瞪了一眼云卿，扶着王嬷嬷的手从榻上下来，往外头走去。

只见外院里已经站了五十个女孩，站在前头一个四十岁的妇人，眼神灵活，嘴皮子薄薄的，一看就是在外行走多年，会说话的人。

她一见到老夫人便走了上来，笑着行礼道："老夫人，可有一段日子没有见到您了，看您气色不错，前日里一听是老夫人府里要丫鬟，我这不就赶紧带上五十个最好的过来了，那是一点儿都不慢，就看她们有没有这个福气让老夫人看上眼。"伍牙婆笑着道。

"哪里是我要。"老夫人转头对着云卿、谢姨妈和韦凝紫道："你们自己去挑吧。"

谢姨妈和韦凝紫目光早就在丫鬟里面逡巡自己想要的了，一听到话后，就仔仔细细地在那看起来，伍牙婆将她们两人的神色收在眼底，面上挂着礼貌的笑意。

谢姨妈早就等着这一天了，她身边没有丫鬟伺候，不方便得很，既然可以自己不花钱就给挑丫鬟，立马就走到了丫鬟中间。

先是挑了两个模样拔尖，性子平和的大丫鬟，又选了两个姿色平庸，身材高大的大丫鬟，接着又问了几句话，点了六个丫鬟出来做了二等丫鬟，接着还要再选十个小丫鬟出来……

老夫人看得眉头直皱，四个大丫鬟，六个二等丫鬟，十个小丫鬟，这是准备让沈府将她一家子的上上下下的都准备好吗？

伍牙婆看得瞠目结舌，若不是她事先知道谢姨妈是寄人篱下的，冲这个气势，她以为这个才是正房夫人啊。

谢氏皱了皱眉头，没有开口说话。

韦凝紫在一旁看得脸色是青一块白一块的，开口对着谢姨妈喊道："娘，你选你的丫鬟就是，我的可不要你选了，等会儿我自己挑。"

其实韦凝紫反应很快，若是这二十个丫鬟是她们母女两人一起的，虽然依旧是脸皮厚了点，倒还勉强说得过去。

可谢姨妈根本没有意识到这一点，她转头对着韦凝紫道："你的等会儿自己挑，现在我是挑自己用的呢。"

一句话惹得四周的人都无言，韦凝紫低垂了头，暗中咒骂自己怎么摊上这么个娘。

云卿不由得冷笑，谢姨妈的性格还真的是如此，一有机会占便宜，便果断得很。

韦凝紫虽然也有一点这样的性格，但是明显要冷静聪明多了，大概有一半是像了韦家人，如果全部像了谢姨妈，那这两母女就好对付多了。

云卿和韦凝紫都是早看好了，挑了两个作罢。

老夫人看着她身后就两个丫鬟跟着，比起她娘来，真是可怜，眉眼里带着一丝疼爱，说道："你再去挑选两个吧。"

韦凝紫摇摇头："两个丫鬟已经足够了，谢谢祖母的疼爱。"

"既然都挑完了，那就进去吧。"老夫人脸色发黑，冰冷的目光在谢氏和云卿两人之间扫来扫去，这两母女，她非得好好罚罚她们不可，太没有规矩了！

见老夫人要进去了，伍牙婆凑过身来，躬身道："老夫人，今上午我去别府上送了丫鬟过去，回来之时在那听了一件趣事呢，不知道你有没有兴趣听听？"

沈府每次买丫鬟都是从伍牙婆手中过，互相熟悉，伍牙婆会说话，每次都能说些有趣的事情给老夫人听，老夫人也算是喜欢与她交谈几句的。

此时心情不好，也想着这几个月没在扬州，便点头道："你跟着一起进来吧。"

伍牙婆让剩下的丫鬟在院子外候着，自己跟着老夫人进了院子。

老夫人上了榻上坐好，伍牙婆就站在下方，开始眉飞色舞地说了起来："今天不是白鹤书院报名的日子吗？我听说今天里去了一个新的女学生，长得水灵灵的，身上穿着素淡的孝服，结果一看到去代夫子上课的瑾王世子就扑到地上，说自己脚崴了，让瑾王世子扶她起来，结果还真没想到，瑾王世子竟还真的伸手扶了她起来，结果她被书院的其他学生嫉妒，那个章大小姐气得掐了她好几下呢……"

随着她的话，老夫人的脸色就越来越差，越来越差，直到最后简直和黑夜一般的阴森了。

碧莲一双眼大大地瞪着韦凝紫，双手握拳，脸色是一阵青一阵白，双目中几乎有火可以喷得出来了。

韦凝紫的脸色越来越惨白，心中一惊，抬头望着云卿，她正仪态端方地朝着自己微笑。

伍牙婆还在继续道："也不知道是哪家的小姐，穿着素服就去勾搭男子，也怪不得侯府大小姐会有脾气，这太不知礼数了，若是她家人知道了，还不知道怎么伤心呢！唉……若是我有这样的孙女，肯定是气得吐血了还不止呢！"

"好了！"老夫人气血翻滚，终于忍不住地喝了出来，将伍牙婆的声音打断了去。

谢氏不清楚事情的始末，但是看老夫人脸色也知道她生气得很，连忙道："伍牙婆，你先去，账按照老规矩去结就是了。"

伍牙婆本来就不想待了，她该做的生意也做了，其他的事情也全部说完了，也该收工了，流翠见她退了出去，也悄悄地跟在后头。

出了荣松院，过了人多嘴杂的地方，流翠从袖中拿出一个荷包放在伍牙婆的手中，笑道："伍牙婆，谢谢了，这次你这事办得不错。"

摸了摸荷包的分量，伍牙婆知道不轻，咧嘴一笑，将荷包收在腰带里，斜了里面一眼道："就她们那做派，就是大小姐不让我说，我知道了都要说给老夫人知道的。"

中午的时候，牙行里来了一个丫鬟，说是沈家大小姐派来的，说是让她带丫鬟来沈家的时候，寻机会说个趣事给老夫人听，只要说完这个故事，就会有一笔丰厚的酬劳，对于她来说，张张嘴就能有收获何乐不为。

宅门里的争斗她看得多了，也知道这些个夫人小姐心眼子比莲蓬孔还要多，听着简简单单的一句话，也许就会死人。

送走了伍牙婆，流翠又沿着路走回了荣松院，此时正房里的人都屏息凝气，知道这回事的，看着韦凝紫的目光是鄙夷有之。

不知道内情的，也凭着刚才伍牙婆说的故事里女子的形象，猜得到是这个今日与大小姐一起去报名的表小姐了。

总之气氛十分紧张，人人都不敢开口说话。

老夫人手一扫，将桌上的杯子砰地摔到了地上，冷怒道："好啊，你们一个个的玩心计，玩的这些腌臜的东西，还有没有把我放在眼里！"

碧莲吓得扑通一下就跪了下来，对着老夫人道："没有，老夫人，奴婢错了，奴婢确实不知道，当时撞到了表小姐之后，露出腰上的掐痕，她说是在马车上撞的，这才怀疑大小姐，问表小姐，她也不回答。谁知道竟是一个陷阱，她竟然利用奴婢来向你告状！"

她是真的没有想到表小姐竟然是这种人，碧莲是老夫人身边的丫鬟，刚才听了伍牙婆的话就知道自己肯定是被人利用了，表小姐在学院勾搭人不成，被欺负了，回来还要嫁祸给大小姐，这才是真相。

韦凝紫本来以为这次一定可以让云卿和谢氏吃一顿苦头的，便借着碧莲的嘴传话给老夫人。就算云卿出来辩解，那也只是强词夺理，若是云卿说出她在书院里勾搭世子的事情，她更可以哭诉是被人栽赃，总之，只要云卿开口，就会变成欺负她一个客人，而云卿不开口，那就只会更被老夫人讨厌了。

没想到竟然被一个意外出现的牙婆给破坏了，真是人算不如天算，沈云卿实在是命太好了！

她怎么也想不到云卿会早早识破她的毒计，巧妙地化解了这一场危险的算计。

韦凝紫一看老夫人生气了，脸色微白。

她现在唯一的依仗就是老夫人了，如果老夫人再不管她和娘，她们两人肯定是要搬出去的了。她咬了咬牙，眼里马上就蓄上了泪花，一把冲上去跪在老夫人的腿边道："祖母，祖母冤枉啊，我的确是在书院里被人欺负了，因为她们看到我是一个没了爹的孩子，又是从外地来的，身边没有依仗便都欺负我。回来后，不小心撞上了碧莲姐姐，她一直追问我的伤势，我也是有自尊心的，如何能开得了口啊，我想碧莲姐姐一定是理解错了我的意思，我并没有说过是表妹下的手啊……"

见她这一番泪珠涌动的模样，可怜兮兮的争辩，碧莲只觉得自己瞎了眼，她抬起头道："表小姐，奴婢问你是不是大小姐下的手的时候，你是不是没有否认？"

"可是碧莲姐姐，我一个新丧父亲的孤女被颍川侯府的大小姐欺负了，难道我还能去和她斗吗？难道我还要告诉祖母，让祖母去和侯府怄气吗？我不能啊，我只有忍气吞声，你说那个打我的人是表妹的时候，我是说你莫要问了，我也没点头啊……"韦凝紫一边哭，一边争辩，庆幸自己聪明，当时故意说得模棱两可，如今闹起来也抓不到证据。

“你……”碧莲被她说得语塞，顿时气闷地哭了起来，表小姐说的没错，当时她并没有承认，是自己以为那就是确定了，是自己愚蠢地被人利用了。

老夫人听她们两人你一句我一句，已经极为不喜，冷冷地睨了韦凝紫一眼，对着碧莲道：“你也是我身边跟了两年的大丫鬟了，做事如此不稳重，未弄清楚便受了人挑唆来告主子的状。诬陷主子之罪，按照府中的规矩，直接发卖了出去。”

碧萍一听，脸色都变了，她和碧莲两人都是家生子，从小一起长大，后来又一起升到了老太太房里做大丫鬟，是极为有体面的。

此次若不是被表小姐利用了，哪会如此，发卖了出去的丫鬟哪里还有好日子过啊，说不定还会被卖到那等肮脏的地方去……

她看着周围的人，谢姨妈满脸的毫不关心，眼里还有着幸灾乐祸，只要不是她的事，她根本就不放在心上。

夫人脸上有着怒气，这件事牵连了大小姐，夫人肯定不会原谅碧莲。谁都知道夫人脾气好，但是若是因为大小姐的事，便会变成护崽子的母狼。

她再看去，屋中只有一个大小姐可以求情了。

云卿坐在一旁的紫檀椅上，面色如水，这一次韦凝紫说什么都没有用了，老夫人心里已经认定了是她挑唆碧莲。

碧莲跟在老夫人身边这么长时间，老夫人还不知道碧莲的性格吗，必然是韦凝紫暗示得太深了，碧莲才会如此，就算处置了碧莲，韦凝紫以后在沈府再想找一个人帮她说话，也怕是难了。

感受到两道焦急的视线落在她的身上，云卿抬头望去，碧萍正红着眼望着自己，满眼都是哀求。

要她救碧莲吗？

云卿想了一想，看到韦凝紫眼底深处的得逞光芒后，慢慢地站起来，对着老夫人福了福身子道：“祖母，我以为如此处置碧莲不妥当。”

“怎么，你想为她求情吗？”老夫人冷冷地看着云卿，问道。

“碧莲这次冤枉了我，若是直接将她发卖了出去，孙女心口这气难消，倒不如让她到我院子里做个小丫鬟，好好地让她反省反省，还可以让她将功赎罪。”云卿平和地开口道。

其实老夫人知道这次并不全怪碧莲，可是规矩就是规矩，她破坏了，下面的人都会有样学样，只有云卿这个被冤枉的主子开口才能有台阶下，她冷着一张脸，十分不情愿般地对着碧莲道：“虽然大小姐心慈饶恕了你，可是你这次犯的错，等会儿下去打二十大板长长记性！还不快去谢谢大小姐！”

碧莲没有想到，到最后竟是这个她认为阴毒的大小姐开口救了她，虽说还是要挨板子，从大丫鬟降到了小丫鬟，但比发卖出去已经好了千百倍不止，连忙转过来对着云卿磕头道：“碧莲谢谢大小姐，谢谢大小姐。”

“你从我这里出去了，也不要叫碧莲了，让大小姐给你改个名字吧。”老夫人又加了一句，这话是暗示云卿，从她这里出去后，碧莲就是云卿的人了，不要再算这笔旧账。

看来碧莲平时还是挺得老夫人心的，云卿便点点头道：“以前的一切都过去了，以后你在我的院子里，就叫飞丹吧。”

以前的碧莲，现在的飞丹立刻磕头道：“飞丹多谢大小姐赐名。”

云卿点头后，先乖巧地端起桌上的茶水递给老夫人，贴心道：“祖母，你先喝口茶消消气，何必为了几个小人伤了自己的身体，实在是不值当。”

老夫人喝了几口茶，点头道：“你倒是孝顺的，心胸也宽广，受了这么大委屈也没哭哭啼啼地来抱怨。”这是含沙射影地在说韦凝紫了。

云卿得知了老夫人的态度，晓得这次韦凝紫是没办法洗清自己了，一双云雾盘旋的黑眸中带着笑意，嘴角上扬，道：“祖母，您身边一直都有两个人贴身伺候的，如今只剩下碧萍姐姐，一时半会儿也没有人能顶上，您挑个人暂时用着，若是不顺手的话，到时候再换个好的。”

极为体贴的话说得老夫人十分舒服，碧莲走了，她屋子里也确实还要添个丫鬟。

知道老夫人是同意了，云卿便拉着刚才选的两个大丫鬟站在老夫人面前，老夫人抬起老眼打量面前两个丫鬟，对孙女选的这两个丫鬟十分满意，指着其中一个身材高挑，脸庞圆而有福气的那个道：“就她吧。”

那个丫鬟倒也是个机灵的，根据刚才那一幕，她知道跟了老夫人肯定日子能不错，立即跪下来道：“奴婢谢谢老夫人赏识。”

“嗯，你叫什么名字啊？”老夫人问道。

“奴婢叫添弟，方才听几位姐姐的名字都十分好听，还请老夫人给奴婢赐个福气的名字。”

“哟，倒是个精巧的丫头。”老夫人一听，带着点笑意道，“我房里的都是碧字头的，你这乖巧的样子，就叫碧菱吧。”

新的大丫鬟碧菱连忙叩头道谢：“谢谢老夫人。”

李嬷嬷在一旁看着云卿这一番举动，心里暗暗咂舌，再看这个才十三岁的大小姐，心里又多了一层不同的感受。

碧莲此次犯错了是不错，但是看老夫人开始的模样，对于碧莲还是有一分怜惜的，虽然不会留在身边，也不舍得把她真的发卖出去，加上碧莲老娘在府里也算是有点脸面的管事嬷嬷，大小姐这顺水推舟的一个求情就将碧莲的心给收买了，从此以后碧莲一家还不得对大小姐死心塌地，老夫人也会记得这个情。

还有碧萍和碧莲的关系素来不错，以后肯定也会帮着大小姐稍许，而新来的这个丫鬟碧菱，若是真的伶俐，在心里也会感激大小姐的推荐之恩，那么在老夫人身边的两个大丫鬟就都帮着大小姐说话，处境就会好上许多。

简简单单一个动作，能起到这样大的效果，端的是厉害。

丫鬟的事情处理完后，老夫人慢悠悠对着还跪在地上的韦凝紫道："你也起来吧。"

韦凝紫见这事总算是揭了过去，磕头道："谢谢祖母。"这才慢慢地站了起来，也不敢坐下，站到谢姨妈身边去。

老夫人看了她们两母子一眼，眸中闪过一丝厌恶，看着韦凝紫那张脸也觉得堵心了起来。

其实老夫人最讨厌的不是韦凝紫想冤枉云卿，而是她觉得丢了面子。若不是伍牙婆将书院的事情说出，而是等她骂了云卿之后，到时候再来人说出真相，那岂不是丢脸至极。

她本觉得府中人口不多，韦凝紫又会说话哄她，这两人留在府中能热闹一点，此时想来，这种人留在府中指不定哪天又给她来阴招。

她又望了云卿一眼，见她表情平和，眼底隐隐有着委屈，眉宇间却大方高雅，没有任何愤愤的神色。

自己这样温顺的孙女，若不是碰巧伍牙婆说出这事，今日还不被冤枉了去，这么久她都没开口说过一句怨语，自己还一直偏袒这个半路出来的孙女，也太不像话了。

想到这里，老夫人便转头对着谢氏道："跟你家老爷说说，自家生意的事要紧，可姨妹子寻院子的事也不能马虎，总让人住在咱家客院不好，免得让人说闲话去，让他上心点。"

老夫人此言，犹如在韦凝紫那张还带着胜利笑容的脸上狠狠地打上了一耳光。

她们母女的打算是利用这段时间将老夫人哄住，只要老夫人不发话让她们出了菊客院，那么她们一直住在里面，也无人敢赶她们走，毕竟谢姨妈是老夫人的救命恩人。偏偏今日老夫人开口，她们自然是无话可说。

谢氏本就不打算让她们母女住在沈府，之前都是老夫人没开口，她也不好说，免得人家说沈府的人都没意见，她一个亲姐姐倒嫌起人来了，此时自然点头道："母亲说的是，儿媳会转告老爷的。"

"嗯，你们都出去吧。"老夫人摆摆手，歪在引枕上开始小睡了，其他人见此全部随着谢氏出来。

出了荣松堂，谢姨妈的脸色便黑了下来，看着谢氏怪声怪气道："看着我被老夫人赶出去，姐姐如今是开心了吧。"

谢氏闻言望着谢姨妈笑了笑："妹妹此话错矣，你本就不是沈家人，暂住在此处，老夫人心里有你，才让老爷多留心扬州适合的院落，你这话可莫伤了老夫人的心。"

"哼。"谢姨妈冷哼了声，目光中带着一抹不屑的光芒，里面那个老妇现在靠不住了，她还顾忌个什么，斜眼望着谢氏道，"我来了这么久，姐姐也没见准备带我去姑母家走走？"

刚被老夫人赶出了家门，谢姨妈马上就想到了柳府，她脑子里倒是个个都盘算到了，如今是看沈府靠不到了就打算去试试柳府的口风吗？

谢氏对于她这点把戏也是看透了，刚才韦凝紫说的事她还没弄清楚，只怕又是这妹妹在后面动了手脚，她便有些厌了，淡淡道："你哪天准备好了，我便下帖子去柳府。"

"我在府中又无事，后日便可以。"谢姨妈甩下这么一句话，拉着韦凝紫转身就走。身后跟着浩浩荡荡沈家花钱给她母女买的二十二个丫鬟。

比起谢姨妈的气势嚣张，韦凝紫一直都不明白一点，为何她这个计划如此周密，却偏偏遇见了伍牙婆说了这个故事，导致她满盘全输，反而被老夫人厌恶，要将她们母女两人赶出府去。

她满心都是疑惑，反头去看着云卿，但见她一脸笑容地依偎在谢氏身旁，脸上带着的笑容是幸福和欢乐的，而谢氏的眼里也是满满的关心和疼爱，两人的身影交织在一起，阳光从她们背后照进来的画面是那样的让人羡慕。

“你跟我说这个计谋好的，说可以让老夫人不喜欢云卿和谢氏，如今呢，反而让我们被赶出去了，你看看你，真是没一点用！”谢姨妈对着韦凝紫骂骂咧咧，眼底满是不满。

韦凝紫收回视线，看着谢姨妈那张充满了怨愤的脸，上午她知道自己被人掐伤之后，利用伤痕去冤枉云卿时，满口都是对谢氏和云卿的恨，一句也没有问过她身上的伤痕，还不停地说利用得好，伤痕出现得好，一直到现在都是如此。

老天爷，你不公平，为什么你就对沈云卿那么好，让她有父母的宠爱，有巨富的家庭，这些都让她拥有了之后，还要给她那样好的运气？

她究竟哪一点比她差了，论才貌，论智慧，每一样她都不输给沈云卿，她真的不甘心。

看着韦凝紫带着无限不甘的背影，云卿嘴角不由得勾起一抹冷笑，她知道此时的韦凝紫在想什么，她记起死前韦凝紫所说那些恶毒的话语，每一句都是对她的嫉妒，忌恨。

这世界上有一种人，平日里在身边的时候并没有什么大的缺陷，唯一一项却让她们疯狂，那就是嫉妒心。

嫉妒心可以让一个人失去理智，失去头脑，她嫉妒所有比她过得好的人，一旦看到身边有人超过了她，得到了她没有得到的东西，便会陷入自怜自艾之中，认为自己是世界上最倒霉的那个人，从而想要夺走身边人拥有的一切，能抢走的便抢走，不能抢走的便毁灭，恶毒得让人无法理解。

而这种人，从始至终，都不会从自己身上找原因，她们只会认为，别人是好运气，是被老天爷照顾，一切都变成她理所当然使坏的理由。

她看着阳光下那母女两人渐渐走远的背影，缓缓一笑，转身对着谢氏道：“娘，我们走吧。”

到了谢氏的院子里，谢氏便眉头微皱，表情严肃地望着云卿，问道：“刚才在祖母那究竟发生了什么，你是不是有事情瞒着我？”

云卿到了谢氏面前，整个人不由自主地放松了许多，对着她笑了笑，流翠便上前将发生的事情说了。

谢氏听了，她神色带着几分可惜：“也罢了，等老爷回来了，我再去问问她想买个怎样的院子，横竖老夫人都发话了，便让她们搬出去住吧。”

云卿脸上飘过一抹欢喜，今天算是有大收获了，借着韦凝紫自己挑起的事端，祖母和母亲都起了心让她们出去，这个府里横竖她们是待不下去了。

这么想着，她心情便也好了起来，欢喜地拉着谢氏问道："娘，爹那个药吃了也快两个月了呢，等到了两个月，再看看，若是成了，你便可以给我添个小弟弟了。"

"你这丫头说什么呢！"谢氏看着她俏皮的样子，嗔道，"这话是你个闺女能说的吗？"

云卿翘了翘嘴，嘻嘻笑道："本来嘛，难道娘不想有个弟弟陪着吗？"

想，怎么不想，这么多年谢氏一直都在想，她摸了摸腹部，可也不是她想就会有的了："只怕你爹一好，其他三个那他也会常去了。"

这一个多月沈茂知道自己喝了那种药，心情和身体都有些颓废，平日里不是睡书房，就是歇在谢氏这里，也少动那些心思。

男人嘛，觉得自己没能力了，自然会沮丧，受到影响。若是一好了，那还不得和以前一样了去。

瞧着谢氏的眉又开始带了愁绪，云卿怕她想多了不好，找了话题转开。两母女东拉西扯地说了一会儿后，云卿便先转身回归燕阁里去了。

两个小丫鬟扶着被打了二十大板的飞丹过来给云卿磕头，看着眼前满脸苍白带着泪水的人，云卿心有不忍，还是不得不让她跪下磕头。

碧莲能做到大丫鬟，肯定是有长处的，可是冲她这么单纯冲动这点，确实是做丫鬟的致命点，一个丫鬟敢去主子面前告另外主子的状，正义感也太强了点。

但是这也说明了一点，碧莲人不错，若是能意识到自己的不足，以后还是能好好用的。

"你可知道自己哪里做错了？"摇手吩咐左右的人全部都下去，只留流翠和青莲在屋内，云卿不急不缓地看着她，开口问道。

忍着背上的疼痛，飞丹垂头认错道："奴婢不该一时冲动，被人愚耍利用。"

"还有呢？"

"遇事要先想后行，不可贸贸然。"飞丹继续道。

云卿眸光微凝："还有吗？"

飞丹半跪半趴地在地上，摇头不语，流翠看她那模样，暗里摇头，也许是以前一直跟在老夫人面前，老夫人本来就是个不太有定心的，身边的碧萍又不是个坏心眼的，加上老子娘在府中有地位，飞丹没遇过什么难事。

看了云卿一眼，知道她今天是要好好地让飞丹知道自己错在哪，流翠便点了一句："飞丹，咱们都是沈府的丫鬟。"

飞丹这才警醒过来，她是沈府的丫鬟，虽然是跟在老夫人身边，可是大的来说，那也是夫人、大小姐的丫鬟，一切都应该以沈府的利益为主，她今日听了表小姐几句挑唆，便自以为是地去老夫人面前伸张所谓的正义。

便是真是大小姐所为，以后她在府里别人会怎么看她，一个背弃自己府里主子去讨好外边的人，这不是吃里扒外吗？

而主子们最讨厌的就是这种丫鬟，今日若不是大小姐开口，只怕老夫人不卖了自己，夫人也不会再看得起她。

想到这里，她立即明白过来了，真心磕头道：“奴婢明白了，谢谢大小姐。”

“你明白就好。”云卿浅浅一笑，眸子里流露出满意来，这样说明飞丹还可教也，她转头对着青莲道：“飞丹以后就和你住一起，她身上有伤，你多照顾点。”

青莲知道刚才大小姐留自己在这里，也是告诉自己，不忠心的丫鬟是没有出路的，连忙点头道：“是的，奴婢一定遵照大小姐的吩咐。”

“好了，你扶着她下去吧，等会儿去请个大夫来看看，别伤了筋骨。”将这些事务都处理了之后，云卿便回房间去了。

不知不觉中，阳光慢慢地倾斜了下来，院子里的琼花一朵朵簇拥在一起，雪团般晶莹纯丽，顺着支开的窗子透进的阳光照在她的身上，一切都是那样的美好。

她笑了笑，拿起黄花梨木四角雕海棠桌上的医书，接着看起来。

第二天，谢氏便让人去下了帖子到柳家，刚好柳家的人也说要给沈府送信，原来在下属州县任知县的柳家二太太带着一家子人回来了。

到了第三日早晨，流翠早早便起来了给云卿收拾打扮。

新来的丫鬟叫采青，她从柜子里挑了条海棠色散花水雾薄烟裙，给云卿穿戴了起来，又麻利地给云卿梳了一个改良的灵蛇髻，再选了一支双股镶红宝石攒珠四蝶珍珠流苏簪。

“梳得不错。”云卿在发髻上抚了抚。

采青眼底闪过一道开心，道：“小姐喜欢便好了。”

由于此次去柳府，加上谢姨妈和韦凝紫已经有四个人，再加上各自的丫鬟，一辆马车便显得少了，所以门口有三辆马车在候着，云卿和谢氏坐第一辆马车，两人的随身丫鬟也上了这辆马车。

第二辆便是谢姨妈和韦凝紫坐，第三辆里面是两人带着的礼物，谢姨妈这么久未去见过柳老夫人，还是知道要带着礼品的。

韦凝紫昨晚听谢姨妈说了柳家的情况，知道在扬州府柳家也是一方名门，心里便有些期待，不知道这次能不能入得了柳家的眼。

好歹那边也是曾经的伯爵府，如今柳大老爷和二老爷也都是官身，若是能和那边的关系弄好，岂不是比巴结沈家好得多。

带着这种期待，两母女到了柳府的二门前。

谢氏敏感地发现，这一次妹妹过来，柳老夫人并没有来二门前接，她也没有多想，快步地往着里头走去。

没走到院子，远远地就听到柳老夫人的屋里传来了一阵阵的笑语，谢氏知道这是二太太回来了。

进了屋子之后，平素里没有坐满的正厅里，此时坐了一大片的人，除了柳大老爷，柳大太太，柳易月，还有几张新的面孔，虽然云卿印象不深，还是知道面前这几个人的身份。

柳老夫人一见她们进来，便笑盈盈地开口道："你们来了啊。"一双眼看似随意地一扫，便在谢姨妈和韦凝紫的身上过了几眼，对着谢姨妈道："这是素玲吧。"

谢姨妈脸上绽开了笑意，立即应道："是啊，姑母，这些年一直在京城，没来看你老人家，实在是过意不去。"她说着，一面示意身旁的丫鬟将礼单递了过去，柳老夫人只是扫了一眼，眼底的轻视便更多了两分，态度淡淡地道："来便来，客气什么。"

云卿坐在丫鬟给搬来的榉木椅上，微不可察地动了动嘴角，眼里带着一抹笑意。

谢姨妈来沈府的时候，周身除了几箱衣物，和一些随身的嫁妆外，其他的都是银票银钱和庄子契约，她到柳老夫人这里来，就两天时间能准备什么好礼物，还不就是些普通的东西。

这些年，柳家在沈府得的东西多了去了，每年柳老夫人的寿宴谢氏都是拿着两大车的好东西送过来，便是柳家大老爷升官所用铺路的银子，那都是找沈家拿了多半去。

而一旁站着的大夫人眼角余光瞥了一下礼单的前几项，眼睛里带上了嘲笑，果真是死了丈夫来投奔的，拿的东西都是这么上不了台面，心里也就带上了失望，看着韦凝紫和谢姨妈的眼神比起刚进门的时候要冷了几分。

韦凝紫倒是精乖的，说第一回见到姑姥姥，一定要磕头拜见，柳老夫人也不推辞，让银杏拿了个大红福字跪团给她，韦凝紫便恭恭敬敬地给柳老夫人磕了三个头，如此举动，倒让柳老夫人露出一点笑容来了，唤了她起来后便开口道："云卿，过来，你很久没看到过你二表舅妈和表姐表哥们了，今日也随着你表姐一起见见。"

只见一个穿着玉色缠枝莲纹马面裙的妇人坐在左边的首位上，那便是二表舅母了，她保养得还不错，看起来也就四十来岁，只是眼袋略深，似乎休息得不太好。

云卿和韦凝紫两人按礼见过，一人得了一只白玉手镯。

而她旁边坐着一个二十五岁左右的年轻男子，穿着绯红色的圆领通袖袍，腰上束着金镶宝珠玉带，长得也算俊俏斯文。

他是大表舅母的儿子柳易阳，在柳家孙子辈中排行老大。自从考上了秀才之后，便谋了个闲职在家，每日东游西荡的，十足的纨绔公子。

柳易阳正起身对着谢氏和谢姨妈行礼，当转身看到谢氏身边容色雅丽的云卿时，眼底的光芒闪了一闪，笑着道："云卿表妹好久不见，倒是出落得越发迷人了。"

这话说得太过轻浮，谢氏蹙了蹙眉，柳大夫人连忙起来打圆场道："这里还有一个表妹呢。"

柳易阳这才看到了谢姨妈身旁还有一个女子，生得是柔媚动人，姿色也不错，只是他看多了这种类型的小妾和青楼女子，也不放在心上，淡淡道："这位便是凝紫表妹了。"

韦凝紫对他也没什么好感，一个已婚的男子，她没有兴趣，只是按照规矩行礼道："凝紫见过表哥。"

他身边的是一个形容瘦枯的女子，蓝缎的亮色长袄都遮掩不住她皮肤泛黄，是柳易阳的正妻黄氏，年龄应该与他差不多，但是看起来老了许多，而且一看就是久病不治的类型。

她怀中抱着一个三岁左右的小男孩，脸蛋圆鼓鼓的，一双眼睛圆溜溜带着好奇，盯着云卿看个不停。

黄氏对云卿和韦凝紫轻轻地笑笑，让她们起身，然后掏出两块翡翠玉佩分别给了两人。

云卿记得上一世黄氏也是这样病着，然后差不多一年后就去世了，柳易阳那时候便将他喜欢的一个妾室提了做了正房，好像过了不久，远哥儿也死了，对外面称作是不小心跌死的。

但是云卿记得听谢氏说过，远哥儿死的时候全身都是掐痕、烫痕和一些乱七八糟的痕迹，小身子瘦得皮包骨一样，多半是被那个后母虐待而死的。

而那时候大太太觊觎沈家的财产，看着她名声被坏，便动了心思，说要云卿来做她儿子的贵妾。

她虽然是一介商贾之女，但是从小就是做当家主母教养，谢氏也未想过要将女儿嫁去做妾，但是考虑到那时候的情况，又有点动心，毕竟嫁到自己姑母家好过嫁到别人家去。

后来是听到云卿说誓死不为妾之后，谢氏才拒绝了这门亲事。

她侧眸看着柳易阳，正看到他斯文的侧脸，配合着他浑身的装束，谁能看出这样一个金玉其外的男人，是一个可以将妾升为妻，看着自己的亲生骨肉被虐待而死的男人。

莫说是为妾，就是为妻，她也绝不会考虑。

她看着小小的远哥儿，虽然还小，但是还是看得出是很聪明的孩子，眼珠子黑黑的，带着灵巧的光芒，小手一拍一拍地玩着黄氏衣服上的小珠子，很是惹人怜爱。

见完表二舅母，大表哥和大表嫂，另外还有一个少女，梳着双丫鬟，是二表舅母的女儿，叫柳易心，比云卿要小上一岁，长得不算特别出色，属于比较秀气的那种。

一圈见了下来，二表舅母和大表嫂给了两人一个白玉镯子，一个翡翠玉佩，柳老夫人这才开口对着韦凝紫道："来，既然是第一次见面，姑姥姥当然也要送东西给你。"

说罢，就朝着银杏瞄了一眼，银杏立即退了出去，过了一会儿来的时候，手上便拿了一个雕花红漆木的圆盘。

柳老夫人从圆盘上拿下一个匣子后，柳大太太，柳二太太，还有柳易月三人目光都随着她的动作，直想看看老夫人会拿出什么好东西来。

韦凝紫心里也带着激动，她本身没几副好首饰，每日都是戴那么几样，谢姨妈是个不舍得的，银票都抠得死死的，自己嫁妆里真正的好东西也舍不得给她，害得她每日都羡慕云卿头上变化多端的首饰。

柳老夫人察觉到她的目光，将匣子打开，里面是一对灯笼镂空金鱼耳坠，一对单股莲花缠丝银镯子，一对白玉点翠流云鎏金簪子，递给韦凝紫道："这是给你的，看看可喜欢。"

谢姨妈一看，眼底露出一点不爽快的神色来了，韦凝紫眉间瞬间闪过一抹不快，这两样东西，可是离她想象中也差得太远了，可是面上却一点都不表露出来，甚至带着点惊喜道："谢谢姑姥姥。"

柳老夫人点点头，把匣子合上递给了她。谢氏看了一眼匣子里的东西，也微微讶异了起来，当初在家中，父亲母亲并没有因为谢素玲的庶出身份看低她。

她的母亲是先皇赐下的一个美人，父亲无奈收了，那美人也是不得志郁郁而终，她生下的女儿，母亲都当作亲生女儿养的。

那时候姑母对她和素玲的态度都是一样，送她什么，也送妹妹什么。

而今次，柳老夫人送的东西看起来虽说都不错，但是这几样东西在柳府这样的人家来说，是最不起眼的，便是有体面的大丫鬟也会得这样的赏赐，想起云卿来的时候，柳老夫人给送的赤金头面，宝石簪子，可比这个值钱多了。

谢氏垂头抿着茶水，心中有了其他的想法，莫非如今柳家对她热情的原因是因为她还有用处？若是以后她也像素玲一样，柳家会怎么对她？

过了一会儿，她们大人就开始聊天，柳老夫人便让柳易月带着云卿、柳易心、韦凝紫几个到她那边去玩耍。

到了柳易月居住的伴月阁时，柳易月便对着她们三人道："你们到了这里，快坐吧。"俨然一副主人的派头。

云卿顺着她的话坐了下来，柳易青是柳易月的嫡亲姐姐，柳易月明显不喜欢云卿。加上韦凝紫一起，也没有什么好说的。

僵坐了一会儿，大少奶奶黄氏过来了，她虽然病了，但是在府中是长嫂，四人赶紧起身对着她行礼道："见过嫂嫂。"

"不必拘礼了，你们随意些吧。"她身子不好，远哥儿是牵着走进来的，胖嘟嘟地跟在她身边，一摇一晃地看着屋内的人，一点都不怕生。

黄氏坐在椅子上，拉着他教道："远哥儿，叫表姨。"

远哥儿抬头看着云卿，大眼睛眨了眨，突然一笑，一头扎进了黄氏的裙子里，像一只小狗一样使劲地往里面钻。

"哎哟，远哥儿怕丑了。"黄氏拉着远哥儿，对着云卿笑道，"他一害羞就这样。"

云卿哪里会怪他，本来她就喜欢小孩子，加上又知道上辈子远哥儿的结局，心里又带了怜意，过去将远哥儿抱起来，笑道："这么大的男孩子了，还害羞啊。"

远哥儿一点都不反感云卿抱他，望着云卿就笑，抓着她的衣袖喊道："表姨好漂亮……"

屋子里的气氛一下子好了起来，韦凝紫、柳易月、柳易心也逗远哥儿几句，只不过一会儿便没了耐心，只有云卿一直哄着远哥儿，带着他认东西。

远哥儿毕竟年纪小，玩了一会儿就累了，黄氏唤了奶娘将远哥儿抱了下去。柳易心和柳易月闹了脾气，扭头走了，韦凝紫和柳易月大概是去里面看什么东西去了，正房里只剩下云卿和黄氏两人。

云卿便坐到她的身边，和她说了几句关于远哥儿的话。

黄氏叹了口气道："我这身子不大好，想陪着远哥儿玩也没空。"

"身子都是靠慢慢调理的，表嫂不用担心。"云卿摸了摸扶手，安慰道。

"调理了几年了，我自己还不知道这身子的情况啊。"黄氏的语气很是萧条。

"放宽心就是，人不都是病去如抽丝么，只是去得慢了一点。"云卿还是宽慰道，她是知道黄氏身子的，不过，她今世跟汶老太爷学了医术，可以试试看有没有希望。

她假装去看黄氏手上的镯子，手指搭在她的脉搏上听了一会儿，脉搏时起时落，有劲而虚强。

云卿心中咯噔一响，这样的脉搏完全是靠药力支撑的，好在柳家是富裕人家，要是平民屋里只怕早撑不住。她强笑着收回手道："表嫂这镯子是玻璃种的，很漂亮呢。"

黄氏也望着自己消瘦的手腕上挂着的玉镯，再好看又有什么用，还不是挂在一个将死之人的手中，大夫说她靠药吊着还能活上一年两年。

这几年来，人越来越瘦，手腕也从白皙圆润到了如今的干枯黄瘦。柳易阳天天待在那个狐媚子那里，虽然初一十五还来她房里，也不过是坐坐就和通房丫鬟去隔壁欢愉去了。

几年下来，她倒是无所谓了，可是远哥儿还那么小，她要是死了，那个狐媚子做了正室，远哥儿还能不能活下来就难说了。

黄氏看着云卿，眼底有一道暗光闪过，随后又恢复了寻常的样子。

在柳府里用了午膳，又陪着柳老夫人打了一下午的马吊，到了傍晚的时候，四人便要起身告辞回府了。

到了马车上，云卿和谢氏提起黄氏的事，谢氏也知道了，她无奈地叹了口气："现在你表兄房里有了妾室颇为得宠，前几天刚查出来，肚子里也怀了。"

云卿倒是不知道这个，那照这么说，前世的那个妾就是谢氏口中的这个么，她现在怀了，不刚好是黄氏死前生了孩子，这可真是生得好，孩子一生出来，正室就死了，小妾上位，带着孩子一起，然后将正室留下来的孤儿弄死。

真正是睡人家的老公，打别人的娃娃，就是不知道有没有吞没人家的嫁妆了！

这么想，云卿又庆幸起前世幸好没有怀上孩子，否则的话，在她被棒杀了之后，她的孩子岂不是要重蹈黄氏的覆辙，她相信，韦凝紫的手段比起那个妾室来只会要厉害许多。

回到府中没多久，下人说沈茂也回来了，还顺便在路上买了个卖身葬父的少女。

这等事倒无所谓，多个人，等同于多了个做事的人，沈家还是养得起。

谢氏给他倒了茶，随意问道："老爷今儿怎么想起买了个丫鬟？"

沈茂笑道："也不是想起，路过看到了就顺手做件善事，你晓得的，我……"他说的就是那个药的事情，顿了顿才开口道，"以前沈家一直都开了个如善园，专门接济各方各地来的穷人，后来官府征地修路，将如善园征了去，开善园的事情也就停了下来，如今我看，还是将这个再开起来吧。"

他心里有些感触，三十出头的年纪家中无子，虽说知道病会好的，还是觉得心里不踏实，思来想去，自己也就是如善园停下来此事做得不妥了，如今是时候将它开了起来。

当云卿听到沈茂如此说的时候，心里便是静不下来，端着茶杯怔怔地坐在那处。

当年沈家之所以名扬天下的原因这也是之一。

如善园长期开门布施，广对天下客，后来因为沈家做善事名气大，很多文人雅客也经常来如善园，原本的救济性质慢慢地就变了，变成了一个带着虚名的慈善园。

那些文人雅客最好吟诗，诗词传播又极快，一时之间沈家富裕传遍天下，还有人说出沈家富可敌国之语，那时听了只认为是夸大其词，如今想起来才是真正的诛心。

若是真要算富可敌国，沈家在全国也排不到最前面，岭南盐商，西北钱庄那都是赫赫有名，他们的财富肯定超过了现在只在江南一带略有盛名的沈家。

其实有时云卿心中也有疑惑，即便是四皇子当年入住发现沈家祠堂乃银砖砌成，也不至于抄家了事，现在正是大雍盛世，国富民强，当真国库空虚到那种地步了吗？可是除了这个原因，她又实在想不出其他来了。

不过她觉得对于沈家这种没有强大庇护的商户来说，名声太旺的话，祸事迟早会上身。

古语不是说：人怕出名猪怕壮，这话是糙了点，理却是真理。

云卿将手中的茶放下，抬眼看着沈茂，见他正和谢氏商量开如善园的事情，笑着插口道："爹，其实女儿对重开如善园也有一点想法，不但可以真正地做到善事，帮助到别人，另外还可以帮到我们自己府中。"

沈茂第一次听女儿对自家生意上的事开口，倒是有些惊讶地开口问道："那云卿说给爹娘听听，看看有什么好建议？"

他说完，和谢氏对视笑了，目光中带着对女儿的包容和宠溺。云卿知道他们是认为自己一时兴起开口的，毕竟前世里自己是半点不肯沾这些事，也认为和金银打交道俗气。

如今再看，这世上的每一个人都是依赖金银生活的，只是有些人是披着一层好看的外衣一边在追求，一边在唾弃。

此时若是想要自己说的话有效果，那就要有一副让人信得过的样子，她收起在父母面前小女儿的姿态，沉稳从容地望着沈茂，道："爹，娘，你们都是心善之人，你们可听说过《六度经集》的一句话，布施，是六波罗蜜中修菩萨行的不二法门。而布施可以分上、中、下三种，以饮食布施为下布施，以衣物、宝物布施为中布施，以头目脑髓，尽用布施为上布施。"

沈茂沉吟了一会儿："你的意思是？"

"授人以鱼不如授人以渔。"云卿知道父亲已是上了心，开始真正认真听她说话，这才将自己的想法说出来。

"若是我们出钱开如善堂布施救助穷苦人家，此方法当然很好，他们可以马上得到救助，但是这之后呢，他们还是一无所有，大部分人还是过着穷苦的日子。我们扬州富庶，主要是依靠织造，绣锻，出海等等，而这些都是需要有专业的人才，就拿我们沈家来说，从养桑、喂蚕、剥茧、织布、绣花，再到运出港口这一系列的事情，必须需要很多的熟手。"

“对，对，”沈茂听女儿说得头头是道，不由得上了心，“是啊，绣娘手艺好的过个七八年也不行了，再去买也很难找到的，还有织布剥茧这些都是要熟手的，否则的话很难做得好。”

“如此便是，若是我们开的如善堂，不单单是给人以鱼，还授人以渔呢？”云卿诱导道。

“你的意思是让教他们手艺，让他们自己有一门手艺去寻求活计，然后我们需要的人便可以在如善堂中培养出来，刚好可以补上人才的缺漏。”到底是生意人，沈茂一想便将其中的一切想清楚了。

云卿点头道：“爹果然厉害，女儿想的便是如此。”

谢氏在一旁看着父女俩说话，她也听懂了：“不过，若是如此，倘若有的人家境不错，都赶来学了，如善堂不是还要负责请夫子之类的事务，和开善堂的目的就不一样了。”

“所以如果有人想进来学手艺可以，他先要跟沈家签下五年的用工契约，表示在这里学了手艺后，沈家安排他去何方做事，得的工钱按个人手艺，照市面上的标准工钱算，沈家一分钱不会要他的。那些家境富足的人他们是不会愿意签下契约，而穷到必须来如善堂的人，对于他来说，五年的契约和一份手艺，他当然会选择对他有利的那一方。”云卿解释道。

而沈茂也在心中计算了，沈家做出海贸易，量大质精，很是熬人，而越是好的绣娘，接的活多，眼睛就越坏得快。

若是自己培养的话，一来省去四处找人的麻烦与中间的缺耗，二来也是真正地帮到了人，有了这门手艺，五年后这些人出了沈家，他们也能各自找到其他的工作，或者去别的小户人家绝对没有什么问题。

“只是这么一来，如善堂便是一个手艺学堂，而不是一个单单就靠布施做善事的地方。”沈茂还有最后一点担心，当年祖上一直开如善堂便是为了无所求地帮助穷苦的人家。

其实这就是云卿的目的，不做无缘无故的善事，那些人也没办法说沈家家大业大，拿钱养着一帮子穷汉了，大概在外人看来，沈家这还是在做打算盘的精明生意呢。

如此一来，世人皆说商人重利，只不过更唾弃一点，那些个虚名离得越远越好。

“若是不愿意学手艺自力更生的，沈家布施了两回也就罢了，做善事不是养懒汉，只有真正靠自己双手才能一辈子过上好日子。”

云卿说这话的时候，脸上的神色有点冷，沈茂看了一怔，又笑了起来：“我的云卿真的是长大了。”

能不长大吗？她壳子里的是上一世二十岁的灵魂了，若是还和以前十三岁那样以为世界上一切都是那么美好，那岂不是浪费了老天爷给她重生一次的机会。

其实有时候她在想，可能因为沈家做过的善事太多，所以才有了她这次宝贵的机会，否则那么多人枉死，也不会单单她有机会重生一次了。

沈茂越想越觉得这个想法十分妙，也非常可行，上回他出去又接了一笔订单，为了工人的事也愁着，每天就想解决这个问题，若是以后海外的生意扩大，需要的人更多，他想着想着便一拍腿站了起来，对着谢氏道：“我去前院了，你们慢慢说。”

接着对云卿道：“以后若是有好点子，可要早点告诉爹啊。”兴冲冲地对着外面冲去。

谢氏看到沈茂对云卿喜爱，脸上笑容就更大了，拉着云卿道：“娘怎么看着你最近好像瘦了一点啊？”

摸了摸脸颊，云卿挑眉道：“没有吧。”

谢氏仔细地将云卿脸颊看了看，眼底闪过一抹心疼，柔声道：“的确瘦了，是不是都没好好吃饭？”后面一句是问流翠的。

“回夫人的话，小姐吃饭还不错，就是每天晚上看书看到很晚。”流翠早就想说了，现在小姐一天根本就闲不下来，一天到晚捧了一本书，要么就在那练字，总而言之，没有得闲的时候，她看着感觉小姐比自己还要忙。

“你也不要如此拼命，若让人看了，还以为你要去参加科举呢。”谢氏摸了摸女儿的长发，吩咐琥珀去端一碗银耳莲子羹过来。

喝了银耳莲子羹后，又在谢氏这待到用了晚膳后，云卿回到自己的院子中。

黑夜降临了之后，沈府里的灯都亮了起来，路上的避风灯笼造型精巧，透出的灯光将周围照得多了几分迷蒙的色彩。

云卿将书合上，揉了揉两眼之间的穴位放松眼睛，再抬头看了一下时辰，已经很晚了，青莲在一旁候着眼神已经迷蒙，人却站得笔直，她嘴角微勾：“好了，你去休息吧。”

青莲眨了眨眼睛，问道：“小姐要休息了吗？”

“嗯。”她也不打算再看了，早点休息，明日起来再继续看便是，青莲将床铺好，又伺候她换上了入寝时穿的中衣，这才去了外间，今日是她守夜，需要守在外间，随时等候她的传唤。

月华从支起的窗台泄了进来，照得满屋子银色的清辉，云卿拉好被子，正准备入眠。

忽然她猛然睁开眼睛，一道黑影正站在她的床前，高大的身子给人一种巨大的压力感，她反射性地拉起蚕丝薄被往里面靠，却发现这个黑影有些眼熟。

再定睛一看，眼前这个穿着白袍，乌发如瀑布洒下来的男子，不是御凤檀是谁！

方才那点惊惶马上就换成了无限的恼怒，上次在书院惹了她还不够，到了夜晚还要悄无声息地潜进来，她到底是欠了这位世子爷什么了：“你鬼鬼祟祟地进来做什么！”

虽然语气不快，到底还是压低了声音，若是惊了外面的丫鬟，她和一个男人共处一室给传了出去，只怕又要掀起一波大浪来了。

御凤檀还是站在那里一言不发，他望着面前的少女，她在冷冷的月色之中，于贵气里生出三分慵懒的妩媚来，一头青丝去了装饰，宛若一匹上好的绸缎盘在头顶，余下的如同千里瀑布奔流而下，顺着她轻薄的中衣贴服而下，最后掩盖在了薄被之下，让人忍不住想拉开这层阻隔，看看这瀑布究竟会流向何方。

夜色里，美人染了月华，原本便妩媚妍丽的容颜，在这朦胧的月光之下，变得更加诱人。

御凤檀也不知道自己怎么鬼使神差地就跑来了她的闺房里，他本来是想要四处逛逛，结果就逛到了这里，大概那天没和她说上两句话，心中又想和她交谈，便来到了这里。

那日在柳府，他去查一个东西，却发现那人竟然狠心地给他下毒，他知道那人从来都不喜欢他，却始终没有料到，那人竟然能如此下得了手。

若不是他武功高撑住了，只怕在柳府中就死在人掌下了，那时他是想，死了便死了罢，不过一命还一命罢。

谁知在林中遇见了沈云卿，明明被他威胁了，却没有胆小得发抖，反而还说“没有什么比活着更重要了”。

云卿在他的注视下，脸上不禁飞上了一抹红晕，但让她更觉得的是恼怒，这个男子怎么可以闯进来之后一言不发地看着她。

她虽说是两世为人，可是新婚不久便冤屈而死，此时与陌生男子相处，难免觉得压力颇大，生怕他做出什么举动来，又看他不言不语，皱眉赶紧道：“你是不是走错房间了，韦凝紫住在东边的客院里！”

这一次，御凤檀总算是有了反应。

他拧起两道好看的眉毛，似乎不太明白地微歪着头，问道：“我去找她干什么？”

他说话的时候，不由自主地往前迈了一步，这个举动让云卿身子不自觉地往后一倾，双手交错在前胸，戒备道：“你不找她来沈家干什么？”

御凤檀终于发现了，原来她以为自己是要找韦凝紫的，找错了房间才摸到了她这里，知道了她的想法，他开心地便要往前迈，云卿立即道：“你别过来，再过来我就……”她在床头摸了摸，摸出一把锋利的剪刀，双手持住对着御凤檀，强自镇定道，“你是世子爷，要什么女人都有的，不要来找我，我只是一个商户女儿而已……”

“你把剪刀先放下来。”御凤檀知道她误会自己的意思了，又看她拿着剪刀，怕她不小心伤了自己，开口道。

“你站远点。”云卿皱眉，目光紧紧地盯着御凤檀。

御凤檀看着她紧张的样子，狭眸微闪，笑着退后了几步，直到两人之间隔了有两米之远后，才开口道：“剪刀这么危险的东西不要放在床头，小心伤了自己……”

“不放床头，你这种人进来了怎么办？”云卿横眉怒视着他，眼底带着审视的光芒。

“难道你家经常有人进来？”御凤檀狭眸微眯，透出危险的光芒，语气微凉地问道，除了他还会有其他人来她的闺房？

经常有人进来？他当她这里是铺子吗？云卿顿时没好气地道：“其他人都没世子你这么闲。”

闻言御凤檀狭眸带上了笑意，漫不经心地笑了笑，道：“你别紧张，我不是来冒犯你的……”

“那你来做什么？”云卿余光往外面瞟了一眼，他们两人刚才说话的动静并不小，可青

莲一点都没动静，难道是御凤檀动了什么手脚？

想到这里，她越发地谨慎。

“若我是登徒子，你现在还能以这种距离和我交谈吗？”御凤檀轻笑道，两手摊开，宽大的袖摆随着他的动作如同月光流淌，泻下一地的银辉。

此时云卿已经渐渐冷静下来了，刚才的时间若是御凤檀想做什么，他早已经下手，看来他的确不是那种人，慢慢地将剪刀重新放在枕头下，云卿眼眸微凝，又恢复了往日沉稳雍容的模样：“若世子爷不是，那有什么事情你非要半夜来说呢？”

这话带上了几许讥诮，可是在御凤檀听来，却好多了，她终于不拿那种看采花贼的眼神看着自己。

他微微一撩长袍坐到了对面的酸枝木阳雕荷叶连天椅上，薄唇微扬，道：“那天白日里见你似乎不太喜欢和我说话。”

何止是不喜欢和他说话，简直是避如鬼魅，能离得越远越好，云卿暗自腹诽，面色淡淡道：“其实不只白日，夜晚我也不喜欢。”

御凤檀面色一愕，被呛得哑口无言，看着对面伶牙俐齿的少女，白日里看她说倒众多少女的时候他心里是多么的骄傲啊，此时自己被她牙尖地呛到，这滋味还真不好受。

外表温雅雍容，内里还真是……

真是一只伶牙俐齿的小狐狸。

御凤檀为自己给云卿安了一个可爱的形象而微微一笑，狭眸中倒映的星光点点流转：“卿卿，可是你那天咬了我的那口账，还没算呢。”

卿卿？

好熟悉的称呼。

难道那天传入到她耳边的声音是他发出来的？她轻哼了声，想起在书院里的那幕，凤眸中更是一片漆黑，不客气道：“谁让世子爷要多管闲事的，你不伸手的话，咬的就不是你了！”

她倒是希望那口是咬在耿佑臣那个渣男脖子上，最好一口咬穿，直接咬死了他了事。

此话落入御凤檀的耳里，又成了另外一番意思，想起云卿和耿佑臣之间的“深情对视”，他心里便有些不舒服起来，靠在椅上的身子也微微坐直了些，狭眸中带上了一丝暗暗的冷意，说道：“耿佑臣不是好人，你莫要与他接近。”

耿佑臣不是好人。

她当然知道啊。

她用前世一生的幸福，痴痴的爱恋以及全家被抄的血泪经验，在被乱棍打死之前，终于知道了耿佑臣不是个好人。

可是为什么，为什么前世没有人来告诉她这句话呢？

如果前世有一个人能在她的身边说上一句——耿佑臣不是个好人，你莫要和他接近。

也许她的人生又是另外一番模样，不会经历那种刻骨铭心的背叛，眼睁睁看着亲人至死而不能施救的痛心。

可是没有……

她的手开始握紧，紧紧地抓住柔软的蚕丝薄被，那样的神情落在御凤檀的眼底，狭眸中闪过一丝惊讶的光芒。

这个时候的她和那时候落在他怀中的她，眼神有几分重叠，同样的阴森和透着寒气，他忍不住地站了起来，想要上去抱抱她，因为他曾经抱过，这个时候的她全身一定冰冷僵硬。

“我知道了。”云卿突然觉得没意思，这一世她什么都知道了，却偏偏有人来提醒她，这样的提醒还有何用。

“你怎么了？”御凤檀发现她的神色有些奇怪，带着一抹探寻向前走了一步。

“没怎么，你走吧，若是要找韦凝紫就往东走，若不是你就直接往前出大门。”云卿手放了开来，手指轻轻地在被子上抚摸着，想要抹平那些褶皱。

“你为什么要将我和她扯到一起！”御凤檀狭眸中闪过一丝恼怒。

“呵呵……”云卿眉头微微地蹙起，唇角却扬起了一抹笑，看着面前脸色阴沉的男人，耿佑臣也是，御凤檀也是，只要看到女人扑过去，装成柔弱的风中白花，就忍不住想要呵护，心头便有一股难解的郁气，冲口道，“你不要再装了，那天白日里你在众目睽睽之下扶起我表姐，现在整个扬州府都知道了，今天夜晚又来我这里，难道是想姐妹一起收入府中，享你的齐人之福吗？！”

御凤檀薄唇紧紧地抿起，狭眸中霍地生起一股怒意：“你哪只眼睛看到我对她有意思了，当时我俯在她耳边告诉她我根本就不喜欢她那种类型！故意装作扶她的样子也是为了不让你在书院变成她们故意为难的靶子！”

他一股气说完，忽而狭眸中的乌光又一亮，薄唇微扬，带着一丝戏谑道：“卿卿，你是在吃醋吗？”

听到他说是为了让自己不成为章滢她们靶子的时候，云卿的思绪已经开始回转了，那个时候若不是御凤檀扶了韦凝紫，势必整个书院里的重点都会落在她身上，因为她才是最接近御凤檀的人，有了韦凝紫转移视线之后，她才可以轻松地逃出那群女人嫉妒的视线，心中便生出了一点歉意，她刚才情绪是有些失控了，看到他就想起当初耿佑臣的举动，将那股怨气转移到了他身上。可是这股歉意还没来得及在胸口停留一瞬，下一句便让她目瞪口呆。

看着眼前俊美到令人屏息凝气的男子眼中流露出来的期待，他是希望自己说出她吃醋么？她一下起了好玩之心，凤眸里带着浓浓的笑意，微微一转，便横生出三分媚意，慢悠悠地说道：“吃醋……当然……是不可能的。”

她的声音本来就极为好听，故意放柔的嗓音夹杂着少女特有的娇俏和江南女子特有的婉柔，在月辉下宛若悦耳的天籁。

御凤檀心随着她的眼眸流转而跳动，血液随着她的声音而奔流在脉管中，觉得自己被这一瞬间的少女吸引了去。

不过听到她的后一句，他又略带点失望，又有些不悦地哼了一声。

刚才的云卿和他偷偷看到的完全不一样，平日里的她总是带着警惕和随时反击般的谨慎，甚至凤眸里的那层雾里，还有深不可见的忧伤，似乎曾经在她身上发生过让人无法忘怀的事。

没想到她刚才竟会做出那般调皮的举动，看得他竟心神俱失，心脏现在还有点乱跳。

只是她说那不是吃醋，那就是认定韦凝紫和他有什么了，这让他很烦躁，便又哼了一声，“我不喜欢韦凝紫那种类型的，以后不要再提她了。”

感受到他的不悦，云卿先是一呆，然而却看到绝色男子的脸颊有着微微的淡红，笑着开口道：“你的脸红了……”

“没，没有……”御凤檀竟然变得有些结巴，他脸红了么？顿时又往后退了两步，绚丽的容颜上竟然有着一分称得上是羞赧的神色，别开脸道，“你眼神不好，别乱说。”

云卿又眨眼看了看，大概是自己真的看错了，便不再说：“你今晚来就是告诉我耿佑臣不是个好人的对吧？”

“嗯，你别被他外表骗了。”说到这，御凤檀嗓音有些微凉。

“那还有其他事吗？”云卿淡淡地点头，面上露出一丝疲倦来了。

御凤檀想起刚才他在屋顶一直看着她静静地坐在那里翻书，神情专注认真，看了两个时辰，只怕也是真的累了，便开口道：“你睡吧。”

言罢，又如一抹白月光般消失在屋中，云卿保持原来的坐姿坐了一会儿，站起身来，站在窗前，月光莹亮，有微风刮来，窗外的树叶在风中沙沙作响。

她摇了摇头，将窗户关好。

刚才忘记说了，但愿这个妖孽世子不要再来了。

CHAPTER 9 第九章 试问何取一瓢饮

翌日。

菊客院里，谢姨妈和韦凝紫两母女看着柳老夫人给的那几样东西，正坐在那发闷气。

“你看看这送的是什么东西，当时在那里我是不好开口。那个柳家的死老太婆给你的还不如给她身边的大丫鬟的，你看到那大丫鬟头上的点翠簪子吗？点翠的都给了外人，给你就送这么个东西，打发叫花子啊！”

谢姨妈越说声音越大，越说越难听，韦凝紫听着自己被亲娘说成了叫花子，也忍不住开口道：“娘，算了，知道柳家也是靠不住的，她们根本就没把我们母女放在眼里。”

她又不是瞎子，看几位表舅母的眼神就知道送给自己的东西有多寒碜，然后接着道：“如今沈府也住不下去了，柳家是没有靠头了，我们两母女也只能出去了。”

谢姨妈瞪了她一眼："想得倒美，就这么着把我们两个赶出去，真当我们是好欺负的。"

"娘，你有什么好点子吗？"韦凝紫凑过去问道。

谢姨妈得意地一笑，"这府中能将我们母女留下来的可不止那老妇和谢氏，另外一个人才是关键呢。"

韦凝紫面色惊讶道："你是说姨父？可是姨父好像并不怎么喜欢我们的样子。"她们来了之后，姨父压根没有来问候过，她也看不出姨父对她们别有照顾。

谢姨妈一听，白了韦凝紫一眼："你知道什么，天天没看过你做什么正事，男人都是这样的，他在前院当然不好来后院了，再说谢氏天天在看着，他也没机会。"

"可是，娘，你……是已经嫁过人了的。"韦凝紫没想到谢姨妈是做了这等打算，她到底是没嫁人的闺女，脸皮有些发红地开口道。

"嫁过人的又如何？"谢姨妈毫不为耻，也没有半点夫君新丧半年的自觉，她满脑子都是在门前看到沈茂斯文儒雅的模样，再想到沈家偌大的家业，杏眼里都是贪婪的光彩，"他的三房姨娘里面就有一个是寡妇嫁过来的，难道她行，我就不行？"

她俨然一副沈茂与她已经有染的姿态，那个秋姨娘都是寡妇出了五七后就嫁过来了，她为何不可以。

"可……娘你就算……成了，也只是个……妾室。"韦凝紫始终觉得这种做法还是过了点。

谢姨妈眉毛一竖，不耐烦道："妾室？我凭什么要做妾室，谢文娘她是正室，我起码也得是个侧夫人！"

韦凝紫觉得这样的举动有些胡闹，可是隐隐约约又希望娘能做到，因为如果能做到的话，她便可以名正言顺地住进沈家，也能和云卿一样有那样优越的生活，不必再去羡慕她的一切。

报到之后，还要过上一段时间才真正开学，云卿便窝在家中，将前世忘记的一些东西又拾了起来。

就这样过了两日，过了午膳时间之后，因云卿要绣的图中一种颜色的丝线用完了，便差了青莲上针线房去拿。

取了线回来，青莲穿过抄手游廊到了一处亭子前，看到前面走来一个人影，她站定了看去，那人不是谢姨妈，还能是谁？只见她梳着一个松松的堕马髻，上面簪着数朵嫩粉色的桃花，若不看那张脸的话，光看这一身穿着真是娇媚不可言，不过即便是配着谢姨妈这张看起来二十五岁的脸庞，也不会突兀，倒看得人年轻了几分。

青莲一时生了疑虑，便悄悄地跟了上去。

只见她媚眼含春，身后跟着大丫鬟红袖，手里拿着一个双层描金红杏出墙头的食盒，沿着抄手游廊一直往前走，拐了两个弯，最后看样子是要往前院去。

青莲直觉这不是什么好事，立即拿着线匆匆往归燕阁里走去。

进了院子，将线拿给流翠后，青莲就将她看到的一切说了出来。

去前院？云卿抬眸看了一眼青莲，谢姨妈去找父亲她是知道的，因为要告诉父亲帮她看什么样的院子，可是用得着打扮，还提着食盒吗？而且这个时间……父亲午间正陪人喝了酒，可能正要酣睡，控制力相当的薄弱……

她知道谢姨妈的诡计了。

还真是贼心不死，女儿这么大了，自己丈夫刚死半年，便想去勾搭姐夫。

自己的爹云卿还是不太放心的，他不是个顶得住色诱的人，否则秋姨娘也不会五七之后就搭上了。虽然这些日子看爹是没有什么异常的举动，谁知道他在色相面前能不能禁得住诱惑。

云卿立即将绣绷放下，站了起来，对着流翠道："你赶紧让个婆子偷偷地跟在后头看看究竟是去哪了。"

然后带着青莲往谢氏的院子里去。她可不想要一个谢姨妈这样的人天天在自己和娘面前添堵，还有韦凝紫那样的"姐姐"，这两母女不是沈家人已经这样嚣张了，若成了沈家的人，还不给她们掀翻了天去。

她虽然不怕她们的诡计，可是天天对着这两个人也嫌恶心。

再说若是给别人听到了，沈府的颜面真的是无处可存了，死了丈夫的姨妹子来投奔姐姐，结果来了半个月，就跟姐夫滚在了床上，接着姐夫成了相公。一想到这样的场景，云卿就觉得全身发寒，脚下的步子也越来越快。

急匆匆地进到屋子里，谢氏正跟两个管事娘子在说话，看到云卿进来，便吩咐两个管事娘子先下去，这才问道："什么事这么急？"

云卿便让青莲将刚才看到的一切又说了一遍，自己则看着谢氏的脸色。

"她果然还是这么不要脸。"谢氏冷哼了一声，脸上带着一丝鄙夷道。

李嬷嬷闻言简直觉得不堪入目，做这等厚脸皮事的竟然是谢家老爷的女儿，她真的是不敢相信，脸上带着一丝不屑，李嬷嬷沉声道："夫人，要去前院拦住她吗？"

这次谢氏倒是不急不缓地笑道："无妨，由得她去。"

望着谢氏面上的笑容，云卿有些讶异，记得上次爹带了苏眉回来，娘的面上都有些挂不住，这次自己的亲妹妹勾引丈夫，怎么就能如此沉稳地坐在此处了。

似是看出女儿的焦虑，谢氏微笑道："无事的，你回去吧，这件事你不用担心了。"

既然母亲都这样说了，云卿也不好再说，娘的神色藏着一些东西，但是并不打算告诉她。

但是她心中始终觉得奇怪，也许是母亲对父亲太过自信了？

虽然她不喜欢谢姨妈，可是谢姨妈的母亲是宫里赐下的美人，长相身段都是不错的，如今她又打扮得娇娇媚媚，主动送上去勾引，若是父亲一时激动了犯下了什么错事，接着她的人生只会精彩到全家鸡飞狗跳的。

想到这里，她转了一个方向，朝着抄手游廊那边走去。

青莲看着云卿的动作，跟在后头没有说话，她性子谨慎，不多话，却细心缜密，知道小姐这是要去前院了，虽然她也不知道夫人怎么如此有自信，但是小姐要去看看，她是一定要跟着的。

前院里，沈茂中午陪着客户喝了好些酒，这些年应酬来应酬去他的酒量是不错了，可是今天来的客户是北方的，喝的是烧刀子那样的烈酒，一杯一杯地劝酒，即便是久经考验的他还是觉得头有些疼，不过还好不算碍事。

但是人是不舒服的，于是便想到书房里休息一会儿，他身边跟着的管事李斯扶着他进了书房，又转身去吩咐丫鬟给沈茂打盆热水来洗洗脸。

“李管事，你怎么还在这里，方才夫人派了人过来寻你有事呢。”李斯刚出了门，抬头便看见一个脸生的丫鬟站在不远的地方，脆生生地开口对着他笑。

他微皱了眉毛，看着那丫鬟道：“你是谁？”夫人身边的丫鬟他基本都见过，如今这个倒是面生得很。

“我是前两日夫人新买的丫鬟，叫红袖的，李管事可能不认识我。”红袖笑着道。

他倒是知道，前几日府里买了二十多个丫鬟，眼前的这个可能就是新买的了，心中便信了几分，开口道：“夫人找我有何事？”

红袖摇摇头：“这我倒是不知道，只是得了吩咐，来找你过去的。”

想着可能谢氏真有事找他，他便对着红袖道：“那你去打盆水来给老爷洗洗脸。”说完，便大步朝着里边走去。

见他走了，站在一处角落里的谢姨妈行了出来，嘴角带着几分得意的笑容，看了看周围，此时正值人少之时，四下无人，便对红袖道：“你在这守着，别让其他人进来。”

红袖知道她要做的不是什么光彩事情，神色有些犹豫道：“夫人，你要不要考虑考虑……这样做，等会儿沈夫人过来见了，不太好吧？”

谢姨妈斜睨了她一眼，哼道：“你只管守好你的门，其他的事少插嘴！”

她就是故意要李管事去谢氏那里，待李管事说是红袖说的谢氏找他有事，而谢氏其实并没有开口吩咐。如此一来，谢氏便会知道红袖传的是假消息，必定会带着人急匆匆来看看究竟发生了什么，到时候一大帮人推门而进，看见沈茂和自己有了私情，她再顺竿子爬上去，说是沈茂毁了她的名声，让沈茂娶了她。

她为自己美好的设计而无比的骄傲，用手摸了摸鬓边的桃花，又拉了拉衣襟，便推门走了进去。

沈茂此时正靠在书案后的小叶紫檀简架宽椅上，头搭在椅背的横杠上，眯着眼睛在假寐，听到屋子里多了一个轻轻的脚步声，以为是李斯进来了，也没有在意。

直到那脚步声越来越近，伴随着一股刺鼻的脂粉香味，他才微微皱了皱眉毛，府里哪个丫鬟这么不守规矩，擦得浑身如此之香跑到前院来勾引他了。

他睁开眼睛，看到的却是谢姨妈一脸媚意，正站在他的身旁，对着他浅笑盈盈，沈茂撑着扶手，坐直了身子，眉头微皱，问道：“姨妹如何到前院来了？”

李斯去哪了？

谢姨妈看着他一双墨一样的凤眼，挑飞入鬓，白皙的面容带着成熟男人的韵味，却不显得苍老，身着青蓝色的圆领直裰，将他的身量显得更加挺拔，心中越是觉得自己这次的决定是对的。

于是眉眼更加一分媚意，声音柔媚地开口道："姐夫，这是我费心熬的补身汤，你喝喝看，是否合你口味？"

沈茂看着她把食盒放在桌面，眼底闪过一丝恼意，面上还是斯文地开口道："不用姨妹费心了，这补身汤你姐姐每日都会熬给我喝的。"

自从查出补身汤有问题之后，沈茂对吃食就格外地注意，补身汤更是一直都是到谢氏那边喝。

听着他拒绝的话语，谢姨妈却一点都不急，若是这么一句话，沈茂就喝下这汤了，那也太不符合她的期望了，男人嘛，总是要装一装，到了好像万死不可推辞的时候，才肯勉勉强强地接受，于是更加热络地将食盒揭开，口中道："自从失去了倚靠后，这些时日我和紫儿母女俩无依无靠地被人欺辱，直到到了沈府以后，姐夫你对我们照顾有加，不仅提供地方给我们住下，还给我们添了丫鬟在身边伺候，样样都照顾得周到，为了感谢你，这碗汤是我从早晨一直熬到中午，颇为补身，聊表一点心意，请你不要拒绝。"

望着递到了面前的汤，和谢姨妈又倚过来几分的身子，沈茂头有些晕，强打起精神道："这些都是你姐姐安排的，她才是最费心思的人，我忙于前院，倒没有注意到这些了。"

沈茂只希望谢姨妈能听懂他的言下之意，他知道谢姨妈今日来，并不是单单为了送一份汤，刚才那些话的意思，语气足够暧昧不清了。

无奈他喝了酒，语气轻飘飘的，本来拒绝的话语，谢姨妈听起来反而觉得他是在内疚没有照顾好她，便笑道："哪里，姐夫不用如此想，若是没有你在外辛苦，赚钱养活家中人，姐姐也没办法过上如此好的生活，更别提照顾我了。"

她早就闻到了沈茂身上的酒味，暗暗觉得老天都在帮她。男人一旦喝了酒，控制力就越发薄弱，她还怕没有机会吗？便伸手要去扶着他："姐夫是喝多酒了吧，我来扶你喝汤，这汤刚好能解酒呢。"

面对她如此的献殷勤，沈茂只觉得有几分恼火，眼看那打扮得花枝招展，玲珑剔透的身子就要靠近他，他连忙道："我自己来就行了。"

一手迫不及待地接下谢姨妈手中的汤，一口气喝了下去，然后放在桌上道："汤我已经喝了，你可以走了吗？"

他只恨谢姨妈靠得太近，若是出声呼唤其他人，给人看到他们如此待在屋中，难免生出什么风言风语来。他一点都不想和谢姨妈有什么拉扯，也不管这汤是危险还是无事，只盼着她赶紧自己出去，别惹出什么祸端。

可是他心中的想法越甚，头却是越来越重，按照平常来说，醉酒的劲儿也只有那么一会儿，散去了之后，除了稍许头疼就无事了，怎么今日反而越来越重，眼睛渐渐有合上的趋势。

谢姨妈看着他眼皮开始往下坠，得意地笑了起来："姐夫，你累了吧，我扶你去休息……"

云卿往着前院而去，到了沈茂的书房前，便看到门前站着的是谢姨妈的大丫鬟红袖，便知道不好，流翠吩咐的那个婆子就站在这附近，看到云卿便蹿了出来道："大小姐，方才奴婢看到谢姨妈提着食盒进去了。"

"进去多久了？"云卿面沉如水，双眸中闪着点点的光芒，低声问道。

"大概有一盏茶的时间了。老爷今日好像应酬回来，喝了点酒。"

云卿闻言面色一沉，疾步朝着书房门口走去。

红袖一看到云卿就知道不好了，谢姨妈进去不久，也不知道事有没有成，若是谢氏来了，她按照吩咐放进去便好，可是如今来的是大小姐，她也不知道该怎么做，连忙福身道："见过大小姐。"

云卿一句废话都不说，全身散发出一股凌厉的气息，冷冰冰地直接道："你给我让开！"

红袖哪里敢让开，即便是心里被眼前少女的气势给镇住，还是拦在了书院门口："大小姐，沈老爷吩咐我守在门口的，你不可以进去。"

云卿冷笑一声，讽刺道："我爹会让你守在门口？你是谁的丫鬟我爹会让你守在这里！"她一抬下巴，身后的婆子就冲了上来，拉着红袖往一边拖去。

青莲反应快，看红袖张口叫人，拿着手中的帕子就往红袖的嘴里塞，堵住了她想要出声提醒的意图。免得惹来了其他人，万一里面发生了什么不好的事，被看见闹开了来。

云卿一把将门踢开，便看到父亲软软地靠在椅子上，而谢姨妈两只手正放在沈茂的衣襟之上，那动作正是打算将沈茂的衣服给脱了。

"姨妈这是准备干什么呢？"她走到案台前，站到了沈茂的另外一边，目光落在案台上那一碗汤上，云卿眼底掠过一道冷芒。

眼见就要得逞，突然半路闯出一个云卿来，谢姨妈的脸色青红交加，强自镇定了心神，脸色如常，厚着脸皮道："我送汤药给姐夫喝，见他醉酒了，想扶他去旁边的偏厅去休息一会儿。"沈茂的书房里有一个小偏厅，里面卧室的一应用具皆有，他有时便歇息在这里。

"是吗？"云卿语调拉长冷笑道，"看来沈府里的丫鬟还是太少了，竟然要姨妈从后院前来伺候自己的姐夫休息，就是不知道你是想要姐夫休息呢，还是和姐夫一起休息？"

"你！"被云卿直接点穿心思，谢姨妈终是一张老皮都顶不住了，嘴唇颤抖道，"你一个未出阁的姑娘说的是什么话，就不知道传出去人家会说你厚颜无耻吗？"

云卿缓缓地摇头，语带讽刺道："姨妈你做都可以做得，如何不准我说呢？我父亲对你没有意思，你便要用这样的手段，若是给人知道了，你说到底是笑话你的人多，还是说我不懂规矩的人多？"

谢姨妈气得浑身颤抖不止，未曾想到云卿的嘴皮子竟然这样厉害，强辩道："你怎么知道姐夫对我没意思？"

闻言云卿嗤笑道："若是对你有意思，你还用得着那等龌龊的手段吗？"

“你，你，你……”谢姨妈连续三个“你”字，又气又恼又怒，竟是一个字都说不下去了。

云卿毫不理会她，从随身携带的荷包中拿出一个绿瓷瓶子来，自从学了医术后，她就做了几瓶简单的药随身带着，这种刺激性的药丸，是专门解蒙汗药和普通迷药的，今日终于派上了用场。

她捏开瓶盖，将瓶口放在沈茂的鼻子下闻了一闻，过了一小会儿，沈茂便醒了过来，头脑中那种昏昏沉沉的感觉散了去。

他摇了摇头，却看见面前站着的少女，略带疑惑地问道：“云卿，你什么时候来的？”

云卿讥讽地一笑，抬头望着谢姨妈道：“我看见姨妈来找父亲，料想姨妈是为了买院子的事情来找父亲的，便跟了上来，想要听听姨妈的要求呢。”

沈茂这才想起方才谢姨妈在这里，他皱了皱眉头，看着一边的谢姨妈，目光从桌上的食盒上扫过，久经商场的他对一些暗地里手段也有些了解，知道自己刚才喝下去的东西有些不妥，目光就变得更加深幽，冷声道：“原来如此，姨妹请说说你要买的宅子要求，我自会在外头留意。”

看着父亲对谢姨妈的态度并未有两样，云卿也暗里惊奇，她看着谢姨妈一身的装束，是靓妆细抹，香气扑鼻，不可谓没有魅力，若是父亲真有意图，那么谢姨妈完全不需要用上迷药，两个人眉眼对上了对谢姨妈更有利，难道父亲的定力这么强？

眼看勾引沈茂的事是不成了，谢姨妈紧咬银牙，眼底射出两道寒光紧紧地盯着云卿，这个小贱人真是屡次坏了她的好事，还好她备了后招，即便是失败了，也有话圆回来，她将食盒打开，从底下掏出一个雕花盒子放在桌面上，脸上又带着笑容道：“姐夫，这是我铺子的地契，我一个寡妇带着孩子，又不懂这些生意上的事情，即便是被人欺了也不知道，你经营这么大的家业，便分那么一丁点神出来，也能管理得不错。”

沈茂看着她将盒子推了过来，脸色便有些变化：“这恐怕不妥。”

谢姨妈一听，哪里肯让他就如此拒绝，她还有别的打算呢，于是面上露出一丝凄惨来，哽咽道：“姐夫莫要推辞，如今我也没什么可以信任的人了，这可是以后紫儿的嫁妆和我们母女所有的倚靠了，若是你还不帮我，我也只有去求姐姐来跟你说了。”

一听到她说谢氏，沈茂便垂下了眼眸，谢氏素来心好，对亲戚也是不错，这些年对柳家也是给了不少银子，这一切他是知道的，柳家在扬州为官，对他来说，有这么一门子亲戚，做生意上下打点的时候，官员多少都要看点面子，这也是他默认谢氏给柳家银子的主要原因。

谢姨妈又是谢氏的亲妹子，谢氏当初听到她要来的时候，就将泰来院收拾出来给她住，不知后面是怎么了，到了最后又换成菊客院，但是其余的吃喝一点半点都没有少的。

若是谢姨妈去求了谢氏，他再接下来，还不如直接收下，不过就是派人管事的问题，沈家这点还是无所谓的，也免得谢姨妈又找了借口，说没钱傍身，总住在沈府里。

想了想，他开口道：“既然你如此说，那么我可以帮你。”

谢姨妈闻言一喜，眼底流过一道精光，这眼神没有逃过云卿的眼睛，上辈子的时候，谢姨妈也是如此，将手里的店铺田庄一并交给沈茂管理，到了韦凝紫出嫁之时，便要求沈茂将所有的田庄铺子还与她，沈茂自然是把所托的一切都还给了她，岂料谢姨妈接了之后，竟然在府中大闹大哭，说是当初给沈茂的铺子不止这么一点，田庄什么的也要多很多，骂沈茂没有良心，连孤儿寡母的东西都要私吞。

沈茂气得差点没晕过去，可是当初好心接管的时候又没有立下字据凭证，开口辩解其他人也不相信，只觉得沈府家大势大，仗着帮忙私吞了人家的财产。最后沈家按照她所说的赔了十万两银子，连带好几个大铺子和田庄给了谢姨妈才了事。

那件事也将沈茂气得够呛，谢氏也知道原委，便将谢姨妈赶了出去，可是已经骗到了大量财产的谢姨妈根本就不在乎，那时自己和韦凝紫已经嫁给了当上了永毅侯的耿佑臣，谢姨妈带着在沈府几年搜刮的财产，住进了京城里的宅院里。

想到这里，云卿便要开口阻止，她今生一定不能让谢姨妈从沈府占什么便宜去，她们这样的人，不值得别人对她们好。

不料，沈茂却在前面开口道："不过姨妹，今儿个你我都在这儿，便当着面，将匣子里的东西点好了之后，写在纸上，双方都在上面签字，如此一来，你我便有了凭证，日后也不会为了一点钱财的事情闹得两不相见，你看如何？"

谢姨妈脸色一白，未承想到沈茂会如此说，连忙道："不需要如此，姐夫你这么大的家业，哪会看起我这点小钱呢？"

沈茂不为所动，轻轻地笑道："姨妹此话错矣，有句话叫亲兄弟明算账，你的东西放在沈府里管理，不代表是沈府的东西，还是分清楚的好，以免日后有什么错漏，两厢都不好看。"

谢姨妈心底更是生气，她好心好意地将自己的家产给沈茂管理，他竟然还说这样的话，难道她还会贪他什么东西？

沈府这么大的家业，就算她贪了，分一点给她又如何，真是商人气息十足，锱铢必较，一点亏都吃不得。可是她又不敢发脾气，因为这些年来，她的铺子管理得确实不是很好，大概是自己没有经商的天赋，年年都是亏损，若是长久下去，最后铺子只怕也只有卖了的份了，还不如交给沈茂打理。

沈茂在经商上十分有天分，沈家的生意一直是蒸蒸日上，渐渐地已有了江南首富的苗头，在他手中怎么也不会亏本的。

于是忍着一口气道："既然姐夫如此说，那就这样吧。"

沈茂闻言淡淡地一笑，便由得谢姨妈将店铺和田庄的地契拿了出来，一样一样地对录，沈茂每一个都会问清楚地方，收入以及现在的情况，谢姨妈不得不一一地说出来，眼眸里不时闪过怨愤。

云卿没想到沈茂今生竟是如此做，和前生的做法有了很大的区别，她看着两人在那对着钱财，父亲一一记录着，嘴角的弧度轻扬了起来。

看来这一世，父亲对谢姨妈的印象也有了极大的改变，前生的时候，姨妈住进了泰来院，和谢氏的关系表面弄得十分融洽，又会讨好老夫人，加上云卿又和韦凝紫的关系好，两家人看起来几乎亲热得和一家人一样，谢姨妈那时也没想过要勾搭沈茂。

这一世由于她的原因，一路受阻，先是被谢氏知道了丢死雀，而转念头将她安排去了菊客院，又被云卿将计就计让老夫人开口驱逐她们搬出沈府，不得已出了勾引沈茂的下下之招，岂料又失败了，从而让沈茂也对她生了厌恶。

而那厢谢氏正坐在屋中和李嬷嬷说话。

“夫人，你看大小姐刚才来说的那事，你是不是还是过去看看？”李嬷嬷心中总觉得不太妥当，她倒是知道为何夫人会那样肯定老爷不会看上谢姨妈，可是这男人，还真是难说。

其实谢氏现在也有些摸不住底，那件事过去这么多年了，谁知道老爷还有没有记得，万一管不住……

她想到这里，就有点坐不住了，外头却来了小丫鬟传话，说是李管事说夫人找他来有事，在外面候着。

李嬷嬷有些惊讶，与谢氏两人对视了一眼，夫人明明没说要见前院的管事，这是怎么回事，难道是老爷派人过来有什么话要交代。

李嬷嬷便喊道：“让他进来吧。”

李斯垂头进了正屋，恭敬地行礼道：“小的见过夫人。”

谢氏知道他是沈茂身边的得力管事，自然给三分面子，开口道：“李管事，你此时前来，是老爷让你过来的吗？”

这话一说，李斯便一愣，谢氏见他表情，便想到刚才云卿所说，面色也是一变，谢素玲将李斯都调开了去，这是打定主意要爬到沈茂的床上去了。

她刚才的那份笃定，一下变得动摇起来，若是让谢素玲上了老爷的床，这是不进门不会完事了，一想到和自己的妹妹共一个丈夫，还是曾经嫁人生子的妹妹，她心中就膈应得慌，再也坐不住了，带着李斯和李嬷嬷一起，急急地往着前院而去。

一进了书院，就看见谢姨妈和沈茂两人正在说着话，气氛并不是十分暧昧的模样，她的心便放了下来，再看女儿坐在一旁，面容上带着几分沉静，并未有一丝怨气在其中，便笑着走进去道：“妾身见过老爷。”

沈茂这才抬头，看到谢氏来了，面上露出一丝笑容来，瞟了谢姨妈的脸色一眼，开口道：“姨妹要将她名下的店铺交给我管理，正在与她对录呢。”

见沈茂的神色一如往常，没有内疚，谢氏便知他和谢姨妈之间没有发生什么，眼里闪过一抹讥诮，看向谢姨妈嘴角浮着淡淡的笑意，“原是如此，那定要好好对对，莫让妹妹吃了亏去。”

云卿听谢氏说话的语调便知道她心情不大好，换做是她，她心情也不会好，有这么个厚颜无耻的妹妹，又碍于自己的脸面，不能大声斥责，心情当然是不好的。

“嗯，这些就是对录出来的单子，你再过目一遍，若是可以，你我各自在上面签字，一人一份，以做凭证。”沈茂查点了最后一个铺子后，将两张单子拿给谢姨妈过目。

两人本就是一起点出来的，谢姨妈看着沈茂记录下来，大概扫了一眼，便在上面签下了名字，盖上自己的私章，沈茂也大笔一挥，同样盖上了私章后，便一人执了一份。

谢姨妈小心翼翼地将这张对单收起来，谢氏便开口道：“不知妹妹要什么样子的宅子，可将要求说出来，老爷才好去寻。”

谢姨妈眼睛骨碌碌地转了一圈，便开口道：“因为我们孤儿寡母的住在外头，不想离沈府太远了，以免走动有困难，希望能找一处离沈府近的，三进院子。”

沈茂拧了拧眉头，开口对着李斯道：“最近我比较忙，李斯，这寻宅子的事就交给你了。”

李斯明白沈茂的意思，这是为了防止谢姨妈再为了买院子的事接近他，便应道：“小的一定将此事办好。”

离沈府近的院子，那岂不就是扬州最繁华和地价最贵的地方，倒会挑地方，还找了个漂亮的借口。

云卿看着谢姨妈面上的神色，长长的睫毛眨了眨，开口道：“既然如此，那么姨妈将具体的要求提出来嘛，比如坐向，大小，占地，风水等等，这样的话，李管事才好依照你的心意寻到好的宅子。”

她说完，便对着李斯嘴角微扬，问道：“李管事，你说是吗？”

李斯刚才就知道事情有些不对劲，夫人明显没有唤他过去，肯定那个丫鬟有问题，再一看屋子中进来了一个谢姨妈，心里也就明白了两分。

虽然面上是看不出什么，心里对谢姨妈是一百万个恨死了，他是沈茂的得力管事，谢氏也看得起他，一直对他不薄，再加上谢氏嫁入沈家多年，上下口碑都不错，他媳妇是里面的管事娘子，也经常说夫人在大户人家里面算是个心善的主母。

先头这个谢姨妈来一招调虎离山，差点让他成了“帮凶”，若是这种丑事真成了，这让他怎么有脸面见夫人。

如今见大小姐对他意味深长地笑着，虽然不知道这是什么意思，但是他凭着直觉知道必定是有深意，便点头对着谢姨妈道：“是的，请你将要求写在纸上，如此寻到的院子便更能符合你的心意。”

沈茂不知道女儿为何会如此说，又不是建宅子，光买的话，哪里会有宅子刚好如了所有的心意，他只当是她年幼，不懂这些，可是转念又记起前两日女儿说如善堂的建议时，那般懂事成熟的样子，语言条理清晰，分析事情逻辑性强，不像是一般的胡闹，便未开口阻止。

谢姨妈听到云卿这般体贴，明艳的容颜带着笑意，要求越多，便越难找，她便可以在沈府多住一段时日，最好不过了，于是提笔写道：“请帮我寻一处坐北朝南，风水极佳，颇有……”林林总总地写了一大段，然后拿起来递给李管事道：“就这些要求了。”

云卿坐的角度，刚好可以透过光亮看到纸上的字迹，淡淡地扫了一眼，对于那些要求忽略不计，目光只是落在最后一处，轻蔑地对着谢姨妈道：“姨妈怎么也得落个名，写得像个嘱咐，你这么写，李管事哪天不注意，只怕当做废纸扔了也不知道呢。”

谢姨妈虽说对云卿是带上憎恶，可是对她有利的事情，她一点儿也不会因为是云卿提出来而不做，自觉这样写也太轻率了一点，便又从李斯手中将纸拿了过去，添上了名字和日期。

李管事看着手中的纸张，目光在上面的要求和下面的署名上掠过，脑中闪过一道念想，有着几分不敢置信转过头望着少女还带着稚嫩的容颜，菱唇挂着和暖的笑意，一双凤眸却含着清凌凌的光，如同一汪幽潭，将周围的光亮都吸了进去，让他莫名地有一种敬畏感。

难道，大小姐想的有那么深远？

谢姨妈此次虽做的不是什么光彩事，也不能大事宣传，好在此事除了几个人以外，其他人只以为是谢姨妈将铺子交给沈茂帮忙打理，谢氏便将这事压了下去。

李斯自接了那托买院子的条子后，沈茂又将谢姨妈的那个匣子交给他，说里头的一切都交给他打理了，总之意思是不想碰谢姨妈的事情了。

李斯只好接了下来，走出门外没多久，就遇见了在那候着的云卿。

他心里早就知道云卿等会儿有话要跟他交代，也不觉得奇怪，行礼道：“大小姐。”

云卿在沈茂书房听他说话便知道他懂了她的意思，找了一处偏静的小花圃，让青莲守在外头看着。

“李管事，你是父亲身边得力的，今日这情形你可是瞧见了？”云卿淡淡地开口道。

李斯挑了挑眉毛，大小姐说话倒是不拐弯抹角的，不过，这不代表他就可以妄自对谢姨妈进行评价，到底她还是主子，于是拱手道：“今日确实是小的没注意，没有好好问清楚那丫鬟的由来。”

他这么说话，云卿暗自松了口气，李斯大概是知道她要做什么的，现在听起来是跟她认错，不过是为了她接下来的话好说，果然是父亲身边得力的管事，长久在生意场上的人擅长听弦外之音，她微微一笑，点头道：“父亲将买宅子的事情托付给你，关于给姨妈买这个宅子，我有一点小小的意见，李管事是否愿意一听？”

“大小姐请说。”李斯看着面前一脸沉静的少女，方才她说让谢姨妈在纸上写上名字时，他便隐约猜到了一点，可是到底还是不能十足十地有把握，毕竟一般少女到这个年纪，看问题还不会这么深刻。

云卿缓缓地一笑，望着李斯面上的神色，徐徐道：“我希望这个宅子，不要用沈家的钱购买。”

李斯一愣，这可比他原本想象的说得要直接多了，云卿见此又接着道：“既然姨妈将铺子交给父亲掌管，又写下了托付单，我想她的意思就是不想占沈家的便宜，这宅子的花费由她自己出便是最好，以免到时候说她占了沈家的便宜，姨妈为人光明磊落，不贪财银，相信李管事你一定懂的。”

李斯一听，暗暗惊讶，这话就是直接告诉他，你可以用谢姨妈的铺子田庄去换宅子，而不能用沈家的钱。

想了一下，李斯还是站在客观的角度开口道："这地契上的名字都是谢姨妈的，她本人不去，官府没办法进行更改，若是让谢姨妈自己去的话，只怕她觉得麻烦。"会遇见的问题他必须要向大小姐说明，毕竟大小姐是正经主子，可是沈茂更是一家之主，此事是他交代下来的，他不能大意。

云卿目光朝着远处一扫，笑了笑："不可以转铺子，总可以租给别人吧。"

轻描淡写的一句话，却让李斯暗暗心惊，大小姐这是什么时候想好的，他都没有想到可以用店铺的租期去换宅子，只是刚才对录的时候他也看了，这些产业全部租出去买下一个扬州沈府附近繁华地段的三进宅子，起码要五年的租期才能够收得回。谢姨妈到时候买了宅子，还靠什么收益？这五年的时间没有进账，只有靠着手上的金银支撑，等于直接坐吃老本。

而且写租约可以由代理人签字，完全可以不过谢姨妈的手，等到谢姨妈知道的时候，木已成舟，拿着委托书和租约，就算上官府里去告也没有用，你总不能说让人家白白给你买宅子，说出去怎么也不占理。若是要退房子，沈家自然可以接下，那就得按房子居住的折价来算，如此算来，一进一出，谢姨妈要损失一定的成本。

这么细细的一想，他看着云卿的眼光就更加不同了，老爷总是感叹膝下无子，可他觉得若是大小姐是男儿的话，大概也不会比老爷差，面色比起刚才更加尊重，肃色道："此法倒是可行，只是要卖此等宅子的人家，一般来说都是要迁居他城，或者急需现银周转，很少有愿意以租金抵现银的。"

云卿也想过这个问题，可是她不愿意自己家花钱给谢姨妈买个宅子，让那母女俩住沈家买的宅子，还想着挖沈府的墙脚。

她望着李斯，眼里透出坚毅的光，话里有着不容拒绝的魄力，启唇道："你且先看着，若是有合适的宅子再说。"

交代了此事后，云卿带着青莲回到了院子里。

接下来的几日，云卿接了知府夫人的邀请，见了从京城来的安老太君，刚从外边回来，还没进院子，远远听到坠儿的声音："大小姐，大小姐不好了……"

流翠一听这话，脸色一板，立即站出来训道："跑什么跑，毛毛躁躁的，大呼小叫喊的什么东西！"

坠儿肩膀一缩，连忙对着云卿行礼道："方才是奴婢急了点，请大小姐恕罪。"

见她在这里等着，必定是谢氏发生了什么重要的事，云卿心底急切，面上却是一派稳重的模样，徐徐地开口道："你莫慌，究竟有什么事情，说便是。"

坠儿见她神色和缓，暗道大小姐人真不错，心里也大胆了几分，这才开口道："今儿个上午三位姨娘去老夫人那请安，不知道说了什么，老夫人便发了一通大火，将夫人喊了过去，奴婢从那时到现在，站了足有两个时辰了，而夫人还没有回到院子里。"

云卿心中咯噔一下，眸中暗藏利光，她就知道这些姨娘不会安分守己地待在自己的院子里："你去告诉翡翠，说我已经回来了，先去一趟归燕阁后，自会去荣松堂。"

进了归燕阁，流翠吩咐小丫头打水过来，给云卿洗脸净手，云卿神色却有些严肃。

今儿个三个姨娘到祖母那说了什么，她不用去问也知道，必然是因为这两个月父亲没有去姨娘房里的事情，人年纪越大就越盼着儿孙满堂，老夫人一心想要子嗣，最重要的是要个孙子，其实她能理解祖母的想法，只是她不能看着母亲因为这个原因而受罚。毕竟这件事的错误并不在母亲身上。

上一世的时候，云卿一直认为家里很平静，父亲虽说有通房小妾，但是也没有对母亲冷淡如冰。可是重生后她才发现，沈府里的情况和她印象中的情况有着很大的区别，甚至是天翻地覆的区别，一直以来祖母刁难，小妾告状，这一切都是谢氏一个人在撑着，再看下药的事情，那个背后的黑手也还没有拎出来，其实沈府一直都是如履薄冰地在行走。

流翠看着小姐一脸若有所思的模样，拧着帕子的手速度也慢了，刚才在门前她听到夫人被老夫人叫到院子里去了两个时辰还没回来心里就一跳，以为会急忙到荣松堂去看看，谁知道小姐竟然不慌不忙地先回来换衣裳。

过了一会儿，云卿换了一套轻便又不失礼的家常便服，突然开口对着青莲问道："青莲，飞丹的伤怎样了？"

青莲闻言道："这两天休养得还不错，已经可以起来走走了。"飞丹的父母都是府中有脸面的管事，那些婆子打板子的时候自然是轻着点下手的，再加上云卿吩咐了好药好汤地喝着，虽然还痛着，也不会是什么大碍，只是还做不得活而已。

"你让她换了衣裳，马上到我的屋里来。"云卿吩咐完，青莲连忙应下，急急地走出门去告诉飞丹。

接着云卿对着流翠道："我记得回来的时候，知府夫人给了两盒京城广成斋的糕点是不是？"

"是的，说是老太君带来的，京城才有的特色糕点，别的地方吃不到的。"流翠不知道她为何会问起这个，麻利地从刚才捧进来的盒子里拿出两个杏黄色画兰花的盒子，放在云卿的面前。

那边飞丹听到云卿的吩咐，已经换了衣服，进了屋子，对着云卿跪下行礼道："奴婢见过小姐。"

云卿使了个眼色，青莲连忙拉起她，云卿笑了笑："不必了，你现在能走了吗？"

飞丹心里对云卿上次开口求情存了感激，此时见云卿让她过来，心想肯定是有事交待，自然答道："已经没有大碍了。"

"嗯，"云卿看得出她其实还是没有好全，不过也没关系，她也不需要飞丹去做什么大动作，转头唤道，"飞丹，拿着这两盒糕点，我们去荣松堂。"

荣松堂内。

老夫人正躺在罗汉榻上，头上绷着一条金丝的布带，一手撑着头，脸上的肌肉绷得紧紧的，而谢氏正跪在右边，半垂着眼，脸色发白地看着地上的青砖。

碧萍看着谢氏已经跪了两个时辰，心内不由得着急，虽说夫人是跪在垫子上的，可是这么跪下去，膝盖还不得跪坏了。

她往外头看了几眼，想了想开口道：“老夫人，您的头还疼么，若是还疼，我就去拿那白丸子给你吃一颗。”

老夫人听了，眼皮子掀开看了她一眼，眸子里都是凌厉的光。碧萍这是提醒她谢氏已经跪了很长时间了吧，两个时辰，有多长？便轻哼了声：“吃什么药，只要那些小人不作怪，我这头啊，就不会疼了。”

说罢，目光在谢氏身上转了一圈，似乎带着刀子一般，要将她剐了才甘心。

碧萍无奈地叹了口气，知道老夫人这是铁了心要整治夫人，眼里含着怜色，想起今儿个上午的事也不知道是怎么了。

白姨娘，秋姨娘，水姨娘三人来给老夫人请安，老夫人看到她们心情也不怎么好，便是开口就一顿训，说她们三人打扮得花枝招展，个个生得也不错，怎么就没生出个孩子来看看云云。

结果一顿骂下来，水姨娘就抢在了前头告状，说生孩子，谁不想生啊，可是也要老爷去她屋子里才行啊。

这一说，倒把老夫人说住了，奇怪地问道，难道老爷不去姨娘的房里吗？白姨娘和秋姨娘也点点头，说是老爷这次回来后，便没有到过她们的院子里，基本都是歇息在谢氏的屋内。

这一下就把老夫人惹火了，又把三位姨娘骂了一顿后，便让人把夫人叫来，二话不说就让她跪在屋中，要让夫人好好想想，自己到底做错了什么。

眼下跪了这么久，老夫人的气还没消，也不知道要等到什么时辰才会消了气，她又往外头看了几眼，经过上次死雀和表小姐的事情，她看出小姐是个伶俐聪慧的，若是她来倒有几分希望。

正在这时，外面小丫鬟通报道：“老夫人，大小姐来了。”

老夫人这次换做重重地哼了一声，斜觑着眼睨着谢氏，冷笑道：“你跪在这里不出声，就是不肯承认自己有做错什么，原是等着女儿来替你说情？”

谢氏的膝盖都跪得发麻，大腿发颤，她知道老夫人心里不喜欢她，主要是怪她嫁进来多年没有生孩子。

以前她也觉得是自己的错，自从生了云卿后肚子就再也没音讯，大大小小的大夫也看过不少。只说是她生孩子的时候损了身子，她也一直是这样以为，便存了愧疚抬了以前身边的丫鬟玳瑁，也就是现在的白姨娘。

再后来老夫人又借机塞了个水姨娘进来她也没说什么，最后沈茂在外面碰了秋姨娘，她心中不舒服，还是做主迎了回来，主要便是想要让她们给沈家生下儿子。

可是两个月前知道没孩子的原因是沈茂吃了那种药后，她心内又恢复了自信，老爷因为云卿的聪慧也对她又看重了几分，她就盼着两个月的药都吃完了，肚子能争气。

可是这原因她知道，老爷知道，老夫人不知道，她也不能让她知道，这么一大把年纪的老人若是听到这个消息，还不知会气成什么样子，到时候她的罪过就大了。

眼下便只有自己受苦，等怀上了也就好了，谢氏暗里松了松膝盖，低头道："儿媳并没有如此想。"

"想没想你自己知道！"老夫人一脸铁青地转过头，对着外头道："让她进来。"她倒是要看看云卿能说出什么来，她一个未嫁的闺女怎么也插手不了父母房中的事情，更何况婆母训斥儿媳，那是天经地义的事情，云卿若是敢开口，那就是不孝。

谁曾想云卿进来后，眸中带着一丝疼惜地看了一眼谢氏，迎上她慈爱的眼神，咬了咬牙转开目光，并没有急着开口去为她解释，而是走到老夫人面前行礼，目光落在她额头上的金带子上，道："祖母，您的头疼又犯了吗？"

原本脸色难看的老夫人听到她这般关切的话愣了一下，原本她以为云卿进来定是会冲过去拉着谢氏起来，或者是抱着谢氏哭哭啼啼的，没想到她进来之后，首先关心的还是她的身体，这让她的心情好了一点，不过语气还是不大好，道："一天到晚都有烦心的事情，怎的不头疼？"她抱怨了一句，又想起云卿今日出府了，便抬头问道，"今日去知府府上见老太君，可没惹出什么事来吧？"

不听还好，一听这话不知道的还以为云卿天天就光惹是生非了，还好这是在家中，她也已经习惯老夫人这不着调的性子了，便抬起头来，面带浅浅的微笑，一双凤眸里满是明媚，开口道："祖母注重礼仪，云卿也绝对不敢在其他府上做出任何有损仪态的事情，毕竟云卿出去的一举一动，别人都会记得是沈家的女儿，代表了祖母和爹的脸面，云卿自然是不敢大意的。"

"嗯，这还差不多。"老夫人听到她这么一席话倒是大方得体，嘴角不由得勾起一些。

飞丹见状，目光移到云卿和老夫人之间，方才老夫人说话还是带着怒意的，眼下语气却柔和了许多，甚至可以看出有些开心，真是不简单。

云卿见此，才又开口道："今儿个宁国公的老太君也在，她是从京城过来，特意来看知府大人的，还带了宁国公家的二小姐来，又邀请了瑾王世子，永毅侯家的公子，柳家月表妹，还有市舶司的刘小姐，一起在花园玩了一会儿，又留了用午膳，所以现在才回来。"

老夫人听她说出老太君，又说今儿个来的人身份，一听到瑾王世子，永毅侯家的公子，眼睛就亮了起来。

沈家虽然是富甲一方，到底是商户，这些个豪门贵族的隔得就太远了，她自个儿是很少和这样身份的打交道，倒是孙女，今日见了这些人，没一个身份低的，云卿倒还真是不错，也被邀请了去，这么一想，心里就得意，便说道："也好，趁着现在未嫁出去走走，也是可以的。"

"是啊，今日也玩得开心，就是在席上不小心听到知府和安公子……"云卿的声音越说越小，后来就没说下去了，毕竟是不小心听到的事情，也就收了声。

倒是老夫人听到了心里，人对这些豪门贵族的八卦最感兴趣，往往看到一点点，就开始往深里想。

这位安公子是原配留下来的儿子，而知府夫人是嫁过来的继室，只生了一个女儿安雪莹后，也和谢氏一样没了动静，据说除了以前府里的两个姨娘，知府夫人是不许知府再纳新人，平日里也不许知府总往姨娘那里跑，说她是新进的夫人，怎么也得先生下个嫡子再说，哪有让姨娘生在前头的。

当然，一般大家族里是不会让庶子生在嫡子前头，除非正妻三年无子，为了后代着想，姨娘便可以生下儿子。知府夫人是仗着娘家的势，安知府又宠爱，便有些使性子了，不过那都是人家家里的家事。

她瞟了一眼谢氏，谢氏嫁进来的第二年生下云卿，半年后她就塞了人进去，说谢氏不能生儿子，就让别人生，谢氏也没有什么意见，还做主抬了个陪房丫鬟做了姨娘。

这么想，谢氏倒也不是个善妒的人，本来这段时间就是商贸繁忙，儿子少在后院留住也是正常的，没有睡在正室那里还给人说的理。

如此一想，她脸色便好了许多，声音也没那么大的怒火了，点点头道："别人的家事莫要议论。"

云卿看了一眼老夫人的神色，眼中滑过一闪而过的笑意，又接过丫鬟递过来的热茶站在老夫人面前，温言软语道："祖母，老太君还从京城带了两盒特产的糕点过来让我拿回来，所以我一到府中，就赶紧拎过来让祖母你尝尝呢。"

一听到是老太君特意拿来给她吃的，老夫人有一种受宠若惊的感觉，她和老太君没交情，能让老太君拿两盒糕点来，一定是因为云卿说了什么，顿时感觉倍有面子，头也不那么疼了，连忙让王嬷嬷扶着她坐了起来。

其实云卿说话是用了技巧的，这两盒糕点是老太君带来的不假，可是是知府夫人给她的，也没有说带回来是给老夫人吃的。

可是经云卿这么一说，就显得是老太君知道沈府老夫人，特意让人拿了两盒特产糕点给她，一时喜上眉梢。

一直站在云卿身后的飞丹拎着盒子走上来，将两盒点心摆在桌上。

老夫人见是她，抬眸看了一眼，往她背上看了一眼："怎么，打板子的伤就好了？"

飞丹低头垂手地回道："回老夫人的话，这几天小姐一直都让奴婢休息，汤药吃食个个都是好的，伤也好得差不多了，奴婢便想因为之前不懂事而让老夫人失望，又乱议了小姐，心中有愧，希望能早早就伺候小姐，以抵心中的愧疚。"

闻言，云卿眼底带上一抹淡淡的欣赏，到底是老夫人房里出来的大丫鬟，虽说心思单纯了一点，但是一点就透，她带飞丹来的目的就是要让老夫人想起之前她被人挑唆的事情，而现在飞丹的这一番话，真正是说得极妙，既有对老夫人和她的悔过之心，又对着她表了忠心，而且还十分巧妙地提醒了老夫人。

果然，老夫人听了她的话后，眸中带上了深思，飞丹被撵出去的原因就是受了韦凝紫的挑唆，来到老夫人面前告状，想要利用老夫人去对付云卿，这种情形和今日的怎么都有点像，不过来挑唆的换成了水姨娘罢了。

老夫人满脸愠色，也认真打量起这个孙女，她一直以来都不喜欢孙女，如今这孙女真是完全变了，整个人看起来端庄大方，沉稳从容，站在她面前亭亭玉立，如同一枝含苞欲放的芙蓉，一点儿也不比京中她看过的名门小姐差。

若不是孙女过来带着飞丹，她说不定又会误会了谢氏，两个月没去姨娘院子也不算太大的事。

她神色松了一松，瞟了谢氏一眼，见她跪了两个时辰，脸上也没什么怨愤，心里也舒坦多了。

刚好孙女也在这里，便顺着台阶，对着谢氏道："你起来罢。"

在一旁伺候的翡翠一看老夫人松口了，连忙上去扶着谢氏站了起来，她跪了两个半时辰，膝盖早就刺痛发酸。

可是她的心思都没在这上面。谢氏知道她能这么快就不要罚跪，是女儿刚才那一番话起了作用。女儿才十三岁，却懂得这些弯弯道道的，转着弯来为她说情，却半个字都没提帮她说好话，这样聪慧，却让她心里有些心酸，心里不知是喜还是悲。

给老夫人谢安了之后，云卿便扶着谢氏走出来，谢氏望着女儿的小脸，想笑，又有点心酸道："没想到还要你来帮娘，你才多大……"

云卿听了眼圈就红了，自己为娘做一件事情，娘就有如此感叹，上辈子自己名声被毁后在家里躲着，这也不去那也不去的，娘定是偷偷流了不少眼泪，微微带着哭腔，柔声道："娘可别小瞧了我，女儿今年下半年就满十四了，年纪也不算小了，有些穷人家的孩子七八岁就当家了，我可比他们大上快一轮去了。"

谢氏一听，也生了感叹，看着女儿的身量都几乎与自己齐平，想着她出生的时候就是那么粉粉嫩嫩的一个小肉团，十三年如同眨眼这么一过，就长成了如花似玉的大姑娘了，她伸手摸了摸云卿的脸颊，眼里闪着母爱的光芒，也是，都这么大的姑娘了。

两人进了屋内后，云卿遣了翡翠去拿了药来，扶着谢氏坐在床上，掀开裤裙后，目光落在了她发青的膝盖上。

虽然是跪在了蒲团上，但是一动不动地跪上两个半时辰，这个膝盖哪里承受得住，心里又是疼惜又是愤怒，出口道："娘，你怎么不去跟祖母说呢？"这个事，母亲自己说不得，父亲总能去说的吧。

她轻轻地抚上谢氏的膝盖，嘴巴微微地嘟起，看得谢氏淡淡地一笑，将她的小手拉起来包在手心里，低声道："你说这个事能跟祖母说吗？"

她知道不能直接说，可是娘就要受苦挨跪，她心里好疼："那你怎么不让父亲去说呢，他总能和祖母说的吧，难道就得由你总是被祖母拿着这个做借口来整你吗？"

这话说得太直接了，谢氏一惊，目光扫了一眼，低声道：“傻孩子，有些话不能乱说的，你祖母是罚娘亲。”

云卿看着她的模样，一阵心酸，谢氏拍拍她的手，柔声道：“这个事你让你父亲怎么跟祖母开口呢，说了你父亲脸上无光，又让祖母生气担心，那个下药的人本来还不知道，如果说了，还不弄得人人都知道，再说，过了后天，汶老太爷开的药就吃满两个月了，你父亲马上就好了，何必弄得那么大的风浪呢，左不过我跪了今日两个时辰，避免了这些事的发生，也是值得的。”

顿了顿，谢氏继续道：“好在你父亲对我们母女是算不错的了，我也不想他太难做。”

云卿知道，扬州很多商人家里妻妾成群，外头外室无数，还有的在外面立个什么平妻，带在身边行走,外面的人还都认可那个平妻,说什么享齐人之福,将屋中的正室就当是个摆设。

而父亲虽说有三房小妾，白姨娘是母亲的人，水姨娘是祖母塞来的，只有秋姨娘是在外头惹上的，就连苏眉也是打通关节的时候官员的子女贴上来的，其他的通房什么父亲也没有放到心上，单从这点看，还是比很多男人好许多了。

她不禁想起耿佑臣，曾经她以为他是真心地爱自己，才会一门子愿意娶她这个商女做侯爷夫人，所以她一门心思就陷在了里头。

她被那可笑的真心蒙蔽了眼睛，那样满口真心的他，在娶她的同一天，还抬进了一个侧夫人……

她自嘲地笑笑，当时的她究竟有多笨，若是一个男人真心爱一个女人，会转身毫不犹豫地又睡在其他女人的房里吗？

耿佑臣也是，父亲也是，这世上的男子都是口中说着爱，身体却在别的土壤上努力地耕耘着，有多少男人是真正的爱，真正愿意一生一世只守着一个女人过日子的？

她抽出手抱着谢氏的脖子，脸颊在她柔嫩的颈部磨蹭：“娘，我以后都不嫁人，一辈子陪在你身边吧。”

谢氏方才那一点伤感情绪被女儿这么蹭蹭地就蹭得只剩下柔软了：“刚才还说自己长大了，现在又变得更小孩子了，哪有姑娘家要一辈子守着父母过的，你以后可是要嫁人的。”

“要是能陪着娘，一辈子不嫁也可以。”云卿见外面传来了脚步声，才恋恋不舍地放开手。

翡翠进来看着床上的夫人和小姐，暗里笑了笑，开口道：“药我拿过来了，夫人，我给你揉揉。”

CHAPTER 10

第十章　打蛇三寸断其根

夜里沈茂回来后，便听到了谢氏被母亲喊去荣松堂罚跪的事情，听完后隐约知道是为了子嗣的原因，心里便存了愧疚，将手头的事情处理好，便朝着谢氏的院子里去了。

他一进门便朝着谢氏看去，谢氏对着左右两边看了一眼，李嬷嬷翡翠知趣便退了下去。

谢氏亲自站起来，去帮沈茂脱下在外面穿的圆领袍子，给他换上一套软罗的轻便家常服，沈茂见她行走姿态虽未有问题，却是比平日里慢了许多，蹙着眉坐下道："今日母亲说你什么了？"

谢氏摇了摇头，又转身去冲了一杯华顶云雾茶递到他的手上："没什么，只不过是过去叙叙家常。"

将茶接了放到一边，沈茂一把拉着她坐在了身上，瞧着她梳着蓬松的发髻，上面只插了一支黄玉簪子，露出纤长白嫩的颈，几根发丝松松地垂在颊边，那肌肤白得让他心口悸动。

想起开始听到的那些话，老夫人让谢氏在荣松堂一直跪到晚膳时分才让她起来，为的是他这两个月留宿在谢氏这里的事情，被说善妒，不容人，受了这么大的委屈竟然一句都不跟他说，也不跟老夫人说真正的原因，一心为了他着想，他感觉心窝热乎乎的，手掌在谢氏的腿上抚摸。

"让你委屈了。"说罢，却听得谢氏一声轻呼，他看着自己的手停在她的膝盖上，想起跪到的时候肯定伤着了，便要解开了看。

"老爷，你这是做什么……"谢氏被他这个举动弄得红了脸，轻声道。

"我看看……"沈茂强硬地拉开她的裤腿，当看到那双白嫩的腿上留下的青红色跪痕时，凤眸沉了沉。

谢氏看他脸色变了，连忙伸手去拉裤腿想要盖住膝盖上的伤痕，轻声道："妾身膝盖有伤，老爷今晚还是去其他几个姨娘院子里吧……"

"去她们那里干什么！"沈茂打断了她的话，皱眉看着她。谢氏想起白日里老夫人说的那些话，说她是个生不出儿子的薄命相，还是个迷得老爷不要姨娘的女人，她就委屈，哪有婆婆这样说儿媳妇的，于是鼻子就有些发酸。

沈茂脸上有着薄怒，见谢氏垂着头，脸色白里透红，眉眼润得好似滴得出水来，再一看膝盖的伤，更是气怒，心中又怜又爱地一把将她抱起，往内房里走去，安慰道："你别伤心了，这药也快吃完了，到时候我多留在你房里便是，要是母亲再为这事找你，你就寻个理由不去她那罢了。"

听着沈茂安慰她，谢氏本来还忍着的眼泪就掉了下来，这些年她受老夫人的气受得也不少，可是她也知道，不只是老夫人急，沈茂也是急的，就连她自己心里也急。

若是有个儿子，老夫人和老爷的心结也解开了，她也有儿子伴身，以后云卿也有兄弟可以照看着，是一举数得的事。

想到这里，她就将头靠在了沈茂的臂膀上，想着今日这跪也值得的，得了老爷的心，还有愧疚，又加了这句承诺，老爷是言出必行的人，接下来的时间肯定会多留在她的房里，争气不争气就看她的肚子了。

瑶花阁里。

水姨娘对着镜子左左右右看了好多眼，得意地问道：“凡儿，你看我今天的打扮如何？”

凡儿望着镜子里水姨娘精致的妆容，杏眸上弯弯的柳叶眉，发自真心地赞美道：“姨娘本来就长得漂亮，再这么一打扮真正是貌如天仙，老爷要是看到了肯定会目瞪口呆的。”

“你倒是会说话。”水姨娘瞟了她一眼，擦了红色唇脂的嘴角得意地扬起。凡儿这话正说中了水姨娘的心思，这身衣裳和打扮可是她精心挑选的，目的就是让老爷觉得惊艳，好让老爷沉醉在她的温柔乡里，迷得神魂颠倒最好。

想着，水姨娘转头望向外面的天色，皱着眉道：“你出去看看，平儿那个家伙是不是又在那偷懒了，怎么天色这么晚了还没看到老爷过来？”

她又摸了摸云鬓，今日她特意到老夫人那里去告谢氏的状，等会儿老爷肯定来她这里。

身后的凡儿得了话，立即提着裙角跑出去看，过了一会儿，两人便忐忑地走了进来，平儿更是连眼都不敢抬，只是低着头盯着地上。

那样子看得水姨娘急了，瞧了门口再没人跟着进来，一把将镜子放在梳妆台上，拧眉道：“不是让你出去等老爷过来的吗？你又跑进来干吗？刚才是不是又偷懒去了？”

一顿骂下来，平儿更是不敢开口了，凡儿实在是被那唾沫喷得受不了，瘪了瘪嘴，开口道：“姨娘，刚才我出去听到隔壁的小丫鬟说……”

“说什么！”水姨娘尖利着嗓子喊道。

“说老爷今日还是在夫人那儿歇息。”凡儿一口气把听来的全部都说了。

“怎么可能！老爷怎么会还睡在那个老女人那！”水姨一听，脸色登时气得煞白，猛地跳起来喊道。

她简直不敢相信自己听到的，她知道老夫人有多重视子嗣的问题，所以特地在今日和其他两个姨娘去请安的时候不经意地说出来老爷两个月没来她们姨娘的房中了，当时老夫人的脸色一下变得铁青，而且下午的时候她明明听到了谢氏被老夫人喊去了荣松堂，据说还跪了一下午，那就代表老夫人发火了啊。

为何老爷还是没有来她这里，难道老夫人没有去敲打谢氏和老爷，暗示他到自己的房里来吗？这不可能啊，以前但凡自己去老夫人面前暗示一下，晚上的时候沈茂必然是来她的院子里的，毕竟她也是府中最年轻，最漂亮的。

“你们确定老夫人今日真的叫夫人去罚跪了吗？”水姨娘两只手紧紧掐紧帕子撕拉着，

美眸里射出嫉妒的光芒。

“是的，确定去了，府中上下都知道。”平儿很肯定地回答。

“就没听说过哪家的正室这么不要脸的，一天到晚霸占着老爷，不让老爷去其他人的房里，她也不看看人家府中，哪个男人不是天天睡在姨娘房里的，就她谢氏做得出这种事情，真是太没脸没皮了！”水姨娘不管不顾地喊了起来，只求爽快地将这话骂出来，吓得凡儿平儿脸都青了。

这说的是什么话，夫人是老爷明媒正娶的，睡在夫人房里那是名正言顺，有什么不可以的，方才水姨娘说的那些家里，只怕那些人都不是什么好东西吧，但就是这样的人，最少初一十五那都是要睡在正室房里的啊。

不过她们也知道这话要是传到别人的耳中，指不定会惹出什么事来，凡儿赶紧道：“姨娘，你千万别生气，你要是生气人就变得不好看了。”

她说完，使了眼神给平儿去倒茶，自己又扶了水姨娘坐下来，看她还是满脸铁青地喷着怒火，知道她怎么也吞不下这口气，索性开口道：“姨娘总把劲往老夫人那使，可你也要使得对，老爷睡在夫人那，于理没有任何错，这府中除了老夫人，只有夫人最大，而且老夫人其实对夫人应该也不是那么差，府里的中馈她不是一直都交给夫人掌管的吗？你要使劲，也要找一个可以真正和夫人抗衡的人才可以。”

听她这么一说，水姨娘的怒意平息了下来，眉头却渐渐地蹙起来，问道：“你的意思是……”

“就是姨娘所想的那个意思。”凡儿低头一笑，眼底闪着精明的光，一刹那将水姨娘的脑袋闪得精明了起来，她咧开嘴，对着凡儿笑道：“不错，当初买你进来时，我就知道你是个精明的，果然没错！”

一进荣松堂，云卿就看到里面坐了其他人。

韦凝紫没有任何意外地坐在里面，对于她来说，必须要寻得沈家的庇护，韦凝紫想的东西比谢姨妈要深得多，她不会故意去得罪一个人，一般都是暗里下绊子，就算和云卿交锋这么多次，她也没有真正和云卿面对面地黑过脸。

除了她以外，还有水姨娘、秋姨娘、白姨娘也站在里头，水姨娘一看到谢氏两只眼睛就恨不得化成匕首，将谢氏扎个透。

可惜谢氏眼都不往她那瞟，直接目不斜视，大方地和云卿一起走过去，对着老夫人敛衽行礼道：“孙女（儿媳）见过祖母（母亲），祖母（母亲）安。”

“嗯。起来吧。”老夫人的面色此时没有什么变化，但是接下来水姨娘的一句话，说得老夫人面色大变。

老夫人叫了谢氏和云卿起来，水姨娘就忍不住开口道：“夫人今儿个来得可真早啊，一定是昨晚又累了吧。”

谢氏看了她一眼，“是啊，今早起来倒也奇怪，等你们仨一起到我那去请安，等了许久也未曾见，我想着不能耽误给老夫人请安的时间，到了这处才知道，你们原来是先到老夫人这里来了。”

水姨娘闻言语塞，按规矩她们是要先去谢氏那请安，再随着她一起到老夫人这里来的。

老夫人耷拉着眼皮听着她们两人对话，在心里骂水姨娘是个蠢货，进府几年了也没看到肚子里弄出个孙子来，脸色就不好看起来，斜眼对着水姨娘道：“你给我闭嘴！”

水姨娘被她说得一愣，以往每次这么告状，都可以看到谢氏得老夫人一顿排揎，今天却怎么也没等到老夫人开口说话，反而自己被老夫人说了，顿时有些愤愤了起来，觉得在谢氏面前，老夫人都不帮着自己，委屈道：“本来就是嘛，她天天霸占着老爷，也没看到肚子有什么动静啊，总不能一辈子都让老爷陪着她，那我们这些姨娘怎么办啊？”

没想到她会这么直接地将话说出来，秋姨娘看了一眼老夫人的脸色铁青，握着桌角的手紧紧地捏紧，而谢氏的面色也变得难看起来。

水姨娘真是，开口又扯子嗣问题了，真是一个枪炮筒，哪里危险就往哪里指，她暗道，却也欣喜，老爷这两个月也没来她房中了，子嗣这问题她就没想了，可是老爷不来，她在府中的地位就不好，一个失宠的姨娘有甚意思，她还看中了几件首饰，想要老爷送她呢，若是水姨娘这么一闹，老爷愿意常来姨娘房里走才好。

秋姨娘一边思忖，一边往左手边的白姨娘面上瞟去，却看她面容沉静，眼眸半垂地站在一旁，一点看不出究竟是喜还是其他什么心情，便收回了眼光，这个死板老实的，就知道靠着夫人，夫人说什么就是什么，没意思。

“好了！”老夫人一声高喝，唬得水姨娘心头一跳，抬起头来不敢相信地看着老夫人，嗫嚅道：“婢妾说错什么了……”

“你在那念叨什么，这两个月老爷回来在夫人那休息又怎么了，也不过就这两个月而已，以前呢，你嫁进来也不是一天两天了吧，老爷宠你的时候也不是没有，你拿着这个做由头可以，但是你肚子还不是一样没有动静！”老夫人脾气本来就不是什么好的，发起怒来说话更是口不择言，当即就把水姨娘一顿数落了下来，弄得她一张美艳的面容顿时黑了下来，又委屈地咬着涂着红脂的唇，狠狠地盯着谢氏。

老夫人从来没有数落过她的，她进府之后更是一直都帮着她对付谢氏，挤压谢氏。

水姨娘只觉得脸面顿失，不仅在谢氏面前，也在另外两个姨娘面前丢了脸，以后再看到她们肯定会被取笑的，眼泪就止不住地往下流，失声道：“老夫人，您两个月没回来，府中发生了很多事情您是不知道，若是我们都没有身孕也就罢了，可是老爷和其他人就有了……”

闻言，老夫人也是一怔，她进府这么久，可从没听到有人提过这个事情，府中曾有人怀孕过吗？一听到有关于孙子的事情，她便重视了起来，看着水姨娘哭得苦兮兮的脸道：“把话说清楚，老爷和谁有了？”

水姨娘看老夫人上了心，立即就扑了过去，对着老夫人哭诉道：“老夫人您是不知道啊，

老爷回来的时候带了一个通房，那时候已经有了两个月的身孕，老爷满心欢喜地将她安置在兰心院里住着。可是不知道为什么，半个月之后夫人就安排人将那个通房送到了庄子上面，说是让她安心养胎，还不准府中的人提起这个通房的事情，只当没了这个人……"

"什么！送到庄子上去了？"老夫人一听，一下就急得站了起来，大声反问。

水姨娘更加卖力地哭起来："是啊，若不是见老夫人你日日想要孙子，夫人的吩咐婢妾也不敢违反啊……"

她深知老夫人最在乎的就是孙子的问题，当下哭得一塌糊涂，口里重复着孙子孙子之类的。

云卿面无表情地看着水姨娘，她早就知道今日水姨娘会拿着这件事来开口，毕竟对付谢氏的手段也就那么几招，目前最有力最迅速的就是拿出苏眉的事情来告诉老夫人。

老夫人的脸色变得铁青，转过头来对着谢氏道："水姨娘说的可是真的？！"

谢氏睫毛一颤，暗道不好，这件事当初老爷和她都在府中说过，不许任何人提起，谁知水姨娘为了争宠，竟然把苏眉也搬出来了。

好在来的路上云卿就有跟她说过，也许这件事情会被水姨娘拿出来说道，引起老夫人的火气，若是发生了这样的事，她只要承认就是，云卿有办法对付。

至于沈茂两个月的药已经吃完了，她是不会提那个中药的事情，毕竟谁也不知道老爷是什么时候中的药，若是说起苏眉肚子里孩子的真实性，又把云卿扯进来，闹起来绝对讨不了好，而且老爷也跟她说了，千万不要跟老夫人说这个事。

想到这里，她虽不知道云卿究竟有什么办法，还是点头道："是的，老爷回来的时候带了一个通房，肚子里怀了两个月的身子，儿媳按照姨娘的份例给她安排了院子丫鬟。不知怎的，有一天老爷发火，打发了她去庄子上休养，儿媳只是照做而已。"

老夫人虽说性子急躁，但是前两日才被云卿暗示过水姨娘经常拿了老夫人来做枪打谢氏。今日虽然生气，到底没有直接就对着谢氏发难，不过面色依旧不好，她心盼孙子已经多年，锦衣玉食在她看来没有一个孙子可爱动人。

如今听了水姨娘的话，再听谢氏的，知道可能是儿子的主意，便收了喷薄的怒火，开口问道："你不知道是什么原因吗？"沈茂也是多年盼子，不可能无缘无故地将怀孕的通房赶去庄子上，这其中必定有隐情。

谢氏动了动唇角，她当然知道，是因为老爷怀疑苏眉肚子里的根本就不是他的种，碍于布政司那位大人的脸面，只将苏眉丢到了庄子上，但是她不能说只能摇了摇头。

倒是秋姨娘眼见老夫人问起，眼珠子咕噜噜地转了一圈，开口道："老夫人，这个婢妾好像知道一点。"

老夫人沉着嗓子道："说。"

秋姨娘便看了一眼谢氏，再转眸到了云卿身上，开口道："据说是那通房和大小姐吵了起来，然后老爷生气了，将那通房赶到庄子去了。"

话头一挑，便到了云卿的身上，老夫人也将目光转移，她一个大小姐和通房有什么好吵的，是为了替母亲争宠想要将通房赶出去吗！

想到这里，老夫人的眼眸里有了质疑："云卿，你知道那个通房肚子里有了弟弟就应该好好呵护她，怎能争吵让你父亲将她赶了出去！"

韦凝紫看着事情最后终于拉到了云卿身上，她幸灾乐祸地暗笑。

弟弟？有了肚子就一定是弟弟吗？祖母真是太期盼孙子了。所有人都在等着下一幕，却见云卿微微一笑，目光清亮大方地对着秋姨娘道："秋姨娘说得没错，当日苏眉就是和我在房中争执了起来。"

没想到云卿会不跟老夫人解释，而和她说话，秋姨娘心中讪讪，不过面上还是带着讨好的笑容，道："婢妾也是听人说的，具体怎样其实也不清楚。"

真是惯会见风使舵，话里话外都是撇清她自己的，云卿冷笑，对于姨娘她心中早就没了好感，嘴角勾起一抹弧度瞥了秋姨娘一眼，转回对着老夫人道："祖母，当日的情形请容云卿给你说。"

老夫人斜睨了一眼，坐回罗汉床上，抬抬眼皮，示意她说下去。

"那通房苏眉进府几日后，便抱着肚子喊疼，父亲听见后就急忙赶去看，我一听弟弟有事，也赶了过去。谁知道来了一个江湖道士，说是府中有人冲了腹中的胎儿，父亲连忙让道士说出来，却是算出来是我的生肖，和归燕阁居住的方位两者冲了那胎儿，为了保住胎儿，父亲才让她去庄子上养身的。"

云卿慢慢地道来，随着她所说，老夫人的脸色渐渐平静了下来，其他的三位姨娘也听了出来。

原来苏眉算出来的结果中，还含了老夫人，老夫人比云卿大了三轮，生肖与云卿相同，所居住的荣松堂和归燕阁的方位也相同，如此一来，那江湖道士岂不是说老夫人也克胎儿？

可是老夫人都没在府中，如何和胎儿扯得上关系，而且傻子才会说老夫人克孙子，很明显是专门用来对付云卿的。

久居内宅的人，老夫人岂会不懂，她面色阴沉，闭着眼一动不动，鼻子中呼呼出着粗气，这个通房被打发到庄子上的原因她也明白了。

儿子素来喜欢云卿这个女儿，敢来对付云卿，儿子也许是会发怒将她打发出去的，这也太大胆了，一个通房而已，才进门几天就敢对正经大小姐使这等毒计，看来也不是个好东西。

不过，老夫人还是发话了，她睁开眼看着谢氏道："相士之言不可全信，庄子上清苦，还是派人去把她接回来吧，不为她，也要为肚子里的孩子。平日里看你也是端庄稳妥的，又是当家主母，去接怀孕的通房回来显得你通情达理，那就你去吧。"

谢氏虽然做好了准备，在老夫人的眼里，没有什么比孙子更重要了，可怎么也没想到老夫人竟然会派她去接苏眉，这也太给苏眉长脸了吧，开口便想要反驳。

云卿冷眼旁观，见她们已经说完，达到各自的目的，便抢在谢氏前头轻声道："祖母，孙女也想跟着母亲一起去乡下庄子。”

老夫人闻言，道：“你一个小姐跑出去做什么？”

云卿面带微笑，道：“祖母，现在已经四月末了，庄子上的东魁杨梅正是成熟的最好时候了，祖母不是每次头痛的时候，吃腌制杨梅便会觉得好多了吗？孙女想去亲自去挑些又大又甜的带回来为祖母做腌制杨梅。再者母亲一个人去，若是需要人帮忙之类的，孙女也好搭把手，顺便看看自家的庄子，了解一下庄子的事务，以免以后别人说孙女对这些事务都是一问三不知。”

“嗯，不错，你倒是考虑得周全，那就这样定了罢，你便和你母亲一起去吧。”老夫人想起马上就可以有孙儿了，心情还是很不错的，“记得要注意自己的言行举止，莫要让人看轻了。”

“是，孙女谨记祖母教诲。”云卿低头行礼告退，却看见韦凝紫首先迎了上来，笑盈盈地问道：“表妹要同姨母去乡下庄子，可是后日便要开学了，你不去可以吗？”

这是来试探？

云卿不以为意地笑道：“表姐真是关心我，家中有事那也是没有办法的，书院里的课程便先耽搁两天，到时候再花些时间补起来便是，毕竟孝顺祖母是最重要的。”

两人又说了几句，韦凝紫这才带着笑容走了。

水姨娘、秋姨娘和白姨娘跟着到了谢氏的院子里，对着谢氏行礼道：“庄子离得远，夫人一路上可要小心，府中若有什么事情可以吩咐婢妾们。虽然没有夫人得体大方，到底还是识得几个字的，也可以为夫人操上一点心。”

这可是来挑衅吗？管家之权她们是想都别想，谢氏肯定是一点也不会分给她们，那就是伺候沈茂的事吧。

云卿冷笑，水姨娘她们仨想得倒好，将娘赶走，她们便可以天天缠着沈茂了。

谢氏面色平和地望着她们三人：“是，明日我走了，就烦劳你们伺候好老爷了。”

水姨娘道：“那是自然，夫人就放心地去庄子里好好地将苏通房接回来。”

秋姨娘虽心内欢喜，面色却微微有点尴尬：“这是婢妾的分内事，婢妾一定会好好地伺候老夫人，老爷的。”

谢氏该说的都说了，便让她们都下去，水姨娘和秋姨娘行礼后就走了出去，只有白姨娘没有动身，此时抬眸看了谢氏一眼，面上带着谦恭行礼道：“夫人，因婢妾父亲生病，婢妾想要回家去看看父亲，可否请夫人允许？”

这个时候回家？

云卿这时才留意不声不响的白姨娘，但见她依旧是一身低调的打扮，整个人看起来清爽又不打眼，眉眼里都是写着老实。

她微微地皱了皱眉，若说水姨娘太过嚣张，白姨娘却也太过低调了，全身上下看起来还没谢氏身边的翡翠打扮得好。

不知道是不是她多心，总之包括白姨娘在内，她总觉得这三个姨娘都没安好心，个个都不是省油的灯。

此时白姨娘回家，却是避开争宠。

谢氏本想着接连几日沈茂都要在她们房里过夜，心情便爽利不起来，此时听到白姨娘的话，眼神也柔和多了，还是她从来不会去争风吃醋给自己添堵。

她也知道白姨娘虽然卖身到了沈家，外头还有父亲在，这一片孝心她当然愿意允了，便点头道："你去便是，若是需要钱，管我开口就是。"

白姨娘眼里带着感激道："多谢夫人厚爱，平日里夫人对婢妾多有照顾，婢妾也有些积攒，暂时还够用。"

"嗯，那你便去吧。"谢氏道，白姨娘也敛衽行礼退下。

待闲杂人等都走了，谢氏转头看着云卿道："苏眉接回来对她们有什么好处，虽然苏眉是个通房，可是一旦生下孩子，她们这些姨娘不是更没地位了吗？"

"夫人，容奴婢说句不好听的，水姨娘的打算恐怕没那么简单。"李嬷嬷皱紧眉头道，"奴婢觉得水姨娘故意在老夫人面前提起接苏眉回来，可能会有几个原因，一则想要借苏眉的肚子，让她回来跟夫人您对抗。二则她是想要在苏眉的肚子上用什么手脚，然后再说是夫人下手的，那就麻烦了。"

到底是老嬷嬷，看事情都要透彻些，谢氏点头："若是如此，那一路我们要好好防备。"接了苏眉回来她不怕，沈茂不会喜欢这个孩子的。

"娘，有件事我一直都没跟你说，当初我问过汶老太爷，他说爹在外面半年若是没用药的话，也有可能苏眉肚子里的孩子就是爹的。"云卿思虑了一番，还是将此话说了出来，不过她说出来的目的，可不是要谢氏同情苏眉之类的。

"真的吗？"谢氏一呆，完全没想到还有这样的事，若是如此，那么苏眉肚子里的是老爷的骨肉……"不，不行，一定不能让她回府。"

李嬷嬷听着云卿的话，首先反应了过来，压低声音道："夫人，回是要让苏眉回来的……"

谢氏抬起头望着她，两眼充满了疑惑："要是老爷知道她肚子里的是他的孩子……"她想起之前苏眉仗着肚子嚣张跋扈的样子，心口就发痛。

"夫人，小姐可没告诉老爷，只告诉了你，老爷怎么会知道苏眉肚子里的是不是他的孩子？"李嬷嬷顿了顿，又继续道，"今儿个老夫人的态度也很明显，她主要是顾着孙子，至于苏眉是谁她根本没放在心上，这次夫人接了苏眉回来后，先好好供养着，她若是生个女儿，别说老爷认为不是亲生的，就算是，怎么也超不过大小姐去，若是儿子……"

"那就去母留子！再让老爷滴血验亲，到时候这儿子不就是夫人的了！"

一句话如雷霆入耳，将谢氏说得一惊，"去母留子"这等做法她听说过，可是怎么也没想到有一天她要做这种事情，这样等于要将苏眉杀死。

云卿知道谢氏一时半会儿的消化不了，换做是前世的她，她也觉得难以接受，可是再活一世，她觉得李嬷嬷的话是有道理的。

她虽觉不忍，但是若是必要，也不在意手上沾染上人命。

人可以纯，不可以蠢。认为世界上的东西都是好的，什么都往好的方向去想，从苏眉进门时的举动就知道她是有野心的人，否则也不会接二连三地想对付她们母女，她若是生下父亲的儿子，不说别的，第一个要对付的就是母亲，只有母亲去了，她才能坐上正位。既然如此，不如先下手为强，至于去母留子，究竟去不去母，还是到时候看情况，若是母亲肚子里有了，苏眉的孩子还算什么。

见谢氏还在沉思，云卿与李嬷嬷对视一眼，起身告辞了出去，到了归燕阁。

流翠问道："小姐这次去庄子，准备带谁去？"

云卿笑道："你肯定是不能去的，我没在，娘也没在，院子里必须有个可靠的人守着，还有飞丹的伤也没好全，你们就留在这里，我带着采青和青莲去就够了。"

流翠应道，便转身去收拾东西，这一来一去，差不多就要两天的时间，若是小姐要摘杨梅，那肯定还要在庄子上多停留两天，就有四天以上了，她得将衣裳随身物品准备好。

有流翠弄这些事，云卿放心，转头便唤了问儿进来："问儿，这两天水姨娘有没有什么动作？"

"这两日水姨娘派了花园里的马婆子出去买脂粉，有小丫鬟出去逛的时候，却看到马婆子上了一辆马车，鬼鬼祟祟地说了半个时辰，才偷偷下了马车，小丫鬟回府之后看到马婆子手上根本就没有脂粉。"

让一个婆子去买脂粉，这真稀奇了，云卿眉头轻蹙："马婆子在府中还有哪些家人？"

当问儿说完之后，云卿勾唇一笑："好了，我知道了。"看来水姨娘还真是有备而来啊，她就陪她玩玩吧，她打着一举三得的主意，眼下，她就要让她连"一"都得不成。

云卿转身进了屋子，拿出一张药单给问儿，让她赶紧拿着去外面的药店里买上三服进来。

接下来的半天，她就一直在书房里的小隔间不停地鼓捣着，直到傍晚的时候，才带着满身的药味从里间出来，手里拿着一包药粉，两眼熠熠生辉。

采青正在听流翠说到了庄子上伺候小姐的时候要注意的东西，看到云卿手中的东西，好奇道："小姐，你配的什么药啊？"

"这是我开的补药，明日让厨房里的人放在补汤里一起熬制端给三位姨娘喝。"那些人不是想要趁着娘不在好好和爹亲热吗？

她们休想，爹的生育能力恢复了，若是让她们先怀上孩子，对娘就十分不利。一个苏眉已经够了，不需要第二个、第三个来给娘添堵。

她说话并未特意避开采青和问儿，也是想试一试她们是否靠得住，今儿个屋中就她们在，若是传了出去，是谁泄露出去的很明显，至于这补药，她一点都不怕被抓住，如果有人泄露出去，她自然有后招对付，简单一手可以试出一个人，岂不是一举两得。

一夜转眼过去。

府中的马车已经在垂花门前候着，云卿和谢氏带着各自的东西和丫鬟，安排好了府中的事情，便坐上马车往着庄子的方向而去。

当马车到达庄子的时候，沈府后院却听到一声惊声尖叫。

“老天爷，你这是要我不是，竟然给我提前来了小日子！”水姨娘一双美眸几乎要突了出来，看着手上污脏的裤子气得几乎就要疯掉了。

而秋姨娘的院子里此时也是一样，她看着突然来访的月事，半天无法言语，这……这应该还有五六天才来的啊，现在提前来了……让她怎么伺候老爷嘛！

由于是当家主母来庄子上，所以马车还没有到达庄子上的时候，庄主就带着几个庄上的管事过来接人，庄主叫做黄大，自看到马车行来之后，便鞍前马后地殷勤伺候着。

这处庄子并不是沈家最大的庄子，比较偏僻。云卿第一次来，难免带着好奇，一路上左右看着，也觉得新奇。

知道谢氏要来，庄主便将正院清理了出来给她居住，而云卿则安排在东跨院，虽然不如沈府大，倒也打扫得干干净净。

谢氏进了正院之后，琥珀和着另外两个小丫鬟便将随身带着的东西摆好，又将院子仔细地查看了一圈，检查过的确是打扫得干干净净，才让等着的庄主进来。

谢氏问了几句话后，便将话题扯到了苏眉的身上：“前两个月来庄子里养身的苏姑娘可在这里？”

庄主脸上带着笑容，连连点头道：“自然是在的，她住在西跨院里，庄子上一直都好吃好喝地招待着。”

琥珀闻言却是皱眉道：“她不知道今日夫人要过来吗？”

按规矩，夫人来了，她一个通房也是要过来拜见的，如今夫人都进来这么久了，却迟迟没有看到她的人影，在庄子里住了两个月，还是那样嚣张，戾气一点都没磨掉吗？

庄主脸色便有些讪讪的，垂头道：“苏姑娘身子不大好，很少出西跨院，昨儿个得知夫人要过来，小的便吩咐人通知她了，刚才也已经使了人去唤她，可能是在路上耽搁了吧。”

她不来，谢氏也不急，她是不会去西跨院看苏眉的，以免那边出了什么事，又赖在她头上。

这一趟出门可是要做足十倍的防范心，她就不相信苏眉会愿意一直在庄子上待着，不想回到沈府去。

“无妨，她身子重，疲乏也是有的，等她愿意来再说罢。”

庄主连连应下，谢氏又接着吩咐道：“最近我口味不大好，想吃得清淡点，就不在庄子上做吃食了，你们还是按照以往的做，我和小姐的便由我院子里做好了，免得麻烦你。”

这是为了防止她们在大厨房吃饭，到时候西跨院的不小心吃了什么不干净的东西，就没有那么多的巧合可以栽赃了。

将事务吩咐了之后，庄主就带着琥珀将庄中一些常去的地方一一介绍了，还派人将主院里的小厨房也一并整理好，给谢氏使用。

此时已是下午，谢氏一行赶路还未用食，黄大家的便帮忙过来做了一桌子菜，虽说比不得沈府里的精致，却也有一番农家的风味。

特别是鱼肉，都是即刻打上来即刻杀了煮的，煮出一锅奶白色的鱼汤再撒上翠绿的芹菜叶，闻起来便鲜甜美味，云卿一路上也饿了，又看菜色新鲜，一口气吃了两碗饭，还用了一碗鲜鱼汤。

这边谢氏和云卿是吃得欢欢喜喜，西跨院那边有人却按捺不住了。

一个丫鬟模样打扮的人偷偷摸摸地进了院子，匆匆地走到屋内，苏眉坐在正房里等着，一看到她，急忙问道："春巧，怎样？"

苏眉早就知道谢氏到了，她想起这两个月待在庄子上的生活就郁闷不已，庄子上住的都是农人。

她好歹也是官家千金，和这些人生活在一起，只觉得掉了身价。

庄子偏僻，没有她喜欢的绸缎铺子、成衣店铺、金银首饰，满眼不是绿，就是黄，看得她烦闷不已。

可是她让人递了几次信去沈府，每一次都没有回音，渐渐地她都要死心了，只有陈妈妈在身边劝着她，只要保住肚子里的孩子，到时候生下男孩，还怕老爷不心软，接了她们母子回去？

就这样，她才忍住了一口气，耐心地在这庄子里住着，因为不喜那些庄上的人，大部分时间她都是在西跨院里待着，一天一天磨时间。

好在两个月过去了，老爷终于想起她来了。她骄傲地摸了摸肚子，只要这次回了府，她就按照陈妈妈的话，低调点，不惹是生非，等生了儿子，再做其他也不迟。

可是终究是一口气难以咽下去，她不愿意主动去见谢氏，既然是老爷让她来的，自己不去，她总不能就一直等着吧，谢氏只能上门来求自己。

"夫人和小姐用了晚膳，吃完饭后，小姐同夫人在后院里散步消食，不知道多轻松呢。"春巧面色不大好看，她当初被安排伺候苏眉，苏眉被打发到庄子里来的时候，她也一并被安排了过来，一心盼着能早点回去，偏生苏眉还要摆款。

"看来夫人还是很沉得住气的，姑娘，你看还是明日主动去请安吧？"陈妈妈颇为担心道，她不比苏眉喜欢争一时之气，看问题也看得长远，赚的这个面子算什么，还不如早点回府去，好好养胎才是对的。

这庄子上很多东西都没有，没有好东西养着，孩子生出来哪能聪明伶俐又好看呢。

苏眉美眸眯紧，手指紧紧地掐着帕子，一手抚在腹部，咬牙道："再等一天看看，看她能不能沉住气。"

一大早云卿起来，采青和青莲就开始忙活着给她准备衣裳，云卿一瞧她们拿出来的软底绣鞋，绣花夏绸褙子，摆了摆手道："采青，我不是让你准备了一套骑马服吗？拿出来给我换上。”

采青想着那一套衣裳，再看看手上的褙子，开口道：“小姐，你要出去骑马吗？”

“就这里怎么骑马？”云卿瞧她呆呆的样子笑道，“今天不是要去摘杨梅吗？穿这个裙子去果园岂不是碍手碍脚的？”

“咱们亲自去摘？”采青一听，眼睛睁得老大，不敢置信地望着云卿道，“小姐，你是说真的吗？”

“当然，否则的话我也不会让你带上骑马服了。”云卿笑道。

采青到底进府不久，听到能出去走走，反应很兴奋，回身去拿骑马服。

倒是青莲在一旁看着，开口道：“小姐，你上山之前要跟夫人说一下吗？”她性子沉稳，虽然听到能出去走走内心也一样兴奋，可是首要还是得考虑云卿的身份问题。

身边的丫鬟里流翠最为老练，性格也泼辣，平日里还好，若是惹了她，也是个胆子大的。问儿人小灵活，最会在府中搞好关系，打听消息很合适。而采青，接触时间不长，还算是比较规矩的。青莲则是细心谨慎，平日里沉默寡言，几乎可以当作不存在，遇上事却会考虑得比采青和问儿多。

丫鬟的性格不同，待在身边才有生机，她也不喜欢都是死死板板的如同一汪死水，也不要过分跳脱不考虑后果的，如今这种搭配，她还是比较满意的。

云卿转过身来，点头道：“昨晚我已经跟夫人说了，放心便是。”

采青拿了一套冰蓝色的箭袖马服出来给云卿换上，再给她挽了一个利落的圆髻，准备好这一切，云卿带着采青和青莲出了院子。

乡下的庄子比起沈府来修得简单多了，没有高墙大院，从后院的角门出来后，便是一条清清的小溪。

云卿跟着黄大前行，虽说黄大步子大，可是黄大照顾她，将速度放缓，她也没有落下。

这次来乡下庄子的主要目的，其实除了陪同谢氏防止苏眉生出什么诡计外，还要找一个人。

若是她的记忆没有错的话，前世里她和韦凝紫也同样来了这个庄子里，为祖母摘葡萄，只是那时候因为她害怕被人指指点点，是戴着纱巾出来的。

当时，就是在这条路上遇见了那个人。

不知道这一世这一切还会不会发生。

一路走下来，却是只闻花香鸟啼，遇见的都是庄上的农人。

云卿眸中带着一抹深思暗道：今日还是先去摘杨梅，但是找人事情也得赶紧。若是遇不到的话，她便上门去寻。

待过了一处桥后，就到了果园，满目都是枝繁叶茂的杨梅树，一棵棵地站立在园中，颗颗饱满红艳的杨梅挂在树叶间，如同一粒粒的红色珍珠串在枝头上，煞是好看。

云卿毕竟是第一次走这么远的路，本还有些疲惫，当看到满园的杨梅时，闻着清风送来的果香，顿时人也轻松许多，对着黄大问道："如今这些杨梅都可以摘了吗？"

黄大是此庄的庄子，对果树当然很有经验，回道："是的，小姐，此时正是杨梅成熟待摘期。"

"那好，我便进去摘杨梅了。"虽说没有亲手摘过杨梅，可是云卿吃过杨梅，知道什么样的杨梅吃起来又甜又香，一手接过黄大递来的小篮子，朝着园内走去。

采青跟在后头，目光在园中扫来扫去，感叹道："小姐，这杨梅好大一颗啊。"便是青莲眼底也有着惊叹，这么大的果园她也是第一次看到。

为了照顾云卿，黄大也是跟在她们后头的，听到采青的感叹后，笑道："姑娘不知道吧，咱们庄子的杨梅是东魁品种，乃杨梅果型中最大的，果汁丰富，酸甜适中，在扬州城里是赫赫有名的，每年庄上的杨梅还未成熟的时候，就早早有人下订单要了。"

说起自己熟悉的东西，黄大的脸上带着一种深深的自豪感，晒得黝黑的脸上泛着光泽，整个人显得精神又骄傲，云卿被这种淳朴的情感所感染，转身到了一棵树下，笑道："那我可要好好挑选几篮好的。"

"小姐尽管挑就是，保管老夫人喜欢，她每年都是吃的我们庄子里出的杨梅呢。"黄大骄傲道。

园子里的杨梅质量很过关，不到半个时辰，云卿就挑出了三小篮子的上等杨梅。

她擦了擦额头的汗，将三小篮子的杨梅放在阴处，走出果园到了不远处的一棵大树下歇息。

黄大的女儿黄小妹走过来，手里拿着三个小瓷杯，一个白瓷茶壶，喊道："小姐，你喝茶吗？"

云卿点头，接了她倒过来的茶，忽然开口问道："小妹，这乡下住的都是农人吗？"

"大部分都是，也有读书的。"黄小妹抬起头来，直视云卿，并没有扭捏和不自然。

采青听到这偏僻的地方还有读书人，挑眉问道："你们这读书的厉害吗？"

"当然厉害，秦大娘家的韦哥哥读书可厉害了，就连乡里的夫子都夸他，可惜他家里没钱，要是能去城里……"

黄小妹说出这句话时，云卿的眼底闪过一抹锐利的光芒，这才是她要问的东西。

好在韦沉渊上一世的时候就是以才学在乡中出名，这一世也没有改变。

就在此时，忽然从旁边的小路处传来了两个人的对话声，透过茂密的树叶，两人的声音都十分清晰。

"叔父，我娘已经多日未喝药了，你能否借我十两银子买药？"这是一个还带着变声期特别嗓音的少年发出的声音，话语里带着迫切的请求。

接着是一个中年男子的声音："你娘那病也不是一日两日了，她那是富贵病，我借你这一次，那下次你又怎么办？"

听得出男子并不想借钱，但是少年似乎没有办法了，继续道："叔父，大夫上回来说我娘的病已经有了起色，只要坚持吃药，就会好……”这一次他的语气里带上了苦苦的哀求了。

可惜半路就被中年男子给打断了：“我借你可以，但是你什么时候能还？只要你能说出一个时间来，借你不难。”

话说到这里顿了许久，似乎是少年没办法说时间，然后听到啪的一声，似是有人直直跪下的声音，少年咬牙求道：“叔父，我知道现在家中是穷困，可是我娘又开始吐血了，求你了！”接着便是磕头的声音。

中年男子这次语气里有了高高在上的得意，装模作样指责道：“不是我不肯借你，而是我借了你之后，你没有办法还我，你看看你父亲还在世的时候，家中情况还不错，可惜为了养你娘的病，是越来越穷，如今你那屋中还剩下什么？你帮人家做工赚的钱还不够你娘吃半个月的药，借钱给你娘那个无底洞吃药，这种有去无还的事，没有人会做！你还是早点替自己打算，你那娘就让她这么死了算了，免得拖累你！”

“够了！叔父不肯借钱也就罢了，不要咒我娘！”少年怒气一吼，将坐在一旁不小心听到这对话的四个少女皆吓了一跳，显然那中年男子也吓得不轻，直接甩了一句，愤声道：“就你这态度也想借到钱！哼，你们就等死吧！”

说着，一阵急促的脚步声从小路后边出来，一个穿着蓝色袍子的中年男子满脸怒色地走出来。

“那借钱的人就是秦大娘家的韦哥哥，他学识好，人又刻苦，为了省钱给秦大娘看病，一天只吃一顿饭，纸笔也从来不买，经常蘸水在池子边练字，在学堂靠着替人做作业换来笔墨纸张，他本来早就可以考秀才了，却因为没钱不能去。”黄小妹似乎十分愤怒，小嘴抿紧瞪着中年男子的背影。

而云卿嘴角却慢慢地浮上了一抹笑容。

她扶着青莲的手站起来，让采青和青莲、还有黄小妹站在此处不要过来，自己则是朝着那个少年走了过去，站在离他一丈远的地方，不声也不响，默默地看着少年那张倔犟又苍白的脸。

此时的韦沉渊还不是前世那个受四皇子重用的天子近臣。

这个时候的他和母亲在乡下相依为命，而韦沉渊是个骨子硬脸皮薄的人，不会轻易开口求人，就算一边读书一边做工，他也要凭着自己的能力养活母亲，今日能如此给中年男子下跪，肯定是没有办法了。

想起上一世的时候，她和韦凝紫路过，也是听到了这么一段对话。

当时便动了恻隐之心，要帮助这个少年，韦凝紫当时还说她太好骗，不肯让她伸出援手，后来自己就说这样一个厉害的读书人，不应该埋没，将来会有大出息的。

也许是这句话打动了韦凝紫，韦凝紫拿了云卿的二十两银子去给了韦沉渊。

后来，韦凝紫回沈府几天后，谢姨妈又和韦凝紫去看望了韦沉渊，没多久之后，韦沉渊的母亲秦氏就病死在床头，谢姨妈善心突然发作，将韦沉渊过继到了她的名下，做了她的儿子。

而韦沉渊是一个知恩图报的人，他感激谢姨妈和韦凝紫两人的相助，努力发奋读书，在当年考上秀才，三年后中了举人，同年明帝加开恩科，他一举夺得三甲中的探花之位，从此进入了仕途，官位节节高升，势不可当。

前世时，虽然韦沉渊并没有参与什么韦凝紫谢姨妈的阴谋，一心读心，读书之后一心当官。可是不得不说，韦凝紫也是靠着他，才能在最后将云卿推下侯府夫人之位。

想来也可笑，当时明明是她好心要帮助韦沉渊，还被韦凝紫骂她烂好心。结果韦凝紫拿着她的银子，拿着她的好心，却换来了一生的支柱，害了她一辈子。

中年男子走后，少年依旧跪在地上，清瘦的身躯藏在一件蓝色的布衣里，布衣已经洗得发白，布料也变得软皱，将他单薄的肩膀衬得越发瘦弱，甚至可以通过布料的形状，看到他高耸的肩骨。

他跪在那里，低垂着头，纤细的颈部弯曲的弧度显出一种重重无力感，突然他手指握拳，狠狠在草地上捶了几下，喉咙里发出困兽一般的低吼声，发泄着心中的气怒和沮丧。

“男儿膝下有黄金，几两银子而已，犯不着你对他下跪。”柔软中带着清冷的嗓音进入耳中，韦沉渊抬起白中带黄的脸，望了过去。

那是一个穿着纯蓝色箭袖裳的少女，站在翠绿草叶之间，正用一种平静无波的眼神望着他。

他一愣之后，发出了两声冷笑，站起来，身姿笔直，讽道：“你当然是说几两银子而已，一个只知道吃喝玩乐的大家千金又懂得什么叫做民间疾苦！”

仅仅如此就愤世嫉俗了？想起日后那个风头无二的京中新贵，再看看眼前眉眼里还有着青涩，因为母亲失去救助而变得愤慨的少年，云卿浅浅地笑了。

她们这些大家小姐还真如他所说的，每天可不就是吃喝玩乐，两手不沾阳春水。

可这就是人的命，生在什么样的家庭，就有什么样的生活，各有各的苦，所以她全不介意他所说的话，凤眸如同两汪墨泉，凝视着他道：“我可以帮你。”

韦沉渊一怔，眸中先是闪过一抹惊喜，若是她真心肯借银子，娘的药就不会断了。但是他与她才第一次相逢，她为何要如此？

他深吸了一口气，看着面容沉静的少女，咬了咬牙。既然他今天能给叔父下跪，就是豁出来求得母亲的治病银子，只要有人肯援手，他就愿意答应任何条件。“你说罢，要我卖身还是做奴才，我都愿意。”

望着他视死如归的表情，云卿的嘴角微扬，平静地开口道：“我既不要你卖身，也不要你做奴才，还要让你好好地上学，参加科举，以便可以完成你母亲的愿望。”

“你如何知道我的情况？”听到不要卖身为奴的时候，韦沉渊眼底明显一松。

云卿则是淡淡的一笑，眼眸往左方后侧扫去：“方才我听黄小妹说了你的情况，你既然是读书的好材料，不要因此而耽搁了。”

他顺着树干间的缝隙可以看到那边还站着三个少女，一个是庄上的黄小妹，还有两个，看来就是这个小姐的丫鬟了。

她让她们站远点，是不想她们看到他狼狈的模样，听到两人的交谈，给他保存脸面吗？这样的举动的确十分贴心，想起刚才自己对千金小姐的评价，脸不由得微微一红。

“就是如此？”

“就是如此。”任谁对于天上突然降下来的好事，都会存上戒心的，何况是一个刚被叔父拒绝支援的少年，云卿微笑着回答道，“不过，你若是良心不安，我倒还是真有事情要请你帮忙。”

如此一说，韦沉渊便轻松了些许，他不喜欢白得人家的援助，深深地对着云卿作揖道：“若是小姐能借给我娘治病所需的银子，有什么要求你尽管说，脏活累活，我都可以做，请小姐先将账目记录在账本上，我现在也许还不了，以后都会还的，保证绝不少一分银子。”

这一番话倒是十足韦沉渊的作风，前世他也是倾尽一切地帮助韦凝紫谢姨妈两母女，只要她们开口，他能做到的一定去做。

云卿摇头道：“银子对于沈家来说不算什么，待你有了剩余银子的时候，再还也不迟，我眼下暂时还不需要你帮忙，到时候若有，我会找你的。今年你十四了，可以参加乡试，虽然成绩不错，可是乡下的学堂夫子水平有限，我回去后在白鹿书院给你报名，你一并过来吧。”

比起刚才的话，这句才是最震惊的，白鹿书院乃扬州最好的书院，里面的夫子都是扬州最好的老师。同样，白鹿书院的束脩也十分昂贵，一年需要五十两银子，对于一般人家来说，实在是太贵了。

“可是我娘还在乡下，恐怕是去不了。”韦沉渊心内早就向往，无奈身无此力，只能空留遗憾。

这点云卿当然也想得到，韦沉渊是个大孝子，若是不能安置好秦氏，他定然无法安心读书，便从荷包中拿出十两的碎银先给他，道：“住宿的事情，我不能安排，但是我娘能，你先回去让大夫开药，下午我让我娘去你家中看看。”

韦沉渊听她似乎早有打算，又心挂家中秦氏的身体，也不多说，接过银子后，深深地作了一揖，连忙朝着村落的方向奔去，风吹起他旧旧的衣袍，感觉他整个人比刚才要轻快了许多。

直到他的身影消失在视线内，云卿才转身回了山庄，将今日遇见之事说给了谢氏听。

“听黄庄主的女儿说，他虽然人穷，志却不穷，每日晨起砍柴做饭，然后读书，再去学堂听讲，下午回来熬药给娘亲喝，是个极孝顺的人。”

谢氏听了虽然不免动容，可是这善事做下来，也不知道将来会不会惹来什么麻烦，毕竟秦氏得了重病……

云卿看出她的疑虑，蹙眉道：“娘，父亲不是说要开如善堂，就是想积善么，本来善事就不是那么好做，否则女儿也不会想出请人教手艺的点子。可是今儿个韦家的事女儿没看见也就罢了，这都在眼底下了，若是视而不见，那还谈什么做善事。再说，咱们家别的不说，银子总是不缺的，他母亲的病虽然是养着，可是他也说了，大夫说一直吃药，也就会好了。

说到底还不是穷出来的，这一点银两，我们随便省下点什么都能出了，为什么不做呢？”

听着女儿的话，谢氏也觉得有些道理，既然要做善事，那便不能看到了也不管，只是女儿说上学堂什么的，就有些迟疑：“我们是不是管得太多了，还管着他上学堂的事情？”

“娘，你都伸手救人家了，干吗不帮忙帮到底，夫子都说他是个读书的好苗子。咱们既然救人，那就帮帮他，要是他能考上了，以后当了官，哪还用得上咱们家救助他。”

云卿拽着谢氏的胳膊，苦心地说道：“而且看这情况，若是没人伸手的话，他娘指不定哪天就熬不过去了，到时候就变成了没爹又没娘的孩子，那情况不是更苦。”

大抵是云卿说“没爹没娘的孩子可怜”这句话，让谢氏踌躇许久后，终于答应了：“好吧，我下午便随你去他家中看看，若是没问题，咱们在扬州还有空的小院子，让他们搬去就是。”

其实除了这一点，还有一点谢氏没有说出来，这几次回柳家，她总觉得看柳家的一切都有些变了味。

沈茂一直在用银子给柳家大表哥铺路，就是想借助他在官位上有事好帮忙，可是如果柳家不那么值得倚靠的话，他们就等于白投了钱财。

如今听云卿说这个韦沉渊读书拔尖，若是支援些银子，他能读出些成绩，有了出息，日后也能照顾一二。

虽说想得长远了点，可是总比一心死在一条路上的好。

于是用过午膳之后，云卿和谢氏换了一身得体的衣裳，便唤了黄大，派了两顶软轿，让黄小花领着往村落里走去了。

待到了村中一间茅草泥房前时，云卿和谢氏两人都怔住了，她们是想过韦沉渊家穷，可是未曾想到有这样贫穷。

泥土和麦梗和在一起做成的墙壁，枯黄的稻草铺成的屋顶，整个屋子的大小一眼便可以打量出来，还不如云卿归燕阁一半大。

她们两人进了村口后，便有人通知韦沉渊。下了轿，便看到他站在木门前，换上了一身青色的学子长袍，虽说半新不旧，可也是他最好最得体的衣裳了，见到两人后便作揖道：“沈夫人，沈小姐。”

从山中回来后，他才知道，原来是庄子里的东家夫人和小姐来了。

谢氏自是对他一番打量，见他人虽清瘦，却举止有礼，面色清然，心里便有了好感：“令堂的身子好些了吗？”

“大夫正在里面把脉，沈夫人请里面坐。”韦沉渊有礼地回答，面色带着恰到好处的谦恭，又不显得卑贱。

云卿一旁看得暗自微笑，如今韦沉渊虽未成熟，却已经看得出日后举手投足的风范了。

进了屋内，先是一个小屋子，摆了一张原木木桌和四条长椅，一张方桌靠墙摆放，上面摆了四只杯子和一个茶壶，显然是客厅。

而往左边的内室，就是秦氏所居住的房子，隔着一块陈年花布帘子，听得到里面正发出女子沉沉的咳嗽声。

云卿一进去就看到了那个日后可以使耿佑臣人生发生巨大改变的女子正半靠在枕头上，一个老大夫正坐在床头替她把脉。

妇人秦氏看到谢氏和云卿的时候，微微地挣扎了一下，要起身见礼，韦沉渊连忙过去扶着她。

谢氏见她如此，道："你身子不好，无需多礼，赶紧躺下让大夫把脉吧。"

秦氏这才又重新靠下，韦沉渊将她被角掖好，站在一旁等候大夫的把脉结果。

尽管秦氏一直病重，可她身上的外衣色泽虽旧但也干净，被褥枕巾都无污脏，家中也没有那种贫穷人家病重时所发出的浓烈的恶臭，反而有一股淡淡的花香味。

顺着香味望去，在秦氏床头的一个小木柜上，有一个竹筒做成的花瓶，里面插着三五枝桃花，将房间点缀得明亮起来。

秦氏顺着她的目光看了一眼，笑道："这是我让小渊摘进来的，显得房间生动点，免得死气沉沉的。"

在病痛的时候还讲究这些布置，可见秦氏心态是极好的。再看屋里的一切都是干干净净，摆放整齐，韦沉渊在平日整理方面很上心，虽然这个小家贫穷，家教却很不错。

过了一会儿，大夫站了起来，拱手道："令堂此病与前些日子诊断一致，乃是生子时身体大亏，后期又未及时养好，导致内里元气亏损，只要一直有好药养着，按照老夫前次来时开的方子将养着，并无大碍。"

听到这个诊断，韦沉渊则是眼睛一亮，拱手道："谢谢大夫。"

"无事，若是没有其他事，我便去下一家了。"大夫开始收拾箱子，背在肩上，站起来告辞道。

"好的，您请慢走。"韦沉渊送大夫出门，屋中便剩下秦氏和谢氏母女三人。

秦氏这才对着谢氏道："我听小渊说了，今日多亏了贵人帮忙，大恩不知如何感谢。"她坐直了身子之后，对着两人道："看我糊涂的，进来这么久都没让你们坐。快快请坐。"

谢氏目光移到她房里的两张简陋的凳子，上面的漆都掉了，显得斑驳陈旧，犹豫了一会儿，还是坐下来道："今日小女知道你家中之事，回来与我说明，我便过来看看。"

秦氏看到站在谢氏身旁的云卿，面容如月，皮肤细润如温玉，比起以前她见过的京中小姐都要好看几分。再想起儿子说起的事，发自内心地赞美道："贵千金真是生得花容月貌，娴静大方，心肠又好，夫人真是好福气。"

听到有人夸自己的女儿，比起直接夸她自己，谢氏心内还要高兴，客气道："哪里，这是在外人面前便如此呢，比不得你家公子。"

两人客套了几句后，韦沉渊从外头走了进来，对着谢氏和云卿深深地鞠躬道："多谢沈夫人和沈小姐相助。"

"无需多谢，也是看你一片孝子之心。"谢氏道，"听说你在书院成绩不错，如今也有

十四之龄了，若是可以，你愿意去白鹿书院就学吗？”

“当然愿意。”韦沉渊低头应道，“只是母亲身体抱恙，恐怕无法离开。”

秦氏听到有人愿意赞助儿子去白鹿书院，又听儿子因为自己的身体不去，面色急切，连忙道：“你去便是，娘的病无碍的。”

谢氏看她的表情，显然不愿为了自己的身体，耽误儿子的将来，一下子倒和秦氏产生了母亲和母亲之间惺惺相惜之心，笑道：“你不必着急，我在扬州有一个空置的小院子，院子虽然不大，两进的，倒也算清静，离书院也不远，可以带着你一起过去，他上学和照顾你这样两不耽误，你看如何？”

秦氏听到这样的话，眼里说不出的激动，拉开被子就要下床给谢氏跪下：“夫人的大恩大德真的无以言报，借了银子给我们也就罢了，还提供院子和书院，我一个乡下妇人实在是愧不敢当。”

谢氏连忙站起虚扶道：“不必，我们沈家一直都做善事，夫人家中情况沈家知道了，必然要伸出援手，千万莫要行礼，你身体还虚弱，经不起大动作，多多休息才是。”

一番劝导之下，秦氏才上了床，大概因为刚才一番动作太猛，心情又太激动，又开始咳了起来，韦沉渊连忙给她抚背。

看她咳得辛苦，谢氏微微皱眉，道：“我后日动身回扬州城，若你们愿意，便与我们一起上路，一来有个照应，二来书院已经开学，莫要耽误太多课程才好。”

秦氏捂着嘴，深呼吸了一口气止住咳道：“多谢夫人关心，后日我们会收拾好一切，现在夫人和小姐还是别待在此处，过了病气倒是我的罪过了。”

谢氏道：“我先回去让他们安排一番，那院子一直都有人打扫，估摸后天去就能住了进去，你且宽心，多注意自己的身子。”

“好的，小渊，去送送沈夫人和沈小姐。”

“沈夫人，沈小姐，请。”韦沉渊微躬身，送两人出去。

两顶软轿还在外头候着，谢氏上轿之前看了他一眼，开口道：“将必要用的东西收拾好便可以了，本来不用这么急的，看你母亲的身子不大好，沈家的马车总是要平稳些，不要受那样的颠簸。”

韦沉渊闻言，心中更是一悸，这些年受人白眼多了，被人看不起也已经习惯了，未曾料到沈夫人还会替他考虑这些。胸口哽咽，声音沙哑道：“沈夫人，大恩不言谢。”

谢氏微微一笑，和云卿一起上了软轿。

韦沉渊待软轿消失在村头，才转头进了屋子，秦氏此时已经不咳了，靠在床头似已经睡着，韦沉渊轻手轻脚地走过去，想扶她躺下。

不料刚一走近，秦氏就睁开了眼，轻声问道：“沈夫人她们走了吗？”

“已经走了。”韦沉渊道，“娘若是要歇息，就躺下吧，以免着凉。”

秦氏摇摇头，看着面前清瘦得如同风中竹子的儿子，叹了口气道：“都是娘身子不好，让你一同受罪了。”

“哪里，侍奉娘是儿子愿意做的，心甘情愿做的。”韦沉渊笑道，“娘又多想了，再说现在沈夫人愿意帮助我们，以后娘的药能不断，身体便能好起来了。”

“你就这么心甘情愿地接受别人的资助？”秦氏脸色却是忽然一板，虽然一副病容，却有着几分的威严。

韦沉渊立即道：“没有，儿子说了，这用的每一笔银钱都记在账上，日后儿子成人了，必定一分不漏地还给沈家。”

见他这样说，秦氏心中松了一口气，她就怕儿子认为这世上的援助都是理所应当的，声音便软了下来道：“你能这样做是好的，另外还有一点，你一定要好好读书，考上秀才才是，这样才能真正的报答沈家。”

韦沉渊微微一怔：“此话怎讲？”

秦氏见他脸上露出不解之色，微微一笑，问道：“你可知道今日来的是哪个沈家？”

“儿子自然知道，那个大庄子的东家，是扬州豪富的沈府。”韦沉渊早就打听了沈家的事情。

“嗯，沈家一直都是豪富，近十年来更是如此，如今的当家老爷将沈家打理得蒸蒸日上，他们一直行善，可谓是名也有，钱也有，却单单缺了一样东西。”秦氏并未直接说出，而是诱导儿子思考。

韦沉渊脑子转得飞快：“母亲说的可是权？”

秦氏点头道：“你说得没错，沈夫人不会无缘无故得对我们母子如此好，你在乡中读书一直以来都好。想必沈夫人也是知道了，才伸出援手的。”

这么一说，韦沉渊的面上便显出一分失望来了，他刚才还对谢氏感动过，如今听母亲说，好似心中又一下难过起来。

秦氏最了解自己的儿子，他面色上一点的变化也看得出，便笑道：“你也莫要失望，世上读书好的人不止你一人，可是沈夫人知道你我的情况，便前来探望，还提供了院子给我们居住，她是个好人，也是个善心人。不过人活在世上，总会为自己考量一二，她现在帮你，是不计较其他的，只是想着你以后若要中了举，可以记挂沈家恩情，有事帮衬些罢了。”

儿子虽然少年老成，可毕竟是在这乡下长大，很多见识和眼界还不够开阔，这也是她为什么几乎没有考虑就答应谢氏资助的原因。

只有在繁华的城市中间，接触到更多的人，更多不同层次的人和事，思维才会开阔，书上的道理才能更好地融会贯通。

她不能让老爷的骨血就变成一个乡村的野夫，想起老爷当年的嘱咐，她心内便更加笃定要让儿子读书，出人头地。

听到母亲这么说，韦沉渊心中又通透了许多，望着一脸疲惫的秦氏，他自觉母亲比起乡中的夫人来要明理百倍，举止言语有几分大家风范。

摇了摇头，韦沉渊为自己突然冒出来的念头笑了一番，想到可以去白鹿书院上学，便赶紧去收拾东西，准备好后日与谢氏一起往扬州而去。

坐在软轿上，云卿一路上都在想一个问题，当听到大夫的诊断时，再想起秦氏的面容，虽说她学医的时间不长，但观其面容，虽面皮发黄，两眼却还是有神，不像将死之人。

记得上一世的时候，她也是听到韦沉渊说秦氏是需要用药将养着就无事的，可是在谢姨妈和韦凝紫来探望过后的两个月，秦氏就病发去世。

可是如今她按照同样的轨道来，大夫并未说秦氏的身子不好，随时会病发逝世，按理来说谢姨妈和韦凝紫既然要装好人，药钱肯定是不会省的。

难道当年秦氏并不是自己病发去世的？

云卿想的没有错，前世的时候，韦凝紫接了她给的银子，却以自己的名义送给了韦沉渊。

待回到沈府时，韦凝紫提起这个事情，谢姨妈便动了心，她膝下无子，虽说有一个韦凝紫，可是女儿迟早都是要嫁出去的，到时候没人在身边伺候太不方便。听说韦沉渊读书拔尖，便动了心思，借着探望之名，去打听秦氏的身体情况，当听到大夫说秦氏要一直好好养着，谢姨妈又舍不得银子做这个好事，而且秦氏一直活着，就算韦沉渊对她记恩，怎么也有一个亲娘在那。

但是谢姨妈并不是下毒毒死秦氏的，而是寻了一个机会，对秦氏说若她活着以这样的身子耗费大量的银钱，韦沉渊这辈子就只有在乡里虚度一生了，那么好的才华却只能天天下田种地，真是浪费了。若是秦氏死了，不再拖累韦沉渊，她倒可以考虑补助韦沉渊读书考科举。

这样暗示十足的话秦氏岂会听不明白，谢姨妈的意思就是让秦氏早点去死，免得拖累儿子，秦氏被气得五脏翻腾，考虑到儿子的前途却不得不咽下这口气，又气又怒，于是病情更重，再加上她也接受了谢姨妈的话，偷偷将每天的药倒掉。

一个本来就病重的人，又不吃药，一心求死，两个月后，秦氏就油枯灯尽而亡。韦沉渊并不知道这一切，一心以为母亲是病死的，就连云卿也不知道原来中间有这么一截。

思考之间，软轿已经到了庄子后院角门前，谢氏和云卿下了软轿，往后门进了，云卿跟着谢氏到了主院。

"夫人回来了，要摆膳吗？"一来一去时间匆匆地过去，又到了日头斜落之时，琥珀进来问谢氏是否要用晚膳。

谢氏因为下午出去了这么一趟，便有些累了，胃口也不大好，抬头问云卿道："你饿了吗？若是饿了，我便让她们将饭菜端上来。"

因早晨出去摘杨梅消耗了体力，中午云卿吃了两碗饭，到了现在反倒没什么胃口，便唤道："弄两碗粥并两碟子小菜进来就好了。"

琥珀得了吩咐，立即出去吩咐小丫鬟通知厨娘去熬粥，云卿便搬了个圆凳坐在谢氏的旁边，给她捶腿解乏。

"那个苏眉倒真沉得住气啊，到了现在还没到我这来请安。"谢氏微眯着眼，语气里带着淡淡的嘲弄。

云卿望了她一眼，开口道："她是知道我们明日还要住一日，当然还是沉得住气的，若是明日还不来，那倒真是她厉害了。"

她就不相信苏眉不想回扬州城了，就苏眉的性子能在庄子上待得舒坦那是不可能的，只不过是在赌这没有任何缘由的气而已。

倒是水姨娘安排的人，怎么到了现在还没有动静，她到底是打的什么主意。

就在这时，外面忽然传来了琥珀训斥小丫鬟的话："让你去大厨房借了药罐来，怎么去了那么久，夫人等会儿还等着吃药呢！"

这个药是汶老太爷的安神补身的汤药，谢氏每天都要服用的，昨儿个小丫鬟不小心将带来的紫砂药罐打碎了，所以今儿个琥珀让她去庄子上的大厨房借一个来熬药。

小丫鬟嗫嚅道："我刚拿了药去大厨房的时候，不小心撞到了春巧姐姐，她说她的脚崴了，我扶着她过去坐了一会儿，所以耽搁了时间。"

云卿蹙眉，春巧？那不是苏眉身边的丫鬟吗？抬头看谢氏已经睡着了，便停了手，轻轻地往外头走去。

一出院子，便看到琥珀接过那药罐和药包，正欲拿进厨房去熬，云卿走过去，轻声唤住她，道："琥珀，把那个药罐和药包拿给我看看。"

琥珀看了看手中的药罐和药包，想起春巧是苏眉的人，也觉得不放心，便递过去给云卿，道："大小姐，这药你看看是不是有问题？"

云卿拜在汶老太爷门下的事情，除了沈茂谢氏夫妻二人，还有翡翠琥珀和流翠几人知道，其他人是一概不知的。

这也是汶老太爷的意思，在他没有正式说可以出师之前，云卿不可以对外宣称是他的弟子。

对此，云卿也深感赞同，树大招风，在她医术未曾扎实之前，最好还是低调为好。

卿本无罪，怀璧其罪就是这个道理，难免其他人不会因为她是汶老太爷的弟子而心存挑衅或者嫉妒，岂不多事？

打开药包，云卿拿出里面的药材查看，又捏起来放在鼻子下闻闻，复又将药罐拎起查看了一番，还给琥珀道："无事，你拿去让人熬药吧。"

不过春巧撞上谢氏的小丫鬟，真的只是一个巧合吗？云卿嘴角微扬，有人想挖陷阱害她，她倒是要跳跳才能对得起人家的一番苦心布局。

几颗星子点缀在夜空中，蛐蛐儿在石缝里唱着曲儿，云卿坐在庄中小院的交椅上，两手抱着膝盖看向远处的层峦叠翠，白日里诱人的风景已经变成了暗夜里起伏不断的阴影。

青莲抬头看了看四周，开口道："小姐，山中夜里阴凉，小心受寒。"

摸了摸手臂，云卿也感觉到些许的凉意，点点头，转身进屋："昨晚让你准备的一切已经弄好了吗？”

“都好了，和小姐预料的一般，奴婢也按照你吩咐的做好了。”青莲捧了洗浴用的衣物过来，采青刚好从内房铺床出来，笑道：“小姐，那个眉姑娘可真好笑，夫人来的时候她拿乔不来见，今儿个下午她终于忍不住，故意到花园里巧遇了夫人，顺便给夫人请安，夫人可没给她好话，据说自知丢了脸面，气得在西跨院直摔东西呢。”

云卿用象牙镂空的梳子梳了梳头发，嘴角勾起一抹嘲笑的弧度：“脸面这东西，一般都是自己凑上来给人丢的。”

若是谢氏来的第一天早晨她按照规矩来请安，不就省了大把的事情么，非要等到如今这样，弄得自己不痛快那也怪不了别人。

CHAPTER 11 第十一章　心怀鬼胎食恶果

次日，云卿早早便起身梳洗，采青和青莲指挥着庄子上的小丫鬟开始收捡东西，打包起来先行送到庄子前面的马车里面去。

云卿也随意用了点早膳，便到主院去见谢氏，进门便看到苏眉坐在院子中的一把玫瑰交椅上，正金贵无比地双手交握在腹上，拿着长腔道：“春巧啊，今日的养身汤怎么还没煲好？”

“好了，马上就端来了。”春巧从小厨房那出来，手里端着一碗热腾腾的汤药。

陈妈妈接了过来，吹了吹，待凉了才递给苏眉道：“姑娘，可以喝了。”

苏眉瞟了一眼进来的云卿，轻笑着站起来福了福身道：“见过大小姐。”

云卿淡淡道：“起来吧。”

苏眉这才接过陈妈妈递来的药喝了下去，拿着帕子擦了擦嘴角，她现在不会和谢氏云卿直接起冲突，好好地将孩子生下才是最重要的。

云卿也不和她言语，待外头的一切都备好了，便随着谢氏一起出去。

庄子门前停了四辆马车，最前面的一辆装饰得最为华丽，是谢氏和云卿坐的，第二辆是老夫人特意为苏眉准备的，第三辆是小丫鬟们的，第四辆则是装放几人行李，以及采摘的上等杨梅。

除此之外，她们还用了庄子上的一辆马车，这里头坐的便是秦氏和韦沉渊了，马车一早便驶去接他们两人，此时也到了庄子前。

韦沉渊看着正在搬东西的下人，也要过去帮忙，谢氏喊住他道：“这些事不用你管，好好照顾你娘，这路途虽不算太远，也要六个时辰，她身子骨不好，要多注意些。”

“谢夫人关心。”韦沉渊听了秦氏的一番话后，自知大恩不是挂在嘴边，只有以后做出成绩，才能好好报答沈家。

苏眉正扶着陈妈妈的手，踩着脚凳上马车，望着突然增加的一辆马车，眼底滑过一丝不耐烦，道："假惺惺的做姿态给谁看，故意大张旗鼓地接了人家母子去城中，还不是要留个好名声。"

"姑娘不要管其他的了，先上马车吧。"陈妈妈看了一眼谢氏和韦沉渊，倒觉得没什么。

一切准备好了，马夫坐在前面，高声问道："夫人，可以走了吗？"

琥珀看了一眼谢氏，见她点头，答道："走吧。"

美妙的时间总是过得格外的快，除了路上因苏眉晕车要呕吐，停了两回外，一路畅通地回到扬州城。

谢氏让琥珀带着韦沉渊和秦氏到扬州西边筒子巷里的院子安顿下来，自己则坐着马车直奔沈府。

老夫人出门前一再地催促她要早点将苏眉带回来，谢氏虽然心里不痛快，想起李嬷嬷说的话，还是决定先忍忍，到时候看情况而动。

一进沈府，就看到老夫人房里新进的大丫鬟碧菱正在门口候着，给谢氏云卿行礼后，道："夫人，老夫人知道你们摘了杨梅回来，一直在房中候着呢。"

人人心照不宣，老夫人这不是等着杨梅，她是等着看苏眉的。

谢氏点头，对着身后的人吩咐了一番后，让小丫鬟提了一篮子杨梅，接着道："那我们便先去给老夫人请安。"

进了荣松堂，苏眉瞧着坐在罗汉床上，穿着金边玄色镶领墨色织金花卉缎面对襟披风，赤金撒花缎面圆点纹样马面裙，额间戴着浅绿镶珍珠抹额的老夫人，便知道这就是沈茂的母亲，盈盈往前施礼道："苏眉见过老夫人，老夫人大安。"

老夫人哪里会让她行礼，看到她微凸的肚子，眼睛转也不转，忙道："你是有身子的人，不必多礼。"

她目光打量着肚皮，看是圆的还是尖的，只盼着里面是个男婴，关切地问道："你身子还好吧？"

要说苏眉若是不把本性露出来，出色的容貌加上刻意的柔顺，还是颇为顺眼的，她低垂着头："多谢老夫人关心，苏眉身子很好。"

"好，自然是好。"老夫人乐呵呵地唤了苏眉到她身边，拉着她的手，对着谢氏道："你做事是个稳健的，这趟让你去果然令人放心。"

听到这么一说，早就过来等着看好戏的水姨娘也开口道："夫人自然是用了心的，这一路上她肯定是好好照顾着呢，老夫人你可要好好地赏她。"

"这自然是要的，虽说儿媳你自己生不出，可若是……"老夫人高兴的表扬还没有说完，正为得到老夫人喜爱而欢喜的苏眉却觉得腹中传来一阵绞痛，口中惊呼了一声，接着额头就开始有汗珠沁了出来，身子弓起，抱着腹部尖叫道："我的肚子……"

听到她的尖叫，云卿凤眸蓦然转冷，好戏终于开幕了。

谢氏首先看到苏眉的表情，暗里皱了皱眉，一回府中又开始做戏，这回不知道要出什么幺蛾子了。

陈妈妈则最先发现苏眉不对劲，这次回来苏眉也是打定了主意要好好养身子生孩子，不瞎折腾了，她从小看着苏眉长大，最是熟悉她的一举一动，她脸上的痛苦根本就不是装的，连忙问道："姑娘，姑娘，你怎么了？"

"妈妈，我不知……道，肚子好疼啊……"苏眉人已经缩成了一团，倒靠在罗汉床的柱脚，双手摸着腹部，眼眉皱得紧紧的。

老夫人离她最近，可以清晰看到额头上不断冒出来的汗珠，脸色一沉，瞪着谢氏道："还不快让人去请大夫，越快越好！"

望着眼前这一切，水姨娘眼底闪过一抹笑意，站起来却面色焦急道："这都四个月的胎了，怎么好端端地会疼呢，该不是吃错什么东西了？"

本来就担心大夫来得太慢的老夫人听到她如此说，双眸里布满了焦急和担忧，好不容易盼来了一个怀上的，可千万别出了什么岔子啊。

过了两炷香的时间，外头急匆匆来了一个大夫，他背着药箱，被小丫鬟一路催着进来，令人意外的是，来的不止他一个人，后面还跟着一位年轻的公子，穿着圆领直裰碧蓝色绸袍，长发束在了碧色的冠里，容貌温和，正是耿佑臣。

看到他进来，众人皆是一愣，这眼生的男子如何进来的，却看见他对着众人拱了拱手："在下耿佑臣，是书院的夫子，今日刚巧也在大夫这里，听闻是沈家有事，便特来拜访的。"

谢氏倒是听说了今年书院来的新鲜事，一个永毅侯府的公子到了白鹿书院做夫子，想来便是眼前这位，于是对着他行礼。

耿佑臣抱歉地笑笑："听闻沈家小姐琴术不错，见她未来上课，一心怕误了她课程，便上门而来，还请老夫人和沈夫人莫要见怪。"

人都进来了，还有什么见怪的，谢氏客气道："哪里，倒是让你烦心了。"便请他坐下，让人上了茶水。

耿佑臣坐下后，目光便转到了云卿身上，上次自知府院中见过一面后，便没能再遇到她。

如今也不知道那东西在哪里，四皇子吩咐了不要惊动其他人，慢慢地寻找，时日方早，切不可因为动静过大，将各派的眼目都吸引过来。

他先在沈府和柳府之间熟悉了，以后若是下手也方便许多。

倒是这位沈家小姐，吸引了他的注意力，她似乎十分不喜欢他，看向他的目光也是带着一种说不清道不明的意味，在记忆中，他似乎从未得罪过她。

不过一个商贾之女，怎的有这种傲气，看到他也没什么格外的表示，到底是年纪还小吧。

云卿余光瞟了他一眼，只说不出的厌恶，大喇喇地到了她家中来，看着人家府中有事，还能坐下来，这个人还真不是一般的让人嫌，他以为自己多有存在感。

云卿直接把他当成空气，迈步到了大夫那边，苏眉早已经被婆子抬到内房里小榻上，大夫正隔着手帕在把脉。

老夫人焦急地站在一旁，碧萍扶着她，也是满心的担忧，她们都将目光落在了还在继续出着大汗的苏眉身上。

水姨娘则拿帕子掩着嘴，静静地站在一旁，整个人安静得和平时有些不同，过了一会儿，大夫将手收回。

老夫人迫不及待地问道："肚子里的孩子怎样？"

大夫抬头望了她一眼，站起来拱手道："府上这位女客胎气剧动，元气大伤，孩子只怕是保不住了。应该是吃了什么燥热的药物，请问贵府可有给她吃什么滋补性的东西？"

苏眉刚回来，到了府中还没有吃过东西的，老夫人抬头厉声对着陈妈妈道："你们住在庄子上，可有吃什么东西？"

陈妈妈也是一脸焦急，姑娘回府就靠肚子里的孩子了，平日里吃食很是注意，凉的，燥的，那是一点都不沾："回老夫人，眉姑娘每日用膳都是奴婢亲自检验了的，不可能有什么燥热的东西。"

"不可能！"大夫很肯定地说道，"根据她的脉象显示，这东西吃下去的时间不久，是非常燥热的东西！"

见大夫如此肯定，陈妈妈也细细地想了想，最后抬眼望了一眼苏眉，才细声道："姑娘每日清晨还会服一碗安胎药，可是这药她都喝了两个月了，不会今日才有事的！"

安胎药？老夫人眸光闪了闪，对着陈妈妈道："还不赶紧把那个药拿上来给大夫看看。"

陈妈妈立即应了，出去唤了春巧去将剩下的药包全部拎了进来，大夫接过药包，拆开，随意地看了一眼，然后露出大惊失色的表情，连声唤道："难怪啊，难怪啊！"

老夫人在一旁听得焦急，望着他道："大夫，这药怎么了？"

大夫摇了摇头，十分惋惜地喊道："此药本是安胎的温补药，对于孕妇最有养身的效果了，可是这其中的一味药应该是厚朴，不知这包里面怎么是配的肉桂了？肉桂是大燥之药，孕妇喝下之后，极易流产，这是哪个大夫开的药方，太不负责任了！"

肉桂味涩，为辛热药，亦有"小毒"之称，不会开给孕妇喝的。而厚朴性温和，乃消积食，护肠胃之用。两者味道，外表都极为相似，可是药性却大大的相反。

众人闻言，皆露出了震惊的神色。唯有云卿淡淡地望了一眼那大夫，又看看他手中的药包，嘴角微微地勾起，淡不可察地笑了一笑。

望着大夫手中的那一小包药粉，陈妈妈拼命摇头道："这药是我亲自抓的，大夫明明开的是厚朴，怎么会是肉桂？"

大夫却面露不虞，皱眉道："我是大夫，厚朴和肉桂的区别我如何不知道！"

姑娘今晨吃的东西都过了她的手，唯一有可能的就是这碗药了，陈妈妈顿时不知如何是好，满脸急色，跪下来道："老夫人，这个药是奴婢亲手从药铺里抓来的，奴婢从小伺候姑娘，不可能在药中加上这等东西来害姑娘的！"

云卿在一旁看着，一语不发，目光落在大夫拿着的肉桂粉包上。

老夫人深呼吸了一口，忍住怒意，望着跪在地上的陈妈妈，厉声道："这个药除了你，还有谁碰过！"

陈妈妈这才想起来，方才她实在是太急了，忘记这药是另一人熬的，连忙道："这熬药的事情，一直是春巧做的。"

"春巧呢？快让她进来！"竟然敢在药中下手，要害掉她沈家的子孙！

王嬷嬷对着外面的两个婆子一使眼色，过了一会儿，她们就扭了一个穿着翠绿色袄子的丫鬟进来。

"你们干吗抓我，干什么抓我！"春巧身子一扭，一下挣脱了两个婆子的手，大声辩解道。

王嬷嬷老脸一沉，对着春巧就是一巴掌扇过去："看到老夫人还不跪下，在这叫叫嚷嚷的没一点规矩。"

春巧被这劈头的一巴掌扇得头发掉落了几许，这才跪下来道："奴婢见过老夫人，不知道老夫人拉着奴婢过来有何事？"

水姨娘这时才缓缓开口道："眉姑娘今早上喝的安胎药，可是你熬的？"

春巧点头道："是的，每日的药都是由奴婢熬好了送给眉姑娘的。"

"那你知道不知道这个安胎药里面的厚朴粉被换成了肉桂粉？！快说，是不是你做的！"水姨娘冷厉地对着春巧喝道。

春巧抬头看了她一眼，眼底闪过一道暗色，随即脸色苍白地摇头道："奴婢没有，奴婢没有……"

老夫人看着她满脸的惊惶，眼底有着躲闪，顿时知道眼前这个丫头有不妥，高声问道："苏眉药中的厚朴是不是你替换的，要是不老实交代，我等下就让老爷递了帖子，直接将你送到知府衙门里去！"

一听到要送官府里去，春巧脸色刷地变成雪白，跪在地上猛地磕头："老夫人，你饶了奴婢吧，奴婢下次再也不敢了！"

没想到竟然是春巧给药掉包的！

陈妈妈想到奸细竟然出在自己的身边，顿时来了火气，抓着春巧劈头盖脸地就打了下去，边打边骂道："你个贱蹄子，夫人送你到姑娘身边伺候她，你竟然敢动这样的心思，是不是看着姑娘被打发在庄子上，就以为好欺负了，暗地里将药换了，想要谋害肚子里的孩子，看我不打死你！"

春巧也不是甘心挨打的，可是她毕竟是娇养的丫鬟，比不了陈妈妈的力气，被揍得眼泪直流。

望着眼前乱成一团的人，王嬷嬷皱眉，大声喝道："够了，再打把你们两个都拉出去打板子了！"

两人这才停了手，老夫人的脸色却是更加沉了沉，她刚才可是没漏听，春巧是谢氏安排过去的丫鬟，微眯着眼皮松垂的眼，看着春巧，沉声道：“你为什么要害苏眉肚子里的孩子！”

重点来了！

云卿冷冷地一笑，等着春巧的下文，但见她眸光与水姨娘飞快地交接一瞬，然后怯弱地开口道：“因为奴婢不想要有人在奴婢前面生下孩子。”

水姨娘闻言脸上带着一抹讽笑：“春巧，你这话实在是太荒谬，就凭你一个通房，莫说在府中你本来就算不得得宠的，又去了庄子里，根本就看不到老爷，你让眉姑娘的孩子流掉了，岂不是更加难以回府了？还是说，你以为打掉了眉姑娘的孩子，就能除掉威胁，保住你在沈府里的地位？”

水姨娘一番话，明着是在指责春巧痴心妄想，可是暗里，则是在告诉老夫人，这个孩子的出生，对谁才是真正的具有威胁性！

春巧听了以后，双手交叉挥舞，否认道：“奴婢没有这个胆子，没有……”

老夫人恨恨地看着春巧，脑中却是思索，以春巧一个通房丫鬟的位置，又被发配到了庄子上，她如何要去下手除掉苏眉的孩子。

只有苏眉的孩子保住了，日后苏眉被接到府中，她才好跟着回来，若是打掉了，只怕一生都只能在乡下待着了，而除掉这个孩子的最大得利者是谁，如今府中只有一个人最怕别人在她前头得了儿子，那个人就是谢氏！

老夫人猛地抬起头来，双眸中蕴的怒火，咬牙道：“是不是夫人让你这么干的？”

春巧愣了愣，露出被人发现秘密的神色，然后飞快地摇头道：“老夫人，没有啊，夫人没有要我这么做，你千万不要怀疑夫人，都是奴婢的主意，是奴婢将药换了的，夫人没有暗地里吩咐我这么做……”

这么说，谁还听不出来里面的猫腻，老夫人脸皮气得发抖，高喝道：“谢氏在哪里？”

“前厅来客，夫人正在招待。”碧萍小声道。

“她倒是有闲心招呼客人！”老夫人转头对着大夫，声音柔和了些许，道，“还请大夫你开药，一定要保住她肚子中的孩子。”

大夫点头道：“在下自然会尽力！”

老夫人这才点点头，让碧萍留在这里照看，由碧菱扶着往前厅里去，王嬷嬷、陈妈妈、春巧、云卿、水姨娘都跟在身后。

水姨娘暗暗一笑，谢氏啊谢氏，就看这次你能不能再有好运气了！

谢氏正在外招呼着耿佑臣，听到老夫人唤她，便要站起来，谁知道从内室里哗啦啦地走出来一大群人，耿佑臣站起来便要行礼，老夫人看都不看他一眼，对着谢氏骂道：“你个黑心妇人，枉我刚夸你善心厚德，原来你竟是个白眼狼，嫁到我沈家来不会生儿子也就罢了，还让丫鬟下手害了我的孙子！今日若是不让我儿休了你，我就不姓余！”

谢氏完全不知道里面发生了什么，老夫人一出来对着她劈头盖脸地就是一顿，若是平日在家中她也就习惯了，可是今日这里还站着外男，老夫人是一点情面也不给她留，还说出了

"休"字，一张脸立即涨得绯红，两只眼圈红了起来。

什么也不说，直接跪下对着老夫人道："母亲这样说儿媳，什么下手害您的孙子，儿媳从未做过这等亏心的事情，今日受母亲指责也半点都不知为何，还请母亲明示！"

平日里软绵绵的谢氏竟然敢用这样生硬的语气和自己说话，老夫人一巴掌拍在了桌上，喊道："给我拉了春巧那个丫头出来，让她说说，究竟是谁指使她做的！"

春巧从后面扑过来，声泪俱下，对着谢氏磕头道："夫人，奴婢什么都没跟其他人说，奴婢什么都没说，这都是奴婢一个人的主意，是奴婢一个人的主意！"

谢氏一听春巧所言，眼眸睁得大大的，胸口气血翻腾，一股晕眩之意涌上脑中，食指指着她，气弱道："你……你……胡说什么……我何时让你做了什么？"

春巧像是被她吓到了一般缩了缩肩膀，埋着头拼命摇头："夫人说没有，就是没有，都是奴婢自己做的，夫人千万不要生气，奴婢一个人都承担了。"

此时众人的注意力都到了谢氏身上，看她雪白的面色，发抖的双唇，只以为她是被揭穿后的胆怯之色。

李嬷嬷扶着昏昏欲倒的谢氏，两眼喷得出火来："春巧你小心让人拧了你的嘴！"

水姨娘更是添油加醋道："李嬷嬷好大的派头，老夫人和夫人都在这里，你想拧了春巧的嘴，是要让春巧闭嘴，将实话吞下去吗？你今日便说出来，有老夫人在这里给你撑腰，你尽管说实话！"最后一句，她是转头对着春巧说的。

春巧抬起泪水涟涟的脸，看了一眼水姨娘，又转到了老夫人身上，此时老夫人已经坐到了罗汉榻上，沉声道："你尽管说，若是说出实话，我保你不死。"

得了这句话，春巧才擦了擦眼泪，又怯怯地看了一眼谢氏，开口道："多谢老夫人护佑，事情是这样的，前几日夫人到了庄子上，便悄悄地使了琥珀来与奴婢说话，说夫人现在自己没有儿子，也不希望其他妾室通房生下儿子在她前面，抢了长子的位置，让奴婢悄悄地将安胎药里的药粉给换了。"

"你胡说！"琥珀此时也怒了，她什么时候做了这等事。

春巧丝毫不惧地看着她的脸庞，认真道："我没有胡说，当时你说药还没准备好，为了避免人发现你直接将药给我，故意第二天使了个小丫鬟提着药去庄子的大厨房拿药罐，让我拿着一包夫人的药候在那里装作与小丫鬟撞上，用我拿着的药，替换肉桂粉。"

她转过头对着老夫人哭诉道："老夫人，奴婢本来是不肯的，可是琥珀说若是奴婢不照做的话，就让人在庄子偷偷地弄死奴婢，奴婢是没有办法才这么做的！"

水姨娘捂着嘴，惊讶道："当时只有你们两人，没有其他人知道这件事吗？"

春巧摇了摇头："这事琥珀说要保密，不能让其他人知道，不过，奴婢记得那个小丫鬟是夫人院子里的坠儿，当时就是她拿了药去的厨房，老夫人不相信尽管将她叫来问问，是不是那日琥珀让她提着药去大厨房拿药罐的？"

"去把那坠儿叫来！"老夫人一挥手，立即有人下去传唤坠儿。

过了片刻，外面便进来一个还未留头的小丫鬟，见了老夫人先跪下来行礼：“那日琥珀姐姐说夫人的安神汤要熬了，可是带去的紫砂罐刚好摔坏了，便提了一包药，让奴婢去厨房找药罐。回来的路上奴婢不小心撞上了春巧姐姐，当时她手中的确也提了个和奴婢一模一样的药包。至于其他的，琥珀姐姐没有说什么。”

她完全不明白是怎么回事，只是实事求是地将那日的事情说出来，可是落在老夫人和其他人的耳朵里，就成了另外一番意思。

话到这里，琥珀明白那个紫砂罐会打坏不是意外。

云卿站在一旁，将这一场大戏都看得明白，唇畔划过一丝淡淡的冷笑，目光在春巧和水姨娘的面上转了圈，开口道：“祖母，孙女有几句话要说。”

“你还想说什么，帮你这个心狠的娘狡辩吗？！”老夫人怒道。

云卿面色不见半点慌乱，走上前对着老夫人福了福道：“祖母，云卿昨日也捡到一个药包，想要大夫检查一下，究竟是何药。”

这个时候检查什么药，众人都心觉奇怪，老夫人更是皱着眉头道：“这个时候，别以为你胡闹就能转移重点。”

转移重点？她完全用不着。云卿对着青莲点点头，青莲从袖中拿出一个药粉包来，呈在手心里。

碧菱一看那药粉包，便皱了皱眉，水姨娘更是奇怪道：“这个不就是那个肉桂粉吗？”她朝着谢氏古怪地看了一眼，然后咯咯笑道：“刚才夫人不说是没有拿过什么肉桂粉吗？这下可是从小姐身上掏出来的……很奇怪呢！”

云卿冷笑一声：“水姨娘，你那张嘴现在可别急着乱咬人，到时候咬了自己，就不要哭得难看了！”

这话意有所指，水姨娘眼神略慌，立即反驳道：“你乱说什么，这药粉看起来就和眉姑娘喝的安胎药里面的药粉一样啊！”

“究竟是不是，让大夫来评断吧！”云卿莞尔一笑，对着老夫人道，“祖母，既然要定娘的罪，如今我从身上掏出了证据，你让大夫来评断下，会更有说服力的！”

老夫人斜眼望着一旁满脸不服的谢氏，冷哼道：“哼，去，把那大夫叫出来，让他看看这药包里面究竟是什么！”

碧萍带着大夫一起从内屋里走出来，青莲便将手中的药包交给了大夫。

老夫人道：“请你看看，这里面的是肉桂粉吗？”

那大夫眼眸闪了闪，和水姨娘在半空中飞快地交接了一下，拿起那包药粉看了看，又翻查了几眼，然后转过头来看着老夫人，十分肯定地说道：“回老夫人的话，这个也是肉桂粉。”

云卿笑盈盈地望着他，轻声道：“大夫可要细细看看，这是不是肉桂粉？”

被那双华贵的凤眸凝视着，大夫莫名地有些惊惶，他又拈起一点，看看，闻闻，然后十分肯定地道：“此包药粉就是肉桂粉，和里面那安胎药中的药粉，气味，色泽都一模一样，我绝对没有看错！”

“噢，小女子前段时间翻阅医书，恰好知道，要区分厚朴粉和肉桂粉，单单靠色泽和气味还是难以分出来的，就连行医多年的大夫，都要尝上少许，才能肯定其中的区别，真不知道大夫您原来是扬州的杏林高手！”云卿上前一步，正面对着大夫温柔地笑道。

糟糕了！这还碰巧遇见个懂药的！大夫额头上开始有汗冒出，他被人请来作证，证明这个药包里面是肉桂粉就够了！

为何如今又多了这么件棘手的事情！

他顿了一顿，思忖屋中的人也没几个懂药的，只要他咬死药粉是肉桂，又能如何，于是抬头辩道：“小姐说的没错，但是在下行医多年，还是能辨出其中的区别的。”

老夫人见两人你一句我一句，又见孙女满脸的从容镇定，那大夫却有慌忙之色，不禁起了疑心。

到底这药粉是不是肉桂粉，若是，就罚谢氏一人好了，孙女还是沈家的骨血，虽是个女的，如今家中也就这么一个血脉了，深呼吸了一口气，道：“去请回春馆的齐大夫来。”

齐大夫便是上次给谢氏把脉的那位，他经常来沈府给老夫人检查身子，老夫人对他的医术比较放心，这次也不知道怎么请的这位眼生的。

谁知外面很快就传来了脚步声，一个小丫鬟进来传话说，齐大夫已经到了门前。

这可真是瞌睡来了遇上枕头，老夫人来不及问究竟是谁让他来的，唤人将他快点请进来。齐大夫进门先给老夫人和谢氏行礼，然后就看到站在屋中这个大夫，拱手道：“黄大夫。”

那黄大夫心头不知怎么的，总觉得今日来赚这一笔钱却是危险得很，看着手中的药粉如同拿了一包火药一般。

云卿见他来了，上去施礼道：“齐大夫，黄大夫手中拿的那包药粉，你可否看看究竟是何药？”

齐大夫点点头，将药箱递给身后的小丫鬟，接过那包药粉，他并不像黄大夫那样只是闻一闻，而是用手捏起一点，在指尖摩挲，接着又用舌尖点了点药粉，细细地尝了尝味道，直过了小半盏茶的工夫，才慎重道：“根据在下多年行医的经验，药包中的应是厚朴粉。”

屋中所有人的表情都是一怔，老夫人面色都划过一丝怪异：“齐大夫，刚才黄大夫说这是肉桂粉。”

齐大夫低头道：“在下只是根据在下的经验判断，这是厚朴粉。”

齐大夫的医术在扬州颇有名气，否则老夫人的身体也不会交给他调理，心中对于他的诊断比对黄大夫的信任得多。

谢氏此时脸色也稍许好了点，看着齐大夫诊断出女儿身上的药粉包是厚朴粉，顿时底气也出来了：“水姨娘，你刚才不是说这是肉桂粉的吗？”

水姨娘瞟了一眼站在身旁的黄大夫，满脸愤愤，转过头来又皮笑肉不笑地道：“刚才是大夫诊断的，婢妾便以为是的了。可是如此更让人怀疑，那药粉是不是你们替换下来的？”

云卿失笑，水姨娘这张嘴倒是厉害，她不慌不忙道："既然黄大夫这包药能检查错了，那里面安胎药里的药粉也许也会检查错了，不妨一起拿出来看看。"

碧莲从里面将刚才那一包安胎药拿了出来，齐大夫又细细地看了以后，默不作声，水姨娘满脸得意："你就直接说这里头是什么东西吧，就算是肉桂粉也没什么，不要犹犹豫豫的了。"

这一次，齐大夫却是抬头看着黄大夫，指着手中的药粉问道："方才你诊断里头的是何东西？"

黄大夫此时已经没有了开始的把握，犹豫了一下，开口道："是肉桂粉。"

齐大夫眼底闪过一丝不屑，摇了摇头，将那包药粉拿出来道："黄大夫，本草中有记载，肉桂气芳香而味涩，厚朴则味辛，两者外观相似，药性则大不同。这药包中的是厚朴粉，绝不可能是肉桂粉！"

"黄大夫，你虽不是什么名医，也是坐馆的大夫，不要被他压迫了，快说，这里面的到底是什么！"水姨娘急切道。那药包里面的不可能是厚朴粉。

黄大夫收了她的钱，一心想着事情早就安排好了的，里头一定是肉桂。此时被齐大夫那笃定的话语吓得身子发抖，顿时脸色灰白，拱手道："在下学医不精，诊断有误，愧对诸位！"说罢，一手抢过药箱就急急地跑了出去。

水姨娘想要跟黄大夫说话，见众人眼中都露出鄙弃的神色，又忍住了喊声，脸色顿时变化了十几种，目光落在那堆药粉上，始终不甘心："齐大夫，你是不是被谁人收买了，所以硬是将里面的肉桂粉说成是厚朴粉！"

"莫要以己之心度人，水姨娘。"云卿笑了笑，脸上露出一丝讥诮，"水姨娘，你听到安胎药里面的药粉是厚朴之后，好像很失望的样子呢？"

"没……我哪有……"水姨娘惊慌得连"婢妾"都忘记自称了，盯着春巧道，"明明是春巧说换了的，我只是觉得奇怪，夫人都让她换了的药，怎么会又是厚朴……"

春巧也满是疑惑地抬起脸，她明明将药换了的啊！

她们无论如何都想不到，早在春巧鬼鬼祟祟撞了坠儿的那日，云卿就发现了不对，在问过坠儿春巧当时手上有没有拿东西，知道同样拿着药包这个信息后，她便觉得其中有古怪，让青莲悄悄跟在了春巧后面查看她的举动。发现她在换药的时候，立刻就将里面被调换的药粉又换了回去。

春巧未曾想到这一点，身子陡然一凉，看着大小姐那双明如灿阳的凤眸，只觉得内心所有的一切都被她看透。

"春巧，你还不如实说出，这药究竟是怎么回事！"谢氏厉声喝道。她就不相信，仅凭着一个丫鬟，敢做出诬陷主母的大胆举动，这背后一定有人指使，而这人……

谢氏抬眸，目光狠厉地盯着水姨娘，只有这个女人，才喜欢在后面挑拨。

春巧还是死鸭子嘴硬，抬头看着谢氏道："夫人，这都是你指使的，是你让奴婢在药里下了肉桂粉的……”

云卿看着她那副宁死都要诬陷谢氏的模样，倒是奇怪水姨娘究竟许了她什么好处，她竟如此执着。

既然这么忠心耿耿地想死，那就满足她！

云卿轻轻一笑，对着春巧道：“春巧，莫说是不是夫人指使的，你硬要攀扯上夫人是以为自己还可以有一条生路吗？陷害主子，诬陷主母，你可知道是什么罪？即便今日夫人被诬陷了有罪，作为下毒谋害了沈家子孙的你，也是没有活路的，难道你认为有人还能保住你吗？”

“保住她？！”老夫人首先一个出言反对，恨声指着春巧道，“哼，休想！且不论主使是谁，这个下药毒害我孙子的贱蹄子是一定要死的！”

云卿说的话，其实正中春巧的心思，水姨娘当初让人传话给她，便是说用此事将谢氏扳倒了之后，水姨娘是老夫人的亲戚，只要怀孕肯定能扶正。

到时候就将春巧抬成姨娘，享受荣华富贵，而老夫人是水姨娘的远方婶娘，水姨娘为她开口说话，顶多是挨点板子。

谁知，如今老夫人发话。春巧立即慌了，望着水姨娘道：“姨娘，你当初和奴婢不是这样说的，你是说只要奴婢按照吩咐去做了，到时候家中就是你独大，就算老夫人迁怒于我，你也会替我求情的！”

水姨娘神色慌张，怒喝道：“春巧，你不要随便乱说，这药明明是夫人让你下的，你要求就要求夫人啊！”

岂料她这般暗示，春巧都不再听她的，爬到了她的脚下，大声哭道：“水姨娘，你让我换了那个药粉的，为何现在却不再护着我，要是早知道要被打死，我怎么都不会帮忙的……”

水姨娘一慌，连忙冲上前对着春巧连续扇了好几个巴掌，打得干净利落，直将春巧打得嘴里牙齿都松动，流出血来，咬牙骂道：“你知道夫人势大，便来诬陷我一个小小的姨娘，想来保住自己，真是聪明过头了！”

说完，便跪在了老夫人的面前，哭道：“婶娘啊，水儿是你从小看着长大的，从小就单纯天真，怎么会有如此的心思，贱人一定是见药粉不知怎么换了，就为了保住夫人，将药粉赖在我的身上啊……”

老夫人坐在罗汉床上，心中气怒，她已经知道这其中的弯弯道道，定然是自己这个不成事的姨侄女暗地使的绊子，想要借除了苏眉的事情，让自己逼沈茂休了谢氏。

好在还聪明，会将春巧的指责赖了下去，既然今日这事要找个替罪羊，那就找谢氏吧，反正一个总是不生孙子的媳妇，她也早想换掉了。

听着水姨娘哭声一句接一句，叫冤的声音一声高过一声，云卿却笑了起来，冷眼望着老夫人面色的转换，最后停在了谢氏身上，眼底露出一丝肃杀之气，竟然还想欺负娘！

她轻轻地拍了拍手，只见门帘后方推推搡搡进来了两个人，第一个正是逃走的黄大夫，还有个粗使婆子模样的人，也被扭送了进来。

瞧着这样的架势，水姨娘连哭都忘记了，定定地望着两个人。

云卿冷冷一笑，转头对着黄大夫道："既然刚才黄大夫你说了医术不精，连肉桂和厚朴都分不清楚，若是以后给病人开药的时候，将砒霜看成了人参，那么害人可是不浅，我看还是莫要再行医了。"

不行医，那怎么可以，黄大夫挣扎了一下，满脸急色："我刚才不过是一时疏忽，以后再不会了！"

"一时疏忽？恐怕不是吧，大夫你刚才可是两次检验，都没有尝一尝药粉的味道，如果是疏忽，不可能连最起码的分辨方法都不知道，齐大夫，你说是不是？"云卿转头问齐大夫。

她自从跟着汶老太爷学医以来，就知道医术救人害人不过是一念之间的事情。

这种人，现在可以帮着水姨娘陷害娘亲，以后说不准还能做出什么事情来！她绝对不会对他有一丝一毫的心软！

齐大夫扫了一眼黄大夫，眼底都是鄙视，冷声道："沈小姐所言极是。"他最讨厌就是用所学的医术，来助纣为虐的大夫了！

黄大夫知道这是打算取消他行医的资格了。

在大雍，做大夫简单，可是要做一个坐堂大夫，是要经过官府考核和登记的。

坐堂大夫和行脚大夫有很大的区别，一来是得到官方承认的，可以开馆行医，受到官府保护；二来也是对医术的一种认可，医馆有了坐堂大夫，生意才会更好。

他考了这么多年，前年才得了这个资格，如今若是被取消了，岂不是前功尽弃！

黄大夫哭道："沈小姐，在下并非认不出那两种药的区别，实在是因为收了水姨娘给的一锭金子，我将金子还给你，求你不要对官府起诉！"

水姨娘此时哪里容得了人将罪指到她的身上，立即尖声叫道："你胡说什么！"

"是不是胡说等下就知道了，水姨娘慌乱什么！"云卿淡淡一笑，"就算黄大夫胡说，春巧也不会是胡说的！"

"那个贱人，敢胡乱攀咬我，拉下去打死！"水姨娘眼见一个又一个的人将所有的证据指向她，慌乱地喊道。

春巧本来就是要死的，就算不被老夫人打死，她也不会留着这么个祸害在！

要的就是你这句话，云卿对着那个跪下的粗使婆子道："你可看到了，水姨娘可没打算让你女儿做姨娘呢，你还是把刚才在后面说的话都老老实实地说了！"

那婆子正是问儿说过的管花园的马婆子，她是春巧的娘，见水姨娘要打死自己的女儿，怒道："好你个水姨娘，你开始怎么跟我说的，说是要让我给春巧送话，只要她对眉姑娘下了药，就扶持她做姨娘，现在你过河拆桥，想要打死她！我告诉你，没那么容易！"

"我什么时候说过这样的话！你个老狗，休要乱咬人！"水姨娘厉声否认，她是横惯了的，连谢氏都敢顶，何况一个婆子，骂完之后，又对着老夫人哭诉："婶娘，你可要帮帮我，一定要打死这几个诬陷我的人！”

老夫人望着抱着自己腿在哭泣的水姨娘，虽说知道一切都是指着她来的，可是她也只能保住她。

看着眼前这乱糟糟的一团，手指放在矮几上紧紧握住，冷声道：“春巧，马婆子两人陷害沈府孙子，将她们拖出去重打八十大板，再拉出去发卖了！”

那马婆子是个泼辣的，看到自己和女儿被水姨娘没过河就拆桥，也来了脾气，抓住水姨娘的头发就是一巴掌扇在她的脸上，嘴里骂道：“你以为老婆子我是好骗的，你个臭姨娘，算得上什么好东西……”

水姨娘头发被拽住，脑袋拼命地往后仰，两只手拼命地护着自己的头发，大喊：“老夫人，快救我，快救我……”

老夫人更是烦得很，眼睛睁大，挥手怒吼道：“快点将这泼妇和她女儿拉下去，打，打死了才算！”转而又吩咐道：“拿着我的帖子，呈到知府衙门，将这个学术不精的大夫送过去，免得继续害人！”

立即有婆子将马婆子和春巧拖着往外走，押着黄大夫的婆子也拉着他往外面走去。

眼看刚才还满屋子的人一下就走空不少，云卿面容上却流露出一丝冷漠的神色，望着老夫人，言语冰冷道：“祖母，你这是准备将所有证人都拉走，将今日苏眉被水姨娘换药之事掩盖下来，若是今日幕后主使是娘，你可还会如此轻描淡写地掩盖过去？”

她本是想将此事推到春巧和马婆子身上去就好了，谁知云卿不打算就此作罢，老夫人面色尴尬，扫了一眼坐在一旁一直纹丝不动的耿佑臣，道：“家中还有客人，稍后再说……”

客人？云卿眼眸不动，目光停在老夫人的面上：“这位客人已经看完了全部过程，我想他也想知道最后的结果。”

冷眼旁观的耿佑臣见她们终于意识到了自己的存在，虽然沈云卿没有望向他，到底是要等他的话，于是站起来施施然道：“我认为老夫人一定会给出一个公道的结果。”

老夫人哪里在乎他在还是不在，无非就是拿了他来做借口，将今日水姨娘之事揭了过去，此时听到他这么不识时务的话语，脸色也有点难看。

云卿看着老夫人，淡然开口：“祖母，虽然娘亲一直未曾给你生出孙子来，但是这么多年，娘亲一直都是兢兢业业地服侍着你，照顾着父亲，打理好整个沈府，今日一事，孙女觉得很委屈，为什么一开始春巧指证是娘亲指使的时候，你便说要休掉娘亲。而当事实揭开，是水姨娘所为的时候，你却只是说要将春巧几个受人指使的拉去顶罪？若是你和水姨娘的亲情可以将做下的恶事抵净，那孙女也无话可说！”

她的声音并不大，落在老夫人耳里却如同雷鸣，她定定地望了一眼面前腰背挺直，面色肃正的孙女，又看了看伏在自己膝头满脸泪痕的水姨娘，不知如何开口：“既然春巧她们已经处罚了……”

“祖母，若是你觉得证据和证人还不够明确，还需要证人的话，孙女还可以给你找来药店抓药的老板，送药去的马夫，他们都可以证明此事究竟是何人指使的！”云卿面色十分冷淡。

她这一次不打算再和祖母好言相说了，祖母是她的长辈，她要孝顺不假。可是谢氏也是她的娘亲，两者相比起来，谢氏在她心中的分量，是要远远胜过眼前这个是非不分，偏信偏袒的老夫人的！

这一番言论下来，老夫人知道今日这个孙女是铁了心要整治水姨娘了，若是她想这么带过去，恐怕是不行的……

云卿却又接着道：“我知道水姨娘是您的远房侄女，你心里想着多照顾她一点，可是她今日做下的错事，并不是云卿想要针对她，而是她想除掉的是我们沈家的骨血，还想诬陷一家主母，而老夫人您还不过问，就此原谅了她，这不是变相地告诉府中的姨娘和下人们，沈家的骨肉就算在老夫人您的眼中也算不了什么，不过是拉了几个替罪羊，就可以抵事的吗？”

老夫人的心里受到了极大的冲击，想起躺在里面的苏眉，那肚子里可是她盼了好久的孙子，被这个侄女下了药害了，她差点就忘记这事了，当时她便是被孙子的事气得指责谢氏，后来不知怎的，就护着水姨娘去了。

若说她是对谢氏有愧，绝对不是，她是被云卿的一番话说醒的，若是府中下人有样学样，也去给怀孕的人下药什么的，从此以后她就别想再有孙子了，整个府中的风气也会极为败坏。

她眯了眯一双眼皮下垂的眸子，看着水姨娘，眼底迸出两道利光来，将还要装可怜的水姨娘吓得连忙松开手，在地上磕头道：“老夫人，婢妾知道错了，求老夫人饶过婢妾！”

“水姨娘，你身为沈府姨娘，不为沈府着想且不论，竟然还私自勾结下人，危害沈府子孙，此等罪行绝不能饶恕！来人啊……将水姨娘拉出去打四十大板！”老夫人高声呼唤。

谢氏在一旁微微咳了几声，面色孱弱，却带着一分嘲讽的笑意：“水姨娘作为一个主使，连春巧都是八十大板，她却只有四十大板，婆母真是一点都不偏心。”

她今日也是冷了心了，老夫人当着下人和外人的面对着她毒骂，甚至说了要休了她，她一家主母的面子何以存在。

不能生儿子又不是她的错，她在这两头做好人，替沈茂遮掩也就罢了，还说要休了她，这是对女子莫大的侮辱，故而说话也再不如往日那般温顺了。

这话传入老夫人的耳中，她虽听了不爽快，可想起刚才自己说要休了媳妇，对姨娘反而只有四十大板，便接口道：“打完后丢入祠堂，让她好好地诵经念佛，将《法华经》抄写一百遍，三个月后，观其表现，若好方可出来。”

老夫人说完后，便要站起来，王嬷嬷搀扶着她走到齐大夫面前，老夫人面露焦急道：“齐大夫，方才黄大夫给那有身子的通房看了看身子，说是无救了，你再给把脉看看如何？”

她到底还是挂念着苏眉的肚子，本是心死如灰，这会子想起黄大夫被水姨娘买通，是个靠不住的，气愤的同时又带着希望，期盼着也是个误诊。

有病人齐大夫自然会看，便由老夫人带着去了内屋。

才一掀开帘子就闻到里面传来浓浓的血腥味，齐大夫当即眉头一皱，三步并作两步地走

了上去。

只见苏眉面色如纸，唇色发白，已经是灰死之相，他顾不得其他，冲上去握着脉门一看，“这，这真是庸医误人啊！”

陈妈妈更是一个箭步冲上去，被褥底下已经是染了成片的血色，苏眉气息全无，已经停止了呼吸。她脸色剧变，握着苏眉的手喊道：“姑娘，姑娘，你怎么了？”

老夫人也闻到了屋子内的血腥味，面色沉暗：“齐大夫，她还有没有救？”

齐大夫慢慢地收回手，脸色又怒又哀，摇了摇头：“若是再早一些，还可以用药替她遏制。如今药性已经猛然发出，造成大出血，不仅肚子里的孩子没了，就是姑娘她……”

大夫用这种语气说话，十有八九是已经没有回天之力了。

陈妈妈跪在齐大夫的面前，哀泣道：“大夫，求你救救我们家姑娘，求你了！”

齐大夫叹了一口气，扶着陈妈妈：“不是我不想救，她若是只今日吃了肉桂粉还好说，刚才我替她把脉，起码连续吃了两日。如此大燥之物，直接使用进去已是忌讳，加上这样的分量。若是黄大夫能用心把脉，也许还有希望，如今已经……节哀吧！”

云卿扶着谢氏从屋外走进来，听到齐大夫的话也是一惊。她以为只是昨日刚刚换了药包，吃一次问题不大的。

如今看来水姨娘做得真够狠，早早就让春巧在吃食里下了药粉，目的就是不想让苏眉生下孩子。

她看了一眼床上挺直的苏眉，眼神幽暗，这就是女人之间的斗争。看起来没有硝烟战火，实则狠辣凶险。

可惜苏眉还如此年轻，还有她肚子里的孩子也无辜牺牲了。

家中出了这样的事情，谢氏作为主母，先是一惊，后又想到外头有客人。再不能让耿佑臣在那观看，指了人送了他出去，回到内室，就见到老夫人正让人抓了去打板子的水姨娘回来，一脸厉色。

“你个毒心的，我原以为你是陷害谢氏也就罢了，你竟然真的如此狠毒，下手陷害我的孙子！”

水姨娘看到屋内的情形，根本不知道如何回答，她本来就不是特别聪明的人，哪知道药性如此恐怖，膝行上前，抱住老夫人的腿哭道：“侄女不是故意的啊，我是被苏眉气到了啊，她一个通房，凭什么就能怀孕，凭什么在侄女之前生下孩子……”

她哭得梨花带雨，却丝毫没有引来谁的同情，反而换来了老夫人狠狠的一个巴掌外加抬膝一脚。

“来人啊，给我将水姨娘赶出去！”老夫人胸腔里说不出的愤怒，她让儿子娶了这个侄女，最初老太爷不同意，说这个侄女眼皮子浅，又是个多事无脑的，非要去求娶谢家的女儿。

因为这样，谢氏过门了之后她一直都不喜欢，可是如今看来，比起一直安安分分，温柔婉约的谢氏来，她的眼光的确是错了，这个水姨娘平时仗势也就罢了，可是竟然为了几句话的争吵，敢害死她的孙子。

水姨娘未曾料到老夫人竟然会要将她赶出去，她是妾，不同于妻，妻要出门，要么得犯错休，要么就是和离，可是她是妾，如今犯了这个错，可以直接打回家，什么都没有。

她拉着老夫人的腿，大嚎道：“婶娘你说过，只要我生了儿子，就可以扶我做夫人的，我当然不能让那个贱人抢了我的位置啊……”

谢氏在一旁听得脸色惨白，平日里婆母说什么她都顶住了，可是怎么也想不到，婆母竟然对水姨娘说过只要她生了儿子，就能做沈夫人，那她呢，她做什么？

是要让老爷休了她吗？赶她出门吗？那她休了，云卿怎么办？让这个娘亲被休的女儿，在沈府尴尬地活下去吗？

这一瞬间，谢氏对老夫人彻底绝望了，她双眸圆睁着，带着一种不敢置信的眼神，定定地看着老夫人。

老夫人看到谢氏的眼神，心底也有些后悔，王嬷嬷示意婆子使劲将水姨娘扯开，见水姨娘还要大嚎，随手扯过一块汗巾就塞到了她的嘴里。

院子里的人都带着惊骇的表情，从一开始苏眉腹痛到后来的审案，再到如今一尸两命，实在是惊悚。

陈妈妈更是怒不可遏，冲上来抓住水姨娘死命地厮打，怒声哭嚎：“你太狠毒了，你个杀千刀的，姑娘跟你无冤无仇的，你为何要下手害她啊？！一尸两命啊，你怎么下得了手！”

而这时，沈茂被人从外面的铺子喊了进来，听着旁边的人跟他说了整个事情的过程，怒不可遏，指着水姨娘道：“把她给我送回去！”

水姨娘被婆子压在一旁，根本就无法说话，只能唔唔地喊个不停。沈茂一眼都不想看她，摆摆手让人拉了她出去。

谢氏扫了一眼周围站着的婆子丫鬟们，眼神里带着威严，道：“今日之事，你们谁都不许传出去，若是有人说漏一个字，就莫怪我不念主仆之情！”

苏眉到底是官家的庶女，若是传出去因为有人特意谋害而死在沈府，就算有水姨娘这个罪魁祸首在，难保苏家会不会借着这个又生出什么事来，能避免的麻烦就尽量避免。

不慎流产而死比被人谋害而死，可好处理多了。

此时陈妈妈还被人拉在一旁，人渐渐地冷静了下来，婆子见她没有那么激烈疯狂了，心内对她也有着同情，说到底，陈妈妈还是个护主的人。

她跑到沈茂的面前，跪下来道：“老爷，希望能看在姑娘跟了你也有半年多的情分上，好好安葬了姑娘，不要让姑娘无家可归！”

沈茂听她所言，又微微心软。想着苏眉跟了他的时候才十七岁，刚开始的时候也是宠过的。如今想来，虽然说不清她肚子里的究竟是谁的孩子，但是她跟了他的时候还是个黄花闺女，其后又一直随他在身边，住在沈府，应该也没有和其他人有过关系。

人已经死了，再追寻这些也没意思了，他转头看看谢氏，说到底，这后院的事情，还是要谢氏说了算。

陈妈妈看沈茂的神色，立即给谢氏磕头，砰砰地磕得很响：“求夫人给姑娘好好安葬，刚才奴婢冒犯夫人之罪，愿意以死相抵。”

她没有孩子，一直带着苏眉，几乎是将苏眉当成了自己的女儿，这种感情比起谢氏和云卿，也许相差的只是生养之情了。

做主子的最希望身边的是忠心的奴才，比如刚才的婆子，就是府中的害群之马，若不是云卿早有防备，此时受罚的就是她们了。

谢氏点点头，想到苏眉生孩子就这么死了，又因为是通房也进不了祖坟，微微一叹道：“我会让人给她买一块坟地的。”

“多谢夫人。”陈妈妈抬起磕破的额头，谢氏看着她悲哀的面容，又开口道：“现在你就收拾收拾，我让人将你的卖身契找出来给你，你出去另谋生路吧。”

纵使忠心，这个陈妈妈也是对苏眉忠心，她不想要这么一个人待在府中，随时可能出什么乱子。

陈妈妈也是个明白的人，顿时又磕了三个响头，眼底有一种决绝，道：“夫人，你是个好人。”便站了起来，进去里面收拾自己的东西。

而老夫人毕竟年纪大了，刚才一直吊在高处的心掉了下来，人就支撑不住，刚站起来说要回去，就倒了下来，栽在了王嬷嬷的身上。

沈茂立即吩咐她们将老夫人扶进去休息，好在齐大夫一直都在，就直接看诊去了。

李嬷嬷正指挥丫鬟打扫，还有处理苏眉尸体，一院子忙忙碌碌。

CHAPTER 12

第十二章　风平浪静暗涌生

家里出了这样的事情，气氛自然低落了下来。

过了差不多半个月，才渐渐地好起来。

温暖的阳光照在府前的路面上，路边小草上的露珠化成了水汽。

云卿已经渐渐习惯了重生后十三岁的生活，从二十岁的妇人到十三岁的少女，虽隔了六年多，她却没觉得有多少生疏。前世的那一切仿若只是黄粱一梦，梦里不知哪一个才是梦境。

今日学的是棋艺，她上一世对这门课就非常有兴趣，围棋重思考，对弈中每下一子都有攻防作用，全过程斗智斗勇，紧张激烈，能培养人的高度的注意力、快速的计算力、敏锐的观察力、细致的分析力、灵活的应变力、全局的统筹力。

全神贯注地听着夫子的讲课，很快一个上午就过去了。下午没有云卿所报的课程，她便回了府。

云卿让流翠吩咐将昨日带回来的杨梅分出两篓来，用冰浸着，然后去了谢氏那，发现今儿个谢氏脸颊如桃粉，眼里也流露出高兴的气息，料想昨晚爹和娘说了什么，哄得娘这样开心。不过娘开心，她也高兴就是了。

“娘，今儿下午没课，我刚好出去送一筐杨梅给汶老太爷去。”云卿吃了一根鱿鱼丝，感觉味道有点腥，端着茶喝了一口，才冲了那味道下去。

谢氏刚巧也有这想法，没想到女儿和她想的不谋而合了，点头道：“杨梅你让人弄了冰浸着，别送过去就丢了味。”又指着桌上放着的几个碟子道：“这是你父亲提回来的，说是朋友送来的海味，我也打包些，听说老人家吃这些对身子好，你也一并提过去吧。”

虽说汶老太爷在皇宫里待了大半辈子，这些海货肯定也没少吃过，但这是自家的一份心意，云卿点点头，继续道：“还有秦大娘，她昨日搬进院子也不知道如何了？”

昨日谢氏是指了琥珀去帮忙的，此时琥珀便站出来道：“回大小姐，院子一直都有人打扫，东西也齐全，秦大娘家行李也不多，昨儿个下午都已经安置好了，虽说一直有打扫，院子里的窗帘等物品还是要清洗，奴婢今儿个也跟夫人回了话，夫人安排了一个小丫鬟过去打扫，清理了。”这也等于是给秦氏安排了个伺候的丫鬟。

谢氏如此做法已经是做得十足好了，云卿也知道母亲向来是心善，何况对韦沉渊也有几分看重，更是上心，便说道：“那我今日下午也一道去看看秦大娘，顺便将白鹿书院报名的事解决了。”

云卿又让采青将自己准备好的文房四宝给谢氏过目：“这个是我过去送给韦公子的。”

谢氏大致看了一下，不是什么上等的好物，算得上读书人中最普通的一种，李嬷嬷也看了一眼，转头对着谢氏道：“夫人，小姐考虑得十分详尽。”

谢氏笑着点头，韦沉渊虽能上白鹿书院，但是毕竟家境不好，若是用了一套上等的笔墨纸砚，反而让人起了疑心。沈家如今还可说是资助读书人，若再到处都提供精细宝物，那就难免让人浮想联翩了，什么事情都是点到为止的好。

她看着女儿颇觉安慰，如今女儿行事都颇有分寸，以后若是嫁出去，也能做好一家主母的位置。

将要说的话说完后，云卿这才退了出去，命人将杨梅和海味，笔墨纸砚等一起打包了，然后才坐着马车去了汶府。

因为不是第一次来汶府了，云卿没有第一次来时的好奇和拘束，在门前递了帖子后，不多时，门房就开门让她进去。

依旧是上次那个叫铭儿的小厮在前面引着路，这时他已经不再那么拘束，看到云卿就道：“汶老太爷刚巧在药房里，听到你来了，就让小的来接你呢。”

流翠在后头看到他那小模样，笑道：“你就是想要打赏好去买糖吃是不？”

铭儿年纪不大，九岁左右，长得胖乎乎的，脸儿圆圆，最爱吃糖，听见流翠这么说他，低着头呵呵地笑。

流翠笑骂他几句小胖子，又从随身的荷包里拿出一袋子糖给他，喜得铭儿抓着往口袋里装，眼睛都要眯成了一条小缝。

到了药房里，流翠和铭儿就没有跟着进来，守在门口候着。

一进药房，各种草药的气息扑面而来，偌大的药房两边都是挨墙而立的顶到天花板的药柜，药柜旁边摆着一架木质梯子，方便上下取药。

而屋子中间则是一个药台，上面放着一些半成品的药丸和药材，而药台旁边摆着一个木头雕成的人形物品，上面画满了红色的点和各色的线条，还有字体标记在上面。

云卿瞧着便觉得有些奇怪，转过药台，盯着那木头人看了看："这是经脉图？"

虽说她还没有学金针刺穴，但能从木头人身上所标识的穴位上看出来。

"嗯，这是和真人一样比例做出来的人，上面标识的地方全部都是穴位和脉络走向图，你将药材药性全部弄清楚了之后，就要学习这一样了。"汶老太爷看着她发光的双眼，知道这丫头对学医果然还是有着热忱的，他捋了捋花白的山羊胡子道，"怎么今日想起来我这里了？"

"前两日去乡下摘了杨梅回来，母亲让我送一篮过来让师父你尝尝。"云卿这才将杨梅的事说出来。

"哦，你亲手去摘的？"汶老太爷眯了眯眼，面上满是惊讶，"我记得白鹿书院早几日可就开学了。"

"是的，家中有事，便请假了。"云卿的家事不便多说，汶老太爷也不会在意，不过是随口一问，"听说你还报了医科是吗？"

这也是云卿要来向汶老太爷说明的事情，她先敛衽行礼后，才神色正肃，道："是的，云卿蒙师父赏识，收为徒儿，却在未出师之前不得向人说明。若不小心展露了医术，反而弄巧成拙，不如报了医科，虽说学了皮毛，但好歹也有了出处，不至于轻易给人看出端倪来。"

其实汶老太爷也认为云卿报医科的目的是如此，再者他教徒弟喜欢靠她个人的悟性，倒是书院里教的虽然是皮毛，可基础的知识还是很系统，传授得很好，云卿在里面学习，并非没有益处。

他点点头："行，你个小丫头，考虑得倒是挺远的，那杨梅我收下了，正好我想喝杨梅酒，有了这新鲜大杨梅，刚好可以泡出来了。"

他往外走了两步，又转过身来："刚好你今天来，我这边的药材上可还没贴标签的，你就帮我贴上去吧。"

"是，师父。"云卿低声应下，汶老太爷笑眯眯地转身走了出去泡杨梅酒了，流翠依旧在外面守着。

而云卿则看着汶老太爷指的半边药材柜，微呼了口气，这是要考校她对药材的辨别能力了，凤眸里流露出一丝自信，将木梯搬了过来，抽开第一个最上面的一个屉子，拿出里面的药材，开始辨认了起来。

她蹙着眉头，时不时地拿起里面的药片，或者药根，放在鼻子底下闻闻，观察其外形，再放在口中抿抿滋味，然后拿起白色的签条，写好贴在上面。

屋子里静悄悄的，没有任何声音，云卿渐渐入神，再也管不到别的事情，她一会儿爬上梯子抽开一屉子拿出药片，一会儿又爬下来，拿出另外一种相似的药材，将两者拿出来反复地辨认，品尝，并翻开医书，进行细致的对比和研究，区分药材的不同药性……

不知不觉，时间悄悄过去了，汶老太爷几次进来，看到她都在认真地研究，暗暗点头后，又悄悄地退了出去，直到又过去了一个时辰，候在外头的流翠也有些牵挂地进来喊道："小姐，日头快沉了，咱们还要去韦家呢。"

云卿这才从书和药材里抬起头来，抬头从打开的门缝里看去："竟然有这么久了？"

"可不是嘛，小姐你看书看得入神，连汶老太爷进来你都没发现呢。"流翠有些无奈道，小姐用功都达到了忘我的境界了。

伸手摸了摸脖子，云卿站起来道："幸好你提醒我，时候不早了，我去跟师父告辞去。"

从药房出来，穿过一条小路，就到了汶老太爷的院子，铭儿守在外头，见她出来了，忙进去跟汶老太爷通报。没一会儿，出来笑道："沈小姐里边请。"

云卿点头走了进去，却见汶老太爷的身边还坐了一个人，御凤檀竟然也在这里，随即又觉得下午看药材看得太木了，他本来就是住在汶府中，出现在这里也不奇怪。

收了心神，她对着汶老太爷道："药柜上的药签已经贴好了，请师父考查。"

汶老太爷早在开始看了，云卿认药很准，也很细心。"你对药材已经足够熟悉了，一般的药物你认识肯定没有问题。"说着，从旁边抽出两本书来，"这本是讲述经脉和穴位的，你先回去将所有的记熟。这本……"

汶老太爷说着顿了顿："是一些比较罕见的药物和方子，你有空便看看。"

"多谢师父。"云卿见那小册子封面有些朴旧，似乎是流传了很久的物品，双手接过来后，看到里面的字，全部都是手写抄录的，另外一本经脉书明显是印刷的，看来这小册子是很珍贵的物品。

说完，又为云卿介绍道："这位是瑾王世子，想必你是知道的？"

她浅浅一笑，先回了汶老太爷的问话："瑾王世子在书院任代理夫子之事，云卿自然是知道的。"然后屈膝给御凤檀行礼道："见过瑾王世子。"

御凤檀本要起身和她说话，看着她走过来恭谨的动作，眸色微沉，侧开身子避开她的礼，曲线完美的侧脸优雅而沉静，狭眸里少了一抹轻佻，多了一抹暗光，语气淡淡地道："不必多礼了，我且有事，先走了。"

汶老太爷斜睨着他："就用晚膳了，你还去哪？"

"不必管我。"御凤檀摆了摆手，宽大的袖摆随着手腕的动作摆荡，白色的背影显得慵懒且疏离，虽与平时无不同，倒是不难看出他心情有些不大好。

大概是看多了御凤檀出现之时那种光风霁月的绝色抢眼，此时他如此，云卿还有些不习惯，想必他对自己也是一时兴趣，如今淡了。

于是敛了心神朝着汶老太爷道："师父，天色已晚，我还有其他事情要去处理，便先告辞，这两本书我都会好好读阅的。"

"嗯，你且回去，路上小心。"汶老太爷兴味的目光在云卿脸上转了两圈，点头道。

拜访了汶老太爷，马车直接去了秦氏和韦沉渊住的院子。

此时已经是傍晚，敲了一会儿门，小丫鬟才露出头来，看到云卿和流翠站在门前，立即打开门道："奴婢见过小姐。"

她便是谢氏拨给秦氏用的那个小丫鬟，是个手脚勤快的，麻利地跑在前头招待，喊道："公子，小姐来了。"

"沈小姐，你来了。"韦沉渊穿着一袭灰色的旧布衣，袖子整齐地挽起半截，腰间围了一块花色的围兜，头发全部束成一个发髻用布条扎紧，脸上有着几点汗珠，显然正在做菜。

见云卿打量他，才意识到自己的装束来见这种大家小姐实在是不妥，略微有些羞涩地笑道："不好意思，让沈小姐笑话了。"

云卿摇头道："倒是我来得匆忙了，打搅你了。"

流翠喊着车夫将杨梅搬进来，又提了文房四宝在手中，韦沉渊将围兜解开递给桂枝，自己带着云卿往内院走去。

云卿观察了一下，虽然是个两进的小院子，倒是精巧别致，里面的花树也是种得相当有品味，白墙青瓦的很有一种小家韵味。

进了屋子，韦沉渊亲手端了杯水，放在云卿的面前，瘦削的脸上带着笑道："家中没有茶叶，只有白水招待沈小姐了。"

云卿点头，端起来喝了一口，入口便觉得这水味道甘甜，抬眸问道："这水，可是井水？"

"是的，这院子后有一口老井，里头井水冰凉甘甜。"韦沉渊对着云卿解释道，又转身欲要进房，云卿忙喊住他："莫要去烦扰秦大娘了，她身子不好，等会儿起身一上一下的，劳累了更不好。"

韦沉渊看着云卿的眼睛，那里面透出来的目光是真诚不作伪的，便也不强求，坐在一旁的一张方凳上道："不知沈小姐来可是有事？"

云卿听他喊自己的称呼，不由得蹙了蹙眉头："我与你日后在书院也有可能相逢，你不必对我如此客气，与其他同学一般叫我沈云卿便可。"

如此一来，韦沉渊便知道她今日来，是告诉他已经在白鹿书院报名，想起母亲所说的话，他便点头道："恭敬不如从命。"

云卿默然打量着他，他的神色对自己是十分欢迎的，可绝没有那种卑躬屈膝之感，也没有因为住了沈府的院子，而把自己看得低人一等，或者是觉得难堪，在这个年纪，是十分难得的。

她示意流翠将东西放在桌上，然后道："我已经替你跟先生说过了，只说你是我远方表亲，要我先给你报名了。明日你便去书院选好要学的科目，应该就可以上学了，本来你们搬迁应该是要送礼的，但是毕竟不是正式的，我也就送这个庆祝你来白鹿书院上学吧。”

韦沉渊一看文房四宝的品质，就放下了心，他怕沈府又拿了贵重的东西来，一来他的打扮也不适合使用贵重的物品，二来又觉得欠了沈府的，便起身道谢：“劳烦你了。”

“无事。”云卿笑着，凤眸弯起，透出几分符合年纪的天真来，“上次去庄子，我摘了不少杨梅，家中吃不完。你刚才不是说屋后有井么，刚巧可以放进去浸着，也不怕坏。”

韦沉渊轻声道：“好的。”他顿了一顿，看了看外头的天色，本想留了云卿在这吃饭，又想着终究不好，云卿也不打算在这里麻烦他们，新搬家过来肯定还有不少事要处理，聊了一会儿便告辞了。

回到了沈府，李斯见云卿来了，从袖中拿出三张纸来，递给云卿：“一张是院子的地契，一张是上回谢姨妈写的委托单，一张是那院子的租期合约书。”

仔细查看了无误后，云卿点头：“怎么这么快就办好了？”

昨日里才谈好了的，今日就将一切手续都办齐了，不说其他，官府的办事效率也实在太高了些。

李斯瞧着云卿道：“一大早那个珠宝商就来寻我，说他急着要走，早点将地契过了，也好安排铺子里的事情。我心里头有疑问，但想着到了官府那最快也得三四天才办得下来，岂料去了，不到半天一切的手续都顺溜地办下来了，后来我去问了，说是瑾王世子打了招呼。我估计，这珠宝商卖宅子的事，可能和瑾王世子也有点关系。”

话说到这里，云卿还不明白就也太愚笨了点。难怪今天在汶老太爷遇见他时，自己行礼时，他那冷淡客气的态度，云卿料想他心里肯定是不舒服了，毕竟帮了她的忙，她还对着他客客气气像个陌生人。

云卿一时又有些生闷气，他做了这些事，她白日里又不知道，御凤檀那家伙也忒小气了一点。不过到底人家帮了她，等上骑射课时，她再跟他致谢吧。

拿着地契，云卿没有直接去菊客院找谢姨妈，她先到了谢氏的院子里，将地契拿给她看了，谢氏倒是也一直惦记着这事，拿着地契看了一会儿，见没什么差错，也放心了。

父母都打了招呼，这事云卿就好做了。

见天色已晚，她今日是不会去菊客院了，免得给人留了话柄，深夜送地契，好像是急巴巴地要将谢姨妈赶出去一般。虽然心里的确这么是这么想的，可是面子上还是要做得妥当才是。

待第二日从学堂回来，云卿才拣了个时间，带着流翠和采青去菊客院。

谢姨妈正坐在院子中，旁边的高几上摆着谢氏送过来的杨梅，用冰糖浸着，色泽红艳艳的，谢姨妈吃得舒心，微眯了眼眸教训正在给她捶腿的小丫鬟：“轻点儿，手劲那么大，你想捶死我啊！”

看到云卿进来，怪腔怪调地笑了两声：“今日来的可是贵客啊，姨侄女怎么想起到我这来了？”

客？一听这词语，云卿就笑了，笑得格外地和气甜美：“一听这话，就知道姨妈在这里住得格外的舒心。”

谢姨妈很不舒心，如今她得罪了沈茂谢氏，又不讨老夫人的喜欢，几次去荣松堂，都被王嬷嬷挡了出来，哪里还能舒心得了，听到云卿的话，就觉得刺耳得很：“一个客院而已，有什么舒心的，还不就是随意住住。”

云卿听到这极不礼貌的话也没生气，笑道：“瞧姨妈说的，你住得不舒心，怎么会把我当成客呢。”

拐了几个弯，原来就是为了讽刺她反客为主，谢姨妈早就知道云卿嘴皮子厉害，她几次交锋，都没得了好去，方才的一句“贵客”的确是她自己语有疏漏，不禁翻了个白眼道：“你来这里，总不是为了告诉我是个客的吧？”

“姨妈果然聪明，云卿今日来的目的，还真是！”

云卿直愣愣的一句话，硬是将谢姨妈气得从古藤椅上站了起来，瞪着一双杏眼道：“你什么意思，就算我如今寄居在你家，可好歹也是你的长辈，姐姐姐夫没开口，轮不到你来说话！”

她一蹦起来，采青和流翠立即拦到了前头，那模样好似怕谢姨妈要冲过来打云卿一般，气得谢姨妈真想冲过来了。

望着谢姨妈气急败坏的样子，云卿觉得很好笑，她慢悠悠地欣赏着她的丑态，轻飘飘道：“姨妈这可是冤枉我了，我是奉了父亲的令，来将买好宅子的地契送给姨妈的，这不是等于告诉姨妈将要不做客人，可以有自己的宅院了吗？”

原来咋咋呼呼的谢姨妈一下就尴尬了起来，她原以为云卿是来挑衅的，谁知道是来送地契的。

伸手飞快地将地契扯了过来，拿在手中一看，院子的名字是她的，眉梢就翘了起来，地址是沈家隔壁一条街的，眼睛亮了起来，再一看交易的银子，两千二百两，顿时就给人一种整个人就要飞起来的错觉。

沈家出的银子，还是写的她的名字，这院子以后就是她的了，看看这占地面积，再看看修建的年月，谢姨妈心中无比的得意。

她看了好一会儿，才抬起头来，略带试探地道：“这院子是给我的吧？”

谢姨妈两只眼睛里闪着贪婪的光芒，好似有两锭银子镶嵌在眸中，紧紧地盯着云卿，很怕从她口中说出“要给钱”三个字。

云卿本想要直接告诉她这其实是用她自己的庄子店铺的租金买回来的，好看看谢姨妈的丑态。可是现在她又不想说了。

于是，她微笑着点头：“是姨妈你的院子。”

得到这句肯定的话，谢姨妈哈哈笑了起来，杏眸里的怒气消失得无影无踪，将地契叠好放在腰间，看云卿也顺眼多了："姐姐姐夫果然还是照顾我的。"

能住到自己的院子里，比起寄人篱下的滋味，谢姨妈当然选择前者，当下就表示选个最近的吉日搬家。

她的行李本就不多，且新居离沈府也就一条街的距离，谢氏派了家丁给她搬东西，然后又送了些礼物庆祝她搬迁，由于还在孝期，谢姨妈不能大办特办乔迁宴，只两家人坐在一起吃了顿饭也就罢了。

但是韦凝紫还是在书院有意无意地透露出，她家出钱买了那个大宅院，云卿也十分配合地宣传，那是谢姨妈自己买的院子。

扬州城那些抱着观望态度的夫人小姐，看见她们孤儿寡母的一下这么大手笔地买下了院子，想着虽然韦凝紫没了爹，好在有个官家小姐的名头，又有如此厚的身家，开始对她的排斥也渐渐地消失了。

谢姨妈搬出沈家一事处理完了后，沈茂也已经将如善堂需要的场地选好，就在城中偏郊外的一处庄子，将里面的设施整修了之后，就可以重新开设，这些事情他不需要亲自管理，下面自有管事会弄好。

这日，一家人坐在一起吃饭，见众人都落了筷子，沈茂与谢氏对望了一眼，便对着老夫人笑道："母亲，儿子这些时日将如善堂的事情处理好了，手头也得空，刚好要去利州看看商铺的事情,听说那儿的女神山求子十分灵验,想带着文娘也一起过去拜拜,不知娘怎么看？"

老夫人正端着一杯清香荷花茶喝着，听后倒也没什么大的反应，往谢氏脸上瞧了一圈，盖了杯盖，递给王嬷嬷，才慢悠悠道："去外头走走也好，那女神山我倒也听人说过，你带着她去拜拜也好。"

没想到老夫人这次这么快就松口了，大概是和孙子有关的事情，她都会比较大方。总之这一次谢氏是眼睛一亮，满面的喜色。

站在后头伺候着谢氏吃饭的秋姨娘脸上则闪过一抹羡慕与一丝嫉妒，她也想要出去女神山拜拜看。

她进门也有四年了，可肚子一直没动静，她不比原来的水姨娘是正儿八经纳进来的良妾，背后还有老夫人撑腰，也不比白姨娘是谢氏以前身边的大丫鬟，深得谢氏的喜爱。

她是一个寡妇，和沈茂有了瓜葛，才纳进来的，不说儿子，就算有个女儿也好，若是一直没有孩子，等她年老色衰了，在家中可是一点地位都没有了。

可也是因为这种位置使得她比水姨娘谨慎得多，她不会在此时说出自己想去，而是在心里有了计较。

出了荣松堂，到了谢氏的院子里，谢氏看着云卿想到女儿也没去过利州，便道："云卿，你也很久没有出去走走了吧，要不，和娘一起去利州玩玩？"

"娘，女儿还要上书院呢，刚请了假又请的话，只怕夫子到了考查的时候给我个差评呢。"云卿知道父亲这是带着母亲去女神山求子，那里风景优美，又没有祖母和小妾在身边给娘堵心，等于两人是出去度甜蜜的小日子，看娘这些时日笑得那样开心，肯定是期盼了好久的，若是自己插上一脚，反而一路上他们两人要避讳许多，反而不美了，她哪里会做这等没眼色的事情。

谢氏见她说要去书院，也没有多说，着手开始准备离家的事，这么大的一个府宅，不是说走就能走的，李嬷嬷自然是留下来管家，内院里的小事她可以处理，大事还有老夫人在，请示了老夫人再处理便是。

而沈茂也将外院的总管木林和商铺的大管事李斯喊来做了一番交代，他们两人是沈茂的得力助手，一人管内，一人管外，用了多年的人，沈茂自然是放心的。

他们忙碌他们的，而云卿每日里还是按照所报的课程上学。

谢氏这几天心情都不错，看到秋姨娘进来，也没有让她出去。

秋姨娘似乎兴致很高，一直拉着谢氏聊天，她惯会吹捧，又因为以前做过管事娘子，外头见过的东西多，说起那些个故事来倒也有几分意思。

秋姨娘正在说一个奇事，说是一个山上挖出来人形石头的故事，翡翠进来端了一碗金丝蜜枣粥。秋姨娘连忙接了过去，拿着手帕挥了挥上面的热气，关切地端给谢氏道："夫人，粥熬得不错，这一看就是翡翠亲自熬出来的吧。"

谢氏此时却没有胃口，摆手道："你放那边，我等会儿喝，你倒是说说那人形石头上有什么古怪？"

秋姨娘笑容微微一僵，看了一眼金丝蜜枣粥，继续开始说叨了起来，直到谢氏真的想要休息了，目光又在那金丝蜜枣粥上转了两圈，她才起了身告辞。

等她走了，翡翠说了一句："今天秋姨娘心情挺好的，还来给夫人说趣事。"端起桌上的金丝蜜枣粥看了眼，微微拧了拧眉头，"夫人，这粥奴婢去给你热热再喝吧。"

谢氏打算喝了这粥就眯上一会儿的，便点点头，翡翠端起碗来往外头走去，并没有直接朝着小厨房去热粥，而是招手唤来了一个小丫鬟，对着她耳朵小声地说了几句，那小丫鬟听了，接过金丝蜜枣粥就往外面跑去。

过了大概小半个时辰之后，小丫鬟再次回来，将手中拿着的东西给翡翠一看，翡翠的面色立即就变了。

她思忖了一会儿，接过手中的物品，唤小丫鬟重新装了一碗金丝蜜枣粥进去。

云卿正坐在窗头的案台上看着棋谱，外头飞丹来传话，说是夫人院子里的翡翠来求见，她微微一愣，目光往窗外一扫，明日爹娘就要出行了，翡翠此时不在娘那里准备收拾，反而到她这来？难道娘有事要与她交代？

她将书放在一旁，从书房走了出来，坐到了正厅里的罗汉床上，才吩咐飞丹去传翡翠进来。

过了一会儿，帘子掀起来，面目秀丽的翡翠手中抱着一个竹篮子走进来，先是朝着云卿行礼，之后左右看了一眼。

云卿会意，让其他丫鬟都退了下去，只留了流翠在身边，翡翠这才开口道："小姐，你且看看这个。”

她掀开手中篮子上盖的布，只见里面睡着一只小狗，软趴趴地摊开四肢在篮子底，眉间就有了疑惑，这只小狗难道有什么古怪？

“怎么，这是夫人让你带来给我的？”她缓缓地开口，虽然知道谢氏不会送条狗来，面上仍是不露半分地问道。

翡翠知道这位大小姐虽然只有十三岁，城府却比夫人还要深，此时虽对她篮子中的狗有疑惑，却半分不显露出来，心中暗暗佩服。

“大小姐，刚才秋姨娘到夫人那去请安，坐了大约有一个时辰的样子，还特意捧了粥给夫人喝，奴婢见她行为有些反常，便将粥拿出来让人找了条小狗喝了一半。”

翡翠说着，把篮子里的小狗放了下来，只见那小狗肚子有咕噜噜的声音，一会儿就拉出一泡水来，原来它不是在趴着睡觉，而是双腿无力，根本就站不起来。

看到这里，云卿岂会不明白，那碗粥里被秋姨娘下了泻药，而且分量还不轻，若不是翡翠发现有古怪，将粥换了，娘喝了这粥后，必然腹泻不止，无法前行。

而如今府中就剩下两个姨娘，白姨娘与世无争，剩下的就只有秋姨娘了。

爹是打着去看商行的名义去利州的，若是祖母见娘没出行又染了病，必然不喜，说不定就会安排秋姨娘跟着爹去利州。

对于祖母来说，家中的姨娘也好，通房也罢，只要能生下孙子就好了，身份什么的，在盼孙成痴的她心中算不得什么。

家中这些姨娘真是不省心，每个人都为自己谋划着，这个秋姨娘看起来平日里还算是安分的，在这种时候还是动起了心思。

云卿端起手边的蜜枣茶，静静地喝了一口，才抬起眼问道：“你没有把这件事告诉夫人吧。”

她不是问，而是陈述一个事实，翡翠若是告诉了谢氏，如今府中就不会这样平静了，也不会特意再来这里告诉她。

“明日夫人便要动身了，奴婢若是告诉她此事，她又要动心劳神，晚上只怕是又休息不好，奴婢想既然已经发现了这个药，便不告诉夫人，知会大小姐一声。”翡翠低声道。

谢氏离家虽然没有开口说让云卿管家，但是也有嘱咐云卿，空余时间多随着李嬷嬷多看多问，学习家中的大小事务，所以翡翠才有今日一言，便是提醒云卿在家且要多多注意，毕竟上次苏眉的事情让府中的人都大有触动。

云卿当然明了她的意思，她目光扫过那软腿的小狗，目光平静如同深渊：“此事你做得很好，回去之后也不要再和夫人提起了。”

翡翠点头，将小狗篮子提起，重新盖好，然后才退了出去。

流翠这才开口道：“小姐，秋姨娘竟然敢给夫人下药，她胆子也太大了些吧！”

云卿淡淡地一笑，眸中带着一股奇异的光芒：“胆子大？她这可不算什么了。”自古妻

妾斗争就是如此，你来我往，手段层出不穷，秋姨娘下个泻药还算是其中轻的了。

想起水姨娘和苏眉的事，流翠眼眸也带着一丝怕意："那就这样饶了她吗？若是下次还来怎么办？"

"饶了她？"云卿好笑地看了流翠一眼，"只怕你肯，我也不肯呢。"

"小姐打算怎么收拾她？"流翠看着云卿的笑容，自从落水后她就发现了，只要小姐笑得越温柔，越平和，心里面就越是有了想法，这种想法往往还不是她能想到的。

"以彼之道，还施彼身。"

秋姨娘从谢氏的院子里回来后，就一直等待着外面传来的消息，一直等到夜晚，还没有听到府中请大夫。

她明明将泻药的药粉弄在帕子上撒进了粥碗，当时还故意多撒了几下，这泻药的药性大，吃进去一些，便能让人拉个三天的。谢氏若是喝了那碗金丝蜜枣粥，不可能到现在还没反应。难道她发现了端倪，没有喝下去？

秋姨娘派了身边的枫儿去谢氏的院子打听了，回来却是说谢氏早就喝了金丝蜜枣粥歇息了下来，她隐隐约约觉得有些不安，若是喝了如何没有反应？难道是察觉到她动的手脚了？若是察觉了为何没有发作出来？

带着这个疑问，秋姨娘一直都没有睡好，辗转反侧到了第二天早晨，随着众人一起将沈茂和谢氏送到了二门口，谢氏反复叮嘱李嬷嬷和云卿要用心照顾好老夫人，这才和沈茂一起出了门。

秋姨娘从始至终都在观察谢氏的表情，却都没有看出谢氏有何异样。

直到转身回来的时候，却听到云卿站在身边笑道："秋姨娘今日气色看起来不错的样子。"

闻言，秋姨娘眼里闪过一抹慌乱，抬手摸了摸脸颊，笑得有些干巴巴道："是么？可能是知道夫人和老爷出去了，太开心了。"

云卿浅笑道："秋姨娘真是一心为了夫人，这份心思令人感动，今日为了送爹娘出门，我还没吃早膳呢。"顿了顿，目光在白姨娘的脸上看了一圈，接着道，"两位姨娘应该也没有吧，不如就去我院子里一起用膳吧。"

大小姐能邀请姨娘去院子里一起用膳，这是极为难得的事情，如今沈茂和谢氏走了，家中除了老夫人，就是云卿最大，她们自然是点头跟着来到了归燕阁。

采青吩咐人将两位姨娘的份例一起端了上来，除了平日里的精细早点外，桌上还有一煲热气腾腾的粥。

云卿微微一笑："恰好我今日煲了金丝蜜枣粥，蜜枣美容养颜，秋姨娘你平日休息得不好，喝这个最好了。"

听到"金丝蜜枣粥"五个字，秋姨娘猛地抬起头，水晶珠钗晃出叮当的响声，抬眸看着云卿的面容，见她浅浅笑着，目光里都是坦然一片，那一脸诚挚的笑容，任谁都看不出关切之外的神色。

大概是自己想多了，金丝蜜枣粥在沈府是女眷经常喝的粥，只是碰巧而已，秋姨娘定了定神，满脸受宠若惊，道："那是煲给大小姐您喝的，婢妾不敢呢。"

"一碗粥而已，有什么敢不敢的，你看白姨娘都没推辞，秋姨娘你最是直率的，怎么今日还这般，难道是怕我在粥里下了什么东西不成！"云卿轻笑道，青莲已经拿起官窑描金粉瓷碗开始装起粥来，将三碗粥分别放在了云卿，白姨娘和秋姨娘的面前。

那双飞挑的凤眸带着盈盈的笑意，却是直直地望着她，秋姨娘此时已经没有了侥幸心理，眼前的大小姐肯定是知道了什么，才会做出这种举动，额头不禁有汗开始流出。

"喝吧。"云卿端起来首先喝了一口，白姨娘点头，安安静静地接了粥后，斜侧着身子坐在小几上，也端起来小口地喝了起来。

对于她的安静和低调，云卿习以为常，此时多看她两眼，她的目光似乎从来不会往其他地方瞟来瞟去，总是半低着头，谦恭不已，但是这种人，若是动了歪心思，也最是难防。

想起她上次聪明地选择在谢氏去庄子的时间回家照顾父亲，更加取得谢氏的信任，云卿不得不说，这个不起眼的白姨娘，她也得好好关注了。

秋姨娘见粥是从同一个粥罐里舀出，又当着她的面，没有任何的其他动作，料想云卿只是想要警告她一番。

下人对这个大小姐的评论都是敦厚可亲，料想性格与谢氏相差无几，即便是知道了她下泻药，也只是提醒她，随即放心地喝完了粥。

看着她脸上放松的神色，云卿嘴角微勾，对于要害谢氏的人，她是绝对不会姑息的。

秋姨娘和白姨娘用完早膳后，便告辞了出来，秋姨娘一脸轻松地回到自己住的院子中，满脸都是喜悦的神色，既然大小姐知道了，还对她如此说话暗示，那夫人肯定不知道了，自己还担心得整晚没睡好，真是白操心了，吃完饭补个眠吧。

她让枫儿关上院子门，准备好好地再睡上一场，刚走到内房里，却发现肚子突然绞痛了一下，然后接下来的三天都保持半个时辰上一次净房的频率，吃不好，睡不好，加上不断地拉肚子，生生将秋姨娘一张娇艳水润的脸，直接拉得眼眶凹了下去……

秋姨娘躺在床上的时候，才想起云卿那张笑语盈盈，婉约贵气的脸，背上都是凉的。

她自以为是宽容，其实是个警告！那金丝蜜枣粥是当着她面盛给她的，当时也是三人一同喝的，可是大小姐就有本事，让她一个人生生拉了三天的肚子，若是当时粥里加的是其他的东西……

她突然觉得，这个大小姐，完全不像是十三岁的少女，一个十三岁的少女，怎么会有如此之深的心思？那日水姨娘虽然是自作孽被打包回家，可说到底还是被大小姐识破了计谋，自讨苦吃。

这三天，已经让她明白了什么叫生不如死，以后，她还是小心为上。

接下来，云卿每日上学，和韦凝紫两人如同真正的表姐妹一般，上课时打招呼，下课之后基本是没有往来。

而连着三节骑射课，云卿都未见到御凤檀，终于有点奇怪。学堂里的学生告诉她，安老太君起身回京城了，瑾王世子也被明帝召回京城。

同时，由耿佑臣所教的琴课，也换上了原本的琴夫子，他也回了京城。

在云卿的记忆里，这一年京城所发生的大事是空白的，因为这一年，她刚好是失贞最丢脸的一年，毫无心思关心其他事情，回忆起来也只有那无止无休的羞辱，和每日落泪的痛苦。

如今不同了，她除了上学之外，半个月去一次汶府，听汶老太爷点拨教导，回来后便温习功课，记穴位，观读棋谱，练习书法，书院每隔五天便有两天休息的时间，她便跟着李嬷嬷学习如何处理府中的事务，偶尔请教李斯生意上的事情，每天都过得很充实。

偶尔会想起爹娘如今在哪游玩，也不知道娘有没有怀孕，就这样又过了两个月，云卿今日休息，一早起来，便先去老夫人那请安。

前世的她和这个祖母称不上有什么感情，今世看到她对谢氏的举动，心里更是已经冰寒。若不是这世上讲究一个“孝”字，她实在不想来看这个祖母，以免一看到她就想起以前她对水姨娘的偏袒和对谢氏的厉声责骂。

六月下旬，扬州的天气也渐渐见热，老夫人穿着棕黄色薄夏绸的长衣，靠在罗汉床上，看着坐在下首的孙女，懒懒道：“也不知道你爹娘啥时候回来？”

她到底是老人，儿子没在身边，想念得紧，孙女和她又不亲近，就越发觉得孤单，所以才有此一问。

“应该就这几天了，前几日父亲来信，回城的时候从利州出发到了白水城，再坐船到扬州，速度挺快的。”云卿淡淡地接口道。

“嗯，回来的时间倒是无所谓，要是能带着孙子一起就好了。”老夫人对于这方面也不掩饰，想起苏眉肚子的孩子又有点神伤，看云卿低眉顺眼地坐在一旁，懒懒地问道，“听人说你素日里灯不到三更不会灭，早晨很早便起来了，也不爱做衣打扮，都在忙些什么？”

云卿乖巧地回话道：“上学之后回来做功课，然后看看书，练字画画。”

“还是老样子，整日里喜欢抱着书读。”老夫人说的是以前，云卿上世的时候也爱读书，读诗品词，再看那些悲春伤秋的故事，如今捧的虽然还是书，内容却大不同了。

“女孩子家的，不要整日里就看那些个书，也要学学女红，打扮得漂漂亮亮才是，你如今是比以前稳重不少了，我看着倒也欢喜，但到底如今是个姑娘家，可以多乐乐的时候便多乐乐。”

老夫人这么一番话说出来，倒是让云卿惊异。

祖母这番话虽说不太好听，但还是有些情意在里头。女子最快乐的时候就是做闺女的时候，嫁到人家家里做媳妇了后，上有公婆，中有妯娌，下有子女，是没时间喘气的。

她抬头睁大眼看老夫人，老夫人却是翻了个身子，叹了口气，云卿本想再说两句，忍住了没开口准备退了出去，外头却传来了急急忙忙的脚步声，正是谢氏院子里的一个小丫鬟。

王嬷嬷刚要张嘴骂她没规矩，冒冒失失的，却见那小丫鬟大喘气之后，望着老夫人和云卿道："老爷和夫人都回来了。"

刚翻过身的老夫人哪曾想有这么快，一下又翻转回来，看着她道："那怎么还没到我这里来呢？"

"夫人进门后，人就晕倒了。"小丫鬟又加了一句，这次可是云卿着急了："怎么会晕倒了呢？请大夫了没有？"

父亲带着母亲出去游玩，身上又没什么事务，怎么会晕倒？

"已经请了，好像是夫人这几天胃口都不好，没吃什么东西，又经常呕吐，怕是劳累了……"

王嬷嬷一听，眼睛都亮了起来，转头对着老夫人道："老夫人，这症状只怕是……"

刚才还懒懒的老夫人顿时就精神了起来，一骨碌从罗汉床上爬了起来，朝着门外走去。一行人急匆匆地往着谢氏的院子去。

云卿两只手紧紧地抓着帕子，如果她猜测得没错的话，谢氏应该是有了。她一直就期盼着母亲能怀上，现在结果就在眼前，也不由得有点紧张。

比起云卿，老夫人更急，健步如飞，走路的速度比起平日起码要快上一倍。

到了谢氏的院子，进门便看见谢氏还穿着齐整的海棠色外裳，很显然是进门就倒了下来，沈茂坐在一旁，满脸焦急地望着外头，听到脚步声还以为是大夫来了，抬头却看到是老夫人和云卿，又起身给老夫人行礼道："儿子见过母亲。"

老夫人手一抬，让他起来，目光落在谢氏面上，问道："儿媳怎样了？"

"还不知道，刚才灌了一碗汤，脸色好点了，还得等大夫来。"沈茂也是一脸的担忧，怎么到了家门口反而倒下了，一路上谢氏的心情和脸色比起在家中要好许多，两人简直和新婚一般。

过了一会儿，外边就有丫鬟带着齐大夫走进来，云卿本想凑在前头看看谢氏的，此时也让开了位置，让齐大夫上前。

老夫人是一刻都等不得，连忙道："快来把脉。"

齐大夫应了，坐在李嬷嬷搬来的凳子上，搭了帕子，两指搭上去把脉，过了一会儿，收回手笑道："恭喜老夫人，沈老爷。"

沈茂看他笑起来，又看了看谢氏的面色，皱眉道："喜什么喜，夫人怎么了？"

齐大夫拱手道："夫人这是劳累了，加上孕吐少食，一时身子不适，才晕倒的。"

"你说什么？！"老夫人站了起来，睁大眼看着齐大夫。

"刚才我给夫人诊脉，是喜脉！"齐大夫不厌其烦地再次重申，直将老夫人听得满脸绽放了笑容，那素日里看着谢氏就带上不满的眼也有了一丝关心："那我媳妇怎样了？"

老夫人刚问完，谢氏就醒了过来，看着满屋子都是人，一时有些反应不过来，沈茂立即坐到她身边将她扶起："你小心些。"

“娘。”谢氏看到老夫人站在罗汉床前，要起来行礼，老夫人忙道：“别乱动，小心自己的身子。”

面对婆母那充满了善意和关心的面容，还有关切的话语，谢氏有些不太适应，还是沈茂开口道：“你如今是双身子的人，可要多多注意。”

一屋子的人在这里，老夫人怕影响了谢氏的休息，嘱咐了几句后，带着一群人又出去了。

谢氏把手放在小腹上，心里那种甜蜜蜜喜滋滋的感觉，真是无法用言语形容，在船上的时候她就又吐又胃口不好，心中便猜测可能是这样。但是当年怀云卿的时候，又没有这种反应，不敢随便开口，如今得到了确认，再抬头看沈茂，那张儒雅俊美的脸上也满是笑容，眼里带着孩子般的喜悦，知道他肯定也是极为高兴的。

“文娘，我就知道你会有的。”这时候的沈茂可是喜得两眼发光，三十多岁了一直没有儿子，他心里便觉得沮丧，查出了断子汤后，虽然治好了，心里还是忐忑的，此时知道妻子一下就怀了，男人雄风重振，岂不得意非凡。

他和谢氏说了几句话后，又想起齐大夫在开方子，要去多嘱咐几句，这才恋恋不舍地走了出去。

云卿瞧着一大堆人忙东忙西的都走了，这才坐到谢氏的身旁去，看着她还扁平的肚子，凤眸里泛出奇异的光彩。

上辈子沈家没有的孩子，这辈子也有了，好多事情都在改变，都在朝着好的方向走。

她伸手摸了摸：“娘，当年我在你肚子里的时候，和弟弟也一样，让你又吐又晕的吗？”

谢氏一看她那傻乎乎的模样，笑道：“你那时候乖得很，娘怀了你，没一点儿反应，还是小日子推迟好久，才发现的呢，哪像你弟弟……”她说到这里，收了口道，“看我，被你一句弟弟说的，也这么胡乱开口了。”

云卿抿嘴一笑：“娘是顺口说出来的，老人说，顺口说出来的，就是真正的。看来一定是肚子里的弟弟让娘早点告诉我的。”

听了女儿这样的话，谢氏笑得如同一朵花儿，伸手掐了掐她的脸：“好好，娘今日就借你的吉言了，若是弟弟的话，娘私下再给你封个铁嘴红包。”

“你们娘俩说什么呢，还要给红包啊？”沈茂从屋外走进来，正好听到最后几个字，不由得好心情问道。

云卿一看是沈茂进来了，将手收回来，笑道：“爹，我刚才在说娘肚子里的是弟弟呢，娘说等生出来后，再封个铁嘴直断的红包给我呢。”

“封，这红包还不能轻了，爹到时候也封一个给你。”要是生儿子，沈茂就是儿女双全了，当然是喜欢得不得了，便伸手掐了一下云卿的脸颊。

“爹，你别把女儿的脸掐大了。”云卿歪头道，翘着嘴做不满状。

“这可真是，女儿家的爱美爱成这样了，看掐了一下就将你的小脸扯大了去啊。”沈茂哈哈大笑了起来，谢氏也在一旁笑弯了眼，看了眼眉宇间尽是愉悦的丈夫，这一胎可一定得生个儿子啊。

云卿看着父母气氛良好，找了个借口就退了出来，托李嬷嬷和琥珀翡翠要多多注意谢氏平日里用的吃食用品，慎重再慎重。

这一天，整个沈府都是喜洋洋的，沈茂一高兴，便给沈府上上下下百多人，不管是大管事，还是小丫鬟，只要是沈家的下人，每人都发了一套当季的新衣裳。

云卿知道父亲等了这么多年，等来了娘再度有喜，自然是高兴得不得了，就是祖母也觉得这样好，整个府里头都是喜气洋洋的，个个脸上都挂着笑。

第二天，早晨用过早膳之后，沈家族长带着几个远方的亲戚，还有她们家的女眷们都纷纷携带贺礼来了，一大群人全部坐到了谢氏的院子里，一下把本来偌大的院子都衬得有些挤了。

云卿大概地看了一眼，这其中她认识的人还真是不多。

其中为首的便是沈族长的长媳莫氏最为出挑，三十出头的年纪，不胖不瘦的身材，一张长脸，五官不算突出，但是看起来有一种韵味，今日她是做了领头的，带着一干子媳妇小姐都来了沈家庆贺。

一进门看到谢氏便热情地喊道："弟妹啊，昨儿个我听到这好消息还以为自个儿听错了呢，再仔细一听，想来是谁有这好福气，原来就是你，给我高兴得，今儿个一早就跟着族长，赶紧地给你道喜来了。"

她声音洪亮，属于未见人可闻声的类型，一双眼睛灵活，进门就左右打量。

对于她，上世云卿是有所了解的，她微勾了嘴角，越过她往后面看，在来的这一群访客里，年轻的那几个，却是穿着特别的鲜艳，脸上描绘得精精致致，无一不是看起来秀丽可人。

莫氏虽然比谢氏大不了几岁，辈分上却高了一级，谢氏连忙站起来要行礼，莫氏手虚虚一抬道："你可莫要说那些有的没的，如今身子金贵，别累着了才好。"

谢氏笑道："哪像舅母说的这样金贵了，行礼就会伤到了。"她也就势坐了下来，招呼其他人也各自落座。

一番寒暄下来，莫氏视线就落到了站在谢氏旁边的翡翠和琥珀身上，笑道："看看你身边服侍的丫鬟，个个模样出挑，手脚灵活的，我真是羡慕啊。"

谢氏不知她怎么会扯到琥珀和翡翠的身上，笑道："她们跟了我多年了，知道我的习惯了，我也用得顺手了。"她这话的意思是告诉莫氏琥珀和翡翠是她的得力助手，想要是要不走的。不怪她多心，这个莫氏并不是个手短的人。

沈府因为富足，在族中有地位，族中要办些什么，采买什么，无论何事，族长和长老都喜欢拉着沈府出资。

沈茂大方，也不在乎这些，一族人中自己富裕些，照顾是应当的。

而这个莫氏是族长的长媳，也是商户出身的，但是比起沈家来差得太远。她是个厉害的，进门之后肚子就争气，四年生了三个儿子，家中的两个小妾只要是生的儿子，就会无缘无故地夭折，被她收拾得跟奴婢没有区别。

早两年的时候，见沈茂迟迟没有儿子，还动起了将自己家小儿子过继过来的心思，她那儿子那时十三岁都没满，一屋子的丫鬟个个都睡遍了，每日里花天酒地，是扬州出名的混蛋，且不说谢氏不会要过继，即便是过继也不会要个这样的败家子。

就因为这事，她和谢氏还红了脸，背地里曾经诅咒过谢氏一辈子生不出儿子。

当初沈茂带了苏眉回来的时候，她还偷笑了半日，谁料昨儿个晚上得了消息，说是谢氏有了身子，心里顿时一阵失落，却又打起另外的小算盘来了。

今儿个又欢喜地过来，面上是看不出两人红过脸的痕迹，但肯定是没啥好事。

她捂着嘴夸张地笑得往后靠了靠身子，道："我一瞧便知道是你调教得好，想着你是书香名门的大家闺秀，便是丫鬟都带着一股子书卷气，哪像我，地地道道的商贾出身，除了会打算盘看看账本什么也不会。"

这一顿高帽子戴下来，李嬷嬷警戒了起来，就连谢氏也知道她后头肯定是有话要说，不咸不淡地道："三十六行，行行都有能手，我瞧她们也是不错的。"

顺着这个话头，莫氏就接了上去，拉着那几个年轻姑娘里打扮得最光鲜的两个出来："还不给堂嫂子请安。"

那两个姑娘是小妾生的，谢氏看着她们一身的打扮，那衣服都是簇新的，一点儿褶皱都没有，想来都是今日特意换上来的。

谢氏看她们低眉垂眼的样子就知道平日里莫氏将她们收拾得服帖，今儿个让她们来，肯定没好事。

果然，莫氏下一句便将目的冒了出来："你看看她们，平日里见个人头都抬不起来，太没见过世面，比起云卿，那差的可不是一点半点。我在想，你刚好有了身子，身边也需要人照顾，翡翠琥珀虽然能干，总有看不到的地方。不如就让她们留在你身边，她们虽是愚笨，也还会做事，顺便也好在你身边学点大家闺秀的气质，你看如何？"

这一番话表面听起来是好听，可是说完后，那两个庶女脸就红了，云卿注意到她们两人手是紧紧握着的，虽然面色平静，可眼底带着一种绝望。

当然绝望了。十五岁，鲜花初绽般的年纪，应该是相上一门人家，准备婚嫁的年龄，却被嫡母莫氏送到谢氏的身边。说是放在身边学东西，实际上就是让谢氏当作丫鬟使，然后找个机会上了沈茂的床，到时候莫氏凭着族长长媳的身份，让沈茂纳了她们做姨娘。

谢氏才查出怀孕的第二天，就有人怕沈茂一个人在床上睡得太寂寞了，这些人是不是也把主意打得太好了！

云卿看着谢氏的面色有些沉了下去，知道她必定是生了气，可是自己的辈分摆在这里，母亲房中的事她在族中人这里插嘴于理不合，便看向站在一旁的李嬷嬷。

李嬷嬷会意，对着莫氏笑道："瞧您这话说的，奴婢在一旁听着就忍不住要说一句话了。莫说您是夫人的堂舅母，您的女儿和夫人就是姐妹，这哪里有将自家妹妹送到姐姐身边伺候的，这知道的人晓得，您是对女儿好，为了她以后着想，要是不知道的，那岂不是要说您将女儿送到沈府来为奴为婢了，传出去咱们沈府的名声还是其次，您一直是大方明理的，若为了这么个小事，让族长难做倒还不好了。”

谢氏很满意李嬷嬷将这通话说出来，自己也接着道：“是啊，我如今身子重，整天又疲乏得很，若是让她们在一旁看到，那倒显得我这个堂姐懒了，我可万万不想在她们面前丢了脸。”

莫氏的脸就有些不好看，不由得心里有些愤愤的，笑僵了几分，又不甘心地说了句：“你身边没人伺候总是不方便的……”

“哪里，老爷说了，若是没人，就让外面牙行挑人过来，那里什么样的都有，多谢舅母关心了。”谢氏这次却是说在了前头，将莫氏的话就这么拦了下来。

她和沈茂这两个月的甜蜜还在心头徘徊，这些人就要来给她找事，心头不禁有些厌恶。

莫氏也听出谢氏的意思了，若是谢氏怀孕真要给沈茂找丫鬟，牙行里什么样的没有，又听话又乖巧，干吗要找这种背后有靠山的！

见莫氏出山都败了，其他那些带着女儿来的也不提这事，附和着一些话又说了几句，谢氏面上露出了疲乏的神色，她们便也站起来告退。

谢氏早就想她们走了，假意挽留了几句，便对着云卿道：“你帮娘送一下诸位长辈。”

云卿连忙应了，便起身将她们一路送出了谢氏的院子，穿过回廊、甬道，一直送到了垂花门前，看着这些不怀好意的人走远了，才转身回了谢氏的院子。

此时谢氏的院子里却来了几个管事的妈妈，正在向谢氏说着今日要做的事情，一个在说昨儿个老爷说加新衣裳的事情，另外一个是询问柳老夫人下个月生辰的备礼，云卿静静地坐在一旁，听着谢氏吩咐这些事务，待一一处理完了之后，谢氏的面上露出了倦色。

李嬷嬷给她端来了补气的粥，喂她吃了两口，却不想刚喝下去还没一会儿，她又开始干呕了起来，刚才喝的粥等于没吃，面色惨白惨白的。

翡翠倒了水给她漱口，小丫鬟将污物抬下去清理了，李嬷嬷看着她的模样，心疼道：“夫人，你这一胎可比怀小姐的时候难多了，如今你吃也吃不好，这前三个月是最为重要的，你要好好保养才是，这府中的事务要分担一些出去才是，否则身体哪里受得了。”

谢氏是有过一胎的人，也知道这一胎是折磨了点，可是这府中，老夫人身体不大好，其他的姨娘又不大适合管家，并不是说分担就能分担出去的，她想了想，最后开口道：“我昨晚也在想这事，可是府中如今也没有什么人可以当得了这个家，那些姨娘很多事又做不了主，想来想去，倒是有一个人合适，素玲以前也是做过当家主母的，她在府中看着，应该没什么问题。”

云卿闻言一惊，这才刚将这尊瘟神送走，母亲又想将她喊回来，李嬷嬷和她也有同样的想法，想起谢姨妈那些个做法，委婉道：“夫人，说起来，谢姨妈她的身份还是合理的，只是身上还戴着重孝，奴婢觉得，这一胎来得不易，该忌讳的地方还是得忌讳的。”

闻言，谢氏也点点头，十三年后好不容易盼来的孩子，可要多注意些："可是这一时半会，也想不到何人合适。"

"娘，女儿这么大一个人坐在这里，你可都看不见啊！"一直在旁静坐着的云卿此时开口道。

谢氏一愣，转头看着女儿，脸上带着笑道："云卿，你刚才说的可是想要主持中馈？"

望着她脸上惊讶的表情，云卿心内叹了口气，也知道以前的自己对这些是一点都不感兴趣的，虽然重生了半年，却也没有接手过家中事务，娘惊讶也是正常的。

"娘你不要惊讶，如今女儿也有十三岁了，再过两年就要及笄。这些年看着娘处理事情，也会上一点。若是有不懂的，大可以再来向你讨教，这次你出门，女儿在李嬷嬷身边也学了不少的东西呢。"

李嬷嬷这两个月处理家中事务的时候，云卿一直跟在旁边，有时候还能提出自己的意见，她也觉得姑娘家十三岁是要学习管理家中中馈的事务，便赞同道："夫人，姑娘说的也是，她如今年岁不算小，再过几年就得出阁了，如今学着管理中馈，日后嫁出去后才能管理好一切，不让人小瞧了去。"

谢氏本是有些犹豫的，毕竟管理家中的事务并不是一件小事，可听到李嬷嬷的话后，又觉得有理，她想了想，问道："那你白日还要上学，怎么处理？"

看她的意思是同意了，云卿立即道："每日的事情都是在清晨处理，处理完后，再上学也不会迟，再说每五日就有两天休息，也不会太忙。这不还有李嬷嬷在身边帮忙吗？"

见如此，谢氏也不反对了，点头应了下来，到了晚上的时候，她便将这件事与沈茂说了，沈茂当即就挑着眉道："这可是长大了，以前她还说这些是杂事俗务，这半年一下子懂事了，倒让我觉得有些措手不及。"

谢氏心中也有如此感叹，看来经历了齐家的事情后，女儿的心性改变了。"她愿意学着，妾身自然是愿意的，若不然的话，嫁出去后当家的时候就会分外难过了。"

"也是，咱们家的女儿这样聪慧，你不知道啊，那个如善堂的点子我跟下面的管事一说，个个都说绝妙，生意上的事她都能想好，家中的事务她必定做得好的，你且让她去做，一些方面多提点她就行了。"沈茂很是得意，春风吹上眉梢，掩不住的开心。

却说莫氏从沈府回去了之后，将两个庶女带到了自己的院子里，噼里啪啦地就一顿骂了下去："看你们两个木头，一句话都不晓得说，送上门给你们穿金戴银的好机会都不好好把握着，亏我一人在那里说得口都干了，你们都不知道吱一声！"

那两个庶女哪里敢出声，就垂着头，木然地听着她骂。

莫氏心里是越想越不舒服，谢氏肚子里有了，沈茂还不是要去找其他人睡。她好心好意将闺女送过去，竟然挡了回来，难道外头那些比这些知根知底的好？又看着那两个庶女苦着脸的样子，气不打一处来，骂道："一个个哭丧着脸做什么，我还没死呢！"

过了一会儿，沈平回来了，看到站在房中的两个庶女，随口问道："怎么了？"

“还能怎么了，你那个堂兄沈茂，仗着家中富裕，今儿个我带着两个女儿上门去拜见，哪晓得谢氏根本就不把我放在眼里，就将我这么打发了出来！也不看看他如今的富贵，没有族里面的庇佑怎么可能得到，一点儿都不挂念我们这些族里的人，真是让人不齿！”莫氏这一圈话说得那叫一个顺溜，完全是发泄着自己的怒气。

沈平听后，眉头带着阴沉，眸中闪过一道犀利的光芒，过了一会儿，才道：“风水轮流转，谁知道最后笑的人是谁呢。”

莫氏哼了一声：“那倒是，我就看着什么时候他家里倒霉！”谢氏如今才怀孕了一个月就神气，有什么好神气的，生得下儿子再说吧！

CHAPTER 13

第十三章　步步为营步步行（一）

云卿自然不晓得莫氏嘴里颠倒黑白这一出，如今忙着学习掌管中馈。

上一世她完全不懂这些，到了永毅侯府后，里面的人际关系复杂，人员众多，她处理起来总是力不从心。

那时候也是韦凝紫一直在旁边指导她处理事情，虽然每次都能将问题处理完，但是如今回想起来，那时候似乎府中的人更信服的是侧夫人韦凝紫，而不是她这个正室。

如今有心要学，自然是努力地去看，去揣摩，发现其实管起一个家来，学问其实比她想象的要多多了。

这一个月她还不是完全熟悉，谢氏和李嬷嬷还是从旁指导着，渐渐地越来越熟练，而此时，也到了柳老夫人的寿宴。

柳老夫人的寿宴，沈茂、谢氏和云卿，还有老夫人都一起去了柳府。

虽然不是大寿，柳家依旧是办得场面很大，自从出了柳易青的事情之后，柳家在扬州很是没有脸面，几乎大半年没有参加扬州的各种聚会，想借着这次将柳易青丢的脸面捡回来。

待到了门前的时候，便看到柳大夫人田氏正领着柳二夫人以及柳易月和柳易心在门前迎接各方的客人。待看到沈府一家人的时候，忙上前来，首先对着老夫人行了礼，然后吩咐人将她们带了进去。

女眷当然是和男眷分开的，到了里面，柳老夫人正坐在上面，穿着暗红色的万福暗纹镶银边长褙子，系着棕色的马面裙，一看到沈老夫人便笑道：“你可是来了，我在这看了许久了呢，想着你从京城里回来，很久没见了。”

沈老夫人自然也会说这些客套话，应了几句后，又来了客人便让人将贺礼单送了上去，柳老夫人略微一扫前头的那些礼物，脸上的笑意就越发明显，招呼了谢氏和云卿坐下。

到了开宴席的时候，一干人进来拜寿，柳易阳看到云卿，眼底闪过一丝惊艳，借着上前和谢氏说话的机会，和云卿也见机搭讪了几句。

“表妹许久未见，可是女大十八变，越来越出众了。”柳易阳转头望着云卿。

“表哥谬赞了。”云卿是没什么心思理他。他的话略微显得有些轻浮，就是谢氏也显得不大高兴。

柳易阳一点都不在乎云卿的态度，站在那依旧是有一句没一句地说着，云卿见他说得起劲，目光落到了黄氏身上。

距离上次见她又有一个月了，黄氏似乎和云卿投缘，偶尔也邀云卿到她这边来玩。如今看她比上次又瘦了，几乎是瘦得不成样子，虚弱得站不稳，由丫鬟扶着来拜寿，略微行礼就坐到了一边。可是目光却还是在往柳易阳那边瞟。

都这副模样了，还总盯着自己的相公，这个表嫂她也不知道说什么好了。

不过遇见了，总要说两句客套话的，云卿便行礼问道：“怎么不见远哥儿呢？”她来黄氏这儿的原因，也是因为远哥儿，那孩子的模样乖巧，云卿看了就觉得很喜欢。

黄氏听她问远哥儿的事，眼底划过一道光芒，声音轻细，若一缕游丝般，道：“给老夫人请了安就喊着要出去玩，乳娘带着他在玩呢，调皮得紧。”

她说这么几句话，中间停了两次，似乎很辛苦的样子，云卿也不好拉着她聊。不过一会儿，丫鬟便扶着她先下去了，想必老夫人也是不喜欢一个病恹恹要死的人在自己寿宴上出现。

云卿待得也有些闷，趁着她们一屋子人在说话的时候，退了出去，想要找一处安静的地方坐着休息一会儿。

她走到一处树荫下，寻了块干净的地方就要坐下来，却听后头传来脚步声，抬头看去，却是一个仆妇打扮的人在这园子里绕来绕去的，满脸焦急的模样。

她见到云卿后，就急急地行了个礼，然后说道：“表小姐，你到这儿之后，可是有看到远哥儿？”

“远哥儿不见了？”云卿听她说话，面上露出了一丝凝重，今儿个来的客人也多，他们各自又带了仆人，若是混进了什么人，将远哥儿掳走了，那可怎么办？

乳娘也是急得不行：“远哥儿要玩躲猫猫，奴婢想着这小花圃里不大，也没事，就和他玩，谁知道，一会儿以后，轮到远哥儿藏起来，奴婢转过来数了十下，就怎么都找不到远哥儿了，翻遍了整个小花圃都没看到他！”

这可是黄氏的心肝肉儿，要是丢了，那等于直接要了她的命，云卿忙道：“你往那头，我往这头去，你再悄悄地吩咐些人，在花园里静静地找着，切莫要惊动了其他人。”今儿个可是柳老夫人的寿宴，若是先把事情嚷开了，不只柳老夫人心里会不痛快，就连那些来参加寿宴的人也会不舒服的。

乳娘和云卿打过几次交道，知道她也喜欢远哥儿，立即点头道：“好，好，多谢表小姐了。”

云卿当即也不废话，绕着花园的路就开始走了，柳府的花园占地也不算小，这倒没什么，关键是远哥儿一个四岁还没到的小孩子，若是真心想要躲藏，很多地方他都可以钻进去的，所以云卿一路非常认真地在寻找，高一点的草丛，密一些的花圃，大一点的假山，她都去看过，直到快到回廊的一个假山后面，她才发现了穿着红色小褂子，正蹲在那眨巴着圆溜溜的眼睛看着她的远哥儿。

小家伙似乎不知道发生了什么事，云卿一路寻来，是急得不行，开口道："远哥儿，你怎么跑这里来了，让姑姑好一通找！"

这么说话语气有一点重，远哥儿不知道平时对他温柔的姑姑怎么看起来有点凶，立即瘪了嘴，嘟起粉嫩的唇，哭了起来："咕咕咕咕好凶噢……"

他的声音细细嫩嫩的，好像糯米年糕一样，带着小孩子的天真，因为边哭边说话，口齿不清楚，姑姑两个字被他喊得好像鸟在叫一样。云卿顿时被他弄得感觉自己好像做了错事一般，连忙蹲下来，掏出帕子去擦他的脸："远哥儿不哭不哭，姑姑没有凶你，姑姑最喜欢远哥儿了，怎么会凶你呢，来，姑姑抱。"

远哥儿这次似乎特别伤心，瘪瘪嘴，不接受解释："不要姑姑抱，姑姑凶。"

哎哟，这还记恨上了啊，云卿顿时又觉得好笑，想了想，从荷包里翻出了糖来。她刚才看到这桂花糖不错，拿了两颗，现在可派上大用场了。

将黄亮的糖放到远哥儿的面前，云卿哄道："远哥儿看，姑姑这儿有糖吃哦，你不哭了，姑姑就拿给你吃。"

面对糖的诱惑，远哥儿定了一会儿神，圆圆的眼睛在糖上面溜了一圈，小手将糖接了过来攥在手心，然后接着哇哇大哭。

云卿顿时无语，对于这种小孩子的无赖，她还真是没有办法，只好将那条沾满了远哥儿的眼泪鼻涕的帕子拿起来，柔声道："远哥儿不要哭了，看姑姑给你变戏法。"

一听有戏法，远哥儿抽了抽鼻子，张大了眼睛看着云卿，云卿拿着那有鼻涕的帕子在远哥儿面前抖了抖："你看这是什么？"

"手帕。"远哥儿稚声稚气地回答。

"远哥儿好聪明哦，你看姑姑将帕子变成小老鼠哦。"她拿起手绢在手中叠，卷，翻，一会儿粉色的帕子马上就变成了一只小老鼠。

"你看，这是不是小老鼠啊？"将这个粉老鼠的成品放在手心，云卿挑眉哄道，她这可不容易啊，小时候玩的东西基本都忘了，幸亏她还记得叠这个。

"那姑姑还会叠兔子吗？"小孩子思想简单，被云卿带着忘记了开始的事情，定定地看着那神奇的帕子，提出要求。

"太容易了，看姑姑的。"只看云卿巧手一变，将帕子几叠几折，那只粉老鼠马上变成了粉兔子，摊在了远哥儿的手心里。

远哥儿眨巴眨巴眼睛，然后抬头道："姑姑，小老鼠去哪了？"

云卿看着他婴儿肥的脸蛋，天真的样子，不禁笑了起来。

阳光穿透假山的拦截，从另一面照了进来，树影下的女子侧面柔和美好如画，她的眼睛微微上挑，因为笑开了怀而斜飞得更加明显，鼻梁因为笑而有些浅浅地皱起，娇美的面容带上了一丝孩子气，眉梢如同缀上了金光点点，美得让人移不开眼睛。

假山后，一个男子看着她的笑靥，目光落到远哥儿手中的粉色小兔子上，动了一动。

听到身后发出的细微响声，云卿敏锐地转头，看到树丛后方，有一个穿着一袭墨蓝色绣金丝云纹圆领长袍的男子。

他大约是十七八岁的年纪，眉宇间带着一股冰冷的神色，双眸中似乎还有拒人于千里之外的冷漠。高挺的鼻梁，淡色的唇瓣，似乎都是为了衬托他浑身上下的冷漠和寒意，即便生得俊美英挺，也没有女子敢向他多靠近一分。

虽然没有见过几次，但是云卿对他的印象很深刻，他便是安知府的嫡子安初阳，一个有着阳光灿烂的名字，却冰冷到骨子里的男子。

这个人什么时候出现在此处的？她将远哥儿的小手牵了起来，客气道："安公子。"

虽然嘴角依旧是带着笑容，可是安初阳可以看出她的笑和刚才对着远哥儿的笑容有着极大的区别。现在的样子，和外头那些千金一般，戴着一层假面具，温柔却难以靠近。

云卿能感觉到他身上又散发出一层冷冷的寒气了，虽说安初阳何时都是冷漠得像冰，可是这样的寒气还是少见的。

"那个兔子，送给我。"他的话不算是命令，可听起来也没恳求的意思，大概是人太冷了。

云卿一抬头，怀疑自己有没有听错话，看了一眼满脸无表情的安初阳，再看了看远哥儿手中那个手帕兔子，不太确定道："你要的是这个？"

不等安初阳开口，远哥儿紧攥了手中的新玩意，口中因为含着桂花糖而变得模糊不清地发音："不啊抢偶的吐自。"（不要抢我的兔子。）

安初阳微微蹙起的眉头，让云卿有些不悦道："安公子可知道一只兔子事小，若要让人看到那是我的帕子，只怕对你的名誉不好。"

安初阳一愣，看了看那只兔子，眉头皱了起来，他刚才只是要这个东西，倒是忘记手帕是女子的贴身物品，不能交给外男。

"对不起。"

这种东西对姑娘的名誉十分重要，也怪不得云卿说话尖锐，可是她也没想到安初阳会这么自然地将道歉的话说了出来。

不禁抬眼紧紧盯着他棱角分明的脸，他人虽冷，却有一双柔和纯澈的眼睛，若是不看那冷冰冰的脸色，单单望着这双眼睛，一定会觉得他是个很温和的人。

云卿想，刚才安初阳要兔子的时候，也许是一时没有想到那是她的手帕。

她微微一笑："怎么安公子没有在前面和他们一起呢？"这个时候前面应该正有节目，那些公子哥也会在一起斗鸟喝酒的。

安初阳被她的目光看得有几分不自在，他略微转了视线，目光落到一旁绽开的美人蕉上，竟觉得那火红的花儿没有她的裙角来得吸引人。

“没意思。”

云卿做好了被无视的准备，却得到了安初阳的回答，微微一愣。

远哥儿见没人来抢他的小兔子，放下心来了，大概是玩得也累了，抬着小脑袋拉她的裙子，软糯的嗓音喊道：“姑姑，我饿了。”

云卿笑道：“姑姑就带你过去。”她对着安初阳福了福身子道：“我还要将远哥儿送到她乳母身边，先告辞了。”

不知怎么，安初阳抬起头往不远处看了一眼，又看着云卿望向远哥儿疼爱的眼神，薄唇吐出一句话道：“刚才一个穿着湖蓝色褙子的妇人一直跟在你后面。”

他不喜欢和那些公子一起才到后花园来走走的，绕了一圈后，发现有一个妇人偷偷摸摸地跟在人后面。

他瞧着身影有些像云卿，怕有什么意外，便跟了上来，哪知道那妇人躲在一旁看到云卿找到小男孩后，就往另外一个方向走了。

穿湖蓝色褙子的妇人？她脑中浮现的是远哥儿乳母的身影，暗暗皱了下眉，不再作声，抱起远哥儿往黄氏的院子走去。

黄氏居住在柳府的西府，从后花园穿过去后，就到了她居住的落雨居。因为今日是柳老夫人的寿宴，人手都在前头去忙，黄氏的院子里略显得清静，只有贴身伺候的大丫鬟螺丝在身边。

看到云卿来了之后，螺丝仿若早就知道她会来一般，迎着她进去了。

屋中依旧是浓浓的药味，黄氏靠在床头，一身瘦骨嶙峋，穿着白色的中衣透出一股萧瑟的病弱，云卿看着全身都有些不自在。

黄氏见她进来，病恹恹的脸上带上了一抹笑：“你怎么来了？”

没看到乳母在黄氏这里，云卿心头虽有疑问，但是送到黄氏这个亲娘手中，也更放心，便将怀里的远哥儿要放下来。

谁知道螺丝一过来接，远哥儿就哼哼地哭，他刚才估计是累了，趴在云卿的胸口已经眯眼睡了，一只手紧紧地抓着云卿叠的兔子，另一只抓紧了云卿的领口。

黄氏满脸歉意道：“这孩子睡觉就是爱攥着东西，好像生怕别人给他丢了一般。”

她说着，脸色就有点黯然，云卿是知道她身体情况的，真是一日不如一日，便示意螺丝别接，抱着远哥儿坐到一旁的椅子上：“表嫂还是把心放宽些，别想太多了，忧心加重病情。”

黄氏笑道：“还是你心好，月儿，心儿，都没你这么有耐心，真是人美，心肠也美，难怪远哥儿特别喜欢你。”

“远哥儿性子活泼可爱，谁见了都会喜欢的，更何况我是他表姑，偏爱一些也是难免的。”黄氏刚才一顿夸下来，云卿都有些羞赧了，她望着怀中吧唧嘴的远哥儿，凤眸里流露出一丝疼惜。

她没有过孩子，也不是对孩子特别喜欢的那种人，只是看到远哥儿就不由得会想起他上一世所落得的悲惨命运，莫名将这个小娃娃和自己的前世联系在了一起。再者远哥儿长得逗人喜爱，又是自家的晚辈，云卿当然是喜爱了。

黄氏看着云卿的眼神，眼底流露出一丝高兴的色彩："不是的，远哥儿对其他人不会这样。"除了黄氏和乳娘，其实远哥儿很难在别人的怀中睡着的。

她看着云卿怀中熟睡的儿子，和云卿脸上发自内心的疼爱，眼里浮上了一层喜哀交错的神色，由螺丝扶着她坐起来，重复道："我看得出，你也是真心喜欢远哥儿的，别的人只怕是没有那个耐心陪着小孩子哭闹的。"

云卿抬头看她泛着奇异光彩的眼，顺着视线又像是在看她，不觉有些奇怪，若是看着远哥儿还是正常的，可看她就有点奇怪了。

黄氏猛烈地咳了几声，螺丝道："大少奶奶，奴婢在火上炖了雪梨冰糖。表小姐，你也喝一碗吧。"

刚巧在席上的时候，云卿没什么胃口，口也有些干燥，便点头道："也好。"

螺丝得了话，转身出去，过了一会儿，帘子掀起来，螺丝手中端了个红漆描金的方盘进来，上面放着两个官窑青花瓷碗，盛着的正是冰糖雪梨。

她将左边的端给了云卿，然后将另外一碗给黄氏。

黄氏用勺子在碗中轻轻地搅和，看着云卿空不出手来，对着螺丝道："还不快去将远哥儿接过来。"

因为远哥儿抓得紧，螺丝费了很大的力气才将他的小手指一根根掰开，云卿看着都有点心疼，转头对着黄氏道："就让他再睡会儿吧。"

"不用了，让螺丝抱着吧，都是乳娘惯的坏毛病。"

黄氏的语气是很轻松，可是云卿没有错过她眼底的心疼。

"表妹喝雪梨汤吧，这个最滋润心肺了。"黄氏笑着喊道。

云卿微微一笑，端起雪梨汤用白瓷勺舀了一勺，刚碰到嘴唇，碗里散发出一种东西的味道，让她本来温柔含笑的双眸中闪过一抹厉色。余光瞥到黄氏期盼的目光，凤眸的凌厉如同针刺一般。

她垂了垂眼睫，微抿了一下勺子，动作慢且优雅。恰好此时远哥儿醒来，揉了揉眼睛看到云卿正在喝东西，挣扎了要过去，娇声唤道："姑姑吃什么，我也要。"

云卿抬起头，面色柔和而靓丽，站起来接过伸出两只小短手要她抱的远哥儿，坐下将他放在腿上："姑姑在喝雪梨汤哦，你要不要？"

"要！"远哥儿大声地回答，娇嫩的声音，直将螺丝和黄氏两人的脸色弄得一变。

云卿微微一笑，从碗里舀了一勺出来，往远哥儿的口中送，螺丝在一旁大声喊道："表小姐，不要给远哥儿喝。"

停下喂食的手，云卿抬起玉芙蓉一般的脸蛋，菱唇带笑，凤眸里却环绕着森森的怒意，轻轻地开口道："为何不可？"

"这……雪梨是凉性的，远哥儿喝了对身子不好。"螺丝顿了顿，开口道。

云卿天真地睁大眼睛，轻笑道："螺丝，你这就不懂了，学院的医夫子可是说过了，雪梨虽寒，但是冰糖是温性的，两者一起煮过后，便是温性食物。且冰糖营养，小孩子喝了对身体好呢。"

她微微笑着，说不出的好看，拿着勺子就要喂给远哥儿。那笑容在黄氏眼底，却比毒蛇还毒，她急得从榻上扑了过来："不要给远哥儿喝，那会害死他的！"

"咚"一声，勺子撞击到碗里，发出清脆的声音，碗里淡黄色的甜汤溅起了一桌的水，云卿将远哥儿抱着往螺丝的怀里一放，冷声道："将远哥儿带出去！"

螺丝知道今日大少奶奶吩咐的事，表小姐肯定发现了，连忙接过远哥儿，走了出去，顺便将门也带上了。

因为刚才动作太大，黄氏趴在榻上，头发散乱，正在喘着粗气。

云卿这个时候的脸上却没有了半点的怜惜，凤眸里一片冷漠，定定地望着她："表嫂刚才紧张什么，那汤我能喝，为什么远哥儿不能喝？！"

黄氏嗫嚅了嘴唇，脸上露出了凄苦的神色，看着云卿道："不能喝，他还小，不能喝那个汤！"

"不是他还小，是因为他是你儿子，所以你害怕他喝了那个汤会留下什么后遗症，而我，不过是一个远房的表妹而已，所以绝子汤这种东西，你可以毫不犹豫地端来给我喝！"云卿怒声道，若不是她跟着汶老太爷学医，这雪梨汤中所放的绝子药她根本就尝不出来。

黄氏下在里面的分量极其微小，喝一次并没有事，可是若是长期喝下去，那么就会像这个药的名字一般，喝下这药的女子以后再也没有机会怀孕生子了。

黄氏已经缓过气来了，她翻过身，因为激动而直起身子奋力地辩解道："你不是喜欢远哥儿吗？远哥儿也喜欢你啊，到时候我去了，你就嫁到柳家来，这里是你的姑姥姥家，公公他又是知府同知，你嫁进来也不算辱没了！"

云卿突然觉得有一句话没有说错，可怜之人必有其可恨之处！她因为知晓前世的一切，所以对黄氏和远哥儿都是真心相待，远哥儿她也是真心疼爱的。可是疼爱是疼爱，不代表她就要嫁到柳家来为黄氏养儿子。

也许在黄氏的心里，还觉得她嫁得不错，一个商户之女能嫁到柳家。可是她却没有丝毫的兴趣想要到这个地方来！

谁说嫁到柳家就会幸福，是亲人又如何，柳易阳那个人，她前世不会嫁，今生更不会考虑。

她望着黄氏凄惨的脸，嘴角带着讽刺道："我辱没不辱没不是你说了算，你也没有资格替我的一生做打算！你为了你自己的一己私欲，在汤中下绝子药，可曾想过我不管是做继室还是嫁给别人，不能生孩子的事实会让我一生都在婆家抬不起头来！你什么都站在自己的角度上看问题，还要装作是为我考虑，真是自私得让人觉得你可怕！"

黄氏内心在做出下绝子汤这个决定的时候，其实是很犹豫的，她喜欢云卿，喜欢她温柔，善良，随和。

若是她没有病入膏肓，不是只有半年不到的时间就要撒手人寰，她绝对不会做这样的事情。她看着云卿带着冷刺一般的眼神，心里各种滋味交杂，后悔、愤怒、哀伤、着急、懊恼都交织在了一起，眼泪哗哗地流了下来，从她瘦到没有一丝肉的脸上滑落了下来，双手紧紧地抓着红色的锦被，大声哭道：

“我也不想啊，我也不想啊，可是你知道吗？东院的那个女人就要生孩子了，他每天都在那边陪着那个女人，根本就不来我这里，连远哥儿都不看。他说等我死了，就将那个女人扶正做正室，那个女人这个月已经来我这里挑衅了两次了，她天天咒我早一点死，最好带着远哥儿一起去死。若是不带远哥儿一起去，她到时候也会想办法折磨死他的！我没有办法了，我想给远哥儿找一个疼他的继母啊……”

黄氏的泪水如同开了闸的潮水，哗啦啦地流着，她头猛烈地摇着，像是要宣泄什么：“柳易阳每次见到你，眼睛就会发亮，我知道他是喜欢上你了。可是沈家就你一个女儿，不可能将你嫁给他做继室的，只有让你没有孩子生，你才会嫁到柳家来，才会疼我的远哥儿，将他视为己出……”

她悲恸的情绪即便是盛怒的云卿也能感受到，那是一个母亲强烈的爱意，她面无表情道：“你没有去找别的小姐试试吗？也有别的心肠好的小姐的。”

黄氏摇头，这次她摇得很慢，像是绝望了一般：“你不知道柳易阳这个人，长得一般姿色的他看不上，家世太差的老夫人也不会同意。那些稍许合适一些的，我也试探过她们，没有一个人像你这样，是真心对远哥儿的，她们当着我的面是一回事，背着我却对远哥儿不理不睬，毫无耐心，她们不像你……”

她抬起头来看着云卿：“云卿，你骂我也好，怪我也好，我真的是没有办法了，那个女人已经快生了，我也没有多少时间了。我是迫不得已啊，她那种人，一定会对远哥儿下手的……”

看着眼神里交织着期盼和绝望的黄氏，云卿在心内重重地叹了口气。从黄氏的角度来看，她所做的一切都是为了远哥儿，她只想为儿子找一个疼爱他的继母，可是云卿终究不是黄氏，她这一生也不是为了成为一个伟大的继母而来的。

善良是云卿为人的一个准则，然而善良不代表要牺牲自己去成全别人。

坐在一旁，云卿端起已经半凉的茶水抿了一口，润了润有些干涩的嗓子，半垂着长睫道：“除了找一个疼爱远哥儿的后妈，你没有别的办法了吗？”

黄氏满面都是泪水，她用帕子擦了擦脸，声音带着哽咽，无奈地摇摇头道：“能想的办法我都想过了，我去了之后，柳易阳肯定会新娶的，不管是升了那个女人的位份，还是新讨一个新夫人回来，我的远哥儿以后面对的都是危险。”

看着这个为儿子操碎了一颗心的女人，云卿抿了抿粉嫩的菱唇，水光在上面划出一道锋利的色泽，默默地颤动：“我有办法。”

黄氏听到她说有办法，眼底带着狐疑，开口道："你有什么办法？"自从病了之后，她就一直在想柳易阳继室之事，不觉得有什么办法比云卿当远哥儿的继母更合适了。

云卿站了起来，从红木圆形嵌大理石桌上的水果盆里拿出一个水果，放在手中，慢条斯理地问道："这种果子叫什么？"

见她问的问题风马牛不相及，黄氏有些不舒服，可是想到开始所说的她有办法，便配合着道："这是芒果，公公下属送来的，说是见得少，老夫人让人送了几个在我房里。"她如今病痛缠身，胃口不好，尝了一点也没有再吃。

云卿拿在手中掂了掂，唇角微勾，道："这东西因为稀罕，所以才会有人送来给大表舅，若是一般的梨子苹果相信没人会特意送过来。"

黄氏隐约觉得她话中有话，可是却听不太明白，反问道："你是什么意思？"

"我没什么意思，就是觉得物以稀为贵，芒果少所以被人当宝，苹果多，所以人不在乎。"云卿将那黄色的芒果在手心一转，又放回到水果盆中。

猛然听到这话，黄氏还怔了一怔，不知道云卿所说的办法和水果有什么关系，直到外头传来远哥儿咯咯的笑声，才明白过来。

那个女人之所以敢嚣张地在她面前狂言的原因是知道她要死了，而那个女人肚子里面还有一个孩子，这个孩子也同样是柳易阳的，所以那个女人敢说等她上来就要弄死远哥儿，因为远哥儿威胁到她儿子的地位。

而柳易阳如此不在乎远哥儿的原因也在此，就算远哥儿没了，他还可以找很多的女人再为他生孩子，将来娶的继室可以，纳的妾室也可以，在他眼中，儿子根本就算不得什么。

人只宝贝得不到的东西，子嗣也是，若是柳易阳以后没有其他的儿子，只有远哥儿这一个，那他就只有好好疼爱这唯一的一个了。

可是这种办法……黄氏抬起头来，两手握紧，瘦如竹节的指骨因为用力而凸得更加厉害。"你是说，让我给柳易阳下药，让他以后都不能再生育？"

云卿立在屋中，背对着门的方向，她的面容在阴影里看得不太清楚："我什么都没说，只是觉得芒果少见。"

她不至于傻到这种地步，说出让柳易阳绝种的话来让人抓住把柄。黄氏算不得坏人，也不是什么好人，这种人平日里是没什么，一旦关系到儿子的事，必然是狠得下心来的。

若是今日她直说了，日后发生什么变故，赖到她的头上怎么办？只是自古以来女人蠢得不可救药的就是这点，总想着去防范女人，认为女人是自己最大的敌人，殊不知后院的争斗都是由于男人而起的。只要男人有这个心，你费尽心力防得了家里，也管不了他在外头做什么。胭脂巷里愿意攀附的美人多得数不胜数，防不胜防。

黄氏知道她的意思便是如此，可是这种想法实在是太大胆了："我要是给他下了药，以后他不是再不能生育了？若是他知道了，迁怒远哥儿怎么办？那他以后再没有子嗣了……"

云卿抬眸望着她，以前看着她的时候，总觉得这是一个可怜的女人。可是今日她的所作所为却让云卿再也激不起一丁点的同情心，若是说这个办法是为了她而说，倒不如说是为了远哥儿。

可是她都说到了这里，黄氏还在这里担心柳易阳以后有没有子嗣，黄氏都是要死的人了，恨又如何，不恨又如何？人死一切都灭了，到了这个地步，还去挂念那个男人，有什么意思。

给她下绝子汤的时候怎么又没有想想她的处境呢？为了一个花天酒地，薄情寡义的老公，倒是犹犹豫豫的。

这种女人实在是不值得同情。

门敲响了三声后，螺丝抱着闹嚷着要娘的远哥儿进来，黄氏犹豫的神色立即带上了满满的心疼，抱着远哥儿在怀里，在小脸上亲了几下。

远哥儿拿手在她胸口扑了几扑，黄氏抓着他的手握在手中，却摸到了柔软的一团，立即将那一团东西从远哥儿手中抠了出来，放在被子底下。

云卿将她的举动看得清清楚楚，顿时觉得这种人实在没有意思，凤眸里蕴着一丝冷光，开口道："表嫂身子不好，好好休息吧。"

黄氏听了她的话，干瘦的面上露出一丝笑容，将远哥儿放在腿上，点头道："今日多亏了你，不然的话远哥儿还不知道要在那躲多久呢。"

到了这个时候黄氏还想拉近她和远哥儿的关系，实在是不想和这种愚蠢的女人再多说话，云卿走到她面前，一字一句道："表嫂，不知道你觉得我太傻，还是你自以为太聪明？今天这一切都是你安排的，你让乳母将远哥儿带到假山后，然后引我过去，目的就是试探我背着你的时候，对远哥儿还好不好。本来碍于两家是亲戚，我不想将这件事说穿了。如今，你自己非要扯破这层脸面，那就别怪我了。"

自安初阳说出有一个妇人偷偷跟在她后头，她就觉得有些奇怪，直到黄氏端来那汤后，前后对应起来，一切都是黄氏计划好了的事情。

"你说什么？"黄氏露出几分慌张，脸上装着迷茫道。

"把我的手帕还给我。"这一次，云卿直接伸出了手在她的面前，刚才黄氏从远哥儿手中将小兔子拿了出来，偷偷藏在被子底下的动作她并没有错过。

她已经出了这个点子，可黄氏依旧想做她的贤妻良母，替丈夫找好漂亮的继室，替儿子找到疼爱他的母亲。

这帕子若是被黄氏拿了，她敢保证，到明日这帕子就会到了柳易阳的手里，紧接着就会传出她和柳易阳私相授受的传言，到最后，她被逼得不得不嫁入了柳家。

像黄氏这种人，若不是到这种生死关头，平日里是看不出会有如此自私的。

黄氏没有想到她的动作一直都被云卿看到，讪讪地从被子底下拿出帕子，递给了云卿，云卿一把接了过来，甩手就走了出去。

黄氏愣愣地看着云卿的背影越走越远，知道这一次之后她再也不会像以前那样来看远哥儿了，她望着坐在自己腿上的远哥儿，眸子里染上了一抹模糊的色彩。

半晌之后，将螺丝唤了进来："螺丝，自从我娘将你从路边捡回来后，你就一直是陪在我身边，与我一起长大，后来又做了我的陪嫁丫鬟。到了现在，也只有你还一直陪在我的身边。"

螺丝看着她那发黄的脸，泪水止不住地掉了下来，跪下来道："大少奶奶，你对奴婢的恩情，奴婢一辈子都记得的。"她只恨为什么大少奶奶会嫁到这柳家来，原以为是扬州的名门望族，谁知道大少爷是个不管妻儿，只管自己快活的人。大夫人又一味地偏袒儿子，什么都只说大少奶奶的不是，老夫人也是睁一只眼闭一只眼，由得他胡闹。大少奶奶嫁进来没一个月，柳易阳就纳妾，这些年，若不是又气又郁，大少奶奶也不会病得如此厉害。

黄氏目光中透着凄苦，她低头看着螺丝清秀的面容，轻轻道："大少爷多久没来我这里了，你知道是为什么吗？"

螺丝抬起脸，点头道："奴婢都知道，大少爷是生奶奶的气，他要奴婢……"后面几个字，她到底是未嫁的闺女，没有说出来。

黄氏看着这个一直陪伴着自己的丫鬟，心内感慨万千，她想起小时候和螺丝一起度过的日子。在她心中，螺丝不仅仅是丫鬟，也是姐妹，当初她陪嫁过来的有四个丫鬟，三个都被柳易阳睡过了。只有螺丝，她一直拼力地保住，为的就是想以后给她找个好的前程，可是也为此惹怒了柳易阳。

当初那样保住她，如今却不得不将她又推出去，黄氏实在是开不了这个口，嘴唇翕动了几次，还是没说。

可螺丝在她身边十多年，与她可以说是心灵相通。她擦了擦泪水，知道如今大少爷不喜欢来大少奶奶这里，就是因为她病得容颜残了，抬手擦了擦泪水，道："大少奶奶，你有何事就直接吩咐，当初这条命也是老夫人救回来的，为了您螺丝什么都舍得。"

她的两眼里都是坚决，黄氏望着一阵心酸，她搂着什么都不知道，睁大圆溜溜眼睛看着她们的远哥儿，颤声道："螺丝，我现在也只有你可以信任了。"

到了夜晚，柳易阳参加了宴会之后，小丫鬟扶着他到了黄氏的院子里，他本来是不想来的，可是听说今日云卿到了黄氏这里，便想来看看。

黄氏睡在罗汉床上，听见外面熟悉的脚步声，便坐了起来。

柳易阳进门就看见黄氏一脸蜡黄的面容，眉头微微皱了下，丫鬟扶着他坐下后，就退了出去，他不大喜欢这种药味，冷淡道："身子好些没？"

没有一丝关心，那话语冷漠得就像是一个路人对着乞丐说话一般。黄氏本来心里刚升起来的一丝心软刹那间化为了灰烬，这就是她的男人啊，她嫁给他四载，为他生下了儿子，伺候公婆，操尽了心。结果病了，他没有一句温言，有的是无尽的不耐烦和冷语，任由他的妾室来对她挑衅。

是她太傻，她痴痴地记得新婚那时的一丁点甜蜜，用来安慰自己。她一味地去怪那些妾室，却从没想过是因为面前这个男人，她们才敢肆无忌惮。

见黄氏没回话，柳易阳就更不痛快了，极不耐烦道：“今天表妹到你这来坐过了？”

“是啊，她素来都疼爱远哥儿，每次来必然都来看看的。”黄氏对这个丈夫已经失望了，她的心已经硬了下来，他连一句客套话都不愿意多说，直接就问起了云卿的事，完全当她是个死的，她又何必再将他当成那个新婚的丈夫呢！

远哥儿？柳易阳喝过酒的头脑这才想起来了，是他的儿子，原来表妹喜欢远哥儿啊，那也挺好，想起云卿那张艳丽又不浮华的面容，比他见过的女人都要美，若是能娶进来做妻子，不仅可以得来一个大美人的娇妻，还能附带沈府的那一大笔嫁妆财富，真可谓是财色双得，美不可言啊。

柳易阳在脑中回想着云卿的模样，却听到耳边有人轻轻地唤道：“大少爷。”

清爽的声音让他转头看着对面的少女。

只见那少女穿着一袭水红色的长裙，腰间束着海棠红的宫绦，掐得那腰如同一根柳枝般纤细，再看那白嫩嫩的脸上有着两抹粉红色，红色的唇带着一抹浅笑，俏丽得让他心头都软了。

“螺丝今儿个打扮得可真是让大少爷我差点认不出来了啊。”

他伸手端茶，趁机在螺丝的手背上摸了摸，眼里冒出的都是淫邪的光芒。

螺丝娇羞地一笑，将手收回去，捂嘴道：“大少爷惯会取笑奴婢。”

“哪里，这府中的美人儿我可一直觉得螺丝是顶尖好看的。”哄惯人的柳易阳，这样的话脱口而出，一面说着，一面斜了眼去看黄氏。

见她这回可没像以前板着脸来训他，反而笑着道：“你喝酒喝得也醉了，去洗洗吧。”接着抬头对螺丝道：“你扶着大少爷去。”

冷落了几个月，终于懂得好丑了。柳易阳眼底露出一丝轻蔑，站起来轻佻地看着螺丝，顺势压在她身上：“还不扶着我进去。”

螺丝垂下的眼流露出一抹厌恶，抬起头却笑道：“大少爷这么重，压得奴婢都走不动了……”

两人说着就进了偏房，不多一会儿，里面就传来女子痛苦的呻吟声，男子的粗喘声，混杂在一起，透过墙壁到了黄氏的耳中。

她紧紧地抓着被褥，肩膀因为忍耐肩骨凸出，好像骷髅架子一般，手指抠得生疼，眼里燃烧的却是重重的斗志。为了远哥儿，她不后悔，柳易阳这个畜生比起她可爱的远哥儿，算不得什么，还有螺丝，她一直都知道螺丝是打算找个老实的汉子嫁了的，可现在不得不伺候那个畜生。可是她只有这么一个得用的人了，只有螺丝得宠，然后由她下药，才是最放心的。

接下来的一个月，柳易阳经常往螺丝这边跑，当初他为得到螺丝费了不少的心，如今得来倒也比其他人宠的时间长，加上螺丝善解人意，床上又刻意逢迎，更是惹得他欢心不已，连带着对黄氏也多了几分好颜色。

但是黄氏的病并没有随着柳易阳来的次数而变好，而是越来越重，每日里躺在床上的时间几乎占据了一大半，活着不过就是熬时间罢了。

其间那个妾室也来挑衅过，被螺丝设计在柳易阳面前告了状后，就再也不敢来这边吵闹了。

而这个时候，那个妾室本来还要等一个月再生产的肚子，却提前痛了起来，痛的反应也特别大，将整个柳府都惊动了起来。

柳老夫人、柳大夫人都赶来外面守着，叫了四个稳婆来，可是孩子却一直没有生下来，柳易阳在外头听着那声音，心里闹得慌，便到了黄氏的院子里来找螺丝。

螺丝这时发髻已经梳了妇人头，原本俏丽的面容多了几丝妩媚，看到柳易阳就给他端来了汤，关切道："大少爷，你莫急，当初大少奶奶生远哥儿的时候，也是疼了一天呢，没有妇人不是要过这一关的。"

听着她的温言软语，柳易阳心情好了些，也没有太放在心上，黄氏那样弱的身子骨生远哥儿都没事，那个妾室可身子好得很，更没有问题了。

感受到在肩膀上轻轻揉捏的小手，柳易阳只觉得一阵心猿意马，又拉着螺丝进了屋内。

黄氏则躺在床上，目光好似能穿透墙壁和屋顶，一直望着妾室所在的院落，嘴角一直挂着浅浅的笑意，皮包骨的脸如同一个大大的骷髅，笑得阴森恐怖。

就这样经过了一天一夜，那个妾室终于是疼得声嘶力竭，连喊叫都没有力气，偶尔疼得狠了，才哼出一两声。

柳老夫人使人去问稳婆，稳婆说是胎位不正，卡在里面出不来，只有用推拿才行，否则就是一尸两命，柳老夫人点头应了。

于是稳婆就推拿了半个时辰，半个时辰后，妾室发出了一声穿透黎明的惨叫，终于再也叫不出来了。

生产横死的妾室，连进祖坟的权利都没有，对一个死了的妾室，柳易阳也没有多少疼爱，让人按照府中的制度葬了了事。

而黄氏不过是淡淡地一笑，抱着远哥儿亲了亲，眼底是将死之人的星点光芒。

就在这个妾室死后不到半个月的时间，柳易阳在螺丝身上耕耘的时候，终于一头栽了下去。请来大夫查看后，被诊出不能再有子嗣。

得到这个消息之后，柳易阳记起螺丝和他房事后，一直都有端上一碗东西，声称是特意给他熬的补药。

气冲冲的柳家人来寻螺丝的时候，她已经上吊自杀，留下遗书，承认是她下的药，理由是被大少爷强奸后不堪其辱，而黄氏在螺丝死后的七天粒米不进，滴药不喝，也去了。

当云卿听到这个消息的时候，不过浅浅一笑，端起手边的茶喝了一口，凤眸沉如暗夜，透不出一丝的光亮。

光阴逝去，已经是十月入秋时间，沈府里的花儿渐渐地被菊花取代，散发着不一样的清香。

乡试已经结束，韦沉渊高中解元，喜得秦氏脸色都好了不少。谢氏也十分高兴，差人送了礼过去，而书院这时也到了期末考的时候，云卿取得了一个中上的成绩，特别是医科，成绩为书院最好。

心情不错，最近一直紧张忙碌的云卿决定到街上逛一逛，顺便买点药材。

进了回春堂，却发现今日药铺生意不但好，而且好得实在是太巧了。

一进铺子，就看到一个穿着茜红色织金裙的女子，发髻中间戴着一支玫瑰水晶并蒂莲的金色步摇，颈上戴着青金石坠子，耳上是绞金缠玉耳坠，手腕上一弯绞金的丝镯，通身的富贵雕琢，真正是看得人眼花缭乱。

流翠眨了眨眼，看了两回，才看出来这人就是那半年前来扬州的表小姐，如今一看她真的是觉得眼睛都花了。这才出了孝不久，如今打扮得真是让人刮目相看啊。

云卿浅浅一笑，不甚在意，韦凝紫本就是个爱美的人，在谢姨妈那个丝毫不为亡夫悲恸的娘亲带领下，只怕对父亲也没什么情意。

这一年在学堂里，她一直是打扮得素素净净的，眼底时常对那些小姐的打扮羡慕不已，如今得了这个机会，还不将自己装扮得华丽。

“你们这儿的这个牛黄是真的吗？”一个清亮的声音传来，一个少女手指着药柜上的一样东西，正对着回春堂的掌柜质问着。

闻声识人，这个人正是章滢，今日一下没认出站在韦凝紫旁边的就是她，是因为她平日里装扮鲜得艳夺目，今日里素淡多了。

穿着湖绿色印花缠枝莲裙，头上也只梳着流云髻，戴着一支碧荷翡翠短簪，依旧未留一点刘海，她的模样本来就生得艳丽，脸形也好看，加上那通身侯府嫡女的气派，便是如此，在店里也是很显眼的。

云卿觉得有些奇怪，侯府的门第，哪里会用她亲自出来买药。后来再一听，原来是她的母亲颍川侯夫人病倒了，喝了许多剂药也不见好。章滢便怀疑是药不够好，自己出来找最好的。

而回春堂是扬州府最好的药铺，她到此处来寻，也说得过去。不过现在她指着那一块牛黄说是假的，那药店的伙计就有些结巴了：“是，一定是真……的。”

面对女客，还是个漂亮的姑娘家，伙计本来就有些羞赧，此时再被这么咄咄逼人地一说，他就是心里有话说，也结巴起来。

可这样章滢就越发觉得这药不对劲，否则伙计怎么会结结巴巴的，拧眉道：“你这个到底是真的还是假的，若是敢卖假药的话，看我不让人查封你这个铺子！”

今儿个也是巧了，店铺就刚好剩下了三个抓药的伙计，其中一个懂药性的一时又结巴了起来。

云卿本是要买药的，此时看到这里乱成一团，自己给母亲买的药还怎么弄，干脆就走上前去，站到了章滢的身边。

韦凝紫此时才看到了云卿：“表妹也来了啊。”

章滢听到她打招呼，也转头看到云卿，眼底流露出一抹轻视，轻轻地哼了一声，又继续去找那伙计的麻烦：“你快点把真的牛黄拿出来，否则的话，我就拿着这个去衙门告你！”

看那小伙计是越来越慌，深秋季节额头却冒出汗来了，云卿终于开口道：“牛黄是真还是假，口说无凭，验证了以后就知道了。”

章滢转眸过来，看了她平静的面容一眼，蹙眉道：“你会验证？”

“牛黄是黄牛的结石，生长于胆囊中的叫胆黄，生于胆管内的叫管黄，生于肝部的叫肝黄，都称为牛黄，而你面前的这块，按照其外形卵圆形来说，因是胆囊所生。”

章滢知道今年医科的首名是云卿所得，分数比起男子书院的第一名还超出了两分。虽觉她身份不高，可也许她真的认识真假牛黄，牛黄是买给母亲的，她希望能买到真货，于是开口道：“那你验证看看，这牛黄是否是真的。”

云卿知道章滢脾气虽然骄纵，可是在她看来，比起默不作声暗暗使坏的韦凝紫，还是要好得多。

她也不介意章滢语气里带着的疑虑，唤来伙计取了一针烧红后，刺入牛黄之中，针刺入以后，牛黄立即分裂。

“根据《本草通玄》上所记载，若是针刺入牛黄后，裂片呈明显的层状，内心有白点及清香气则为真品，你们看这断层是否如此？”

章滢一看，的确和云卿描述的一般，接着云卿又道：“再看针，针拔出后，并没有染色，这也是真品的一个特征。”

然后她拿着让伙计准备好的水，对着章滢道：“你把指甲借给我用下。”

章滢犹豫了一下，还是把手递给了云卿，云卿拿着她的手，发现她的指甲并没有涂蔻丹。颍川侯夫人在病床上，章滢不穿鲜艳的衣服，也不涂蔻丹，这一点，倒是让云卿对她的印象有点改观。

她抹了一点水涂湿章滢的小手指指甲，然后将少许的牛黄抹在指甲上，过了一小会儿，就可以看到章滢的手指甲被染成了黄色。

药店的伙计眉头也挑了起来，云卿方才站出来做的实验让他的心放下，也不慌乱，口齿清晰道：“这位小姐，你的手指甲现在是不是感觉有清凉透进去？”

“嗯。”章滢觉得指头凉凉的。

“那就是了。”伙计让章滢将手擦干，指甲上有明亮的黄色光泽，“真品牛黄细腻，可以很快地渗透在骨甲之中，渗透性强所以有清凉的感觉。我们回春堂卖的一定是真品。”

章滢垂眸看着自己变黄色的指甲，又擦了几下，抬起头道：“嗯，那你给我包起来，药钱你去颍川侯府取便是了。”

伙计感激地看着云卿，然后麻利地将药包好，云卿淡淡一笑，走到一旁，指了几味药要伙计包起来。

章滢看了看她，又收回眼，又看了一眼，如此反复几次后，云卿抬眸迎上她的眸光：“怎么，还要买什么药吗？”

“没有，要你管。”章滢在书院就一直和云卿不对头，两人属于见面都不说话的类型，各自有各自的小圈子。

在章滢心中，云卿就是个浑身铜臭味，俗不可耐的商贾女，和她完全不是一个阶层的。今日却看这个俗不可耐的商贾女辨别药物说起来头头是道，倒让她有些意外，想多看几眼。谁知道云卿还问她要不要买药，顿时觉得自己怎么看这个商贾女了，真是掉了身份，赶紧回了一句过去。

这话就跟小孩子闹脾气一样，云卿目光转到了门外，抿着嘴笑，视线在掠过远处小桥流水的巷子时，忽然微微一凝。

再转头看去，那里刚才走过一个穿着烟白色长裙的女子正转身进入了巷子里，背影十分像白姨娘。

她想起刚看到的时候，白姨娘好像是侧着头和一个人说话，今日白姨娘也出来了？她出来做什么？

云卿想起沈茂补药的事，家里每一个人都是怀疑的对象，白姨娘虽然看起来老实，但是也不能排除嫌疑。

想到这里，云卿让伙计将药先放在这里，转身急忙朝外面走去。

流翠和采青不敢怠慢，也立即跟了上去，扬州府虽大，路并不宽，城中水多桥多，除了主干道可以容得下三辆马车并行，其他的小巷就更窄了，此时云卿因为要跟上去，也不能再叫上马车。

韦凝紫看云卿匆匆忙忙地放下药就要走，心里生了疑虑，难道她又看到了什么好东西或者好机会？在她眼里，云卿就是上帝的宠儿，长得好，生得好，运气也特别好，降在云卿身上的就只有好事。

她眼眸一转，想着自己一个人上去也讨不了好，便对着章滢道："你看，沈云卿鬼鬼祟祟的不知道要去做什么？我们跟上去看看不？"

章滢也探头看了云卿一眼，发现她急匆匆地朝着对面河走去，马车也不坐了，心中好奇，难道沈云卿要做什么见不得人的事？便点头和韦凝紫跟了上去。

一心挂着要揭开谜底，云卿的注意力都在前方，没有注意到不远处韦凝紫和章滢跟在后头。

穿过了桥，跟着刚才瞧见的背影，云卿进了一条小巷子里面，人渐渐少了，小巷的路还有着几分潮湿，比起外面来这里头显得阴冷了几分。

往里面走了一会儿，云卿发现再看不到人影，也不往里走了，正转向要走出巷口，突然里面一只黑手伸出，拿着一块帕子捂住云卿的嘴，将她拖了进去。流翠和采青跟在后面，也被两只手捂住口鼻，闻到了一股刺鼻的味道，人昏昏沉沉地晕了过去。

黑手的速度飞快，只晃了一下，就收了进去，韦凝紫是瞧见云卿被迷醉拉了进去，心内先是一惊，这是遇见了歹徒了？这么拖进去，是要劫财的吗？

可是大家小姐出门，身上是极少带银子的，像云卿一身装扮识货的一看便知道值钱，但是也不好出手，东西只要出手，很容易被官府盯上，而且要劫财，也不会选青天白日的。

难道是劫色？

韦凝紫为自己的想法而感到害怕，却又有一点兴奋，难道是因为云卿到巷子里去了，然后被混混流氓之类的看上了，然后拖进巷子里面……

想到这里，韦凝紫眼底流露出开心的神色。好，最好是流氓，将沈云卿拖了进去，依她的美色，男人哪有不动心的，只要清誉被毁，那么沈云卿这一辈子就没法抬头做人了。

谢氏因为失去爱女便会很伤心，她再借机去安慰，好好照顾一番，指不定谢氏就会把她当成女儿看，到时候原本属于沈云卿的，不都是她的吗？

想到这里，韦凝紫一把拉住还要往前走的章滢，皱眉道："唉，不走了，走得脚都痛了，我们还是回去吧。"

章滢虽然站在另一侧，可是刚才也模糊看到了一个影子，她正想往前去看看，却被韦凝紫拉住，转头见她的样子，又不舒服了："开始说要跟的是你，如今说不跟的也是你，你要我不是？"

一看她大小姐脾气又来了，韦凝紫道："哪里，这不是走路走得脚疼了，就不想跟了，她去那巷子里有什么好看的。"

章滢看了看她的样子，又往巷口看了两眼，想了一下，还是问道："你刚才有没有在巷口看到什么？"

韦凝紫似惊讶地睁大眼："你看到什么了吗？"

也许那个黑影是自己看错了，章滢点点头，又嫌弃地看了她一眼："你真是娇贵，出来还没走几步路，脚就疼了。"

韦凝紫斜眼扫了一眼后巷，眼底露出一丝阴狠的神色。沈云卿，希望你被人享受得愉快一点，你可千万别死了，一定要身败名裂才好。

回到回春馆提了药，章滢和韦凝紫告别，在登上马车之前，她还是看了一眼巷子口，她刚才确实看到一个黑影，万一那个黑影对沈云卿不利呢？

顿了一顿，沈云卿就算出事也不关她什么事，她们两人非亲非故的，再说她也没看到什么东西。如此，便由丫鬟扶着上了马车，往着侯府回去了。

阳光从西边斜照了进来，映得满地拉长的菱形方格，秋阳在日落时分渐渐地散开了去，铺在江面的阳光如同一匹薄金透明的轻纱，将整条江河都染成了金色。这里是大雍洛河的一条分支，水不算深，河面也不宽，走不了大船，平日都是些小渔船在这逗留一会儿，沿着这条河下去，可以到扬州城顺延而下的州县里去。

在河边上有一些简陋的烂坯房，外面是糊着泥巴，显得黄漆漆的，但是也不透风，看不出里头究竟是什么模样。青色的瓦铺在上面，有一块没一块地豁着口子的，整间屋子都遮盖得严严实实，连窗户都拉得紧紧的。

因是深秋季节，也没有什么人在这边，显得很静，只有屋内偶尔传出几句说话的声音。

其中一间烂坯房内，因为门窗都关得严严实实的，显得屋内特别的阴暗，几近黑夜，里面只点了一盏油灯，散发着星点的光芒。

屋子里没有什么东西，除了一张污脏的桌子，还有几条长凳子，两个男人正坐在凳子上，手里头剥着盐煮花生。

一个尖嘴猴腮的男子，看着坐在对面的黑毛汉子左一杯右一杯，开口训道："老二，你少喝点酒，上回喝多了我可是半天没扛得起你！"

"要你扛做甚！老三会帮忙的！"叫老二的一点都不担心，又喝了一杯，"再说了，就今儿这双收的买卖，咱们赚了两份的钱，实在扛不起，你去雇个妞来，老子保证马上就动得起来！"

这话带了颜色，听得那尖嘴男嘿嘿地奸笑了几声，目光往角落里放的三个女子身上扫来扫去，最后停在那其中一个女子脸上，目光贪婪地定格在那里。

忽然一个巴掌对着尖嘴男脑袋一拍，老二骂骂咧咧道："告诉你，别去动那歪脑筋，这个可是三个里面货色最好的，到时候卖到青楼里，肯定是高价！你要敢去动她，破了兄弟的财，看我不揍死你！"

尖嘴男摸了摸脑袋，笑道："他娘的，这小娘们长得也忒好了点，咱们兄弟几个拐的女人也不少了，你看过长得这样好看的？"

老二横了一眼，收回目光，不耐烦道："咱们要什么好看不好看，女人关了灯不都一个德行，能爽就行！这样的还是留着出去卖，好赚钱！"

那些妓院里面雏妓还可以卖个开苞价，留着处女身起码能翻一倍的价钱！

尖嘴男恋恋不舍地看了看，不大认同老二的说法，这好看的女人和不好看的哪能一样，要没有区别，那不如搂头母猪睡呢。

不过他不敢真说出来反驳老二，倒是好奇道："出钱的人倒是真的给咱们发财啊，居然遇见这样的好事，两头收钱，可赚发了！"

"你个小子没见识的不知道，大户人家总有这么些龌龊事情，这些年那些个正室卖小妾卖庶女的，不是没有！"老二很懂行道地说，"如今这个小娘们只怕也是得罪了人，那边给咱们钱，就是要让咱们毁了她的名声，毁名声这事还不好做？直接送青楼就是了！"

"看她穿着，也是大家千金的，要是被救了认出咱们来，这不会有麻烦吗？"尖嘴男问道。

"麻烦，怕个屁的麻烦，越是大家千金你越不要怕麻烦，那些个狗屁大家，就算找到了女儿，发现做了妓，一百个不会相认，还会找人弄死！"老二嗤笑道，这种事他见得多了。

"弄死？为什么？"尖嘴男问道。

"说你是个新人，你不懂，他们啊，都要名声，人命在他们眼里算个屁！就算是自己女儿，要是给人知道做了妓，名声就没了，他们宁愿要那烂名声，也不会要自己女儿的！比起咱们来，可狠多了！"老二又灌了一大杯，觉得腹部有点沉，便放下杯子，拉了拉裤带对着尖嘴男道，"你在这守着，我出去放水，再去看看老三怎么还没回来，可别是给人盯上了！"

尖嘴男点头道：“好的，晓得了呢，三个放倒的女人我还搞不定，还跟着你们做啥！”

老二听了这话，点点头，才站起来推开门走了出去，在外头还落了锁，显然对尖嘴男，还不是非常放心的。

尖嘴男站在门口，听了一会儿脚步声，确定老二走了，然后走回桌子前，剥了个花生丢嘴里，看着云卿，满心的淫欲是怎么也泄不下去。他娘的，就看着这么一个国色天香的美人在眼前躺着，还不能弄，真不爽！

可他也没那个胆子真敢上去，要是给老二知道，还不几拳打死他，就算他还没有做过绑架人这生意，可是也拐过一些女子，也知道这样的人儿卖到青楼，价格肯定不会少。

尖嘴男又喝了一杯酒，忽然站起来，猛地一拍脑袋：“我靠，老子摸摸玩玩，不破身就是，老二总说不得什么吧！”

云卿没有睁开眼睛，并不代表她没有醒，在巷子口后头伸了一只手过来，伴随着一股不同寻常的味道，她一闻之下赶紧就屏住了呼吸，所以如今她醒得自然是比流翠和采青要早。因为对周围的环境不清楚，不敢贸然地睁开眼睛。她能闻得到流翠和采青两人常用的桂花头油的味道，知道两人肯定跟她在一起，也放心了许多，趁着这个机会，一面让药性完全退去，一面听着那个叫做老二和另外一个男人的对话。

通过两人的对话，她还是不知道背后主使者是谁，老二是个谨慎的，即便是屋中没有其他人，也没说出雇主的名字，但是却能知道那个人是要将她卖到妓院里去。

一个女子被卖去了妓院，以后的日子就算是全部毁了，虽然知道沈茂和谢氏不会像老二说的那样对自己，但是她进了那龌龊的地方，也会觉得对不起父母！

这个人实在是太恶毒了，究竟是谁和她有这样的深仇大恨，竟然去雇人来将她卖到青楼里！

她脑中飞快把所有人都过滤了一遍，发现有可能的人不多，但是目前最重要的不是揪出幕后人是谁，而是如何让自己不被卖到青楼去！

她刚才偷偷掀开眼皮，在老二打开房门的时候看了一眼，外头还是有光亮的，证明此时没有天黑。这些人没有到天黑，是不会将她运上船的，白日里目标太招摇，他们也不敢，那她现在还有时间可以争取！

老二出去了，如今房中就剩了那尖嘴男，这是她的机会，她必须要试一试！

CHAPTER 14 第十四章　步步为营步步行（二）

忽听到那尖嘴男的话，云卿心内一颤，摸摸玩玩，她要是真给这尖嘴男摸了玩了，就算没破身也等于完蛋了。可眼下，尖嘴男的色心是她的希望，她能依靠的便是可以迷惑人的外表。

想到这里，云卿定了定神，她一个活了两世的人，做了一回鬼的，还怕什么，又不是没有嫁过人！

心情渐渐平复下来，她口中发出一声低吟，然后慢慢地睁开眼睛，眼神模糊又带着雾气，迷蒙地看着前方，细细的声音似刚醒一般问道："这，是哪里？"

慵懒的，带着少女稚气和将醒未醒时候不经意染上撒娇意味的嗓音如同天籁一般入了尖嘴男的耳中，浑身如同被电打过一般。

云卿转头看到他，陡然被吓得脸一白，长长的睫毛微微颤抖，颤声道："你，你是谁？"她害怕似的将目光四处乱转，其实是在观察周围的环境。

刚才闭着眼，只能听对话，不能知晓状况，如今也不能明目张胆地去看有什么可以借力的地方。

眼前的尖嘴男虽然体型不算高大，四肢瘦弱，可是皮肤黝黑，走起路来脚底有力，应该是属于做过些苦力的人。

不宜硬碰硬，只能智取。

"小美人，不要害怕，你就是在这里暂时住一下，等会就将你送到你家里去啊。"尖嘴男并不知道云卿早已经醒过来了。他看着云卿躺在那微微移动，却挣扎不了几下的样子，知道药性还在，她只是提前醒过来了。

"真的吗？那我怎么还在这里？"云卿努力装出一副天真单纯的模样，模仿着韦凝紫那副要哭不哭的模样，激发尖嘴男内心里怜香惜玉之情。

尖嘴男本来就是哄哄她的，见她马上上当，心里的警戒又少了一分，这不过就是个不谙世事的白痴大小姐嘛，长得这么美，又是个大白痴，倒是挺适合给男人玩的。"我刚才将你从坏人的手中救回来的，现在坏人还在外面找你呢，我们先在这里躲一躲啊。"

还真是不嫌恶心，这么不靠谱的故事也编得出来，云卿心内腹诽，还好这尖嘴男是个新手，色欲熏心，编了这么个救美的故事。她抬起小脸，看看流翠和采青都睡在一旁，眼神也放松了下来，眸中带着一点渴望道："你这有没有水喝，我有点渴。"

"有，有的。"那双楚楚可怜，水光盈盈的眸子就这样盯着自己，仿若盯着一个大英雄，尖嘴男哪有不肯的，连忙提了个粗瓷茶壶过来，递给了云卿。

云卿看那茶壶壶口有灰色的污脏，看这屋中没有茶杯，想来他们都是嘴对着喝的，不由得有点恶心，皱了皱眉，显得万般不情愿地问："有杯子吗？"

真是大家小姐，尖嘴男渐渐地着急了起来，语气也不大好了："没有，就这么喝！"这个时候还讲究什么，真是，他目光在云卿发育的胸口看看，连吞了两口口水。

云卿捧着茶壶，高高地举起，像是要将茶壶口悬空对着嘴灌下，谁知手一滑，那粗瓷的茶壶就打碎在了地上。

尖嘴男被吓了一跳，看了一眼被打碎的茶壶："你怎么搞的，连个壶都拿不稳！"

"人家手软……"玉白的脸上因为溅了水花，好似沾了露水的花瓣，菱唇丰润红艳如同在发出无声的邀请，一双难见的凤眸微微斜睨了过来，似生气似委屈，落在尖嘴男眼里，却最似勾引，血液一下集中到了下半身。

“手软，来，手软我帮你揉揉就不软了！”尖嘴男搓着手扑了上去，谁知道本来手软的美人儿双手撑地，嗖嗖地往后退了几步，避开了他的熊抱。

“好，好，原来你还喜欢玩这个！”尖嘴男到底是个男人，而男人的天性便是征服。

云卿坐在地上退几步，他就追几步，这个房间的地本来就没有修整，突出来的小石头又不少，人若是不小心，就会扑倒。终于一个不小心，他扑在了地上，撞到了膝盖。

尖嘴男趴在地上，抬头看着云卿：“美人，还在那看什么，还不快扶扶我！我要是摔到了，等会看谁带你回去，让人找出来，把你卖到青楼去！”

他没那么多时间再玩你追我赶的游戏了，要是老二回来了看到他这样，还不揍他就是怪事了！

云卿此时正坐在他前方两步远的地方，怯怯地望着他，见他眼底露出了凶色，害怕地站了起来，手指搓了搓裙角，慢慢地向他走去。

尖嘴男准备云卿走到他身边的时候，就一把将她拖下来，压在身下，到时候想怎么弄，还不是任他所为。

眼看云卿已经伸出手要去拉他的时候，他露出了猥琐的笑意，却没有想到，云卿在蹲下来之后，手中却握了一条又长又尖的瓷片，嘴里温柔地说道：“你有没有摔疼……”

手臂却往下用力一扎，刚好插进了尖嘴男的后颈！

颈部传来的剧痛让尖嘴男终于警醒了过来，手臂本能地往后一掐，刚好掐在云卿的脖子上，另一只手却反转过来，去拉云卿用力扎在他后颈的瓷片！

岂料，脖子上遭受巨力的云卿依旧不松手，牙齿咬着嘴唇，双手用力地将瓷片往下压！

她不能松手，汶老太爷说过，颈部是人血管最多的地方，一旦颈动脉被切开，人就没办法活了。她下手的位置是后侧方，只要不松手，越来越深地扎下去，人一样会因为迅速失血而死亡！

而人窒息所需要的时间就要长得多！她就要跟这个尖嘴男比一比，究竟是谁的命硬！

瓷片在不知不觉中越插越深，尖嘴男的衣襟上已经全部是血，他的手越来越松，拉住云卿的衣襟，往下用力地扯动着，生生将里外两件衣物都拉出一道大大的口子。

此时云卿已经顾不得那么多了，她的手被瓷片割开也不放手，眼底露出狠绝的光芒。

最后尖嘴男终于熬不住，扯着衣襟的手一下松了下来，他张开嘴，望着云卿，嘴唇开开合合，只有血沫从里面流出，眼底满是不可置信！

见他终于死了，云卿一下瘫坐在了地上，抬手摸着被掐得生疼的脖子，却发现一手都是黏湿，她大口地喘了几口气，赶紧爬过去拍流翠的脸：“流翠，快醒醒！”

她没有多少时间了，那个老二，还有那个老三，他们要是回来了，根本就没办法逃出去，流翠和采青两人还没醒来，她不可能背两个人出去！

从随身的荷包里翻出一瓶自己配制的药，放在流翠和采青的鼻子底下，等了一会儿，两人依旧没有反应。

云卿咬了咬牙，抬手使劲地扇了采青一个耳光，还是没将她扇醒，看来这药下的分量十足。

云卿四处看了一遍，发现这里面没有任何藏身的地方，也没有可以用来做武器的东西，

嘎吱一声，门被推开了，老二一打开门，首先就闻到一股血腥味，一眼便扫到了尖嘴男的尸体，再看地上摔坏了的瓷器，脸上顿现煞气。

"你个臭娘们儿！竟然还敢杀人啊！"

"你们拐骗了这么多女人！和杀人有什么区别！"云卿早就分析过，这个老二和尖嘴男不同，只能和他对话拖延时间，看看有没有生机。

"臭娘们儿，竟然还敢多嘴，他妈的，老子今天就先上了你，再将你卖到窑子里，为我兄弟报仇！"老二大吼一声，蒲扇大的手掌对着云卿就扇了过来。

他显然是习过武的，身手快且敏捷，庞大的身躯对着云卿压过来，产生无限大的压力，云卿抬起手要阻止，却知道自己这一下，绝对只能化解一点力量，不能完全躲开！

就在这时，门哐的一声被踢开，一个黑色的身影从外头冲了进来，对着那老二一脚踢了过去，将他踢得撞到了墙上！

老二忍着痛，抬头来看，却见面前是一个穿着黑色圆领右衽锦袍的公子，俊美的面上带着冷冰冰的神色，如同蕴了冰在其眸中，看得他全身发麻。

他抬头看着这个陌生的男子，却发现他的眸光在云卿身上停留，便想要过去抓住云卿当人质，却不料他还没动，就被那黑衣公子一脚踢得全身撞在墙上，生生将墙撞出一个大洞来。

云卿看着突然跑出来的安初阳，虽不知他怎么会来的，人却放松了许多，她本以为今日是难逃一劫了，谁知突然出来一个人！

安初阳迈出墙后，一手抓了老二拖了进来，丢在地上，不知道手在哪使了力，那撞昏了的老二此时疼得醒过来，看着安初阳，紧紧地咬着牙关，眼底冒出凶光！

"谁指使的？"一只脚踩上了老二的手腕，安初阳微微用力，冷声质问。

他的表情本就如同一块冰，此时散发出来的无尽冷气，如同从冰山中走出来的雪神，一脚下去，老二的手腕骨头咔嚓断了一根。

"说，还是不说？"安初阳显得非常冷静，他脚尖细细地在手腕上磨着，疼痛的煎熬让老二张大口却叫不出来，额头上豆大的汗珠一颗接一颗地往外冒着。

"我说，我说，是一个叫做芍药的丫鬟给我们银子，让我们做的！"老二为了不再受这种疼，大声吼了出来！

芍药？那不是柳易青的丫鬟吗？那么这些人是柳易青让人买通的！云卿想起半个月前听说柳易青怀孕生下了一个女儿，齐守信本来就厌恶因她的事情毁了齐老爷和他自己的前途，又害得自己娘在庙里关着，等于被休了，看到生下的又是个女儿，更加地讨厌她，又纳了两房娇妾！柳易青只要一吵，齐守信就是一顿打，坐月子的时候都被打了两次！

柳家因为柳易青的事情丢尽了脸，柳大夫人田氏虽然心疼女儿，可柳老夫人的意思是打算没有柳易青这个孙女了，她也不好明面上帮忙，私底下……也帮不到什么，可想而知，柳易青的日子是多么的难过！

没想到她到了如今这个地步，不但不反思自己夺人未婚夫，婚前与人暗结珠胎的错误，还在怪云卿！

是的，像柳易青那种自私自利的人，倒是真正做得出这样的事情！她自己因为偷情名声全无，便也要拉着云卿丢了名声，丢了贞洁！

安初阳一脚将老二踢昏，才转过头来，望着云卿，但见她一身织金的衣裙都染上了红色的鲜血，脸色苍白，眼眸看起来平静，内里却还是有着受惊的神色，坚毅的眼神和苍白的脸色，看起来坚强又脆弱，好似一个玻璃人一般，随时都可以碎掉。

他本来蹙着的眉头不由得打了个更深的结，再看她的手，都是一片的猩红，目光从地上的尖嘴男颈间掠过，不由得冷了冷眼。

看起来柔弱无骨的沈云卿竟然有这种魄力，可以以一个女子的力量杀了比她高大许多的男子，且不说她如何可以做到，单单这份勇气，就十分与众不同了。

见她站在原地，半晌没有动作，安初阳知道她杀人只怕也是被逼无奈的，若是让这几个人真的卖到了那里去，那也只是死路一条。

他往前走了几步，刚想开口，又闭上了唇，试着让自己的声音尽量柔和一点地开口道："你先把手中的瓷片丢了，我带你离开此地再说。"

云卿紧绷的神经到了此时，已经到了一个高度疲惫的状态了，眼看安初阳进来，把那老二一顿打，将事实说出来，心中还在想着方才的事情，听到耳边虽冰冷如旧，却已然有了融化的嗓音，抬起头来，正好望进一双黑色的，寒中有柔的眼眸里，不禁心口一颤。

屋内的光线十分暗，门被安初阳关起来之后，那油灯的光芒也越来越暗，显得整个房屋里阴冷，昏暗的灯光摆了几下，咻的一下就灭掉了。

云卿的神经就如同这油灯一般，在这一刻也全部绷断，眼前的一切随着油灯一起黑了下来。

安初阳见她突然身子往后仰倒，料想这发生的一切让她体力透支，如今放松了下来，人已经昏厥了过去，赶紧过去接了她，以防倒在了地上。

直到这个时候，他才意识到，云卿整个衣襟全是撕开的，此时垂软掉了下来，露出里面雪白的肌肤，精致小巧的锁骨，还有那水红色的肚兜带子也垂落了下来……

他眉头再次打上了死结，面色发沉，若是他再晚来一步，后果……简直不敢想象。

对于云卿，他说不出自己的感觉。如今怀中抱着她柔软的身子，心里却觉得又愤怒又心疼。

余光扫过那两个躺在地上的男人，这事必须处理好。一下没弄好的话，沈云卿的闺誉可能就没了。

他先将油灯点亮，然后将云卿抱在胸前，蹲下来在老二身上翻了一下，拿出一个翠绿色瓶子来给流翠和采青闻了闻。

没过一会儿，她们两人就醒了过来，一看眼前的光景，采青揉了揉眼睛立即尖叫了起来，流翠心里也是一惊，却没有吼叫，一把掐在采青的身上："你鬼叫什么！看看小姐在哪？"

采青手臂吃疼，魂也回来了，这才忙道："小姐呢？！"

流翠首先发现了安初阳抱在怀中的就是云卿，立即过来上下打量云卿，问道："小姐有没有怎么样？她怎么晕倒了？是不是受了伤？"

安初阳看了她几眼，认出是云卿经常带在身边的丫鬟，点头道："她没事，不过是吓晕了，你们两人先去拿身衣服来给她换洗。"

流翠看了一下云卿，看到那衣服都是血迹，衣襟口更是被扯开，连同中衣也是被扯烂了一大片，露出一大片的雪肤和肚兜来。

暗里皱了皱眉头，抬头看了一眼安初阳，知他若是有别的想法，也不用将她们两人留在这里，便点头道："那好，小姐的马车里备了一套换洗衣物的，我去拿。"

转头对着采青道："你在这看着小姐。"

采青脸色还是发白，但是也镇定了下来，点点头，看了一眼安初阳，只觉得这个知府家公子总是散发着寒气，便不敢靠近。

安初阳也无所谓采青帮不帮忙，现在首要的事就是将云卿的衣物换了，天黑之前送回沈府才是。

又过了一会儿，外头传来匆匆的脚步声，只听见流翠站在门外，轻声喊道："公子，是我。"

闻言，采青连忙跑过去将门打开，流翠提着一个小包袱跑了进来，安初阳将屋中唯一的一张桌子上的东西都扫开，将自己的外衣扯了下来垫在桌上，把云卿放在上面，道："我出去守着，你们赶紧给她换了衣物。"

流翠点头，暗道这安公子看着冷冰冰的，倒是个细心的人，和采青两人快速地脱了云卿被撕烂了的衣物，穿上拿来的干净衣服，流翠让采青将云卿的发髻也重新梳理了一遍，整理得干干净净，整整齐齐，将旧衣服打包装好后，两人扶着云卿打开了门。

安初阳站在外头，二话不说，将云卿抱了起来，流翠刚要开口说话，他便道："此处无人，到前头，你们扶着上马车，说她头晕便好了。"

眼看这里离刚才的巷子还有一段距离，流翠也不多说，天快黑了，她们没有时间可以拖延了。

待到了巷子里的时候，安初阳便将云卿交给了流翠和采青，自己往街上找了一队巡捕往开始那间黑瓦屋子方向而去。

捕快见知府公子喊，哪有不跟，随着他一起到了屋子里，查看了一番，捕头上前道："公子，里面的人其中一个死了！"

"他们内斗，自相残杀。"一句话，安初阳便将老二和尖嘴男的死定了原因。

捕头一愣，马上反应过来，这里头的人可能是得罪了知府公子，于是又识趣地道：“务必问出，还有没有其他同谋。”

审问这种事情，自有人会做，捕头将人抓了回去，丢到牢里，好好地让人审问那个老二，还有没有其他同谋？

而云卿自昏倒后，扶进归燕阁时还没有醒来，流翠和采青用小姐中暑气为借口，倒也没有人起疑心。

只有谢氏听到后，急巴巴地赶了过来，进门就斥道：“怎么这天气还让小姐中了暑气，你们怎么照顾的？”

翡翠搀扶着谢氏，也皱起了眉头，小姐说出去买东西，怎的会买出暑气来。

别的人可能不知道，她这种贴身大丫鬟都晓得的，像云卿这种大小姐，沈府里每日里吃食都是根据天气来调配的，一般是不会中暑，除非出了什么事。

谢氏一掀帘进去，便看到云卿躺在床上，紧闭着双眼，脸色雪白，看着有几分憔悴，心疼地坐在床头，摸了摸女儿的额头，没有发烧，便松了口气。

云卿此时也昏昏沉沉地醒来了，入目便是天青色的云纹床幔，鼻间是淡淡的清香香薰，床头缀着那滚球的熏香正散发着香味，便知道现在已经是到了自己的房中。

她只觉得太阳穴还是疼得厉害，伸手要按，抬起手掌的时候，却嘶了一声。

这声音将正在向流翠问话的谢氏惊动了，转头看着她道：“云卿，你怎么好好地出去一趟会中了暑气……”

目光却落在了云卿被包扎起来的手掌上，目光一下变得紧张了起来，拿过她的手，将那绕了两三圈白布的手一看。

只见那小手掌心里有着两道极深的割痕，上面撒了药粉，依旧可以看到淡红色的皮肉，她心都疼得揪了起来，问道：“这是怎么回事！”

云卿一看就知道不好，这一定是回来后流翠她们处理了的，可她一时刚醒没有注意，抬起手来，就在谢氏的面前露了馅。

她飞快地想着说辞，可云卿是谢氏的女儿，谢氏虽然说不能全部明白她的一切，此时也知道问她也许是问不出真话，转头对着流翠，肃声问道：“小姐手心的伤是怎么回事？”

流翠为难地看了一眼云卿，云卿想着今日的事情，既然谢氏已经起了疑心，反正也瞒不了，不如说出来，让娘好好地看看柳家人，便轻轻点点头。

翡翠知道这事肯定不是好事，否则小姐的手也不会受这么重的伤，让采青将外头人都遣了出去，将房门关好，莫让人进来。

流翠这才将今日之事说了出来，听得谢氏是一惊一怕的，脸色苍白，翡翠更是惊讶道：“这也太没人性了！虽然她抢了我家小姐的未婚夫，小姐都没有怪她，如今她自己过得不好了，反而怪到小姐身上，这种人，简直是忘恩负义！”

流翠其实心里气愤更加厉害，早就在回来的路上和采青两人骂了不少，但是如今心里倒是惊多一些："还好安公子出现得及时，小姐没受到什么伤害，否则奴婢万死都不为过！"

谢氏气得嘴唇都在颤抖，半晌说不出话来，她对柳家的人早已经开始失望。可是今日这事，她真是失望到了极点，当初柳易青在园子里能对着云卿说出那样大逆不道的话来，她就知道柳家骨子里是瞧不起沈家的！

如今可好，柳易青死皮赖脸地抢走了云卿的未婚夫，被人嫌弃了，又喊着这些地痞来作践她的云卿！要是云卿失踪了，被卖到青楼里，她简直是不敢想象以后自己的日子可怎么过啊！

想起前半个月，柳易青的父亲柳启东还从沈府拿了一大封的银子说要去活动下年终的考核，谢氏内心就无法平静！

好在经历了这么多事，她并不是个一击就倒的妇人，抚摸了女儿的小脸，安慰道："别怕，娘在身边，什么都不要怕。"

谢氏有身子的人，云卿也不好让她一直操心，便让她先回去，谢氏点头回去了之后，差了琥珀送了一罐药，细细地嘱咐流翠怎么用，千万不要给小姐手上留了疤。

夜色渐沉，云卿歇在床上，对于今日她对尖嘴男所做的一切，并不后悔，当时的情况容不得她有半分的犹豫和心软，即便是鲜血流在手上有一瞬间的不适，也没有什么比性命更重要。如今她脑海里倒是总是响起那老二和尖嘴男的对话，根据他们所言，还有一个叫老三的也是他们的同伙。

可是流翠和采青说，到她们回来的时候，都没有见到过有其他人来，那这个老三是还没有过来，还是中途回来过又走了？

她隐隐觉得，这个人是一个很不安定的因素。

正如云卿所预料的，那个老三中间确实回来过，不过当时他远远地看到屋子里有人将老二踢了出来。老二是他们中间身手最好的了，他想了想，还是不上来自投罗网，转身又跑了。

因为怕惹祸上身，他就去找了与他联系的芍药，将看见的情况说了，芍药觉得这件事很重要，也就告诉了柳易青。

柳易青得知这个消息后，首先是失望和气怒不已，她设计这么一幕，就是要报复云卿，岂料现在得了这么个结果。

不过，她对着芍药问道："那个老三现在在哪？"

芍药道："在外头等着呢，姨娘，咱们是不是要让他赶紧走了，以免被官府抓到，惹祸上身啊。"当时和这三人联系的就是她，抓住了之后，他们招供出来，那岂不是她也没办法逃脱了！

"不！"柳易青眼底闪过一丝毒辣的光芒，在齐家她不受宠爱，长期的苦闷日子让她心思更为歹毒，"这是一个机会！快点备纸墨来，我要让沈云卿这一辈子活得比我更痛苦！"

芍药不知她所想，赶紧拿了笔墨纸砚给她，片刻之后，柳易青将吹干了的信纸叠好放入信封，吩咐芍药让人送到柳府去。

越快越好！

柳府。

百合从外头匆匆地进来，拿了封信递给柳大夫人，道："这是大小姐从外头让人送进来的。"

柳大夫人这些时日憔悴了不少，先是大女儿嫁了个知县儿子做妾室，再又是儿子如今阳事不举，儿媳去世，整个就没一件顺心事，唯独庆幸的就是儿媳还生了个孙子，如今收到大女儿的信，又期盼又烦心，总觉得一切不好的事情，都是从这个大女儿这里开始的，皱着眉头接过信，道："难道又没钱做衣服了，上个月才给了她五十两银子，这哪有出嫁了的女儿老往家中要钱的理？！"

百合站在一旁，眼观鼻，鼻观心，只当什么都没听见。

撕开信纸先是随便扫了一眼，柳大夫人瞳仁放大，连忙拿了又仔细地看了一遍，方才还黑云密布的面容，此时换上了春风拂面，两眼绽放光彩，连连唤好。

柳大夫人将信纸往怀中一折，喊着百合就上柳老夫人那里去了。

屋中五彩百子戏耍三足香炉里徐徐散发着安神的香味，柳老夫人歪在罗汉床上，听完柳大夫人的话，睁开眼，懒懒地问道："你说的可是真的？"

"真，这可比珍珠还真，这种事若不是表弟妹托人告诉我，我如何晓得？"柳大夫人眉飞色舞道，"云卿昨日出去的时候，遇见了劫匪，被劫匪撕破了衣裳，好在最后被救了回来，可是到底是损了贞洁。表弟妹觉得这事不光彩，于是私底下跟我说，既然阳哥儿如今是这么个条件，云卿也是如此，那就让两人一起相伴算了，至少两家也是亲戚，我对云卿也会比其他人家好。"

柳老夫人老眼一闪，嘴角微微翘着，望着柳大夫人暗暗冷笑，这老大媳妇真当她老糊涂了还是怎么了？文娘和沈茂就这么一个女儿，就算是被劫匪抓了，撕了衣服，凭他们的家世财富，找个低门的未必做不到，犯得着来找阳哥儿这个废了的，来做个不讨好的继母吗？

不过她也知道，这个老大媳妇也不是敢随便胡诌这种事情的人，可能是从哪得到了这个消息，外头压了下来，她知道了就想拿来做文章。

想起云卿的品貌，柳老夫人暗暗可惜，这样一个姐儿，以后嫁个官家也不是不可能的，可是发生了这种事情，若是传出去还真不好说。

不过可惜归可惜，柳老夫人还是护着自个儿那个大孙子，那可是一表人才，给螺丝那个贱人下了药，哪有人家的闺女会嫁给他。再说，远哥儿还这么小，总要找个娘带着才是事，云卿倒是个不错的人选。

想到这里，柳老夫人也没揭穿柳大夫人的话，淡淡问了句："那你准备怎么做？"

"反正两头都说好了的，我这边把彩礼送过去，再让媒人过去将日子商量好了便行了。"柳大夫人笑道。

“既然如此，你便去做吧，到底你相公也是个正五品的同知，云卿嫁到咱们家来，也不算吃亏。”柳老夫人说完，闭眼要睡，柳大夫人得了话，喜滋滋地退了出去。

沈家还没找柳家发作这事，就看到自家府门前有人抬了大红色的箱笼送了进来。

云卿知道后，皱眉问道：“到底是什么事情？”

“奴婢也没听得太清楚，就是说外头婆子讲的，说刚才柳家派了马车，送来了求亲的彩礼，说是给小姐和柳家订婚用的！”

云卿一听，头就有些发昏，时下成亲都行“六礼”，即：纳采、问名、纳吉、纳征、请期、亲迎。彩礼便是“纳征”，柳家直接把彩礼送来，就是说沈家已经和她们定好了亲事？

如今柳家合宜的男子不多，只有一个新丧妻，还无能的柳易阳，难道父母要将自己嫁给他？

云卿不敢相信，连忙提腿就往谢氏的院子里疾奔而去，刚一进院子就听到沈茂的怒吼声：“外头那些个彩礼是什么意思！难道还要云卿嫁给那个柳易阳不成！”

她心里便静了静，看来十有八九是柳易青与柳家联络上了，借此来威逼的。

她往前走到主屋的外面，听到谢氏正压低着嗓音道：“我也不知道是什么意思，刚才管事与我说的时候，我一时都没反应过来，你都知道那个柳易阳是个什么样的，我怎么可能会将云卿嫁过去！”

谢氏想到那日云卿回来的时候，就说过劫匪那事是柳易青指使的，柳家肯定也知道了这事，才敢把这拿来作威胁。擦了擦眼泪，看着面色铁青，狂怒中的沈茂，声音颤抖道：“老爷，有一件事我这两天一直都没跟你说，估计柳府敢这么送彩礼，就是因为这件事。”

“什么事！你还不说！要等着人家把女儿娶走了你才说吗？！”沈茂在商场锻炼了多年，修养极为不错，鲜少发火，今日是没办法忍下去了。

谢氏坐在罗汉床上，知道这事头等紧要了，也顾不得那多忌讳：“前两日云卿去街上买药的时候，给劫匪劫了，后来给安知府家的公子救回来，审出来给钱的是柳易青身边的芍药。我估计是柳易青告诉了柳家的人……”

此语一落，云卿就听到屋内发出巨大的一声响，沈茂一脚踢翻一张圆凳，霍地站了起来，暴怒道：“柳家的人太过分了！简直将我沈茂不放在眼里！”

云卿心内是又庆幸又惆怅，庆幸的是，经过这件事，柳家和沈家的关系不管她嫁不嫁过去，只有一条路，就是破裂。她一直想用方法让沈茂和谢氏看透柳家人的嘴脸，如今根本不需要她再使力，柳家今后要想在沈家再拿一分钱，都是不可能的了。而惆怅的却是，柳大夫人已经认定只要将这件事掀了出去，云卿被劫匪沾了身子，还是个没人要的，迟早还是要嫁到柳家去伺候一个废人柳易阳，他们娶她，是看得起她！

云卿不会嫁，她心内很冷静，在分析着这件事究竟有没有回旋的余地。

沈茂在屋内喘着粗气，看着大着肚子，流着眼泪的谢氏，说不出话来。上回他听说了柳易青和齐守信的事，虽心里不痛快，到底是觉得齐守信那样的人，女儿不嫁给他也好，省得婚后还白受苦。谁知如今还能听到这样的事情，柳易青还心怀怨愤，要报复云卿，柳家知道了以后，还变相地威胁想娶他的宝贝女儿！在他看来，柳家根本就没当沈家是亲戚，而是个取之不尽的银库！

如今柳家的威胁是明明白白地摆在了面前，若是云卿不嫁过去，他们就会把事情闹大，闹得尽人皆知，就算云卿和沈家能顶得住压力，将来也嫁不了什么好人家。要么就是老老实实嫁给柳家，外头看起来是亲上加亲，云卿嫁的也是个好人家，虽是个继室，也好歹是扬州的名门望族，柳易阳的不举又未闹得尽人皆知，谁知道其中好坏！

谢氏垂着头擦着眼泪，她实在没想到自己这个姑妈家，会有这么一堆亲戚，更心寒的是，聘礼的事，如此大的动静，姑妈不可能不知道的。这都是由着一家子来作践自己的女儿啊。

云卿在外头站了一会儿，心里头是下了主意，无论如何，是不会嫁给柳家的。走进去后，瞧着面色黯然的谢氏和满脸怒忧的沈茂，并没有装作毫不知情，而是问道："爹，娘，外头的彩礼是怎么回事？"

谢氏见女儿的模样，越发伤心，抱着她道："云卿啊，娘跟你说，你莫要伤心啊……"没想到去了齐守信那头恶狼，又来了柳易阳这只废犬，女儿的婚事怎么就这么不顺啊。

云卿搂着她，安抚道："娘，你不要哭啊，小心肚子里的弟弟。"

沈茂见她此时还在安慰谢氏，女儿如此懂事沉稳，更是愤怒，如此好的一个女儿，为什么要嫁给柳易阳！

可他眼下也不知道如何和女儿开口，这事他如何去说得？

倒是云卿自己道："爹，娘，女儿不会嫁他的。"未出阁的女儿家说出这样的话，实则太惊人，可是此时的沈茂倒先开口问道："你可知不嫁的后果？"

"当然知道，柳家无非是会到处宣传女儿失贞之事，让全扬州的人都知道我是一个没了清白的女儿家，纵使这样又如何！大不了就是失去名声，没有人敢上门求娶罢了！可若是嫁给了柳易阳，女儿一辈子就彻底毁了！"

损名声和损一辈子比起来，根本就不值得一提！

闻言，沈茂眼底颇为赞赏地点点头："你所想没错，可是名声对人一样重要，人活一世，很多人一辈子都是为了名声而活！"沈家也因为名望好，才能将生意做得如此之好。他对于女儿说的话认同，可是这话，若是男儿说出来，便是风流不羁，若是女儿，说出来，那就是放荡无礼。

"这话以后都不要再说，有些事放在心底就可以了！"沈茂只恨云卿为什么不是个男儿，就是这气度和头脑，做儿子一定比做女儿更出色，也少了这些糟心事。

云卿沉默，不点头也不作声，她知道沈茂不会就此答应的，在他们眼里，女子的名声很重要，父母绝对不允许自己以后嫁不出去。身处这个时代，女子的名声和性命的重要性相差无几。

"你别想多了，先回去歇息了，手上的伤记得不要碰水。"谢氏打发了云卿出去后，这才对沈茂道，“老爷是不是想到什么好法子了？”

“哪有什么好法子！”沈茂长叹了口气，眉心死结打得紧紧的，此事不比做生意，大不了亏上一笔银子，下次还能赚回来。左右都会赔上女儿的一生，他不能做这种不损一千就损八百的选择，女儿年幼，不知道名声这东西的重要性，他可是知道啊，没了名声，以后一辈子都难抬头做人。

夫妻两人坐在屋中，思虑着解决的办法，最后沈茂抬头道：“为今之计，只有在柳家之前，先给云卿订下婚事了。”

谢氏思来想去，也只有这么个法子，道：“可是，若是和其他人家订下，柳家再闹起来，难保男方不记恨我们欺骗在先。”

“这个我早想好了，找家门第低的，就和咱们一样是商户，人老实靠得住的，将今日这事透个口风，我们沈家若是不攀什么高枝，沈家女照样百家求！”沈茂一拍大腿，当即就定了，在他下面或者左右的商户里寻一家不大不小的，让云卿嫁过去，再怎么也不能让女儿嫁给柳易阳那个废物！

谢氏实在是无法了，想着自己养在手心里宠着的宝贝就要找户人家随便嫁了，眼泪又忍不住掉下来。沈茂同样心烦得很，拍拍大腿，站了起来，道：“你赶紧让媒婆拿百家册来，看哪家合适，我也出去找找！”

也不知道安初阳从哪里听到了这个消息，或许是联想到那日发生的事情，找了机会在学堂外将云卿拦了下来，单刀直入地说道：“若是要嫁人的话，我愿意负责。”

云卿一听这话，心里就明白了安初阳的意思，只怕他一片好意，见义勇为地将她娶回去。虽然现在她暂时没想到好办法，可也不愿意因为这事随便找个人嫁了了事，故而她沉默了一会儿，便道：“不用了，谢谢你一片好意。”

安初阳听了后，半晌没有说话。他想起那日在花园里遇见云卿陪着一个小孩玩，那小孩好似就是柳易阳亡妻留下的吧，让她去做继室，他忽然觉得心里百般的不愿意。

若是柳家拿了被劫的事做要挟，那他救了她出来，还看了她的肌肤，比起柳易阳更合适。

“你想要嫁给柳易阳？”

云卿摇头：“我从未想过。”

“那你可想随意嫁个商户？”

“未曾。”

“那你为何不想嫁给我？”

被人这么直接地问了出来，即便两世为人，毕竟两世都不算经历什么人事，云卿颇有些羞赧，但还是很冷静地开口道：“那日之事，安公子能相救已是很好，云卿不会借‘负责’二字议亲，虽沈家不贫，终究还是官商有别。”

当然，在云卿的心中，她并不认为知府家如何了得，她们沈家配不上云云，百年沈家在扬州已是根基颇深，齐家退婚的做法实则是眼光短浅，沦为扬州笑柄不说，单凭沈家的财富，官家愿意结亲的也不少。

如今柳家就是吃定了云卿是个未嫁的闺女，而柳家拿了劫匪劫持云卿的证据，只要有证据在手中，她们就能在扬州闹得满城风雨。

云卿所面对的后果就只有两个，一个就是嫁柳易阳，一个就是嫁不好。她在家中思来想去，如果说不要名声，不嫁柳家的话，她有许多的办法。可是父母的意思很明确，他们不愿意丢失名声，因为云卿的名声也包括了沈家在内，如今她是沈家唯一的子嗣，若是唯一的女儿都如此，沈茂在外头也会被人轻视的。

于是她一直在想，有什么办法，可以不丢失名声，又不要嫁给柳家，同时还能就着这次的机会，狠狠地打击到柳家这一屋子的人。

那么难度就要大上许多了！

嫁给安初阳的确是最快捷最顺利的办法，不过她和安初阳不过是一面之缘，若是为了负责嫁过去，虽说碍于安知府和京城里宁国公府的权势，柳家是掀不了浪。可是嫁过去后若是劫匪一事传出去，指不定知府夫人和知府还会因此看轻自己，日后的日子更加难过。

她还有很多事情没有做，幕后主使还没有抓出来，圣驾南巡还没有等到，这些她都必须要倾尽自己的力量来做，她不能就此订婚嫁出去！

安初阳看着阳光下她洒满了碎金的双眸，定定地问道："你有什么办法，能两不误地解决这个问题吗？"

望着那双幽黑冰冷的眸子，云卿脑中一个大胆的想法形成，她这一次一定要将柳家彻底拉下来，让他们知道，无耻也是有个度的。

她点头道："有，但是需要你帮忙。"

安初阳倒是有几分心疑，如今的事态如此两难，她竟然还能想出办法解决这个事，不得不让他觉得有些疑惑，是真的有办法解决，还是故意这么说的。

想到她若是宁愿表面撑起来，也不愿意嫁给自己，心内就像被猫挠过了，难受得慌。

"你说。"

"当初我被他们抓住的时候，听到对话，除了他们两人，还有一个叫老三的也是同伙。"

安初阳点头道："嗯，审问那个老二时，他也说还有一个同伙，但是捕头四处巡查，这两日都没有抓到他。"像这种人贩子，狡兔三窟都不够形容他们，他们神出鬼没的，无声无息，要抓住并没有那么快。

"你们去柳易青家周围埋伏，应该很快就能抓住他。"云卿道。

"为何？"安初阳很奇怪她为何能如此笃定。

比起他来，很多地方云卿比安初阳这种站在客观角度上来看的人看得深刻多了："你们还没有将老二被抓的事情公布，柳易青却在第一时间得知我回来，让柳家准备好了聘礼来沈府，这肯定是老三回去通风报信的。而柳易青为了能很好地将让谣言真实性存在，一定会好好地藏起老三，避免他被你们衙门的人抓去，只有老三在，他站出来说的话，才能真正的用劫匪这件事来威胁我。”

安初阳暗暗佩服，事到如今，沈云卿还能冷静地分析事情，实在是不简单：“那只要将老三抓住，你这事就解决了。”

勾起唇角笑了笑，云卿望着面前的男子：“聘礼都下到我家来了，若是我家就这么退回去，他家不是照样可以说我沈府不守信用，定下的亲事还否认，到时候我还是等于没了名声！”这就是柳府的高明之处，一环扣一环的，选择左还是右，都只有那么一条路。

“那你有何想法？”事到如今，安初阳知道云卿心里一定有了想法，等着她说出来。

“置绝地而后生！”

三天时间就这样过去了，柳大夫人等着沈府的人上门表态，可是怎么也没有半点音讯，不禁有点坐不住了。

沈府究竟是什么意思，难道看到那彩礼还不明白，还是他们想要故意拖延时间，来将这件事掩盖过去？

柳大夫人觉得不能这么拖下去了，既然沈府还不明白这事的重要性，那她就上门去提醒提醒他们！

转头便吩咐了百合让外头准备马车，换了一身衣裳，往沈府而去，因为是沈府的亲戚，所以门房也没有特别阻拦。府中的下人只知道柳府要和沈府结亲，更是对柳大夫人的到来开门欢迎。

到了谢氏的院子外，却被人拦了下来，李嬷嬷站在门前，满脸笑容道：“柳大夫人，真是不好意思，我家夫人如今五个月的身子了，每天又疲倦，睡得少，吃得更少，今儿个又吐了好几次，眼下正在床上休息，不宜见客，还望你多包涵。”

“五个月了还这样，表妹身子也没虚成这样吧，肯定是你们这些人伺候得不够好，我得进去看看。”柳大夫人哪里管那么多，推开李嬷嬷就要往里头走。

李嬷嬷是奉命出来挡柳大夫人的，依旧笑道：“柳大夫人这是要做什么，夫人身子不适，今日不见客，你若有什么要紧的事儿，还是明日再来罢。”

“哼！明日？就怕我等得，你们等不得！”柳大夫人气势汹汹，喊着身后的婆子就和李嬷嬷他们推搡了起来。

院子里闹哄哄的，吵闹得不行，这时谢氏才从里面走了出来，翡翠和琥珀两人跟在后头扶着，她一见柳大夫人就笑道：“怎么今儿个大表嫂来了？”

李嬷嬷见谢氏出来，让其他下人退下，柳大夫人轻哼了声，走到前头道：“你身体不是不好吗？怎么又出来了？”

“大表嫂来的动静这么大，我就是想要睡觉也睡不了了。”

谢氏笑眯眯地说话，将柳大夫人讽刺了个干净，平日里她总是和和气气的，今日每句话都带着刺，柳大夫人越听越不舒服，看着她大腹便便的样子，又想起自个儿的儿子和大女儿，干脆把话挑明了说，“咱们两家的亲事也订下了，今儿个是上门和表妹来商量下阳哥儿和云卿的婚期的。”

真是不要脸！

谢氏紧紧地抓住翡翠的手，却没有发作，而是开口道：“什么亲事？我怎么不知道，大表嫂怕是走错了门，说错了人吧。”

柳大夫人万万没想到谢氏会接上这么一句话，她原本以为听到这句话，谢氏肯定会吓得赶紧将她迎着去了屋内，谁知谢氏站在院子里，就这么轻描淡写地将她的话挥了出去。

“表妹，你这是什么意思？阳哥儿的聘礼都已经到了沈家了，你们这是要赖账吗？”柳大夫人横眉道。

“哦，那几个箱笼啊，我就说大表嫂家送错了东西，过几天总会要来拿的，今儿个你就来了。”谢氏依然温柔地笑着，手指气得越抓越紧。

相比起她来，柳大夫人更是暴躁，她原想怎么也要让云卿嫁给柳易阳才了事，哪知道谢氏根本就打算赖账，难道是云卿被劫匪抓的事情她不知道，望着谢氏的笑容，柳大夫人断定如此，便得意地笑了几声：“表妹，那东西可没有送错，就是我家阳哥儿要聘了云卿做继室的。”

“我们家云卿不做继室。”谢氏道。

“天有不测风云，人有旦夕祸福，有时候可不是由得你做还是不做的，表妹你可能不知道，五天前云卿出门，可是被劫匪抓了去，恰好碰到了人，被救了出来，你说这女孩子，又像云卿生得那样好看的，被劫匪抓去了，还能做什么，幸亏这事还没闹开。若是让人知道了，云卿这辈子还不知道怎么做人呢！”柳大夫人捂着嘴笑着，斜睨了眼等着谢氏惊慌失措的样子。

谁知，谢氏翘起嘴角淡淡一讽：“不是谁都和易青一样的。”

这一句话直接刺入了柳大夫人脆弱的神经，她顿时大吼了起来：“谢文娘，你在我面前狂妄什么，今儿个我可是好言好语地来和你商量女儿家的婚事，你竟然拿着青儿的事来讽刺我，真是不知好歹，商户粗妇，既然你不在乎，那就看看，到底是谁的女儿惨！”

说完这句话，柳大夫人甩袖就往外走，听到背后谢氏道：“来人啊，把柳家送错的东西给送回去！”更是气得肺都要炸了，谢氏这个人实在太不识抬举了，就沈云卿如今这样，还想要把云卿嫁给什么高枝，想都不要想！哼！看她不让云卿毁得以后都抬不起头来走路才怪！

一直到柳大夫人走出院子了，翡翠和琥珀搀扶了谢氏进了屋子。“这样的法子到底行不行？”

云卿正坐在内屋里，手中拿着丫鬟们没绣完的绣图看着，听见谢氏进门后，抬头望着她：“我和爹也说过了，他说这样办法是最好的。”

谢氏垂着眼睫，比起刚开始的愤怒，她如今已经没有那么气了，大概是对柳家失望，加上柳大夫人这么一闹，便是彻底地冷了心。对于已经看透的人，谢氏也没什么好生气的了，

“你们两父女决定好就好了，这么大胆的做法……”

“娘，你怕什么，看今日柳大夫人的样子，你越是怕，她就越是欺上了头来！”此时，云卿口中的大表舅母已经换成了柳大夫人，谢氏听了眉头动了动，可是想到柳大夫人的做法，又什么都没说了。

柳大夫人一回到府中，看着后头跟着那些抬着箱笼的人，气不打一处来，唤了人将那些东西抬了下去，正想着如何将沈云卿的事闹到最大，让她丢尽了脸，却听到柳易阳那边又有人在哭哭闹闹，烦得要死，大声骂道：“哭哭，哭什么哭，还不快过去看看，究竟是怎么回事！”

百合知道她心情不好，借着这个机会赶紧走了出去，过了一会儿脸色红红的进来：“夫人，你还是去大少爷的院子里去看看吧。”

柳大夫人只觉得脑仁突突地疼，人都要支撑不住，可想着儿子的事，又只能强打起精神去。一进了院子，便看到柳易阳正披着衣襟在床榻上，身下压着一个赤裸裸的丫鬟，赶紧大咳了两声，柳易阳转头看到是柳大夫人，淫邪的眸子顿时一亮，跳起来道：“沈府那定的几号的婚期啊？！”

他从第一回看到云卿后，就老想着这个表妹，那时候黄氏还没死，他是打了主意死了以后让柳大夫人去迎娶了云卿做继室，可是那时也隐约知道是不可能的。到后来发生了这样的事，就更不要想了，没想到妹妹竟然弄出个这么好的事情，想到可以将云卿娶回来为所欲为，他虽下半身已经废了，可是男人的本能还在，兴奋得口水都要滴下来了。

柳大夫人看着儿子这副样子，心里是又厌恶又痛惜，如今这样子，还怎么出去说亲，说个丑的儿子也不干，不丑的门第太低的她又觉得娶回来看了闹心，而云卿就刚刚合适。

“订什么订！人家都说不嫁了！”柳大夫人没好气道。

“不嫁？为什么不嫁？难道不怕她被贼人沾染过了吗？”柳易阳满脸阴狠道，“那个贱货，被贼人沾染了，还装什么冰清玉洁！”

对于儿子的话，柳大夫人深有同感，沈云卿这朵残花，还想配什么好人家！没有可能！

深秋的风刮得无影无踪，扬州城内迅速地蔓延开了传言，前几日，沈家千金沈云卿被贼人劫持了，好久以后才回到了家中，如今一直在家休养。

这种带着某种隐秘信息的传言一旦蔓延，就飞速地传播，不到三日，整个扬州城都知道了，沈家千金被贼人掳去了，只怕已经被玷污了身子。

人的想象能力是可以无限延伸的，各种各样艳情的版本在坊间流传，而与此同时，另外一条传言也同时出来，柳家以此事要挟沈府，要求强娶沈云卿，给柳府的大公子柳易阳做继室。

这两条流言在同一时间出现，并且也是同样的速度，相伴相依地传遍了扬州城，所有的人都在等着看沈府千金的好戏。

包括正坐在府中嗑着瓜子的谢姨妈和韦凝紫，韦凝紫想起传言所说的那一日，正是她看到黑手出来拖走云卿的日子。不禁暗暗幸灾乐祸，她所盼望的变成了现实，云卿还真的被贼人抓住了然后逃了出来，接着又被闹得全城皆知，现在街头巷尾都在议论着这个失贞了还好意思活着的沈小姐。

“呸，”谢姨妈吐掉瓜子壳，冷笑道，“谢文娘不是很了不起吗？现在她的宝贝女儿就要变成了笑柄，看她还有什么得意的。”等到这事再闹得大点，她再挑个好时候去刺激下谢文娘，不气死她，也要将以前所受的侮辱还回来。

也有与她们感想不同的，此时的汶府中，汶老太爷正坐在水塘边，天天吊他的空无鱼，看见铭儿鬼鬼祟祟地往院子外走，眼睛斜斜一瞥，慢悠悠地喊道：“铭儿，去做什么？”

鬼鬼祟祟的铭儿立即将手背在后头，望着天道：“今天天气好，小的出去走走。”

“把你小胖手上的东西拿出来，是不是又要给御凤檀那小子去寄信？”汶老太爷胸有成竹地道。

铭儿悻悻地将东西拿出来，挠了挠头道：“老太爷，你知道了还要问我。”

“你每三天就要偷偷摸摸地出去一次，实在是太明显了。”汶老太爷对铭儿技术不到家表示了批评。

“世子爷交代了，每三天得将沈小姐的状况给他写上一封信，要是不出去打听，也不知道写些啥！”铭儿很烦恼，三天写一次信，害他动不动就要出去，一手鸡爪子字如今都练得好多了。

“今日的信上是不是写了沈云卿被劫的事情？”汶老太爷看着一条鱼咬了食饵之后，又悠然地游走，笑眯眯地坐在小椅子上，望着铭儿。

“老太爷英明，这可是大事，当然得告诉世子爷了。”铭儿好不容易可以不用天天写沈小姐买了什么，穿了什么，书院里做了什么，寻到了一件大事，一定得报的。

汶老太爷摇了摇头，这小子，怎么就对云卿上了心了，先头被明帝召回了京城，以为过一两个月就能又来，谁知道西戎竟然对大雍全面开战，战火延绵，西戎这次的将领十分勇猛，逼得边关节节退败，几名大将都被挫败了。

后来明帝就点了御凤檀，说其父瑾王当年退四王之乱，英姿雄猛，作为世子的御凤檀更应青出于蓝而胜于蓝，一道圣旨颁了下来，就将御凤檀送到了边界前线。

御凤檀也特别给铭儿下了命令，让他盯紧云卿，大事小事，每三天都要打听了写了信去。

如今正是西北边界寒冷之时，御凤檀又是第一次上战场，听说这一个月仗打得还行，但是西戎之前一直勇胜，加之西戎人适应寒冷气候，而大雍兵将对严寒气候不太习惯，并不是一时半会儿就可以将西戎兵击退，得胜归来的。

这种时候，要是给他知道了云卿发生了这种事情，他能憋得住吗？那小子性格本来就比较无常，万一违反军令折回来，可不正给有心人借口闹事？

“来，把信拿来，给我看看。”汶老太爷接过铭儿的信，然后摇摇头，一脸皱纹皱起，“铭儿，你这字太丑了，简直是丢了我的脸，算了，我帮你抄一封吧。”

铭儿点点头，他的字确实是丑了点，可是还是有进步的嘛。

汶老太爷看着胖乎乎好骗的铭儿，虚眯了眼，不是他不管云卿的事，而是如今事情都已经发生了，切不可因为一个女子，而让整个瑾王府遭殃。

抄好了后，汶老太爷直接叠好了给铭儿，摸摸他的小包子头："去吧，赶紧去寄。"

"好咧。"铭儿拿着信屁颠屁颠地跑到外头养着的灰鹰那，他看了看手中叠好的信，打开了来看看汶老太爷可别抄错字了，他的字是有点难看懂的，可是一翻，眼睛直了，这里头写的怎么都是吃饭睡觉学医啊，不对啊，他明明写的不是这个，可是汶老太爷要寄的就是这个，怎么办？用小胖手挠了挠下巴，铭儿绕到另外一处，找了块黑炭，在纸背后加了一句——沈小姐名誉受损，快要被别人娶了。

云卿这个流言在扬州城散播到了顶峰的时候，提刑按察使司到扬州府考察各级官员的时候也到了。

安初阳照着云卿所说，让捕快埋伏在柳易青住所周围，在第三天的时候跟踪芍药到了一处僻静的地方，发现了老三的踪影，一并抓住了，并且大事拉到了安知府的面前。

安知府见儿子终于对别的事情有了一点兴趣，甚感安慰，也有心在提刑按察使司按察使面前让儿子留个好印象，于是街头便出现了这一幕。

捕快拿着铜锣和鼓槌，在扬州的大街小巷里，大事宣传，说知府公子抓住了专业拐卖妇女的贼人，为了给所有乡亲一个交代，准备在城东的知府衙门前的大石坪里公开审讯。

拐卖妇女的贼人乃百姓最为怨恨，一得知这个消息后，第二天大石坪里里里外外就围了七八层的老百姓还不止，简直是人山人海。

这也是扬州府第一次在大石坪公审案件，除了知府大人，还有提刑按察使司按察使也一同审案。

当衙差押着老二老三上来的时候，周围的百姓都止不住骂了起来，一时大石坪上议论声，咒骂声是络绎不绝。

安知府手拿惊堂木，在案台一拍，啪的一声将周围百姓的声音都压了下来。

老二老三披头散发，白色的囚衣上溅了暗红色的印记，不知道是他们的血，还是别人的血，被衙役推着就跪到了石板上。

安知府面容严肃，拧眉问道："老二，老三，你们可知自己所犯何罪？！"

老二，老三连忙低头认罪："我们犯的是拐卖妇女罪。"两人已经吃够了苦头，此时自然是安知府问什么，他们就说什么！

"那你们可曾记得所犯过的罪？"

"记得记得，"老三开始说了起来，"我们兄弟两人是从四年前做起这个买卖的，虽不说每一笔都记得，可是一半还是有的，第一笔就是在城东幽水巷里拐了个十二岁的少女……"

他开始说着，百姓里就有人开始呼天抢地了，不时有人大声哭喊着，"我的芳儿……""我苦命的小朱啊……"

直到说到最后一件，"前几日，我们兄弟绑的是沈家的千金。"

这句话顿时让周围的人都集中精神听了起来，就连按察使都打起了精神，显然流言他也听到了。

安初阳坐在最旁边，脸色依旧冷冷的，而柳启东作为扬州府同知，坐在安知府的下首，脸色渐渐凝重，他听妻子说了柳易青的事，当时百分之百同意这个做法的，要知道，娶了云卿回来，光是沈家给的嫁妆就不知多少了，而且以后要沈家拿钱，更加理直气壮，若是沈家想不给，云卿也别想过好日子！

可是田氏明明说人藏得很好，怎么现在就被带过来了？而且整件事他作为知府里的同知，竟然毫不知情，今日这审问是特意为他而开的？

柳启东心内百转千回，面色却依旧沉稳，听着下面老三道：“我们兄弟刚将沈家千金绑了过去，就被人发现了，捕快和知府公子就将我们抓来了！”

一个老百姓在旁边问道：“你们不是抓了沈家千金很久吗？怎么又说是刚绑了去啊？”

“哪里抓了很久，若是抓了很久，不早带着走了，还能在这里吗！我可没那么蠢！”老三大喊道。

“肃静！”安知府眯眼看着老三，“你们拐卖妇女，竟然还敢抓望族千金，怎么会有这种胆子！还不快老实招来！”

柳启东一听急了，这不是要将事往柳易青身上引吗？连忙道：“安大人，这贼人拐卖妇女，完全是随意而为，哪里好下手，就往哪里！怎么会有幕后指使者呢！”

安初阳转过头，幽黑的眸子在秋日高阳下如同两颗冰珠子，定定地望着柳启东：“同知大人，审案讲究追根究底。”

闻言，按察使也转过头来，看了柳启东一眼，皮笑肉不笑地道：“怎么，柳同知觉得这后头没有指使者，本官倒是觉得也许真有呢！”

被按察使这么阴阳怪气地一问，柳启东只觉得后背哗哗地冒着冷汗，扯出不自然的笑道：“大人说的是，安知府，您继续。”

柳启东转过身继续坐好，隐约有了一种不好的感觉，他记得上次送银子给按察使的时候，他还是看起来很好说话的样子，怎么今日就有点阴森森的了。

老三见上面的几位大人终于争论完了，接着回答：“是的，若是平时，我们也没胆量去抓这些千金小姐，可是那日，我们兄弟收了人二十两黄金，禁不住这个诱惑，才下手的！”

“谁给了你这个钱？”安知府问道。

“齐家柳姨娘身边的丫鬟芍药与我联络的，事后柳姨娘还和我见面，给了我善后的银子！”老三一股脑地全部说了出来。

人群中发出了一阵阵的喊声，“齐家的柳姨娘那不是柳家的大小姐吗！”这个时候，他们又想起了柳易青未婚先孕的事。

百姓的注意力被这句话打了岔子，又开始议论了起来，其中嗓门高的几人话语清晰地传到人群里：“不是说沈家小姐被贼人侮辱了吗？这贼人都说刚拐了就被捕头抓起来了！这流言谁传的啊！”

“就是啊，柳姨娘就是柳家的大小姐，她喊人抓了这个沈小姐是要去卖了吗？听说她抢了人家沈小姐原本的未婚夫，两人未婚就先搞上了，肚子都搞大了呢！”

“那她是要报复啊，听说柳家还用这件事来要挟沈家，要将沈家小姐嫁给柳家公子做继室呢！”

CHAPTER 15 第十五章　红梅血色险情生

人群里对柳家的负面议论是越来越高，柳启东在旁边听得脸色是一阵青一阵白，忍不住站起来高吼道：“我柳家乃扬州名门，用得着用这种龌龊的手段去娶一个低贱的商户之女吗?就算是做继室，她也是高攀了！”

安初阳斜眼睨了一眼暗地松了口气的柳启东，冷冷一笑，接下来的事，会让你觉得更加精彩的。

只听外头忽然传来一个老妇的大哭声：“青天大老爷啊，请为我夫妻两人做主啊！”

人群里自动让开了一条路，一个佝偻的老人与一个老妇人一起走了进来，手中推着一个独轮木板车，上面一块白布盖着个东西，传来一阵阵的恶臭味。

他们两人走了进来后，将车子一放，就跪了下来喊道：“求青天大老爷给民妇做主啊！”

安知府事先的安排里并没有这一出，他之前的确是故意让人瞒了老二老三被抓的事，因为这两年柳启东跳得太过分，上下打点，到处周旋，那模样，好似要将他这个知府挤下去了，他心里早就不爽了，借着机会让柳启东在按察使面前大丢脸面。

可是这两个老人怎么来的?

虽不在预料中，到底他今儿个是审案的，也不介意多审一个，便拍木问道：“台下何人，状告何人？可有诉状？！”

“回大老爷，民妇和丈夫都不识字，没有诉状。”

“那你口诉可会?”安知府是有心在按察使面前表现一番，也颇为有耐心。

老妇人点头道：“民妇叫赵杏花，和丈夫是下塘村的农民，三年前丈夫得了病急需钱，就将唯一的女儿美丽送到了柳府做丫鬟。谁知数天前，柳府将美丽的尸体直接丢了回来，扔了五十两银子给我们！民妇看到女儿的尸体后……不肯收银子，那柳家人便将我丈夫打得差点站不起来，大老爷啊，民妇老来得女，就这么一个女儿，将来等着她养老的，可是，可是……”

老妇人说不下去了，狠狠心，咬紧牙将那块盖着的白布一扯，一阵恶臭传了出来，一具赤裸的女尸展现在了众人的面前。

只见那尸体全身青紫的痕迹遍布，随意一眼，都可以看到尸体的下身烂得不成样子，而女尸的脸上都是一块块的血斑！

安知府看得连连皱眉，柳启东更是全身发冷，安初阳则皱眉看了看，吩咐衙役去将那尸体抬下去给仵作验伤。

半个时辰之后，仵作验伤出来，道："尸体乃十八岁的少女，死亡时间为七天前，死亡原因，下身被硬物捅进，导致内脏受损，大出血而亡。除去致命伤以外，在其身上发现大小割伤二十一处，肿处八处，嘴角被外力撕裂，唇舌似有硬物伤害，疑似性虐致死。"

这一番话说出来，所有人都震惊了！

老妇人和老人听得更是满脸泪水，几乎瘫倒："大老爷啊，我家美丽之前就回来说，让我和丈夫凑钱将她先赎出来。我问了好多次，她才告诉我，是柳府的大公子柳易阳下身不举后，经常虐待院子的丫鬟，先头已经死了好几个了，民妇听后赶紧去凑钱，却不料，还是没赶得及啊！"

惊天动地的哭声在大石坪中传播，每一个人都听到了老妇人的哀泣，其中还有认识这老妇人的，也一起帮忙喊道："原来名门公子早就不举了，难怪要设下这等下贱的局去求娶沈府的姑娘！黑心肝的东西，真是仗着有钱有势就欺负百姓啊！"

在场的百姓居多，平日里偶尔也可能被有钱有势的人欺负过，今儿个被人这么一勾起来，也起了同情之心。

人群里有人开始跪了下来，一个，两个，三个，到最后都齐刷刷地跪了下来，振声齐呼："请知府大人清查凶手！"

柳启东全身开始发抖，手握成拳，他不用回头，也知道按察使此时用什么样的目光在看着他。

毁了，毁了！这一辈子甭说升官发财了，还能不能戴上官帽已经是个难题了！

在百姓一阵阵的呼声下，安知府顺水推舟地做了一回青天大老爷，立即派人去齐家将芍药和柳易青抓了出来，然后又去柳府，将柳易阳也一并扣了下来，关进了牢中，准备下次再来正式审问。

而头几天在迅速传播的流言，开始被另外一个段子果断覆盖——柳家大公子柳易阳不举，贪恋沈家小姐美色，和妹子柳易青联合起来，勾结拐卖妇女的贼人，先是抓了沈家千金，再故意放回来，借用此事污了沈家千金的名声，强迫沈家将千金嫁给柳易阳守活寡。而柳易阳是个变态，先后折磨死五个丫鬟，沈家千金若是嫁过去，只怕不到一月，也会落得香消玉殒的境况。

之前那些什么传闻说法，通通都淹没在了其中，没有人相信柳易阳会让贼人污了沈云卿，因为没有男人可以娶一个被别人碰过的女人。

之前关于沈家小姐的种种污秽言语全都散去，剩下的都是对这个少女的同情，也让扬州人都对沈云卿的美貌有所期待，一个可以让不举的男人都求娶的美人，究竟是何等美色。

有好事者见过云卿容颜的，开始传播一首诗词：

“庭前芍药妖无格，池上芙蕖净少情。惟有牡丹真国色，花开时节动京城。”

沈家云卿的名声后来渐渐按照这首诗歌所言而发展，却也在后来给云卿带来了相应的麻烦。

此时的柳家完全乱做了一团，柳老夫人沉着脸看着柳大夫人，双眸狠狠如刀剐向她：“你当初怎么说的！说是谢文娘与你私下通好气的了，说只要上门抬了聘礼就行了！结果，你看，你看如今是什么，不说青儿，阳哥儿这一辈子到了尽头了，就是启东这一生都被你毁了！”

柳老夫人十分清楚，在提刑按察使司按察使在场的情况下，掀出了这样的丑闻，那么多百姓在场，那么多眼睛在，不是靠金钱和人脉可以压下去的！

“那，那怎么办！”柳大夫人惶恐地说道，她不相信柳老夫人当初听了她的话一点疑心都没有，这个老妇，当初肯定是听懂了她的意思，那时候也赞同她的做法。如今出了事，就全部怪在她的头上。但是到了如今这个份上，她只有问柳老夫人了，她一个妇道人家，完全不懂得那些官场上的事情。

“怎么办？这事就算是银子也压不下去，就算银子压得下，你认为我们柳府比沈家有钱吗！”柳老夫人咬着牙，脸皮子颤抖道，“你强娶的事不成，就等于和沈府彻底决裂了！何况现在这样闹开了！你以为沈茂是个好惹的人吗？”

柳大夫人跪在地上，一脸的惊恐，这样的后果她根本就没有想到，简直比她想象中的还要惊悚千倍百倍，阳哥儿的事她本来掩藏得很好的，玩死的四个都是卖了死契的丫鬟。只有这个美丽，当初进府的时候是签的活契，不知怎么被阳哥儿喝醉酒强玩了一个晚上，就玩死了，她当初都让人处理好了的！怎么又会在众人面前揭开，虽然那个美丽是个丫鬟，可她签的是活契，只要契约时间到了，她还是个自由身，本质上是良民啊。

那四个丫鬟没关系，可是杀了良民，按照大雍律法，基本是活不成了。齐家已经将柳易青赶出去了，如今柳易青还坐在牢里，被抓进牢里的女人出来哪还有别的路，也只有自己投河自尽的下场了，就连老爷，老爷也……

柳大夫人觉得这一系列的事情来得太过突然，她完全理解不了，开始哭着喊了起来：“母亲，你一定有办法的，一定要保住老爷的官位啊，要是老爷没了官位，我们柳家就彻底完蛋了啊……”

外面一道身影如风一样地卷了进来，柳启东身上的官服都没有换，抬起穿着皂靴的脚对着柳大夫人就是一脚踢了过去。

“你个贱妇！我就说你和你那败家子的女儿没一个好东西！你看看你生的什么东西！一个未婚先孕就跟人先搞得肚子都大了，嫁过去了还不安分。一个就被个丫鬟下了药。看看你生的一个两个，简直就是垃圾，畜生！”

柳大夫人被这一脚踢得撞到了花梨木的凳子上，背部撞上了桌脚，好似脊椎咔嚓响了一声，人好似不能动了。

柳启东看她蜷缩在地上，双眸怒红道：“你知道按察使说什么吗？老子这一辈子的官途都给你毁了！毁了！现在是留职察看！再过不久，老子就要变成白身了！你个扫把星，什么事都处理不好！还娶沈家女，还跟我说是个好计谋！你个贱妇！贱妇！贱妇！”

柳启东连骂三句贱妇，连续三脚都踢在了柳大夫人的胸口，直将她踢得口冒鲜血，柳易月进来便看到如此光景，先过来连忙扑在了柳大夫人的身上：“爹，你为什么打娘亲啊……”

却被柳启东迁怒得一脚踢到另外的桌子下：“你个小贱货！还跑到这干吗！贱妇教出来的就没一个好东西！”

这时候在暴怒的柳启东的眼里，柳大夫人所生的都没一个好东西！

桌上的茶水正烧得滚烫，柳易月撞上去，铜壶翻下来，高温茶水全部浇在了柳易月的左脸上。

柳易月痛苦地尖叫道：“我的脸……啊啊啊啊啊啊啊……”

连声的尖叫传遍了整个柳府，将所有下人的心都要穿破，柳老夫人坐在屋中，看着眼前这一连串的剧变，脑中血压冲高，她闭上眼，深深呼吸了几口，将内心的躁动极力地控制下来，如今府中就她一个支柱了，若她还不冷静下来，柳府就没救了。

整整一个晚上，柳老夫人没有休息，翻来覆去到第二天一大早，换上衣裳后，准备出门求援。管家说前门已经被乞丐全部堵死了，给多少钱都不走，全部睡在门前，而捕快们一个个都站在临近的树荫下，笑眯眯地看着柳府的方向。只要柳家动手对付乞丐，就准备马上抓人。

柳老夫人不得已，只得改从后门走。

一打开后门，不远处角落里站着的人全部蜂拥而至，一辆拉着大木桶的牛车也出现过来，看到里面出来的柳老夫人，赶牛车的老汉舀起一瓢东西就往她脸上泼去。

“贼妇人，让你和拐卖妇女的贼人勾搭！”那些儿女丢失的人们都围在四周，手里拿着臭鸡蛋，烂白菜，对着门口一边骂，一边砸去。

恶臭在空气里挥洒，黄黑的东西糊在了柳老夫人荣光了一辈子的脸上，一直忍而不发的柳老夫人终于在这种极致的羞辱里，中风瘫痪了。

整个扬州城都知道，柳府，完了！

经过再审之后，柳易阳的案子罪证确凿，择日问斩，柳易青的罪证更是齐全，关进大牢三年。

“这次多谢你了。”云卿对着安初阳道。

“虽然这事平息了，若以后传出，对你名声还是有一定影响的。”安初阳显然没有将道谢放在心上，既然他答应了帮忙，就没想过要谢什么，而且此事于他不是没有好处。

云卿淡淡地一笑，忽然想起一个问题：“你那日怎会知道我在那里的？”这个问题一直都存在她心中，不过因为一直忙于对付柳家，而未问出来。

一阵秋风吹来，安初阳薄唇似化开了的冰面，翘出一个弧度，颇有讽刺意味地道：“章滢告诉我，你进入一条巷子后，好似遇见了什么黑影。”

当日他骑马在街上走着，忽然前面有人喊他，他回头一看，却是颍川侯府的章滢，他们两人素来没什么交集，不过出于礼貌，他还是停下来听她叫他是为何事。

“她说，她和韦凝紫看到你被个黑影拉进去了，也不知道确定不确定，让我过去看看。”

对于韦凝紫的视而不见，云卿一点都不意外。只是她没想到竟然是章滢，再想起那日在药店里看到她素净的衣着，倒有了几分改观。看来还不是个坏透了的。

这次整个事件一环扣一环，其中关键的便是柳易阳的变态嗜好，当初黄氏和螺丝死后，云卿让人关注柳易阳的举动，她的想法是看看柳家人有没有将螺丝下药的事拉扯到她的身上来。谁知道这一盯就盯出了意外，柳易阳在得知自己下身不举之后，四处寻医找药，不能解开，本来一个好色的男人渐渐心理变态，以虐待女子为乐，满足他自身不足的心理。

那个美丽的家人本来收了柳府的银子，抱着民不与官斗的心理，虽然心怀怨恨，也不得不压下此事，直到云卿派人去告诉他们夫妻，女儿的事情可以告上公堂。

这些环节看起来容易，也需要柳家的人自己给自己造孽，才能达到效果，可惜他们已经给自己挖好了陷阱，若不利用这次完全将他们扳倒，以后柳家再起，对沈府来说，一定是一个非常大的障碍。

她一直抱着人不犯我，我不犯人的态度，对于柳家一再宽容，既然人家要撞上枪口，那也怪不得她了。

云卿对柳家人没有什么感情，柳家倒台对于她来说，是除掉了一个大患，可是谢氏和她却是不同的。

谢氏和柳老夫人有感情基础在，再者她双亲早逝，一直都是把柳老夫人这个姑姑作为最亲的亲人看待，谁曾想，出手对付自己的，却是自己的亲人。

她用帕子抹着眼泪，满脸的伤心神色，李嬷嬷见她本来胃口就不好，如今更是粒米难进，劝慰道：“夫人，你何苦为他再伤心呢，当日柳家做出那等子事情，有将你和小姐当成亲人来看吗？不管是将小姐嫁进柳家，还是让那传言传出去，小姐都没法活在这个世上了。”

李嬷嬷故意把话往严重里讲，就是要让谢氏不要再神伤了，虽说是对柳家失望了，可是谢氏也未承想过柳家有一天会变成这样衰败的模样。

“嬷嬷，我不是为她们伤心，我是为自个儿，这些年，大表哥，二表哥的差事，都是沈家使了银子才一步步地升上去的，谁知道到了今日，什么都化成了泡影，这也就罢了，可偏偏这事还是因为亲人在背后捅了我的刀子，这让我以后如何面对老爷啊。”谢氏眼神有些黯淡，柳府的事情，她知道沈茂在其中肯定是动了手脚的。

否则，按察使也不会就那么巧在此时来了扬州，且刚好就遇见了安知府审查这个案子，还在最快的时间内，将柳府的事情飞快地呈上了京城。

可这也怨不得沈茂，那都是柳府自作自受，若不是他们将人逼得没有办法，谁又会做出这样的事情来。

扬州这边已经将事情处理完美了，而铭儿的信穿过了千山万水，终于到了西戎和大雍交界的边境上了。

北风呼呼地刮着，鹅毛般的大雪从天上刮下来，给地上覆盖了一层厚厚的白被子。远处一处凹陷处，有多处白馒头一样突出，远远看到有黑色的小点在快速地移动。

御凤檀穿着厚军衣，外头披着白狐毛镶边大氅，狭眸透着和北风一样冷冽的光，正埋头在沙盘上划道。

与西戎的战役并不顺利，敌人的军队数量出人意料地多，一批一批地分散来攻，让大雍兵士疲于应付。

越来越冷的天气让不习惯寒冷气候的大雍士兵连握紧兵器都有一定的难度，而衣裤和粮草的补给却越来越慢，这样相差悬殊的战役让人打起来并不痛快。

在御凤檀之前，已经有三名老将败给了西戎，屡屡失败，此时已经沿河退了五十里，这一个月靠着御凤檀，才站稳在这块一直未曾再退。

外头守门的兵士拿了一封信进来，禀报道："将军，有来信。"

御凤檀扫了一眼，点点头，让兵士放在一边，继续埋头在沙盘之中，直到将下一个战役的打法安排好，才抬起头来，目光落在了放在黑色矮台上的信。

是铭儿写来的信！

狭眸中流露出一丝期待，御凤檀将手中的木棍放到一边，大步走过去拿起信来，熟练地拆开信封，看起了里面的内容。

还是如同往日一样，这几日云卿没有什么异常的地方，如今没有上学了，很少看得到她的人，铭儿给的消息也十分有限，不过没有消息也等于是好消息。

枯燥的军营生活里，这信是他心内的一点期盼，三天一次的信，里面的内容不会有太多的变化，御凤檀却会在脑中根据信中的内容补充想象，比如她医术学得很好，会想起她埋头配药的样子，比如她马如今骑得也有模有样，便会想到她小模样坐在高头大马上，柔美中有着坚强的表情……

不过，御凤檀的目光在信上流连了一会儿，发现信上的字似乎是汶老太爷的，他知道让铭儿写信的事瞒不过他，可是汶老太爷什么时候有闲心来帮人写信了？

眸光中流过一丝狐疑，御凤檀将信纸翻转过来，朱红的唇不自觉地抿紧。

信纸背面有一大片黑乎乎的东西，用手一摸，指尖沾染上了黑粉，他举起来对着油灯一照，模模糊糊能辨认出"沈……名……人……了"几个字。

这个铭儿，难道汶府穷得连笔都没了吗？非要用炭在纸上写字，经过几次传输，在路上颠簸，黑炭的炭粉早就混做一团了，哪里还认得出。

御凤檀眯起狭眸，眸中流露着精锐的光芒，汶老太爷是不会来写信的，这种无关紧要的信他更不会写，若是有要紧事，是什么事？

沈，名，人，了，这四个可以得到的消息确实是有限。

沈云卿要成为扬州有名的人了？

沈云卿出名，天下人人知道了？

沈府出事，名动天下了？

……

御凤檀发现，这几个字乱七八糟的排列，让他真的没有办法去猜测，究竟是什么事！但是他能察觉，一定不是好事！

不管怎样，他都必须要加快速度，将这场战事给解决了！

否则若是因为晚回去几个月，发生什么意外，他不能接受。

当然，在后面的信内，铭儿还是将这件事写了出来，已经顺利解决，御凤檀得知后，恨不得能马上披了飞甲去到扬州！

云卿从汶老太爷处也得知了御凤檀被派到了战场的事情，难怪她一直都未再见他，原来如此。

倒是现在她才想起来，好像御凤檀就是在今年打了一场非常漂亮的战役，大退西戎兵马，明帝才封的镇西大将军，那么如今他便是如同前世一般，开始了人生辉煌的起步。

想起那个面容绝美的男子，云卿淡淡一笑，重生后很多事情在改变，但是大事却依旧按照它所运行的轨道在前行，只是不知道，在众多小事的变化中，是否能影响到大事的改变呢？

比如，沈家的灭门。

她收回漂浮的心思，认真地听汶老太爷讲解今日的针灸之法。

“针灸是针法和灸法的合称，针法是把毫针按照一定穴位刺入换着体内……之前给你的看的《灵枢经》，你可记清楚了？”

汶老太爷一面说，一面拿出那个云卿在药房看到的与真人一般大小的木人出来，不过这个木人上面却没有那些经络名称，汶老太爷指着一处，要求云卿飞快地说出来。

“这里是？”

“手足经脉中的手三阳经！”

“走向！”

“手三阳经从手走头……”云卿一丝都不敢怠慢，只有记住了这些，她才能学好针灸。

连续考问了几个问题，云卿都答得非常的好，不管是穴位的位置，还是经络的走向，汶老太爷提出的问题她都一问便能答出来。

汶老太爷看着一脸沉稳的云卿，眼底流露出的神色越发满意，他虽然老，但是还不瞎，可以看出云卿眼下有着淡淡的青色。

学医是件吃苦的事情，何况他还知道，云卿在书院的成绩，五科都属于中上层，可见她都是下了心思的。于是对自己收了云卿这个徒弟，是越发地满意。

当然了，在五门课程中，云卿其实是有小小作弊的，上一世，她的琴棋书画就不差，今世加了一门骑射，再有汶老太爷的底子，学起医科也容易，若她真的要这一世来将五门全部学得拔尖，不通宵达旦是不可能的。

汶老太爷给出的抽背时间都很短，不花大量时间，很难记下那些复杂的东西。

“好了，你现在可以学习针灸了！”汶老太爷将木人放在一旁，满意地宣布道。

过了两个时辰后，汶老太爷将针收起，活动活动肩膀，感叹道：“老了，坐久了骨头就痛。”又转头对着云卿道：“前日发生的事情，倒让我小瞧了你。”

“哪里，以其人之道还治其人之身罢了。”云卿笑得谦恭，看得汶老太爷摇摇头，这小姑娘实在是不像十三岁的人，柳家这变故若不是他得知是云卿的手法，他真不敢相信。

小小年纪，做事就如此深的谋略，就算是个女子，以后也是个了不得的。

“他们也算是罪有应得，今日就到这里了。”汶老爷撑着脚站了起来，颇为感叹道，有时候天作孽，还可活，自作孽，没得救哦。

谢了汶老太爷，云卿收拾了东西，便带着流翠回了沈府。

车厢内，清香的味道浮在空气里，流翠低声道：“小姐，白姨娘那天去的地方查出来了。”

自柳家的事一结束，云卿没有半点松懈，她清楚地记得那日是因为追逐疑似白姨娘身影的女子而落入了贼人的手中，那个藏在沈府里的人，她一定得尽快查出来。

“确定是她吗？”

“是的，奴婢让人去查探过了，那个巷子叫做槐花巷，里面住了八户人家，这八户人家里面有一家姓唐的，是白姨娘的表哥。而那日奴婢也问过看门的婆子了，白姨娘确实是告知了夫人，她亲戚家有事，需要回去看一趟。”流翠肯定地说道。

白姨娘去看望她的表亲？云卿侧卧在马车车厢里，脑中思考着。“白姨娘不是夫人的陪嫁丫鬟吗？怎么在扬州有表亲？”能去看望的亲戚家，一般是关系比较好的。

谢氏并不是扬州人，而是比邻扬州的徐州人氏，白姨娘当初是她的陪嫁丫鬟，叫做玳瑁，按理来说，不会有亲戚在扬州的。

“奴婢也觉得奇怪，当时就问了，那查探的人说，这家人以前也是徐州的，不过搬来扬州数年了。那姓唐的上次参加考试中了举人，可惜没什么钱，也没什么靠山，一直清闲在家，无职可任。”

一个人考中举人后，由于出仕途径限制，官缺不多，而且就是这为数不多的低级官职，也还有其他途径出身的人一起竞争，所以候选官缺的举人多不胜数。三五年能等到官缺的举人都是运气特别好，多数情况下，很多举人一辈子都等不到一个官职加身。

这个唐表哥，云卿觉得里面的内容应该相当的多。

白姨娘和这个唐表哥的关系究竟是怎样的？云卿继续让人去了解清楚，她相信一切都不是那样简单的。

而对这个简简单单不发一语的白姨娘，云卿开始认真地观察她每日的一举一动，越看她心里就越发地疑心。

就在这个时候，之前云卿派去紧盯着白姨娘的丫鬟到了归燕阁，要见云卿。

“小姐，昨夜老爷在白姨娘那歇息了之后，今早奴婢看到白姨娘在熬药吃，因为奴婢的姐姐在别的府中做事，时常闻到她身上有一种药味，和白姨娘熬的药气味略有相同，心里起疑，就包了点过来。”

流翠从那丫鬟手上接过帕子包着的药渣，云卿拿起来一闻，脸色略沉，这药是避子汤！

要知道，在大户人家里，经常会准备了避子汤给通房喝，就是不允许她们生下子嗣来。可是沈府因为子嗣单薄，加上谢氏多年未生子，避子汤这种东西根本就没有用过，更别提对姨娘使用了。

作为一个姨娘，在府中要倚靠的不是夫人，也不是老爷，只有自己的肚子，否则当初苏眉也不会因为肚子里有了孩子而在府中身价倍增。

白姨娘竟然自己偷偷地在喝避子汤，她究竟是什么意思，是对谢氏的绝对忠诚，还是因为其他的原因。

云卿很快便知晓了，查探出来的消息里，这位唐表哥曾是白姨娘的青梅竹马，两家在徐州的时候就住隔壁，虽然没有定下婚约，可是两家都有这么个意思，等孩子长大了，就定下婚事。

可是白姨娘被选为了谢氏的陪嫁丫鬟，和谢氏一起到了扬州，自然和那个唐表哥就渐渐地淡薄了。到了后面，白姨娘被提升做了姨娘，两人之间就彻底断了。

这个唐表哥从徐州搬来后，娶了扬州当地一个小家碧玉，定居了下来，他算是个读书的料子，考中了乡试之后，又参加了会试，如今是个举人老爷。只是他娶的那个妻子，身体不大好，三天两头地生病，上次白姨娘去唐家，便是因为这个表嫂又生了病，白姨娘去看她。

这么听来，倒是一段感人的故事，青梅竹马分开后，竹马娶了新妻，青梅嫁给了他人，却和竹马的新妻关系很好。倒是像白姨娘温和低调的性子会做出的事儿来。

不过，云卿却觉得有些奇怪，不说白姨娘心里舒服不舒服，那个新妻也接受得很顺溜，倒是豁达得很。

她觉得这是一个突破口，经历了上一世的事情，在很多问题的思考上，云卿总不自觉地偏向背后的阴谋。

月淡如眉，柳下人影暗淡如鬼魅。

“这几日，总有人打探我的消息，只怕已经快发现你我的事情了。”

“如今府中防范得很严，他们早就起了疑心，一旦下手，就会暴露出我的。”

“但是任他们就这么查下去，那么我们的计划怎么实现？难道你就想过这样的日子一辈子？”

“……”

长久的静默之后，那声音道：“好，我会想办法的。”

沈茂最近心情非常好，虽然觉得柳府就这么完蛋，浪费了之前的心血银钱，可是总比留着一个祸害的好。而且他一天天看着谢氏的肚子越来越大，大夫都说这胎儿很健康，而且十有八九是儿子，于是更加的开心。

谢氏虽然心里有些郁结，到底被云卿每日陪伴着，哄得开开心心的。

而云卿一直都在等待着有确凿的证据，直到可以抓出那个幕后黑手。

十一月已经是冷风呼啸，难得这两日出了太阳，李嬷嬷扶着谢氏往后花园里去散步，如今谢氏的肚子已经六个月了，穿着宽大的褙子都难以掩盖住。

云卿特别交代了，让她无事的时候多走走，运动一会儿，也有益于肚子里的孩子，生产的时候也会顺利。

后园里此时已经没有了繁花似锦的艳丽，有的是红彤彤的枫叶，还有一两枝早梅在一片暗色中绽放出别样的风采。

谢氏一眼便看到了那梅花，心情颇雅地念了句："数枝寒梅长相守，一朝春尽红颜老。"

李嬷嬷虽然听不出到诗词的好坏，可什么"尽""红颜老"还是懂的，连忙道："夫人，什么红颜老不老的，你可还年轻着呢！"

谢氏其实也是随便念念，知道李嬷嬷忌讳这些，便点点头："我们去那边看看。"李嬷嬷看了下，就是那早梅开放的地方，谢氏素来是喜欢花花草草的，可是看了那边后面就是个湖，又劝慰道："夫人，那边湖挨得近，眼下水凉，去了沾了冷气不好。"

"嬷嬷你太紧张了，我就过去看看，早梅不看岂不可惜。"谢氏本是谢书盛的女儿，自然有文人墨客的清雅心境。不过是嫁给沈茂后，沈茂不是个对月吟诗的对象，她也收起了这份心境，如今美景就在眼前，她自然要过去看看的。

李嬷嬷看了下，那边地势倒也不潮，便点头扶着谢氏往早梅底下走去。

站在早梅下，谢氏微微抬头看着那几株红艳艳的梅花，朵朵绽放在枝头，深深呼吸，却没有闻到一点香味。

靠得如此近，怎么会没有梅花的清香呢，她便起了意，伸手想去取一朵下来。

李嬷嬷看她踮脚去摘梅花，只笑谢氏怀孕后，倒越发像个没出阁的少女了，多愁善感。她唤住道："夫人，让丫鬟来摘吧，小心你身子！"

她刚想转头唤身后的丫鬟来，却听到旁边小丫鬟开始尖叫："蜈蚣啊……地上好多蜈蚣……"

李嬷嬷低头一看，只见这一块地上，全部都是寸长的蜈蚣，密密麻麻地聚集在这里，不禁全身冒着冷汗，连忙扶着谢氏道："夫人，我们快走！"

可是面前的蜈蚣实在是太多了，层层叠叠地在一起，谢氏一看，身子就软了一半。她从小最怕的就是蜈蚣，只要看到蜈蚣，就会忍不住全身发抖，此时更是心都要抖了起来。

"怎么……怎么有……蜈蚣……"

李嬷嬷两手紧紧地扶着谢氏，一步步避开蜈蚣，她被咬着没关系。可是谢氏肚子里有孩子，若是被咬着中毒了，连累了孩子那就是个大麻烦！

后头跟着的四个小丫鬟，看到蜈蚣吓得脸色都青了，其中一个已经吓得转身就跑，李嬷嬷一看，暗骂没用的东西！

此时也顾不得多说，眼看那蜈蚣奇怪地一步步压着向她们过来，李嬷嬷只能往后退，她反头看了一眼身后，是一汪冰冷的湖水。

蜈蚣不断翻卷着身子，千足在草地上爬动，因为数量太多，发出可怕的摩擦声，让人毛骨悚然，谢氏吓得几乎要晕倒，若不是李嬷嬷奋力扛着，她已经倒在草地上了！

“你们快点去找大小姐过来！”就算是不怕蜈蚣的李嬷嬷，在密密麻麻这么多蜈蚣出现时，头皮也发了麻。

其中一个立即转身就往归燕阁的方向疾奔，而另外两个在受过开始的惊吓后，开始找什么办法将蜈蚣赶走了！

云卿正坐着和流翠，青莲，问儿在那打络子，看到慌慌张张跑进来的丫鬟，正想开口训斥，却发现是谢氏院子里的，站起来道：“什么事？”

“小姐！夫人……蜈蚣，好多蜈蚣！”小丫鬟跑得上气不接下气，一句话都说不完整。

云卿听到是谢氏的事，心内比她更焦急，不过越是着急的时候，她就越要镇定，立即肃声道：“先喘气，后说话！”

威严的声音让小丫鬟不自觉地听从，顿了一顿，微微喘着气道：“夫人在后花园里散步，突然出现了好多蜈蚣，将夫人和李嬷嬷包围在里面。”

蜈蚣，那可是有毒的！

屋中丫鬟们个个吓得心内一惊，云卿听完，面上一凛，立即指挥道：“青莲，你赶紧去找艾叶过来，越多越好。流翠，将房间里所有的油都带上，打火石拿好，叫院子里的小丫鬟和婆子跟我一起去！”

“问儿，你赶紧去夫人院子里，让她们守好，不要让任何人进去！”这时候谢氏的院子里肯定是混乱的，若是不小心让人进去放了什么东西，也十分危险。

留了采青守着院子，其他人收好东西，开始火速前往后花园。

眼看包围圈越来越小，李嬷嬷退无可退，前面是数不清的蜈蚣，后面是冰冷的水。她心一横，将谢氏拦在身后，抬脚开始踢起前面的蜈蚣来。

“快点，把油泼过去！”云卿带着一大帮子的人朝着这边冲过来，她比任何人都要急，因为那密密麻麻的蜈蚣，几乎占据了大半个湖畔了。

谢氏站在李嬷嬷的身后，本来吓得人都软得没有骨头了，一看云卿过来，马上惊道：“云卿，别过来！别过来！”

这里蜈蚣如此多，可不能让女儿被咬了！

李嬷嬷连忙扶着要倒的谢氏，眼神里透着希冀地望着云卿。

云卿喊道：“娘，李嬷嬷，你们稳住！”

她的身后，青莲拿着一包艾草靠近了蜈蚣包围圈，云卿让她系了个重物，对着李嬷嬷抛过去，喊道：“嬷嬷，快点把艾草点燃！”

李嬷嬷立即接了过来，将那艾草包打开，里面有引火石，立即将艾草撒在身周，用引火石点燃了艾草包。

空气中浓烈的艾草味道一出来，那些不断靠近的蜈蚣就开始往后面退了，李嬷嬷面带惊喜，扶着谢氏笑道："真的有用，真的有用啊……"

云卿有条不紊地指挥着丫鬟们，在外头对着蜈蚣在的地方泼油，待蜈蚣让出一条路，李嬷嬷扶着谢氏跑了出来后，马上点燃了地上的油。

只听噼里啪啦的声音，无数条蜈蚣开始在火海里面翻腾，被火舌吞没了身影。

云卿立即跑过去，抱着谢氏道："娘，娘！"

她刚才真的要吓死了，远远地就看到那五颜六色的一团将谢氏包围在中间，只差一点点谢氏不是被蜈蚣咬就是掉到湖里去！

谢氏也心有余悸地抱着女儿，全身还在轻轻地颤抖着："别怕别怕……"

李嬷嬷却看到谢氏的裙子下渐渐地透出了红色的血来了，连忙道："夫人，夫人，你流血了……"

云卿脸色一白，连忙让人扶着谢氏回了主院，留下流翠来指挥这边，把蜈蚣烧死后，将火扑灭。

请了大夫过来，老夫人也连忙赶到了主院里，自水姨娘上次的事后，老夫人就彻底在沈府里装病。除了一定要见云卿和谢氏，她一直都在荣松堂不出来，大概自己心中也有了愧疚，今日是听到谢氏被蜈蚣吓到了，才急急忙忙地跑过来。

"大夫，我儿媳如何了？"老夫人满脸担忧地问道。

"还好，虽然动了胎气，好在之前将养得不错，孩子也听话，只要接下来的日子里好好地静养，没有任何问题。"齐大夫站起来交代着。

云卿长呼了一口气，她生怕因为今日的事情，谢氏肚子里的孩子不保了，在期盼了十余年后得来的这个孩子，已经不仅仅是个孩子，还是谢氏、沈茂的期盼，若是这个孩子没有了，谢氏不知道会有多伤心。

她看谢氏的脸色虽然苍白，但是精神还算是好的，只是眼底还有些惊惶，之前被蜈蚣包围的惊吓还留在她的心中。

见李嬷嬷、翡翠、琥珀都在旁边伺候着，云卿放下心来，自己反身往刚才谢氏站的地方走去。

如今已经将近初冬，蜈蚣一般都在春夏出没，且蜈蚣性畏日光，昼伏夜出，喜欢在阴暗、温暖、避雨、空气流通的地方生活。沈府里的花园，虽然都达到了这方面的要求，但是隔段时间便会有专业的人洒药打扫，就算有蜈蚣，不可能会有如此多的蜈蚣出现，还偏偏将谢氏包在里面！

一百个巧合也不会出现这样的事情！除非是有人刻意为之！

平日里谢氏的吃用，云卿都让李嬷嬷她们亲力亲为，任何人送来的东西和食物都不会碰，所以那个黑手一直寻不到机会，才会用了这种显眼的法子。

一路上云卿的脸色都十分的沉静，内心却掀起了大波澜，她隐约感觉到，这一次，那个隐藏在沈府里的黑手，马上就要被抓到了。

到了后花园湖畔，流翠正在指挥小丫鬟们打扫，将剩余的残灰浸湿了，以免火星引起火灾。

在看到云卿后，便唤道："小姐，刚才奴婢发现这枝梅花有点问题。"

流翠走到那几枝早发的梅花下，用力地一拉，就将那梅花扯了下来，而且大幅度地摇晃下，那本鲜艳开放的梅花，马上就掉落了几片下来。

再一看，这梅枝的接口已经干了，上面还有黏黏的浆糊，显然并不是真正的梅花早开，而是被人接上去的！

是蓄谋已久的阴谋！

云卿满目冷寒，扫过四周的环境，最后目光落在已经被火烧的黑乎乎的地上。

方才她过来看到的时候，便发现蜈蚣是呈"门"字形地将谢氏包围在里面，唯一的后路就是湖。

她拉起裙子，蹲下身来看着那地面，细细地观察着。

有了那枝梅花，底下也显然是有人动了手脚的，但是是用了什么办法让这么多蜈蚣都集中在这个地方呢？

她拿起一根棍子，在地上翻了几下，却发现里面泥土的颜色不大一样，她又站在另外一块没蜈蚣的地方去翻，和有蜈蚣的地方完全不同。

用手拈起土在鼻子下闻闻，一股浓浓的血腥味散发了出来。

流翠也蹲下学着她的样子拈了一块闻了起来，马上皱眉道："小姐，这是鸡血。"

鸡血乃蜈蚣的最爱，此处血腥味这样浓，蜈蚣来得那样多，不知道用了多少鸡血才能达到效果，而那个人能用假梅花嫁接在这里，很显然是对谢氏的脾性喜好了如指掌！

此人是谁，答案呼之欲出！

云卿立即唤来了人去查，这样大量的鸡血踪迹，绝对不是偷偷摸摸可以买来的，另外她让人立即去封锁了白姨娘的院子，不许里面的人进出，以免有人趁机做了什么样的手脚。

就在云卿站在厨房门前询问事务之时，忽然见到几个粗使丫鬟，神色惊惶地跑了过来，嘴中大嚷道："不好了，死人了！"

如此胡乱之际，竟然还死了人！云卿首先喝道："大呼小叫的做什么！到底还有没有规矩！"

那几个粗使丫鬟被她一喝，腿脚一软，跪了下来，依旧道："大小姐，真的死人了！"

云卿看她们几人面色，不像说谎，拧眉道："谁死了？"

"不……不知道。"丫鬟们纷纷摇头，她们看到尸体吓得已经发抖了，哪里还敢去看究竟是谁。只有一个大点的丫鬟，想了一下，才交代起事情的始末来："秋日落叶多，奴婢三个被花园的管事派去扫落叶，谁知道到了花园后面专门用来浇水的井里……"她抖了一抖，才说道，"发现了一具尸体，我们赶紧去告诉管事了，也不知道现在尸体捞上来了没。"

采青在一旁听到捂嘴着叫了一声，“也不知道死的是谁。”

云卿闻言点点头，吩咐道：“你先去告诉木大管事，另外两个跟着带我去出事的那个井边上看看。”

一听到云卿要去，流翠阻拦道：“小姐，那里刚死了人，你还是不要过去，以免有什么不干净的东西沾染上了。”

采青立即点头：“是啊，小姐，你还是别过去了，府里管事会处理好的。”

不干净的东西？云卿暗笑，如果说最不干净的，只怕还是她吧。她对着地上跪着的两个粗使丫鬟道：“你们赶紧在前面带路。”

见她执意要去，采青和流翠无法，只能跟在后头，与云卿一起跟着引路的粗使丫鬟，到了花园一处不起眼的角落。

一道花圃之后，有一个直径大约有六尺宽的水井。

此时旁边已经围了人，木管事带着人到了，大概半个时辰，从井里捞出了一具女尸，打捞的下人将尸体翻过来，旁边立即有人尖叫道：“这不是白姨娘吗？！”

素淡的衣饰，娇小的身形，因天气寒冷，落水时间并不长，尸体并没有太大变化，只是皮肤发白，略有些肿胀。

怎么会是白姨娘？云卿心内一惊。

木管事看了一眼后，垂首道：“大小姐，尸体小的先吩咐人抬了下去，将此事通知老爷。”

“嗯。”这样大的事情当然要告诉沈茂，只是云卿暗暗琢磨，白姨娘究竟是怎么死的？

她一个人跑到这个地方来做什么？此处偏僻，无甚风景好看，难道她是在这里幽会的吗，还是专门跑来跳井的？

不过验尸这种事情，得交给专业的仵作，她等消息便可。云卿带着一干人，往白姨娘的院子去了，她才吩咐了人封了白姨娘的院子，难道她院子里的人都不知道白姨娘失踪的事情吗？

一进院门，叶儿就站在门前，看到云卿立即道：“大小姐，白姨娘死了吗？”

她的神色哀伤，眼神里的神色不似作伪，云卿进了白姨娘的屋子，转头问道：“叶儿，如今白姨娘死了，有几件事我要问你。白姨娘这几日有没有什么异常的地方？”

叶儿仔细地回想了一下，点头道：“若是细说起来，还真有。这几日白姨娘说总觉得肺部疼，连着好几天都让奴婢提了鸡过来，在院子里煲给她喝，而每次杀鸡后，奴婢总看不到鸡血去了哪里。”

果然是白姨娘，和预料的一模一样。

谢氏自小怕蜈蚣，又喜爱梅花，作为陪嫁丫鬟的白姨娘，正是为数不多知道的人里一个。

鸡血，蜈蚣，梅花。

这些串起来，答案就直接指向了白姨娘。

那么白姨娘究竟是自杀的，还是被人推进井里的？

沈茂正在外面的商会与同行交流，得到谢氏被吓的消息后，就大步流星地赶了回来，又听到木森将白姨娘的事情一说，便沉了脸色："府中如今怎么越来越乱七八糟了，花园里还有蜈蚣？水井里又死了姨娘，你到底是怎么管的！"

木森低着头，听着沈茂的训斥，他的确是有责任的，白姨娘倒还是小事，夫人肚子要是出了事，那才是真正的大事！

他撩开袍子，跪在地上："老爷，幸得今日小姐果断处事，救了夫人，夫人如今并未有碍。"

知道谢氏和孩子没事，沈茂心里就落下了一块大石，不过白姨娘跟了他这么多年，多少还是有些感情，便差人给仵作送了银子，让他好好地检测一番。

送了银子大约一个时辰，就得到了回报，据仵作的检查来说，白姨娘身上并未有任何暴力的痕迹，根据验尸，应该是在井边不小心滑了一跤，然后掉进了井里，掉下的时间大约是昨日夜晚的样子。

对于这个结果，所有人都相信了，可云卿不信，她那日特意让人收拾白姨娘的遗物时，发现了一对白姨娘新做的喜鹊登枝绢花。

这种绢花扬州人是不戴的，上一世云卿曾见过一个夫人戴过，当时一群贵妇问为什么那个夫人戴这种绢花，原来那个夫人是徐州人，徐州人到了过年的时候，女子的头上一般都会戴上这种绢花，以示明年会比今年更好。不过这是很老的习俗了，只有穷苦人家才有这种习俗，像谢氏她们都不会戴这种东西。

白姨娘是徐州人，所以会扎这种东西，看成色和绢花的新旧，这明显是为今年春节准备的。一个将春节绢花都准备好的人，怎么会自杀？

不过，既然在府中安插的人已经死了，想必是幕后的人已经知道沈府发现了他们的手脚，此后不会轻易再有动静。

而经过将白姨娘的屋子大搜查，在衣柜后发现了一个小小的暗格，里面装了一个小匣子，正是做断子药的配料。真相浮出水面，那个潜藏在沈府的黑手就是白姨娘。沈茂和谢氏得知后，不由得欷歔不已。

由于谢氏刚动了胎气，又闻了白姨娘的死讯，每日都在床上静养着，李嬷嬷她们更是寸步不离地照顾好，只等着来年的三月谢氏生产。

冬天随着春节一起到了，这个时候的沈家格外忙，祭祖待客，准备年货，各路的打点，每日总有管事妈妈，婆子在云卿的院子里穿梭来去，谢氏不放心，将祭祖和打点的事务揽到了自己这边，她如今已经是七个月的身子，只要不再遇见蜈蚣什么的，没有什么大碍了。

过了年后，初二韦沉渊和秦氏也提着礼上门拜见了，他们先是去给老夫人请了安，老夫人知道韦沉渊是去年乡试的解元，也客气了几分，再看人也生得清隽如竹，更是喜欢了。

一切都走上了轨道。

春雷声声，带着清新气息的雨水淅淅沥沥地落了下来，只听窗外雨滴声声，第二天起床再一推窗，便可以看到庭院里冒出了嫩嫩的绿，粉白的樱，娇艳的桃花开始朵朵绽放了开来。

三月桃花枝头俏，在桃花开得最美的那一天，谢氏的肚子疼了起来。

有了苏眉事件的教训，这次都是请的扬州知根知底的老稳婆，而且早早就请来了府中安住，每日好吃好喝招待着的。

而其余的开药、喝药、伺候、递水所有都是选的可靠的丫鬟婆子，无一事可以让人插手，除了齐大夫，其他的大夫全部不要，为的就是百分百的保险。

云卿相信，只要做好了十足的准备，就算有人还想下手，这样密不透风的严密防范也让他没有办法。

老夫人从听到谢氏肚子疼了开始，就到院子里守着，在外头走来走去地等待着孩子的出生。

两个稳婆都是收足了银子，知道这次生产的是沈家的主母，一百个努力地在旁边鼓励着，把所有的技术都使了出来，努力地鼓励着谢氏。

许是之前动了胎气，谢氏这一胎生得并不是十分的顺利，疼得一颤一颤的，阵痛了差不多有大半天了，羊水还没有破。

稳婆着急了，这么久羊水还没有破，于是伸手去破羊水，李嬷嬷在一旁看着，感同身受地皱起了眉头，拿着毛巾给谢氏擦汗，在一旁使劲地鼓励着："夫人，加油，这一胎肯定是个少爷，你得加油啊！"

谢氏紧紧地抓着身下的被子，咬紧牙关，将所有的力气都运到了腹部，稳婆在旁边喊着："吸气……呼气……"

云卿到了院子的时候，稳婆都已经进去了一天了，她刚从书院里报到回来，就听到谢氏要生了的消息，一路上急急地跑来的。

比起沈茂和老夫人，她心里的焦急一点也不比他们少。

上一世谢氏并没有再生，沈家一直都没有后代，这一次可不同了，谢氏又怀孕了，而且今天生产了，这代表着有和上一世不同的生命来到了沈家。

只要她能改变沈家被抄家的命运，沈家一定会比上辈子好上许多倍。

她双手握得紧紧的，明媚的面容因焦急显得有一种忧虑，云卿在心中祈祷，祈祷母亲肚子里的能是个弟弟，是个弟弟，家里面就没有烦恼了。

只要有弟弟，祖母不会再为难母亲，父亲也不用因为子嗣的原因再纳妾，沈家的财产也不怕后继无人，自己以后也会有兄弟姐妹相互帮衬。

这一生，就是一天一夜，老夫人为了这个嫡孙的到来，夜里都没有回荣松院，到谢氏的床上歪了歪，还爬起来看了几次，沈茂更是在屋下守了一夜。

第二天旭日渐渐地从地平线升起来的时候，随着几声婴儿清亮稚嫩的哭声，整个沈家仿佛都醒了过来，刚被王嬷嬷扶去休息的老夫人一个箭步就站起来冲了出去。

"男的还是女的？"老夫人望着从门口出来的李嬷嬷，首先开口问道。

云卿也不落后地跟在后面，去看那个婴儿，只看到红红皱皱的皮肤，其他的什么都看不到。

稳婆笑着恭贺道：“老夫人，恭喜啊，是位小少爷呢。”

老夫人一听，激动得脸皮颤抖，忙凑过去望着襁褓里的小肉团，反复确认道：“真的吗？是真的吗？”

“千真万确啊！您听听这哭声是又响又脆，肯定是个大胖小子呢！”稳婆最会说好话，听得老夫人笑眯眯地看了好几眼。

沈茂也站在一旁左看右看，好似怎么也看不够似的，明明不是第一次做父亲，可是也同样激动，盼了十多年盼来的儿子啊。

云卿站在两人身后，并没有挤上去看，而是想去看看谢氏，谁知过了一会儿，屋中又响起了婴儿的哭声，另外一个稳婆又抱着个孩子跑了出来，大喊道：“还有一个，还有一个啊。”

一屋子人的喜悦仿若一下就达到了顶点，有了孙子，老夫人对后面这一个是男是女就相对看开得多了，只云卿在那急巴巴地问道：“是弟弟还是妹妹？”

稳婆笑眯眯的，满脸笑纹：“回小姐的话，是个弟弟呢。”

老夫人激动得手都颤抖了：“快抱过来给我看看。”等了这么多年，总算等来了孙子，还一等等到了两个，她的心就如同泡在温泉里一样舒坦，老眼左看看，右看看，怎么看都看不够。

沈茂也喜得满脸笑容，比起老夫人来，他还是要沉稳多了，吩咐道：“今儿个老爷我双子临门，所有人这个月的月例都翻倍，在产房里伺候的，额外加一两银子，今晚全部人都加一道菜啊！”

话语声一落，整个沈府都沸腾了起来，人人都说谢氏是沉寂多年，要么就不生，一生就生两个，双胞胎多难得啊。

春风里夹着喜意，让云卿也格外高兴，浑身都轻松了许多，鸟儿的叫声也显得悦耳多了，她看着两个小弟弟已经从红红的一团变得又白又嫩，脸颊鼓鼓的，像个肉包子，皮肤细腻得如同水豆腐，一碰就陷了进去。

两个人几乎长得一模一样，只是细细看去，有一个眼珠子的色泽稍微偏浅了一点，有点像深棕色的，两人都睁大眼睛看着云卿，闪闪滚圆的大眼睛就像玻璃珠一样，清澈得让人心内软透了。

这就是她的亲弟弟了。满月的时候已经给两人取好了名字，黑眼珠的那个叫沈云墨，深棕色眼珠的叫沈云轩。

云卿怎么也觉得看不够，坐在那逗着两人玩，谢氏睡在床上，额头上箍了防风暖头带，也是满脸温柔的笑意。

“娘，你看弟弟，嘴巴里竟然还可以吐出泡泡来呢。”云卿用手一戳，将那个泡泡戳破，小婴儿发出咯咯的笑声，一个笑，另外一个也跟着笑起来。

谢氏看着女儿的模样，也觉得好笑：“你小时候也是一个样子呢，还喜欢啃手指头。”

被母亲这么说自己的糗事，云卿反头娇嗔道：“娘，你在弟弟面前笑话我，以后他们会学样子的。”

“他们才生出来多大啊，你呀，姐姐的谱也摆得太早了！”谢氏笑着打趣女儿，心里暖和得不得了，如今女儿也长大了，又添了一对儿子，膝下儿女双全，还有什么不满足的呢。

沈茂最近除了添了儿子外，也接了海外的大订单，预备去海外和客户谈好这笔生意，带着伙计上了商船，押船出海了。

沈茂出海后，家里一如往常，云卿每日里下课回来，就是在家中帮谢氏打理家务事。

这日又是上琴课的日子，下课了之后，同学随意提道：“章滢今年可有好多堂课没有来上了。”

自上次章滢开口向安初阳说了云卿的状况后，云卿倒对记忆中骄横的章滢印象有了改观，两人在书院从以前的针锋相对，不，应该说是章滢对云卿针锋相对，变成了和平共处，偶尔也说上两句话。

“你这么说，倒真是，她娘的病还没好？”云卿收拾着东西，问道。

“据说是越病越严重了，我娘去看了两次，回来都说情况不大好。”不大好，差不多就是没得救的意思了，也难怪章滢几乎三天两头地不来上课，只怕是守在床头尽孝去了。

淡淡一笑，云卿不去理那些侯府名门的事情，她觉得如今家中的情况让她十分欢喜，自从得了双胞胎孙子后，老夫人对谢氏的态度就完全改观。从以前的事事看不顺眼，到如今什么事都觉得可以接受，每日里没事就让乳娘抱了孙子去荣松堂给她逗。

虽然说老夫人以前的行径的确让人气愤，但是这些日子她也在极力地弥补和谢氏、云卿的关系，经常邀了两人一起吃饭。

她到底是长辈，谢氏和云卿也不会忤逆她，那些破裂的伤痕，也在慢慢的修复之中。

又过了几日，府中突然收到了请帖，特别指明送给云卿的，云卿看着那个烫金的三折请帖，觉得眼生得很，打开一看，竟然是颍川侯府开花宴的帖子，上面邀请的人只写了一个，就是“沈云卿”三个字。

这可不是章滢的字吗？一直看不起她这个商户之女的章滢，怎么会给她下帖子，云卿颇觉意外，可是人家侯府都下了帖子，再不想去，云卿都要给上几分面子到场的。

CHAPTER 16

第十六章　家族阴谋接涌至

侯府门前立着两只张牙舞爪的大狮子，沉沉的色泽和威严的形象，都是显示着与沈府不一样的气韵。到底是名门贵族，虽然沈府富贵不缺，可有些东西的规制商户人家是不能用的，再者沈府以华丽精美为主，而侯爵府还要突出贵气肃穆，更为沉重一点。

采青左顾右盼地看，流翠拉着她："不要乱看，给人看到了，丢的可是小姐的面子。"

采青这才收住了乱瞧的眼珠子，要知道，到了大户人家家中，左右乱看的，不管是小姐还是丫鬟，都会被视为小家子气，采青不是家生子，很多东西还不懂，好在她还是肯听的。

一路走过去，花园中奇石罗布，佳木葱茏，怪石林立，其中微露羊肠小径，亭台楼榭，古柏藤萝，将花园点缀得情趣盎然。夹杂着各色盛放花儿，在枝头随着风招摇，清晨的阳光照在花瓣上的水滴里，折射出七彩的光芒。

随着管事妈妈在前头引路，云卿带着流翠和采青到了花厅，大厅里早就坐了其他的客人，一个个打扮得光鲜明亮，花团锦簇的，在一片欢声笑语中，看到进来的云卿，都怔了一怔。

有几位夫人见到云卿，便觉得有些面生，却私下赞叹，"这是哪家来的小姐，好生标致！"旁边有其他认识的，便与那几位夫人道："这是沈家的小姐。"

于是又是一阵窃窃私语，其中夹杂着各种对云卿身份的鄙视或者感叹，云卿恍若未闻，抬头在人群中寻找相识的身影，见韦凝紫和谢姨妈坐在一起，正和几个小姐在一起说话，似乎没有看到她的样子。

她微微一笑，先过去给知府夫人行礼，知府夫人有意无意地就看了坐在对面的谢姨妈和韦凝紫一眼，这两人当初来时投靠的沈府，如今另外买了宅院，在宴会上看到自家侄女就当作没看到，此等作为实在是令人有些寒心。

许是感觉到了知府夫人的目光，韦凝紫抬头望了过来，她今日穿着一袭碧蓝色波纹裙，头上戴着翠玉箍金水珠步摇，将自身的温柔娇美衬托了出来，一进来便得了不少夫人的青眼，私下问了她的名字年岁家世。

可是云卿一进来，所有人的目光就落在了她的身上，旁边人的话题一致换成了这位新进来的小姐是谁家的。即便是听到沈家是商贾，也啧啧叹息，说是好标致的女儿家，可惜出身低了些。

这话在韦凝紫理解就是沈云卿若不是出身低了一点，今儿个肯定就是众多太太考查未来媳妇的对象了，她不由得心里如同猫抓一样，嫉妒和恨两种情绪在交替融合，变得非常难受。

但是她比谢姨妈灵敏，懂得一些打量的目光内里的含义，站起来笑道："表妹什么时候来的，怎的没过来和我说话？"

这话可是暗指云卿不识礼貌，见到长辈和表姐不先过来行礼。

云卿嘴角微微勾起，明艳的容貌如同破开晨曦的第一道曙光，刹那绽放出绚烂的光芒："云卿进来后，本想和姨妈、表姐招呼，却不好打断你们的聊天。恰逢知府夫人过来，便先给知府夫人行礼了。"

人家无亲无故的人都看得到云卿进来了，你们在那装着聊天，不想搭理人，以为没人知道吗？

云卿说完，还走过去给谢姨妈行了个礼，顿时更让韦凝紫没有话说。而刚刚才认识的几个夫人看了看谢姨妈。原来这个寡妇是沈夫人的姐妹啊，可是听说谢大名儒只有一个嫡女，那这就是那个唯一的庶女了。想到这里便不由得轻看了几分。

谢姨妈狠狠地瞪了韦凝紫一眼，暗暗磨牙，这个女儿蠢死了，现在去认了亲，不是告诉人家有个低贱商户的亲戚吗？又让人看轻了她，真是蠢死了。

谢姨妈是个藏不住神态的人，她的一举一动都落在了那些看似眼神不在这方，其实早就锻炼出暗地里打量人本事的各位夫人眼中，对韦家的评价便又低了一级。

谢姨妈不会知道，可是韦凝紫是能感觉出来的，她拉着云卿的手，浅笑道："表妹来了若是早些告诉我，我便和你一起来了。"

"表姐真是有心了。"云卿微笑道，并不再多说话。

这时，从外头走进来两个女子，领头的是一袭月白色长裙的女子，正是章滢，她进来后对着众人行了礼。神色并不如往常般飞扬，眉目里带上了憔悴，没有了往日的明艳。

而后头跟着的妇人，乃是穿着一套海棠花色洒金裙，腰间束着霞红色宫绦，一头乌发梳成高高的半月髻，中间插了一支菱形平面刻重瓣金花的大簪，整个人是华贵不已，贵气满身。她的神色和章滢完全是相反，满脸春风，喜不胜收，进门便对着各位道："不好意思，都怪我对事务不熟悉，耽搁了时间，让大家久等了。"

众人见到她，眼中神色各异，不过表面上都是笑着客气。

看她们口中喊着龚侧妃，联系前因后果，云卿哪能不知道这位侧夫人如此高调的原因。

章滢的母亲是颍川侯的正室，如今病入膏肓，难以治好，整日卧病在床，府中的事务都交给了这位侧夫人处理。照这个势头，只要正室一死，这位侧夫人就要提位置了。

而颍川侯夫人和这个侧夫人之间，还有一段渊源的。据说当年颍川侯夫人和颍川侯之间的婚事是父母之间早早就定下了的，那时两人还只是孩童，两家就互相交换了玉佩，定下了这门亲事。

在定下这门亲事后没几年，颍川侯夫人的父母亲先后病亡，老颍川侯是个实诚人，并没有因为孟家夫妇的去世而不承认这门亲事，依旧要求订亲。

可是当时颍川侯已经和袭氏这个表妹眉来眼去好了很久。本来袭氏是做好准备做个妾室了，可是中途发生了孟家夫妇去世的事情，她以为两家的婚事会就此作罢，谁料最后还是没有取消，颍川侯夫人的位置依旧是孟氏坐了上去，而她，在颍川侯夫人进门半年后，被迎娶进来，先是做了姨娘，因为肚子争气，生了章洛后被提为了侧夫人，接着又一鼓作气地给颍川侯添了第一个儿子。如今那个儿子是颍川侯的眼珠子，疼爱得不得了，连带袭氏在府中的地位也蒸蒸日上。

当年孟家夫妇去世，颍川侯夫人作为长女，下面还有一个弟弟，为了撑起一个家，十二岁的颍川侯夫人就开始打理家事，处理一府上上下下的事情，还要负责教导小她七岁的弟弟，性格自然是威严严厉，不这样也镇不住府中各色各样的下人，也不会将弟弟培养成靠实力考上进士做了京官的人。

可是孟氏的性格做当家主母自然是绰绰有余，可是作为侯爷的夫人，她就显得过于阳刚。

不懂温婉，不懂柔和，凡事对就对，错就是错，不会迂回处理。

原本孟氏生得不错，刚开始颍川侯并没有做出太过的事，还是尊重她的，可是后来孟氏就只剩下主母这个位置了。

因为颍川侯最爱的就是袭氏这种温柔可人的女子，在孟氏进门后不久，另外又陆陆续续娶了不少同样柔美动人的小妾。

要强的颍川侯夫人不愿服输，更是刚强，和颍川侯两人夫妻关系十分的不和谐，是整个扬州城都知道的秘密。

谁都知道孟氏去世后，便是袭氏上位，所以在场的夫人虽然看不得袭氏这一番作为。可是为了以后两家来往，还是得做好这份面子情，这也让袭氏更加开心，笑得娇声阵阵。

章洛今儿个也跟在她后头，同样穿得喜气洋洋，以前她都比较低调，尽量不将章滢的光彩掩盖下去，今日她却穿了一身的明蓝色，显示出妖娆的身段和明丽的面容，本就是一个爹所生，娘亲的样貌也是姣好，再经过这么打扮，章洛一下也变得明艳了起来。好些个夫人连连称赞，使得章洛笑得越发艳丽。

世人都是如此，踩低捧高，章滢的母亲已经是没有了希望，都知道下一任侯府女主人就是眼前的侧夫人。没有人再分出太多的精力去管章滢，大多数人都是为了利益而在这里交往着，谁人真正是发自内心地要来参加这些宴会呢。

云卿看了章滢一眼，章滢正坐在前方席面上，眼神中带着怒火地看着眼前的这一切，美艳的面容紧紧地绷住，似乎在克制着自己的怒火。

换做是她，她也同样不会喜欢吧，自己的娘还在床上生病，小妾和庶女打扮得花枝招展，好似在办什么喜事一样，不管换做谁，都接受不了。

再说，正室和小妾，嫡女和庶女，仿若天生就是不对头，谁也看不惯谁。

席面上火热地在开展着聊天八卦的活动，云卿得知了一个消息。

御凤檀回京了。

这个消息刚刚一出，便从天越城开始往四面八方传了开来，因为西戎的这一战，实在是打得太久了，恶劣的天气，悬殊的兵士力量，让这一场战赢得实在是不太容易，便是明帝对这个结果也觉得有些意外。

可是，偏偏因为他派出了这个从来没上过战场，在京城一养就是八年的瑾王世子，将整个战争的局面全部改变了。

御凤檀没有经过系统的兵将指挥学习，他是王府子弟，平日里读书写字不过是为了培养文化素质，而明帝也不会下十二分的力气，去教本来就视为威胁的瑾王世子谋略兵法。

可能就是因为这个原因，御凤檀打起仗来的方法，与所有的大将都不同，他喜欢奇兵制胜，喜欢以少胜多，喜欢偷袭，喜欢耍诈，喜欢用一切你想不到的想得到的，变幻莫测的方法在战场上完全不按理出牌地取胜。

西戎派出的二十万兵马，光死在战场的就有八万，因为御凤檀带兵还有一点，就是喜欢乘胜追击，讲究痛快和爽快，每一场战役，誓将敌人杀个干净才甘心。正是此举，将西戎本来高高的士气，一下打击得如同泄了气的皮球。

他们万万没有想到，会在半途有这么一号人物出现。这种天马行空的打战方法，他们闻所未闻，屡屡打乱他们的布置，逼得节节后退，直到出了大雍的边界，赶出了一百里。

西戎退兵，而御凤檀也被明帝马上召调了回来，在回京之时，明帝站在皇城门口亲自迎接，口中大夸："不愧是朕的侄儿！好，好，好！"

连续三个好字之后，明帝一道御旨，将御凤檀封为了"镇西大将军"，位列武将二品官位。

命运的轴轮果然吱吱嘎嘎还是走到了原位，十九岁的御凤檀，成为了京城风头最盛的少年将军，也成为了京中无数高门贵胄眼中的最佳女婿。

围绕御凤檀的话题度过了这一场酒席，吃过饭后，便要去花园里赏花了，云卿因为不知不觉喝多了水，便去了一趟恭房，走的时候便落到了后面。

她正提速要去追众人，却被突然伸出的一只手拉到了一座假山后面，刚要呼唤，却发现是章滢。按照刚才的模样，章滢应该是一直在这里等着她的，她就说今日章滢邀她来参加侯府的宴会一定是有什么问题的。

"有什么事？"

章滢似乎还是很犹豫的样子，面上表情有几分不愿，又好似带着点羞怒，嗫嚅了几下没有开口。

云卿不喜欢与她在这里浪费时间，又开口问了一遍："若是没事，我要去赏花了。"

"赏花，赏什么花，有什么好看的，每年都是那样子，再怎么看也看不出新鲜的模样来了！"章滢冲口道。

云卿蹙了蹙眉，微露不耐烦地道："你邀我来便是听你这番理论的？"

"不是！"这一次章滢倒是答得很快，又抬起头看了一眼云卿，才从袖子里掏出了一包东西，抿着唇，抬着下巴道，"你帮我看看，这药是不是有问题？"

云卿低头瞟了一眼她手中拿的东西，微微笑道："章小姐，我并不是坐堂大夫。"所以，她也不想去看她手中的药。

章滢似乎又着急了，咬着唇，脸色愤愤道："我知道你不是大夫。"她将手中的东西摊开，里面是一包药渣，"这是我娘喝的药，我让府中的大夫看过了，他们说没有问题，要请其他的大夫，父亲又说我胡闹。可是我不相信娘怎么会突然病了，一定是这个药有问题，上次你在药店能辨别牛黄，这个药你也会看的，你看看，这到底有没有问题！"

原来是这样，云卿总算是知道了原因，颍川侯夫人的病来得又急又猛，不过半年时间，就病入膏肓，章滢怀疑是有人故意给颍川侯夫人下毒导致的。

想到上次她亲自去药店里挑选牛黄，只怕也是因为同一个原因。

其实药物辨别云卿如今已经可以做到不差分毫了，可是她并不想插手侯府的事情，假如她真的答应了章滢看这个药渣，看出了其中有什么不对的东西。以章滢这种冲动的性格，万一直接冲出去跟袭氏和章洛辩解，那么她也会被扯进来。

侯府里的家务事，特别是这种腌臜事，不是她可以牵扯进去的，无论最后结果怎样，她都会弄得一身馊。

“这个，你还是找机会让大夫给你看看吧，他们的医术是官府承认了的，比我更好。”云卿是真心地劝章滢，至少能孝顺母亲，章滢也不是坏透顶的。

云卿说完，就想要出去，章滢突然大喊了一声：“沈云卿，你上回被贼人抓了的事，是我告诉安初阳的。”

果然挟恩求报了，虽说云卿心里做好了准备，此时还是有些失望，刚觉得章滢有些优点，她便又让人觉得不舒服。

不过，欠人的恩情，云卿是一定要报答的。

她转过身，面无表情地望着章滢：“我帮你看药，以后那件事就相互抵消了。”

她的声音冷冷的，如同三月夜里料峭的春风，虽然风轻柔和，却含着凉意，章滢不知怎么，就有些歉意。她那日本来是不想管了的，可是想着要是云卿出事，她看到了也没说，到底说不过去。她心肠并不坏，只是在颍川侯夫人宠爱下，张扬跋扈了，刚巧遇见安初阳，便提了一句。

“我……我也是没办法了，只要我出去，身边就会跟了人。”似第一次说这种软话，章滢略微有些不习惯，眼神四处乱瞟，觉得没办法面对人。

这样子倒显得有几分平时没有的可爱，云卿的脸色稍许好了点，不过依旧是冷冷地道：“把药给我吧。”

细细地将药渣每一样成分捻、闻、尝，分辨出来了以后，云卿将手帕包还给了章滢，眼神有点复杂地望着她。

章滢迫不及待地望着云卿，艳丽的面容上都挂着担忧和急切：“怎么样，药是不是有问题？”

“药没有问题。”虽然结果让云卿也有点意外，但是她真没有看出来有任何的问题。

“不，不可能的！一定是你没看仔细！再看，你再看看！”章滢冲到云卿身前，将药塞到她的眼下，神情慌乱不已。

啪的一下，云卿将要塞到她脸上的药渣一下子拨了开来，眼神从容中带着些可怜：“章滢，刚才我已经看得很仔细了，不需要再看，这药没问题。”

再次的强调，让章滢凝视着云卿的目光，似乎要从里面找出一点犹豫和恶毒来，她知道自己在书院的时候，曾咒骂过云卿，她希望云卿是在报复她，故意将本来有毒的药说成没有毒。

可是没有，云卿的眼里有的都是坦然和明亮，没有一丝的作伪。

拿着那包药渣，章滢突然觉得很绝望，想起大夫说的话——你娘亲最多活不到半年，她心里有一头横冲直撞的牛，她脾气本来就不好，此时更是无法控制。

而在眼前的云卿就是最好的发泄选择，章滢拿起药渣对着云卿就扔了过去：“你滚，你给我滚，你们都不是好人，你们一个个都欺负我，欺负我娘亲生病了，就说我娘亲要死了！一个个的平日里跟在我后头和狗一样，现在每日在我面前耀武扬威的，你们这群小人！什么赏花宴，什么来多了人可以冲冲府里的晦气，你们就是要故意气死我娘！气死我娘的！”

云卿轻轻地摇了摇头，章滢的话里透出来的信息实在是太多了。

如今府中是侧夫人袭氏做主，府中的下人都是见风使舵，估计以前要风得风，要雨得雨的章滢如今肯定是受了冷落。如今章滢就快要失势，章洛等着做嫡女了，形势大翻转，两方都会有巨大的心理变化。

像今日的花宴，来时云卿便觉得奇怪了，既然颍川侯夫人还病重在床，怎么会还特意办这种大宴会，原来是用了冲晦气的名号，这也肯定是袭氏开口要办的，这是在向众人表明她的身份，也能更好地气章滢，让她看看如今府中是谁做主。

家家都有不省心的事，章滢这种没有太多城府的性格，当然不是龚侧妃两母女的对手。

但是章滢是个极其孝顺的，这一点，让云卿对她的印象又好了一点。

她想了想，用脚尖踢了踢蹲着哭泣的章滢：“在这里哭有什么用，还不赶紧起来！”

章滢被云卿轻踢了两下，反射性地就冲口而出：“你什么意思，还踢我？”

真是个火爆脾气。云卿望着她的模样，浅笑道：“就这个意思，只许你骂我，就不许我踢你，世上没这个道理。”

章滢一怔，看着云卿脸上似笑非笑的表情，不知怎么，就想起以前母亲健康的时候，自己在家作威作福，性子的确是不好，所以如今下人一看转了势，对她也不在意了起来。

在书院的时候，她也是仗着侯府嫡女的身份，欺压人，如今换成了她被欺压。

就算是被欺压她也无所谓了，可是为什么娘就会得病，而且好不了了呢。

章滢站起来，拍了拍被云卿踢了的地方，哽咽道：“我母亲在府中极有威严，当初祖父祖母在世的时候，也夸娘亲端庄大方，绝对有主母之风。可是偏偏父亲就不喜欢这种类型的，他喜欢那种天天打扮得妖妖娆娆的，会说些甜蜜话哄着他。他从不知道这些年母亲为了打理这侯府上下，花了多少精力和时间，才能让他不停地娶小妾……”

云卿沉默着，低头看着袖子上的绣纹，每个家里都会有本难念的经。时下的社会就是这样，男人纳妾是理所当然，正室当个菩萨供起来的已经是不错的，遇见狠的，直接将正室撩了，让小妾当家的也不是没有，所以她一直觉得沈茂算是不错的。

但是此时细想起来，谢氏和孟氏之间的区别非常大，虽然谢氏看起来柔弱心软，可是在府中同样有主母的威严，在祖母的为难下，还能得到孝顺的父亲的维护，就算在前世没有儿子，谢氏也一直都稳稳地坐着主母的位置。她以前没有细想，如今想来，谢氏何尝不是以柔在克刚，哄得沈茂几十年心里都将她摆在第一位。

相比下来，孟氏就太硬了，笼得公公婆婆的心，却让丈夫被小妾吹枕头风吹得太厉害，连带女儿都不得宠。

她这边思忖着，那边章滢似乎得到了一个可以倾诉的机会，还在说着：“自从有了章洛后，我便什么都争强好胜，学东西一定要学好，一定要拿了好成绩，这样爹才偶尔对娘表扬一下我，娘那个时候才会真心地笑一笑……”

章滢的成绩一直是学院里拔尖的，琴棋书画样样都拿得出手，云卿是没想到原来是因为这个原因，不过这些都不是章滢为以往嚣张张扬的行为做掩护的借口。

她曾经的作为，错的就是错的。

大概小半个时辰，章滢终于说完了这一切，拿着帕子擦脸，脸上有些发红道：“你帮我看了药渣，还是得谢谢你。”

云卿不置可否地站起来，她今日来的任务完成，人情也还了，和章滢也没有牵扯了，可以回家了。

章滢也急急地追在她身后：“你，你能教我怎么对付章洛吗？”

云卿冷笑一声，斜睨了章滢一眼，是她长得看起来很善良吗？否则章滢怎么会提出这样的要求。

“我知道你是个厉害的，上次被抓的事，你都能让柳家吃了瘪，现在人家对你都没有意见，你是个高手。”章滢丝毫不在意云卿的冷笑，这也是她的特色，不在乎外在的眼光。

高手？她这个高手还被人害死了一回呢，云卿难免腹诽，如今章滢家的情况，绝对不会比她家的简单。

“冷静。”云卿迸出了一个词。

章滢点头：“还有呢？”

“再冷静。”

“……还有吗？”章滢额头渐渐有青筋要迸出来，沈云卿这是要她吗？

“看看你的样子，你最需要的就是冷静了！”云卿淡淡一笑，见章滢满脸怒气化为满脸愕然，转身往花园走去。

她唯一能告诉章滢的就是这个，多年的侯府大小姐生活让她太过肆意，几乎没受到什么挫折，脾气易怒，容易暴躁。如果章滢不能克制这一点，就算她化身菩萨要来帮章滢，迟早有一天，章滢都会被自己的脾气连累。

世上最能帮章滢的不是别人，正是她自己。

宴会散了之后，云卿坐着马车回了府中，将今日的事情简单地和谢氏说了一下。

谢氏听了不免感叹：“章夫人是个爽朗人，虽是霸道点，但是口碑还是不错的。只是她这一去，章大小姐就可怜了，遇上这么个爹，以后还不知道怎么办。”

有了后娘，就会有后爹，虽然大处也许折磨不了章滢，可是小处能让她不舒服的地方多的是。

翌日，云卿从学堂里回来，休息了一会儿，换了套衣裳到前院书房去寻李斯，如今她天天跟着李斯学习商业上的东西。毕竟怎么说沈家也是商贾世家，她作为长女，不懂这些说不过去。如今两个弟弟还小，她得先学好，到时候也可以帮父亲一点忙。

在此时的云卿概念中，她根本没有将出嫁当成人生的计划要事之一，她所想的就是，沈府上下都全家平安，安安乐乐的，再莫要像前生那般。

李斯也非常欣赏这个大小姐，虽说女子一般是不会抛头露面去做生意，但是学了总比没学好，而且云卿学东西都很快，如今算盘拨得是哗啦响，算数也是又准又快，不比老掌柜差。

今儿个他正在让云卿查看东南一片店铺的进货出货单，将其中的差别指出来，忽然外头来了一个小厮，带着一个人急急地走来找李斯。

有陌生的外男进来，云卿坐在屏风后，待门推开后，可以看到走入的那人穿着一身短打，好似跑船之类的人，看到李斯后立即张口叫道："李大管事，前天在海上，有一艘回航的商船遇见海盗了！"

闻言云卿从屏风后飞快地站了起来，手指紧紧地握成拳，心脏扑通扑通地跳着，恨不得冲出来赶紧问出个究竟。

听到屏风后细微的响声，李斯脸色微微一变，知道云卿也着急，他虽也着急，到底是见惯风浪，稳住了心神问道："出事的是不是沈家出海的那条商船？"

那人摇摇头，只是脸色还是有些不好，道："倒没有出事，只是因为出现了海盗，水军将整个海面都封锁了起来，老爷的船现在被困在辰州港口。"

"怎么会困在辰州港口？"李斯不太明白地问道，"商船和海盗有什么关系？"按理来说，水军封锁海面，商船还是可以按路行驶的。

"出事的那条商船和海盗船遇见的时候，旁边还有好些商船，大家一起联手，那艘海盗船没得了好，整船的海盗都沉到了水中。官府怕有海盗浑水摸鱼混进了商船之中，于是让附近的商船全部靠岸，进行人员点查和货物清查。"那人是派回来先报信的，以免让沈府内的人担心。

李斯这才放心了，官府搜查，例行公事的同时再喂饱了银子，基本就没问题，怕就怕在船上搜出了海盗，到时候牵扯不清。

云卿在屏风后面听着，总算是放下心来，好歹出事的不是父亲的那艘商船。

这些天她觉得心神不宁，生怕父亲在海面上出什么事，如今到了辰州港，海面有水军镇守，海盗也不敢那么猖狂。

她记不得上一世父亲有没有遇见过同样的事情，她一直在家中待着，对外界的信息获得是少之又少，只有等着爹回来的消息吧。

云卿努力地回忆，她要将记忆里所记得的每一件事情都记下来，随着时间的推移，她发现对上世的记忆也越来越模糊，除了那些锥心刻骨的，其他的都会被最新鲜的记忆覆盖。

待夫子一宣布下课，云卿就准备回家，谁料刚出了书院门，却看到对面隔墙处，一道笔直的玄色身影站在了门前，虽然面容冷冷淡淡的，但是目光却是落在她的身上。

云卿一诧，又释然地开口道："你有事吗？"

安初阳身形直挺，长胳膊长腿的看起来好似一杆笔直的枪，锐利又坚稳，他低头望着她：

“在想什么，那么入神？”

此时有不少学生下课，即便他们两人之间没有什么，光天化日之下聊得太久，一样要起闲言碎语。

见她不开口，安初阳目光微黯，沈云卿的性格很奇怪，奇怪到他觉得有些复杂，忍不住地想关注她，却又会发现她和普通女子又没什么区别。

“这个是我让人给你打造的，以后可以防身用。”安初阳拿出一只古青色的镯子来，递到她的面前。

故意做老的金色，呈现出古朴的外貌，镂空的雕琢看起来有一种沉稳的古调，又透出世家女子的谦恭内敛，在一头有两个圆形的玉珠镶嵌，造型倒是不错。

安初阳按下其中一个玉珠，里面露出几根银光闪闪的银针：“要是再遇见老二老三那样的人，你可以近距离的时候发射银针，不用再摔瓷片了。”

说着，他低头看了看云卿交错握在上腹处的手。这是一双保养得很好的手，只这么一看，他便生出一种渴望，想要去摸一摸。那时她昏倒，他看过她的手心，是有狰狞的两条血痕，那样深可及骨的伤痕，和她的手一点都不配。

云卿被他的目光看得有些异样，她能猜到他说话的原因，手心里原本很深的伤口如今已经渐渐痊愈了，只有两条浅浅的疤痕，如今还在每日涂药，再过不久就会消失。

但是安初阳的目光里包含的东西，她觉得有点过了，手指微微地往内一收，遮在衣袖之下，云卿客气道：“谢谢你的好意，你的东西我不能收。”

周围人目光已经越来越多地落在他们两人的身上，云卿不想再和他引起什么话题，她在扬州出名的次数已经够多了。若是再多几桩，就算不是坏事，一个女子接二连三地和风言风语搭上边，也不是好事。于是浅笑行礼后便撤身走了。

安初阳没有再开口说其他的，一直望着云卿上了马车离去。

回到家中，云卿先换了套衣服，叫流翠磨墨，准备认认真真地回忆上一世所发生的事情，却听到外头吵吵嚷嚷的。

过了一会儿，问儿便进来报道：“小姐，老爷回来了，正在夫人的院子里，让你也过去呢。”

听到沈茂回来了，云卿放下羊毫笔，让采青换了一套衣裳，这才朝着谢氏的院子走去。

一进屋，就听到满屋子的笑声，谢氏和沈茂各抱着一个婴儿，沈茂出了三个月的海，原本白皙的肌肤变得有些黑。

看这个氛围，云卿放心了，显然沈茂这一次没有再带“什么眉”的回来。

“云卿，你看看，爹给你带了什么好东西。”沈茂打开桌上一个两尺长的黑漆雕花大匣子，拿出个珐琅蓝百合小方盒放在手心，“这个是那边洋人女孩流行玩的东西，你看看喜欢么？”

他将婴儿递给奶娘抱着，空出手将盒子打开，露出里面一片青草绿叶的房子，中间有一面镜子，镜子上有两个圆形区域，里头有两个穿着短裙子的小女孩，两只手臂伸直往上，全身绷成一条直线，身段纤细，姿态好似正在跳舞。

将两个女孩分别放在圆形上，然后沈茂在盒子后方使劲扭了几圈，一阵悦耳的声音就从盒子里发了出来，两个女孩随着音乐声开始转圈，跳舞，看起来就好似真的小人一般。

屋子里的丫鬟婆子都睁大了眼睛看着这个稀罕玩意，秋姨娘更是凑头去看，惊声疑问："这弹琴的人在哪里？"

"这里边有机关，设置好了，利用弹片的长短滚动，演奏出来的。"沈茂乐呵呵地介绍道。

秋姨娘拍手赞道："真的好神奇！"

一屋子人都点头赞同，墨哥儿，轩哥儿还和着音乐声，两只小手扑啊扑，口中咿咿呀呀的，好似也在唱歌。

云卿也笑得很开心，上一世这个东西她已经见过了，爹每次出现看见新鲜好玩的东西，都会买给她，这一次也不例外。

她最开心的是如今府里的气氛，让她感觉很温暖。

闹了一阵子后，沈茂刚回来，虽说精神不错，海上生活还是比较疲累的，谢氏便打发大家都下去了，云卿也回到了归燕阁里。

她抬头看了一下蓝蓝的碧空，几朵白云在漂泊着，金色的阳光照在人的身上，暖洋洋地生出几分懒意，若是能一直这样，多好。

沈茂回来休息没几天，便又要打理各方的事情，家大业大，一丝也松懈不得，生意上的朋友也要勤交往，才能生出几分情意来。

下了几天大雨后，天气又好了起来，沈茂受到了邀请，今日和另外几个丝绸商人一起去郊外登山品茶，一大早便收拾好几人一起去了郊外。

大概快中午的时候，天空突然飘来大朵大朵的云彩，原本灿烂的大晴天，一下变化成了阴云密布的阴天，不到一会儿，就哗啦啦下起了大雨，雨线如同珠帘，将天地遮了个严严实实。

这雨来得又快又急，去势却慢，磅礴的雨势只有增，没有减。

谢氏听着噼里啪啦的大雨声，微微蹙眉道："你爹今儿个出去登山品茶，现在下雨了，也不知道有没有地方躲着，这么大的雨要是淋了又该着凉了。"六月的天总是变幻无常，一会儿雨一会儿晴的，谢氏只担心沈茂会不会淋雨。

"娘，叫人先熬了姜汤，等爹一回来，就让他喝一大碗，就算有寒气，也能逼出一大半了，爹身子健康得很，只要不是在水里泡着，哪会着凉啊。"云卿坐在一旁，打着络子，笑着提议道。

"也是，自嫁给你爹起，我还真没见生过什么病呢，最多也就是胃有些不好。"谢氏吩咐琥珀让小厨房去准备着姜汤。

"胃不好，也是爹经常在外头吃饭应酬，空着肚子喝酒，能不伤胃吗？"云卿用小银叉叉了块梨子给谢氏吃，自已也吃了一块。

谢氏吃了梨子，端起茶正准备喝一口，不知怎么的，手一下没抓稳，嘭的一下茶杯就掉在了地上，碎裂了开来。

云卿低头一看，碎裂的白色瓷片衬在青色的地上，刺眼得很。不知怎地，这一下就好似砸在了云卿的心头，让她惶惶不安，终于到了下午，在大雨依旧不减的滂沱声中，这种不安得到了证实。

小厮跑来说，沈茂与另外三个丝绸商人去登山途中，正巧连日的大雨将山坡的泥石冲得松垮，今日再一阵大雨下来，山中突发泥石流，将沈茂与其他三个丝绸商人全部冲入了山底的大江之中，下落不明。

云卿一听，只觉得眼前一黑，半晌才醒过神来，再看谢氏，也是两眼发昏，腿脚一软，坐在了罗汉床上。

云卿赶紧扶了谢氏起来，吩咐翡翠下去熬了安神汤。又想起这消息只怕是刚刚传来，她和母亲听了都几乎要昏倒过去，祖母听了更是不得了，刚要吩咐，却听到外头有小丫鬟急急地跑来，衣服下摆还溅了泥水："小姐，老夫人听到老爷出事的消息，直接晕厥了过去！"

云卿一听到这个消息，立即冷了眼眉，怒道："是谁跑过去告诉老夫人这个消息的！"

一院子的丫鬟面面相觑，都看着其中穿着翠绿色比甲的丫鬟，云卿指着那丫鬟道："给我拉下去，打四十大板再发卖了！"

云卿根本不允那个丫鬟多说一句话，立即让婆子拉了下去。此时父亲出了事，府中正是人心最变幻的时刻。

这个丫鬟趁着此时去报信，以为自己是争了第一个，其实是心有不轨，想要弄乱人心。

流翠这是第一次看到云卿如此凌厉地发落下人，知道她是起了真火了，连忙对下面的婆子使了眼色，个个都闭上了嘴。

扫视一眼周围那些心思各异的众人，云卿正色道："主子说什么，你们就做什么，别以为私底下去说什么就能讨得什么好处！若是以后还有人学她这样，她就是你们的教训！"

云卿在谢氏怀孕之时，已经管了将近一年的家，在府中威严已存，再加上她素来会收买人心，此时气势倒压住了她们。

可是她心里知道，她远不如表面看起来这么平静。如今最迫切的事情还是要知道爹的消息！

她转身进了屋子，谢氏在李嬷嬷给擦了清凉油后，好了许多。

"娘，你别急，等官府的消息，他们已经派了人去山下找了，也会有人到江水中去寻找的，你先莫要急。"云卿开口劝道。

谢氏点点头，默默地在心内祈求菩萨保佑，希望沈茂没有事。

等到了第四天，官府那传来了消息，在河岸发现了两具尸首，因为被河鱼咬得稀烂，又被水泡了两天，认不出原来的模样，官府通知四家的家人去衙门里认尸。

谢氏乍听到这个消息，脸色变得惨白，却没有晕倒，而是蹙眉对云卿道："娘去认就行了，你莫要去。”

在河水里泡了三天的尸体，那种可怕的样子，谢氏不想要女儿去面对，可是云卿毫不犹豫地摇头道：“娘，我要去。”

望着女儿坚毅和执着的眼神，谢氏迟疑了一下，点了点头，叫上马车，母女两人往衙门而去。

衙门的后院里还有其他的人，除了沈家，其他三家出事的家属也一起到了，相互见面，都可以从脸上看出那种忐忑和担心，此时并没有寒暄，都只是点点头，算作打招呼。

衙役抬了两具尸体过来放在了院子中，高高拱起的白布下，是两具已经换上了白色粗布衣服的尸身，揭开了白布后，一股尸臭味便散发了出来。

衙役问四户人家，记不记得什么明显的胎记和印记之类的，然后根据登记下来的内容，再翻检尸体。

谢氏含着泪水道：“老爷右手手臂有三颗黑色的小痣，左耳后有一道小疤……”平日里若是让她说这些，她决计是说不出来的，可是此时，她只希望那两具尸体里没有她说的这些特征。

云卿扶着谢氏，心里一样的忐忑，害怕。

这种心情很复杂，也很难形容，直到听见衙役宣布那两具尸体是另外两户人家的时候，她才放松了下来，却觉得浑身上下如同在水里捞过一般，几乎要湿透。谢氏也是一样，一路由李嬷嬷扶着回到了府中。

就这样，又等了七天，这七天云卿没有去上学，天天在家守着谢氏，还要去看看病中的祖母，表面上看起来她还是很平静，其实内心里一样的不安。

官府又传来了消息，夏季正是雨水暴涨，水位升高之时，若是半个月还打捞不到尸体，情况就不妙了，而且他们这批都是被泥石流冲下去的，生还机会更小，尸体很有可能被冲到了下游，或者已经被鱼儿吃掉。

另外一家在等待了半个月后，挂起了白色的灯笼，开始办丧事。

云卿本以为谢氏在这之后，会倒了下来，谢氏却相反地越活越精神了起来，每餐吃足两碗饭，每天在府中管理着上上下下的事务，还分着心去照顾老夫人。

云卿想要分担家事，谢氏还劝着云卿去上学，家里的事有她一个人管已经足够了。

其实李嬷嬷，翡翠这些身边人，都看得出谢氏这是在强撑，可是如今这样，不强撑也不可以，李斯已经花钱雇了很多人沿着河去打捞，甚至悬赏寻找，只要沈茂还活着，必然有希望找回来的。

在有一件事上，谢氏和云卿意见意外的相同，她们生要见人，死要见尸，绝不要像那户人家一般，半个月没见到人就办起了丧事。

云卿总是在心内告诉自己，上一世父亲并没有出事，一直都活到了几年后，这一世也不会提前出事的。

可是这世上总有那么些人，盼着人家倒霉，盼着人家去死，因为人家倒霉了，他们就有利益可得了。

至沈茂出事后，半个月刚刚过去，族长先带着人上门了。

时值盛夏，在下了一段时间的暴雨之后，天空干净得好似一丝污渍都没有，纯粹得让人心灵都干净了起来。

而沈家此时却并不安定，此时刚刚才调养好身子的老夫人被迫爬起来，接待来势凶猛的三个族中巨头。

与老夫人并排的是沈氏的族长，一个干瘦白须的老头子，坐在右下方的是大长老，另外一个是正直中年的二长老，此时他们端着一杯茶，各自传递着眼神，最终族长首先开口说话道："沈茂的事情族里都觉得不幸，请你节哀。"

云卿从一听到族人上门后，就赶来了荣松堂，老夫人也没有说什么，任她站在一旁看着。此时云卿心内听到这句话，心里就不舒服了，只盼着祖母能说出硬气的话来，这种时候，她贸然地开口，很容易被人抓到把柄，说不孝不尊。

老夫人看了一眼沈氏族长，突然笑了一声："族长大驾光临，沈家深感荣幸，不过我个老婆子好似没什么哀要节吧！"

云卿连同那三位族人都是一愣，云卿实在是没能想到，祖母这个时候竟然没有犯糊涂。

而三位族人的反应，自然是不能理解："我们都知道你心情不大好，可沈茂被冲入江中半个月有余，官府已经说了，若是半个月还捞不到，还生在世上的机会很小。"

老夫人咳了两声，显然之前昏厥给她的身体还是造成了很大的影响，云卿连忙端了杯水给老夫人喝了两口，老夫人这才气通了不少，颇有些沉稳道："族长也知道，机会很小，不代表没机会，你在这生生地诅咒我儿子，可是不大好的吧。"

老夫人说话的风格还在，直来直去，也不留什么面子，一句诅咒弄得族长、大长老、二长老脸上有点不大好看。

族长比起老夫人要大上一辈，愣了一下之后，便冷哼了一声："余氏，沈茂出事是扬州城所有人都知道的，其他三家不都办了丧事，只有你们家还每日里欢笑不断，这叫扬州城的人都在笑话沈家！"

他本来想来透透口风的，告诉余氏这沈家家大业大，如今沈茂死了，几个孤儿寡母的也照料不了，让族中来照料，到时候分她们娘儿几口饭吃。谁知老夫人竟然咬死不承认沈茂死了，不就是贪这点钱财不肯放手。

老夫人活了大半辈子，虽然有时候犯浑，可这个时候她是很清醒的，今儿个这三个族人上门的目的是什么，她可是清楚得很，想吞掉她沈家的家业，也得摸摸自己吃不吃得下！

老夫人笑了笑，斜睨了眼看着族长，一双精光四冒的眼里含着讥笑道："那三家，其中两家收了尸体了，当然得办丧事了，他们不办才奇怪呢！"

"那还有一家没找到尸体也办了！"族长抓到空隙，立即反驳。

“那是他们急巴巴地想要分家产，也不管人是死是活，下面的那些个亲戚就上门来闹，将人家的家业就这么活生生地瓜分了，也不知道到时候人要是活着回来，看到这群畜生，想不想拿着刀将他们一个个就这么剁死呢！”

老夫人话里有话，将族长三个讽刺个够，可是表面上她可是一个字都没有说族长的不是。

族长显然是不耐烦了起来，呵斥道：“余氏，你中年丧夫，晚年丧子，如今族中看你们孤儿寡母的可怜，要帮忙你们处理家业，你不感激也就罢了，还在这冷嘲热讽什么！”

这等言语实在是过分了，连一直觉得祖母可恶的云卿都从没有想要说这种话，而老夫人气得紧紧地握住崭新的拐棍，脸色铁青：“我中年丧夫，晚年丧子又怎么了！如今我家茂哥儿还没死，只是下落不明，就算死了，我家中还有孙女，还有两个孙子！有的是人管理家业！不需要族人插手！”

老夫人说着说着就咳了起来，云卿忙拍着她的背，忍不住开口道：“族长，若是你们没有别的事，祖母身体不好，你们可以改日再来。”

族长三人哪里肯就此罢休，眼看沈家这么大的肥肉，他们不早点下手，万一被人家分了怎么办。特别是族长，他可是觊觎了很久的，沈家这么有钱，只是对族里每年拿出两万两银子来，这实在是太少了！沈家既然如此有钱，就应该分一大半出来给族中。以前是沈茂在，他没那个本事和沈茂斗，如今沈茂死了，他还不相信弄不赢几个孤儿寡母的。

他冷笑道：“你的孙女迟早都是要嫁人的，她到底是别人家的人，至于两个孙子，哼！你还是莫提了，刚出生的黄毛小儿，懂得什么东西！”

老夫人好一通大咳，听到族长的话后，转头对着族长咳得他满脸都是口水，狠狠地呸了一口：“我还好好地活在这里！我儿媳妇也还活在这里！你难道不是从黄毛小儿变成如今的死老头的吗？我和儿媳两人还带不大一个孙子？！”

老夫人喘了一口气，接着道：“我告诉你，我沈家有后！你们甭在这里打主意了！我儿子也没有死，再让我在沈府听到你们诅咒我儿子，莫怪我老婆子不给你们留面子！今儿个我身子不好，就不陪你们了！王嬷嬷，代我送客！”

族长被她喷得满脸唾沫，一张老脸几乎挂不住，抖着胡须指着老夫人骂道：“余氏，我告诉你，今日我来，是给你脸面，既然你不要这张脸，就莫怪我无情，你就等着看你沈府的丑事吧！我看你到时候还怎么说得出沈府有后这句话来！”

族长骂完，一抖袖子，首先冲了出去，大长老二长老看他走了，也面色难看地跟着走了出去！

他们三人一走，老夫人就朝后直直地倒了下去，碧莲碧菱连忙去唤人请来了大夫，而云卿在安置好老夫人后，想着刚才族长走时的最后一句话，隐隐觉得有一场蓄谋已久的阴谋正在无声无息地接近沈府！

自族里的人走后，云卿就在思索所谓的丑事究竟是什么事，竟然可以让想强夺沈家财产的族长如此理直气壮，父亲以前有什么把柄在他们手中么？

她不打算就坐在这里等着人把证据拿上门来，可是要知道这丑事究竟是什么，显然不那么容易。

家中后宅的事务她基本都清楚，并没有什么可以拿来说项的，那就问问生意上有没有事情给人捉了包了。

云卿到了前院的正厅里，等着李斯从外面回来，过了大约半个时辰的样子，李斯风尘仆仆地进了正厅："见过大小姐。"

"无需多礼了。"云卿吩咐人上茶，请李斯坐下来后，才开口问道，"李管事，我想问问，沈家的铺子有没有出什么问题？"

闻言李斯一怔，眼底带着几分错愕："大小姐，你竟然也这么快就得到消息了。"

云卿微怔，看着李斯的眼神，似乎带着几分焦虑，难道真有什么事情吗？她眼眸微凝，挺直腰背问道："你与我细说。"

李斯点了点头，想了想，然后开口道："自老爷出了事，如今下落不明之后，城中另外三名丝绸商都报了死讯，造成了布料市场的动荡，沈家在扬州城内的订货量下降了三成，但是这个还算好，因为之前老爷出海做的这趟生意已经达成了今年的一大半的目标。"

"问题不在这，那在哪儿？"云卿发现，好似李斯所说的，与她开始想问的，并不是一回事，李斯现在在讲述的是自沈茂出事后才发生的事儿，李斯怕是误会了。

不过这种误会，对于她来说是好事，也能更多地了解一下情况。

"之前来沈家结账的各大商行，有些小型商行是一月一结，有些大型商行，或者是相熟老主顾是一季度一结，现今正是第二季度的结账时期，但是……"李斯抬头看了一眼坐在位上的云卿，这些日子他都看得到是大小姐在努力地做家中的主心骨，撑起家中的一切。纤弱的身子，却有不服输的骨气，还有那一双和老爷一模一样的凤眸，透出来明亮坚毅的光，能将人的心照亮。

他定了定神，继续道："现在这些主顾有一部分不愿意按期结账。"

听完他说的话，云卿接着道："因为他们觉得我父亲可能出事回不来了，而沈家靠着孤儿寡母，迟早都是要倒闭的，能赖一笔就是一笔，是吗？"

李斯点头："就是这样，我们这边的伙计找了他们许多趟了，但是他们都找着各种借口推脱，要么就干脆闭门不见，或者是直接说没有钱，如此一来，我们倒是不好办了。眼下正是敏感时期，若是拿了当初的合约去官府告，倒是能告得了，但是这么一来，咱们沈家总不能一下把所有商户都告上去吧，如此一来，就会让人觉得沈家已经没有能力处理事情了，只有靠公堂上解决，而且一旦上了公堂，本来很简单的事情，就会变得很复杂，到时候府中还要去打点上上下下，难免没有人会趁着此事，来趁火打劫，掏空沈家。"

云卿早做好了心理准备，既然亲戚都能在你落水的时候打上一棍，这些无亲无故的人来敲上一笔，再正常不过了："李管事，这些天辛苦你了，幸好你一直看着作坊和铺子。"

"大小姐，你这么说就折煞我了。"李斯深感有愧，他从小就跟着沈茂一起，如今他虽然是在沈家做事，沈家待他不薄，丰厚的薪水让他买得起院子，请得起丫鬟，这些他都感恩在心。

云卿知道说再多客气话此时也没用，她和李斯相处了这么久，明白他为人，微微沉吟了一会儿，抬起头来，问道："李管事，这集体赖账的事情，绝不会是突然而起的，其中定然有人做了头一个带领着，其他人才有这个胆子。"

人存坏心是很容易的，有时候一个念头过去，就只是一个坏念头。可是要做坏事，并不是那么容易，除非有人在前面开了头，后面的人没有了心理障碍，很自然地就跟了上去。

李斯是打心眼里佩服云卿了，单凭这么些信息，竟可以推到这一层面上来，应道："的确是的，当初第一家开始赖账的便是和沈家有来往多年的薛大户，他旗下的三十八家铺子所销售的布匹有二十家是由沈家一直供货的，也是沈家在扬州的大客户之一，由于他的货款大，货量多，种类杂，又与沈家买卖来往了六年，所以结账是一季度一结，当时伙计去他那结账的时候，他就是左推右推的，怎么也不肯结账。我也跑了两趟，他最后干脆就关门谢客了，有了他开头，后头再去收账时，有些商户就有样学样了。"

说起薛大户来，李斯的脸上还带着气愤，他一直都是好脾气的，连他都觉得有气，可见这个薛大户不止自己不结账，只怕私底下也没少跟其他商户煽风点火，撺掇其他人赖账。

"那你看如何处理呢？"云卿喝了一口茶，眼里都是诚恳的笑意。

李斯叹了口气："如今我先让伙计在追能追回来的账目，那些赖账的先放在一边，也让其他省的十八家州分店尽快将账目结算回来，好在其他州消息传送得慢，基本半个月内账目都收得差不多了，如今就是扬州这边，将近一大半没有收回。"

而扬州府所销售的丝绸布料，才是沈家销售的大头。因为扬州的布料商人最多，他们从沈家进货，然后销售到四面八方去。要是扬州的账目一半收不回来，就等于今年在扬州所投入的全部都是白做了。

"那个薛大户，李管事不妨派两个机灵点的伙计，轮流跟在他后头，看看他每日都做了什么，到时候告诉我。"云卿淡淡一笑，不紧不慢地说着。

李斯闻言抬头，虽心有疑虑，还是点头道："大小姐放心，我会让人去注意的。"

"嗯，另外，你将这赖账的商户的名单和赖账的数目，以及与沈家做交易的年限全部做成一本册子给我，我想要好好看一下。"

将这里的事情交代了以后，云卿又和李斯两人商议如何应对以后会发生的问题，如今沈家这么大的家业，若不好好地管理着，随时出一点漏洞，都会惹出不少的毛病。

一直到了天快黑的时候，两人才各自散去，云卿揉了揉疼痛的肩膀，流翠赶紧上去帮她按摩，采青端着茶过来，云卿就着她的手喝了两口，闭上眼深深吸了一口气。

往日里看父亲处理事情，不觉得有什么辛苦，如今自己才说了一下午，就觉得脑门发涨，脑子里的东西都纠结成了一团，满脑子各种数据布料飞来飞去。

指着桌上李斯派人拿来的进出货单，云卿吩咐道："将这个搬到我院子里去，今晚我要看这个。”

采青亲自叠好，然后抱在手中，感叹道：“小姐，光看这个账目的厚度，奴婢就觉得做商人很了不起，这么多数字，怎么记得清楚啊。”

“呵……”云卿浅浅一笑，“每个行业都有了不起的人，做一行熟一行，看习惯了就好了。”

“那也不是每个人都能像老爷，将生意做得这么大的……”采青一说完，就发现流翠在瞪着她，声音越来越小。

而云卿的思绪也从生意上拉了回来，又想起族长走的时候，那冷冷的笃定的口气里所说的“丑事”。

此时，她却想到了另外一件事，这件事让她的身子一瞬间绷紧——

只有那件事，唯有那件事，才能名正言顺地将沈家接手过去。

她立即站了起来，想了一会儿，带着流翠往谢氏的院子里去了。

谢氏正坐在床头，手里抱着大红色的襁褓，逗着墨哥儿，见云卿进来，将墨哥儿递给奶娘，关切地问道：“听说你下午去找李管事了，到刚才才回来，用过晚膳了没？”

“用过了。”她对李嬷嬷使了个眼神，李嬷嬷便让其他的丫鬟婆子都退了下去，两位乳娘刚要带着墨哥儿、轩哥儿下去，云卿喊住道：“我好久没看弟弟们了，把他们留在这给我逗逗，你们也下去吧，一个时辰后再来接他们回去睡觉。”

乳娘得了话，点头退了下去，翡翠和琥珀也退了下去，守在门口。

这时，谢氏才开口道：“你是不是有什么重要的事要和娘说？”

云卿点头，神情慎重道：“娘，你可知道上午族长和大长老、二长老来的事情？”

“知道，那么大的派头，我如何不知道！”谢氏抿着唇，眼神里带着不屑，“这些人，打着族里帮忙的借口，你爹如今才失踪了半个月，他们就迫不及待地上门想要拿沈家的财产了，不管怎样，这家业都是你父亲和祖父他们世世代代打拼下来的，从没沾过族里什么光，不能让他们拿走。我怎么也会把墨哥儿和轩哥儿带大的，沈家又不是没有后，他们这么做是占不了理的。”

云卿听在耳中颇感骄傲，虽然家中不和，但是在这件事上，不管是老来糊涂的祖母，还是和善柔软的母亲，都非常明确地表明了立场，不做那拖后腿的家人，云卿很开心。

但开心归开心，现实的问题还是要解决，云卿喝了一大口茶：“那娘可知道族长走时说了一句什么话？”

“他说我们沈家的丑事，可是我从来不知道沈家有什么丑事可以让他抓住把柄，用来谋夺沈府家产的。”谢氏没有将这句话放在心上，她自问管理内宅没有疏漏，而外头的事，不是她对沈茂有信心，是族里的人实在没那个本事从沈茂手中抓到什么把柄，经商方面的才能，沈茂是扬州人都称赞的。

见谢氏的模样，云卿越发地肯定，家中没有什么其他事被人抓住了，她微微低头，声音稍微降下道："娘，你有没有觉得白姨娘死得太蹊跷了一点？"

说起白姨娘，谢氏眼神微黯，那个跟了她二十年的丫鬟，就这么背叛她，让她心里留下了很大的阴影，不过听云卿这么说，她还真觉得有点奇怪。

李嬷嬷在一旁哄着两个哥儿，听到云卿说起此事，转身过来道："大小姐这么一说，奴婢也觉得奇怪，她当初断子药都能下那么多年，怎么后来弄个蜈蚣，反而就承受不住要跳井了，这断子药可比蜈蚣来得严重多了。"

云卿的意思也在此："嬷嬷说得很对，所以我一直觉得，当初白姨娘并不是自己不小心掉井里去的，可能是被人约到了那里，然后——杀人灭口！"

谢氏冷吸了一口气，满眼惊讶道："那若是这样，那人到底是谁？"

李嬷嬷抱着两个哥儿，反应倒是迅速了些："大小姐的意思莫非是说这人是族长？！"

她的声音很小很小，就算在屋中，也只有谢氏和云卿能听得到一点。

谢氏显然是受到了惊吓，她再怎么想，也没有想到族长会和白姨娘搭上线来："这……白姨娘下断子药，和族长有什么关系？"

"在白姨娘跳井了之后，我让人去跟踪了他的那个表哥，那个唐表哥和族长的大儿子两人是好友。"云卿不想说得太多，她不认为这个时候把所有的事情全部告诉谢氏是好的选择，但是就是这么两句，也让人大概能猜测到了。

族长一直都在打沈家的主意，他们是下定决心要让沈家无后，谁知会不小心暴露出来，让沈家知道了这个药的存在。

"那他说的丑事是？"谢氏隐隐约约地猜到了，可是不太明朗。

"汶老太爷给爹开药治病的事，家中并无其他人知道，白姨娘也不知道，那么族长也不知道，他们所知道的就是，爹已经没有了生育能力，而娘，你却生下了两个儿子，你说他们会怎么想？！"

如同一个炸弹炸在了谢氏的耳中，她紧紧地抓住帕子："他们会以为，会以为墨哥儿和轩哥儿，是我不守妇德而来的。"

云卿在一旁，默默地点点头，正如谢氏所说，族长他们之所以敢如此笃定，就是因为当初下药的人就是他们，只有下药的人，才敢说出那样的话。

当初得知唐表哥和沈平是好友之后，云卿就隐约有了怀疑，可是没有确切的证据，她也没办法直接说出来，而沈茂突发的这件事，让背后这个人，完全展露了出来。

谢氏想到沈茂还生死未卜，这些族人逼上门来，竟然还要说她不守妇德，一旦将这件事掀开了来，不仅是墨哥儿、轩哥儿会变成人人唾弃的野种，就连谢氏也会被拉着去浸猪笼。这样一来，整个沈府就会只剩下一个躺在床上的老夫人，和年方十四的少女，到时候沈府怎样，还不是任族人摆布。

两行泪水就这样流了下来，谢氏满脸泪水，泣不成声。

李嬷嬷就要沉稳了些，她毕竟年纪大，见识多，想了想后："那要是如此，他们会要如何证明呢？总不能就凭着他们开口来断定墨哥儿、轩哥儿不是老爷的种！”

云卿拿着手帕给谢氏擦泪水，望着李嬷嬷道：“他们证明的方法，无非就是，找出当初给爹看诊的大夫来，在众人面前说出诊断的结果，这个虽然有效，但是效果有限，毕竟大夫说的话，不等于就是圣旨，而且给爹看诊的汶老太爷上周已经去了京城，这一点我们也无法证明。另外就是，要求墨哥儿和轩哥儿滴血认亲，这个是最麻烦的，如今爹不在家中，他们可以以子嗣未明的借口来‘暂时’管理沈家。”

沈云墨和沈云轩两人未满周岁，连族谱都没上，若是族长刻意阻拦，其中的变故是很多的。

听到这里，谢氏抹了抹眼泪，声音哽咽道：“那可如何是好，如何是好？”

CHAPTER 17

第十七章　千机关扣许平安

还没待谢氏想出办法，第二日，族长带着大长老、二长老他们又过来了。

“就来了？”谢氏手一抖，药汁差点洒在了身上，翡翠眼疾手快地接了过去。

谢氏没有料到族长他们竟然这么沉不住气，竟然在第一天被拒绝之后，第二天一早又来了，这简直是一点喘息的时间都不给沈府。

云卿一进门，就看见谢氏脸色苍白，原本柔美的容颜透出一种担惊受怕的枯竭来，眼下有着深深的青黑，就连唇色都透出了青白。

这些天谢氏所做的一切，已经是超出了她原本可以承受的，丈夫生死未明不说，还要面对族人的上门抢夺，她一个后宅妇人，如何去面对这些变故。

“娘。”云卿唤了一声，坐到了谢氏的身边，谢氏转过身来，望着女儿酷似丈夫的双眸，泪如泉涌：“云卿，怎么办，怎么办，他们上门来了，若是，若是……那我和你弟弟……”

握着谢氏颤抖的双手，云卿能够感受到她内心的恐惧，她紧紧地捏了捏谢氏的双手，绝美的面容上透出一种坚毅：“娘，他们来沈府是有备而来，我们沈家也不是任他们欺负的，你放心好了，女儿已经有了应对的法子，保管他们没有办法将你和弟弟怎样，也不能拿走沈家的一根丝！”

女儿的声音如同瓷器撞击在冰面，坚硬又透出一股决绝的冰冷，将谢氏乱荡的心稍稍稳下来：“那好，娘与你一起过去，怎么也要拦住他们，不让他们将你爹辛苦打下的基业给夺了去！”

谢氏站起来就要去梳洗，岂料脚一着地，头就一阵天旋地转，脚软地往后倒下，李嬷嬷一把抱住谢氏：“夫人，夫人，你怎么了？”

云卿手搭上谢氏的脉搏，眼微微地冷了，谢氏这些天忧思过重，夜不能寐，脉搏虚弱，肝气积郁，若不是为了儿女支撑住，早就倒下去了，到今天，已经是一个母亲所能做到的极限了。

她唤了翡翠将谢氏扶进去休息，琥珀想起外面等候着的人，低声道：“大小姐，夫人昏倒了，那外面族长他们，是不是打发了回去？”

打发回去？这群人个个都是来分沈府这块肥肉的狼，肉没叼到，怎么会回去？

云卿望向门口，端庄艳丽的面容上透出一股慑人的气魄，斩钉截铁地对着外头道：“夫人病了，这个府里从现在开始由我当家，流翠，采青，将人带好了，咱们去会会他们！”

临危不乱的气势顿时镇住了所有人，李嬷嬷站在屋中，心中生出了敬佩，有这样的大小姐，沈府绝对不会倒。

在一群婆子丫鬟的簇拥下，云卿去了前院的正厅。

大厅的正位上端坐着的族长、大长老和二长老之外，今日来的还有两个人，一个皮肤白净，眼睛细细的是族长的大儿子沈平，一个长脸的妇人，便是沈平的妻子莫氏。

沈府的总管木森在一旁招待着，旁边站着一些丫鬟小厮，整个正厅好似一下都站满了人，好似一个审讯堂一般。

云卿知道这是族长他们故意布置的，如此一来，便能在心理上给人一种夺人的气势，可是他们想错了，这里是沈府，就算再多的人站在这里，也是在沈府的屋里，云卿不会觉得有一丝一毫的不自在。

待云卿一进门，莫氏就尖声喊道：“哟，怎么来的是云卿啊，你娘呢？”随着她的喊声，众人的目光齐刷刷地朝着云卿这里看来，那样整齐的注视，跟在云卿后头的采青都觉得有些微的不自在，可是云卿步伐沉稳地走了进来，气定神闲，没有丝毫的慌乱。

“云卿见过各位叔伯宗亲。”她浅浅一笑，对着众人盈盈施礼，然后才抬起头来，目光在众人脸上一一扫过。

今日她为了面对这些宗亲，特意穿了一袭云雪缎的大红色绣金色云纹齐胸襦裙，外面罩着一条银白色的长外纱衣，三千青丝全部梳拢，扎了一个圆髻，发髻上簪了一支尖利的犀角簪子，除此之外，别无饰品。

她面容淡定，抬头挺胸地望着众人，无形之中散发出来的凛然气质，在这长辈众多的厅中，也没有半点落人之下的气势。

莫氏本以为此次前来，谢氏必然是手忙脚乱，谁知来的是云卿，心中本是一喜，没想到对方进来后，竟是半句都不言，让她横生尴尬。

“云卿，我在问你话，你娘呢？”她语气顿时有些不好，重复了一句。

“我娘身体不适，正卧床休息。”

听闻这句话，族中众人眼底都闪过一丝喜色，老夫人昨日就病倒了，今儿个谢氏也身体不适，剩下的就是眼前的黄毛丫头和两个小儿。

心中窃喜，表面功夫还是要做一做的，莫氏带着关切地问道：“你娘身子不适，你应该要多多照顾才是，如今你爹已经不在了，要是娘再不在，那云卿你可就……”莫氏似乎难过得说不下去，拿着帕子点了点眼角。

这是准备打亲情牌吗？一上来就玩这一手，看来强夺之前还是要先礼后兵的。

云卿看着她的样子，淡淡地笑了笑："劳烦堂舅姥姥关心了，我娘的身子只是一时劳累，休息两日就会好，让你失望了。"

虽然莫氏的年龄不大，可辈分在那，就算是沈茂都要叫她婶子，在没撕破脸皮的时候，云卿还是要客气的。

莫氏顿时脸色不大好看："什么失望不失望的，我只不过是担心你，父亲死了，母亲再病了，心里当然会不好过。"

"那就希望堂舅姥姥说话注意点，如今我爹被冲到了江水里，下落不明，你句句都和'死'字离不开关系，难道你希望我爹早点死了算了？"云卿依旧是笑着，可是眼底却没有半点的笑意，就这么直直地看着莫氏。

莫氏被她看得有些心虚，她当然希望沈茂死了，沈茂死了，就可以把家产分到族中，到时候她家中可以拿到最大的那一份。沈家的家产，就算是十分之一，也可以供她锦衣玉食三辈子了。可是这话当然是说不得的，要是她直接说出希望沈茂死，那么她马上就会被丢出去。

"云卿，你是不是压力太大了，怎么胡言乱语呢，你爹失踪都半个月了，不是遇难了还会有别的原因吗？你不要害怕面对现实。"莫氏背后有人撑腰，她敢这样说话，肯定是得了人示意的。

云卿转头望着坐在位置上，眼底闪烁着贪婪色彩的族人们，冷冷一笑，当即也不客气了："我没有胡言乱语，爹失踪半个月，不代表他就遇难了。倒是你们今日上门来，不就是为了告诉我，我爹死了，守好我娘吧？！若是如此，那就不要说了，各位如果有这个心，那就多派人去找找我爹的下落吧！"

族长按捺不住了，将茶放在一旁，双手撑在膝盖上，摆出一副悲恸的模样，长长地叹了口气道："昨日我就来和老夫人说过了，今日再来，谁知道老夫人和你娘都病了，那么你是沈家的长女，我在这也和你说一声，沈家的生意做得如此大，你爹不在这半个月，听说很多商户都赖账，想必你也是知道的，他们之所以敢这样做，就是因为知道沈家如今没有人能当家做主，仗着你们孤儿寡母的不懂生意上的事情，这样的事情，我们看在眼底，也急在心底，思来想去，如今族中商议，就让我们费点心，帮你们打理好生意，而你和你娘她们，在家管理好府中的事务，这样的决定你看怎样？"

他早在云卿出来的时候就存了轻视之心，一个十四岁的丫头，还没有及笄，娇生惯养，懂得了什么东西。先说了一团的好话，哄着云卿相信他，将沈家的家业全部交在他的手中。

可惜云卿不是他们眼中那种无知的少女，上一世的经历再加上重生一年所学、所看、所想的事务，虽然只有十四岁，可是内里的灵魂，比起这些上了年纪的人来，也不会差上半点。

族长的话一说出口，就知道是鬼话，屁话，一旦沈家的产业交到他们的手中，他们绝对能将一切都悄悄地化作他们自己的产业，到时候整个沈家会被他们掏成一个空壳子，剩给她们的，只会是无尽的苦困。

云卿也不正面和他们说，微微一笑道：“族长所言有理。”她顿了一下，就在族长要眉开眼笑之时，云卿又接着道，“可是族长凭什么觉得沈府的生意交到你们手中就一定能行呢？那些收不回的账目，仅仅因为我是个女流，而你们是男人那么便可以收回的吗？若是如此，那我们府中的管事便可以做到了。”

一番话将族长说得脸色一阵青一阵白，他根本就没有想过要管这个账目的事，那些银子收不收得回关他什么事情，他只要将沈家的产业接过来，然后变卖成自己口袋中的银子就可以了。

那些银子就让那些商户赚了算了，反正又不是他的钱。当初他说这话的时候是为了提出一个正当的借口，谁知被云卿抓到了辫子，拿出来做拒绝的借口了。不过一会儿，他又冷静了下来，接着柔声劝道：“你这话倒是在理，不过如今沈家没有男子在，你一个女子，如何去管理生意上之事？”

“这个族长你放心好了，爹早就开始教我处理生意上的往来了，这半个月一直都是我在处理，再说我虽年幼，可是府中还有李大管事，他跟随爹二十余年了，又是个知恩图报的。不似有些人，吃了人家的，用了人家的，还要在背后捅人家的刀子，那种狼心狗肺的人真是让人鄙视！”云卿说着，目光在族长、大长老、二长老、沈平、莫氏的脸上掠过，饱含冷讽。

莫氏听着就想要站起来指责，沈平却在前头开了口：“就算是侄女你处理了，可是你也快及笄了，再过两年要嫁人，到时这产业还是要让族人打理的，不如现在就先让我们插手帮你吧。”

“瞧舅姥爷这话说得，就算再过几年云卿出嫁，可是云卿下面还有弟弟在，等弟弟长大一些，也能帮衬着家里，哪里就非得要让人进来帮忙了！族中的好意云卿心领了，只是各家管各家事，沈家的事就不劳烦你们了！”云卿的语气依旧轻柔，可是说出的话却让人感觉重拳打在了棉花上，无论怎么说，云卿都能将话绕开，绝对不给人沾染沈家分毫。

沈平在一旁眯着眼望着云卿，早就听那人说过，在沈家最厉害的不是谢氏，而是这个大小姐，今日一看，真真是如此，竟是丝毫不漏的，看来到底还是要拿出证据来才行。

如今话题绕到了这里，沈平嘴角斜勾，眼底带上了讽刺：“你这话说得没错，如果真是下面有弟弟，那么沈家的家业到底还是有人继承的，要是不是，那可不能落入野种的手里！”

事情终于说到了这里，云卿的脸色也渐渐地冷了，凤眸里浸着微亮的光，仿若是沼泽里的水面，透着一股阴冷的气息：“什么是野种？望堂舅姥爷能把话说清楚，今儿个这里坐着这么多长辈，不知道你是有确切的证据吗？”

沈平当然是有证据，他今儿个来的目的是这个，对着外面一挥手，只见齐大夫从外头走了进来，云卿一见他，两眼就射出一股凌厉的光芒：“齐大夫，你有什么证据证明我弟弟是野种吗？”

齐大夫被那眼神一看，本来就低着的头，更加低了，沈平冷笑一声，笑道：“齐大夫，今儿个我们这么多人在这，你就将去年对沈茂的诊断说出来，给大家听听！”

齐大夫听了他的声音，浑身一抖，这些年，他一直为沈家看诊，沈家待他不薄，可是这一次他真的是给逼得没有办法了，他不敢抬头看云卿，转头看着沈平道：“去年我给沈家老爷看诊的时候，诊断出沈家老爷没有了生育能力。”

此话一出，满堂哗然，就是其他沈家的下人脸色都是一变，他们都知道齐大夫可以说是沈家的专用大夫了，那时候也的确是给老爷看过诊。若是如此，那两个小少爷是怎么来的？一时众人眼底神色复杂。

云卿早有准备，此时也没有半点慌乱，镇定从容地问道：“那请问齐大夫，你当初诊断出来的原因是什么导致沈家老爷不育的？”

齐大夫低头道：“是因为服用了一种断子药，所以不能生子。”

“那也就是说，我爹是在后来被人下药才造成的对不对？”云卿步步紧逼，沈平听不出她口中的问题所在，只得任她去问。

“是的，沈家老爷是因为吃了下在补药中的断子药，才导致不育的。”齐大夫话一出，沈平断然醒悟，立即打断道：“齐大夫，你只要说，这种药吃了以后还能不能治好？”

“依我的医术，无能为力。”齐大夫答道。

族长闻言，面色大喜，两眼里的喜悦是半点都不掩饰，站起来道：“好个谢氏，她竟然背着沈家偷人，还生下两个孽种，来人啊，立即将她拉来，送到宗族祠堂里去浸猪笼，将那两个孽种也一起带去！”

只要谢氏一死，两个哥儿也没了，沈家就完全没有依靠了，族长仿若看到了一座高高的银山堆在了面前闪闪发亮，数不尽的荣华富贵马上就要跟来了。

跟在族长后面的沈氏族人一听，立即就要冲进去。

“谁敢乱闯我沈府，就给我狠狠地打！”云卿一声呵斥，围在外头的沈家护院和婆子全部拿起手中的木棒，站在了外头。

沈氏族人一看那架势，哪里还敢动，只得望着族长，不知道如何是好！

“你放肆！一个黄毛小儿，竟然敢拦着族长行事！你究竟有没有将族规放在眼里？！”族长见云卿竟然敢派人围在外面，公然和他对上，气得两眼喷火，大声吼道。

“族长，你也别太放肆了，这里是沈府，不是什么事凭着你一句话就可以定罪了，就凭你找的这个大夫一句话，就断定了我娘偷人，我弟弟是野种，你也未免想得太简单了！”云卿不屑地冷笑，全身散发出一种凛然的气势，玉白的面容上宛若罩上了一层浮冰，散发着无尽的寒气。

以为沈茂没在家，沈家就是个软柿子？他们想得倒美，沈家人从来就不是软骨头！

沈平也没想到云卿早让人围在了外面，看来今日若是拿不出真凭实据来，沈家是不好对付的了，他将手往桌子上一拍，斥道：“齐大夫是扬州有名的大夫，他的话自然是可信的，连他都诊治不好的病症，肯定无人能治！谢氏她偷没偷人，让她出来见见便可知道！”

打的倒是好主意，明明知道谢氏晕厥了，还让她出来面对这种腌臜事，是真心准备将谢氏气死吗？云卿闻言，斜睨了一眼一直抬不起头的齐大夫，不屑道：“齐大夫，他们给你开的是什么价？够你一世无忧了吗？”

齐大夫听到，全身一抖，他嗫嚅了一下，抬头道：“我实在没办法了，前几日在赌场里输了钱，欠下了一千两银子，若是拿不出来，他们就要剁掉我的手……”他在沈家看病这么多年，受的恩心中还是有数的，眼见如今云卿一个小姑娘被一群人咄咄相逼，良心过意不去，还是说出了真话。

可惜这种真话，云卿没有兴趣知道，人在患难的时候，最能看得出人心，人心是世界上最多变的东西，就比如当初沈家用银子堵住了齐大夫的嘴，今日别人也能用银子撬开齐大夫的嘴！

听到齐大夫此话，沈平眼睛一瞪，他辛苦设下了局，就是得知当初替沈茂看诊的十有八九是齐大夫，派人引齐大夫去赌博，终于得到了撬开他嘴的机会，不过话说到这里也就行了！

沈平转头望着云卿：“齐大夫将事实告知于我，又有何不可！你若是不相信，就将那两个野种抱出来当面对质！”

“齐大夫所言，便是到了公堂上也做不了数，收了你们的钱，自然要替你们说话！倒是我想问问，堂舅姥爷你如何就得知了我父亲被人下了断子药，这种事便是其他人也不会知道的，你怎么会知道，难道当初让白姨娘下药的那个人就是你？你从一开始就希望我们沈家绝后，就等着有这么一个机会能让我们沈家倒台，恐怕就连我父亲遇上泥石流，也是你在其中插手了吧，你想让我父亲遇害，然后带人来吞了我们沈家的财产！”

云卿咄咄逼人，字字诛心地将沈平从椅子上逼得跳了起来：“你胡说什么，我哪里有做这样的事情！你父亲遇到泥石流，那是天灾，关我什么事！”

“既然是这样，那你便是承认下药就是你指使的了？”云卿冷笑几声，看着沈平瞬间扭曲的脸，沈平才发现在眼前这个纤弱的女子步步紧逼之下，他落入了圈套。

“别以为我不知道，你和白姨娘那个唐表哥认识已久，所以怂恿了唐表哥叫白姨娘来一起谋夺沈家的家财！这一切你以为瞒得了别人，却不知若要人不知，除非己莫为！”云卿铿锵的一段话，击得大长老、二长老目瞪口呆，他们根本就没有想到还有这一层，只以为是沈家出了丑闻，谢氏偷了人，谁知还有沈平做的这样的事情。

沈平望着眼前的少女，明明才十四岁，可是全身散发的气息，伶俐的口才，简直让人觉得匪夷所思，他几乎被逼得说不出话来，这些事他做得如此隐秘，怎么她还会知道？她到底是人，还是鬼，沈平从心里冒出一股寒气。

“你休要胡言乱语，若是有证据你就拿出来！若是拿不出来，就让谢氏和那两个野种出来对质！”族长的一句话将沈平的思绪拉了回来。

是啊，若是有证据，那时候沈茂在家，不早就闹了出来了，以沈茂的性格，绝不是会忍

气吞声的。

姜还是老的辣，族长听出了云卿话里的深意。刚才的一番话，的确只是云卿的猜测，可是如今她却有了信心，这事就是沈平做的，这笔账她会记在心底，眼下还不了，到时候她也会让沈平好好偿还的。

“凭什么你们说来对质就对质，如果真和你们对质，那不是承认我娘心虚了，你们打的算盘别以为我不知道！”此时的云卿再没一丝客气了。

“你这是心虚了吗？告诉你，若是不对质，你们沈家就算无后，沈茂已死，如今族中按照族规，要将沈家的产业全部收下！”沈平气势汹汹地指着云卿。

“无后？你们难道看不到我站在你们的面前吗？”

“你？你不过是一个女子，日后嫁出去就是夫家的人了，这沈家的家业和你没有半点关系！我告诉你，无论你如何阻拦，就是闹上公堂，沈家的家业也得由族里接收了！”族长露出了丑恶的嘴脸，他拍着桌子从座位上站了起来，抬手指着云卿，口中喷着唾沫，眼底的光芒贪婪又可怖，似要拼尽全力，不夺到沈家的财产绝不罢休！

云卿往前一步，对着族长冷笑，如此丑恶的嘴脸，她真希望父亲能来看看，看看这些平日里对着他笑的族人，在他不在家的时候，是如何来欺辱他家人的。

她深深地呼吸了一口气，目光望着前方，从胸腔里说出了一句将所有人震惊得无言可说的话。

“若父亲真的出事，我沈云卿今生今世将永远不嫁，招婿入赘，以家主之名打理沈家所有产业！”

江南女子特有的温软嗓音，却如同在三月的桃花中夹杂了烈烈的火焰，掺杂着雪山的浮冰，冰与火的交融在一片铿锵有力的话语声里，在正厅里回响。

所有人都怔住了，他们做好了万千的准备，却无论如何也没有想到，一个十四岁的女子竟然敢当众说下这样的语言，简直是前所未有，震惊之极，即便他们无耻到了极点，也足足顿了两晌，才回过神来。

一直没有开口的大长老此时重重地拍了一下大腿：“胡闹！你一个闺中女子，怎可说出这等狂妄之语！”

“是不是胡闹，云卿自己心中有数！君子一言如同快马一鞭，女子一言自然也是驷马难追！今日既然族长也在，那你们也刚好做个见证！若有一句虚言，我沈云卿天打雷劈，不得好死！”

族长一窒，比起其他人，他心内除了震惊，还有一种眼看肥肉到手，又要飞走的难受感，如同一直饿了许多年的狼在他身体里蠢蠢欲动，令他失去理智，他不耐烦道：“你一个女儿家乱言岂能当真！我告诉你，今天你必须将沈家祖传的碧玉章拿出来！若是你拿不出，我来替你找出来！”

无耻！

简直无耻到了极点！

这等于是要明抢了！

云卿彻底愤怒了，浮在她轻纱襦裙上的阳光，仿若一下变成了火红色的火焰，她的双眸沉如暗夜无尽的黑暗，嘴角勾起一抹笑容，在她艳丽绝色的脸上，绽开了一朵令人无法逼视的花。

她从身旁流翠抱着的布包中，哗的一声，抽出了一把澄亮的宝剑，银色的剑光在明亮的正厅里，从每个人的眼底都划开了一道残酷的冷光。

“今日，谁要敢在我沈府乱动一步，我就斩杀了他！用他的血来祭奠我沈府的家业！”少女的脸似乎被剑光笼罩，如同鬼魅一般，再也看不出平日里的柔弱。

全身散发的气息，让众人齐齐腿软，他们不知道，云卿散发出来的，便是一种杀气，她的手中，早就有两条人命，一条是前世的韦凝紫，一条是今世的尖嘴男，她早就对杀人没有了恐惧！有时候人逼不得已的时候，只有剑走偏锋！

在她的心中，没有什么比要守护的东西更重要！

敌人要来硬拼硬，她就以命拼命！

这一生她已经是多出来的，若是有人要逼得她无路可走，她就让那些人陪着她一起去地狱！

大多数的人都是贪财的，可是为了财不要命的人还是很少！

在看到云卿手中淬亮的剑锋时，族长他们就生了撤退之心，他们怎么也没有想到，宛若牡丹一般娇贵的花儿，能有这样铮铮的铁骨，以白玉雕琢的纤手执起冰冷的武器。

可是面前看到的一切，都告诉他们，这是真的！

只要他们敢妄动一步，那把剑就会毫不犹豫地刺入他们的身体。

一滴冷汗，两滴冷汗从沈平的额头流了下来，莫氏已经吓得瘫软在了椅子上，他们只有一个念头，沈云卿的作风，比起沈茂只有狠，没有弱。

他们的对手不是想象中的小羊，而是一头护家的母狼！

惊讶的不仅仅是他们，便是沈府的总管木森，还有外面那些守卫和婆子们，透过大门看到里面的情景，都被这一种气势征服了，他们的心底都生出了一种畏惧，而这种畏惧，为云卿在日后管理沈家的时候，打下了至关重要的基础。

望着面前流露出害怕、恐惧、畏惧的人，云卿眼底的鄙视和轻蔑愈发的浓，她往前一步，那些人就齐齐地往后退了一步。

“不管是今日，还是明日，你们若是想要从我手中夺走沈家的家业，我手中的剑便是答案！不管我父亲回来还是不回来！沈家的家业你们永远别想染指！”

见族长眼珠子咕噜噜地转动，云卿一眼看穿他的举动：“若是你们要借着这件事抹黑沈府，那也就别怪我沈府不留脸面！说到底，我沈家都是商户，即便是丢了脸，生意照样可以做，根本就没有什么影响！但是我必然会按照父亲所记下的账目，一笔笔地将族中从沈家借去的祭田、银两、庄子和各种产业，全部拿回！”

族长几人面对如此凌厉的气势，完全没有办法应对，这些年沈府给族中的银子，算起来已经是一笔巨大的数字。若是追究起来，即便是让他们卖了家产，也偿还不了，他们只恨面前的少女实在是太过厉害，不留一点颜面给人。

一行人趾高气扬地来，灰溜溜地出了沈府。虽然这件事的始末并没有传出去，但是云卿说下的“招婿入赘”还是一下子传遍了整个扬州府。

整个扬州都轰动了起来，沈府的大小姐本就国色天香，再加上背后的雄厚家业，一时许多人都打起了主意，想要如何去打动沈大小姐的芳心。

而谢氏在醒来后得知云卿据以应对的竟是这个方法，一时心内纠结，急怒得一口血都喷了出来。

招婿入赘。

女儿竟然说出了招婿入赘的话来了。

堂堂扬州沈府的大小姐竟然要招婿入赘。

李嬷嬷也在一旁偷偷地抹着眼泪，依照大小姐那样的样貌才情，就算嫁给公侯家也是半点不差的，可是偏偏说出了招婿入赘的话，如今传得沸沸扬扬的，到时候老爷真的回不来，大小姐就真的只有这条路走了。

谢氏两眼望着玫瑰紫金流云幔，泪水汹涌而出：“嬷嬷，我这个娘是不是很没有用啊，竟然要女儿招婿入赘，才能保住沈家的家业……”

李嬷嬷擦了擦眼角，哽咽了一下，才开口道：“夫人，你也知道，若不是被那些族人逼得没有办法了，大小姐肯定不会这么做的，她这么做是为了保全沈家和您，还有两个哥儿。再者，大小姐也说了，若是老爷不在了，她才会这么做，到时候老爷回来了，这句承诺也就作废了，你何苦先在这伤了心，你可知道你吐血了之后，小姐急得整晚都没睡觉吗？”

到了如今这个时候，李嬷嬷只有用云卿来逼谢氏。若是谢氏一味地自责和伤心，只怕云卿会更难过。

现在云卿每日睡不到两个时辰，一大早起来就要处理家中的事务，然后要随着李斯去桑园、染坊、绣房熟悉公务，到天黑了才能回来。回来了之后又要忙家中的事情，再查看账目，只要睁开眼，就有铺天盖地的事情过来，连喘一口气的机会都没有。

不到三天，整个人就瘦了一圈，李嬷嬷是看在眼底，急在心里：“夫人，您要是再不好起来，小姐这会活活给累倒的。到时候就算是老爷回来了，小姐也只怕要倒下去了！”

谢氏终于被这句话震到了心神，如今女儿以小小的肩膀在支撑整个家，她在这消极颓废，这还是一个娘亲所做的事情吗？就算她做不到什么大事，可是这个家，她还是管得了的，也可以为女儿分担一部分。谢氏撑起身子道：“李嬷嬷，给我煮一碗山参粥过来。”

李嬷嬷一听，面色大喜，这是夫人终于打起精神来了，连忙吩咐下面的丫鬟去熬粥。

而此时的云卿正在归燕阁内，看着面前几十条身形强壮的猎狗，满意地点头：“将它们带下去，用生肉喂着，到了夜里的时候，就放在内院的矮墙下，白日里再将它们圈起来。”

她上次虽用极端的方法逼退了族人，可是难保那些不要脸皮的家伙不会有别的腌臜法子来对付沈家。她买了一批专门训练来看院子的猎狗，晚上的时候，正好用来对付那翻墙的贼人。

天还没有亮，云卿就醒过来，睡在外间的采青听到动静也爬了起来，先端了口花水给她喝了润喉，然后才取了衣裳过来，伺候她穿了之后，其他的丫鬟也跟着醒来了。

主子都起来了，做奴婢的断没有还躺着睡的道理，院子里烧水的、泡茶的、熬粥的，一并忙碌了起来。

云卿梳着简单的发髻，插了根尖利的银镶金的簪子，换了一套利爽的衣裳，一切准备好了后，外面的管事媳妇们也到齐了，听她们一个个拣了主要的事情说了以后，云卿又吩咐了一些要注意的地方下去，然后便去了谢氏那请安。

谢氏此时也起来了，云卿从李嬷嬷手中接了药碗，一勺勺地喂给谢氏，不时掏出帕子，给谢氏擦擦嘴角，模样认真又细心，看得李嬷嬷是又安慰又可惜。

“你每天这么忙，早晨就别到我这来了，能多休息一会儿是一会儿。”谢氏喝了药，望着女儿，慈爱地说道，这些天女儿所做的一切她都看在眼底，作为母亲的，哪有不心疼。

“也不差这一会儿。”云卿笑着接过翡翠递来的一碗参茶，“再说了，女儿也是希望娘早点能好，便可以不用这么辛苦，这可是天天来催促娘呢！”

谢氏笑了：“你这鬼丫头，横竖都是你有理，都是娘没用，否则也不会连累你说出那样的话。”

“那话又怎么了，虽然听起来惊世骇俗了，可是爹回来了，那还不是作废了。”云卿不在乎地笑笑。当然没有这么简单，云卿说出这句话来，已经是为世人所感的大逆不道了，就算是沈茂回来了，她的所作所为太过大胆，名门世家是不敢要了的。

谢氏何尝不知道，不过此时也知道女儿是没有办法才走这一步的，也没有说太多，心里记挂着沈茂：“你一直都说老爷会回来，怎么这么肯定？”

云卿哪里知道沈茂到底还能不能回来，不过是说来让谢氏宽心罢了，她拍拍谢氏的手，笑道：“娘，你不知道，女儿这几天做梦，梦到爹没事，天上有个白胡子的老头丢了个葫芦给爹，爹骑在上面，一丁点事都没有呢。”

白胡子的老头丢葫芦，那不是神仙吗？谢氏平日里就信佛，听到云卿接连几天都做了这个梦，心里定了些许。

她反握住云卿的手：“嗯，你爹肯定是没事的，咱们娘儿俩一定要把这个家守好，等你爹回来的时候，沈家还是要原原本本的样子，我身子已经好了不少了，家中的事就全交给娘了，你就在外头管理好产业就行了。”

听到谢氏这番话，云卿就知道谢氏是没有问题了，又说了几句体贴的话后，到了前院里。

此时天已经全亮了，李斯已经到了前头，与云卿去店铺巡看。

不多久便看到一名伙计急急地跑来，在李斯面前说了几句话后，李斯抬头望了一眼云卿，

走过来道："小姐，前方的铺子里出了事。"

"什么事？"云卿眉头微皱，她知道那些人不会安分的，心里早就做好了准备，所以表情并没有什么变化。

"有人拖了一车的货回来，说是我们沈家以次充好，要我们早点关门。"李斯道。

"那我和你就顺便去看看吧。"云卿淡淡地一笑，刚好她需要立威信，就有人送上门来了，这样好的机会，不用白不用。

李斯了然地点头，在前面带路，一直到了市中靠东出货的店铺门口，四米宽的店门敞开，门前已经围了好几层的人，正在小声议论着此事。

原本这事其实算不得太大的事情，不过在这种非常时候，任何小事都有可能变成影响巨大的事情，所以云卿并没有轻视这一切。

李斯一出现，围观的人认出他是沈家的外事大管家，便让开了一条路，露出里面正破口大骂的人来。

李斯首先做出一个请的姿势："大小姐，请。"

这一句话，就是将云卿的身份给表明了，李斯知道，云卿便是要借助今日的事，在众人面前将自己的第一把火烧得轰轰烈烈。他的态度，代表了沈家其他管事的态度。

果然，见他如此恭敬，众人也微微露出惊讶的神色，李斯是沈茂手下得力第一人，能得到他尊敬的人，首先就被看重了几分。

而云卿的姿态虽然袅娜，可是步履端庄，举手投足之间，没有女子刻意的柔婉，带有一种平稳，也让人心下不敢轻视。

她穿过众人，走到了里头，只看见一个穿着蓝色长褂子，戴着瓜皮帽的瘦高男子，正拍着厅中的桌子，暴怒地吼道："你们沈家以次充好，竟然还不承认，真是沈茂一走，你们就乱七八糟，搞得乌烟瘴气的！这样以后还要不要做生意了！若是今日不给我个说法，我就坐在你们门口不走了！"

听着这话，云卿顿时皱起眉头来了，这人哪里是来说事的，看起来倒更像来挑事的！

里头的掌柜此时也生了怒气："张掌柜的，你话可不能乱说，我们沈家是百年的老牌子，从来不会做这种以次充好，只看眼前利益的事情，你这货肯定不是我们这里的！"

那张掌柜一听这个话，更加跳了起来："以前你们当然不会啊，可是现在呢，现在你们东家是个女人了，她还不是做一天赶紧赚一天的钱，哪里还管什么声誉不声誉的！"

这话引得旁边的人一阵欷歔，沈茂失踪的事，全扬州上下无不传得沸沸扬扬，而现在掌家的就是沈家的嫡长女沈云卿，这个女子才十四岁，难保没有抱这种想法，捞多少是多少，反正沈家的钱多，就算是坐在那一动不动，这辈子也不用愁了。

云卿徐徐地走了进去，李斯跟在后面，对着张掌柜笑道："这不是张掌柜吗？怎么今儿个生这么大的气，到底什么事惹了您了？"

张掌柜一见是李斯，立即转头就对着他抱怨道："你还说，今日这事你得给我个说法，如今你到底还做不做得了主？”

他好似没看见站在李斯旁边的云卿，李斯微笑：“我今儿个做不做得主不重要，因为今儿个我们家的大小姐在这里，相信她一定会给你一个公道的。”

张掌柜这才将目光转到了云卿身上，却含着一丝轻蔑，轻哼道：“一个女子，懂不懂这些啊，莫是站在这里想以美色来做生意吧……哈哈……”

他说完，觉得自己说的似乎很好笑地狂笑了几声，李斯听后，面上已经出现了怒色，用美色做生意，那是暗喻云卿和窑子里的妓女一样。

周围的人群也发出几声隐隐的笑声，带着猥琐的笑意，透出几分不怀好意。

李斯下意识地转头望着云卿，虽看不到纱帽下她的模样，却依旧能感受到她并没有因此而生出怒意。

云卿淡淡地望着笑得开心的张掌柜，嘴角微勾，面纱下的面容透着从容镇定，话语声里甚至带了浅浅的笑意：“张掌柜平日里定是做过不少美色生意，否则不会一看到女子就想到了那方面。只可惜，沈家是做布料生意的，若是张掌柜还想谈布料的事情就继续谈下去，若是想要做美色生意，我相信，前方不远处的秦淮河畔，是最适合您去的。”

“你一个未出阁的女子，在这张口闭口‘美色生意’，难道不懂什么是羞耻？”张掌柜未曾料到她会有胆量反击，立即指责道。

“张掌柜你既然知道我是未出阁的女子，又为何故意要用美色生意四个字来侮辱我，莫非认为我是个女子，你就存了看轻之意？既然如此，那你还是将问题说出来，如此一来，你我都好将生意的事解决，也可以看看我这女子是否有解决问题的能力，而不是在这浪费口舌之力。”一番话轮转下来，既说了张掌柜的不是，又自然地拉回了话题，三言两语便扭转了局面，真是不容人小看。

在众人之中，有一名着紫衣的身躯高大的男子站定在门前，拧起两道刀眉望着里面那个面纱遮面的女子，眼底有着探究。

旁边跟随着一个小厮打扮的人，轻声道：“爷，这是商铺里的人在扯皮，咱们还是换个地方去看看吧。”

“不，就在这看看。”男子身形不动，幽黑的眸子望着站在铺子中间的云卿。

而张掌柜闻言，意识到自己刚才将话题也扯远了，又恢复成怒气冲冲的模样，吼道：“我和你们沈家生意来往也不是一年两年了，做了这么久的生意，一直相信你们。九天前，我从你们沈家订了七百匹的缭绫，也没检查就拉了回去，可是昨儿个来了个客户，说是要缭绫的，我到仓库里去一看，好你个沈家啊！你们说是说缭绫，在缭绫里面竟然掺杂了尼棉绫给我！”

绫是布料的一种，而缭绫是绫中最好的一种，属于素绫，全部是用纯桑蚕丝做原料，而尼棉绫则不同，它虽然也是绫，但是其中掺杂了棉花和其他东西，虽然看起来和缭绫差不多，但是摸上去，手感要差许多，色光不够漂亮，手感也不够柔软，属于中下等织物，两者相差甚远。

张掌柜说完后，特意让人抱了一匹布进来，在云卿面前撕开封口，然后展开在众人的面前，愤怒道："你看，真正的缭绫落下如水一般柔软，你再看这个，下面波浪边如此严重，很明显不是蚕丝织就，再对着光看，光照耀上去，反射的光芒散淡！"

张掌柜越说越气，拿起那匹布往桌上一扔，指着骂道："你好好看一看，这到底是什么？！"

云卿眉头轻皱，缭绫和尼棉绫她一眼就能辨别，她转头对着李斯道："让掌柜查下账本，这批货是不是九天前售出去的？"

李斯得了信，往后去查账，而云卿对着左右伙计吩咐道："还不去倒杯好茶来给张掌柜。"

"张掌柜，你请坐，若是这尼棉缎真是沈家弄错的，我今日定然会给你一个说法！"云卿客客气气地说着话，实在让张掌柜无法怒目而骂，只得重重地哼了一声，坐在位置上接过伙计奉上的茶。

过了一会儿，李斯便过来回复道："大小姐，的确是九天前他在沈府提了七百匹的缭绫，账目上记得很清楚，我们给的是缭绫。"

"是吧，我就说了，你们还不相信！这个缭绫就你们沈家的最好，我当然是来你们这拿货了。可是就因为相信你们，我检都没检查就拉走了！"张掌柜喝了一口茶，声音更大了，几乎是用吼的，恨不得全世界都知道沈家以次充好了。

云卿不开口，走到外面那一车拖来的尼棉绫上，将封口撕开一看，当看到上面一片白色的接口，眼底露出了一抹嘲讽。

"怎么样，都是尼棉绫吧，我没骗你们吧！我告诉你们，这个对我的损失可就大了！你们害得我的客户走了，还损失了名誉，这些损失，都得你们沈家赔！"张掌柜一口气将茶水喝干，站起来浑身得意地喊道。

云卿的容颜掩在纱帽之下，乳白色的轻纱随着风轻摆，她缓缓地点头："当然，若真是我们沈家以次充好，那么以一赔十，那都是应当的。"

张掌柜一听，眼睛都亮了，以一赔十，那就是七千匹缭绫了。他立即点头道："既然大小姐你承认了，那就以一赔十吧！"

"慢着，张掌柜，缭绫一匹价值何许，你我心中都有数，以一赔十，沈家损失太重，怎么也得让我好好辨别一下才是。"云卿看着张掌柜道。

"那是，你就看吧。"反正看来看去也看不出什么花样来，张掌柜这次自发地坐了下来，满脸神清气爽。

"去，让人去仓库抱五匹缭绫和五匹尼棉绫过来。"云卿吩咐道，李斯立即使了伙计去仓库，转头看着张掌柜隐隐发笑。

过了一会儿，两个伙计就抱了五匹缭绫和五匹尼棉绫过来放在了桌上，云卿特意让人放在靠近众人面前的地方，拿起其中一匹尼棉绫对着张掌柜道："张掌柜，你看，这是我们沈府所产的尼棉绫，你请看看和你拿的有没有不同的地方？"

张掌柜扫了一眼，哼道："都是一样的次货。"他的柜中卖的都是高档的丝绸织物，尼棉绫这种东西，他当然不会放在眼里。

云卿点点头："张掌柜你可要看清楚了，尼棉绫虽然是次货，可是也有不同的。"

"有什么不同，说你不懂，你还真是不懂，尼棉绫因为是混杂编织出来，所以不管是哪一家的，尼棉绫的质量相差都不大，如何不同？"张掌柜很是不屑。

"当然，你所说的没错！"云卿将布料的封口撕开，然后在众人面前道："尼棉绫的布料是不会有什么不同，可是我们沈家的标记却是不同的。"

她一手拿着刚才从自家仓库里撕开的封口，另外一只手拿着张掌柜撕开的布料封口，展现在众人的面前："我们沈家在半个月之前，全部改用三层的色纸做封口，而这边这一匹布，上面印的日期是在九天前出货，可是大家看这个封口，色纸只有大红一种色泽，这明显就不是沈家的货物！"

半个月前，一得知沈茂出事之后，云卿就想到了商行的事，当即就和李斯商量，连夜将所有的货物包装封口全部改装，外表还是沿用以前的红色封口，但是其实纸张里面是三层极薄的色纸，这样表面上看不出来，当故意从侧边撕开，细细去看的时候，却能看到另外的黄色纸边和蓝色纸边。

这种标志，为的就是防止有人将真货拉回去之后，再用次货烂货来诋毁沈家的声誉。当时李斯还觉得太过兴师动众了一点，如今看来，大小姐的确是有长远的目光，能看到这一点。

封口在众人手中传递，他们都看到了里面的区别，人群里有人开始说话了："还真的不一样呢。"

"是啊，这张里面是三色的，完全不同，你看看，好厉害，没看过这种标志的。"

……

张掌柜的脸一下就僵住了，他没有想到竟然在封口里面还会有这种手段，顿时恼羞成怒道："你给我的是缭绫，你现在拿出来的尼棉绫，当然不一样了！"

云卿淡淡地一笑："张掌柜说的没错，缭绫我们沈家自然也是做了标记，只是张掌柜你真的丢得起这个面子吗？我们沈家所有的布料封口全部都有不同的记号和标记，不管是布匹还是封口，我们都拿得出相应的证据。当初我父亲定下了十天之内发现货物有任何问题，都可以无故换货的规矩，是为了保障大家的利益，防止货物的意外损害。可是这种规矩，却被你拿来谋取利益！你从我们沈家买走七百匹的缭绫，然后让人找了尼棉绫来，仿造成我们沈家的缭绫，再来我们沈家闹事！说我们沈家以次充好，败坏沈家的名声，你这么做的目的是什么？！"

面对如此的质问，张掌柜的脸也挂不住了，他站起来，左右看了几眼，恼怒道："什么仿造，肯定是我伙计搞错货了！我回去看看再来！"

说完之后，赶紧让人拖着那一车子的假货，低着头匆匆地跑了。

"哎呀，张掌柜啊，以后我可不敢去你家买布了，要是你家伙计不小心把尼棉绫拿成缭绫给我，那我可不是吃亏了……”一个人在张掌柜后高声地打趣着，惹来人群里面发出阵阵的哄笑声。

羞得张掌柜埋头使劲地往前冲，一下撞到树上，疼得龇牙咧嘴也不敢停，他本来是想打主意，趁着沈家出事，不敢再出什么事，借着这个敲诈一笔的，谁知反而让自己丢脸了！

一个围观的妇人大声道："沈小姐，你们家的布好，价格又不高，可是不零售，我们买不起啊！"

"是啊，是啊，那缭绫是好料子啊，就是尼棉缎，刚才我看到也是很不错的！"

围观的老百姓倒是没那么多坏心，他们有点凑热闹的性质，李斯正要站出来拒绝，云卿却淡淡地一笑，站出来道："沈家能有今日，也是多亏了扬州的父老乡亲支持！方才大家也听见了，张掌柜的虽然是来闹事的，可他也说了，咱们沈家的布料是扬州最好的。为了感谢你们对沈家的支持，今儿个沈家的缎子，最低可以一匹起价，但是仅仅只限今天一天，因为啊，我们沈家，不能和其他的掌柜抢生意哦！"

一番话说得又贴心，又带着点打趣，众人未承想到高门千金也会用这样幽默的语气与人说话，再加上听到可以一匹起价的购买，顿时开始抢购了起来。

云卿趁着人群还没有多到挤起来的时候，由李斯和身后的流翠，采青护着，往后院走去。

"大小姐，这样零卖会不会不太好？"李斯有点担心，毕竟沈家一直是作为最大的供货商的，价格比起其他的商户当然要便宜许多，他担心太多人买，导致其他商户不满。

"我们也只是卖半天而已，夜晚日落就关门了，对他们损失不大。而今日之事，你已经看到了，有那么多人围观，若是他们一句话没有说好，传言就是一句接一句的变化，到时候真变成我们沈家以次充好，麻烦就大上许多了。如今我宣布可以用平日里买不到的价格购买布料，他们的心里就只有喜悦，只要他们心里偏向我们，所说的话就会自然而然对我们都有利，现在我们沈家，就是要有利的消息和传言，这样才能在出现变故的时候，站得稳稳当当的。"云卿看了一眼忙得不可开交的伙计，柔声说道。

李斯完全没有想到这一个层面的事情，而云卿每次考虑的事情，总是超乎他的范围之外，就像在下棋，走出第一步的时候，云卿往往已经想到了第十步，或者可以说第二十步。

面前这个娇柔的少女，那身躯仿若蕴含着无尽的智慧，那双傲然淡定的凤眸，似乎能将全局都掌握在手中。

李斯坚信，即便是老爷真有不幸发生，在大小姐的带领下，沈家也绝对不会走向衰败。

而外头看热闹的紫衣男子，此时嘴角却微微地上扬了一丁点弧度，这个沈家的大小姐，不可谓不简单，不管是随机应变的能力，还是远谋深虑的敏慧，都比平常的女子要超出许多倍。

夜幕慢慢降临，迷离的灯火开始沿着青瓦小屋延伸起来，而云卿也在此时到了沈府的二门前。

李斯想起了一件事情："大小姐，那个薛大户，我派人跟踪了他数天，将他的资料和行踪都整理写到了这张纸上。"

云卿接过纸来，点点头："上个季度的账目都收回了吗？"

"除了开始的那些，其他的都无事，我也一直在每个出货点盘看，吩咐了信得过的人盯着的。"李斯皱着眉，一脸肃色道，如今是一丝一毫都不能松懈，比起外部的问题，内部出现的问题才最可怕。前几天他就抓到四个想要偷偷将布成批运出去卖掉的染坊学徒，狠狠地在人前罚了，送到了官府之中。

"辛苦你了，只要度过这段时间就会好了。"云卿含笑道，脸色浸在淡淡的灯光里，眸中却带着让人无法忽视的凌厉。

"我也相信会的。"李斯道。

待李斯走远了，云卿才转身进了垂花门，天色的昏暗让她眼前仿若有一层重重的帘幕拉了下来，额头有一种黏腻的沉重感，她将纱帽取了下来，采青接了过来，心疼地望着云卿："小姐，等下回去泡个澡，你今日就早点休息吧，这样下去身体哪里受得了！"

云卿听出她的关心之意，微笑点头。

人浸在大大的浴桶里，头靠在弧形的边上，闭着双眸，开始想明日的事情，既然要参加皇商竞选，有很多事情如今也差不多要准备了，该打点的要打点，该送礼的要送礼……

如今已经七月……

七月了……

这么快就七月了，若是这一世没改变的话，马上那件事接着就要来了！

到底会不会来，至少她现在还没有收到消息，如果来的话，以她目前的情况，说不定算不得坏事。

在蒙蒙的雾气之中，一个浅色的影子悄然无声地进入了其中，云卿警觉地回头，看到雾气之中露出了流翠的圆脸，手中拿了衣裳，目光扫过她旁边的纸，一脸责怪道："小姐，你又在沐浴的时候看东西了，水都要凉了，你还泡着，虽然是夏天，你也得注意点，夏天里得风寒那可不容易好了。"

收回了视线，云卿从水中站起来，任流翠帮她擦干身子，换上了轻便柔软的贴身睡衣，才含笑道："流翠，我发现你现在越来越像管家婆了，看来是要许人了。"

流翠被她说得脸一红，眼圈却红了起来："奴婢不许人，一直跟着小姐，等小姐嫁人了，跟着小姐一起去。"

从浴室走出来，云卿淡淡地一笑，不置可否地低下了头，能嫁人再说吧，如今这光景，哪里有空想那种事，以后的路都还是不清晰的。

流翠站在后面帮她擦着头发，望着镜子里云卿越发出色的容颜，便是她每日都看到，如今细看，也觉美得不可名状，心中有着不甘心，小姐这样的好人才，真不该遭遇那些事的，如今老爷生死未卜，也只有靠小姐才能撑起这个家。

房间里静静的，缠枝牡丹香薰球散发着淡淡的清香，流翠将云卿的头发绞干了后，青莲端了一碗养神补气的粥来，人就悄悄地退下去了。

这些天，她们已经习惯云卿夜晚需要极其安静的环境来查看账目和资料，都在外候着，免得打搅了她。

屋子四角摆着冰缸，大块大块的浮冰散发着清凉的温度，将南方夏日里的余热悄悄地散尽。

抬头看已经过了丑时，云卿想起明日薛大户的事情要处理，不知怎么，太阳穴就有点疼。

她低头从书桌下拿出个小匣子，从里面拿出一瓶绿色的药油，正要擦到太阳穴上醒神。

忽然听到屋内一阵轻响，她警觉地抬头看去，一道颀长的身影正站在金丝芙蓉纱的月洞门落地帘子后，白色的大袍如月光流淌在凉爽的屋内，紫色的蟠龙纹在袖口和衣襟蜿蜒而上，一双狭眸中透出的光泽潋滟瑰丽，显出一种既锋利又艳丽的极致春色，缀在那白玉一般的脸上，隐约有一股动人的气势。

只需一眼，云卿已经知道这个人是谁。她不禁想起前一世。

那一世，她没有在京城，直到嫁给了耿佑臣才到了京城，而那个时候，御凤檀正好已经因为突染疾病而亡，她未曾亲眼见过他的风姿，却是听说过的。

据说他得胜进城的时候，整个京城的道路全部挤满人，无数的少女站在京城两边为他迎接，他穿着一袭黑色的墨甲，骑着红色的烈马，踏踏的马蹄飞驰在京城的青石道上，风吹起他的长发，那张精致的面容包裹在墨色的头盔中，宛若盛世妖花绽放在京城。

这一幕直至他死后多年，云卿还曾听京城的人悄悄提起，可见其风姿绝世。

而眼前的他，现在已经隐约地露出了这种气势，只不过因为还是年少，展现得不够完整。

想到日后这个人的累累功绩，云卿也不知道自己为什么屡次和他作对，即便他在四年后会染病而亡，可是这四年，他还是骄傲无双的瑾王世子。

只是上次一别，如今想来，已经悄然无声地快有一年，时光流水一般地淌走，人却又倒回到原来的位置。

云卿抬眸看了一眼他，纤细的手指沾了药油，在太阳穴浅浅地按着，恍若未见。

御凤檀一步一步地走到了她的面前，朱唇扬起一弯笑容，然后站在了书案的另一端。颀长的身子，挡住了月洞两边射过来的烛光，借着稍暗的光线细细地打量着书桌另一边，已然淡定坐在高背宽椅上的少女。

她的脸色淡淡的，手指浅一下深一下地按摩着太阳穴，长长的睫毛半垂，遮住了凤眸里大半的眼神。

他记起第一次闯进来的时候，那时候的她还会露出慌乱的眼神，还会像小猫一般做出防卫的手段，而今时今日再见，却恍若换了一个人一般，从容得让他心都疼了起来。

想起进城以后听到的那些话语，御凤檀的狭眸中便露出微微的冷意："这么晚了，你还没睡？"

云卿将手指收回，将清凉油瓶盖盖好，收进药箱里，再取了帕子将手指上沾染的药油擦去，才抬起头来望着御凤檀："世子半夜到访，所为何事？"

光线跳跃中，她白瓷般的脸如同染了一层光辉，上挑的凤眸里荡漾着星星点点的光芒，御凤檀心中不禁一动，只感觉在万军丛中厮杀的刺激也不如她一眼的风情，微侧了头，笑道："想你了，便想来看看。"

这样动人心的话语从一个风姿绰约的男子口中说出，配合着昏昏暗暗的灯光，一室安安静静的氛围，实乃一个月下相会的好地方。

可惜，云卿的心思与风月无关，她抬起下巴，迎上那对狭眸，淡淡一笑："看完了吗？世子请右走，窗户就在那边。"

御凤檀的脸色有一瞬间的怔住，如此一句甜蜜的相思，在她这便换来冷遇，可惜望着那两颊的瘦削，他又一句责怪的话都说不出来，假装没有尴尬，从袖中掏出一个圆盒子，随手打开，一只嵌明钻海水蓝刚玉镯和同款的长钗躺在红色的绒布之上，刚玉和明钻散发的光泽，如同一弯彩虹。

"你这是干什么？"云卿皱起眉头，海水蓝的刚玉就是蓝宝石，嵌在绞丝金上，无论做工，还是花样，都是极品中的极品，他拿这种极品宝石放在自己的面前，不是想来显摆的吧。

"我听说了，你被贼人抓了一次，便让人做了一套这样的首饰给你。"御凤檀从盒中拿起那支钗子，绕过桌子，就要往云卿的头上戴去。

云卿不由得从椅上站了起来，倒退了一步："世子此等好意，云卿感激不尽，不过钗镯实在太过贵重，我不能收你的礼物。"

御凤檀未曾料到一个举动，竟又让她离自己远了一步，有些懊恼地皱了下眉，脸上带着为难道："这镯子和钗子，不是你想象的那样。"

他将钗子拔开，原来里头是真空的，细细的钗管中间是一根极小的短剑，锋锐的刀锋在灯光下折射出多角的光芒，镶嵌海水蓝刚玉的位置正好是人手所执的部分，适合女子的手拿而不伤手。

云卿看得出要在那样小巧的钗管里做这样的东西，定然要巧夺天工的手艺才能做到。单单从自身所需要的方面来说，她对这个钗子十分满意，可是综合了其他因素，她是绝对不会要的。

御凤檀看出她凤眸中的喜欢，浅浅一笑，又将镯子拿出来，双手不知按了哪里，里面刷刷地射出一根根针来，扎在桌上。

"这个里面一共有九根银针，全部淬了麻醉药，射程在五米左右，越近越有效。"他低头，忽然又往前面迈了一步，"我知道你想要，这是我托人花了三个月准备出来的。"

云卿忽然就想起那天安初阳也递给她这么一个镯子，当然，在做工和价值上，是比不上御凤檀做的这个，为什么如今流行起来用这种东西了，还是女子的安全的确成了大问题，人人都关注起来了？她当时就没有收安初阳的，如今御凤檀的，她也不会收。

"这些东西虽好，可我用不上。"云卿又不自在地往侧边走一步，御凤檀的狭眸微微眯起，里面的光从眼缝里透出来，莫名地就带上了令人心悸的成分，她仿若控制不住自己的举动，不由得往后退。

御凤檀望着她，不再开口，他可以听出，云卿的气息略微有些不平稳，视线从她的脸，到她的腰，再到她的腿。她对他，已经变成了一种戒备的姿态。

忽然一下，云卿的手就被一双大手给拉住了，然后一个东西就扣上了她的手腕，冰凉的，却沾染了体温的暖意，低头一看，那嵌明钻海水蓝刚玉镯就已经在她手腕上了。

“这个东西是为了你做的，你一定要戴上，万一下次再遇见那样的事情，没有人在身边的时候，你还可以自保！”

磁性厚重的声音在耳边响起，云卿抬起头来，御凤檀不知怎么，一瞬间就从对面移到了她的身边。目光落到他的脸上，才发现两人的距离已经十分之近，近到可以看清楚那双眼眸里倒映出来的她的人影。

与自己完全不同的气息灼热又微急地喷在脸上，云卿忽然觉得有些恼怒，大半夜地闯进她的屋中，又给她戴上这镯子，究竟是为了什么，她皱起双眉，用手用力地去拉镯子，却发现怎么也扯不下来，“你快点将这东西取下来。”

“取不下来了，我刚才已经把机关捏死了。”御凤檀嘴角斜勾，笑里似乎带着一种得逞的坏意。

“你这个混蛋！”云卿用力地将手镯往下捋，白皙的手背因为与硬宝石相碰，出现了嫣红色的色泽。

御凤檀手掌一扯，将她的右手抓了起来，力道不大，不至于拉伤她的手腕却也不能让云卿挣脱半分：“别扯了！除非你手断了，不然扯不出来的！”

云卿用力晃动了手肘，目光中燃烧着红光，与他的眸光相接，仿若一下子掉进了桃花树下翩跹的花雨之中。

一个男人，生得这样的好皮相做什么！

云卿骂了一句，收回目光：“你快点松手！”

“不松，等下你又自虐！”御凤檀很坚持地将云卿困在书桌和他身体围成的圈内。

你才自虐呢，要不是你无缘无故扣个东西，我至于吗？“不会了，已经戴了就算了。”云卿瞪了他一眼，飞快地说道。

“你准备招婿入赘？”看她真的不会拉开，御凤檀这才让开，斜靠在黑色阳雕海棠花四角木柜上。对她，他不能太急。否则反而会逼得她走远。

云卿低垂了眼眸，眼睫在灯光下变成了一道弧形的丝绸，扑闪了两下，然后轻轻地含笑道：“招婿，不招婿，没有什么不同，我未曾想过要嫁人。”

这件事，不在她的计划之中，也许也算是在，等到家里安稳的那一日，她会找一个老实的男人，过着平常的小日子，也许添上一两个通房，然后她生上一个儿子，坐稳自己的位置，丈夫尊敬她，儿女孝敬她，妾室畏惧她……

这是天下女子最好的活法，最好的归宿了。

喟叹般的言语似一道迷香随着呼吸到了心肺里，御凤檀只感觉那里传来了一阵痛感，他望着她低垂的头，白皙的颈拉出一道优美的弧度，仿若压了山一般的重量，生生将这份美丽折出了一个弯，却丝毫也折损不了她的美丽。

“你……”御凤檀静默了一会儿，狭眸里闪过血一般的光芒。他如今十九岁，在京城里看上他的大家千金数不胜数，他未曾为谁动过心，却偏偏在扬州遭逢了这莫名的劫数。可是她，似乎未曾将他放在心上。无论是行为，还是心底，都未曾有过一丁点的计划，甚至在她的未来里，连丈夫这个概念都几乎摒弃了。

他垂头一笑，笑意轻轻淡淡，这一辈子自己想要的东西，她还是第一个，他不会任她就这样将他摈弃。就算她的心是块刚石，他也会在上面钻出一个洞来，把他放进去。

御凤檀不再说，而是低低地笑出了声：“在家等着，我去找你父亲。”

他的身份，实在是不能随便成为入赘的女婿，不单单是他个人，作为明帝的亲侄子，瑾王的世子，一旦他说要入赘，带起来的连锁反应，不是沈家可以承受的。明帝是不会允许这种损害皇家威严的事情发生，到时候惹起帝王的雷霆之怒，也许沈家就要从扬州府内一夜之间销声匿迹了。

闻言，云卿抬起头来望着他，他随意束起的青丝垂下来了，落在白色的大袍上，将那份夺人的颜色在美艳中添加了一份温柔，不知是灯光太迷离，还是他的眼眸太动人，云卿只觉得心头有一种说不清道不明的滋味在蔓延。

站直了身子，御凤檀迈步走了过来，在云卿的鼻尖一捏，眼底闪过一抹狡诈：“你父亲必须活着，否则，哼！”

云卿被他捏得鼻子有点怪怪的，用手摸了摸鼻尖，待那道身影如同一道清风消散了之后，才回过神来，又发了好一会儿的呆，眼底多了一抹说不清道不明的东西，那个“哼”字是什么意思呢？

不过，有了御凤檀在其中插手，若是父亲还活着，能寻到的几率又大了几分。

她站起来，推开窗子望着天空云层后透出半边脸的月儿，祈祷道：老天爷，既然你给了我这次重生的机会，那么也请你保佑父亲，让他安然无恙吧。